블루 시스터스
Blue Sisters

BLUE SISTERS

Copyright © 2024 by Coco Mellors

All rights reserved

Korean translation copyright © 2025 by Clayhouse Inc.

Korean translation rights arranged with Creative Artists Agency through EYA Co., Ltd.

이 책의 한국어판 저작권은 EYA Co., Ltd.를 통해 Creative Artists Agency와 독점 계약한 클레이하우스(주)가 소유합니다. 저작권법에 의하여 한국 내에서 보호를 받는 저작물이므로 무단 전재 및 복제를 금합니다.

코코 멜러스 장편소설
심연희 옮김

블루 시스터스
Blue Sisters

클레이하우스

처음부터 있어준 데이지에게

그리고 끝까지 함께해 주겠다고 약속한 헨리에게

한국어판 서문

"내 자매들을 빼놓고서는 날 안다고 말할 수 없어요."

몇 년 전, 소설을 (제발 딱 한 편이라도) 완성하고 싶다는 꿈을 필사적으로 꾸면서 데뷔작인 『클레오파트라와 프랑켄슈타인』을 집필하고 있을 때, 한 친구가 나에게 무심코 저 말을 던졌다. 이 말은 훗날 『블루 시스터스』를 쓰게 된 계기가 되어주었다.

나와 우리 남매에게도 저 말이 맞을까? 우리 남매를 빼놓고서도 나를 알 수는 없을까? 만약 정말 우리 남매가 그런 사이라면, 남매 중 하나가 세상을 떠났을 때 나는 어떤 사람이 될까?

나는 사남매 중 막내지만, 우리 남매는 블루 자매들과는 아주 다르다. 일단 큰언니와 오빠는 나보다 열다섯 살, 열세 살 연상이고 아버지는 같지만 어머니가 다르다. 그리고 내가 (남편과 더불어) 이 책을 헌정한 언니는 아버지와 어머니가 모두 같고 나보다 두 살밖에 많지 않다. 학교 다닐 때는 겨우 한 학년 차이였다.

우리는 언제나 가까운 사이였지만, 그렇다고 언제나 좋은 사이만은 아니었다. 난 다른 가족 구성원과는 다른 형제자매에 대해서 쓸 때, 바로 이 불안하면서도 무조건적인 사랑을 포착하고 싶었다.

그건 내가 우리 남매에 대해서 깨달은 게 있기 때문이다. 바로 '그들은 그들이기에, 나는 나다'라는 점이다. 나의 정체성은 언니 오빠 곁에서 형성되었다. 마치 숲속 어린 나무가 다른 나무들 사이로 비치는 빛을 향해 자라나는 것과 같다. 때로는 그들을 죽이고 싶었지만, 동시에 그들을 위해서 죽을 수도 있었다. 이 얽히고설킨 모순, 이 강렬한 숭배와 혐오의 결합이야말로 내가 남매 관계를 끝없이 매혹적으로 여기는 이유다.

『블루 시스터스』를 쓰기 시작하면서 나는 조너선 프랜즌의 『인생 수정』, 루이자 메이 올컷의 『작은 아씨들』, 웨스 앤더슨의 영화 〈로얄 테넌바움〉 등에서 영감을 받았다. 한 가족 안의 형제자매들이 완전히 딴판인 길을 걷는 이야기들이다. 나는 언제나 자매만 있는 가족에게는 뭔가 마법처럼 특별한 것이 있다고 생각했다. 블루 가문을 모두 딸만 있되, 각자 완전히 다른 인생을 살도록 설정한 것도 그런 이유다. 그래서 런던에 사는 변호사, 로스앤젤레스의 복서, 뉴욕의 교사, 파리에서 활동하는 모델이라는 아이디어가 탄생했다.

이처럼 저마다 상당히 독특하고 다른 직업에 대해 쓰자니 자료 조사가 필요했다. 보니의 격투 장면을 정확하게 묘사하려고 나는 로스앤젤레스 베니스에서 복싱 코치와 함께 1년 넘게 복싱을 배웠다. (그래서 스파링으로 멍든 눈을 자랑스럽게 뽐내기도 했다.) 러키의 화려한 직업 이면에 있는 고된 현실을 표현하려 전 세계 모델을 인터뷰했고, 그를 통해 어린 소녀였을 때부터 어른들의 패션 산업에 내몰리는 상황이 종종 있다는 걸 알게 되었다. 에이버리와 그녀의 아내 치티를 그려내기 위해 변호사인 큰언니와 은퇴한 심리치료사인 어머니와 이야기를 나누며, 각 직업의 일상과 서로가 교차될 수 있는 방식을 더욱 깊이 이해하게 되었다.

  이 소설은 런던의 가족, 그리고 뉴욕과 파리에 있는 절친들과 멀리 떨어져 지내야 했던 코로나 봉쇄 기간 중 로스앤젤레스에 살면서 주로 썼다. 그래서 집필 과정에서 가장 즐거웠던 부분은 내가 잘 알고 또 사랑하는 네 도시의 장면을 상상력으로 창작해 낼 때였다.

  여러분이 직접 해보는 것도 재미있을 것이다. 내가 태어난 장소, 혹은 가장 사랑하는 장소를 하나의 이미지나 사물, 혹은 한 장의 엽서 속 글로 담아낸다면 어떨까? 나에게 런던은 언제나 이층버스 위층의 맨 앞좌석이다. 파리는 지하철 문을 여는 작은 은색 손잡이, LA는 햇볕에 바랜 화려한 색 벽화, 뉴욕은 공원 벤치에 버려둔 알루미늄 포일에 싸인 베이글이다.

  『블루 시스터스』는 엄연한 가족 이야기다. 하지만 동시에, 가족 안에서 우리가 많이 말하지는 않는 것들에 관한 이야기이기도 하다. 중독이란 것이 대를 이어 어떻게 나타나는지, 슬픔이 어떻게 우리를 갈라놓는지, 또 어떻게 하나로 모으기도 하는지, 그리고 부모의 방임을 각 자매가 얼마나 다른 방식으로 경험하는지에 대한 이야기다. 또한 (내가 나이기에, 어둠이 없으면 빛을 글로 옮길 수가 없기에) 형제자매 사이에서 절대로 사라지지 않을 어리석고 유치한 부분들, 고향으로 돌아가는 기쁨, 또 가족 안에 존재하는 끈적하고 지저분하면서도 아름다운 사랑에 대한 이야기이기도 하다.

  『블루 시스터스』를 읽을 한국의 독자들에게 내가 바라는 것은 소박하다. 일단, 시간을 내어 이 소설을 읽어준 분들께 내가 더없이 감사드린다는 사실을 알아주길 바란다. 그리고 이 책이 여러분에게 희망은 좀 더 주고, 외로움은 훨씬 덜 느끼게 해주길 바란다.

일러두기

- 주석은 모두 옮긴이의 것이다.
- 단행본·잡지는 『』로, 작품명은 「」, 노래·영화·공연은 〈〉로 표기했다.
- 프랑스어 문장은 원어 병기 없이 한국어로 번역한 후 덧붙였다.
- 인명과 지명은 외래어표기법을 따랐다.

목차

	한국어판 서문	7
	프롤로그	13
1장	러키	21
2장	보니	45
3장	에이버리	88
4장	러키	122
5장	보니	155
6장	에이버리	177
7장	러키	225
8장	보니	270
9장	에이버리	308
10장	러키	349
11장	보니	392
12장	에이버리	426
	에필로그	496
	감사의 말	509

프롤로그

　자매는 친구가 아니다. 원초적이고 복잡하기 그지없는 자매라는 관계를 지극히 평범하고도 언제든지 바뀔 수 있는 친구라는 관계로 줄여버리려는 욕망을 그 누가 설명할 수 있으리. 그런데도 친구란 말은 가장 친밀한 관계를 의미하는 수단으로 줄기차게, 계속해서 사용되고 있다. 우리 엄마는 나의 가장 좋은 친구예요. 내 남편은 나의 가장 좋은 친구랍니다. 아니라니까. 자매란 같은 자궁에서 손톱을 기르고, 동일한 산도를 통해서 밀려 나오는 존재라서 친구와 같을 수가 없다고. 자매는 서로를 선택하지도 않고, 서로를 알아가는 은밀한 기간 따위를 갖지도 않는다고. 아예 처음부터 서로의 일부가 된단 말이다. 탯줄을 떠올려보자. 질기고 구불구불하며 볼품없지만 반드시 있어야만 하는 것 아니던가. 그걸 화사한 색실로 엮은 우정 팔찌와 비교해 보라. 그게 바로 자매와 친구의 차이다.

　에이버리는 블루 자매의 맏이이자 리더다. 날 때부터 현명했고, 나이에 어울리지 않게도 세상에 염증을 느꼈다. 네 살 때, 에이버리는 유치원에서 어퍼 웨스트사이드에 있는 부모님의 아파트로 걸어서 돌아온 다음 "너무 피곤해서 못 해먹겠다"라고 선언했다. 하지만 말만 그랬을 뿐 언제나처럼 잘해나갔다. 동생들에게 자유형으로 수영하는 법과 식료품점에 사는 고양이들의 턱 밑을 긁어주면서 친해지는 법, 모서리를 구부리는 법 없이 카드를 섞는 법도 가르쳤다. 권위를 싫어했지만, 조직 체계는 정말 좋아했다. 그리고 사진처럼 정확한 기억력인 포토그래픽 메모리를 지녔다. 고등학교 때는 학교의 정보를 탈취해 자기 학년 전체의 사회보장번호를 외운 다음, 학기 내내 동급생들의 아홉 자리 번호를 말하고 다녀서 애들을 혼비백산하게 했다.

열여섯 살에 고등학교를 졸업하고 컬럼비아대학교에 진학해 3년 만에 학사를 취득했다. 그런 다음 집에서 도망쳐서 '무정부주의적이고 위계질서 없이 합의로 운영되는 공동체', 즉 코뮌에 가입했다. 그 후엔 샌프란시스코에서 잠깐 노숙하며 마약을 하다가 결국 헤로인까지 맞는 신세가 되었다. 에이버리는 1년 후 제 발로 마약중독 재활시설에 들어간 다음 마약을 끊었는데, 가족 중 누구도 이런 상황을 알진 못했다. 그다음엔 로스쿨에 입학해 마침내 자신의 뛰어난 기억력을 잘 써먹었다.

원칙이 불편하게 느껴질 때에야 비로소 원칙의 존재를 깨닫게 된다는 말이 있다. 에이버리야말로 그 말에 딱 들어맞는 예다. 그녀는 원칙에 충실한 사람이라서 종종 불편을 느꼈다. 시인이나 다큐멘터리 영화감독이 될 수도 있었으련만, 서른셋의 나이인 지금 그녀는 변호사가 되었다. 그리고 일곱 살 연상이자 심리치료사인 아내 치티와 런던에서 살고 있다. 학자금 대출은 진작에 갚았고, 집에는 등록금만큼이나 비싼 가구를 갖춰놓았다. 하지만 아직 모르고 있었다. 몇 주 후에 상상도 못 했던 방식으로 본인의 인생과 결혼 생활을 파탄낼 거란 사실을. 어딜 봐도 강골로 살고 싶어 했지만, 에이버리 역시 무른 살이 있는 인간이었으니.

에이버리가 태어나고 2년 후, 부모님은 보니를 낳았다. 보니는 상냥한 목소리와 강한 의지를 타고났다. 그녀의 언어는 몸으로 드러났는데, 여섯 살 때는 물구나무를 서서 손으로 걸어 다녔고 열 살이 되자 귤 다섯 개를 던져서 저글링을 했다. 그래서 발레와 기계체조를 해보았지만, 유연하고 여성성 강한 소녀 무리와 어울려 지내질 못했다. 그러다 열다섯 살 때 방 벽에 주먹으로 구멍을 내자 아버지가 복싱 글러브를 사주었고, 그제야 보니는 자신의 진정한 모습을 찾았다. 그녀가 복싱을 알게 되었을 때의 기분이란 아마도 사람들이 섹스를 알게 되었을 때의 기분과 같았을 것이다. 아, 다들 그렇게 떠들어대던 게 바로 이거였구나.

규율의 제단이라는 게 있다면 보니는 그 앞에서 절을 하는 신도였다. 언니가 청년기 때 망가지는 모습을 가만히 지켜봤기에, 보니 자신은 술을 한 방울도 마시지 않겠다고 다짐했다. 그녀가 선택한 마약은 땀과 폭력이었다. 그 덕분에 보니는 올림픽과 더불어 아마추어 복싱의 양대 산맥이라 하는 IBA 세계 여자 복싱 선수권 대회에 출전했고, 라이트급에서 은메달을 딴 다음 프로로 전향했다. 본인이 그런 운동을 고른 것과는 별개로, 예상외로 보니는 네 자매 중 성격이 가장 온화했다. 얼음 트레이를 조리대에 탁탁 내려치지 않고서도 얼음을 꺼낼 줄 아는 사람이었고, 아이들과 개들은 본능적으로 보니를 신퇴했다. 거짓말은 영 못했다. 몸은 굳게 닫힌 떡갈나무 문처럼 보이는데도 성정은 유리창처럼 투명했다. 이제 서른한 살이니 복싱 선수로서는 전성기여야 할 테지만, 보니는 마지막 경기에서 참패한 후에 선수 생활에서 은퇴하고 멀리 뉴욕으로 떠났다. 그리고 로스앤젤레스의 베니스 비치로 도망쳐 허름한 술집의 경비원이 되었다.

대부분의 사람은 인생을 살아가면서 본인의 소명이 무엇인지 모른다. 소명이 있으면 현재의 즐거움을 희생해 가며 과연 실현될 수 있을지 알 수 없는 먼 미래의 꿈이 이루어질 거라고 믿고 노력해야 한다. 원하든 원치 않든, 소명이 있으면 다른 이들과 차별점이 생긴다. 힘들고, 외롭고, 고통스러울지라도 이것이 정말로 나의 소명이라면 선택의 여지가 없다. 보니에겐 복싱이 딱 그런 느낌이었다. 그런데도 지금 보니는 베니스 비치의 뒷골목 어딘가에서 빈 맥주잔을 모으고 술에 취한 여성을 차에 태우고, 담배꽁초를 쓸어 담고 있었다. 그녀가 훈련하며 익혔던 무법적이고 강철 같은 전사의 모습은 어딜 봐도 남아 있지 않았다.

부모님은 원래 셋째로 아들을 낳으려 했으나, 두 번 유산을 하고 나서는 그런 말을 다시는 꺼내지 않았다. 그러다 낳은 딸이 바로 모두 니키라고 부르는 니콜이었다. 니키는 네 자매 중에서 가장 여자애다웠다. 풍선껌으로 자기 머리만 한 풍선을 불 줄 알았고, 성인이 될 때까지 별 반발 없이 10대 취향의 유행가를 들었다. 어릴 적 가장 즐겼던 취미는 애벌레에게 호박 조각을 먹여 나비로 키우는 것이었다. 열 살 때는 미리미리 알아서 와이어 든 브래지어를 처음 샀다. 고등학교를 졸업할 때까지 사귄 남자친구는 다섯이었다. 니키는 그 주에 입을 옷을 속옷까지 맞춰서 미리 골라두길 좋아했고, 달리는 택시 안에서도 번지는 일 없이 리퀴드 아이라이너로 완벽하게 고양이상 눈매를 그릴 줄 알았다. 언제나 남자애들에게 인기가 많았지만, 여자애들과 우정을 쌓는 데에도 일가견이 있었다. 대학에 가서는 여학생 클럽에 가입했는데, 그걸 두고 자매들이 니키를 무자비하게 놀려댔지만, 본인은 전혀 신경 쓰지 않았다. 자매들은 저마다 진로를 준비하느라 바빴고, 언니들과 동생을 그리워하던 니키는 대신 친구들을 가족처럼 여겼다.

에이버리가 이성적이고 보니가 금욕적이라면 니키는 예민했다. 그녀는 다채로운 감정의 전시장 그 자체였고, 그런 본인의 모습을 전혀 숨기려 하지 않았다. 때로는 황홀하게 도는 회전목마 같기도 하고, 때로는 마구 부딪쳐대는 범퍼카 같기도 하고, 또 어떨 때는 사격장에서 총탄을 기다리는 고요한 과녁 같기도 했다. 그녀는 천생 어머니가 될 여자로 태어났지만, 몸이 그 성향을 따라주지 않았다. 몇 년 동안 고통스러운 시간을 보내다 20대에 자궁내막증 진단을 받았다. 그리고 스물일곱 살에 죽었다. 물론 그녀는 스물일곱에 자살로 생을 마감한 걸로 유명한 뮤지션들과 달리, 밴드의 리드 싱어도 아니었고, 특별히 치열한 삶을 살다가 젊어서 죽은 것도 아니었다. 누군가 니키에게 어떻게 사느냐고 물어봤다면, 니키는 어릴 적 자란 곳에서 열 블록 떨어진 어퍼 웨스트사이드의 공립학교에서 10학년 영어 교사로 더할 나위 없이 평범하게 살고 있다고 대답했을 터였다. 어찌 보면 자신의 존재가 다른 자매들에 비해 초라해 보일 수도 있었으련만, 니키는 그런 생각을 한 적이 한 번도 없었다. 학생들을 사랑했고, 언젠가는 자신만의 가족을 꾸리겠다는 꿈을 꾸었다. 고통을 겪는다는 사실만 빼면, 니키의 삶에서 죽음이 엿보이는 일은 없었다.

니키가 태어난 지 1년 후, 부모님은 오랫동안 얻고 싶었던 아들을 가지려고 마지막으로 한 번 더 시도했다. 그리하여 태어난 아이가 러키였다. 실수로 15분 만에 집에서 태어난 러키는 시간 낭비 같은 것 없이 곧바로 가족 사이에서 자리를 잡았다. 러키가 제아무리 나이를 먹는다 해도, 그녀는 언제나 이 집의 아기로 머물 운명이었다. 사실을 말하자면, 니키는 말을 할 수 있게 되자마자 재빨리 러키를 '나의 아기'라고 선언하고서는 그 자그마한 아기를 끌고 어디든 다니려 들었다. 그렇게 둘은 떼려야 뗄 수 없는 사이였으나, 러키는 작은 체구로 있어주지 않았다. 지금 그녀의 키는 178센티미터다. 부모님은 그토록 바라던 '여성미'라는 것을 창조하기 위해 네 번의 시도를 했고, 러키를 통해 비로소 성공했다. 비뚤어진 치아와 비정상적으로 날카로운 송곳니마저도 장점으로 작용해 러키의 미소에 무언가 관능적이고 늑대 같은 느낌을 더해 주었다. 최근 그녀는 소속사의 허락도 받지 않고 머리를 짧게 자른 다음 하얗게 탈색했다. 그래서 현재 모습은 바비 인형과 빌리 아이돌, 시베리아허스키를 섞어놓은 것 같았다. 러키는 열다섯 살 때 모델이 되어 그때부터 전 세계를 누비며 일했다. 다시 말해 전 세계를 떠돌며 외롭게 살았다는 뜻이다.

러키가 들어서면 그곳이 어디든, 금붕어가 가득한 어항에 전기뱀장어가 스르르 들어온 듯한 파장이 일어났다. 그녀는 재치 있지만 알고 보면 수줍음이 많았다. 도쿄에 살았을 때는 독학으로 기타를 익혔는데, 실력이 상당하지만 남 앞에서 연주하기에는 너무 눈치를 많이 봐서 그럴 수가 없는 형편이었다. 그리고 아직도 비디오게임을 무척 좋아하고, 사실 뭐가 되었든 도피하는 것이라면 다 좋아한다. 지금은 파리에서 혼자 살고 있다. 그리고 올해 들어 '나 술 한잔해야겠어'라는 말을 132번이나 했는데, 이제껏 살아오면서 '사랑해'라고 말한 횟수보다 많았다. 몽마르트르에 있는 러키의 아파트에는 니키가 죽기 전에 선물로 준 파란 나비 액자가 침대 위에 걸려 있다. 하지만 그녀가 거기서 자는 일은 드물었다. 러키는 현재 스물여섯 살이고 인생에서 길을 잃었다. 사실, 남은 자매들 다 그랬다.

하지만 그들이 모르는 사실이 하나 있었다. 바로 살아 있는 한, 반드시 그 길을 찾는 날은 오게 되어 있다는 사실이다.

1장
러키

러키는 늦었다. 무책임하게도, 돌이킬 수 없을 정도로, 직업을 잃어버릴 위험에 처할 만큼 늦었다. 마레 지구에서 열리는 쿠튀르 쇼의 피팅 일정에 정오까지 가야 했는데, 현재 약속 시간에서 10분이 지난 상태고 여전히 지하철 안이었다. 어젯밤 러키는 패션 위크 파티에 참석해 (러키가 좋아하는 유일한 형태의 술집인) 무제한 주류 제공 바에서 놀았다. 거기서 회사에 고용되어 돈을 받는 그라피티 아티스트 두 명을 만났는데, 그들은 사회 변두리에서 사는 창조적인 인간에게 주어졌던 명성을 회복하고 싶어 안달이 나 있었다. 어쨌든 그들은 러키에게 자기들 오토바이 뒷자리에 태워줄 테니 파리 16구에 있는 버려진 저택에 가지 않겠느냐고 물었다. 어떤 외교관이 살던 곳으로, 그라피티를 하려고 봐둔 곳이라 했다. 러키는 스프레이 페인트로 유적지를 훼손한다는 게 딱히 마음에 들진 않았으나, 밤늦게까지 할 수 있는 일이라면 뭐든 좋았다.

하지만 그 건물은 생각보다 보안이 철저했다. 카메라가 여기저기 달린 데다, 무시무시하게도 뾰족한 철조망이 쳐져 있었던 것이다. 그래서 대신 근처 담배 가게의 금속 셔터에 스프레이를 뿌리기로 했다. 그라피티 아티스트들은 1968년 파리 시위에서 유행했던 자유주의 구호인 '금지를 금지한다!'를 적었고, 러키는 고전적인 낙서라 할 수 있는 불알과 고추를 그렸다. 그들은 파티에서 몰래 가져온 핑크 뵈브 클리코를 마시며 미술관 계단에 앉아 해돋이를 본 다음 러키의 집으로 돌아가서 대마초를 피웠다. 두 남자가 예측대로 스리섬을 시도했으나, 러키는 굳이 자기를 끼워 할 필요는 없다면서 그냥 서로 하라고 제안했다. 그러다가 옷을 그대로 입은 채로 침대 머리맡에서 기절했고, 몇 시간 후 일어나 보니 집에는 아무도 없었지만 참 다행스럽게도 아파트가 털린 흔적도 없었다. 다만 오늘 피팅 전에 머리를 감고 오라는 담당자의 활기찬 공지만이 와 있을 뿐이었다.

그리고 오늘은 니키의 1주기 기일이기도 했다.

지하철에 사람이 확 늘어나자, 러키는 휴대폰을 확인했다. 에이버리에게서 온 부재중 통화와 음성 메시지가 있었다. 분명히 오늘 겪을 감정을 '처리'하기 위한 임무를 수행 중인 거겠지. 엄마에게서 온 형식적인 메일도 있었지만 그건 곧바로 무시했다. 더럽고 마음을 놓을 수 없더라도 휴대폰은 터지지 않는 뉴욕 지하철이 문득 그리워졌다. 파리 지하철은 효율적인 편이라, 지하로 들어가도 휴대폰을 얼마든지 이용할 수 있었다. 이곳은 숨을 데가 없달까. 러키는 에이버리가 남긴 음성 메시지를 듣지도 않고 주머니에 다시 휴대폰을 집어넣었다. 1년 전 니키의 장례식을 치른 후, 가족을 전혀 만나지 않았다. 그날 밤, 뜨겁고 세찬 바람이 도시를 휩쓸었다. 레스토랑 테이블이 뒤

엎어지고 쓰레기통이 도로를 따라 굴렀으며, 전선이 끊어지고 센트럴 파크의 나뭇가지가 꺾여나갔다. 바람은 러키는 물론 언니들까지 집에 돌아올 마음을 먹지 않도록 세계 곳곳으로 흩어버렸다.

늦은 지 15분째였다. 서둘러 집에서 나오느라 헤드폰을 깜빡했는데, 이런 실수 탓에 하루를 통째로 망칠 게 뻔했다. 러키는 보통 헤드폰을 귀에다 단단히 끼우지 않으면 한 블록도 걸을 수가 없었다. 그녀와 세상 사이에 음악이라는 완충 장치를 놔두어야 했으니까. 그러나 지금은 신기록이다 싶도록 빠르게 집에서 나온 상태였다. 평소 아침 식사로 드는 말보로 담배 한 개비와 이부프로펜을 포기하고 잠들었던 그대로의 옷차림으로 나와서였다. 몰래 티셔츠 냄새를 킁킁 맡아보았다. 살짝 담배 냄새가 나고 땀 냄새도 좀 났지만, 전반적으로 그리 나쁘진 않았다.

"주 부드레 테 상티르(널 느끼고 싶어)."

러키는 고개를 홱 들어 방금 이 말을 한 맞은편 남자를 바라보았다. 긴장한 얼굴이 어떻게 봐도 먹잇감을 노리는 설치류 같았으나 눈빛만큼은 포식자였다. 한 손에 커다란 볼빅 생수병을 들었는데, 가랑이 사이에 놓인 물병 입구가 그녀를 향해 있었다. 남자는 미소를 지었다.

"뭐?"

러키는 이 남자가 무슨 말을 했는지 알고 싶은 마음이 전혀 없었고, 말을 걸고 싶은 마음은 더더욱 없었다.

"아! 너 미국인이네!"

남자는 프랑스인 특유의 발음으로 말했다. 미국인American의 마지막 음절인 'can'에 강세를 주는 것 있잖은가.

러키는 고개를 끄덕이고는 다시 휴대폰에 손을 뻗었다. 관심 없다는 기색을 어떻게든 풍겨야 했다.

"너 아름다워."

그는 러키에게 몸을 숙이며 말했다.

"으음, 고마워."

계속 휴대폰을 바라보았다. 담당자에게 지금 늦었다는 문자를 보낼까 생각해 봤지만, 그러지 않는 편이 낫겠다고 결론을 내렸다. 그러면 지각한 게 현실이 될 뿐이니까. 자신이 일을 망치고 있다는 사실을 아직 아무도 모르는 동안, 그냥 이 어중간한 상태를 편안하게 누리는 편이 나았다.

"너 키 정말 크다."

남자는 계속 말했다. 진청색 빈티지 리바이스 청바지에 검은색 크롭티를 입은 러키는 실제로 느낌표처럼 쭉 뻗은 몸매가 길어 보였다. 그녀는 남자에게 보이는 면적이 작아지도록 어깨를 앞으로 움츠렸는데, 그러자 느낌표 몸이 구부러져 물음표 모양이 되었다.

"몽 디유! 투에 트로 섹시(세상에! 너 진짜 섹시하다)."

일어나서 자리를 떠야 했다. 꺼지라고 저놈에게 말해야 했다. 저놈의 물병을, 커다랗고 바보 같은, 남근을 형상화한 저 파란색 물병을 뺏어서 손으로 으스러뜨려야 했다. 그런데 러키는 그저 자신의 휴대폰을 가리켰다.

"봐, 난 지금 전화를⋯."

그녀는 눈살을 찌푸리고서 액정을 가리키며 자기가 전화를 걸어야 한다는 티를 냈다. 그리고 실제로 연락처를 빠르게 스크롤했다. 하지만 누구에게 전화하지? 솔직히 아무와도 통화하고 싶지 않았다.

무심코 습관을 따라 니키의 이름을 검색하고 통화 버튼을 눌렀다. 그들은 에이버리가 돈을 내는 가족 전화 요금제에 모두 포함되어 있었다. 큰언니는 니키의 번호를 지우는 고통을 감내하느니 그냥 본인이 돈을 계속 내고 번호를 살려두는 걸로 괴로움을 피하는 편을 택한 걸까. 러키는 지금 니키의 휴대폰이 어디 있는지 몰랐다. 어딘가 서랍 안에 있지 않을까. 그래도 전화번호가 살아 있어서 다행이라고 생각했다. 언니의 목소리가 귓가에 울렸다.

"안녕하세요, 니키의 휴대폰입니다. 삐 소리가 나면 음성을 남겨주세요. 그럼 즐거운 하루 보내세요!"

니키는 키득키득 웃고 있었다. 녹음하고 있다는 걸 자꾸만 의식해서 그랬다. 그 너머로 희미하게 들려오는 러키 본인의 목소리도 들렸다. 지금보다 몇 년 어린 그 목소리는 앞으로 사랑하는 언니를 떠나보내는 미래 따윈 전혀 모른 채로 웃어댔다.

"너에 대해 알고 싶어."

남자는 끈질기게 말했다.

"나 지금 전화 중이잖아."

러키의 말에 남자는 기사도를 발휘하겠다는 듯 우스꽝스럽게 손바닥을 펼쳐 보이며 뒤로 물러섰다.

"아, 다코르(그래). 조금 있다 말하자."

니키가 죽은 뒤에 이 번호로 전화를 건 게 지금이 처음은 아니었다. 언니와 통화하고 싶고, 언니가 없는 삶이 어떤지 이야기하고 싶은 충동이 끊임없이 일었다. 죽은 언니에게 전화를 거는 건 마치 다리를 절단한 환자가 아직도 다리가 있다고 믿으면서 계속 일어서려고 하는 것이나 다름없었다.

삐 소리가 나자 러키는 입을 열었다.

"안녕, 나야. 난… 그게, 그냥 안부 전하려고 전화했어."

남자를 슬쩍 바라보았다. 그는 듣지 않는 척하는 기색도 없이 대놓고 통화 내용을 듣고 있었다.

"여기는 지금 패션 위크야. 언제나처럼 미친 듯이 바쁘지만, 전화하고 싶었어…. 음, 오늘은 언니한테 중요한 날이 아닐까 해서. 1주기잖아! 믿을 수가 없네. 그러니까, 전화해서 말하고 싶었어…. 당연히 축하한다는 말은 아니고. 그게, 미쳤다고 축하할 일은 아니잖아. 하지만 내가 언제나 언니 생각을 한다는 걸 알아줬으면 해서. 언제나 언니를 생각하고 있거든. 그리고 보고 싶어. 당연하지."

러키는 목을 가다듬고 말을 이었다.

"그래서 전화했어. 사랑해."

러키는 무언가 느껴지는지 기다려보았다. 우주의 기운이 좀 변해서 언니가 이 말을 듣고 있다는 기척이 느껴진다면 좋을 텐데. 하지만 아무 일도 없었다.

"그리고 말이야, 큰언니가 짜증 나게 굴어. 그럼 잘 있어."

전화를 끊고서 창밖을 슬쩍 내다보았다. 목적지인 생 폴에 거의 다 다랐다. 자리에서 일어서려던 순간, 남자가 손을 뻗어 팔을 건드렸다. 러키는 불붙은 성냥이 피부에 닿은 것처럼 펄쩍 뛰었다.

"번호 좀 줄래?"

지하철이 역에 들어서면서 러키가 비틀거렸다. 남자는 휘청이는 그녀를 씩 웃으며 바라보았다. 치아가 담배 때문에 갈색으로 착색되어 있었다.

"너 진짜 섹시하다."

러키는 소유욕으로 그득한 기쁨을 한껏 담은 눈빛으로 자신을 쳐다보는 남자를 바라보았다. 유리 진열장에 전시된 빵을 고르는 듯한 저 눈빛. 물병은 여전히 그의 가랑이 사이에 꽂혀 있었다.

"나 이거 줄래?"

그녀는 물병을 가리키며 물었다. 지하철은 이제 멈춰 섰다.

"이거?"

남자는 당황한 목소리로 묻더니, 물병을 러키에게 건넸다.

"메 비엥 쉬르(물론이지)."

러키는 남자의 손에서 병을 받아 들고는 뚜껑을 열어 남은 물을 그의 무릎에 확 쏟았다. 물에 젖은 바지가 짙은 색으로 변하자 남자는 소리를 지르며 벌떡 일어났다. 러키는 쏜살같이 문으로 달려가 파리 지하철 특유의 묘하게 생긴 은색 손잡이를 당겼다. 그러자 열차 문이 휙 열렸다. 승강장에 올라서자 몰려든 승객들 너머로 남자가 자기더러 개년이라고 욕하는 소리가 들렸다. 러키는 지하철 계단을 한 번에 두 칸씩 오르면서 햇살 속으로 들어갔다.

담당자가 보내준 주소를 향해 보주 광장을 달려가는 러키의 머리 위로 석조 아치가 휙휙 지나갔다. 올리브색 트렌치코트를 맞춰 입은 할아버지 두 명이 담배를 피우며 고개를 돌려 러키의 모습을 지켜보았다. 그녀는 초인종을 누른 다음 낡은 파란색 목조 현관문을 지나 안뜰로 들어갔다. 끝에 나선형으로 된 높다란 계단이 있었다. 층계를 오를 때마다 묵직한 부츠 소리가 돌벽을 울렸다. 층계참에 다다를 때마다 멈춰서 숨을 골라야 했다. 10대 시절부터 하루 한 갑씩 담배를 피워온 탓에 러키는 이런 식의 신체 활동에 적합하지 않은 몸이 되었다. 난간을 잡고서 힘겹게 몸뚱이를 끌어 올린 끝에 마침내 맨 위층까지 올라갔다. 짙은 색 머리를 모아 단단히 틀어 올리고 목에는 뱀을 감듯 줄자를 감아놓은 여자가 문 옆에서 러키를 기다리고 있었다.

"늦은 거 알아요. 미안합니다."

러키는 숨을 헐떡이며 말했다.

"이름이 어떻게 되죠?"

여자가 날카로운 목소리로 물었다.

"러키, 블루예요."

"루, 키?"

여자는 클립보드를 내려다보며 이름을 읊조렸다. 저 뒤로 재봉틀이 부지런하게 윙윙 작동하는 소리가 러키에게 들렸다.

"안 늦었어요. 사실 너무 일찍 왔죠. 피팅 시간이 오후 2시네요."

러키는 무릎에 손을 얹고서 숨을 내쉬었다.

"12시인 줄 알았는데요?"

"잘못 알았네요. 이따 다시 와요. 안녕!"

달칵하는 권위적인 소리와 함께 문이 닫혔다. 러키는 그 자리에 털썩 쓰러졌다. 차례가 올 때까지 이웃집 고양이처럼 잠들고 싶은 마음이 굴뚝같았다. 천천히 몸을 돌려 계단을 내려갔다.

달리 할 일이 없었다. 햇살이 내리쬐는 마레 지구의 거리를 이리저리 걸으며 한잔할 곳을 찾았다. 볼빅 놈에게 복수하고 싶은 마음과 피팅 장소까지 초조해하며 달려오느라 분출되었던 아드레날린이 몸에서 서서히 사라졌다. 얼른 조치를 취하지 않으면 심각한 숙취로 이어질 조짐이 보였다. 7월 초인 지금은 날씨가 온화했지만, 올해 여름 파리에는 불안한 분위기가 팽배했다. 총파업으로 인한 혼잡이 뿌연 스모그와 함께 공기 중에 가득했고, 지하철과 주거 지구에서 칼부림

사건이 일어나는 바람에 거리를 순찰하는 경찰이 더욱 많아졌다. 그러나 마레 지구는 부티크, 사람이 들어찬 술집, 카페 덕분에 파리의 다른 지역과는 달리 그저 쾌활한 분위기였다.

그때, 길 건너편에서 누가 자신의 이름을 불렀다. 친구인 사비나였다. 사비나는 프랑스 출신인 빨간 머리 여자로, 러키의 동료 모델이었다. 어떤 디자이너 하나가 사비나를 두고서 '도로가 100마일로 쭉쭉 뻗은 것 같다'고 말한 적도 있었다. 그녀는 남자 모델 둘과 카페 바깥 자리에 앉아서 러키에게 손짓했다.

"이런, 문제아 폴리애나* 아니신가."

러키가 다가가자, 사비나와 같이 있던 두 남자 중 키가 큰 모델이 말했다. 클리프였다.

클리프는 전직 프로 서퍼로 오스트레일리아 출신 모델이었다. 그는 시즌 중에 금색 끈팬티만 입고서 밀라노 런웨이에 서서 어마어마한 구설수에 올랐지만 본인은 그 상황을 즐겼다. 사실, 이런 걸로 클리프를 객관화할 수 없긴 했다. 그러기에는 그의 자아가 무시무시하리만큼 강했으니까. 게다가 언제든 패션계를 떠나도 상관없고, 다시 서핑을 하며 밴에서 살면 된다는 걸 알아서인지 현재 선택한 직업에 대해 전혀 고민하지 않는 듯했다. 바로 그 점에서 러키와는 달랐다. 러키의 아름다움은 그녀가 버는 돈의 원천이자 수치심의 원천이기도 했으니까. 러키는 모델 말고 다른 직업을 가져본 적이 없어서 자신이 아무것도 한 게 없다는 기분에 시달리며 살았다. 대놓고 인정한 적은 없지만, 자유로운 클리프가 부러웠다.

• 엘리너 포터의 소설 속 등장인물로, 만사에 매우 긍정적인 사람을 뜻하는 말이다.

"안녕, 옷을 입고 있어서 못 알아봤지 뭐야."

러키는 클리프 앞에 놓인 담뱃갑에서 담배 한 개비를 꺼내 입술에 물며 인사했다. 다른 모델이 마구 웃으면서 몸을 숙여 그녀에게 라이터로 불을 붙여주었다. 동안인 미국인은 러키가 모르는 사람이었다. 그는 골든 리트리버 같은 색을 띠고 있는 데다 그 견종 특유의 무차별적으로 즐겁고 싶다는 욕구까지 지니고 있었다. 남자들은 앞에 큼직한 맥주잔을 두고 있었지만, 사비나는 화이트 와인을 시켜놓고도 마시지는 않은 채 잔을 빙빙 돌려대기만 했다. 러키는 직원에게 손짓해서 맥주를 주문한 다음 자리에 앉았다.

"난 라일리야."

젊은 남자 모델이 그녀에게 말했다.

"나 한잔해야겠어."

러키는 이렇게 말하고는 등을 의자에 기댔다. 창백한 빛깔을 띤 배가 살짝 드러났다.

"얘는 러키야. 우린 자매 같은 사이야."

러키는 대충 고개를 끄덕여 그 말을 인정했다. 사비나는 외동딸 기질을 발휘해 친구들을 모아놓고 가족처럼 대했다. 그렇지만 이 둘은 최근 했던 캠페인이 무엇이고 좋아하는 술이 뭔지 말고는 서로에 대해 별로 아는 게 없었다.

"너 미국인이구나! 사실 난 오늘 미국인 만나기만을 기다리고 있었다고."

반갑게 소리치는 라일리의 남부 말씨는 모음마다 면화를 감싼 것처럼 부드럽게 들렸다. 그는 맥주를 들어 올리며 덧붙였다.

"독립 기념일 만세!"

러키는 하늘로 좁다란 연기 기둥을 뿜으며 대답했다.

"나 그런 거 안 챙겨."

올해도, 내년도, 이제 앞으로 맞이할 7월 4일은 니키의 기일일 뿐이다. 라일리는 그녀를 보며 눈살을 찌푸렸다.

"너 미국인 아니야?"

"뉴욕 출신이니까, 굳이 말하자면 그렇지."

그녀의 대답에 사비나가 끼어들었다.

"하지만 오늘 너희는 파리에 있잖아. 그러니 바스티유 데이*를 기념해야 해."

"그게 언제야?"

클리프가 물었다.

"사실, 바로 다음 주야."

사비나의 말에 클리프가 대답했다.

"그럼 7월은 폭정에서 주권을 되찾는 달이로군."

"뭐, 어쨌든 난 고향의 독립기념일이 그리워. 7월 4일에 외국에 있어본 적이 한 번도 없었거든. 우리 부모님은 언제나 성대한 바비큐 파티를 했다고."

"미안한데, 프랑스인들은 바비큐 안 해."

사비나는 손을 내저으며 잔을 내려놓고선 계속 말했다.

"이건 못 마시겠어. 아침부터 두통이 가시질 않네. 왜 사람들은 아침도 먹기 전에 백스테이지에 샴페인을 내놓자고 하는 거지?"

"그거야 너희 여자들이 그것밖에 안 먹으니까. 뭐라더라? 샴페인,

• Bastille Day, 프랑스혁명 기념일로 7월 14일이다.

코카인, 그리고 가볍게 즐기는 섹스만으로 산다는 말 몰라?"
 클리프의 말을 사비나는 싹 무시했다. 그리고 벌써 희멀건 회색으로 변하는 하늘을 슬쩍 올려다보았다.
 "비가 올 것 같네. 아니야?"
 "아, 이런. 나 다음번 쇼는 야외에서 하는데."
 라일리의 말에 러키도 덧붙였다.
 "나도야."
 "나의 첫 패션 위크부터 비가 오다니."
 라일리가 투덜댔다. 클리프는 얼래니스 모리셋의 〈아이러닉〉 후렴구를 불렀다. 예상외로 꽤 괜찮은 목소리였다.
 "잇츠 라이크 레에에에에인 온 유어 웨딩 데이."
 "이건 오트 쿠튀르라고. 라 크렘 드 라 크렘(최고 중에서도 최고)이란 말이야. 장담하는데, 너희를 젖게 안 둬."
 사비나의 말에 러키가 대꾸했다.
 "아니, 모델이 아니라 옷이 안 젖게 하겠지."
 러키는 이제 클리프에게 말했다.
 "어쨌든, 여자 모델이 뭐 어쨌다는 거야? 그러면 너희 남자들은 뭐, 건강과 자제력의 본보기라도 된다는 거야?"
 그녀는 거의 빈 클리프의 맥주잔을 톡톡 두드렸다. 클리프가 러키를 가리키며 대답했다.
 "우리는 술을 감당할 만큼만 마신다고. 너는 퍼마시잖아. 식사를 안 할 거면 술도 마시면 안 돼."
 "나 먹기는 먹어. 그러니까 술도 마실 수 있어."
 러키는 방금 앞에 놓인 맥주를 들며 말했다. 클리프는 웃고서 술을 한 잔 더 주문하고는 노래를 흥얼거렸다.

"네가 하는 건 뭐든 내가 더 잘해."

"솔직히 내가 너보다 잘할 자신 있거든?"

러키가 대답하자, 클리프는 술을 전부 들이켜며 말했다.

"진짜 그런가 볼래?"

그리하여 한 시간 후, 술을 연속으로 다섯 잔 마신 러키는 이제껏 했던 이야기 중에서 가장 재미있는 얘기를 하려고 마음먹었다. 아침부터 그녀에게 덕지덕지 붙었던 슬픔이 술이 한 잔씩 들어가면서 씻겨 내려갔다.

"내가 열아홉 살 때 1년간 도쿄에서 살았거든. 재밌기는 했는데, 좀 무책임하게 살았던 것도 같아. 늦게까지 놀고, 약속도 안 지키고, 하여튼 신인이 해서는 안 될 짓은 기본적으로 다 했어."

이쯤에서 러키는 아직 어린 라일리를 가리키며 경고 조로 눈썹을 치켜떴다.

"이거 뭐 '내 말만 따라 하고 행동은 따라 하지 마라' 같은 강의인가? 내가 장담하는데, 너는 그때나 지금이나 하는 짓이 똑같아, 러키."

클리프의 말에 라일리가 덧붙였다.

"야, 나한테 훈계할 필요 없어. 난 스물세 살이라고. 내가 뭘 해야 하는지 안단 말이야."

"나도야! 사실, 난 지금 3년 넘게 스물세 살로 살고 있다고."

사비나가 버럭 소리를 질렀다. 러키는 웃으면서 술을 더 마셨다.

"내 소속사에서 그때 막 협박했거든. 날 방출해 버리겠다고. 그런데 갑자기 캠페인이 하나 생긴 거야. 싸구려 광고 브랜드였지만 그래도 돈, 돈, 돈이 되는 일이었지. 담당자가 전화해서 그러더라. '러키, 촬영에 1분이라도 늦으면 퇴출이야. 1분이라도 안 돼.'"

"어떻게 됐는지 알겠다. 결국 늦었지? 그래서 쫓겨났지? 그런데도 어찌저찌 거물급 유명 모델이 됐다는 이야기잖아."

라일리의 말에 사비나가 숨을 헉 몰아쉬었다.

"쟤가 유명하다고? 나보다?"

라일리는 러키와 사비나를 번갈아 바라보다가, 더듬더듬 말했다.

"아니, 그게, 그, 그렇지. 솔직히 모르겠어. 너희 둘 다 예뻐."

"쟤 농담한 거야."

러키의 말에 클리프는 고개를 저었다.

"아니, 사실은 진담이지. 어쨌든 쟤네 둘보다 내가 더 유명해."

사비나는 클리프에게 얼굴을 찌푸렸다. 러키는 말을 이어나갔다.

"우리는 다 안 유명해. 어쨌든, 하던 이야기를 계속하자면, 촬영 전날 밤에 난 일찍 잤어. 제시간에 일어나려고. 그런데 내가 살던 곳이 시부야의 모델 아파트였거든? 거기는 솔직히 매춘업소나 다름없었어. 얌전하게 침대에 누워 있는데, 갑자기 여자애들이 우르르 몰려오더니 이러는 거야. '하라주쿠에서 오프닝 기념 파티가 있어. 작년 오스카 수상작 영화에서 카우보이 우주 비행사인가 뭔가를 연기한 배우가 있는데, 죽여주게 섹시해. 우리 중 하나가 걔랑 꼭 자야 한다고. 어서 신발 신고 가자.' 그래서 뭐, 내가 무슨 힘이 있겠어. 따라갔지. 맹세코 술은 딱 한 잔만 하기로 다짐하고."

러키는 잠깐 말을 멈추고 술을 마저 마신 다음, 종업원에게 손짓해서 맥주를 시켰다.

"그래서 어떻게 됐어? 제발 잘렸다고 말해줘."

클리프의 말에 러키는 만족스럽게 트림을 한 다음 씩 웃었다.

"더 망했어. 난 밤새 파티를 했거든…."

"그 배우랑 잤어?"

사비나가 물었다.

"아니. 어떤 러시아 애가 채갔어."

대답을 들은 사비나는 못마땅한 소리를 냈다.

"그러면 그렇지."

"다음 날 아침에 일어났더니, 아니나 달라. 약속 시간이 한 시간 지나 있더라고. 너희 늦잠 자서 일 못 간 적 있어?"

"나 엄마가 제때 안 깨워줘서 SAT 못 칠 뻔했어."

라일리가 진지한 목소리로 말했다. 러키는 고개를 끄덕였다.

"그러면 내 마음 알겠네."

러키는 자신이 그때 엑스터시와 코카인 등 일본에서 구하기가 하늘의 별 따기인 마약에 취해 있었다는 사실은 밝히지 않기로 마음먹었다. 물론 파티용 마약이라면 송로버섯 찾아내는 돼지처럼 기가 막히게 냄새를 맡는 러키는 마약을 구할 수 있었다.

"내가 일어났을 때는 담당자가 벌써 열다섯 번쯤인가 전화했더라고. 그래서 나도 전화를 했지. 어디냐고, 왜 전화 안 받았느냐고 묻더라. 그 순간 좋은 생각이 떠올랐어. 일어나서 보니 결막염에 걸려 있었다고, 앞이 전혀 보이지 않아서 전화도 못 받았다고 했지. 알아. 멍청한 대답이었지. 하지만 그땐 내 상태가 별로 안 좋았어."

클리프가 피식 웃었다.

"담당자가 그 말을 믿었어?"

"당연히 안 믿었지. 나더러 의사에게 진단서를 받아오지 않으면, 소속사에서 쫓겨날 거라고, 그러면 뉴욕으로 돌아가야 한다고 하더라. 뭔 개소리인지! 하지만 그땐 너무 겁이 났어. 할 수 있는 일은 딱 하나더라고. 진짜로 결막염에 걸려서 의사에게 가는 거였지."

"잠깐만, 그게 뭐야? 성병이야?"

사비나의 말에 라일리는 술을 마시다 조용히 사레가 들렸다.

"그건 정액이 잘못 튀어 눈에 들어가면 걸리는 병이야."

러키는 테이블 너머에 앉은 클리프를 찰싹 때리고는 눈을 톡톡 치듯 깜빡여 보였다.

"아, 콩종크티비트!* 이해했어."

"영어로 들으면 단번에 못 알아들어? 거의 같은 단어인데."

클리프의 말에 사비나가 대꾸했다.

"조용히 해. 나한테 수작 부리지 마."

러키가 계속 말했다.

"그래서 내 계획은 이거였어. 더러운 걸 보는 대로 죄다 만져서 눈에 문질러보자. 그런데 도쿄는 깨끗하기로 유명한 곳이잖아. 쉽지가 않더라고. 다행히도 나는 모델 열두 명이랑 같이 살고 있었는데, 다들 구역질이 날 정도로 더러운 애들이었거든. 기름때가 덕지덕지 낀 조리대? 최고지. 변기? 딱 좋아! 애들이 키우는 못생긴 강아지 엉덩이? 좋지, 한번 만져야겠다, 싶었지."

"더러워!"

• 결막염을 의미하는 영어 단어 conjunctivitis는 같은 뜻의 프랑스어 단어 conjonctivite와 유사하다.

라일리가 눈에 띄게 밝은 얼굴로 소리쳤다.

"그러고 나서 의사한테 눈 상태를 보여줬어. 이런 짓을 전부 했더니 예상대로 눈이 시뻘게졌더라. 의사는 날 차마 쳐다보지도 못했어. '어떻게 해드릴까요?' 하고 묻기에, 내가 그랬지. '직장에 진단서를 제출해야 해서요.' 그랬더니 의사가 서류 한 장을 줘서 난 계획대로 진행했지. 너무 쉽더라고. 전화해서 진단서가 있다고 했더니, 담당자가 그랬어. '잘했어. 그런데 난 네가 언제나 거짓말을 하는 걸 알고 있거든. 고객사에 네가 여행을 갔는데 비행기가 지연됐다고 해뒀어. 그랬더니 내일 오라더라고.' 어때? 해피 엔딩이지? 그래서 그날 밤엔 제 시간에 잤어. 그리고 다음 날 일찍 일어났더니… 결막염에 걸렸더라."

"메 농(어떡해)!"

"메 위(그랬다니까), 이런 씨발!"

러키가 소리치자, 프랑스 아주머니 둘이 이쪽을 쳐다보며 얼굴을 찌푸렸다. 러키는 그들에게 명랑하게 손을 흔들어주었다.

"그럼 말하자면, 망한 거네."

클리프가 말했다.

"바로 그거야. 눈이 완전히 충혈되고 부었더라고. 결국 광고 못 찍었어. 고객을 잃었지."

"그래서 소속사에서 쫓겨났어?"

라일리의 물음에 러키는 고개를 끄덕였다.

"거의 쫓겨날 뻔했어. 나를 보류시키더라고. 그런데 몇 주 지나서 파티에 갔다가 우연히 《보그 재팬》 편집자를 만나게 됐어. 그분이 유머 감각이 아주 뛰어나다는 걸 알고 있어서, 난 이 이야기를 해줬지. 그랬더니 너무 좋아하는 거야. 결국 몇 주 후에 날 잡지 모델로 쓰더

라. 그렇게 화보 경력이 시작된 거야."

"너 진짜 끝내주게 운이 좋다."

클리프는 고개를 절레절레 저었다. 사비나도 거들었다.

"러키는 고양이 같아. 목숨이 아홉 개인가 봐."

"너희 부모님이 네 이름을 러키로 지은 건 분명 이유가 있을 거야."

라일리의 말에 러키가 다시 담뱃불을 붙이며 말했다.

"아무것도 모르고 지은 이름이야. 아직도 모르고."

테이블이 조용해졌다. 이야기가 끝나자 다시금 어두운 파도처럼 슬픔이 밀려들어 시시각각 러키를 집어삼킬 것만 같았다. 부모님도, 니키도, 이 자그마한 카페 테이블 공간 밖에서 일어나는 그 무엇도 생각하고 싶지 않았다. 하지만 러키의 가족은 언제나 그녀의 머릿속에 버티고 서서 마구 밀려들 준비가 되어 있었다.

러키는 알고 있었다. 자신의 언니들은 너그럽다는 걸. 하지만 아버지는 나쁘다는 걸. 물론 나쁜 아빠란 얼마든지 있기 마련이다. 러키가 이제껏 살아오면서 좋은 아빠를 둔 사람을 만난 적은 확실히 손에 꼽을 정도니까. 그런 사람들은 하나같이 이상했다. 애정 넘치는 아버지 아래에서 자란 애들은 영원히 햇살이 내리쬐는 말리부에서 자란 것처럼 초롱초롱하고 부드러운 눈망울을 지녔었다. 굳세게 자랄 필요가 없는 애들이었다. 나쁜 아빠가 있는 사람은 길고 혹독한 겨울을 견디며 자라나는 것과 같다. 이게 러키 나름의 이론이었다. 그래서 튼튼해지고, 현실을 대비할 수 있게 된다. 여름날은 그저 한철일 뿐, 평생 그렇게 살 순 없다. 남자란 대개 기회만 있으면 나를 해치려드는 존재다. 물론 이건 나쁜 아빠 밑에서 자라난 아이들만의 믿음일 수도 있겠지만.

아버지에게 웃긴 점이 있다면, 의외로 냉정한 사람이 아니었다는 것이다. 적어도 언제나 냉정한 건 아니었다. 러키에게 묻는다면 아버지가 '변덕스럽다'고 했을 것이다. 날씨처럼 오락가락하는 인간. 그래서 오늘은 어떨지 주기적으로 확인해야 하는 인간. 러키네 자매들은 현관문을 닫는 모습으로 아버지의 기분을 파악할 수 있었다. 우박이 쏟아지는 날엔 피크닉을 갈 수 없는 것처럼, 아빠가 화난 날에는 해서는 안 되는 일이 있었다. 리모컨 주도권을 두고 다투지 말 것. 친구와 전화로 시끄럽게 수다 떨지 말 것. 성적이 떨어졌다고 울지 말 것. 실없는 농담에 웃지 말 것. 엄마에게 배고프다고 칭얼대지 말 것. 아버지는 이 집의 하나밖에 없는 남자이자 동시에 집 자체였다. 자매들은 아버지의 기분에 맞춰 살아갔다.

러키는 아버지에게서 파란 눈과 담갈색 머리카락을 물려받았고, 부디 그것 말고는 닮은 점이 없기를 바라고 있는 형편이다. 아버지는 스코틀랜드 이민자 3세대 미국인으로, 어린 시절을 천주교 수녀처럼 보냈다. 아버지 말로는 이렇게 자란 사람은 누구든 아주 어엿한 무신론자가 될 거라 했다. 독서를 무척 좋아해서 음주를 시작한 뒤로도 일주일에 한 권은 책을 읽는 습관을 유지했지만, 실은 종교에 빠지듯 스포츠에 열광했다. 축구, 복싱, 골프, 사이클링까지, 스포츠라면 뭐든 봤다. 아버지는 보니처럼 머리보다는 몸을 써야 하는 사람이었다. 프로 운동선수가 될 수도 있었을 것이다. 실제로 축구 장학금을 받고 대학에 가기도 했다. 하지만 햄스트링 파열로 졸업 후에는 지역 은행에 취직했고, 평생을 거기서 일했다. 제아무리 술을 많이 마셔도, 자주 마셔도, 아버지는 항상 정시에 출근했다. 그래서 엄마는 아버지에게 문제가 있다는 걸 절대로 인정하지 않았다. 세상에 이렇게 직장을 오래 다니는 알코올중독자가 어디 있니? 아버지는 누가 봐도 알코올중독인데도 그랬다.

 러키는 그가 나쁜 아버지였다고 얼마든지 말할 수 있었다. 하지만 엄마 역시 그리 좋은 엄마는 아니었다고 인정하기란 좀 어려웠다. 엄마는 서섹스의 쇠락해 가는 귀족 영지에서 우울증에 걸린 어머니와 술주정뱅이 아버지 사이에서 태어난 외동딸이었다. 땡전 한 푼 없는 상태인데 계급은 귀족인 영국 특유의 조합으로, 엄마 말에 따르면 '우아한데 돈은 없는' 상황이었다. 엄마가 사춘기가 되었을 무렵 외할아버지는 유산의 대부분을 낭비했다. 그 후, 아버지를 만나 결혼하고 나서도 엄마는 자신이 버리고 온 영국의 계급 제도를 계속해서 철저하게 경멸했다.

 러키는 엄마의 삶에 대해 많이 알지는 못했다. 다만, 엄마가 불행한 가정에서 컸고, 또 엄마 말마따나 나라 전체가 썩어서 최대한 빨리 그곳에서 탈출했다는 것까지는 알고 있었다. 뉴욕에 도착한 엄마는 도심에 있는 갤러리에 일자리를 잡았다. 그때는 비단결 같은 밤색 머리카락을 허리까지 길렀고, 얼굴형은 아름다운 튤립 모양이었다. 주로 미니스커트를 입고 창가에 서서 부자들을 갤러리로 유인하기 위해 고용되었다고 했지만, 젊은 화가의 재능을 알아보는 기민한 안목 역시 갖고 있었다. 그래서 오늘날 세계적으로 유명한 화가들의 초창기 작품을 알아보고 상사들을 설득해 구입했다.

 엄마가 아이를 갖지만 않았더라면 분명히 갤러리의 관장이나 저명한 큐레이터가 되었을 거라고 러키는 확신했다. 하지만 엄마는 큰딸 에이버리가 태어나자 갤러리를 그만두었다. 그리고 에이버리가 열다섯 살, 러키가 여덟 살이 되던 해, 다시 박물관에서 도슨트로 일하기 시작했다. 엄마는 큰딸에게 동생들을 돌보라고 말했다. 돈이 필요하다면서. 물론 돈이 필요하긴 했으나, 솔직히 시급으로 따지자면 베이비시터 한 명 쓰는 비용보다 도슨트 봉급이 낮았을 것이다. 대개 엄마는 딱 최소한의 엄마 역할만 했고, 나머지는 에이버리가 묵묵히 엄마 노릇을 대신했다. 러키는 인정하고 싶지 않았으나, 에이버리는 대개의 엄마들보다 엄마 노릇을 더 잘했다. 물론 그렇다고 해서 오늘 걸려 온 언니의 전화에 대답할 마음은 없었다.

러키는 담뱃재를 가리비 모양 재떨이에 털고서 한숨을 내쉬었다. 머릿속 비밀 통로를 찾아 사라지고만 싶었다. 그 어떤 기억도 자신에게 닿지 못하는 곳으로. 그럴 수 있는 방법은 단 하나. 그녀는 빈 맥주잔을 옆으로 치우고 친구들에게 미소를 지으며 말했다.

"더 독한 거 마실래?"

인상파 화가들의 그림에 나올 법한 비둘기빛으로 물든 거리를 지나, 러키는 아틀리에로 향했다. 라일리와 화장실에서 섹스할까 싶은 마음도 막연히 있었지만, 어쩐지 집착할 부류 같아 그만두었다. 대신에 정시에 피팅을 하러 간다는, 대단히 책임감 있는 결정을 내렸다. 길을 가다 개를 피하느라 넘어지는 바람에 손끝이 보도에 긁혔다. 하지만 곧바로 일어섰다. 지금 약간 취했나 보네. 그래도 다른 사람들보단 술을 잘 마시는 것 같아서 내심 만족스러웠다. 자리에서 일어나기 전, 존 레논의 〈이매진〉을 반주도 없이 감성적으로 부르던 클리프보다야 훨씬 잘 마시니 됐지.

파란색 나무문을 열자, 아까만 해도 조용했던 안뜰이 온갖 사람의 움직임으로 북적였다. 자갈이 깔린 파티오 한가운데에는 기다랗고 하얀 런웨이가 설치되었다. 주변에서 직원들이 의자를 정리하고 선을 깔고 사진 촬영 구역을 설치하느라 바쁘게 움직였다. 패션업계가 만들어내는 세계의 충돌이 러키에겐 기이하게 느껴졌다. 이 부지런한 스태프 무리들은 앞으로 몇 시간 동안 무대 설치라는 헤라클레스의 업적에 비할 만한 중노동을 해낸 다음, 전혀 존재하지도 않았던 사람처럼 이 배경에서 사라질 것이다. 그리고 그 자리에는 실크 의상을 입은 러키와 동료 모델들이 스태프들의 작품을 누비며 쇼를 보러 온 인파 위를 구름처럼 둥둥 떠다니겠지.

서커스 공연에서나 볼 법한 높이로 의자를 탑처럼 쌓아 들고 가는 남자를 슬쩍 피하고서, 러키는 어질어질한 나선형 계단을 다시 올랐다. 답답한 아틀리에에 들어서자 사방이 빙빙 돌았다. 후끈한 땀 냄새가 코를 찔렀다. 위에선 목조 천장형 선풍기가 돌고 있었지만 효과가 전혀 없어서 방 안의 열기를 흩어주지 못했다. 어떤 여자가 샤베트색 태피터 드레스 자락이 마구 튀어나온 작업대를 꾹꾹 누르면서 쳐다보지도 않고 옆을 지나갔다. 선풍기 돌아가는 소리에 맞춰 러키의 머리도 획획 돌았다. 창문으로 다가가 몸을 내밀고 심호흡을 했다. 아틀리에에선 저 아래 안뜰이 보였다. 러키는 바닥에서 반짝이는 흰색 런웨이를 닦는 남자의 대머리를 지그시 바라보았다. 빙빙 도는 머릿속을 좀 가라앉혀 보려 했다.

"비 올 것 같아요?"

뒤를 돌아보자, 아까 봤던 스타일리스트가 있었다. 올림머리에 줄자를 들고 있는 여자는 바쁘게 움직이는 와중에 입에 물고 있던 은색 핀을 빼며 다시 말했다.

"비가 올까 봐 모두 걱정이거든요."

러키는 창밖으로 고개를 내밀어 하늘을 살펴보았다. 왼편은 회색, 오른편은 옅은 파란색이었다.

"반반인데요."

자신의 말이 마치 입을 찌르르하게 하는 과일 조각 같았다. 스타일리스트는 얼굴을 살짝 찌푸렸다.

"어쨌든, 이쪽으로 오세요."

러키가 안내받은 곳은 훨씬 더운 구석 자리였다. 벨벳 옷걸이에 의상이 걸려 있었고, 고리에는 러키의 폴라로이드 사진이 붙어 있었다. 의상은 홀터넥 무도회 드레스였는데, 플레어스커트가 거꾸로 엎어놓은 마티니 잔 모양이었다. 천은 새끼 고양이 발바닥처럼 연분홍색이었다. 예술적으로 보디스를 감싼 천 위를 가로질러 은구슬로 만든 가지를 촘촘하고 묵직하게 붙여놓은 모습이 만개해 빛나는 벚꽃 같았다. 스타일리스트는 기대하는 눈빛으로 러키를 바라보았다.

"이 아플리케 만드는 데 300시간이 걸렸어요."

하지만 러키는 쓰러지지 않고 청바지를 벗느라 너무 정신이 없어서 미처 대답을 하지 못했다. 어찌어찌 바지와 티셔츠까지 벗은 다음, 속옷 차림으로 휘청였으나 신인 모델 시절에 몸에 익혔던 포즈 훈련이 무의식적으로 발현되어 서 있기는 했다. 작품을 본 러키가 애교 섞인 감탄사를 내뱉어 주기를 스타일리스트가 얼마나 기대했는지는 모르겠으나, 어쨌든 러키는 예상대로 반응하지 않았다. 그러고는 더러운 양말을 벗지도 않고서 뻣뻣한 드레스를 입기 시작했다. 뒤편에서 몸이 꽉 조여왔다. 보디스가 갈비뼈를 으스러뜨리고 허리를 죄어댔다.

"아름답죠? 공주님 같아요."

작업대에 앉아 있던 재봉사가 한숨 섞인 탄성을 내뱉었다. 러키는 살짝 트림을 했다.

"디자이너들이 곧 살펴보러 올 거예요. 하지만 먼저 딱 맞는지 보죠."

스타일리스트의 말에 러키가 쉰 목소리로 요구했다.

"물 좀 주실래요?"

스타일리스트는 당황한 듯했지만, 어쨌든 딸기맛 볼빅 탄산수를 건넸다. 러키는 조심스레 한 모금 마셨다. 그녀는 딸기를 싫어했다. 사카린이 섞인 거품이 위장을 강타하자마자 깨달음이 왔다. 아, 큰일 났다. 맥주와 보드카가 뒤섞인 갈색 물줄기가 몸속에서 솟아올랐다. 러키는 창문으로 달려갔다. 보디스가 펌프처럼 위를 조여댔다. 썩은 냄새가 나는 액체가 파도처럼 쏟아져 나왔다. 러키는 방금 자신의 몸에서 발사된 액체와 담즙을 내려다보았다. 바닥에 흩뿌려진 토사물은 데칼코마니 무늬처럼 보였다. 러키가 몇 분 전에 봤던 대머리 남자가 러키가 토한 액체를 아슬아슬하게 피하고서는 이쪽을 올려다보며 경악했다. 뒤편에서는 재봉사와 스타일리스트가 비명을 지르면서 제발 드레스에 토하지 말아달라고 애원했다. 지금 러키의 몸은 창틀에 매달려 있었다. 말하자면 방 안과 밖의 경계에 있달까. 그녀는 잠시 생각했다. 이런 식으로 이쪽도 저쪽도 아닌 채로, 경계에 영원히 머물 수 있다면 얼마나 좋을까. 이윽고 그녀는 입술에 묻은 시큼한 침을 닦았다. 저 앞으로 빛을 받아 반짝이는 파리의 경사 지붕들이 보였다. 그래도 해는 났구나.

2장
보니

보니는 날이 밝기 전 잠이 깼다. 누군가 침입하는 소리가 들려서였다. 누가 안으로 들어오려고 현관문을 잡고 흔들어댔다. 보니는 순식간에 침대 옆에 둔 야구방망이를 쥐고서 자그마한 거실로 달려갔다. 어둡고 고요한 거실에는 한구석에 쌓인 골판지 상자와 접이식 해변 의자 말고는 아무것도 없었다. 바깥 가로등의 노란 불빛이 바닥에 비쳤다. 가만히 서서 귀를 기울였다. 다시금 문이 덜컹거리자, 숨을 죽이고는 살금살금 문으로 다가갔다. 그리고 살짝 달칵대는 소리만으로 걸쇠를 풀었다. 이어서 재빠른 움직임으로 문을 확 열고서 앞으로 방망이를 휘둘렀다. 방망이는 텅 소리를 내며 바닥을 내리쳤다. 아무도 없는 복도에는 이웃집 아이들이 밤새 마르라고 난간에 널어놓은 젖은 수건이 쭉 늘어져 있었다. 고개를 저었다. 아무것도 아닌 일에 또 혼자 난리를 피웠네.

요새 보니는 대개 정오까지 잔다. 근처에 있는 술집 '피치스'에서 경비원으로 일하느라 새벽 서너 시가 되어야 집에 들어오곤 한다. 몇 년 전까지만 해도 매일 해가 뜨기 전에 일어나 훈련을 했었다. 보통 사람들이 아침 식사를 하려고 일어날 때쯤이면 그들이 일주일 동안 하는 운동보다 더 많은 훈련을 그 짧은 시간에 격하게 소화하며 매일을 살았다. 하지만 지금은 정반대였다. 운동이야 여전히 했지만, 예전의 훈련 일정에 비할 바가 아니었다. 그때는 그저 훈련만 하며 살았다고 해야 할 것이다. 그밖에 다른 게 없었으니까.

보니는 다시 잠자리에 들어 얕고 들뜬 잠에 빠졌다. 그러다 집 어딘가에서 울리는 전화벨 소리에 깼다. 거의 쓰지 않아서 며칠간 냉장고 위나 욕조 옆에 두고 건드리지 않을 때가 많은 전화기였다. 어디다 뒀더라. 침대에서 비틀비틀 일어나 전화기를 찾다가, 거실에 놓아둔 뜯지 않은 상자 위에서 발견했다. 액정에선 에이버리의 이름이 빛나고 있었다. 지금은 이른 오후니 늦잠을 잔 셈이었다.

"에이버리."

쉰 목소리로 전화를 받자, 언니가 한숨을 쉬었다.

"보니 보니, 드디어 받았구나. 너 엄마가 보낸 그 망할 메일 봤어? 그게 말이나 되는 내용이니?"

보니는 얼굴을 찌푸렸다.

"무슨 메일?"

"아직 못 봤어? 지금 일어났어?"

보니는 주방으로 가서 수도꼭지를 틀어 몸을 기울이고는 그대로 물을 마셨다.

"지금은 플립폰을 써. 이메일도 못 봐. 뭐랬는데?"

입을 닦으며 말하자, 에이버리가 대답했다.

"아, 잠깐만. 내가 찾아볼 테니까 기다려…. 여기 있다…. 사랑하는 딸들에게. 우리가 사랑하는 니키가 세상을 떠난 지가 벌써 1년이 되었다니 정말 믿을 수 없구나. 이렇게 편지를 쓰는 이유는, 알다시피 지난 열두 달 동안 집이 비어 있었잖니. 그래서 너희 아버지와 나는 이 집을 팔기로 어렵사리 결정했단다. 니키 물건을 가지러 오고 싶으면 이달 말까지 오렴. 나머지는 이삿짐센터에서 알아서 처리할 거야. 나는 언제까지나 사랑으로 너희들 엄마가 되어줄게."

보니는 절로 한숨이 나왔다. 이럴 줄은 몰랐다. 여섯 식구는 어퍼 웨스트사이드에 있는 아파트에서 살았다. 전쟁 전 지어진 건물로, 방 두 개짜리 작은 평수에, 수십 년 전에 시세보다 싼 가격으로 부모님이 구입했다. 큰방은 에이버리와 보니가 쓰고, 작은 방은 러키와 니키가 썼었다. 부모님은 원래는 식당이 아니었나 싶은 곳에서 잤고, 부부 공간과 거실 사이엔 페인트를 칠한 스크린을 쳐두었었다.

언젠가 이런 이야기를 들은 적이 있다. 수조에서 상어를 키우면 20센티미터 정도 되는 크기로 자라지만, 야생에 사는 상어는 2.4미터까지 자란다고. 하지만 자매들이 어릴 적 살던 집은 그 반대의 효과를 낸 것 같았다. 보니네 자매들은 그 작은 집에 묶이지 않을 정도로 무럭무럭 자라났다. 보니는 아마추어 복서가 되려고 열일곱 살이 되기 직전 집을 나갔고, 몇 년 후에는 니키가 다른 주에 있는 대학에 입학하려고 집을 나갔으며, 비슷한 시기에 열다섯 살이 된 니키는 세계를 누비며 모델 활동을 시작했다. 마침내 동생들이 모두 떠나자 에이버리도 가출했고, 1년 후에는 마약을 깨끗하게 끊고 돌아와 로스쿨에 가기로 했다. 아버지가 은퇴한 후 부모님은 북부 시골로 이사했다. 대외적인 이유는 도시가 아버지의 건강에 좋지 않다는 거였지만, 사실은 건강이 아니라 음주 습관에 좋지 않아서였다. 보니와 니키는 집으로 돌아와 열심히 모기지 대출을 갚았다. 니키는 근처 고등학교에서 영어 교사로 일했고, 보니는 투어와 훈련 캠프를 다니는 동안 중간중간 집을 오가며 파벨의 체육관에서 기술을 갈고닦았다. 행복하게 합의한 생활이었다. 그렇게 살 수 있었던 동안에는 그랬다.

"이게 무슨 말이지? 너희들 엄마가 되어줄게? 아닐 수도 있다는 소리야?"

에이버리의 목소리가 점점 높아졌다.

"냉정하지. 아무리 엄마가 그런 사람이라 해도."

보니도 고개를 끄덕였지만 곧바로 죄책감을 느꼈다. 엄마에 대해 나쁜 말 같은 건 절대 하지 않으려 했건만. 사실을 말하자면 보니는 엄마와 친하지 않았다. 자식과 엄마 사이의 골을 메워주는 역할은 에이버리와 니키가 맡아 했었다. 엄마가 가장 관심을 가진 딸은 니키였다. 하지만 엄마는 자식들에게 본인 이야기를 그리 많이 하지 않았다. 게다가 엄마는 스포츠를 싫어했고, 보니는 니키와 달리 예술에 별 흥미가 없었다. 그래서 엄마와 보니는 적당한 거리를 두고 서로를 존중할 뿐이었다. 한편, 에이버리는 성인이 된 후 충실한 딸 노릇을 맡았다. 분명 마약에 중독되어 가출했던 때를 보상하려는 것 같았다. 시골에 사는 부모님을 몇 년마다 찾아가고 명절과 생일마다 전화를 했다. 하지만 보니는 느낄 수 있었다. 에이버리가 남몰래 부모님에게 뜨거운 분노를 품었다는 걸, 그 분노는 세심한 배려 아래 들끓는 마그마와 같다는 걸. 러키와 보니 둘 다 청소년기부터 부모님을 대신할 사람들을 바깥에서 찾으며 살았다. 러키는 소속사의 매니저와 담당자를 돌아가며 이용했고, 보니는 복싱 코치인 파벨 페트로비치를 부모처럼 따랐다. 그리고 자매에게 필요한 엄마다운 조언과 격려는 에이버리가 해주었다. 하지만 치티를 만나기 전까지 에이버리는 누구를 의지하며 살았을까. 보니는 아직도 알 수가 없었다.

"우리가 전화해야 할까?"

보니가 물었다. 벌써부터 무서워지기 시작했다.

"아, 내가 했어. 메일 받자마자."

에이버리가 활기차게 말했다. 보니는 비집고 나오려는 미소를 참았다. 언니는 천생 변호사구나.

"그래서?"

"부모님이 곧바로 집을 내놨지. 벌써 관심 있는 구매자가 있대."

"이야."

보니가 있는 힘을 다해 내뱉은 감탄사였다. 달리 또 무슨 말을 할 수 있을까. 에이버리는 두 분에게 대단히 분개한 것 같았다.

"통화 내내 엄마가 비료 이야기를 하더라. 정말 엄마답지 않니. 우린 평소에 거의 말도 안 하고 사는데, 막상 대화를 하니까 똥 같은 이야기를 넘어서 말 그대로 똥 이야기를 하더라니까."

에이버리의 목소리가 짜증이 섞이며 점점 높아졌다.

엄마는 언제나 자식들을 굶지 않게 먹였고, 때린 적도 없었다. 보니는 언제나 그 점에 감사했다. 하지만 엄마는 자식들을 버거워했다. 요리나 집안일을 하면서 만족감을 얻는 부류의 사람은 아니었으니. 그렇다고 도와달라는 말을 한 것도 아니었다. 매일 저녁, 엄마는 떠나고 싶지 않지만 어쩔 수 없이 해내야만 하는 힘든 단독 임무를 맡은 탐험가처럼 네 명의 자녀에게 식사를 주는 데 몰두했다. 보니가 보기에 엄마는 에이버리를 두려워했고, 보니에겐 어쩔 줄 몰라 했으며, 니키에겐 가끔 홀딱 빠졌고, 러키에겐 전혀 관심이 없었다. 그 어느 하나 이상적인 상황이 아니었다.

아버지에 대한 보니의 감정은 그보다 복잡했다. 아버지는 다른 딸들보다 보니에게 더 관심을 보였고, 그래서 보니는 자부심과 민망함을 동시에 느꼈다. 아버지는 종종 보니를 두고 아들을 못 낳는데 아들이 있다는 농담을 했다. 어린 시절, 아버지는 보니를 센트럴 파크에 데리고 가서는 해가 다 저물어 마지막 햇살이 잔디밭을 가로지르며 사라질 때까지 말없이 서서 야구공을 주고받곤 했다. 그때 나는 유일한 소리라고는 서로의 손바닥에 와닿는 가죽이 부드럽게 찰싹이는 소리, 그리고 유독 공을 잘 잡았을 때 잘했다며 칭찬하는 중얼거림뿐이었다. 집으로 돌아가는 길이면 아버지는 묵직한 손을 보니의 목 뒤에 얹고 앞으로 가라고 밀어댔다. 그러면 보니는 쾌락과 폐소공포라는 상반된 감정을 느끼곤 했다. 아버지의 관심을 끌고 싶은 욕구와 더불어 아버지에게서 벗어나고 싶은 욕구였다. 그래서 자유롭게, 아무런 방해 없이 안전하게 자매들의 품으로 돌아가고 싶은 마음이었다. 그러다 보니가 열다섯 살이 되어 복싱을 시작하면서 아버지의 음주 습관이 변했다. 전에는 보통 집 밖에서 마시고 오거나 식구들이 자고 나서 마셨지만, 이제는 보니와 함께 어울려 놀곤 하던 초저녁에 할 일이 없어져 술을 홀짝이기 시작했다. 보니는 아버지가 걱정되었지만, 그래도 목덜미에 또렷하게 와닿던 묵직한 손길을 더는 받지 않아도 된다는 안도감을 느꼈다.

"넌 어떻게 생각해? 우리가 두 분을 막아야 할까?"

에이버리가 물었다.

지금 나는 무슨 생각을 해야 할까. 그 아파트는 보니가 집이라고 여겼던 유일한 곳으로, 자신의 목에 매달린 올가미이자 닻이었다. 지난 1년 동안은 그 집의 모기지 대출금과 관리비를 에이버리가 내고 있었으니 비워둘 수 있었으나, 영원히 그 상태로 둘 수 없다는 건 다들 잘 알았다. 가족 문제에서 가장 좋은 접근법이란, 보니가 보기엔 중립을 지키는 거였다.

"그러면 언니는? 막아야 한다고 생각해?"

보니가 역으로 묻자, 에이버리는 단호하게 대답했다.

"응. 그곳은 우리 집이기도 하잖아. 두 분은 권리가 없어."

"하지만 두 분 소유잖아."

보니가 중얼거리자 에이버리가 벌컥 화를 냈다. 언니의 목소리가 10대였을 적과 같아졌다.

"아무튼! 넌 엄마 아빠가 집을 팔아도 정말 상관없어?"

물론 보니는 그 아파트를 사랑했다. 하지만 거기서 그 일이 일어난 후로는, 두 번 다시 발을 들일 수 없다는 것도 알고 있었다.

"두 분 집이니까 난… 두 분 의사를 존중해."

"세상에. 나도 너처럼 침착할 수 있다면 죽어도 여한이 없겠다."

보니는 소심하게 웃었다.

"언니 말이 무슨 뜻인지 모르겠어."

"그러니까, 넌 나와 달리 스트레스성 심장마비로 죽을 팔자는 아니라는 거야."

"하지만 니키 물건은 어떡하지?"

보니가 물었다. 그 점에서는 보니도 침착할 수 없었으니까. 전화기 너머로 에이버리가 낮게 콧노래를 불렀다.

"그러니까. 우리 중 하나가 집에 가서 그걸 다 가져와야 해."

"내가 제일 가까이 살긴 하지…."

보니는 운을 뗐지만 가슴이 벌써 가라앉는 기분이었다.

"괜찮아. 아무도 너한테 거기 가라고 안 해. 내가 어떻게든 해볼게."

에이버리가 재빨리 말했다. 보니는 안도의 한숨을 쉬었다. 에이버리가 가족 문제를 모두 해결해야 하는 상황이 싫으면서도 그만큼 안도감이 들었다.

"고마워."

나직하게 건넨 말에 에이버리는 목소리를 낮춰 말했다.

"벌써 1년이라니, 믿기지 않네."

"그러게…."

보니는 애달픈 미소를 지으며 덧붙였다.

"세월이 참 강물처럼 흐르네, 그치?"

"너 참 LA 사람처럼 말한다. 거긴 어때?"

보니는 거실을 지나 계단 위층으로 올라갔다. 쏟아지는 햇살에 얼굴이 살짝 찌푸려졌다.

"좋아. 지금 바다 보고 있어."

사실, 보니 앞에 펼쳐진 광경은 저 아래 골목이었다. 쓰레기봉투를 뒤져 피자 크러스트를 뜯어 먹느라 정신없는 갈매기가 보였다. 그녀가 사는 곳은 해변에서 한 블록 떨어진 지저분한 거리였다. 거기에는 아직 저렴한 월세방이 많아서, 서퍼와 학생, 계절 노동자와 나이 든 히피, 마약 중독자가 그럭저럭 살아가며 철따라 달라지는 공동체를 이루었다. 이런 이들은 베니스 비치의 부동산 중개업자들이 들먹이는 '이 지역 특유의 분위기'를 형성하는 장본인이었으나 정작 중개업자들의 손님은 결코 될 리가 없는 이들이었다.

"좋겠다. 나는 사건 서류 보고 있어."

"아직도? 지금 거기 밤늦은 시각 아니야?"

"나 이러는 거 잘 알잖아."

그래, 보니는 잘 알고 있었다. 에이버리는 예전에 마약에 중독되었듯 지금은 일에 중독되었다. 세상을 잊고 살기 위해서였다.

"오늘을 기리기 위해서 뭔가 한 게 있어?"

"아직 안 했어. 언니는?"

"그냥 너희에게 다 전화를 돌려봤어. 우리가 추모하는 전통을 만들려면, 지금 시작해 둬야지."

보니는 눈앞을 가린 머리카락을 후 불어 치웠다.

"니키라면 뭘 해주길 바랐을까? 애도하는 방법이 따로 있는 것도 아니잖아."

에이버리의 목소리는 평소 고객에게 하듯 빠르고 효율적인 기색을 띠기 시작했다.

"잠깐만. 찾아볼게. 기일을… 추도하는… 방법."

언니가 키보드를 치는 소리가 들렸다. 보니는 고개를 저으며 나직히 한숨을 쉬었다. 그리고 저 아래로 다시 시선을 돌렸다. 갈매기가 피자를 더 찾으려고 안간힘을 쓰며 쓰레기봉투를 마구 찢고 있었다.

"그건 그냥 마음 내키는 대로 하는 것 같은데, 에이버리. 인터넷이 뭘 어떻게 하라고 다 알려줄 순 없어."

"아니야. 인터넷에는 뭘 어떻게 해야 하는지 다 나와 있어. 봐, 벌써 목록을 뽑았다고."

에이버리는 목록을 읊어댔다.

"1번. 고인이 잠든 곳을 방문해라…. 뭐, 우리는 뉴욕에 사는 게 아니니까 이건 못 하겠네. 2번. 나비를 날려서…."

보니는 코웃음을 치며 대답했다.

"그래, 내가 나비 잡을 채집망을 챙겨볼게."

에이버리가 웃었다.

"3번은 좀 더 그럴듯해. 편지나 시, 블로그를 써라."

"시? 블로그? 누가 대체 그런 소리를 해?"

"흠, 4번은 이거야. 고인이 좋아하는 노래를 불러라."

"니키가 좋아하는 노래가 뭔지 알아?"

"몰라. 하지만 러키는 알걸."

"러키라면 분명 우리한테 장난치려고 니키가 데스 메탈을 좋아했다고 말할걸."

"전화해 봤자 과연 받을까 모르겠다. 받아야 알든가 말든가 하지."

이제 에이버리의 목소리에는 날이 섰다. 언니는 상처받은 티를 숨기기 위해 이런 목소리를 내곤 했지만, 본인은 절대로 인정하지 않았다. 에이버리가 나비 잡기에 번번히 실패하듯 손에 안 잡히는 막내와 얼마나 연락을 하고 싶어 하는지 보니는 잘 알고 있었다. 보니는 에이버리에게 말해주고 싶었다. 러키를 사랑하는 비법은 말이지, 자유롭고 싶은 마음을 알아주는 거야. 러키가 마음대로 하게 내버려둬. 그러면 결국은 언니에게 날아올 거야. 하지만 언제나 그랬듯 보니는 끼어들지 않기로 했다.

"다음 걸 볼까. 5번. 특별한 추모식을 열어라. 6번. 꽃으로 사랑하는 마음을 표현해라…."

"니키다운 건 아무것도 없는데."

"나도 알아. 그럼, 마지막으로 이런 게 있어. 자리에 앉아라."

"그거면 돼? 앉으라는 말뿐이야?"

보니는 눈살을 찌푸렸다.

"그렇게만 써 있어. 앉으라고."

"그건 할 수 있겠네."

"난 벌써 책상에 앉아 있긴 해. 자리를 옮겨야 하나?"

"그래. 다른 자리에 앉아. 바닥 어때?"

"좋아. 그럼 너도 바닥에 앉아."

보니는 아래층으로 내려가 벽에 등을 대고 앉아 눈을 감았다. 갈매기 울음소리, 옆집 사람들이 나직하게 싸우는 소리, 그중 남자 쪽이 "내가 뭐랬어, 뭐랬냐고" 하고 거듭 말하는 소리, 그 너머로 천천히 부서지는 파도 소리가 들렸다. 공기에는 소금기와 쓰레기와 햇볕 내음이 풍겼다.

"이러니까 뭔가 되는 것 같아?"

그녀가 묻자, 에이버리가 대답했다.

"음, 뭔가 되는 건 아닌 것 같아. 그저 우리가 니키를 기억하고 느껴볼 기회를 갖는 거지. 그러니까, 우리의 슬픔을 말이야."

"재밌네."

"넌 느껴져?"

"내 슬픔이 느껴지냐고? 그런 것 같아. 그냥 배도 좀 고프고."

보니는 농담으로 말했지만, 전화기 너머 에이버리는 말이 없었다. 보니가 조심스럽게 물었다.

"언니는? 뭔가 느껴져?"

에이버리가 숨을 삼키는 소리가 들렸다. 이어서 속삭임이 흘러나왔다.

"난 니키에게 너무 화가 나. 정말 이상하지 않니? 슬퍼야 한다는 건 아는데, 그저 화만 나."

"내가 생각하기엔… 정상 같은데? 아닌가? 치티한테 물어봐. 치티는 알 거야."

"이건 정상이 아니야. 난 니키에게 상처를 줄 수도 있을 것 같다니까? 니키가 여기 있었다면, 목을 때려줬을 거야."

보니가 미소를 지었다.

"정말 이상한 곳을 때리네."

"뭐, 얼굴은 때리고 싶지 않거든. 그냥 얼굴과 가까운 곳을 때려서 내가 얼마나, 무지무지 화가 났는지 알려주고 싶어."

"알겠어. 그럼 나도 니키 목을 때려줄게."

"그래, 하지만 네가 목을 때리면 걔는 죽을 거야."

"벌써 죽었잖아."

보니의 대답이 둘 사이에서 파르르 떠다녔다.

"보니 보니, 너 정말 괜찮니? 그… 나이트클럽 일은 어때?"

"좋아. 오늘 밤도 일해."

머나먼 런던에서 에이버리가 못마땅하다는 소리를 냈다.

"대체 거기서 뭐 하는 거야? 우리는 LA에 어울리는 사람이 아니잖아."

"난 제법 어울릴지도 모르지."

보니는 이렇게 대답했지만, 스스로 생각하기에도 자신은 LA에 어울리는 사람이 아니었다. 아니, 어디에는 어울리려나. 보니는 오랜 세월 복싱 선수로 살아왔기에 사람이 되는 법을 잊어버리고 말았다. 여기를 선택한 이유도 이제껏 훈련하며 살아온 뉴욕에서 멀어서, 그리고 직업을 구하기 쉬워 보이는 곳이라서였다. 여기가 맘에 드는지는 중요하지 않았다. 그저 뉴욕에서 도망치고 싶었다.

"LA에서 사는 건 말이지, 진짜 아름다운데 할 말이 없는 사람과 데이트하는 거랑 마찬가지야. 처음에는 좋지. 그냥 보고만 있어도 좋다고. 하지만 결국에는 책을 읽고 본인의 취향이 있는 사람을 옆에 두고 살아야 한다는 걸 깨닫게 되고 말지."

보니가 눈살을 찌푸렸다. 언니가 지난 10년간 LA에 와본 적이나 있나? 여기서 사는 게 어떤 건지 어떻게 알아?

"나도 여기서 얼마나 있게 될지는 모르겠어."

보니는 애매하게 말했다. 자신이 투지를 품을 수 있는 곳은 링뿐이었다. 링 밖에서는 걸핏하면 항복하기 일쑤였다. 특히 에이버리와 있으면 대화할 때마다 언니의 자신감이 철퇴처럼 보니를 짓눌러댔다.

"그러면 여기 와서 우리랑 같이 살아! 치티는 당연히 좋아할 거야. 그리고 런던 북부에는 좋은 복싱 체육관이 분명히 있을 거야."

"이제 훈련 안 해. 말했잖아."

"그렇지. 체육관은 그럼 됐어. 하기 싫으면 시합 안 해도 돼. 코치로 일해도 돼. 스포츠 매니저가 될 수도 있어. 아니면 자선단체를 설립해도 좋고. 네가 누군지 잊고 살면 안 돼, 보니."

보니는 다시 눈을 감았다. 갑자기 심하게 피곤해졌다.

"내가 누군데?"

"음, 일단 너는 세계 여자 선수권 챔피언이지. 네가 이긴 대회 중에 절반은 기억도 안 나. 하지만 엄청 많이 이겼잖아. 넌 내가 아는 사람 중에서 내면이든 외양이든 가장 강한 사람이야. 그리고 내 동생이지.

그리고 이제껏 내가 설명한 네 모습 중에 경비원은 없어."

"경비원 맞아. 지금 난 경비원이라고."

에이버리는 말이 없어졌다. 머릿속으로 다음에 무슨 말을 할지 고민하는 소리가 여기까지 들렸다.

"알잖아. 니키는 네가 이렇게 되는 걸 바라지 않았을 거야."

결국 에이버리는 이 말을 했다. 그렇군. 결국 죽은 사람 소원이라는 말을 꺼내고야 말았군. 예로부터 흔했던 결론이지.

"니키는 네가 사랑하는 일을 하며 살길 바랐을 거라고."

계속되는 에이버리의 말에 보니는 뒤쪽 벽에 머리를 콩 박았다.

"가끔 난 내가 사랑하는 것들이 싫어."

전화기 너머로 다시금 침묵이 흘렀다.

"나도 싫어?"

"언니는 절대 안 싫어."

이렇게 대답했지만, 에이버리가 이 말을 자기 이야기로 받아들일 거라는 사실을 너무 잘 알고 있었다. 나, 그래서 이런 말을 한 건가. 에이버리는 흥얼거림인지 신음인지 알 수 없는 소리를 냈다.

"음, 사랑해서 그래. 그래서 널 부담스럽게 하는 거야."

"알아. 나도 언니 사랑해. 사랑한단 말 없이도 사랑해."

그건 니키가 자매들에게 해주던 말이었다. 사랑한다는 말을 듣고 사랑하는 게 아닌, 조건 없는 사랑을 그 애는 보여주었다.

"있지, 나 이제 뛰러 가야겠어. 다음 주에 전화할까?"

"음. 그래. 영원히 달리진 않을 테니까 언젠간 전화하겠지."

에이버리가 콧노래를 불렀다.

보니는 반바지와 스포츠 브라를 입고서 해변으로 달려갔다. 매일 해변을 8킬로미터를 달린 다음 머슬 비치에 철봉이 있는 자리에서 체조를 했다. 보니가 익숙하게 해왔던 혹독한 훈련과는 동떨어진 것이었지만, 어쨌든 완전히 나약해지지 않게는 해주었다. 이곳을 자주 찾는 보디빌더들을 보려고 몰려드는 관광객들의 시선이 딱히 즐겁진 않았지만, 체육관보다 싸니까. 그리고 사람들은 벤치프레스 주변에서 울퉁불퉁한 구릿빛 근육을 뽐내는 남자들을 주로 주목했지, 보니는 그다지 주목하지 않았다. 그녀는 머슬 비치 운동 구역에서 혼자 여자일 때가 많았고, 특히 5분 안에 턱걸이를 100개 할 수 있는 유일한 사람이었다. 복싱 체육관에서 했던 거니까. 그녀는 중학교 이후로 팀 스포츠를 한 적이 없었고, 스파링 파트너들과는 피상적인 대화 말고는 거의 나누지 않았다. 그래서 자신이 불곰만큼이나 사교성이 없다고 생각했다. 일상생활에서처럼 머슬 비치에서도 그녀는 혼자 운동했다. 바로 그게 내가 원하는 거야, 라고 중얼거리면서.

하지만 열다섯 살에 복싱 훈련을 시작한 이후로 보니가 정말로 혼자였던 적은 단 한 번도 없었다. 링 위의 선수는 혼자인 것처럼 보여도, 언제나 코치가 몇 발짝 뒤 코너에 서서 모든 펀치를 함께 견디고 있다. 진정으로 위대한 코치는 선수가 보는 것을 함께 보며, 선수가 느끼는 것을 함께 느낀다. 아이가 엄마에게 의존하듯, 선수에겐 바로 그런 지원과 의존할 상대가 필요하다. 이것이야말로 스포츠의 핵심에 존재하는 비밀스러운 연약함이자 내밀한 의존성이다. 이러한 의존성에 자신을 완전히 내맡김으로써 선수는 회복력을 얻게 되는데, 그러한 회복력은 거의 초인간급이다. 복서들은 오로지 맞서 싸우는 훈련만 받지, 도망치는 훈련은 받지 않는다. 보니는 수많은 복서가 바닥에 등을 대고 쓰러지는 모습을 봤지만, 링에서 도망치는 복서는 단 한 번도 본 적이 없었다. 경기를 시작할 때마다 심판은 "언제나 스스로를 보호해라"라고 지시하지만, 복싱이란 스스로를 보호해야 한다는 인간의 가장 깊은 본능을 억누르고 모든 걸 바치기를 요구하는 스포츠다. 결국, 고통을 감수해야 고통을 줄 수 있는 법이다.

보니가 처음으로 복싱 체육관에 들어갔을 때는 니키도 함께였다. 보니가 열다섯, 니키가 열두 살 때였다. 부모님은 직장에서 근무하는 동안 보니에게 니키를 맡기고는, 학교가 끝나면 공원을 지나 집까지 데리고 오라고 했다. 에이버리는 고등학교를 조기졸업하고 컬럼비아 대학에서 이중전공을 하며 자신을 혹사하고 있었고, 열 살인 러키는 엄마가 일하는 동안 방과후 프로그램에 투입되었다. 그러던 어느 날 오후, 보니는 늘 가던 집 방향인 공원에서 서쪽으로 향하는 대신, 니키를 데리고 남쪽 미드타운 쪽으로 말없이 걸었다.

그때쯤 보니는 몇 주 동안 복싱 영화만 보면서 모두에게 〈레이징 불〉과 〈록키〉의 장면을 같이 재현해 보자고 강요했다. 그러니까 링에 올라서기도 전부터 복싱에 집착하기 시작한 거다. 하지만 엄마는 복싱을 야만적인 스포츠라고 여겨 등록비를 내주지 않았다. 보니를 도와준 건 고등학교 때 아마추어 복싱 선수였던 아버지였다. 어느 날 술에서 깨어 있는 그 짧은 시간 동안 아버지는 보니에게 돈을 주면서 언제 한번 체육관에 가보라고 말했다. 보니는 이미 학교 컴퓨터로 복싱 체육관을 봐두었고, 그중 집에서 가장 가까운 곳을 골라두었다. 그리하여 보니와 니키는 그다지 유명하지 않은 골든 링 체육관 바깥에 서게 된 것이다.

때는 겨울이라 체육관의 커다란 전면 유리창에 김이 서려 안에서 스파링이나 줄넘기를 하는 사람들이 흐릿한 인영으로 보일 뿐이었다. 보니는 막상 문 앞에 서자 꼼짝도 못 하게 되고 말았다. 너무 불안해서 들어갈 수가 없었다. 하지만 니키가 문을 열었다. 퀴퀴한 냄새가 나는 내부는 후끈하고 따뜻했다. 리드미컬한 쉿쉿 소리와 무언가를 퍽, 탁 치는 소리와 단조롭게 때려대는 소리가 가득 울렸다. 보니는 입구에 서서 눈을 빠르게 굴려 사람들을 이리저리 살펴보았다. 다들 남자였고, 보니보다 나이가 훨씬 많았으며, 모두 훈련에 열중하고 있었다. 소녀 둘이 들어와도 아무도 눈길을 주지 않았다. 그 순간 종이 땡 울리더니 소음이 잦아들었다. 남자들은 줄넘기를 내려놓거나 스파링을 멈추고 물병과 수건을 집어 들었다. 그때가 나설 때였으나 보니의 용기는 흔들리고 말았다. 니키가 언니의 이런 모습을 분명히 알아채고서, 방금 줄넘기를 마친 커다란 남자에게 다가가 그를 올려다보았다. 움직일 때마다 피부 아래에서 물결치듯 근육이 움직여대는 남자의 몸은 보니의 눈에 퓨마 같았다.

"실례합니다. 우리 언니가 복싱을 배우고 싶어 해요. 혹시 가르쳐주실 수 있나요?"

남자는 니키를 내려다보며 미소를 지었다. 잘생긴 얼굴에서 땀이 줄줄 흘렀다.

"그러면 파벨이랑 얘기해 봐."

남자는 저편 벽에 기대서 있는 키 큰 백인 남자를 가리켰다. 니키는 고맙다고 말한 뒤 보니의 손을 잡아 질질 끌고 파벨에게 가서 똑같은 부탁을 했다. 파벨은 묵직한 샌드백에서 펀칭을 하던 복서 하나를 보고 있다가, 고갯짓으로 그를 보낸 다음 고요한 눈빛으로 소녀들을 내려다보았다. 그의 얼굴은 모순된 아름다움을 담고 있었다. 두터운 목과 섬세한 곡선으로 이루어진 귀, 거칠게 각진 네모난 코 위로 새파랗게 넘실대는 눈망울과 검고 긴 속눈썹이 어우러져 있었다. 아직 어린 보니가 보기에 파벨은 그야말로 아저씨의 범주에 속한 사람이었지만, 나중에 알고 보니 당시 아직 서른도 넘지 않았었다. 그는 보니를 오랫동안 응시하다 물었다.

"싸우고 싶니?"

말투에서 러시아 억양이 짙게 배어났다. 보니는 말없이 고개를 끄덕였다. 파벨은 파란 눈으로 이제는 니키를 바라보았다.

"너도니, 꼬마야?"

니키가 새침하게 말했다.

"저는 기자가 될 거예요. 그러니 메모만 하려고요."

파벨은 미소를 지었다.

"펜 필요해?"

니키는 다 안다는 듯한 눈빛을 보이더니 자신의 관자놀이를 톡톡 두드렸다.

"여기로 기억하면 돼요."

파벨은 이 정도로 충분하다는 듯 고개를 끄덕였다.

"좋아, 그럼 너는 메모를 해."

그러고 보니를 바라보며 말했다.

"너는 이리 와."

그는 뒤편 벽의 커다란 거울 앞으로 보니를 데리고 간 다음, 2미터 정도 떨어진 곳에 세웠다. 자세히 들여다보면 거울 면이 땀과 콧물, 침으로 얇게 뒤덮여 있어서 그 위로 비친 사람의 모습이 흐릿하게 보였다. 파벨은 보니에게 자세를 잡아보라고 지시했다. 보니는 조심스럽게 발을 골반 너비로 벌렸다.

"편하니?"

파벨이 묻자, 보니가 고개를 끄덕였다. 파벨은 굵직한 손가락을 펴서 보니의 어깨를 밀었고, 그녀는 쉽게 균형을 잃고 말았다. 파벨이 고개를 저었다.

"튼튼하지 않아. 다시 해."

자세를 다시 잡았다. 이제는 골반보다 더 좁게 다리를 벌리고 무릎에 힘을 주었다.

"튼튼해?"

파벨은 검지를 뻗으며 다시 물었다. 보니는 다시 끄덕였다. 이번에는 좀 더 자신이 있었다. 파벨이 그녀의 어깨뼈를 힘주어 밀었고, 이번에도 별 어렵지 않게 보니를 휘청이게 했다.

"튼튼하지 않네."

보니는 불안한 눈빛으로 니키를 쳐다보았다. 니키가 입 모양으로 말했다. '할 수 있어.' 파벨이 바닥의 널빤지를 가리키며 말했다.

"발을 어깨 너비로 벌리고 서. 이제…."

그는 근육에서 힘을 빼고 무릎을 구부리는 자세를 보여주었다. 그리고 발 앞쪽은 바닥에 딱 대고, 발가락을 바닥에 붙이면서 뒤꿈치는 살짝 들어 회전할 수 있게 하라고 지시했다. 파벨의 가르침에 따라 보니는 손을 턱 위로 살짝 들고 주먹을 쥐었다.

파벨은 그녀의 손을 톡톡 치며 위를 가리켰다.

"손가락 관절은 항상 하늘을 향하게. 이제 팔꿈치를 당겨."

그는 보니에게 발 앞쪽과 뒤쪽에 체중을 균등히 실으라고 가르쳤다. 그리고 거울로 자세를 확인해 보라고 했다. 배울 때는 몰랐지만,

파벨은 보니에게 중력과 몸의 원리에 대해 학교에서 가르치는 것보다 훨씬 유용한 정보를 전해주고 있었다. 일단 자세를 잡게 되자, 파벨은 다시 손가락으로 보니의 어깨를 밀었다. 이번에는 꿈쩍도 하지 않았다. 그가 보니의 주위를 돌면서 여러 각도에서 밀었지만 그녀는 파벨이 보여준 대로 발을 굳게 딛고 서서 넘어지지 않았다. 파벨은 팔짱을 끼고서 고개를 끄덕였다.

"이제 튼튼하다."

보니는 기쁨에 겨워 동생을 바라보았다. 태어나서 처음으로, 두 발 굳게 딛고 살아갈 방법을 찾은 것이다.

보니는 운명이라는 관념에 큰 의미를 부여한 적이 없지만, 파벨을 만난 건 운명이라는 걸 알았다. 파벨은 보니에게 링 안에서 물 흐르듯 움직이는 법을 알려주었다. 다른 코치들이 선호하는 '자리에 서서 훅 날리기' 기술과는 반대로, 파벨은 '긴 팔로 때리고 움직이기' 방식을 가르치며 선수들이 링에서 물처럼 유연하게 움직이도록 장려했다. 이 방식은 보니에게 잘 맞았다. 예전에 댄스 교습을 받았던 경험과 그녀가 지닌 자연적 에너지가 어우러져, 보니는 상대방의 주위로 바운스 스텝을 하며 더킹ducking과 위빙weaving을 할 때 가장 행복하다고 느끼게 되었다. 파벨은 그녀에게 펀치를 슬쩍 피하는 법, 원거리에서 공격하는 법, 발을 고정하고 빠른 반사 신경으로 발목 위부터 움직이는 법도 가르쳤다. 강철 갑옷보다 더 확실하게 몸을 보호할 수 있는 방법이었다.

그녀는 운이 정말 좋았지만, 당시에는 그걸 몰랐다. 여자에게 말을 걸어줄 사람을 찾기도 힘든 분야에서, 훈련을 시켜줄 사람을 만날 확

률은 너무나도 낮았으니까. 당시 전국을 다 뒤져도 여성과 함께 훈련하는 좋은 코치는 손에 꼽을 만큼 적었고, 도시에는 더더욱 없었다. 하지만 파벨은 모스크바에서 아버지에게 복싱을 배웠다. 그의 아버지는 아들과 딸을 구별하지 않고 모든 자녀에게 고집스레 훈련을 시켰기에, 파벨은 여성 선수들이 얼마나 능력이 뛰어난지 두 눈으로 보고 자랐다. 그의 여동생은 타고난 선수였지만, 젊은 나이에 임신해서 러시아에 남아 가정을 꾸렸다. 반면에 파벨은 청소년 세계 챔피언이 되었고, 후에 미국으로 이민을 와서 저명하지만 압도적으로 뛰어나지는 않은 프로 선수의 길을 걷던 중, 안와 골절로 어쩔 수 없이 조기 은퇴했다. 파벨은 타고난 복서인 보니를 선수로 키워냈고, 그후 15년을 그녀의 코치로 지냈다. 지난해까지, 보니는 성인이 된 후로 줄곧 파벨을 코치로 두고 함께해온 것이다.

사실 보니는 그 누구에게도, 심지어 스스로에게도 오랫동안 고백하지 못한 비밀이 있었다. 바로 파벨을 코치 이상으로 원하는 마음이었다. 언제부터 시작된 건지는 본인도 몰랐지만, 한번 뿌리내린 감정은 자라고 또 자라나 결국 담고 있을 수 없을 만큼 들끓었다. 진실을 말하자면, 보니는 파벨이 링의 코너만이 아니라 어디든 함께 있어주길 바랐다. 구체적인 욕망은 대단한 건 아니었으나, 그 자체만으로도 버겁게 느껴졌다. 예를 들자면, 보니는 파벨과 어두운 영화관에서 복싱 내용이 아닌 영화를 보고 싶었다. 로맨틱 코미디나 마블 신작 같은 것으로. 아침에는 특제 스무디를 만들어서 말없이 앉아 함께 마시고 싶었다. 아니면 파벨이 양치하는 모습을 보고 싶었다. 파벨이 자다가 돌아누워 자신에게 손을 뻗어주길 바랐다. 물론 그는 보니의 손에 핸드랩을 수천 번 이상 감아주었지만, 정말로 원했던 건 파벨이 손을 잡아주는 것이었다. 손을 잡아준다니! 보니는 10대 소녀가 된 기분이었다. 그 생각만 해도 땀이 삐질삐질 났으니까.

보니의 인생에서 그녀를 로맨틱하다고 여겨준 사람은 아무도 없었다. 훈련 일정은 가혹할 정도였고, 천성이 금욕적이라 보니의 삶은 거의 모든 부분이 강인함에 맞춰졌다. 하지만 마음만큼은 어딜 봐도 부드러웠다. 그리고 로맨스에 경험이 아예 없지도 않았다. 20대 때는 연애라고 부를 수는 없으나 남자 몇 명과 관계를 맺은 적도 있었다. 보통은 다른 선수들로, 서로의 육체적 욕망을 충족하자고 합의한 이들이었다. 심지어 다들 '너클'이라고 부르는 복싱 프로모터와 경솔한 연애를 하기도 했다(지금 와서 생각해 보면, 주먹이라는 뜻인 그 이름부터가 분명한 경고였을 것이다). 파벨은 그 기간 동안 아나히드와 결혼한 상태였다. 아나히드는 아르메니아 출신의 종군 사진기자로 집에 머무를 때가 거의 없고, 보통은 납치를 간신히 면하며 사진을 찍는 듯했다. 보니는 아나히드를 몇 번 만나면서 그녀의 아름다움과 강인함에 크게 놀랐다. 아나히드는 고지식하다 할 정도로 예의 바른 사람으로, 대부분의 자리에서 상대를 전쟁 상황에서 산 채로 험지를 빠져나가려고 힘써 협상하는 자리에 있는 것처럼 대했다. 그러다 파벨이 보니의 코치가 된 지 10년째 되던 해, 그와 조용히 이혼했다.

솔직히 말하자면 그 욕망은 이제껏 계속 존재해 왔다. 하지만 그가 이혼하자 희망이 생기기 시작했다. 희망은 위험했다. 그 후로 파벨이 다른 사람을 만난 것 같지는 않았지만, 그는 사생활을 엄격하게 숨기기로 유명했기 때문에 확신할 수는 없었다. 어쨌든 분명한 건 하나 있었다. 파벨이 보니를 대하는 태도에는 변함이 없었다. 보니는 그의 젊은 제자일 뿐이었다. 보니는 로맨스 경험이 풍부하지는 않았지만,

남자가 자신을 원한다는 게 어떤 건지는 알고 있었다. 파벨은 그녀를 원하지 않았다. 물론 어떻게든 살아갈 수는 있었다. 인생의 한가운데에서 이 갈망의 아픔을 품고서, 그의 모습으로 새긴 텅 빈 내면의 공허함을 품고서. 심지어 그게 복싱을 하기에는 좋다고 스스로를 설득할 수도 있었을 것이다. 인생에 만족하는 선수는 무른 선수니까. 하지만 그녀는 희망을 품어버렸고, 파벨은 그녀를 배신하고 말았다.

저녁 9시. 보니는 윈드워드 애비뉴에 있는 '피치스'로 가고 있었다. 그곳은 베니스 보드워크에서 가까웠지만, 피치가 직접 세우고 지켜온 엄격한 출입 정책 때문에 관광 명소가 되지는 않았다. 피치는 베니스의 비공식 시장 같은 사람으로, 본인 말에 따르면 알아야 할 사람은 모두 알았고, 친구가 될 만한 사람과는 모두 친구가 되었으며, 섹스할 만한 사람과는 모두 섹스해 봤다는 존재였다.

영국 출신 이민자인 피치는 콩고계 어머니와 잉글랜드 백인 아버지 사이에서 태어난 아들이었다. 피치가 열한 살 때 이튼 스쿨에 들어가자 부모는 곧바로 이혼하고서 그 뒤로 서로 말도 섞지 않았다. 피치는 중년이 된 지 한참 되었지만, 친구를 가족 대신으로 삼아야 했던 아이가 지닌 절박한 매력과 수려한 소년 같은 얼굴을 여전히 지니고 있었다. 낮에는 하늘색 빈티지 픽업 트럭 옆자리에 아끼는 핏불을 태우고 동네를 돌아다니며 아이스 커피를 마시고 카멜 골드를 피웠으며, 길에서 그를 멈춰 세운 사람이 누구든 같이 수다를 떠는 모습이 종종 목격되었다.

그는 베니스에서 수십 년을 살아온 끝에 몇 년 전 피치스를 열었다. 친구들이 동쪽까지 차를 타고 가지 않아도 싼값에 술을 마시고 춤을 추는 공간을 만들고 싶어서였다. 그런데 피치스는 출입 정책이 악명 높을 정도로 변덕스러웠다. 예술가, 서퍼, 모델, 바이커, 음악가를 비롯해 누구든, 어떤 성별이든 피치가 같이 자고 싶다고 여긴 사람이라면 출입할 수 있었다. 하지만 관광객, 슈트 입은 인간, 대부분의 미디어 관계자와 할리우드에서 온 쓰레기들은 죄다 입장을 거부당했다. 말리부나 할리우드 힐스에 사는 유명 배우들이 자신의 진정성을 과시하며 찾아와도, 다른 곳에서 으레 해주는 기념 행사나 특별 대우 따윈 받지 못하고 들어갔다. 하지만 단골들과 피치의 오랜 친구들은 세상에서의 지위가 어떻든 상관없이 VIP가 되어 줄 서지 않고도 바로 입장했다.

물론 그런 출입 정책에는 반드시 무력이 필요했는데, 바로 그 역할을 보니가 맡았다. 피치는 옆에 퍼즈를 두고 일했다. 목덜미가 굵은 퍼즈는 자메이카 출신의 전직 역도 선수로, 피치스가 문을 연 이래로 계속해서 출입 관리를 맡았다. 퍼즈는 싸움을 진압하고 미성년자 소녀들 중에서도 최고의 미모를 자랑하는 소녀들만 입장시켰으며, 보통은 피치의 확고하고도 자비로운 지배 아래 평화로운 분위기가 유지되도록 뒷받침해 주었다. 피치는 퍼즈의 별명을 두고 이렇게 당당하게 주장한 적이 있었다. 퍼즈라는 별명이 붙은 이유가 피치와 퍼즈가 복숭아에 난 잔털처럼 찰싹 달라붙은 사이기 때문이라고. 하지만 퍼즈는 재빨리 보니에게 사실을 알려주었다. 자신이 태어났을 때 솜털 같은 머리카락이 수북이 나 있어서 엄마가 지어준 별명이라는 것을.

보니는 지금으로부터 1년이 좀 안 되었을 때 일자리를 찾으려고 이곳에 왔다가 그 자리에서 채용되었다. 복싱 팬이었던 피치가 프로 경기를 몇 번 하다 말고 갑자기 은퇴한 유망주였던 보니를 알아보았기 때문이다. 파란 눈동자를 지닌 금발 여성인 보니는 전형적인 경비원 재질은 아니었지만, 피치는 그런 그녀를 무척 좋아했다. 게다가 마주치는 남자 중 100에 99는 전혀 힘들이지 않고 제압할 수 있을 만큼 강했다. 보니가 감당할 수 없는 100 중 하나가 나타나면, 그땐 퍼즈가 나섰다.

그날 밤, 보니가 술집에 출근했을 땐 이미 독립기념일 불꽃놀이 소리로 하늘이 울려댔다. 바깥에 선 피치는 입에 담배를 물고서 저쪽 벽에 새로 그린 커다란 벽화를 골똘히 바라보고 있었다. 미소 띤 얼굴의 핏불 두 마리가 울어대는 아이의 양 옆에 서 있고, 그 위로 '핏불 사랑'이라는 말을 꼬불꼬불한 필기체로 그려 넣은 벽화였다.

"아주 맘에 들어. 진짜로. 그런데, 저 아이가 좀… 겁먹었나?"

피치는 스텔라에게 말하고 있었다. 스텔라는 마르 비스타부터 산타 모니카에 이르기까지 벽에다 초현실주의적 동물 벽화를 그리는 것으로 유명한 지역 화가였다. 사실, 보니가 매일 저녁 술집으로 출근하는 길목에도 스텔라의 벽화가 두 점 있었다. 하나는 무지개 눈물을 흘리는 퓨마였고, 하나는 파이프 담배를 피우는 유니콘이었다. 스텔라는 보통 축 늘어져 있지 않으면 메스암페타민을 복용한 상태에 빠져 있었다. 어떨 때는 메스암페타민을 강렬한 예술적 연결 고리라고 칭송하면서도 또 어떨 때는 아주 골칫거리라고 욕하기도 했다. 오늘은 불안정한 기색에다가 동공이 확장되어 있었다. 보니는 그 모습을 보아 스텔라가 약에 취했다고 생각했다.

"아니, 아니라니까. 얘는 지금 신난 거야. 저 강아지 둘이서 놀고 싶어 하잖아. 얘들은 쟤 가족이라고."

스텔라는 피치 옆에서 몸을 부르르 떨면서 말했다. 피치는 고개를 끄덕이면서도 눈살을 찌푸리더니 다시 물었다.

"하지만 비명을 지를 것 같아. 걔들은 그냥 놀려고 하는 건데도."

"아니라니까, 얘는 웃고 있어! 엄마 핏불, 아빠 핏불 있잖아. 얘네 둘이 쟤를 돌봐줄 거라고, 영원히. 내가 예술적으로 표현하려던 게 바로 그거야."

"알았어. 난 그냥 핏불이 사랑스럽고 안전하다는 걸 벽화로 전달하고 싶었어. 알지? 핏불 평이 엄청 안 좋으니까. 하지만 그렇다고 부모를 대신할 정도라는 건 아니고. 얘들은 엄밀히 말해 반려동물이잖아. 참 멋지고 아주 똑똑하긴 하지만, 동물은 동물이라고."

스텔라는 폴짝폴짝 뛰며 양손으로 배를 긁었다.

"100퍼센트 동의해. 100퍼센트. 이건 어때? 핏불 눈을 빨갛게 칠하는 거야. 사랑의 하트 색깔로. 그러면 아이를 사랑하고 있다는 걸 똑똑히 알 수 있잖아. 그 애를…."

스텔라는 진지하게 숨을 삼키며 말을 이었다.

"해칠 생각 같은 건 전혀 없다는 걸."

"눈을 빨갛게 칠한다라. 글쎄, 좀 악마 같아 보이지 않을까?"

피치의 말에 스텔라는 고개를 뒤로 홱 젖히더니 킬킬 웃었다. 머리 위로 하늘을 수놓은 불꽃이 눈물처럼 흘러내렸다.

"해봐야 알겠지!"

"음, 일단 보류하자. 하지만 참 잘했어. 대단한 작품이야. 들어가서 술 한잔해."

"아, 나 술은 더 안 마셔. 지금은 약만 있으면 돼. 그게 더 안전할 것 같아."

피치는 달래듯 말했다.

"그렇지. 너는 그것만 있으면 되지. 그럼 이만 가봐."

스텔라는 서둘러 안으로 들어갔다. 보니를 돌아보며 피치는 수려한 얼굴로 웃었다.

"아니, 베니스에서 제일 끝내주는 년이 오셨네. 오늘 밤도 거하게 놀 준비 됐어?"

보니는 미소를 지으며 피치와 주먹을 부딪쳤다. 보통 이 술집은 목요일이 가장 붐볐고, 특히 여름에 그랬다. 게다가 오늘은 휴일이라 미어터질 게 확실했다. 지금은 여름의 무더위가 1차로 지나고 있었다. 보통 베니스 비치는 가장 무더울 때도 밤에는 시원한 지역이었지만, 평년과 달리 오늘 밤은 이상하게 따스했다. 바다에서 불어오는 짭쪼름한 바람이 어우러져 관능적인 열기가 감돌았다. 공기 중에 기대감과 가능성이 넘실거렸다. 피치는 손뼉을 치며 소리쳤다.

"오호! 오늘 밤에는 사람들이 섹스하게 해줄 수 있겠네! 그런 느낌이 딱 와!"

보니는 문 왼편에 자리 잡았다. 이윽고 퍼즈가 나와 합류했다. 그는 매일 밤 입는 검은 티셔츠와 헐렁한 블랙진 차림이었다. 딱 달라붙는 검은 티셔츠는 핏줄이 불거진 이두박근까지 소매가 내려왔다. 목에는 딸이 선물로 만들어준 조개 목걸이를 걸고 있었다. 퍼즈는 보니를 상냥하게 대했지만, 이 직업을 택하지 말라고 경고한 적도 있었다. 보니가 근무한 첫날 밤엔 이런 말을 했다.

"사람들은 경비원이 손님이나 마찬가지라고 생각해. 손님과 경비원이 다른 점은 술집에 돈을 내는 게 아니라 술집이 돈을 준다는 것뿐이라고."

그는 눈을 가늘게 뜨고서 보니를 지그시 바라보며 말했다.

"근데 아니거든. 경비원은 이 술집에서 가장 천한 위치야. 사람들이 때리고, 침도 뱉어. 요양 병원에서 일하는 사람보다 토사물과 피와 소변을 더 많이 묻히고 다니게 돼."

보니의 눈앞으로 링에서 훈련하던 시절이 쭉 지나갔다. 비 오듯 흐르던 땀, 날아다니던 침, 줄줄 흐르던 피와 빙빙 돌던 머리. 구역질이 일고, 뱃속이 뒤틀리고, 눈앞이 흐려지던 그때….

"할 수 있어요."

보니는 이렇게 대답했고, 실제로 할 수 있었다. 좋은 복싱 경기를 하려면 명확하고 빠른 분석력이 있어야 하고, 냉정한 머리 회전이 필수였다. 싸움은 격정에서 시작될 수 있지만, 이기려면 격정에 이끌려서는 안 된다. 이게 바로 보니가 만사를 대할 때 유지하는 태도였다. 그래서 그녀는 술집 문에 초연히 서서 절대로 뚫고 지나갈 수 없는 존재감을 드러냈다. 단 한 번의 동작으로 남자의 팔목을 잡아 등으로 꺾고, 소란을 피우는 단골을 눈빛으로 조용히 제압할 수 있었다. 보니는 누구나 알 만한 유명 인사까진 아니었지만, 가끔 알아봐 주는 복싱 팬들이 있었다. 그럴 때면 팬들에게 고개를 끄덕여 인사할 뿐, 대화를 나누지는 않았다. 팬들은 대개 칭찬을 해주었다. 어떤 이들은 남성성을 증명하고자 보니에게 팔씨름을 하자고 청했다. 그녀는 쇠파리를 꼬리로 쫓는 당나귀처럼 참을성과 초연함을 보이며 그런 제안을 일축했다. 하지만 속으로는 그런 남자들의 오만함을 두고 놀랄 때도 있었다. 약한 팔다리와 물렁한 뱃살을 지닌 반쯤 취한 자들이, 오로지 자신이 남자라는 이유만으로 세계 최상급 여성 선수와 겨루어 이길 수 있다고 진지하게 믿다니. 보니가 바로 그 세계 최상급 선수인데.

    시작했을 때는 보니도 아마추어였지만, 스타일은 언제나 프로를 지향했다. 하지만 프로로 전향하는 데는 상당한 고비가 있었다. 아마추어 선수들은 대개 프로로 전향하고서 한두 경기 만에 포기하기 일쑤였다. 규칙은 비슷해도, 프로는 완전히 다른 세계니까. 일단, 머리를 보호하는 헤드기어가 없었다. 그리고 글러브에도 패딩이 적어서 때릴 때나 맞을 때나 타격감이 더 강하게 느껴졌다. 채점 시에는 속도뿐만 아니라 힘도 중요했다. 그리고 당연히, 아마추어 경기는 3라운드에서 끝났지만 프로는 10라운드까지 있었다.

    하지만 보니는 해냈다. 첫 프로 경기에서 1라운드 KO승을 거뒀다. 다음 상대는 3라운드에서 끝냈다. 파벨의 특기로 유명했던 물 흐르듯 이어지는 공수 전환 움직임과 눈부신 기술의 조합을 선보이며 상대를 당황하게 했다. 이 움직임은 이제 보니의 특기가 되었다. 다음 해에는 전대 챔피언인 컬럼비아 출신 세 개 체급 세계 챔피언을 꼼짝 못 하게 묶어버리면서 만장일치 판정으로 라이트급 세계 챔피언이 되었다. 그렇게 여성 복싱계의 떠오르는 신인으로 명성을 얻던 중, 남아프리카 공화국 신인과의 선수권 방어전을 준비했을 때였다. 우승이 확실하다는 게 세간의 평이었던 그 경기 전에 보니의 삶이 그만 무너지고 말았다.

    보니의 소속 체육관은 뉴욕의 골든 링이었지만, 방어전을 8주 앞두고 파벨은 보니의 훈련 캠프를 뉴저지에 있는 체육관으로 옮겼다. 그녀는 거기서 먹고 자고 훈련하면서 오로지 다가올 경기에 집중했다. 깨어 있을 때는 섀도복싱, 파벨이 함께하는 핸드 미트 훈련, 헤비 백과 더블 엔드 백과 스피드 백으로 하는 훈련, 줄넘기와 컨디셔

닝 훈련과 주 3회의 스파링 경기가 쭉 이어졌다. 저녁에는 파벨과 함께 상대방의 과거 경기를 분석하면서 약점을 파악하고 보니의 스타일을 강점으로 활용할 수 있는 전략을 세웠다. 보니는 일찍 자고 해가 뜨기 전에 일어나 중량 조끼를 입고서 8킬로미터를 달렸다. 캠프 일정은 혹독했지만, 효과를 의심할 바는 전혀 아니었다. 그리고 삶이 단 하나의 목적으로 집중되는 데서 오는 자유로움도 있었다. 종교를 제외한다면, 이것이야말로 세상에 존재하는 가장 높고 위대한 수준의 헌신이었다.

그런데 경기 일주일 전, 갑자기 니키가 전화를 걸었다. 보니는 나지막한 1인용 침대가 있는 간소한 기숙사 방에서 오후 훈련을 나가려고 복싱화 끈을 묶고 있었다. 화면에 니키의 이름이 뜨자, 보니는 곧바로 끈에서 손을 떼고 전화를 받았다. 평소 자매들은 보니의 경기 일주일 전에는 방해하는 일이 없었다. 그러니 뭔지 몰라도 이건 중요한 전화였다.

"니키, 괜찮아?"

"어, 괜찮아. 잘 지내고 있어! 진짜야! 언니는 어때?"

니키는 평소와 달리 허둥댔다.

"잘 지내. 무슨 일이야?"

"그… 별일은 아니고. 진통제를 잃어버린 것 같아. 그런데 생리가 시작돼서. 친구네 집에 두고 왔나 봐."

니키는 아무렇지 않은 듯 말하려고 했지만, 보니는 동생의 말 뒤에 숨은 노력을 알아차렸다. 본능적으로 머릿속에 드는 생각이 있었다. 얘, 거짓말하네. 하지만 보니는 그 생각을 접었다. 니키가 왜 나한테 거짓말을 하겠어.

"병원에 가면 안 돼?"

"지금 7월 4일 주말이잖아."

보니는 한숨을 쉬었다. 불쌍한 니키. 때가 정말 안 좋았다.

"응급실이라도 가면 안 돼?"

"그래서 하루 종일 거기서 시간 낭비나 하라고? 지금쯤 응급실이 얼마나 난장판일지 알잖아."

니키는 전화기 너머로 한숨을 폭 쉬더니, 이어서 말했다.

"있지… 혹시 체육관에 약 좀 없어? 언니, 진통제가 많이 필요하진 않아. 그냥 주말을 넘길 수 있게 몇 알이면 돼."

보니는 얼굴을 찌푸렸다. 물론 복싱 선수들 대부분에게는 진통제가 있었다. 보니도 캠프에서 스파링을 하다가 어깨 회전근에 부상을 입고 스테로이드 주사를 맞았지만, 머리를 멍하게 하거나 반사 신경을 늦추는 약은 대부분 피했다. 예전에는 남자들이 서로 약을 교환하는 걸 보기도 했는데 보니는 절대로 그런 짓은 하지 않았다. 그건 위험한 방법이었고, 통증은 복싱과 떼려야 뗄 수 없는 관계니까. 물론 다른 선수들에게 물어볼 수는 있다 해도 그러면 평판이 나빠질 위험이 있었다. 그리고 파벨이 알기라도 하면 어쩌려고?

"약은 별로 좋은 생각이 아닌 것 같은데…."

그녀가 말하자, 니키가 쏘아붙였다.

"누가 많이 달랬어? 두 알이면 돼. 부탁이야, 언니."

동생을 실망시키고 싶진 않았다. 하지만 니키의 어조에 보니는 놀랐다. 솔직히 말해서, 최근에 니키는 좀 달라졌다. 짜증이 늘었고, 걸핏하면 화를 냈다.

"그렇게 아프면 응급실에 가야 하지 않을까?"

"괜찮아. 걱정하지 마. 있지, 내가 물어봤다고 아무한테도 말하지 마. 알았지? 괜한 걱정을 사고 싶지 않아."

니키는 작별 인사도 듣지 않고 전화를 끊었다.

그날 오후, 보니는 파벨과 방어 훈련을 했다. 파벨은 양손에 스펀지로 된 아쿠아봉을 들고서 보니의 어깨와 머리, 몸을 가볍게 쳤고, 보니는 몸을 슬쩍 빼고 돌리고 팔을 휘둘러 그 봉을 피했다. 머리와 손이 움직이는 속도를 높이려는 전통적인 훈련법이었다. 하지만 오늘 보니의 머릿속은 딴생각으로 가득 차 있었다. 퍽. 아쿠아봉이 그녀의 귓가를 쳤다. 반응이 느려서 궤적을 피하지 못한 것이다.

"머리를 움직여!"

파벨이 아쿠아봉을 휘두르며 소리쳤다. 퍽. 보니는 반대편 귀에 또 봉을 맞았다. 이어서 뺨에도. 퍽. 퍽. 타격은 세지 않았지만, 파벨은 빠른 연타를 날려 보니의 주의를 흩트렸다.

"정신 차려! 정신을 어디다 팔고 있어?"

파벨은 소리치며 다시 머리를 때렸다. 보니는 연타를 피하려고 몸을 굴렸지만, 파벨은 몸 쪽을 휙 때린 다음 다시 머리를 쳤다.

"그만!"

보니는 버럭 소리치며 파벨이 잡은 아쿠아봉을 쥐고서 바닥에 내팽개쳤다. 하지만 훈련을 일찍 끝내지는 않았다. 파벨이 시키는 건 다 했다. 플랭크도 1분 더, 가방을 메고서도 또 1분 더 했고, 얼음 욕조에 10초 더 머물렀다. 절대로 중간에 그만두지 않았다. 이게 보니가 위대해진 비결이었다. 이윽고 벤치에 털썩 앉아 물을 꿀꺽 들이켜자 파벨이 옆에 와서 앉았다. 그리고 보니의 옆 머리를 손가락으로 가볍게 두드렸다.

"여기에 무슨 딴생각이 든 거야, 응?"

미국에 와서 산 지도 꽤 오래되었건만, 파벨은 러시아 억양이 아직도 심했다.

"니키 때문에요. 또 아파요."

보니가 결국 고백했다. 파벨은 말없이 고개를 끄덕이고는 두 손을 모아 쥐었다.

"있잖냐. 나도 여기 와서 6년은 모스크바에 안 갔어. 엄마가 돌아가셨을 때도."

보니는 파벨을 슬쩍 보았다. 처음 듣는 이야기였다. 파벨은 가족 이야기를 좀처럼 하지 않는 사람이었으니.

"복싱은 희생이야. 고통이고. 사람들은 대개 우리가 하는 일을 절대로 할 수가 없지."

"알아요."

보니는 퉁명스레 답했다. 그녀가 희생을 모를 리 없었다. 지난 몇 년간 해온 것은 다 뭐란 말인가. 희생이 아니라면, 파벨에 대한 이 감정을 왜 말없이 참으며 힘겨워했겠나?

"이게 복싱이다."

파벨은 한 손으로 허공에 선을 그었다.

"그리고 이게 나머지 것들이야."

그는 다른 손을 앞선 손 아래에 놓았다. 보니는 잠시 말없이 앉아 있었다.

"하지만 우리 자매들은 아니에요."

그녀는 파벨의 두 번째 손을 높여 첫 번째 손과 나란히 놓았다. 파벨은 고개를 저으며 들린 손을 낮춰 도로 아래에 놓았다.

"보니, 우린 다른 사람들과는 달라. 우린 고독한 사냥꾼이다."

그는 나직하게, 하지만 단호하게 말했다.

보니는 파벨을 바라보았다. 내가 너무 과하게 상상하는 걸까? 아니면 파벨이 지금 뭔가 의미심장한 뜻을 전하는 걸까? 그가 자신에게 느끼는 감정과, 자신이 파벨에게 느끼는 감정이 같다는 걸까? 그래서 서로에 대한 감정을 인정하지 않는 것이야말로 우리 둘이 해야 할 희생이라는 의미일까? 아니면 단순히 복싱 선수로서의 태도 이야기일까? 파벨은 언제나 복싱에서 가장 긴 거리는 탈의실에서 링까지의 거리라고 말했다. 관중의 시선이나 해설자의 평가 때문이 아니라, 선수가 승리할 수 있다는 믿음이 머리부터 가슴으로 이어지는 시간 때문에 그렇다고 했다. 내가 챔피언이라고 생각하는 것과 챔피언임을 느끼는 것은 다른 문제라고. 머리부터 가슴까지야말로 복싱 선수가 거쳐가야 할 가장 큰 여정이라고 파벨은 말했다.

"하지만 난 코치님과 다르다면요?"

그녀가 물었다.

'내가 영원히 고독하고 싶지 않다면요?'

이렇게 묻지는 않았다.

"넌 다르지."

파벨이 대답했다. 그러고는 보니의 무릎에 손을 얹었다가 재빨리 거두며 덧붙였다.

"넌 나보다 더 뛰어나니까."

"동생아, 오늘 밤 기분이 어때? 오늘 아침에 지진 난 거 알았어?"

퍼즈가 주먹을 내밀며 인사했다. 그러자 피치가 끼어들었다.

"난 확실히 느꼈다고. 그때 숙녀분이랑 같이 있었거든. 물론 절정일 때 지진이 난 건 아니어서 다행이었지."

피치가 보니에게 빠르게 윙크하며 말했다.

"물론 지진이 약간 더 스릴을 주긴 하더라. 무슨 소린지 알지?"

"그때가 몇 시였어?"

보니가 묻자, 퍼즈가 대답했다.

"새벽 5시쯤이던가. 아, 너도 우리 마누라가 지르는 소리를 들었어야 했는데. 나한테 애들을 구해야 한다고 괴성을 지르더라고. 넷이 다 자다가 벌떡 일어났는데 이게 웬걸? 아무 일도 없더라. 애들 재우느라 진짜 애먹었다."

보니는 서글프게 미소를 지었다.

"난 그때 집에 강도 든 줄 알았잖아요."

그녀의 말에 퍼즈는 웃으면서 바닥에 침을 뱉었다.

"보니 블루의 집을 털려는 자를 주님께서 굽어 살피소서. 집을 잘못 찾아도 한참 잘못 찾았네."

파티 참석자들이 하나둘씩 오기 시작하더니, 한 시간 만에 줄이 블록을 돌아 길게 이어졌다. 사람들은 출입구를 비틀거리며 들락날락했고, 밤이 깊어갈수록 소리도 점점 격해졌다. 보니는 서른한 살이 되도록 단 한 번도 술을 마셔본 적도, 담배를 피워본 적도 없었다. 또래들이 과한 음주의 매력이 뭔지 알게 될 시기에, 보니는 첫 승리를 거두며 이긴다는 것의 매력이 뭔지 경험했다. 나이가 들고 나서도 다른 이들이 빠져드는 온갖 신기한 것에 끌린 적이 없었다. 보니는 에이버리가 마약에 빠져 인생을 망칠 뻔하다가 깨끗이 손을 씻고 지금의 흠 없는 완벽주의자로 살아가는 모습을 지켜보았다. 제아무리 러키의 삶이 화려해 보여도, 막내의 삶에서 새벽 4시까지 이어지는 갖은 파티를 봐도 그 시간에 일어나 운동하는 편이 더 좋았다. 매일 밤 술집에서 휘청거리며 나오는 취객들을 봐도 자신이 인생에서 뭔가를 놓치고 있다는 생각이 전혀 들지 않았다. 보니가 보기에는 그저 시간 낭비였다. 그녀는 몇 년간 낭비할 시간조차 없이 살았으니까.

그리고 당연히 니키도 있었다. 니키는 가끔 와인 마시기를 좋아했지만 파티에 푹 빠지는 부류는 아니었다. 그녀도 보니처럼 정신이 멀쩡한 상태를 좋아했다. 하지만 자궁내막증의 통증 때문에 니키는 변했다. 스무 살 때 결국 자궁내막증 진단을 받은 그녀는 자궁 주변의 손상된 조직을 제거하는 복강경 수술을 받았다. 몇 달은 나은 것 같았으나 병은 도로 찾아왔고, 이번에는 증상이 훨씬 심해졌다. 의사들이 권하는 유일한 해결책은 진통제를 더 많이 써서 증상을 관리하거나 자궁을 완전히 적출하는 것이었다. 그 수술을 하면 니키는 아이를 가질 수 없게 될 거였다. 그렇지만 니키에겐 선택의 여지가 없었다.

몇 년은 그럭저럭 버텼다. 병 이야기를 몇 달 동안 하지 않기도 했다. 건강해 보여서 다들 병을 쉬이 잊었다. 그러다 보니는 동생이 사는 비밀스럽고 어두운 세계를 언뜻 엿보게 되곤 했다. 아무도 안 본다고 생각하면 얼굴을 찡그리거나, 퍼뜩 배에 손을 가져다 대며 고통의 근원을 잡으려는 듯한 몸짓이었다. 그때 보니는 알게 되었다. 니키가 말한 것보다 더 심한 고통에 시달리고 있다는 걸. 니키가 훈련 캠프에 있던 보니에게 전화를 건 다음 날, 보니는 파벨에게 알리지 않고서 기차를 타고 뉴욕에 니키를 만나러 갔다. 그날이 7월 4일이었다. 체육관은 어차피 조용할 터였고, 보니는 파벨과 평소 하던 대로 훈련을 했다. 파벨은 휴일이라고 쉰다는 생각 같은 건 하지 않는 사람이었으니까. 그날 저녁 보니는 몰래 체육관에서 나왔다. 니키를 도와주어야 한다는 생각이 온종일 머릿속을 맴돌았던 터라, 마침내 기차에 탔을 때는 기분이 좋아져 이런 생각을 했었다. 오늘 밤에는 함께 불꽃놀이를 볼 수 있겠지.

보니의 머릿속은 시간을 건너뛰어 마지막 경기 장면으로 이어졌다. 그 기억은 고통스러웠으나 그렇다고 지독하지는 않았다. 온라인에 올라온 영상 속 보니는 알아볼 수 없을 정도였다. 때는 8라운드, 남아프리카 선수가 보니를 코너로 몰았다. 보니는 글러브를 올리고 머리를 숙인 채로 몸통에 수없이 펀치를 맞았다. 왼쪽 눈썹이 찢어져 뺨 위로 피가 줄줄 흘렀다. 한쪽 눈은 부어올라 뜨지도 못할 지경이었다. 끝단이 금박 처리된 하얀 반바지와 스포츠 브래지어가 피로 물들었다. 상대방이 오른 주먹을 올려 보니의 무방비한 갈비뼈를 쳤다. 그녀는 고개를 숙였지만 쓰러지지는 않았다. 하지만 반격하지도 않았다. 남아프리카 선수는 코너에 선 자기 코치를 바라보며 계속 공격해야 할지 눈으로 물었다. 심판이 경기를 중단하러 다가왔을 때, 보니는 얼굴과 가슴 위로 느릿하게 피를 흘리면서 글러브를 들어 올려 계속 싸우겠다는 신호를 보냈다. *와서 날 잡아.* 보니는 얼굴에 두 번 잽을 맞았고, 그때마다 고개가 뒤로 꺾였다. 링 옆에 앉아 있던 여자가 옆 사람의 어깨에 얼굴을 묻었다. 심지어 웬만한 경기에는 꿈쩍도 하지 않는 복싱 관중들도 눈을 가렸다. 보니가 다시금 머리에 훅을 맞았을 때, 시야 끝에서 무언가 흔들리는 것이 보였다. 흰색 수건 한 장이 링 안으로 들어와 한가운데에 내려앉았다. 경기가 끝났다.

수건을 던져라. 사람들은 대개 이 말이 복싱 용어라는 걸 잊고 산다. 일상적으로 사용되는 관용어지만, 복싱 세계에서는 가장 심한 수치를 뜻한다. 많은 선수가 코치가 포기해 주기를 바라기보다는 링에서 죽는 편을 택한다. 선수는 패배에서 다시 일어설 수 있지만, 항복은 평생의 흠으로 남는다. 코너에서 수건을 던지자마자 파벨이 로프를 비집고 들어와 보니에게 달려가서 어깨를 잡았다. 여전히 두 다리로 서 있던 보니는 고통스레 얼굴을 구기고는 그를 밀쳐냈다. 그녀는 컷맨*도 의료진도 거부하고 혼자 링을 빠져나갔다. 위쪽 관중석에서 함성이 터져 나오며 온갖 소음이 보니의 땋은 머리 위로 밀려들었다. 누군가는 욕을 하고, 누군가는 변함없는 지지를 보냈다. 그녀는 경기장 한가운데에서 탈의실까지 뒤도 돌아보지 않고 기나긴 길을 걸어갔다. 이곳에서 오로지 파벨을 제외하고는, 오늘 이 경기 일주일 전에 보니가 니키의 시신을 발견했다는 사실을 아무도 몰랐다.

새벽 1시쯤, 피치는 그날 처음으로 뜯은 카멜 담뱃갑의 둣대를 피우며 퍼즈를 바라보았다.

"어이, 지금 나 부탁이 하나 있는데 들어줄래? '베이컨'이라고 말해 보겠어?"

"베이컨? 베이컨이란 말을 왜 해야 해?"

퍼즈가 자메이카 억양으로 발음한 베이컨은 '피컨pecan'과 라임이 맞게 '베컨'처럼 들렸다. 피치는 배를 잡고 웃어댔다. 퍼즈가 보니 쪽으로 눈을 흘겼다.

"저 바보는 별것 아닌 거에 맨날 저렇게 웃더라. 취했나."

• 복싱 등의 격투기에서 휴식 시간 동안 출혈을 잡아주는 사람이다.

피치는 짐짓 상처받은 듯 고개를 홱 들었다.

"나 아주 멀쩡하거든! 당장 재판정 판사석에 앉아도 돼! 거의 그런 수준이라는 거야…. 이거 해봐. '비어 캔'이라고 말해봐. 비어 캔."

피치가 영국식 발음으로 내뱉은 '비어 캔'은 퍼즈가 말한 '베이컨'과 거의 동일하게 들렸다. 피치가 어찌나 심하게 웃었던지, 그의 기다랗고 구불구불한 구릿빛 아프로 머리카락들이 안테나처럼 마구 허공을 휘저었다. 퍼즈는 무표정하게 다시 바닥에 침을 뱉었다.

"왜, 재밌잖아! 보니, 뭐가 웃긴 건지 얘한테 설명 좀 해줄래?"

피치가 소리쳤지만 지금 보니는 딴 데 정신이 팔려 있었다. 아주 잠깐, 니키를 본 것만 같았으니까. 줄무늬 셔츠와 데님 원피스 차림을 한 여자였다. 니키도 살아 있을 적에는 딱 그런 옷차림을 하고 다녔다. 낮게 묶은 포니테일에 화장기 없는 맨얼굴에다 오로지 입술에만 검붉은 립스틱을 발랐다. 여자는 파란 셔츠를 입은 덩치 큰 남자의 팔을 잡고서 그를 보며 불안하게 무언가를 물었다. 그러다 돌아서서 보니를 정면으로 바라보았다. 갑자기 모습이 싹 달라졌다. 니키의 모습은 다시 흔한 데님 원피스 차림의 갈색 머리 여자가 되었다.

"오, 이런. 저기 마지막 잡것들이 오네."

남자와 여자가 이쪽으로 다가오자 피치가 투덜댔다.

"여러분, 미안하지만 오늘 밤은 입장 마감이야."

가까이 온 그들에게 피치가 말했다. 파란 셔츠 차림의 남자가 피치 앞에 떡 섰다. 머리형이 뻥튀기한 쌀알같이 길쭉했고 스테로이드와 잘못된 운동 방법으로 부자연스럽게 울퉁불퉁 발달시킨 어깨 근육을 달고 있었다. 남자의 얼굴에 거절을 좀처럼 당해보지 않은 사람 특유의 놀라움과 짜증이 드러났다.

"1시밖에 안 됐잖아요. 닫으려면 한 시간은 더 있어야 하면서."

"그럴지도."

피치는 대꾸하고서 뒷주머니에서 카멜 골드 한 팩을 더 꺼냈다. 주머니에 담배가 무한정 들어 있는 것 같았다. 그는 천천히 비닐 포장을 뜯어서 손바닥으로 구겼다.

"그런데, 말했지만 입장 마감이야."

그때였다. 문이 벌컥 열리면서 시끌벅적한 모타운 노래와 함께 웃고 떠드는 소리가 흘러나왔다. 피치의 단골 중 한 명인 위아래 가죽 옷 차림의 바이커가 프링글스 캐릭터 같은 콧수염을 달고서 어슬렁어슬렁 걸어 나왔다. 그는 피치에게로 뒤돌며 말했다.

"잠깐만 나갔다 올게. 바이크 확인하려고. 뭐 사다 줄까, 피치?"

"괜찮아, 친구."

피치는 대답하고서 천진한 미소를 지으며 커플을 보고 말했다.

"자, 그럼 가서들 즐겁게 노시라고, 친구들."

"지금 나랑 장난해? 저 사람은 갔다 오겠다는데 우리는 못 들여보내 준다고? 이럴 수는 없어."

파란 셔츠 남자가 말했지만, 피치는 콧잔등을 찡그리며 입술에 담배를 물고는 불을 붙이면서 말했다.

"재미있는 사실 알려줄까? 난 안 들여보낼 수 있다는 거지."

"자기야, 그냥 가자. 저기에 스포츠 펍 있으니까 거기 가."

니키가 아닌 걸로 판명 난 여자가 남자의 우락부락한 팔을 잡아끌며 말했다. 하지만 파란 셔츠 남자는 그녀의 팔을 떨쳐냈다.

"아니, 자기야. 난 이 광대 새끼가 들여보내 줄 때까지는 안 가."

"들어갈 일 절대 없어. 여자친구 말 듣고 저 모퉁이 돌아서 스코어

스에 가. 맘에 들 거야."

파란 셔츠 남자가 가슴에 힘을 주었다.

"네가 뭔데 나한테 그딴 식으로 말해?"

보니는 옆에 선 퍼즈의 경계 태세를 느꼈다. 피치는 웃으면서 연기를 후 내뿜었다.

"나 원래 말투가 이래. 모두에게 이렇게 말하는데 왜."

파란 셔츠는 피치의 얼굴 앞으로 고개를 바짝 갖다 댔다. 퍼즈는 경고성으로 낮게 목울음 소리를 냈다. 하지만 보니는 갈색 머리 여자의 얼굴을 보고 있었다. 왜 이 여자를 니키라고 생각했는지 알겠어. 옷이나 머리카락 때문이 아니야. 바로 표정 때문이었다. 정확히 말하자면, 그 표정 아래의 표정, 본인은 숨겼다고 생각하는 바로 그 표정 때문이었다. 이 여자는 길을 잃었구나. 여자를 둘러싼 외로움이 너무나 뚜렷했다. 그런데 옆에 있는 남자는 그걸 몰랐다. 전혀 의식하지 못하고 있었다. 바로 보니가 니키에게 그랬던 것처럼.

파란 셔츠 남자가 몇백 년 동안 백인이 흑인을 비하할 때 사용한 단어를 두 음절째 발음한 순간, 보니는 이미 그에게 달려들고 있었다. 먼저는 날카로운 잽으로 그의 코를 퍽 쳤다. 그는 허리를 확 숙이고서 얼굴을 쓱 쓸어보다가 코피가 솟구치는 걸 알고서는 굉음을 지르며 보니에게 달려들어 허리를 잡으려 했다. 그녀는 예리한 왼쪽 어퍼컷을 그에게 다시 먹인 다음 오른 주먹으로 배를 강하게 두 번 쳤다. 남자는 다시 보니에게 달려들었지만, 주먹이 그녀의 귀를 휙 스치고 지나갔을 뿐이다. 반면, 보니는 그를 슬쩍 피하고서 신장 바로 아래를 가격했다. 남자의 다리가 스르르 풀렸다. 그가 보도에 쓰러졌을 때쯤 보니는 꿈에서 막 깬 사람처럼 뒤로 비틀거렸다. 갈색 머리 여자는 공습경보처럼 높은 음조로 길게 한 번 비명을 질렀다.

보니는 달리기 시작했다. 그렇게 모퉁이를 돌아 바다로 갔다. 피치가 뒤에서 이름을 부르는 소리를 들으며 쏜살같이 달렸다. 왜 이 시간까지 열었는지 이유를 알 수 없는 웃긴 티셔츠 가게들을 지나, 가로등이 바닥에 아로새긴 둥근 불빛 웅덩이 사이를 휙 스쳐가는 낭창한 10대 소년들이 모인 스케이트 공원을 지나, 자그마한 불꽃 주위를 도는 남루한 옷차림을 한 사람들을 지나, 검은 바다가 저 앞으로 보이는 모래밭에 들어섰다.

보니는 해가 뜰 때까지 해변을 걸었다. 한 번 멈춰 서서 파도에 손을 씻기도 했다. 수평선 위로 빛이 뿌옇게 밝아오고서야 그녀는 집으로 향했다. 아파트로 돌아와 보니 발바닥에 끈적한 검은 기름이 두텁게 묻어 있었다. 그녀는 욕조 가장자리에 앉아 비누와 물로 발바닥을 씻었다. 하지만 타르는 떨어지지 않았다. 손톱으로 긁어도 봤지만, 외피를 벗겨내도 검은 얼룩은 피부에 그대로 남아 있었다. 샤워기 헤드에 걸려 있던 각질 제거용 돌을 집어 들었다. 전에 살던 사람이 남기고 간 것이었다. 그걸로 남은 타르를 갈고 각질을 제거하자, 발 피부가 새빨갛게 벗겨졌다.

하지만 타르는 병균처럼 닿는 곳마다 더러움을 남겼다. 집 바닥에 발자국이 남았고, 가죽 샌들 바닥이 까맣게 변했다. 니키가 준 선물로 보니의 소지품 중에서 몇 안 되는 고급 물건인데. 그녀는 주방에서 칼을 가져다가 부드러운 가죽 밑창에 묻은 검은 얼룩을 긁어내려 했지만, 결국엔 가죽의 외피만 벗기고 말았다. 욕실로 돌아가니 욕조에 온통 검은 찌꺼기가 덕지덕지 붙어 있었다. 물을 틀어도 씻겨 내려가지 않았다. 크게 당황한 보니는 세면대 아래에서 암모니아 병을 꺼내 물에 희석하지도 않고 원액을 그대로 도자기 표면에 뿌렸다. 그리고 철사 수세미로 긁기 시작했다. 그러다 약품 냄새를 하도 맡아 어지러워진 나머지 욕실에서 비틀비틀 나와 거실에 둔 접이식 해변 의자에 털썩 몸을 뉘었다.

보니는 그제야 저 검은 타르가 뭔지 기억해 냈다. 베니스 비치로 이사 왔을 때 이웃 사람들이 경고했던 게 이거구나. 보통 폭풍이나 지진이 있은 뒤, 해저에 있던 석유가 분출해 해안의 모래로 스며 올라오는 현상이었다. 타르를 제거하는 가장 간단한 방법은 올리브 오일을 적신 천으로 피부를 부드럽게 닦아내는 거였다. 그러면 이웃들이 장담한 대로, 검은 타르가 그저 녹아 없어질 것이다.

훈련하던 시절, 그녀는 반응과 대응의 차이가 뭔지 배웠다. 대응은 배운 기술을 사용해 경기 계획에 맞춰 공격을 냉정하고 무감하게 차단하는 것을 의미한다. 반응은 순전히 아드레날린의 힘으로 행동하는 것으로, 보통은 계속해서 해를 입게 된다. 새벽의 햇살이 비쳐 드는 텅 빈 거실에서, 보니는 망가진 신발과 발을 내려다보았다. 그리고 니키가 죽은 후 처음으로, 엉엉 울었다.

3장
에이버리

정원 끝의 창고 뒤쪽, 분홍빛 퀸 엘리자베스 장미 덤불 뒤. 에이버리는 오늘 치 담배 한 대를 피울 준비를 했다. 정원 손질 도구 뒤쪽에 숨겨둔 오버사이즈 바버 재킷과 노란색 고무장갑을 꺼냈다. 이럴 목적으로 특별히 숨겨둔 장비로, 이것 말고 구강 청결제, 공기 청정제, 껌 등도 있었다. 그녀는 기다란 요리 스토브용 성냥을 그어 윈스턴 담배 끝에 대고 불을 붙이며 기대인지 체념인지 모를 기분을 느꼈다. 그렇게 담배를 길게 빨았다가 또 길게 뱉었다. 저녁 노을이 희미해진 가운데, 첫 번째 연기가 아스라이 멀어져 갔다. 에이버리는 담배를 피울 때만큼 본인의 호흡을 인식한 적이 없었다. 담배가 건강에 해로운 것만 아니었더라도 대단히 훌륭한 명상법이 되었으리라.

정원은 여름의 한창때를 맞이하고 있었다. 보라색과 진분홍색 제라늄이 저물어가는 태양 쪽으로 앙증맞은 얼굴을 돌렸다. 에이버리는 집으로 쭉 이어지는 오솔길을 따라 심어놓은 군청색 팬지 꽃을 바라보며 아무도 오지 않는지 다시금 확인했다. 그녀의 집은 햄프스테드 히스에서 두 블록 떨어진 곳에 있는 좁다란 빅토리아 양식 주택이었다. 밖에서 보기에 허름하니 담쟁이넝쿨로 뒤덮인 매력적인 집은 예술가가 살 것 같아 보였고, 한때는 분명 그랬을 것이다. 하지만 요즘은 이 지역의 부동산 가격을 감당할 만한 사람이 거의 없다. 에이버리와 치티는 처음 만났던 7년 전, 치티가 인도에 살던 할아버지에게서 유산으로 받은 어마어마한 금액을 계약금으로 지불하고 이 집을 샀다. 치티는 괜찮은 심리상담실을 운영하는 심리치료사였지만, 에이버리가 사내 변호사로 받는 수입이 없었다면 대출금을 상환하기 힘겨웠을 터였다.

햄프스테드는 미국인들이 상상할 법한 잉글랜드의 모습을 지녔다. 광활한 초원이 런던을 굳이 떠나지 않아도 전원 생활의 기분을 안겨주었고, 유기농 차 가게와 서점 두 곳(하나는 중고 서점이고 하나는 일반 서점이었다), 수제 초콜릿 상점이 있는 중심가는 근사한 영국식 취향이 무엇인지 보여주었다. 빨간 벽돌로 지은, 우아한 반달형 창문이 달린 지하철 역사조차 세련되었다. 햄프스테드에 사는 미국인들은 런던의 다른 지역을 쉽사리 무시하곤 했다. 그들이 보기에 런던 다른 곳은 공공 주택과 윌리엄 힐 성인용 게임장이 즐비하고, 저녁으로 술집에서 맥주와 감자칩을 먹으며 광란의 밤을 보내다가 결국은 케밥으로 대충 마무리하고 심야 버스로 집에 가는 사람 천지였다. 에이버리는 햄프스테드에 산다는 말을 즐겨 했다. 그곳에 산다는 말로 곧바로 전달되는 모든 요소, 즉 유대감과 취향과 부를 드러낼 수 있기 때문이었다.

어린 시절, 에이버리네 자매들은 필요한 게 모자란 적은 없었지만,

원하는 걸 갖고 살지는 못했다. 바로 공간 말이다. 편하다고 느끼기에는 너무나 붙어 살았다. 클리셰지만 엄연한 진실이다. 그 집에서, 네 아이는 너무 가까이 붙어 있어서 편하게 지낼 수가 없었다. 여섯 명이서 욕실 하나를 썼다. 프루프록*이 본인의 인생을 측정하는 기준이 커피 스푼이었다면, 에이버리에게는 욕실이 비기를 기다리는 시간이었다. 당시 에이버리는 그게 그렇게 싫었다. 자매들은 흐릿한 수조에 꽉꽉 들어찬 랍스터처럼 물 위쪽의 빛을 향해 가느라 계속 밀치고 부딪혀대는 것만 같았다. 청소년기 내내 그녀는 집을 떠나고 싶었지만, 보니가 복싱 훈련을 시작하고 니키가 대학에 가고 러키가 모델이 되어 투어를 떠날 때까지 그 집에서 살았다. 그리고 동생들이 모두 안전하게 나가자, 그녀도 비로소 도망쳤다.

  에이버리는 담배 연기를 뿜었다. 참 오랫동안 자매들을 최우선에 두고 살았다. 집을 떠날 때쯤에는 아침부터 몰래 술을 마시고 밤늦게는 욕실 창문에 기대서서 헤로인을 섞은 마리화나를 피웠다. 마약을 주사로 맞기 시작한 건 집에서 나와서였다. 오랫동안 아슬아슬하게 균형을 잡으며 살아오던 인생이었는데, 이제는 높은 곳에서 몸을 기울여 추락하기 시작했다. 샌프란시스코에서 살던 1년간은 심지어 동생들도 그녀에게 말은 걸 수 있었을지언정 진심으로 닿을 순 없었다. 에이버리가 그들이 따라올 수 없는 곳으로 가버렸기 때문이다. 그러다 마약을 끊고 법학전문 대학원을 졸업한 다음에는 곧장 성공과 자유를 좇아 런던으로 떠났다. 그리고 예전에는 동생들을 버렸지만, 다

---

* T. S. 엘리엇의 시 「알프레드 프루프록의 연가」에 나오는 인물로, 자기의 인생이 의미 없고 허무하다는 걸 막연히 느끼는 평범한 남자다.

시는 그러지 않기로 마음먹었다. 동생들에게 언니가 필요했기 때문만은 아니었다. 에이버리에게도 동생들이 필요했기 때문이었다. 동생들을 도와줄 때가 가장 최선의 모습이란 걸 이제는 그녀도 깨달았다. 그것이야말로 인생의 유일한 체계이고, 유일하게 믿을 수 있는 신이었다.

니키의 장례식 이후, 시간을 멈추도록 돈을 쓴 것도 에이버리였다. 그녀는 지난 1년간 뉴욕 아파트의 대출금을 부담했고, 니키의 물건을 그대로 남겨둔 채 아파트를 비웠다. 하지만 시간은 돈보다 강했다. 그 점을 에이버리는 누구보다도 잘 알았다. 그건 임시방편에 불과하다는 걸. 하지만 결말을 맞이할 준비가 아직도 안 되어 있었다. 이제는 그 임시방편도 마저 곧 사라지리란 사실을 깨닫자, 좁다란 아파트에 낯선 그리움마저 느껴졌다. 좋든 싫든, 그 집에서 살 때는 혼자라는 느낌이 좀처럼 들지 않았었는데.

에이버리는 삽 뒤에 숨겨놓은 베이크드빈 통조림 깡통에 담배를 넣어 껐다. 그 깡통 역시 흡연을 위해 준비해 둔 것이었다. 그런 다음 가글 액으로 입을 헹구고 덤불에 뱉었다. 바버 코트를 벗고 노란색 고무장갑도 벗었다. 마지막으로 스피어민트 껌을 하나 입에 넣었다. 에이버리는 스물세 살 이후로 쭉 금연해 오다가 10년째가 된 몇 달 전에 다시 담배를 피우기 시작했다. 담배를 피운다고 해서 다시 젊어지는 기분이 드는 건 아니었다. 다만 담배는 숨겨진 자아, 바로 자신만이 아는 에이버리로 돌아가게 해주었다.

정원 오솔길을 걸어 집에서 새어나오는 노란 불빛 쪽으로 다가갔다. 활짝 열린 프렌치 도어 안으로 치티와 그녀의 남동생 비시가 보였다. 대리석 식탁에 기댄 그들의 얼굴 위로 컴퓨터 화면이 파란 빛을 뿌렸다. 멀리서 보면 쌍둥이 같았다. 둘 다 기다란 손을 모아 갸름한 턱을 받친 모습이나, 매끄러운 까만 머리카락이 래커를 칠한 듯 빛을 받아 어른거리는 모습이 그랬다. 둘 다 콧날이 굳세고 둥근 이마에 위엄이 서려 있었으며, 이목구비에는 지성과 분별력이 담겨 있었다. 치티는 문으로 들어서는 에이버리를 보자 괴고 있던 고개를 들었다.

"엄마의 상영회 라이브 스트리밍을 보고 있어. 마침 관객과의 대화 시간이야."

치티가 말하자, 비시가 대답했다.

"잔인하지."

비시와 치티의 엄마인 가니시카는 신식민주의와 미국 외교 정책을 신랄하게 비판하기로 유명한 다큐멘터리 제작자이자 정치 활동가였다. 그녀의 영화는 많은 상을 받기도 했다. 가니시카는 델리와 런던을 오가며 자녀들을 키우다가 치티가 열세 살, 비시가 열한 살이 되자마자 곧바로 기숙학교에 보낸 다음 본인은 인도로 돌아가 영화 제작에 헌신했다. 가니시카는 치티의 성적 지향을 전혀 문제 삼지 않았다. 하지만 단 한 가지, 주기적으로 언급하는 점이 있었으니, 바로 하고많은 사람 중에서 하필 미국인을 고른 것이 실망스럽다는 것이었다.

에이버리가 곁으로 다가가자, 치티가 자연스럽게 그녀의 어깨에 머리를 기댔다. 순간 에이버리의 몸이 확 굳었다. 새로 생긴 흡연 습관을 효과적으로 숨기려면 안전거리를 유지해야 하는데.

"껌은 언제부터 씹었어? 턱에서 딱딱 소리 나."

"뱉을게."

에이버리는 빠르게 대답하며 펄쩍 뛰다시피 물러났다.

"어이, 에이버리는 술도 안 마시고 마약도 안 하잖아. 껌이라도 좀 씹게 둬."

비시의 말에 치티는 가볍게 웃으며 대꾸했다.

"그건 나도 안 하잖아?"

"누나는 안 좋아하니까 안 하는 거잖아. 에이버리는···."

"너무 좋아하지. 하지만 치티 말이 맞아. 나쁜 습관이야."

에이버리는 쓰레기통에 껌을 뱉으며 말했다. 치티는 아주 살짝 얼굴을 찌푸렸다.

"나 그런 말은 안 했어."

비시가 목 뒤를 문지르며 눈에 띄게 불편해하는 기색으로 말했다.

"있잖아, 에이버리. 오늘이 무슨 날인지 들었어. 정말 마음이 아프다. 니키 말이야. 하늘에선 편히 쉬고 있기를 바라."

"고마워. 하지만 난 괜찮아."

에이버리가 비시의 팔을 살짝 건드리며 말했다.

치티가 의미심장한 눈길을 보냈다.

"내가 '괜찮아'라는 말이 뭐라고 했더라."

"심리치료사들이 보기에 '괜찮아'라는 말은 욕이나 다름없지. 하지만 정말 괜찮아."

"내 말은, 우리 앞에서까지 괜찮을 필요는 없다는 거야. 우린 가족이잖아."

"나도 알아."

에이버리의 말은 의도했던 것보다 더 힘이 실려 나왔다. 그때, 비시가 화면을 가리키며 말했다.

"새로운 희생양이 나타났어."

카메라는 관객을 쭉 훑다가 안경을 쓴 젊은 인도 남자를 잡았다. 붐마이크가 그의 앞으로 쭉 다가가자 그가 마이크를 잡고 조정하면서 다른 손으로 민망한 듯 머리를 쓸어 올렸다. 이윽고 그는 어서 말하라는 압박을 느낀 듯 미소를 지었다.

"저는 친구들이랑 종종 오스카 수상작 다큐멘터리 중에서 가장 훌륭한 게 뭔지를 두고 열띤 토론을 벌이곤 하는데요. 하지만 아직 만족스러운 결론이 안 났습니다. 그래서 혹시 감독님께서도 이런 식으로 술자리 토론을 하시는지 여쭤보고 싶은데요. 올해 후보작 중에서 가장 마음에 드시는 건 어떤 작품이고 그 이유가 뭔지 알 수 있을까요?"

"어우, 씨."

비시가 탄식했다. 카메라는 가니시카의 얼굴을 다시 비췄다. 답답함으로 굳은 얼굴이었다.

"나는 방금 말하신 '술자리 토론' 같은 건 안 합니다. 예술을 그런 식으로 생각하지 않기 때문입니다. 영화에 등급을 매기는 행위는 영화에 대단히 큰 피해를 줍니다. 상이란 것은 창의성을 두고 벌이는 자본주의적 경쟁 모델일 뿐입니다. 내가 그런 상을 몇 개 받기는 했으나, 수상에 전혀 가치를 두지 않습니다."

"근데 수상했단 말은 기어코 하네."

치티가 중얼거렸다. 가니시카는 이제 생각하던 바에 가속이 붙은 것처럼 말을 이었다.

"사실, 영화제에 여러 번 심사위원으로 초청받았지만, 매번 거절하는 게 습관이 되었습니다. 그런 영화제들은 영화인에게 해롭고, 영화

산업에 옳지 못한 정치적 분위기를 조장하며 시대에 뒤떨어진 고착화된 마케팅 전략을 대변합니다. 또한 그런 위원회는 대부분 남성으로 이루어져 있습니다. 가치를 증명한답시고 내 작품에….″

가니시카는 잠시 말을 멈추고 분위기를 한껏 조성했다가 다음 말을 내뱉으며 결론을 내렸다.

"…방뇨를 해대는 위원회는 필요하지 않습니다. 예술 분야에서 결정권자를 자처하는 권위는 어떤 식으로든 강력하게 의심하고 있습니다. 그러니 본인과 친구들 역시 그렇게 하시길 바랍니다."

훈계를 받은 젊은이는 눈을 가느다랗게 뜨고서 자리에 앉았다.

"아, 진짜."

비시가 탄식했지만 에이버리가 대답했다.

"틀린 말씀은 아닌데."

"하지만 이 사람들은, 그러니까 엄마 팬이잖아. 좀 부드럽게 말할 수도 있을 거 아냐."

"내가 보기에 팬들은 오히려 좋아해. 엄마는 저 사람들의 도미넌트라고."

에이버리의 말에 치티가 대꾸했다.

"충격적이네."

"하지만 정확한 표현이야."

다음은 소심해 보이는 백인 여성이 일어나 마이크를 잡았다. 그녀는 플라스틱 과일이 달랑거리는 귀걸이를 달고 있었다.

"안녕하세요. 먼저 저는 제 인생을 바꿔주신 감독님께 감사드리고 싶어요."

치티와 비시가 괴로운 신음을 흘렸다.

"제 질문은 간단해요. 인생에서 위안을 받는 순간은 언제신가요?"

가니시카는 고개를 끄덕이고서 눈을 감았다. 마치 고양이가 간지러운 지점에 정확히 손길을 받은 듯한 모습이었다.

"좋은 질문이네요."

만족스럽다는 듯 대답하자, 백인 여자는 기뻐서 홍조를 띠었다.

"엄마가 말할 때 눈을 얼마나 자주 감는지 혹시 알아? 그러면 하는 말마다 너무나 진실이라서 온 감각을 다 동원해도 그 순간을 견뎌내기 벅차다는 듯한 효과를 자아내지."

비시의 말에 치티가 대꾸했다.

"근데 정확히 말하자면, 그냥 안경을 잃어버린 것 같기도 해."

치티는 엄마를 경멸했지만, 엄마를 사랑하고픈 욕망이 가끔 그걸 뚫고 불쑥 올라오는 게 에이버리의 눈에는 보였다. 너른 바다 위로 고개를 내미는 물개 새끼처럼 말이다. 가니시카의 문제는, 그녀가 나를 안아줄지 아니면 쥐어 팰지 전혀 알 수가 없다는 데 있었다. 가니시카는 경건한 목소리로 말했다.

"지금 생각나는 순간을 말해볼까요? 내 뺨을 우리 개의 배에 지그시 대고서 느낄 때랍니다. 나는 개를 두 마리 키워요. 그중 하나가 뱃살이 아주 토실토실하죠…."

관객들이 웃었다. 어떤 이들은 전에 받은 질문에서 느낀 긴장감을 해소하려고 웃었고, 어떤 이들은 세상에 존재하는 가장 강렬한 천재 영화인이 '뱃살이 토실토실'이라는 말을 진지하게 말하는 걸 듣고 있다니 너무나 영광스럽다는 마음으로 웃었다.

"둘 다 유기견이었어요. 그중 한 마리의 어미는 우리 집 바깥 도로에서 차에 치여 죽었어요. 내가 아기 강아지를 발견했을 때는 너무 작아서 주사기로 우유를 먹여야 했죠."

엄마의 대답을 들은 치티는 저도 모르게 코웃음을 쳤다.

"그런데 우리는 모유수유를 안 해줘도 된다고 생각했구나."

가니시카가 자랑스럽게 어깨를 으쓱이며 말을 이었다.

"다른 개는 내가 훔쳤어요. 그 애는 우리 집 근처 나무에 밤낮으로 묶여 있었거든요. 그래서 어느 날 그냥 데려왔어요. 사랑받지 못하는 존재를 해방시키는 것이 나의 의무라고 느껴져서요."

관객 사이에서 긍정의 수군거림이 흘렀다. 치티는 노트북을 탁 덮으며 말했다.

"그만 보자. 나 배고파. 비시, 너 저녁 먹고 갈래?"

에이버리는 치티의 얼굴에 혹시 상처받은 기색이 있나 확인했지만, 그저 차분해 보였다.

비시는 식탁 스툴에서 몸을 빙글 돌리며 천장에 대고 커다랗게 한숨을 쉬었다.

"너무 가슴이 아파서 아무것도 못 먹겠어."

"이건 또 무슨 소리야?"

에이버리의 물음에 치티가 미소를 지으며 답했다.

"비시 인생에 새로운 사랑이 생겼지."

에이버리는 돌아서서 집의 커다란 냉장고 안을 살펴보며 물었다.

"아! 그 사랑을 언제 만났는데?"

"어젯밤에."

"그래서 심각한 거구나."

에이버리는 위쪽 칸에서 시든 고수 다발을 꺼내 쓰레기통에 버렸다. 그녀는 요리에는 별 재주가 없어서, 혼자 있을 때는 아직도 시리

얼을 저녁으로 먹어도 좋다고 생각했다.

"그래, 나 심각해! 정말 멋진 여자라고. 우 탕의 〈브링 다 럭커스 Bring Da Ruckus〉 가사를 다 알더라니까."

비시의 말에 에이버리는 고개를 끄덕였다.

"그거 진짜 멋지네. 우리 이탈리아 요리 시킬까?"

"냉장고에 아주 좋은 재료들이 있는데 왜. 내가 채소 좀 구울게."

치티가 말했지만, 비시는 고개를 저었다.

"에이버리의 의견이 좋은 것 같아. 어쨌든 내가 다 망쳤어. 오늘 걔한테 뭔가 감동적인 메시지를 보내야 했거든."

비시가 고개를 푹 숙이고 말을 이었다.

"정말 뻔하디뻔한 거였어. 아주 진부하고."

치티가 숨을 헉 들이쉬며 물었다.

"설마 네 고추 사진을 보낸 건 아니겠지?"

비시가 고개를 홱 쳐들고 소리쳤다.

"뭐? 아니야! 더러운 생각 좀 그만해!"

치티는 미안하다는 듯 킥킥 웃었다.

"네 고추 사진보다 더 심한 게 또 뭐가 있겠어?"

에이버리의 말에 비시는 짐짓 분노한 척했다.

"뭔 소리야!"

에이버리는 미안한 기색으로 두 손을 들었다.

"아니, 너의 품질이 이상하단 소리는 아니었어. 사진을 보낸다는 게 이상하다는 거였지."

"우리 다 너의 고추가 완벽한 모양일 거라고 믿어, 동생아."

치티는 이렇게 말하며 에이버리에게 즐겁게 눈웃음을 쳤다.

"아니, 이 여자야! 내 누나가 어떻게 이런! 그만해!"

"그래서, 무슨 문자를 보냈는데?"

에이버리가 웃으면서 물었다.

"뭐라고 보냈냐면… '즐거운 목요일 보내'라고 보냈어. 정말 진부하기 짝이 없네! 다시는 연락 안 올 것 같아."

비시는 팔 위로 고개를 털썩 떨구었다.

치티는 눈을 흘기고는 비시의 등을 토닥였다. 이번 주 그녀의 기다란 손톱 색상은 루바브 핑크였다.

"괜찮아. 또 기회가 있겠지. 내일은 또 새로운 인연이 올 거야."

그녀가 중얼거리자, 에이버리도 씩 웃었다.

"맞아. 그때는 '불금 잘 보내!'라고 보내."

비시가 절망 어린 신음을 흘리는 동안, 에이버리는 가방에서 진동하는 휴대폰을 꺼내려고 돌아섰다. 치티는 에이버리가 눈살을 찌푸리는 걸 알아채고서 물었다.

"무슨 일 있어?"

"동생이 전화했어."

"섹시한 쪽? 아니면 무서운 쪽?"

비시가 벌떡 고개를 들고 물었다. 치티가 그의 뒤통수를 쳤다.

"사람을 그렇게 부르면 못써. 이름 알면서."

"보니 블루는 나처럼 가늘고 약한 나뭇가지 같은 인간을 두 동강 낼 수 있지. 나의 무섭다는 말에는 더없는 존경심이 섞여 있어."

"섹시한 쪽과 무서운 쪽이라."

에이버리가 중얼거렸다. '죽은 쪽도 있긴 해.' 속으로는 이렇게 생각하면서, 덧붙여 물었다.

"그럼 나는 뭐야? 지루한 쪽인가?"

"안정적인 쪽이지, 자기야. 지루함과 안정은 다른 거야."

치티가 명랑하게 말했다. 하지만 에이버리는 사실 안정적이지는 않았다. 솔직히, 그녀는 허물어지고 있었다. 아직 아무도 몰랐을 뿐. 심지어, 본인조차.

"그리고 동성애자인 쪽이지. 순전히 일반적인 쪽에서 보자면."

비시가 너그러운 기색으로 말하자, 치티가 동생의 머리를 잡고서 흔들어대며 혀를 찼다.

"대체 네 머릿속엔 뭐가 들었니?"

에이버리가 눈썹을 치켜떴다.

"내 동생들이 동성애자일 수도 있잖아?"

비시가 누나의 허리에 팔을 감으며 대답했다.

"그야 너는 이 여자랑 같이 사니까 그렇게 말하는 거지. 누가 세상 사람들이 다 동성애자라고 생각하며 살겠어."

"그야 우리가 바로 동성애자니까. 적어도 이만큼은."

"그래, 그래, 킨제이 척도에서 뭐라 뭐라 했겠지. 그러니까, 내 말은 이거야. 나한테 엉덩이에 뭔가 넣고 싶은 마음이 있다 해도, 그 마음은 정말 저 깊숙한 곳에 꼭꼭 숨어 있을 거야. 난 그런 욕망이 뭔지 전혀 모르겠거든."

"그래, 네 전립선처럼 아주 깊숙한 곳에 있겠지!"

치티가 밝은 목소리로 말했다.

"어쨌든, 전화는 러키가 했어. 여기 와서 지내고 싶대."

에이버리의 말에 치티가 외쳤다.

"정말 너무 좋다! 너도 항상 러키가 와주기를 바랐잖아. 그 앤 정말 가까운 가족이니까."

하지만 에이버리는 고개를 저었다.

"뭔가 이상해."

"왜 그런 소리를 해?"

"곧 오고 싶대. 그러니까, 내일 온대. 파리에서 무슨 일이 생겼나 봐."

"혹시 우리 집에 멋진 손님방이 있다는 얘기를 들어서는 아니고? 내가 드디어 페인트칠을 시작했으니까?"

치티는 방을 하나씩 인테리어하는 중이었고, 각 방마다 다른 색을 테마로 했다. 그녀는 색상을 언어처럼 이해했다. 그것도 아주 유창한 언어로. 하지만 에이버리는 가끔은 이해할 수 없는 단어가 있는 것처럼 색이 알쏭달쏭하기만 했다. 치티는 에이버리에게 이렇게 말한 적이 있었다. 그녀의 할아버지가 사는 자이푸르 지역에는 파란색과 터키석색을 뜻하는 단어가 50개나 있고, 고유한 색 이름이 다 있다고. 반면, 에이버리는 그런 색 이름을 단 하나도 떠올리지 못했다. 치티는 손님용 방 벽지로 에메랄드색을 고르고, 로즈쿼츠색 시트로 침대를 덮었다. 그래서 예전에는 어둡고 좁았던 서재였던 방을 귀한 보석상자처럼 바꾸어놓았다. 에이버리는 치티가 자신의 삶에 준 영향을 비유적으로 나타낸 것이 이 방이라고 생각했다.

"그런데 이 멋진 손님방에 나는 왜 초대를 안 했어?"

비시가 묻자 치티가 대답했다.

"바보야, 넌 런던에 살잖아."

비시는 주방을 둘러보았다. 우아한 연파랑색 벽과 은은히 빛나는 메탈 몸체를 지닌 가전제품과 윤기 나는 대리석 조리대와 커다란 싱크볼을 갖춘 싱크대 세트가 눈에 들어왔다. 이 싱크대는 에이버리가 어마어마한 비용을 들여 설치한 것으로, 스파클링 워터가 나오는 탭이 따로 있었다.

"여기는 내가 사는 런던이 아니라고."

그날 밤늦은 시각, 에이버리는 라디오를 틀어둔 채로 깊숙한 독립형 욕조에 누웠다. 방송 내용이 뭔지에는 관심이 없었다. 혼자 생각에 너무 골몰하지 않도록 방에 소음이 필요했을 뿐이었다. 중독 재활 과정 초기에도 이랬던 적이 있었다. 그때는 뭔가 정신을 다른 데로 돌리지 않으면 양치를 하는 것조차 힘겨웠었지. TV를 큰 소리로 틀어놓고서 샤워를 하고, 한 손에는 헤어드라이어를 들고 머리를 말리면서 한 손에는 책을 들었고, 뉴스를 스크롤하며 식사를 하고, 밤늦도록 음악이 새어 나오는 헤드폰을 끼고서 침대에 누웠다. 하지만 시간이 흐르자 머릿속이 좀 더 평온해졌다. 언젠가 한번은 명상 캠프에 참여해서 온종일 혼자 지내며 호흡에 집중하고 저 파란 하늘에 흘러가는 구름처럼 온갖 생각이 머릿속을 떠돌도록 놔두기도 했었다. 하지만 지금은 아니었다. 눈을 감으면 지금껏 해온 갖가지 실수가 눈앞에 떠올랐다. 한때는 평온했던 내면에, 폭풍우가 몰아쳐 왔다.

에이버리는 수면 아래로 몸을 누이고 귓가에서 나직하게 웅얼대는 물소리를 가만히 들었다. 그렇게 최대한 오래오래 물속에 잠겼다가 확 솟구쳐 올라 숨을 헐떡였다. 눈을 떴다. 치티가 서 있었다.

"나도 들어가도 돼? 아니면 혼자 목욕할래?"

"당연히 들어와도 되지."

치티는 바지와 리넨 튜닉의 단추를 풀었다. 스르르 떨어진 옷은 그냥 구겨지게 됐다. 그녀의 벗은 몸은 한때 에이버리에게 짜릿함을 주었으나 지금은 집 안 가구를 보듯 익숙해졌다. 치티는 허리까지 내려오는 검은 머리카락을 두툼하고 둥그렇게 정수리 위로 틀어 올렸다. 그녀는 이런 머리를 '잠자리용 뭉치 머리'라고 불렀다. 치티의 기다란 머리카락은 길 가던 사람들이 멈춰 서서 찬사를 보낼 만큼 아름다웠는데, 그 길이가 언제나 그 자체로 대단한 볼거리이자 파티에서 좌중의 이목을 끄는 비결이었다. 치티는 서른아홉 살로 에이버리보다 일곱 살이나 연상이었다. 하지만 머리카락 덕분에 아주 어려 보이기도 하고 아주 나이 들어 보이기도 했다. 치티가 에이버리에게 가장 처음으로 해주었던 자신의 이야기를 생각해 보면, 이 말은 그녀를 아주 잘 묘사하는 표현이었다.

그들이 처음 만났던 날, 치티는 예전 상담실 의자에 앉아 에이버리를 마주 보고 있었다. 손에는 수첩을 들고, 발목을 꼰 채였다. 에이버리의 첫 번째 상담이었고, 둘은 한 시간이 안 되게 이야기를 나눴다. 왜 여기 왔느냐는 질문을 받자, 에이버리는 자신이 헤로인 중독을 이겨내고 로스쿨을 졸업한 다음 세계에서 가장 명망 있는 런던의 법률사무소에 들어갔지만 밤에 잘 수가 없다고 말했다. 그리고 상담이 끝나갈 무렵, 에이버리는 놀랍게도 이 시간을 끝내고 싶지 않아졌다.

"다음 주에 또 와도 될까요?"

"오고 싶으면 오세요."

"그러면 도와주실 건가요?"

치티는 고개를 끄덕였다.

"제가 안 고쳐질 정도는 아니죠?"

에이버리가 재차 묻자, 치티가 의자에 몸을 기대고 앉아 그녀를 바라보았다.

"개인적인 이야기를 하나 들려드릴까요? 저는 보통 상담자에게 제 이야기를 하지 않아요. 그리고 앞으로도 그럴 일은 없을 거고요. 하지만 저를 이렇게 설명해 보는 게 저한테도 좋을 것 같네요."

에이버리는 고개를 끄덕였다. 곧바로 치티가 흥미로워졌고, 그녀가 말하는 건 뭐든지 듣고 싶어졌다.

"제가 치료하기 제일 힘든 사람들은 어린 시절이 어땠을지 상상이 안 되는 사람들이에요. 제가 태어나고 자란 환경 때문에 저는 상당히 어른스러운 아이가 되었어야 했죠. 적어도 제 안에는 유치한 어른으로 남고 싶은 마음이 있어요. 그리고 제 환자들에게도 그런 욕망이 있다는 게 자주 보여요."

"그럼 저는 어때요? 저는 어떤 아이였을지 보이나요?"

에이버리가 묻자, 치티가 고개를 끄덕였다.

"어떤 아이였을 것 같은데요?"

"가식적인 아이였겠지요. 지금도 그렇고요."

그 말에 마음이 상했을 수도 있었을 테지만, 에이버리는 그러지 않았다. 사실이었으니까.

"그러면 어떻게 가식을 버리죠?"

치티는 수첩을 무릎에 내려놓더니 냉정하고 흔들림 없는 시선으로 에이버리를 바라보았다.

"추한 진실을 말하면 돼요."

그래서 에이버리는 말했다. 치티에게 오랜 세월 간직한 진실을 말했고, 나중에 환자가 아니라 부부가 된 후에도 오랫동안 진실을 말했다. 처음에는 둘의 관계가 상담사와 내담자였다는 사실 때문에 치티가 에이버리보다 더 힘들어했다. 자신을 내담자와 사랑에 빠질 사람으로 생각해 본 적이 없었으며, 교육과정에서 교사들이 역전이가 얼마나 강력한지 경고했을 때부터 자신에겐 그럴 일이 없을 거라고 장담했었다. 그래서 상사를 찾아가지 않았고, 대신 자신의 상담사만을 찾아가 괴로운 면담을 몇 번 거쳤다. 불면증을 호소하며 상담실에 찾아온 이 젊은 미국인이 대체 뭐라고, 스스로 명성과 경력까지 위험해질 짓을 하려 드는지 이해해 보려고 말이다. 치티가 이제껏 한 가장 비윤리적인 행동은 에이버리를 사랑한 것이다. 하지만 정말로 에이버리를 사랑했다. 그건 선택이 아니라 추한 진실이었다.

지난 7년 동안 그들은 행복했다. 처음으로 사랑을 나누던 순간, 에이버리는 침대 가장자리에 고개를 젖히고 누워 치티가 그녀 육체의 비밀을 탐구하는 동안 눈물을 거꾸로 줄줄 흘렸다. 저녁 노을이 황금빛 줄기를 이루어 침대에 나른하게 비쳐왔고, 에이버리의 감은 눈 안에서 그 빛이 꿀처럼 진득하게 빛났다. 그녀는 계속 경이로움을 느끼며, 울먹이면서 말했다. 모르겠어. 치티의 머리가 위에서 나타나더니, 머리카락이 사락사락 겹겹이 스치며 소곤거렸다. 그녀는 로즈골드빛으로 물들어 있었다. 뭘 모른다는 거야, 자기야? 하지만 에이버리는 그걸 말로 설명할 수가 없었다. 사랑이 이렇게 느껴질 줄은, 너무나 꿀 같고 너무나 달콤할 줄은 몰랐다. 자신이 이런 부드러움을 느껴도 되는 사람일 줄은 몰랐다. 햇살이 천천히 방에서 물러가자 둘은 서로를 껴안았다. 살갗에 묻은 타액과 땀이 식어가자, 에이버리는 드디어 느꼈다. 그토록 오랫동안 기다렸던 감각을, 사랑을, 그래, 사랑을, 하지만 또한 안전함까지도 느꼈다. 마침내, 안전해졌구나.

그들이 함께하는 삶을 가장 잘 설명할 만한 단어는 아마도 '조화'일

것이다. 다른 부부처럼 다툴 때도 있었지만, 둘의 일상은 대개 조화로웠다. 둘의 성격은 서로를 보완해 주었다. 치티는 천상 양육자라서, 집에서 식사할 때 요리를 했고 정원을 가꾸며 집을 편안한 곳으로 꾸몄다. 에이버리는 실용적인 사람으로 세금을 신고하고 청구서를 결제하며 휴가 계획을 짰다. 둘 다 청소를 딱히 좋아하지 않아서 2주에 한 번씩 청소 서비스를 이용했다. 예전에 에이버리는 사랑이란 크고 잘 보이는 행동을 기반으로 이루어지는 것이라 생각했지만, 결혼이란 알고 보면 일상적이고 별 의미 없는 헌신이 쌓여가는 것이었다. 자기 전 싱크대에 있는 컵을 설거지하고, 집을 나서기 전 굳이 계단을 오르내리며 서로에게 잽싸게 키스하고, 과일을 먹을 때 한 조각을 더 잘라 나누는 등등, 간과하기 쉽지만 막상 없으면 서운하고 그리운 그런 헌신적인 행동들 말이다. 오랫동안 에이버리와 치티는 그런 소소한 행동들을 지켜나가고 있음을 뿌듯하게 여겼다.

그러다 지난해, 니키가 죽었다. 그리고 에이버리는 변했다. 동생이 죽었다고 해서 술을 마시지는 않았다. 그럴 수 없다는 걸 알고 있었으니까. 하지만 슬픔이 있었다. 이 슬픔을 어찌해야 할지 몰랐다. 가장 가슴 아팠던 건 놀라움이었다. 에이버리는 갑자기 고통에 허를 찔리는 일이 없도록 성인으로 살아가는 동안 위험을 최소화했다. 그런데도 고통을 피해갈 수 없었다. 에이버리는 니키가 죽기까지 근 10년을 마약 없이 살아왔다. 어떻게 자신은 동생이 이토록 힘겹게 살고 있는 걸 모를 수 있었을까? 어떻게 그 징후들을 못 볼 수가 있나? 자신은 큰언니인데. 이런 걸 놓치지 않는 게 자신의 역할인데. 입밖으로 내지는 않았지만, 에이버리는 마음 한구석으로 치티에게만 너무 신경 쓰며 사느라 다른 걸 못 보게 된 게 아닐까 두려웠다.

니키의 장례식이 열린 뉴욕의 성당에서 에이버리는 기도서를 한 권 훔쳤다. 물건을 훔쳐본 지도 참 오래되었지만, 그 느낌은 여전했다. 심장이 빠르게 뛰었고, 귓가에서 맥박이 두근두근 울렸다. 머릿속에는 아무 생각도 들지 않았다. 그저 검은 바지 허리 부분에 슬쩍 밀어 넣은 기도서의 무게만이 느껴질 뿐. 런던으로 돌아온 후에도 도벽은 계속되었다. 커다란 물건을 훔치지는 않았다. 모퉁이 슈퍼마켓에서 초콜릿 바 하나, '부츠'에서 립스틱 하나, 그 옆의 자선기금 마련을 위한 중고 물품점에서 운동화 한 켤레 같은 것들이었다. 엄청난 월급을 받으면서 중고 물품점에서 물건을 훔치다니. 끔찍한 짓이라는 건 본인도 알았다.
  그래서 에이버리는 본드 스트리트에 있는 고급 상점에 가서 버버리, 구찌, 샤넬을 훔치기 시작했다. 샌프란시스코에 살던 20대 초반에 먹고살려고 물건을 훔칠 때보단 훨씬 쉬웠다. 이제 그녀는 구매력이 있는 성공한 30대 여성이었으니까. 아름다운 물건은 뭐든 원하는 대로 손끝으로 쓸어보며 점원에게 다 안다는 미소를 지어 보일 수 있는 변호사였으니까. 그녀는 샴페인 잔을 받아 입에 대지도 않은 채, 유리 진열장을 열어달라고 요청하고 거울에 모습을 비춰보는 척하다가, 약속이 있다고 둘러대고 고맙다고, 또 오겠다고 정신없이 말하면서 숨길 게 없는 사람처럼 허둥지둥 떠났다. 그사이 퀼팅 지갑, 체인 금팔찌, 자수 실크 손수건 등등 에이버리가 훔친 물건은 그녀의 피부에 온기를 찾는 동물처럼 착 달라붙어 있었다.
  욕조 위에 선 치티는 발끝을 물에 담갔다가 얼굴을 찌푸렸다.
  "넌 항상 물을 너무 뜨겁게 해놓고 목욕하더라."
  "그게 좋아."

에이버리는 치티가 앉도록 자리를 비켜주었다. 치티가 물속으로 몸을 담갔다가 비명을 지르며 뺐다. 에이버리는 덧붙여 말했다.

"진짜 목욕이란 끝에 가서는 제정신을 유지하려고 안간힘을 써야 할 정도로 노곤하게 해야 하는 법이야."

치티는 마침내 몸을 물에 완전히 담근 다음 욕조 가장자리에 고개를 댔다.

"편안해야 마땅한 것도 생존을 위한 투쟁으로 만들어버리는 건 너밖에 없을 거야. 여기서 얼마나 삶아지고 있었던 거야?"

에이버리는 쪼글쪼글해진 손가락을 들어 보였다. 치티는 그 손끝을 자신의 손으로 감싸고 주름진 피부 끝을 쓰다듬었다.

"있지, 우리 손발이 이렇게 쪼글쪼글해지는 건 진화한 기능이라는 게 최근에 밝혀졌대."

"그래?"

"물속에서 물건을 잡기 좋게 하려는 거래. 타이어의 패턴처럼."

"그거 말 되네. 초기 인류가 강이나 개울에서 채집을 했다고 생각하면 말이지."

"바로 그거야. 빗속에서 사냥할 때도 좋잖아. 지금 생각하면 당연한데, 이제야 밝혀진 거지. 그동안 우리 몸은 기적같이 이런 지능적인 디자인을 쭉 수행해 왔는데, 우리는 모르고 있었던 거야."

에이버리가 미소를 지었다.

"이젠 알게 됐네."

치티는 다시 머리를 기대고는 한숨을 쉬고서 말했다.

"1주기가 됐네. 기분은 좀 어떠냐고 묻고 싶지만, 알 것 같아."

"그래?"

치티는 피곤한 미소를 지었다.

"상담사 두 명이 술집에 갔어. 그중 한 상담사가 말했어. '너는 괜찮네. 그러면 난 어떤 것 같니?'"

에이버리는 애써 다시 웃으려 했다. 이건 치티가 좋아하는 농담이었다. 그래, 당연히 좋아할 수밖에. 왜냐하면 진실이니까. 치티는 초자연적이다 싶을 만큼 공감 능력이 뛰어났다. 그래서 때로는 에이버리가 아침에 커피에 우유를 얼마나 넣느냐를 보며 기분을 알아맞히기도 했다. 타인을 이해하는 것이 직업이니까. 하지만 에이버리는 지금 이해받고 싶지 않았다. 아내에게도, 아니, 그 누구에게도.

"오늘 모임 갔었어?"

치티가 조심스럽게 물었다. 에이버리는 거의 1년간 알코올중독자 재활 모임인 '익명의 알코올중독자들' 모임에 가지 않았다가 최근에 다시 나가기 시작했다. 물론 치티가 안 갔다고 트집 잡으려는 건 아니었다. 에이버리는 고개를 저었다.

"내일 갈 거야."

치티가 고개를 끄덕였다.

"있지, 나도 니키가 그리워. 바로 여기가 아파."

치티가 갑자기 자신의 목을 그러쥐었다. 에이버리는 눈물이 글썽이는 치티의 눈망울을 보았다.

"나도 알아. 네가 내 감정이랑 경쟁하는 일 없이, 너만의 감정을 경험하는 건 중요하지. 하지만⋯ 나도 니키를 사랑했어. 그리고 매일 사랑하고 있어. 그냥 그렇다는 걸 알아줘."

치티는 복받친 목소리로 말했다. 에이버리의 자매들이 다들 그렇듯, 니키도 치티를 사랑했다. 치티는 에이버리와 사귄 첫해에 함께 뉴욕에 가서 니키의 스물한 번째 생일을 축하해 주었다(사귄 첫 해라고는 하지만, 사실 그들은 만난 지 석 달 만에 같이 집을 사기로 결정했다). 그리고 에이버리를 설득해서 축하 파티 자리에 참석해 새벽 4시까지 춤추고 노래했다. 그녀는 놀랍게도 돌리 파튼의 〈거너 허리Gonna Hurry(As Slow as I Can)〉를 아주 감미롭고도 호소력 있는 목소리로 불러서 모두에게 기립 박수를 받았다. 치티는 참으로 훌륭하게 경청할 줄 아는 사람이자, 정말이지 보기 드문 존재였다. 에이버리의 동생 친구들과 연인들 이름을 기억하고, 다음에 만날 때는 그들의 안부를 물었다. 그래서 모두 치티와의 대화가 절대로 무너지지 않는 카드로 쌓은 집 같다고 느꼈다. 치티는 "내가 지난번에 신뢰에 대해 네가 했던 말을 생각해 봤는데"라는 말을 꺼내며 상대에게 아주 통찰력 있는 조언을 해주면서도 모든 공로를 상대에게 돌릴 줄 알았다. 크리스마스 때는 아름다운 선물을 주었는데 받는 이가 누구인지, 또 그들이 무엇이 되고 싶은지 잘 담아낸 선물이었다.

물론 치티도 완벽한 사람은 아니었다. 에이버리는 집안일에 소소한 불만이 있었다. 예를 들어, 치티의 기다란 머리카락이 배수구를 막아버려서 에이버리가 더럽고 엉킨 머리카락을 뽑아내야 하는 게 그랬다. 치티의 TV 프로그램 취향은 정말 끔찍했다. 에이버리가 보기에는 바보 같고 충격적이다시피 한 착취를 일삼는 리얼리티 쇼를 즐겨 봤으니까. 치티는 심한 평발이었지만, 정형외과용 깔창을 깔고 다니기를 거부했다. 가부장제가 여성들에게 고통을 주려고 디자인한 신발도 당연히 신지 않았다. 그래서 항상 발이 아프다며 택시를 타자고 우겼다. 하지만 에이버리는 걷는 걸 좋아했다.

게다가 더 큰 문제도 있었다. 치티는 점점 아이를 갖고 싶다는 욕망을 키워갔는데, 에이버리는 거기에 아직도 양가적인 감정을 품고 있었다. 솔직히 말하면, 때로는 치티의 돌봄이 숨막힐 때가 있었다. 에이버리가 정말 마음의 여유가 없을 때는, 치티가 자신을 돌봐주는 건 통제권을 갖고 타인을 자신에게 의존하게 하는 방식이자, 엄마에게 어릴 적 버림받은 경험으로부터 자신을 보호하려는 수단이란 생각이 자꾸만 들어버렸다. 그들이 만난 지 얼마 되지 않았을 때, 에이버리가 살고 싶어 하던 동네에 치티가 집을 구입한 행위까지도 일종의 강요였다. 에이버리는 모기지 절반을 내고 리모델링 비용을 대부분 부담했으나, 어쨌거나 당시에는 혼자서 그 집을 살 수가 없었다. 치티는 에이버리가 언제나 원했던 것, 즉 공간과 안정과 나만의 집을 주었고 자신을 절대로 떠날 수 없게 했다.

아니, 이렇게 말하면 너무한 거다. 에이버리는 치티의 돌봄을 모두 기꺼이 받아들여 왔다. 치티는 둘이 상담자와 내담자로 만났다는 사실에 계속 불안해했지만, 에이버리는 치티를 설득해 데이트했고, 함께 살 미래를 생각하며 기뻐했다. 그녀는 평생 치티의 사랑 같은 사랑을 찾아다녔다. 에이버리의 동생들도 같은 이유로 치티를 사랑했다. 그녀는 에이버리와 딱 맞는 짝이었다. 치티의 높은 감정 지능은 에이버리의 날카로운 지성이란 가시에 장미처럼 반응해 함께 만개했다.

"그래. 알아. 너도 니키가 그립겠지. 너도 큰 슬픔을 겪고 있고."

에이버리는 말투를 누그러뜨리며 말했다.

그녀는 치티의 슬픔을 보듬어줄 만한 마음의 여유를 갖고 싶었지만, 그러기가 참 어려웠다. 만약 비시가 죽었다면, 에이버리도 당연히 처절하게 힘들었겠지. 하지만 지금의 마음과 비교할 순 없을 것이다.

그녀의 삶은 단 이틀로 축소되어 버렸다. 바로 니키가 살아 있던 날과 죽은 날로. 그 전까지 에이버리의 삶을 이루어온 풍부하고도 섬세한 매해와 매 계절의 누빔 조각들은 싹 사라졌다.

"내가 걱정되는 건 러키야. 걔는 오늘이 무슨 날인지 음성 메시지에 남기지도 않았더라고. 혹시 정말로 잊어버린 걸까?"

"잊었을 리 없어. 그냥 어떻게 말해야 할지 몰랐을 뿐이겠지."

에이버리는 이쯤에서 져줄 수도 있었겠지만, 아직 마음에 원한이 남아 있었다.

"그리고 우리 엄마도 그래. 하고 많은 날 중에서 하필이면 오늘 그런 이메일을 보낼 건 뭐야? 내가 그 아파트를 전부 알아서 할 거란 점은 자기도 알잖아. 정말 예상에서 한 치도 빗나가질 않아."

목욕을 해서 근육을 애써 이완시켜 놓았건만, 에이버리는 온몸이 다시 긴장하고 말았다.

"넌 동생들에게 도와달라고 하질 않지. 부탁한다면 그 애들이 기꺼이 도와줄 수도 있을 텐데."

치티가 말했지만 에이버리는 고개를 저었다.

"보니는 그 집에 가지 않을 거야. 그래도 난 이해해. 그 애가 겪은 일은 자기도 알잖아. 그리고 러키는 지금 뭘 맡길 만한 상태가 아니야. 그것도 알지? 하지만 지금 집을 판다니? 겨우 1년밖에 안 지났는데! 너무 일러. 부모님한테는 내가 계속 돈을 낸다고 말해뒀다고. 그런데 왜 그냥 내버려두질 않지?"

"그분들도 이제 새롭게 시작하고 싶으신가 보지."

치티가 부드럽게 말했다.

"뭐, 그렇게 변화를 원한다면 우리 생각을 좀 하는 쪽으로 변해야 하는 거 아닌가."

"이제 네 동생들도 과거를 놓아줄 준비가 된 것도 같고."

에이버리는 이 말에 입을 떡 벌렸지만, 치티가 손을 들어 그녀를 저지하고는 말을 끝맺었다.

"그 애들이 너만큼 마음 쓰지 않는다는 게 아니야. 과거를 계속 붙잡고 있는 게 너무 고통스러우니까 그런 거지."

에이버리는 무어라 반박하려다가, 그저 욕조에 몸을 푹 담그고 말았다. 물속에 더 깊숙이 잠기며 말했다.

"나도 자기처럼 사람을 바라볼 수 있다면 얼마나 좋을까."

"어떻게 바라본다는 건데?"

"너그럽게."

치티도 욕조에 몸을 기댔다. 일렁이는 수면 아래로 자신의 몸을 내려다보는 그녀의 얼굴은 이제껏 만족스러웠던 표정을 지우고 축 처져갔다. 이목구비 위로 슬픔이 퍼지는 모습이 널따란 들판 위에 드리워진 구름 그림자 같았다. 치티는 지친 기색으로 눈을 손으로 가렸다.

"왜 그래?"

에이버리가 묻자, 그녀는 본능적으로 왼쪽 가슴을 쥐었다. 이건 청소년기부터 스스로를 차분하게 달래기 위해 하던 일종의 습관이자 무의식적인 손짓이었다. 일터에서 스트레스를 심하게 주는 내담자를 만나면 이런 손짓을 하지 않으려고 자제해야 할 때도 종종 있었다. 축축한 손끝 아래로 심장이 점점 빠르게 뛰었다.

"나도 내가 마음 쓰는 게 싫어. 너무 괴로워서 싫다고."

지금이 그때로구나. 결산의 순간 말이다. 치티는 흡연도, 절도도, 모든 걸 알고 있구나. 에이버리는 왼쪽 가슴에 손을 올렸다. 하지만 공포 아래에는 안도감도 있었다. 그만둘 수 있어. 치티가 도와주면 그만둘 수 있어.

"정말 민망하지만, 네가 이미 알고 있으니 말하는 건데…."

에이버리가 입을 열자, 치티가 눈을 가린 손을 떼지 않고서 그녀를 올려다보았다.

"너도 알고 있었다고? 그야 당연히 그랬겠지만."

이게 뭐지. 예상했던 대답이 아니었다. 에이버리는 치티의 얼굴을 살펴보았다.

"뭘 알아?"

"나 살쪘잖아."

"뭐?"

안도감이 들면서 에이버리의 턱에서 힘이 빠졌다. 아니, 실망감이 들었나. 혹시 둘 다인가.

"놀란 척은 할 필요 없어. 날 보라고!"

치티가 소리쳤다.

에이버리는 아내를 바라보았다. 오랜만에 처음으로, 진심을 다해 바라보았다. 기다란 다리 한 쌍이 촛대처럼 끝으로 갈수록 가늘어졌다. 부드럽고 검은 머리카락은 배꼽 아래까지 흘러내렸다. 에이버리가 그 물결치는 머리카락을 얼마나 많이 쓰다듬었던가. 치티의 우아하고 가느다란 손이 홍학처럼 수면 아래로 들어가는 모습을 보았다. 진분홍 매니큐어를 칠한 빛나는 손톱. 그래, 솔직하게 말하자면 치티의 복부는 처음 만났을 때보다 둥글어졌고, 허벅지도 굵어졌다. 하지만 그래서 오히려 더 관능적이고 여성스러워지기만 했다.

에이버리는 희멀끔하고 평평한 자신의 배를 내려다보았다. 치티와 비교할 때마다 자주 생각했던 대로, 자신의 몸엔 사랑스러운 부분이 부족했다. 에이버리에게 매력이 없는 건 아니었으나, 사랑과 미의 화신 같은 모습은 전혀 아니었고 본인도 그 점을 잘 알았다. 그래도 문신이나마 있어서 뭔가 호기심을 자아내는 면이 있긴 했지만. 에이버리가 보기에 자신이 지닌 최고의 매력은 깔끔한 외모였다. 각진 어깨와 좁은 골반, 튼튼한 다리 같은 것 말이다. 에이버리 눈에 이런 몸뚱이는 시리얼 상자만큼이나 관능미가 부족했다.

물론, 러키처럼 생긴 동생과 같이 자랐던 만큼 에이버리는 평생 아름다운 존재를 가까이 두고 살아온 셈이다. 하지만 천사 같은 미모 때문에 내면의 어둠이 복잡해진 동시에 그 미모로 어둠을 숨기고 살아온 러키와 달리, 치티는 자신의 본질을 그대로 드러내는 여자였다. 그녀는 부드럽고, 반짝반짝 빛나며, 우아하고 또 강인했다. 자연이 아름다운 것과 같은 결로, 치티는 영원히 아름다운 존재였다.

"됐어, 나 그만 봐."

치티는 이렇게 말하며 팔로 가슴을 가리고는 민망한 기색으로 웃었다. 에이버리가 그녀의 손을 잡았다.

"넌 완벽하게 아름다워, 치티."

치티가 눈살을 찌푸리자, 에이버리는 얼른 자신의 말을 고쳤다.

"물론 완벽하다는 말은 쓰지 않아야 한다는 것도 알아. 여자들이 완벽주의를 자해 수단의 하나로 쓴다는 데 온갖 의견이 있으니까. 하지만 이건 그냥, 나한테 네가 완벽하다는 말이었어. 난 네가 조금도 바뀌지 않으면 좋겠어."

이 말은 진실일까? 나 방금까지 치티의 단점을 늘어놓고 있지 않았나?

"네 몸무게가 얼마나 나가든 내가 신경 안 쓰는 거 알면서."

적어도 이건 온전한 진실이었다.

"하지만 내가 신경 쓴다고! 나도 이런 데 신경 쓰는 내가 싫지만, 어쩔 수가 없어. 상담하느라 앉아 있으면 바지가 조여. 봐! 몸에 증거처럼 자국이 남아 있잖아."

"그럼 새 바지를 사자."

"하지만 이건 내가 제일 좋아하는 바지야."

"생로랑 실크 바지?"

치티가 고개를 끄덕였다.

"다른 거 사줄게."

에이버리의 말에 치티는 수면을 찰싹 치며 슬픈 목소리로 말했다.

"그거 빈티지였다고. 난 고무줄 바지만 입어야 하는 사람이 되고 싶지 않아. 세상에나, 내가 그런 사람이 되다니!"

"아무도 너한테 고무줄 바지 안 입혀."

치티는 작게 신음했다.

"나 마흔 다 됐어. 언제 이렇게 됐지?"

"마흔이면 젊지."

치티는 에이버리를 바라보았다.

"젊은 건 서른넷이고."

"난 서른셋인데."

치티가 에이버리에게 물을 튀겼다.

"너 진짜 나쁘다!"

치티는 비누를 들고서 거품을 내며 말을 이었다.

"내 몸이 나한테 낯설게 느껴지는 일은 아이를 가질 때나 일어날 거라고 생각했었어. 난 아직 준비가 안 됐어…. 중년이 되고 싶지 않다고."

에이버리의 몸이 굳었다. 치티는 둘이 만난 직후 난자 냉동을 했고, 그 결정 덕분에 이런 식의 발언이 나올 때마다 압박이 덜해지는 기분이었다. 하지만 영원히 미룰 수는 없었다. 에이버리는 이제껏 아이를 갖지 않겠다는 마음에 변함이 없었지만, 치티는 아이를 갖고 싶은 마음을 줄곧 품었다. 치티가 더 나이가 많았고, 에이버리는 일에 집중하고 싶어 했기에, 난자 냉동은 합리적인 선택 같았다. 하지만 치티는 나이 든 엄마가 되고 싶어 하지 않았다. 그래서 지난해부터 정자 기증자를 찾겠다고 진지하게 말하기 시작했고, 에이버리는 그 생각을 드러내놓고 거부하지는 않았으나 해보라고 격려하지도 않았다. 그러다 니키가 세상을 떠났고, 이후 둘은 미래 이야기를 전혀 하지 않았다. 특히, 아이처럼 인생을 바꿔놓을 만한 문제는 더더욱 꺼내지 않았다.

"너무 덥다. 나 열이 나."

에이버리는 벌떡 일어나 욕조에서 나갔다가 얼음장 같은 욕실 바닥에 발을 디디며 헉 소리를 냈다.

"바닥 난방을 설치할 걸 그랬어."

그녀는 욕실 매트에 얼른 올라가 수건을 몸에 두르면서, 치티가 어깨와 가슴에 묻은 거품을 꼼꼼하게 씻는 모습을 바라보았다. 치티가 목욕을 마치자, 에이버리는 커다란 수건을 펼쳐서 다가갔다. 치티는 욕조에서 나와 몸을 감싸주는 에이버리의 손길을 받았다. 둘은 욕실 매트를 자그마한 섬 삼아 둘만의 세계를 이루고 섰다. 에이버리는 치티의 팔이 따스하도록 문질러 주었다.

"마음 바꿨어? 아이 말이야."

치티가 조용히 물으며 에이버리를 올려다보았다. 물기가 어려 뭉쳐진 그녀의 속눈썹이 굵직한 가시처럼 보였다. 더없이 열려 있는 얼굴은 무방비했다. 진실을 휘둘러 그녀에게 상처를 주다니, 견딜 수 없는 일이다. 사실은 아이를 갖겠다는 생각을 전혀 해본 적이 없다는 걸, 이 모든 건 치티의 계획일 뿐 자신은 그저 따라가고만 있다는 걸 어떻게 드러내겠는가.

"자기는?"

에이버리는 너무 희망찬 소리를 내지 않으려고 애를 썼다.

치티가 작게 한숨을 쉬었다.

"안 바뀌었어. 난 마음 바뀔 일 전혀 없어."

치티는 니키처럼 어딜 봐도 모성애가 넘치는 사람이었다. 하지만 에이버리는 확신할 수가 없었다. 그 무엇도 장담할 수 없었다. 둘 중 한 사람만 확실하면 되는 게 아닐까. 한쪽이 확신한다면, 한쪽은 잘 몰라도 상관없지 않을까? 아이를 갖고 싶은 마음이 없어도 치티를 위하는 마음만 있으면 충분하지 않을까? 이런 마음으로 살면 나쁜 엄마가 될까? 하지만 자신은 이미 나쁜 아내라는 게 증명되고 있었다. 그러니 치티를 위해서 뭐라도 해야 했다. 치티는 에이버리가 동생들만큼 사랑하는 유일한 사람이니까.

"그래."

치티의 눈이 곧바로 그녀를 바라보았다.

"그래, 라니? 준비되었다는 뜻이야?"

"그래. 솔직히 내가 이젠 준비되었다고 느낄 날은 안 올 것 같지만, 해보자. 어떻게 생각해?"

치티는 흔들림 없는 시선으로 에이버리를 바라봤다.

"자기야, 난 마흔이 다 됐어. 아이를 낳고 싶고, 그 아이가 네 아이이길 바라. 오늘이라도 할 수 있다면 할 거야."

의심이 들었어도, 죄책감이 느껴졌어도, 온갖 상황에도 에이버리는 미소를 지었다.

"그럼 연습부터 시작해 볼까."

둘은 욕실에서 침실로 갔다. 치티는 올림머리를 풀어 검은 머리카락을 어깨 위로 나풀나풀 늘어뜨렸다. 수건에 몸을 감싼 채로 침대에 누워 에이버리를 바라보는 모습은 은근한 희망에 차 있었다.

"우리 안 한 지 좀 됐잖아."

그녀가 나직하게 말했다.

"알아."

아주 부드럽게, 마치 상처를 감싼 붕대를 벗기듯이 에이버리는 치티의 수건을 풀었다. 촉촉한 피부에서 희미한 비누 냄새가 은은히 풍겼다. 치티는 에이버리의 가슴에 손을 얹고서 그녀의 몸이 자신의 위에 가만히 멈추게 했다.

"날 원해?"

유혹인 질문일 수도 있었으나, 치티의 입에서 나온 말은 진지했다. 에이버리가 먼저 관계를 하자고 한 지는 정말 오래되었으니, 이런 걸 묻는다고 뭐라고 할 수 있을까. 에이버리는 정말로 치티를 원했지만, 그보다 절박하게 드는 느낌은 따로 있었다. 무언가를 원한다는 것은 반대로 자신에게 부족함이 있다는 뜻이니까. 그녀는 부족했다. 아내로서, 맏이로서, 그리고 여자로서 에이버리는 자신의 부족함을 느꼈다.

대답 대신, 에이버리는 치티의 가슴에 뺨을 대고서 그녀의 다리 사이를 손으로 파고들었다. 익숙한 따스함이 느껴지는 그곳. 에이버리는 작고 단단하게 원을 그리며 그녀를 쓰다듬었다. 처음에는 이렇게, 다음에는 더 동그스름하게 원을 그리면서, 그렇게 손이 젖어들 때까지. 그녀는 손가락을 치티 안에 넣었다. 그리고 하나 더, 계속 넣어가며 더는 여유가 없어질 때까지 치티를 가득 채웠다. 치티는 파르르 떨리는 숨을 한 자락 내뱉었다.

"아기를 만들자."

에이버리는 치티의 목덜미에 얼굴을 묻었다. 자신의 얼굴이 보이지 않도록.

"내가 아이를 줄게."

끝난 후, 에이버리는 어둠 속에서 창밖을 바라보았다. 그들은 새벽녘 햇살과 함께 일찍 일어나는 편을 좋아해서 커튼을 열어두곤 했다. 아주 희미하게, 옅은 구름층 뒤로 숨은 반달의 윤곽이 보였다. 옆에 누운 치티의 몸이 잠에 취해 나른해지는 게 느껴졌다. 그녀의 호흡은 뜨겁고 안정적이었다. 치티는 항상 천진난만한 이들 특유의 깊은 잠을 잤다. 깨어 있는 상태에서 잠든 상태로 빠져드는 과정은 부두에서 호수 물로 슬며시 들어가듯 자연스러웠다. 하지만 에이버리는 말똥말똥하게 눈을 뜨고 있었다. 치티를 만난 직후 사라졌던 불면증이 도져버린 것이다. 예전에는 밤이 너무나도 무서웠지만, 지금은 아무도 방해하지 않는 고요한 이 시간이야말로 안도감을 주었다. 잠들어서 니키가 살아 있는 꿈을 꾸는 것보다, 매일 아침 잠에서 깨어 동생이 죽었다는 사실을 다시 떠올리는 것보다 나았다. 창밖으로 어두운 화단과 꽃이 핀 목련 나무의 윤곽이 보였다. 에이버리는 알고 있었다. 그녀의 일부는 아직도 정원 저 끝에 홀로 서 있다는 걸. 눈에 안 보이게, 아무도 닿지 못하도록, 밤 공기로 연기를 내뿜고 있다는 걸.

4장

러키

 햄프스테드 집에 도착한 러키는 그 앞에 서서 예전에도 많이 했던 생각을 또 했다. 에이버리는 어쩌다 이런 화려한 집에서 살게 되었을까. 지금 언니는 예전에 가족이 살던 아파트보다 열 배는 더 큰 집에 살고 있잖아. 그것도 치티와 단둘이서. 아마도 그건 언니가 장녀이기 때문이겠지. 식구가 하나씩 늘어나 자신의 영역을 침범하기 전에, 첫째로 태어나 아무도 없이 혼자였을 땐 어땠는지 기억하기 때문일지도. 하지만 언니는 언제나 다른 사람들보다 더 넓은 공간을 갖고 싶어 했던 것 같은데. 뭐, 그래서 가졌잖아. 러키는 이렇게 생각하며 더플백을 들고 돌계단을 올랐다.
 금빛 초인종이 한 번 울리자, 부산한 소리와 중얼거림, 외마디 탄성이 이어지며 치티가 나타났다. 그녀는 자수 앞치마 차림으로 문을 활짝 열었다. 기다란 머리가 어깨에서 찰랑거렸다.
 "러키 왔구나!"

치티는 반갑게 소리치며 러키를 꼭 안았다.

"안녕, 치티."

러키는 부드럽게 그녀의 머리카락에 기댔다.

치티에게선 시트러스와 꽃과 빵 내음이 났다. 러키는 이제야 깨달았다. 사실은 치티를 참 많이 그리워했구나. 가족이 정말 그리웠구나.

치티는 러키를 안으로 들이며 말했다.

"들어와, 들어와. 그리고 설마 너, 채식주의자가 된 건 아니겠지? 제발 아니라고 해줘."

러키는 흠집 난 가방을 끌고 들어오며 말했다.

"되고 싶어도 못 돼. 프랑스 사람들한테 고기를 안 먹는다고 말하면 닭고기를 내놓는다고."

"좋아. 내가 하루 종일 이 양다리를 양념에 재워놨거든. 내 예상으로는 정말 꿀맛일 거야."

치티는 리키에게 가방을 계단 아래 두라고 손짓하고는 러키를 주방으로 데리고 갔다. 이 집은 어디서든지 세련된 취향이 드러났다. 현관 바닥엔 검은색과 흰색으로 이루어진 복잡한 헤링본 패턴 타일을 깔았고, 복도 벽은 새빨간 핏빛이었다. 다른 집에 이런 색을 썼다면 파격적인 선택이었겠지만, 이 집에는 잘 어울렸다. 러키가 따라간 곳은 프렌치 도어가 정원으로 나 있는 청량한 연파랑 주방이었다. 사방이 윤기 나고 아름답고 환했다.

치티가 앞치마에 손을 닦으며 말했다.

"자, 씻고 샤워할래?"

러키는 고개를 저었다. 지금은 자신을 정말로 알아주는 사람의 따스한 존재감 안에 있지 않은가. 이 자리를 얼른 떠나고픈 마음이 들지 않았다.

"좋아. 그럼 여기 샐러드용 오이를 잘라줘."

치티는 사람들에게 소소한 일거리를 주어 무언가를 만드는 과정에 같이 참여시키는 걸 잘했다. 그러면 제아무리 기여도가 낮더라도 결과물을 두고 다같이 뿌듯해할 수 있었다. 러키는 손을 씻고서 치티가 건네주는 칼로 오이를 썰다가 긴가민가한 눈빛으로 치티를 슬쩍 보았다.

"이 정도 두께로 자른다?"

치티가 이쪽을 보더니 말했다.

"딱 좋아."

러키가 미소를 지었다.

"그런데 에이버리는 어디 있어? 아직도 일해?"

"놀랍게도 일은 안 해. 지금은 익명의 알코올중독자들 모임에 갔어. 곧 올 거야."

"아직도 거기 나가?"

러키는 마음의 상처를 받았다. 에이버리는 세인트 판크라스 역으로 데리러 오겠다는 말도 안 했다. 적어도 자신이 왔을 때 집에 있기는 해야 하지 않나. 하지만 상처받은 기색은 전혀 드러내지 않을 작정이었다.

"으음. 이번 주에 세 번 갔어. 잘됐지. 알겠지만, 작년 이후로 한동안 안 갔거든."

"언니는 재활 모임 이야긴 나랑 전혀 안 해."

"남이 이래라저래라 하는 거 안 좋아하니까. 네 언니가 얼마나 사생활을 중시하는지 알잖아. 어쨌든, 그 모임에 대한 믿음이 얼마간 없어졌었나 봐."

"그건 이해해."

러키가 나직하게 말했다.

"그래도 다시 나간다니까 다행이더라고."

치티는 환한 표정으로 말했지만, 러키가 보기엔 좀 꾸며낸 얼굴 같았다.

"하지만 네가 멀리서 여기까지 왔는데, 도착할 때 집에 못 있어줘서 마음이 안 좋았을 거야."

치티가 덧붙인 말에 러키가 대답했다.

"아, 그건 잘 모르겠네. 언니는 분명히 날 피하는 게 아닐까. 난 나쁜 동생이니까."

치티가 혀를 찼다.

"말도 안 되는 소리. 좋은 동생, 나쁜 동생이 어딨어. 에이버리는 너희들을 그 누구보다도 사랑해."

"치티는 빼고겠지."

러키는 이 말을 좋은 뜻으로 한 것이었지만, 치티는 얼굴을 찌푸리기만 했다. 그러더니 그 말에 동의도 부정도 하지 않고 낮은 숨을 내쉬었다. 다시금 고개를 들고 미소 짓긴 했지만, 러키는 치티가 눈까지는 웃지 않는다는 걸 알 수 있었다.

"가끔 말이지, 네 언니는 스코틀랜드에서 투어로 가야 볼 수 있는 중세 성곽 같다는 생각이 들어. 말하자면, 아주… 숨겨진 개인사가 많은 여자 같다는 거야."

치티가 불쑥 건넨 말에 러키는 고개를 끄덕였다. 하지만 무슨 말을 하려는 건지는 알 수가 없었다. 치티와 에이버리는 겉으로 보기엔 절대로 흔들리는 일이 없는 단단한 조합 같았으니까. 러키가 이제껏 본 사람들 중에서 그나마 결혼해도 괜찮다는 생각이 들게 하는 유일한 부부였다. 자신의 부모는 결코 받은 적 없는 평가이기도 했다.

"에이버리 기준에 맞춰 사는 게 힘들 수도 있겠지."

하지만 러키의 이 말은 치티가 말하려는 뜻이 아닌 것 같았다. 그녀가 도로 단호하게 밝은 표정을 짓는 모습이 보였다.

"에이버리는 한 해 동안 힘들었어."

치티가 러키의 팔을 살짝 잡으며 덧붙였다.

"너희들 다 그랬지. 자, 너는 어떻게 지냈는지 말해줘. 이렇게 반갑게 방문을 다 해주다니, 무슨 일이야?"

그러자 파리에서 가장 유명한 디자인 하우스의 창문에서 분홍색 망사 천으로 화려하게 치장한 러키가 구토하는 장면이 눈앞에 좌르르 펼쳐졌다. 엽기적인 사진 엽서의 한 장면 같았다. 식중독에 걸렸다고 둘러댔지만, 스타일리스트는 그녀에게서 술 냄새를 맡았다며 쇼에 세우지 않고 집으로 돌려보냈다. 러키는 그게 웃기지도 않은 과민 반응이라고 여겼다. 에스프레소 몇 잔 마시고 코카인 두 번 정도 하면 금방 깰 텐데. 그녀의 소속사에서 오늘 아침에만 두 번 전화를 했지만, 러키는 받지 않았다. 그리고 그날 오후, 유로스타에 올라 소속사 웹사이트에 들어가 봤더니, 러키의 모든 사진이 처음부터 아예 없었던 것처럼 싹 사라져 있었다.

"나 좀 쉬고 싶어서."

치티가 짙은 눈썹 아래 있는 눈망울로 러키를 지그시 쳐다보며 무어라 말하려는 것 같았다. 하지만 이내 마음을 돌렸다.

그녀는 답답한 기색으로 얼굴을 찌푸리며 말했다.

"에이버리가 지금 어디 있는지 모르겠네. 모임은 저녁 6시에 시작했는데. 이 양고기는 너무 익히면 안 돼. 먼저 먹자. 에이버리는 오면 그때 주고."

두 사람은 식탁의 한쪽 끝에 자리를 잡았다. 다른 쪽에는 에이버리의 온갖 법률 소송 관련 서류가 그득했다. 치티는 기다란 촛불 두 개를 켜서 어떻게든 분위기를 내려 했다. 러키는 음식과 함께 곁들일 와인 병이 혹시 있으려나 주위를 둘러보았지만, 당연하게도 치티와 에이버리는 둘 다 술을 마시지 않았다. 사실, 에이버리는 집 안에 절대로 술을 두지 않았고, 손님 접대 시에도 예외가 아니었다. 러키는 그게 말도 안 되는 처사라고 여겼다. 하지만 속으로는 그 편이 나으려니 생각하긴 했다. 어쨌든 치티 앞에서는 마시고 싶지 않을 테니까. 식사 자리 처음부터 끝까지 와인을 고작 한 잔 따라놓고 조금씩 홀짝거리면서 맛을 즐기는 척하다니, 차라리 아예 안 마시니만 못한 짓이있다.

양고기는 치티의 예상대로 맛있었다. 뼈에서 버터처럼 사르르 녹아내리듯 떨어지는 부드러운 고기는 바삭한 샐러드와 완벽하게 대비되어 조화를 이루었다. 어느 식사 자리든 러키가 가장 좋아하는 음식은 언제나 술이었지만, 술이 없어 정신이 흐트러질 이유가 없다 보니 실은 배가 고프다는 게 느껴졌다. 그녀는 처음 받은 접시를 몇 분 만에 먹어치운 다음 두 번째 접시를 냉큼 받았다.

"고기가 정말 섹시하네."

러키는 입안 가득 음식을 우물거리며 말했다. 치티는 미소를 지으며 목을 가볍게 만졌다.

"가끔 널 보면 니키가 아주 생생히 떠오를 때가 있어. 행동거지가 똑같거든. 이런 이야기가 언짢다면 미안하지만…."

하지만 러키는 기쁜 기색으로 치티를 보고 있었다.

"정말? 내가 언니를 많이 닮았어?"

치티는 고개를 끄덕였다.

"이것도 니키가 가장 좋아하던 음식이야."

러키는 다른 언니들보다 자신이 더 니키와 가깝다는 데 소유욕 어린 자부심을 느꼈다.

"니키가 올 때마다 항상 이 요리를 했거든."

고등학교 교사로 근무하기 시작하고 난 뒤부터 니키는 여름방학이 되면 얼마간은 에이버리와 치티가 사는 런던에 와 두 사람과 함께 시간을 보낸 다음, 러키가 머무는 도시로 가서 지내는 게 일종의 규칙이었다. 그러고 보니, 니키가 찾아오지 않는 이번 여름은 참 붕 뜬 느낌이 든다는 걸, 이제야 그녀는 깨달았다.

"치티는 어때? 상담 업무는 잘돼가?"

"매일 달라지지. 어느 날은 내가 사람들의 삶에 영향을 주긴 주는구나 싶고, 또 어떤 날은 그냥…."

치티는 자신의 손을 바라보며 덧붙였다.

"안 그런 것 같기도 하고."

"온종일 힘든 얘기를 듣고 있으면 지겹지 않아?"

치티는 고개를 갸웃하고서는 미소를 지었다.

"사람들이 나한테 문제만 말하진 않아. 난 기쁜 일들도 많이 들어. 결혼 이야기나, 아기 이야기, 오래된 습관을 버렸다는 이야기, 생각지도 못했던 방식으로 스스로가 변해서 놀랐다는 이야기 등등…."

"좋은 일인데 왜 심리치료사에게 말해? 문제도 아니잖아?"

"내가 맡은 고객은 대부분 '걱정 많지만 건강한 사람들'이야. 심한 정신적 질환이 있는 사람이 아니라 너랑 나처럼 평범한 사람들이라고. 하지만 파트너나 친구보다 더 객관적이고 통찰력 있는 대답을 해줄 사람과 이야기하고 싶어 하지."

"나한테 심한 정신적 질환이 있는지 없는지 어떻게 알아?"

러키는 농담조로 물으려던 것이었는데, 이상하게도 질문이 진지하게 들렸다.

"그건 그래. 난 모르지. 우리 중에서 다른 이가 겪는 상황을 진정으로 이해할 수 있는 사람은 없어. 본인 스스로 겪은 경험의 진실을 알려주기 전까지는 몰라."

"하지만 그 진실은 어떻게 알려주는데? 그러니까 내가, 음, 겪은 경험의 진실을 막상 내가 모르고 있다면?"

"그건 연습해야 해."

"어렵네."

러키의 말에 치티가 그녀를 슬쩍 보고서는 억지로 미소를 지었다.

"이제 보니 넌 에이버리도 닮았네."

식사를 마치고, 치티는 그릇을 식기세척기에 넣었다. 도와주겠다고 나선 러키는 손사래 쳐 쫓아냈다. 에이버리가 아직도 모임에서 돌아오지 않았다. 둘은 몰래 시계를 흘끔거리며 시간을 확인했다.

"커피나 차 마실래? 우리한테 멋진 에스프레소 머신이 있거든. 내가 한번 써보고 싶어서."

"그래. 같이 마실 거면 나도 마실게."

치티는 돌아서서 높다란 선반에서 자그마한 커피잔을 꺼냈다.

"사실, 난 지금 카페인 안 마시거든. 못 믿겠지만. 차라리 물고문을 당하는 게 나을 지경이야."

러키는 놀라서 눈썹을 치켜떴다. 치티는 유명한 커피 중독자였으니까. 심지어 러키는 치티가 지금 마시는 커피콩이 해발고도 몇 미터에서 재배되었냐고 물어보는 걸 들은 적도 있었다.

"처음에는 술을 끊고, 지금은 커피를 끊었네. 뭐, 임신이라도 했어?"

이 말에 치티가 홱 돌아섰다. 얼굴이 상기되어 있었다.

"미안, 바보 같은 말을 했네."

러키는 생각 없이 말했다는 걸 알고 있었다. 대부분 여성인 모델들과 몇 년이나 일한 경험을 토대로 여자에게 임신했느냐고 묻는 건 적절한 발언이 아니란 것도 배웠다.

"괜찮아. 임신은 안 했지만, 우린 기증자를 알아보기로 했어."

그녀는 눈을 내리깔았지만, 미소를 감추지 못한 채로 덧붙였다.

"카페인을 벌써부터 끊는 건 좀 이른 감이 있긴 하지. 뭐, 그래도 미리 해두는 게 늦게 하는 것보다는 나은 거 같아서."

"오, 쌍. 아니, 와, 진짜. 정말 잘됐다."

"이런 말 하지 말걸 그랬다. 내가 말할 게 아니잖아. 우리가 뭘 진짜로 한 것도 아니고! 나 참 바보 같네. 좀 흥분해서 그래."

치티는 뭔가 잡은 걸 놓아주는 것처럼 손을 휘저었다. 새일까. 아니면 나비일까.

러키는 앞으로 다가가 치티를 안아주었다.

"두 사람은 최고의 엄마들이 될 거야."

하지만 러키의 말 속에는 또 다른 게 담겨 있었다. 바로 슬픔이었다. 자신이 알고 있는 삶이 또 끝나고 있구나. 에이버리와 치티는 앞으로 아기 때문에 바쁘겠지. 그러니 러키를 돌봐줄 여유는 없을 것이다. 물론 지금도 러키가 에이버리를 1년 만에 만나는 것이긴 하지만, 그래도 내가 부르면 큰언니가 만사를 제쳐두고 달려오리라는 사실이 이제껏 위안이 되어주었는데. 하지만 난 벌써 스물여섯 살이야, 라고 러키는 자신에게 엄하게 말했다. 더는 엄마가 필요 없다고. 특히 언니가 엄마 대신으로 있어줄 필요는 없다고.

치티는 미소를 지으며 러키의 품에서 물러나 손뼉을 탁 쳤다.

"손님방 준비를 다 해놨어. 침대 옆에 수건을 개켜두었으니. 자기 전에 샤워하고 싶으면 써. 아니면 나랑 편하게 앉아서 TV라도 볼까. 나를 이상하게 보진 말아줬으면 하지만, 내가 요새 완전히 빠진 리얼리티 쇼가 하나 있어. 젊은 애들이 격리된 섬에 들어가서 사랑을 찾는 내용이야. 오랫동안 술을 마시다 온천에 가서 막 싸워. 보고 있으면 시간 가는 줄을 모르겠어. 누가 옆에서 같이 봐주면 좀 덜 슬플 것 같은데."

치티가 방긋 웃었다. 하지만 러키는 얼굴이 점점 달아올랐다.

"사실, 난 나가서 아는 스타일리스트를 만날까 해. 걔 친구가 파티를 연다고 해서. 나갔다 와도 될까?"

러키는 2월에 패션 위크 파티에서 그 스타일리스트를 만났다. 그녀에 대한 기억은 별로 없지만, 그 후로 그녀가 러키에게 계속 메시지를 보내온 데다, 러키는 오픈 바가 있는 파티라면 마다하는 법이 없었다. 치티가 얼굴에서 실망한 기색을 빠르게 없애는 걸 러키는 애써 못 본 척했다.

"그럼, 당연하지! 우리는 이 집에서 나가질 않는 집순이라서, 난 금요일 밤이라는 것도 종종 까먹어. 비시가 그래서 항상 날 놀려."

"비시는 잘 지내?"

러키는 자신이 어디로 가는지 그녀가 묻기 전에 얼른 화제를 돌리고 싶었다.

"아, 걔는 잘 지내. 매주 새로운 사람과 사랑에 빠지는 것 같지만, 뭐, 그게 젊은 애들의 약점 아니겠어."

"맞아…. 그런데 정말로 나 나가도 괜찮아?"

"괜찮고말고. 젊을 때 놀아. 내가 열쇠 줄 테니까 들어오고 싶을 때 들어와."

러키는 죄책감 어린 안도감 한 줄기를 느끼며 집을 나섰다. 사실은 술이 너무 마시고 싶었다. 문을 살짝 닫고 돌아선 순간, 계단 저 아래에서 에이버리가 대문을 열고 들어왔다. 언니는 변한 것 같았다. 볼에 홍조를 띠었고 평소 실용적이게도 포니테일로 묶고 다니던 짙은 색 머리카락은 지금 얼굴 주위로 살랑 드리워져 있었다. 자줏빛 수국 무늬가 있는 예쁜 랩 원피스가 허리에 탄탄히 감긴 모습. 평소 러키가 기억하는 것과는 전혀 다르게 발개진 에이버리의 얼굴이 꼭 소녀 같았다. 그녀는 돌아섰다가 계단 위에 선 러키를 보고서 멈췄다.

"원피스를 다 입었네."

러키의 말에 에이버리는 당황하더니 곧바로 방어적인 자세로 대답했다.

"여름이잖아!"

"아니, 아주 멋있어. 그냥 난 우리가 어렸을 때 이후로 언니가 원피스 입은 걸 본 적이 없어서 그래."

에이버리는 대문을 철컹 닫으면서 말했다.

"그건 전혀 사실이 아니야. 나는 언제나 원피스를 입고 다녔어. 네가 안 봐서 그렇지."

러키가 졌다는 듯 손을 들어 올렸다.

"알았어."

만난 지 30초도 안 됐는데 둘은 벌써 언쟁을 시작하고 있었다. 그 순간, 얼굴 표정이 갑자기 누그러진 에이버리가 팔을 벌렸다.

"미안. 제대로 하자. 안녕, 동생아."

러키는 계단을 뛰어 내려가 언니 앞에 섰다. 그리고 고개를 숙여 이마를 에이버리의 이마에 댔다. 둘은 천천히 이마를 굴려 서로에게 맞댔다. 마치 무리의 사자들이 서로에게 애정을 표하는 것 같았다. 러키는 생각했다. 큰언니와 다시 만난 느낌이란, 두 마리의 야생동물이 서로에게 져주는 것 같구나.

"얼굴 봐서 좋다, 에이버리."

러키가 중얼거리자 에이버리도 대답했다.

"나도야. 자, 너 좀 제대로 보자."

에이버리는 한 발짝 물러서서 러키를 잡고선 동생의 아주 작은 크롭 티셔츠와 레이스 업 가죽 바지, 염색모 아래로 난 짙은 색 머리 부분과 그보다 더 진한 눈 주위 다크서클을 살펴보았다.

"너무 말랐다."

언니의 말에 러키는 어깨를 으쓱였다.

"내 일은 말라야 하는 거야."

"말장난하지 마. 네 머리 이렇게 하니까 좋은데."

"난 언니가 좋은데. 사랑해."

러키는 무슨 말을 할까 생각하지도 않고 재빨리 말했다.

에이버리의 얼굴이 확 갈라지더니 환한 미소가 번졌다. 이들의 가족은 언제나 만남과 작별의 인사를 잘했다. 심지어 만나자마자 동시에 작별하기도 했다. 시작과 끝에서 누군가를 사랑하기란 쉬웠다. 언제나 그 사이가 참 어려워서 문제지.

"나도 사랑해. 사랑한단 말 없이도 사랑해."

에이버리의 말에 러키는 미소를 지었다. 니키가 하던 말이었으니까. 사랑한다는 말을 듣고 사랑하는 게 아닌, 조건 없는 사랑.

"벌써 1년이나 됐네. 믿기지가 않아. 게다가 그동안 넌 내내 기차 한 번이면 올 거리에 살았으면서."

에이버리가 계속 말하자 러키는 아찔함을 느끼며 대답했다.

"알아. 우리 왜 그랬을까?"

"지금 그 이유를 말하려면 한도 끝도 없어."

"다시는 이번처럼 오래 떨어져 있지 말자."

"그래. 다시는 그러지 말자."

에이버리는 러키와 팔짱을 끼고서 계단을 올라갔다.

"너 뭔가 육감이라도 있는 거야? 내가 올 줄 어떻게 알고 달려 나왔대?"

"저기, 사실 난 지금 외출하는 중이었어."

러키는 어색하게 팔짱을 풀었다. 에이버리의 얼굴이 실망으로 시무룩해졌다. 치티를 실망하게 한 지 몇 분 되지도 않았는데 지금 또 이러다니, 러키는 이 상황이 싫었다. 그래서 방어적인 태도로 대꾸했다.

"난 언니 한 시간도 넘게 기다렸어. 음식이 식어가서 그냥 식사를 한 거야."

"미안해. 모임 후에 회합이 있어서. 전화할걸 그랬네."

"회합이 뭐야?"

"모임 후에 노는 걸 말하는 거야."

"그럼 그냥 노는 거라고 하지 왜 회합이라고 해?"

"나도 몰라. 우린 그냥 그렇게 불러."

에이버리는 짜증스럽게 고개를 휙 흔들며 말했다.

'우리'라니. 그 말이 러키의 신경을 거슬렀다. 언니의 진지한 세계에서 배척당하는 느낌이 참 싫으면서도, 동시에 그 세계에 속하지 않아서 다행이기도 했다.

"잠깐 들어와서 얘기 좀 하지 않을래? 뉴욕 아파트 어떻게 할 건지 논의를 해야 해."

에이버리의 말에 러키는 절망적인 기색으로 어깨를 으쓱였다.

"나 약속 있다니까, 언니."

"그럼 넌 부모님이 거길 팔아도 상관없다는 거야? 그러게 둘 순 없다고!"

에이버리는 격분하며 목소리에 힘을 주었다.

러키는 눈살을 찌푸렸다. 거길 판다니? 그러고 보니 어제 엄마가 보낸 이메일을 열어보지도 않았다는 게 떠올랐다. 아, 이메일 내용이 그거였구나. 다른 때도 아니고 니키의 기일에 그런 내용을 보내다니. 타이밍 한번 참. 아무리 엄마가 냉정해도 그렇지. 하지만 블루 자매들의 얼음 여왕 같은 엄마라면 능히 그러고도 남을 위인이었다. 에이버리는 기대에 찬 눈빛으로 러키를 바라보며 대답을 기다렸다. 러키는 표정을 고치고는, 완전히 관심 없다는 것과는 정반대로 골똘히 생각에 잠긴 척했다. 난 부모님이 그 집을 팔아도 전혀 상관없나? 열다섯 살에 풀타임으로 일하기 시작하면서 그 집에 대한 대단한 그리움

135

따위는 없었다. 모델 일을 시작한 후, 뉴욕은 언제나 니키가 있기에 중요한 장소이긴 했다. 그러니 셋째 언니가 죽은 뒤로는 돌아갈 이유가 없어졌다. 러키는 그 집을 계속 유지하려는 에이버리의 행동이 결국엔 동생들이 자신에게 의지하게 하려는 큰언니의 욕망이 아닌가 하는 생각을 떨칠 수가 없었다. 에이버리가 그 아파트에 드는 돈을 내는 한, 다들 그녀에게 빚을 지고 있는 셈이었으니. 어쨌든 지금 러키가 당장 하고픈 일이란 어서 여길 뜨는 것뿐이었다.

"모르겠어. 언니가 알아서 가장 좋은 쪽으로 해줄 거라 믿어."

그녀는 애매하게 결론을 내렸다. 에이버리는 평소답지 않은 러키의 외교적 언사에 잠깐 당황한 듯했지만, 이내 도로 짜증을 냈다.

"이 시간에 어딜 가?"

언니가 대뜸 묻는 말에 러키가 대답했다.

"친구 만나러."

'친구'라는 말은 이 스타일리스트와의 사이에 쓰기에는 좀 어폐가 있긴 했다. 왜 지금 그냥 집에 들어가서 에이버리와 함께 있지 못하는 걸까? 그야 집 안에는 술이 없으니까. 지금 이 순간에는 그 어떤 것보다도 술이 필요하니까. 언니보다도 더.

"나 언니 기다렸어."

러키가 다시 말하자, 에이버리가 쏘아붙였다.

"알아. 늦어서 미안해. 너한테 약속이 있는 줄 몰랐어."

방금 전까지만 해도 둘 사이는 훈훈했건만. 햇볕에서 그늘로 들어간 것처럼 다정함은 싹 사라졌다.

"내일 이야기하자."

러키는 이렇게 대꾸했지만, 마음속 깊은 곳에서는 언니가 가지 말라고 잡아주었으면 좋겠다고 생각했다. 에이버리가 자신을 품에 안아주기를, 왜 떠나고 싶어 하는지 다 안다고 말해주기를, 미칠 것 같은 갈망이 뭔지 알아주기를, 그 갈망이 지나갈 때까지 옆에 앉아 있어주기를 원했다. 이 갈망은 지나갈 것이니까, 그래야 하니까. 하지만 에이버리는 알았다며 피곤한 미소를 지었다.

"열쇠 있어?"

언니의 질문에 러키는 고개를 끄덕였다.

"돈은? 파운드 있어?"

"가는 길에 뽑을게."

"이거 받아."

에이버리는 가방에서 비싸 보이는 퀼팅 지갑을 꺼냈다. 그러고는 20파운드짜리 지폐 세 장을 러키에게 쥐여주었다. 러키는 지폐를 내려다보았다. 젊은 여왕이 자줏빛 얼굴로 신비한 미소를 띠고 있었다.

"안 줘도 되는데."

러키는 이렇게 말하면서 곧바로 뒷주머니에 지폐를 구겨 넣었다.

"몸조심하고. 택시 타고 집에 와."

에이버리가 말했다. 러키는 대문으로 나가다가 문득 떠오른 기억에 불쑥 돌아섰다.

"아, 맞다. 화내지 말고 들어. 치티가 나한테 말해줬어. 아기 계획이 있다면서. 축하해."

에이버리의 얼굴에 순간 공포가 스쳐가는 게 보였다. 하지만 그녀는 경직된 미소를 지었다.

"쓸데없는 말을…."

에이버리는 이렇게 말하다가 말을 고쳤다.

"아직 초기 단계야. 고마워."

언니가 왜 내가 안다는데 화를 내지? 왜 언니의 삶에 날 끼워주지 않으려 하지? 하지만 러키는 애써 이런 생각을 그만두고 뒷걸음질을 쳤다. 그렇게 집에서 멀어지며 거리로 향했다.

"언니는 진짜 쩌는 엄마가 될 거야!"

러키는 이렇게 외치고는 모퉁이를 돌았다.

에이버리는 고개를 홱 젖힐 뿐이었다. 마치 주먹을 피하듯이.

한 시간 후, 러키는 20파운드짜리 지폐를 단단하게 돌돌 말고 있었다. 지금 있는 곳은 스타일리스트의 거실이었는데, 솔직히 말하자면 이름이 뭔지도 잘 모르겠는 사람이었다. 스타일리스트는 체구가 자그맣고 분홍색 머리카락 아래 커다란 눈망울로 찌푸린 듯한 표정을 짓고 있는, 호기심이 많아 보이는 여자였는데, 러키는 그녀의 모습에서 어릴 적 갖고 놀던 플라스틱 트롤 인형을 떠올렸다. 그래서 휴대폰의 이름란에 '트롤 인형'이라고 저장했다. 이제 와서 이름이 뭐냐고 묻기에는 예의가 아닌 것 같았고, 이제껏 트롤 인형이란 이름으로 러키의 휴대폰과 머릿속에 그대로 저장되어 있었다.

햄프스테드에서 스타일리스트의 집까지 가는 데는 앨범 세 장을 들을 만큼의 시간이 걸렸다. 닉 케이브부터 콕토 트윈스, 케이트 부시의 앨범이었다. 뉴욕이나 파리와 비교하면 런던은 참 넓기 그지없었다. 이 도시는 사람을 불편하게 하는 능력이 끝도 없이 있는 것 같다고 러키는 생각했다. 세상 어떤 도시가 금요일 밤에 친구네 놀러가려는데 기차를 타고 지하철을 타는 것도 모자라 또 버스를 타야 한단 말인가. 햄프스테드가 그토록 조용한 이유를 알 것 같았다. 기차역까지 가는 동안 걸었던 어둑어둑한 주거 지역에 사는 사람들은 외출하려면 너무나 번거로우니까 그냥 이미 다 자고 있었던 것이다. 그래서 에이버리가 그곳을 사랑하는 거겠지. 언니는 맞수가 없을 정도로 성숙하고 냉철한 사람이니까. 쓸쓸한 기분 한 자락이 스쳐 갔다.

런던은 답답하기 그지없었어도, 러키는 잉글랜드인들을 사랑했다. 그들은 언제나 아주 훌륭하고도 진실되게 취할 줄 알았다. 프랑스인처럼 세련되지도, 미국인처럼 금욕주의적이지도 않았다. 런던에서 술을 마시자고 하면 열에 아홉은 취하자는 뜻이었다. 취하려는 욕망은 무언의 합의라서, 아무도 그걸 굳이 강조하지도 않았다. 영국인들은 세상사 다 잊어버리길 원했고, 그것도 지금 당장 잊길 바랐다. 바로 러키 같은 부류랄까. 그리고 트롤 인형은 러키가 문에 들어오자마자 비닐봉지 두 개를 꺼냄으로써 진정한 영국인임을 몸소 증명했다. 하지만 뭘 먼저 시작하지? 케타민? 아니면 코카인? 이건 유서 깊은 난제였다. 러키는 코카인을 고른 다음 봉지의 반을 대형 화보집 위에 부었다. 케이트 모스의 누드 사진이 유광으로 반짝이는 표지였다. 코카인 가루를 두툼하게 펴 고르게 선을 긋는 러키의 손길이 떨렸다.

"문자 보내줘서 정말 좋았어. 번호 준 지 6년이나 된 거 알지? 내가 오래 기다리지 않아서 다행이랄까."

트롤 인형이 말했다. 러키는 그녀를 슬쩍 올려다보고는 날카로운 치아를 활짝 드러내며 미소 지었다.

"응, 미안. 나는 문자를 잘 못 봐. 전화도 안 하고."

"너 진짜 신비한 애다."

트롤 인형과 함께 사는 하우스메이트가 말했다. 그는 탄탄한 맨가슴에 가죽 홀스터를 맨 차림으로 나왔다.

"너 정말 멋지다! 테마에 딱 어울리네."

트롤 인형은 기쁜 목소리로 새된 소리를 질렀다. 러키가 물었다.

"테마가 뭐야?"

"어머나, 너 몰랐어?"

트롤 인형이 다시 소리를 지르더니, 숨도 안 쉬고 설명을 줄줄 늘어놓았다. 지금 그들은 사교계의 셀럽인 쌍둥이 자매의 생일 파티에 갈 예정이란다. 그들은 영국의 비주류 명사가 대개 그렇듯 런던에서는 악명이 자자하지만 타 지역에는 거의 알려지지 않은 존재였다. 자매의 아버지는 이튼 스쿨 출신의 투자 은행가로, 본인의 딸들 또래인 여배우 및 모델 여럿과의 염문으로 뉴스에 자주 등장하는 인물이었다. 올해 쌍둥이는 런던의 고급 섹스 클럽에서 오랫동안 베일에 싸여 있던 파티를 공동으로 주최해 영국의 황색 언론지에 충격적 기사를 내기로 마음먹었다고 했다. 파티의 주제는 '순수한 외설'이었다. 그 자리에는 런던에 사는 돈 많고 수려한 외모를 지닌 엘리트들이 더없이 외설적인 복장으로 참석할 예정이었다.

"그래서 다들 말이지, 매춘부나 스트리퍼 복장을 하고 올 거야. 정말 더없는 추문 아니겠니?"

트롤 인형은 케이트 모스의 허리 부분에 놓인 코카인 가루 한 줄을 숙련된 자세로 들이마셨다.

"매춘부라는 말 대신 성 노동자라는 말을 써야 하는 거 아닌가."

러키가 대꾸했지만, 트롤 인형은 그 말을 싹 무시하고서 외쳤다.

"어쨌든, 너도 거기 가는 거 알고 있을 줄 알았어! 그래서 그렇게 입은 거 아니야?"

러키는 자신의 옷차림을 내려다보았다. 닳아빠진 크롭 티셔츠에 가죽 바지, 통굽 부츠 차림이었다. 그녀는 고개를 들고 트롤 인형을 보며 말했다.

"나 원래 이렇게 입고 다녀."

"이런."

트롤 인형의 하우스메이트가 다 들리게 속삭이면서 손으로 입을 가리고 키득키득 웃었다.

러키는 아주 살짝 얼굴이 빨개졌다. 술잔에 손을 뻗었다. 트롤 인형은 하우스메이트에게 그만하라고 손짓하며 재빨리 말했다.

"난 네 옷차림 좋아. 그런데 런던에는 왜 돌아왔어?"

"음, 언니 보러 왔어."

러키는 단번에 술잔을 들이켰다.

"언니도 너랑 비슷하게 생겼어?"

트롤 인형이 대번에 묻자, 러키는 고개를 저었다.

"언니는 나보다 일곱 살 많아."

"언니는 너 질투 안 해?"

러키는 그런 생각을 한 번도 해본 적이 없었다.

"언니는 누굴 질투하는 사람이 아니야."

"그럼 너는 언니를 질투해?"

"질문이 이상하네. 그럼 너는 질투해?"

가죽 홀스터를 찬 하우스메이트가 눈을 흘기며 대꾸했다.

"아 뭐야, 또 게임하는 거였네."

"너 때문에 다 망했잖아!"

트롤 인형이 소리치자 러키가 무슨 소리인지 몰라 고개를 갸웃거렸다. 하우스메이트는 짐짓 지루하다는 말투로 느릿하게 말했다.

"얘가 하는 게임이 있거든. 사적인 질문을 마구 퍼붓는 거야. 상대방이 맞받아치기 전까지 대답을 얼마나 많이 받아내는지 보는 게임이지."

"그래서 내 결과는 어떤데?"

러키는 흥미로운 기색 없이 물었다. 트롤 인형은 남은 약을 봉지째 쏟고서는 새로 흡입할 양을 선으로 그어대며 똑똑히 말했다.

"너에 대해서는 아무것도 알아낸 게 없어."

"어떻게 해야 잘할 수 있는 건데?"

러키가 신용카드로 약 가루를 나누며 물었다. 이 질문은 그냥 인생 전반에 대해 대충 둘러대는 말로 둘 수도 있었겠지만, 그래도 질문을 끝까지 하기로 했다.

"그 게임 이기는 법 말이야."

"상대방에 대해서 최대한 많은 걸 알아내면서, 자기 이야기는 하나도 안 하는 게 핵심이야."

하우스메이트가 말하자, 트롤 인형이 덧붙였다.

"남자랑 하면 더 쉬워. 난 남자가 나한테 질문하기 전까지 서른 가지도 알아낼 수 있어."

초인종이 울렸다. 트롤 인형이 벌떡 일어나 문을 열었다. 문가에 그녀의 친구 여럿이 서 있었다. 다들 노출이 심하거나 좀 변태적인 의상을 입은 채였다.

"얘는 플롭시고, 여기는 내 사촌들인 크레시다와 루페스야."

트롤 인형이 러키에게 소개해 주는 것 같았지만, 다들 러키를 본척만척했다.

러키는 모인 친구들을 바라보며 가라앉은 기분으로 현실을 깨달왔다. 지금 난 영국 상류층 모임에 떡하니 들어와 있구나. 하지만 이 상류층 애들은 절대로 그 사실을 인정하지 않겠지. 러키는 엄마가 해 주었던 이야기를 기억했다. 진짜 상류층 사람들은 계급 이야기를 절대로 하지 않는다고 했다. 사립학교 학비가 얼마인지, 왕실 사람들과 알고 지내는 사이인지, 아니면 물려받은 재산이 있는지 같은 사실은 언급하지 않는다는 거다. 그건 모두에게 해당하는 거니까. 러키의 엄마는 자신의 출신인 엄격한 계급사회를 너무나 싫어했다. 그녀는 당연히 확고한 군주제 폐지론자였다. 러키네 자매들은 자라면서 공주 놀이조차 할 수 없었다. 할로윈 때 엄마는 근처 중고 물품 가게에서 옷을 사서 자식들에게 잔 다르크나 체 게바라 같은 유명한 혁명군 지도자의 의상을 만들어 입혔다. 어떤 해에는 네 자매를 1917년 러시아 혁명 시절의 농민으로 분장시키기도 했다. 그것도 역사적으로 고증을 거친 농기구까지 쥐여주면서. 엄마는 현실감을 더하겠다며 집에서 키우는 화분의 흙을 가져다 아이들 얼굴에 문질렀고, 흙투성이가 된 자매들을 본 옆집 아이가 놀리려고 하자 에이버리가 들고 있던 낫으로 그 애를 위협하기도 했었다.

러키는 술이 더 있나 주변을 둘러보았다. 한 여자가 러키 옆자리 소파에 앉았다.

"난 플롭시야."

플롭시는 하얀 스판덱스 미니 드레스 위로 그와 어울리는 아이보리 깃털로 된 보아 목도리를 두르고 있었다. 밤색 머리카락이 말갈기처럼 아주 깨끗하고 곧게 뻗은 채로 빛났다.

"러키야."

"이름 재밌다."

"그런데 어떻게 알고…."

러키는 트롤 인형을 가리키며 물었다. 그녀는 지금 사촌 크레시다에게 니플 패치를 붙여주고 있었다. 플롭시는 말갈기 같은 머리카락을 휙 날리며 말했다.

"같은 학교 다녔어. 내가 첼튼엄 칼리지 1년 선배야. 우린 진짜 오래 알고 지냈어."

"여기서 빨리 한잔하고서 가자. 어때?"

트롤 인형이 말했다.

"말 그대로 나 흥분했어."

크레시다가 신나게 비명을 질렀다. 그녀의 가슴은 지금 반짝이는 백리스 홀터 드레스로 단단히 싸여 있었다.

"이번 파티는 문자 그대로 말이지, 올해 내내 모두가 그 이야기만 할 거야."

플롭시가 외치자, 하우스메이트가 덧붙였다.

"소돔과 고모라 같겠구나. 하지만 시크한 버전이겠지."

"걔네는 어떻게 알게 된 사이야?"

러키가 묻자, 하우스메이트가 깔깔 웃었다.

"소돔과 고모라는 사람 이름이 아니야, 자기야."

"그래, 알아. 난 그 파티 주최자들을 말한 거였어."

러키는 처음부터 쌍둥이를 의미한 것이었지만, 하우스메이트가 그녀가 말실수를 둘러대는 거라고 생각하리라는 점도 알았다. 그는 주로 상대방의 약점을 들먹이는 걸 좋아하는 부류처럼 보였는데, 그럼으로써 본인의 약점을 숨기려고 하는 것 같다고 러키는 추측했다. 게다가 러키는 모델이었기에, 사람들이 그녀가 바보라는 걸 증명하고서 좋아하는 상황에 익숙했다. 부족함에 대항하기 위한 보호 수단이겠지. 러키가 제아무리 예쁘대도 머리가 비었다면 상대방이 여전히 우월감을 느낄 수 있을 테니까. 팔릴 만한 미모는 지니지 못했더라도, 지능은 더 높다는 걸 확인하고서 정의감마저 조금 느낄 수 있으니까. 하지만 외모와 지능에 인과관계가 없다면? 전문적이다 싶을 만큼 매력적이면서도 똑똑할 수 있다면? 그렇다면 평범한 외모란 그저 실망스러운 것일 수밖에 없고, 러키는 평범한 이들이 불쌍하다는 걸 알려주는 존재가 될 뿐이리라. 그래서 러키는 대부부의 경우 입을 다물고 사람들이 자기를 멋대로 생각하게 두는 게 더 편하다는 걸 깨달았다. 그러면 사람들이 덜 미워할 테니까.

"학교 때부터 알고 지냈어."

트롤 인형이 당연한 일이라는 듯 말했다.

도수 높은 보드카 탄산음료가 쭉 돌았다. 러키는 고마운 마음으로 잔을 받았다. 여기 오자마자 드라이 화이트 와인을 마시고 지금은 더 센 걸 마시니 마음이 놓였다. 모인 사람들이 각자 가져온 코카인과 케타민을 대단히 빠른 속도로 흡입하기 시작했다. 다들 약에 취해 적당히 멀쩡하지 않은 상태에 이르자, 트롤 인형이 좌중을 압도하듯 손뼉을 탁 치며 선언했다.

"자, 그럼 게임을 시작하자."

러키는 속이 죄어들었다. 그녀는 계획적인 재미를 싫어했다. 청소년기부터 생일 파티 때마다 대개는 방에 쌓아둔 외투 아래 숨어 들어가 지냈다. 게다가 지금은 암페타민을 너무 빨리 흡입하고 움직이질 않아서 부작용으로 익숙한 불안감과 초조함이 느껴지고 온몸이 가려웠다. 차라리 스페셜 K를 바로 시작할걸. 그건 조금만 먹어도 몸이 가벼워지면서 현실에서 벗어난 느낌을 주는데. 하지만 지금은 정반대였다. 모든 게 너무나도 현실적이었다.

"좋아, 그럼 첫 번째 질문이야. 첫 데이트 분위기를 깰 만한 네 마디 말을 대봐."

트롤 인형이 말하자, 다들 벌써 대답을 준비해 온 듯했다.

"깜빡하고 지갑 두고 왔어."

"나 그냥 대충 나왔는데."

"너 코 성형한 거니?"

"우리 사실 친척 아닌가."

다들 비명을 질러가며 웃었지만, 러키는 그러지 못했다.

"나 좋은 생각 났어. '너 혹시 직업 있어?'"

영화 〈아이즈 와이드 셧〉 스타일 마스크를 쓴 사촌 루페스가 말했다. 그러자 사람들이 웃어댔다.

"왜 그게 분위기를 깬다는 거야?"

러키가 묻자, 루페스가 대답했다.

"너무 재미없는 질문이니까 그렇지."

트롤 인형이 말했다.

"그건 네가 직업이 없기 때문이야, 러키, 이젠 네 차례야."

"생각이 안 나는데."

러키가 대답하자, 홀스터를 찬 하우스메이트가 웃음을 참으며 다른 이들과 눈을 마주치려 했다. 트롤 인형이 화를 냈다.

"말할 수 있어. 그냥 머릿속에 떠오르는 걸 아무거나 말해봐."

"우리 언니가 방금 죽었어."

러키의 말에 트롤 인형이 깔깔 웃었다.

"오오, 진짜 우울하다. 맘에 들어. 자, 그럼 이제 첫 데이트에서 하면 진짜 좋은 말 네 마디로 해보자."

"내 거 22센티미터 넘어."

"여기 건물주 우리 아빠야."

"제일 비싼 와인 주세요."

"대박!"

트롤 인형이 소리쳤다.

"너 혹시 엑스터시 할래?"

플롭시가 러키를 보며 나직하게 말했다.

"이 말… 진짜 좋은 말 네 마디 말한 거야?"

러키가 묻자 플롭시가 웃었다.

"아니. 그런데 그럴 수도 있겠다."

러키는 어깨를 으쓱였다.

"좋아."

러키는 핑거가 무슨 뜻인지 몰랐고, 사실 별로 알고 싶지도 않았다. 한다고 해도 상관없지 않을까. 플롭시는 자그마한 흰색 악어가죽 가방에서 하얀 알약 두 개를 꺼내더니 혀를 내밀고서 러키에게도 내밀라고 손짓했다. 그녀의 눈꺼풀에 칠한 은색 글리터가 빛에 반짝였다.

"짜릿짜릿 꽝꽝."

플롭시의 말을 끝으로 둘은 알약을 삼켰다.

어느덧 휙 그곳에서 빠져나온 러키는 누군가 부른 까맣고 윤기 나는 SUV를 타고서 모두가 잠든 캄캄한 런던의 밤거리를 지나 킹스 로드를 달렸다. 그렇게 밤새 불을 켜놓은 고급 상점가를 지나, 커다란 타운하우스의 계단을 올라, 기다란 복도를 걸어, 책장으로 위장한 숨겨진 문을 열어, 또 좁다란 계단을 내려가자 나온 곳은 쿵쿵 두근두근 울려대는 음악 소리와 이리저리 움직이며 빙글빙글 도는 사람들이 바글바글한 정신없는 파티장이었다.

다들 테마에 맞는 옷차림을 하고 있었다. 벨벳 소파에는 란제리와 카니발 가면 차림으로 참석자들이 누워 있었다. 가죽 하네스 차림으로 뻣뻣하게 춤을 추는 사람들도 있었다. 가슴 털이 수북한 남자가 프릴이 잔뜩 달린 팬티 차림으로 가슴 큰 여자를 간지럽히고 있었는데, 여자는 단추를 다 풀어 헤친 턱시도 셔츠와 남성용 브리프 차림이었다. 그 자리에는 늙은 귀족 남자도 한 명 있었다. 그는 큐빅 박힌 끈팬티에 오페라 글러브를 낀 모습으로 주변을 둘러싼 여성들에게 음악에 맞춰 말 채찍과 아홉 가닥짜리 죄수 체벌용 채찍으로 맞고 있었다. 옆이 확 드러난 라텍스 삼각팬티 차림을 한 키 큰 밤색 머리 여자가 러키의 뺨을 공작새 깃털로 쓸며 옆으로 지나갔다.

파티의 주최자들이 이쪽으로 달려와 비명과 애교 섞인 인사로 일행을 맞아주었다. 쌍둥이는 한쪽은 완전히 검은색, 한쪽은 형광분홍색인 것만 다를 뿐, 허벅지까지 올라오는 부츠와 아주 작은 실크 팬티, 모피 코트를 똑같이 차려입었다. 벌거벗은 가슴 위로는 커다란 헤드라인 서체로 각각 '순수한'과 '외설'이라는 글자를 적어놓았다. 러키는 인정할 수밖에 없었다. 정말 멋있어 보이네.

"왔구나! 여기 정말 말도 안 되게 웃기지?"

'순수한' 쪽이 일행을 차례대로 안아주며 소리쳤다.

"완벽해!"

플롭시의 대답에 '외설'이 말했다.

"아빠는 섹시한 수녀 복장을 하고 왔어. 너무 취해서 제 기능을 못 하기 전에 너희가 가서 같이 사진 좀 찍어줘."

"대박!"

트롤 인형이 소리쳤다. 그녀는 러키의 손을 잡고서 앞으로 몸을 숙이면서 파티의 밤 속으로 돌진했다.

참석자 명단이 얼마나 화려하든, 위치가 얼마나 은밀하든, 파티장이 얼마나 비싸든, 결국 모든 파티는 세 가지로 결론이 난다는 걸 러키는 알고 있었다. 바로 춤과 음주, 음악을 뚫고 외치는 소리다. 그리고 화장실에 가서 마약을 하는 것이다. 한 시간 후, 정신을 차려보니 러키가 하고 있던 게 딱 그거였다.

"그래서 너랑 플롭시랑 그렇게 됐어? 너희 둘이 춤추는 거 봤어. 걔 맘에 들어?"

트롤 인형이 물었다. 러키는 어깨를 으쓱였다. 이게 자신 특유의 동작이 될 것만 같았다.

"난 걔 잘 모르는데."

두 사람은 지금 황금색 수도꼭지가 달린 분홍색 대리석 세면대에 기대어 있었다. 벽은 마치 목구멍 안쪽 같은 분홍색이었다. 저 밖에서 베이스 소리가 지속적으로 울렸다. 주변을 두른 반짝이는 거울들이 두 사람의 얼굴을 무한히 비추었다. 트롤 인형이 말했다.

"나도 너처럼 생겼으면 좋겠어. 진짜 간절한 마음이야. 너처럼 생길 수만 있다면 살인도 불사할 거야. 물론 중요한 사람이나 좋은 사람을 죽이진 않겠지. 하지만 그저 그런 인간이나 나쁜 놈은 상관없잖아? 네 얼굴처럼 될 수만 있다면 그런 놈쯤은 당연히 죽일 거라고. 아니면 네 배도 좋은데. 네 배꼽 진짜 섹시해. 고양이 눈처럼 생겼어."

러키는 자신의 벗은 몸뚱이를 바라보았다. 여기 있던 한 시간 동안 어느새 셔츠를 벗어던졌고, 누가 유두에 검은색 글리터로 엑스 자를 그려놓았다.

"그래?"

러키가 몽롱한 목소리로 물었다.

"하지만 말이야, 정말 돌아버린 짓 아니야? 사람을 죽인다는 거?"

러키는 고개를 끄덕이고는, 트롤 인형에게 열쇠를 내밀었다.

"이게 너야."

트롤 인형이 눈을 가늘게 뜨고 러키를 노려보았다.

"너 내 말 신경도 안 쓰는구나?"

"아니야, 듣고 있어."

러키는 별 설득력 없이 대꾸했다.

"나한테 키스할래?"

그녀는 세면대에서 폴짝 뛰어내려 러키에게 달려들었다. 러키는 트롤 인형이 자신의 입을 게걸스레 빨도록 놔두었다. 자그마한 코알라가 몸에 매달린 느낌이 이럴까. 하지만 무슨 상관인가? 눈을 뜨자 반복되는 포옹 안에 얽힌 백 가지 다른 모습의 사람들이 보였다.

"나가자. 네 친구들을 찾아야지."

마침내 러키가 말했지만, 트롤 인형은 숨 가쁘게 속삭였다.

"걔들은 상관없어."

하지만 러키는 이미 문을 열고 있었다.

코카인 흡입 한 번. 케타민 한 모금. 술 한 잔. 담배 한 대. 또 코카인 한 번. 또 케타민 한 모금. 술 한 잔, 담배 한 대, 코카인 또. 케타민 또 또. 술 마시자아아. 담배느은…. 방이 휘어지고, 벽이 부드러운 젤리처럼 흐물해졌다. 러키는 어디부터가 자신의 몸인지, 또 어디부터가 타인의 몸인지 알 수 없어졌다. 바닥이 풍선 놀이터처럼 발밑에서 푹 푹 꺼졌다. 모든 게 미친 듯이 우습고 끈적끈적해지면서 서로 심하게 상승효과를 일으켰다. 러키는 음악에 맞추어 몸을 움직여댔다. 난해하면서도 사색적인 그 움직임은 완전하고도 순수하게 육체적이었다. 그녀는 이 순간에 몰입했고, 몇 초 전의 순간을 살아갔다. 손이 거대하게만 느껴졌다.

이제 러키는 늙은 귀족 남자와 그의 아주 젊은 친구와 함께였다. 그 친구는 황금빛 유두 태슬을 달고 있는 자그마한 여자였다. 이제 그녀는 사방이 벨벳으로 덮인 개인실에 들어와 있었다. 그리고 천사 날개를 단 키 큰 남자와 키스했다. 그의 혀에선 라임 맛이 났다. 남자는 러키의 얼굴을 잡고 다른 여자 쪽으로 돌렸다. 빨간 머리를 뒤덮은 글리터 때문에 마치 딸기처럼 보이는 여자였지만, 키스하는 입술에서는 담배와 레드불 맛이 났다. 남자는 러키와 딸기 여자 모두에게 키스했다. 좋은 것 같아. 적어도 나쁘지는 않아. 솔직히 말해서 아무 느낌도 없는 게, 아무것도 아닌 게 되는 게 더 좋을 텐데. 이 방의 벨벳에 난 구멍을 찾아서, 그걸 찢고 뒤에 나 있는 블랙홀로 사라져버리는 것, 그것이야말로 러키가 가장 원하는 거였다.

그녀는 무언가를 코로 흡입했다. 뭔지는 모르겠지만, 세일러 문 분장을 한 여자의 손등에 올린 걸 들이마셨다. 그리고 다시 댄스 플로어로 돌아갔다. 그녀는 모두 다 잃어버렸다. 트롤 인형도, 폴롭시도, 루페스도, 천사 날개 남자도, 딸기 글리터 여자도, 다들 어디로 갔을까. 앞으로 고꾸라진 러키는 끈적한 플라스틱 재질 플로어에 손바닥이 닿고 말았다. 그러다 벌떡 일어섰다. 러키는 괜찮아, 여러분, 다 괜찮아. 사람들이 바글바글한 곳에서 커다란 남자가 미소를 지으며 이쪽으로 다가왔다. 사람들은 물속에 떨어진 기름방울처럼 그의 주위에서 물러섰다. 남자는 아기처럼 머리카락 하나 없었고, 지평선처럼 떡 벌어진 몸집에 키가 대성당처럼 컸다. 정말 거대해도 이렇게 거대할 수가 없는 남자였다.

"러키. 네가 러키로구나."

그가 다가오며 말했다. 러키는 어쩔 수 없이 고개를 계속 끄덕였다. 온몸이 마구 흔들려댔다. 그녀는 춤을 추고, 넘어지고, 부들부들 떨고, 자신을 벗어던지고 있었다.

"네 언니를 알고 있어."

남자의 말에 러키가 중얼거렸다.

"에이버리를 안다고?"

머리가 좌우로 가늘게 떨렸다. 눈을 감을 때마다 해바라기처럼 노란색으로 둘러싸인 검은 반점이 보였다. 눈을 다시 뜨면 머리 위로 남자의 얼굴이 보였다.

"니키의 아기. 너는 니키의 아기야."

남자는 그녀를 보고 환하게 웃었다.

"니키를 알아?"

이렇게 묻고 싶었지만, 더는 말할 수가 없었다.

러키는 그의 어깨를 잡고서 온몸을 그에게 실었다. 그는 '안전 요원'이라고 적힌 플라스틱 명찰을 달고 있었다. 안전이라. 이제껏 안전해 본 적이 있었던가. 러키를 내려다보는 남자의 얼굴이 다른 모든 것을 차단해 주었다. 그는 밤하늘이었다. 달이었다. 러키를 천 가지 모습으로 비춰주는 미러볼이었다. 그녀는 남자의 시선을 받으며 빛처럼 굴절되고 있었다. 그녀는 댄스 플로어에 떨어지는 백만 개의 작은 입자였다. 춤추는 사람들이 흡입하는 공기이자, 그 공기 위를 흐르는 음악이었다. 쿵, 쿵, 쿵 울려대는 소리였다. 남자는 어마어마하게 크고 다정한 얼굴로 미소를 지었다. 그의 머리에서 후광이 솟았다. 그 미소는 천 개의 태양이었다. 그는 일식이었다.

"너는 언제나 니키의 아기일 거야."

그가 커다란 목소리로 말했다. 그의 말은 러키의 피부에 닿아 거품처럼 터졌다.

러키는 그를 잡은 손을 놓았던 걸 기억하지 못했다. 넘어진 것도 기억하지 못했다. 옷을 걸치지 않은 맨가슴에 하얀 깃털로 된 보아 머플러를 감은 것도 기억하지 못했다. 다음 날 아침에 일어나면 깃털에 쓸린 자잘한 붉은 상처가 가슴에 온통 나 있으리라. 검은색 택시를 잡은 것도, 고요한 햄프스테드 집 앞에서 차가 멈추자 바닥에 넘어져 머리부터 부딪친 것도, 운전기사가 그녀의 몸에 자신의 몸을 붙인 것도, 러키를 옮기면서 손끝이 그녀의 가슴을 꽉 쥔 것도, 다행히도 뭘 더 하지는 않고 그냥 떠난 것도 기억하지 못했다. 그 후로 계단을 기어 올라가 거칠거칠한 발 매트 앞에 주저앉은 것도, 열쇠 구멍에 키를 넣지 못한 것도 기억하지 못했다. 위를 올려다보자 네모난 빛 안에 윤곽을 이루며 나타난 에이버리가 서 있던 것도, 집으로 실려 들어와 위층으로 올라간 것도, 한쪽 팔을 언니의 목덜미에 걸쳤던 것도 기억하지 못했다. 옷을 여전히 조금은 입은 채로 텅 빈 욕조에 쓰러진 것도, 에이버리가 샤워기를 튼 것도, 젖은 깃털이 몸에 흘러내려 배수구를 막은 것도 기억하지 못했다.

남은 기억은 자신의 위를 떠도는 에이버리의 얼굴이었다. 러키의 몸을 타고 앉아 자신을 깨우는 언니의 젖은 머리카락이 커튼처럼 흔들렸다. 위에서 물줄기가 계속 떨어지며 두 사람을 때려댔다. 러키를 어떻게든 정신 차리게 하려고 애쓰는 에이버리의 얼굴이 힘겹게 일그러졌다. 언니는 엄마 같았다. 러키는 이렇게 말하고 싶었지만, 할 수가 없었다. 에이버리가 뭐라고 말했지만, 물소리와 귀를 울려대는 소리에 무슨 말인지 알아들을 수가 없었다. 그 소리는 마치 이렇게 들리는 듯했다. 넌 죽으면 안 돼. 너도 그러면 안 돼. 안 돼.

5장

보니

집 바닥에 매트리스를 깔고 누워 있던 보니의 귓가에 문 두드리는 소리가 들렸다. 그녀는 쪼그려 일어나서는 거실로 조용히 휘적휘적 걸어갔다. 심장이 마구 뛰어댔다. 지난 24시간 동안 광적인 활동과 완전히 무기력한 상태가 계속 반복되고 있었다. 신체 마비가 와서 더는 움직일 수 없을 정도로 몸을 마구 혹사했다가, 때가 몇 시든 뒤척거리며 얕은 잠에 빠져댔달까. 그녀는 밤중에 아파트에서 나와 홀로 해변을 걸었다. 어둑하게 굽은 해안선을 따라 산타 모니카 피어까지 걸었다가, 왔던 길을 도로 걸어 마리나로 돌아왔다. 늦은 밤의 해변에는 그곳에 사는 사람들 말고는 아무도 없었다. 텐트 바깥에 웅크리고 앉은 어둑한 인영들이 서로에게 무어라 속삭여댔고, 이따금 성냥불이나 어둑한 휴대폰 불빛이 잠깐 그들의 얼굴을 비출 따름이었다. 보니는 소리 없이 그들을 지나쳐 물가까지 다가갔다. 차가운 물이 맨발을 스치고 지나갔다. 그곳은 고요했다. 생각을 방해받지 않은 채로 쭉 걸어 다닐 수 있었다. 그러다 하늘이 밝아지고 일찍 일어난 서퍼들이 해안에 드문드문 나타나자, 집으로 발걸음을 돌렸다. 그날 남자를 때린 다음, 보니는 그 누구와 만나지도, 대화를 나누지도 않았다.

현관 외시경으로 바깥을 보니 주근깨 난 피치의 얼굴이 렌즈를 눌러대며 안쪽을 들여다보려 하고 있었다. 보니는 말없이 문을 달칵 열었다. 피치는 두 팔을 그녀에게 벌렸다.

"전화도 안 해, 문자도 안 해. 나한테 장난이 너무 심한 거 아니야?"

보니는 고개를 슬쩍 숙였다.

"들어와요, 피치."

거실로 들어온 피치는 텅 빈 바닥과 덩그러니 놓인 해변 의자, 빈 배달 용기가 담긴 봉지들을 보았다.

"이야, 너 집을 멋지게 꾸며놨네. 미니멀리스트구나."

"진심이에요?"

"당연히 아니지! 여긴 살인범이 피해자들을 토막 내려고 데려오는 곳 같다고. 물론 너는 안 그러지? 혹시 살인청부업 같은 거 해?"

보니는 그에게 진심으로 얼굴을 찡그려 보였다. 피치가 그녀의 어깨를 살짝 잡아 안심시켰다.

"농담이야. 그럴 수 있잖아. 그러니까, 네가 그 남자한테 화를 낸 다음에 생각하니까… 너한테 뭔가 살인 본능이 있나 싶기도 하고."

보니가 너무나 두려워했던 순간이 바로 지금이었다. 온몸이 싸늘해졌다. 이제는 현실을 직면해야 할 때였다. 그것이 무엇이든, 감당해야 했다.

"그 사람 죽었죠? 내가 죽인 거죠?"

그녀가 담담하게 말했지만, 피치는 놀란 표정으로 이쪽을 보았다.

"아, 자기야. 그렇게 생각하고 있었어? 아니야, 그놈 멀쩡해."

보니는 뒤에 있던 해변 의자에 털썩 주저앉아 손에 얼굴을 묻고는 한숨을 내쉬었다.

"아, 세상에. 정말 다행이다. 나는… 아, 정말 다행이다."

피치가 키득키득 웃었다.

"물론 죽인 것보다 더 심하지. 개 자존심에 상처를 냈잖아."

보니가 손을 떼고 고개를 들어 눈썹을 치켜떴다.

"그래, 그렇다고. 거기다 네가 때려서 코가 부러지고 뇌진탕을 입었어. 하지만 그래도 대부분 외상이야."

피치는 솔직하게 말했고, 보니는 다시금 좌절 어린 신음을 냈다.

"나 어떡하죠, 피치?"

"자, 우리가 처리할게. 그리고 넌 가게에 얼씬도 안 했으니 잘한 거야. 어제 그놈이 찾아와서 고소할 마음도 있다고 하더라고. 그런데 나 여기서 담배 좀 피워도 돼?"

보니는 휑한 방을 둘러보았다. 담배는 싫어했지만, 여기엔 딱히 연기가 배지 않도록 지켜야 할 게 없었다. 피치는 담배에 불을 붙인 후 눈에 띄게 안도하며 한 모금 빨았다.

"정말로 고소할까요?"

"솔직히 말할까? 그놈은 고소할 마음이 없어 보이던데. 쪽팔려서 그러는 거지. 누가 그런 일을 동네방네 떠들고 싶겠어? 계집애한테 얻어터졌다는 걸?"

피치는 공중에 손을 내저으며 말을 이었다.

"아니, 여자한테! 그것도 아주 강하고 독립적이며 프로 훈련을 받은 여자한테 맞은 거지."

"하지만 그 남자한테는 그저 계집애일 뿐이겠죠."

보니가 미소를 지으며 말하자, 피치가 고개를 끄덕였다.

"정확히 그렇지. 그래서 나라면 한동안 조용히 지내면서 잠잠해질 때까지 기다려볼 거야. 휴가를 쓰는 거지."

"얼마나요?"

"몇 주 정도? 한 달이면 안전할까?"

"휴가가 너무 길어요, 피치!"

보니는 술집에서 받는 급료가 없으면 이 집의 집세를 낼 형편이 안 됐다. 그녀는 주위를 둘러보았다. 피치의 말이 옳았다. 이곳은 집인 적이 없었다. 집주인에게는 방을 뺄 때 먼저 통보해야 했지만, 단기 임대 계약을 했기 때문에 이번 주까지만 월세를 내면 상관없었다.

피치는 그녀를 딱하다는 눈빛으로 보았다.

"알아, 알지. 자, 지난주 급료를 먼저 줄게. 어디 보고 싶은 친구들이라도 없어?"

"사실 친구 같은 건 안 둬서요."

"맙소사, 마음이 아프네, 그게 뭐야. 그럼 누구랑 대화를 해? 그러니까, 너한테 무슨 문제라도 생기면?"

보니는 잠시 생각해 보았다.

"예전에는 파벨 코치님이랑 대화했어요. 지금은 언니랑 동생이랑 하는 것 같고요."

"잘됐네. 자매란 좋지. 내 여동생은 말이야, 아주 지랄 맞은 나르시시스트거든. 하지만 넌 자매들을 좋아한다니 다행이야. 그럼 그중 하나 보러 가 있으면 어때?"

보니는 고개를 저었다. 만나면 무슨 일인지 말해야 할 테니까.

"다들 이 나라에 안 살아요. 하지만….'

아파트가 있었다. 언제나 그 아파트는 있었다. 보니는 말을 도로 삼킬 마음이 들기 전에 얼른 내뱉었다.

"뉴욕에 빈 집이 있어요. 잠깐 거기 가 있으면 돼요. 부모님은 팔려고 내놓으셨지만, 어쨌든 짐이라도 정리해야 하니까요."

"와, 지금 장난해? 왜 말 안 했어? 딱 좋네. 아니, 그 망할 뉴욕이라니! 다음에 내가 또 클럽을 열면 꼭 뉴욕에 열 거거든. 할리우드 놈들은 이제 지겨워. 나도 너랑 같이 가면 좋겠다. 하지만 내가 새로 사귄 여친이 안 좋아할 것 같긴 해."

보니는 피치를 초대할 마음이 없었지만, 굳이 그 이야기는 하지 않았다. 피치는 언제나 자신이 초대 손님 명단에 올라 있는 인생을 살아온 사람이니까. 그가 할리우드에서 온 '있는 척하는 돼지 새끼들' 이라 부르는 이들에 대해 불만을 줄줄 늘어놓는 동안, 보니는 고개를 끄덕이긴 했지만 머릿속에는 다른 생각이 가득했다. 나 정말 그런 일을 전부 겪었는데도 뉴욕에 돌아갈 수 있을까? 하지만 귀향은 피할 수 없는 운명 같았다. 달리 대안이 없었다. 피치는 이제 불평을 멈추고는 턱을 문지르며 골똘히 생각에 잠겼다.

"내가 새로 사귄 애가 우리 휴대폰 위치를 공유하고 싶다는데, 이게 로맨틱한 거야? 이상한 거 아니야? 이상하잖아, 그렇지? 무슨 위치 추적 기능 같잖아? 날 추적하고 싶어 하다니."

"모르겠어요, 피치. 그건 여자친구를 얼마나 좋아하느냐에 달린 문제 아닐까요?"

피치는 담배 연기를 뿜더니, 진지하게 생각에 잠겼다.

"여자들이란 참. 가까우면 너무 달라붙고 멀 때는 진짜 서운하게 굴어. 안 그래?"

보니는 이해한다는 기색으로 애써 고개를 끄덕였다. 그녀도 파벨을 두고 비슷한 기분을 종종 느낀 적이 있었으니까. 하지만 대체 뭐였을까. 자신을 똑똑히 봐주기에는 파벨이 너무 가까웠던 걸까. 아니면 복싱 선수가 아닌 다른 모습으로 인식하기에는 너무 멀었던 걸까. 하지만 아주 짧게나마 둘 사이에 전혀 거리감이 없던 순간도 있긴 있었다. 함께 섀도복싱을 하던 때나, 링 위를 쌍둥이 불꽃처럼 휙휙 날아다니면서 둘만 아는 비밀스러운 리듬에 맞춰 움직였던 순간들. 그런 상태에 빠지게 되면 둘은 지도자와 추종자 사이가 아니었다. 코치와 학생 사이도 아니었다. 둘만이 나누는 숨결과, 녹다운되어서 질질 끌던 나직한 발소리와, 사지를 휘두를 때 나는 공기 소리와, 말하지 않아도 아는 둘만의 느낌, 마치 한 몸을 둘로 쪼개어 나눠 가지고서 그 주변을 돌며 춤을 추는 듯한 느낌이었다. 죽은 동생을 제외하면, 보니가 이 세상에서 가장 그리운 게 바로 그 느낌이었다.

마지막 경기를 치른 뒤로 보니는 파벨과 전혀 이야기를 나누지 않았다. 장례식이 있고 나서는 전화번호를 바꾸고 곧장 LA로 날아갔다. 그러니 파벨은 보니에게 연락할 방법이 없었고, 보니 역시 파벨이 연락을 하긴 했었는지조차 몰랐다. 하지만 뉴욕으로 돌아가겠다고 마음먹자마자 바로 파벨이 떠올랐다. 파벨이야말로 정말로 자신이 돌아가고 싶은 목표였으니. 피치를 올려다보았다. 이리저리 방을 왔다 갔다 하는 걸 보니 그는 이 드라마의 한 장면을 만끽하고 있었다. 그러다 생각에 잠겨 혼잣말을 했다.

"깜찍하게도 뉴욕에 은신처가 있으면서 나한테 말도 안 하다니! 너 사실 아무도 모르는데 부자인 거야? 나한테는 말해도 돼, 자기야.

비밀 지킨다니까."

보니는 고개를 저었다.

"거긴 내가 자란 곳이에요. 부모님이 70년대에 싸게 집을 샀죠. 동생이랑 거기서 살았다가…. 모르겠어요. 한동안 비어 있었어요."

"그럼 됐네. 넌 뉴욕으로 가 있어. 누가 찾아와서 물으면, 넌 이제 우리 가게에서 일 안 한다고 말해둘게."

피치는 앞문을 열고서 담배꽁초를 층계참에 던졌다. 지나가는 갈매기 떼의 새된 울음 소리가 공기를 메웠다. 피치는 자리를 뜨려다 다시 돌아섰다.

"가기 전에 아이스크림 먹을래? 나 지금 진짜 트윅스 바 먹고 싶어 죽겠거든."

보니가 미소를 지었다. 아이스크림을 먹어본 지 벌써 10년이나 되었다. 고개를 끄덕이고는 피치를 따라 아래로 내려갔다. 밝은 햇살이 얼굴에 확 비쳐 들자 그녀는 얼굴을 찌푸렸다.

"그런데 말이야, 너 틀렸다?"

"뭐가요?"

피치가 그녀의 팔을 툭 쳤다.

"나는 네 친구라고, 보니 블루."

뉴욕 시민이라면 제아무리 냉소적인 사람이라도 한밤중에 JFK 공항에 착륙할 때 드는 느낌에 무감해질 수는 없는 법이다. 보니는 피곤했고, 이제껏 불안해했지만 그래도 비행기가 내려가는 순간 숨겨 두었던 희망이 다시 피어나기 시작했다. 뉴욕에 돌아왔구나. 사이렌 소리가 울리는 도시에, 비밀이 많은 도시에, 우리 자매의 도시에. 돌아오는 게 너무나도 두려웠건만, 저 아래 까맣게 펼쳐진 바닥에서 깜빡깜빡 반짝이는 도시의 불빛을, 저마다의 자그마한 삶을 나타내 주는 저 불빛을 보자니 놀랍게도 위안이 되었다. 집에 왔구나. 내가 아는 단 하나의 집에. 그 안에서 살아와서가 아니라 언제나 내 안에 살아 있기에 집이라 부르는 이 도시에.

건물 로비에 선 보니는 새로 온 야간 경비원에게 열쇠를 흔들어 보이며 인사했고, 경비원은 졸린 기색으로 고개를 끄덕였다. 모든 게 정말이지 그대로였다. 한때 호텔이었던 이 아파트는 낡은 대리석 바닥과 햇볕에 바랜 벨벳 의자가 그대로 남아 철 지난 호화로움을 풍겨 댔다. 엘리베이터 위에 있는 금빛 다이얼은 예전처럼 여전히 고장난 채로 11층을 가리키고 있었다. 보니는 버튼을 누르지 않고 그 앞에 섰다. 그 사건 이후로 다시는 이 엘리베이터를 타지 않겠다고 다짐했었는데. 다시 돌아왔구나. 묘하게 무감각해진 느낌이었다. 버튼을 누르고서 스르르 열리는 문 안으로 들어갔다. 엘리베이터가 그들의 집이 있는 곳으로 올라갔다. 현관 앞으로 걸어갈 때까지도 다행히 정신이 멍했다. 문손잡이를 잡으며, 보니는 마음의 준비를 했다. 앞으로 닥칠 감정이 무엇이든, 견뎌내야 하니까.

가장 먼저 다가온 건 냄새였다. 그리운 집의 냄새와는 달랐다. 익숙하지만 뭐라 이름 붙일 수 없는 향기가, 집을 떠나고서야 비로소 알게 되는 그런 향기가 전혀 아니었다. 이건 누군가 소독액을 뿌려댄 듯 묘한 약품 냄새였다. 하지만 나머지는 달라진 게 없었다. 낡은 모로코 카펫이 깔린 기다란 현관과, 온갖 높이로 못이 박혀 있는 저쪽 벽이 보였다. 못들은 가족의 겉옷을 걸어놓는 용도로, 겨울이 되면 패딩 점퍼와 반코트, 빈티지 모피로 벽이 가득 뒤덮이는 바람에 그

옆을 지날 때면 번번히 옷을 하나둘 떨어뜨릴 수밖에 없었다. 그래서 엄마가 끝없이 짜증을 냈었다. 보니는 문득 느꼈다. 얼음 층 아래로 물이 흐르듯, 이 집의 모든 생기는 현재라는 순간의 표면 아래에서 힘차게 흐르고 있구나. 이 표면을 깨고 생생히 살아 있는 그 순간으로 돌아갈 수 있다면 얼마나 좋을까. 자매들이 주방에서 누가 누가 삶은 달걀 껍질을 빨리 까나 내기를 하며 달걀 샐러드 샌드위치를 만들고, 복도에서 수건을 마법의 양탄자라고 부르며 서로 끌어당겨 놀고, 학교가 끝나면 소파에 주저앉아 TV를 보았던 그때. 함께 있다는 것이 일상의 기적이었던 그때로 돌아갈 수만 있다면.

보니는 불을 켜지 않고 거실로 스르르 들어섰다. 자정이 넘은 시각, 저 아래 도시는 고요했다. 드문드문 나타나는 차량의 불빛이 도시의 혈관을 따라 흘러가고 있을 뿐. 집 안 물품은 엄마와 아버지의 취향이 뒤섞여 제멋대로였다. 엄마의 것으로는 노구치 스타일의 가죽 의자와 성당 문이었던 목재로 만든 거대한 식탁, 갤러리에 다녔을 적 친구들이 만들어준 다양한 오브제 장식물이 있었다. 아버지 물건으로는 배와 폭풍을 소재로 한 어두운 그림들, 먼지가 앉은 네이비색 벨벳 소파침대, 벽난로 선반에 당당하게 꽂힌 찰스 디킨스 전집이 있었다. 보니가 소파에 털썩 앉자 바람 빠지는 익숙한 소리가 났다. 귀를 기울이니 주변에서 도시의 소음이 들려왔다. 침묵의 부재, 그게 바로 뉴욕이었다.

어딜 봐도 기억이 떠올랐다. 벽난로 위에는 유화로 그린 네 사람의 초상화가 놓여 있었다. 니키는 보니의 무릎에 앉았고, 러키는 에이버리의 무릎에 앉은 그림이었다. 유전자가 이상하게 꼬인 결과로, 에이버리와 니키는 짙은 밤색 머리카락, 보니와 러키는 금발로 태어났지만 넷은 누가 봐도 자매였다. 엄마의 친구인 이스라엘 출신 화가의 작품이었다. 부드럽고 슬픈 분위기를 풍기는, 붓을 차에 담갔다가 무심코 그 탁한 혼합물을 마셔대는 습관이 있는 화가였다.

이 그림은 엄청난 걸작은 아니었다. 정확히 말하자면 소녀들의 어린애다운 아름다움을 부각시킬 의도가 없었달까. 화가는 그들의 얼굴을 염소처럼 표현했다. 겁에 질린 커다란 눈망울 아래로 코는 좁게, 턱은 뾰족하게 그렸다. 소녀들의 동공은 기묘하게 커다랬고 보랏빛에 가까울 만큼 검은 빛깔로 긴장한 채로 경계심을 잔뜩 드러냈다. 서로를 향해 고개를 살짝 기울인 모습은 그림 너머 무언가로부터 멀어지려는 듯했다. 확실히 그때는 우리 넷이 자그만 염소 떼 같았지, 하고 보니는 생각했다. 어린 시절이라는 험한 산맥을 헤쳐나가던 자매들의 모습이 눈앞에 그려졌다. 바위투성이에 살기 힘든 풍경 속으로 에이버리와 보니는 강하고 민첩한 암염소처럼 앞서 나가고, 니키와 러키는 복슬복슬한 새끼 염소처럼 그 뒤에서 뛰어놀았더랬다.

그때 화가는 이런 말을 했다. 너희는 서로가 있으니 좋겠구나. 자매들에게는 스스로를 설명할 필요가 없으니까.

그건 사실이었다. 네 자매에 속해 사는 것은 참으로 마법같이 신비롭고 멋진 일 같았다. 보니는 그걸 깨닫자마자 이 세상 역시 네 가지로 구성되어 있다는 것을 알았다. 사계절, 4원소, 나침반의 네 방향, 카드 한 벌의 네 가지 무늬, 네 구획으로 나눠진 인간의 심장까지. 보니는 자신이 이 신비로운 숫자의, 이 완벽한 두 쌍의 대칭 속의 하나라는 게 정말 좋았다. 그래서 파벨에게 말하곤 했다.

"내 자매들을 빼놓고서는 날 안다고 할 수 없어요."

하지만 모든 게 조화로운 건 아니었다. 그림이 완성될 무렵의 니키는 오로지 언니들의 관심만을 원하는 나이였다. 니키와 러키는 여전히 한 쌍으로 붙어 다녔지만, 니키는 언니들의 세계에도 들어갈 수 있기를 바랐다. 그래서 에이버리와 보니를 이 방 저 방 졸졸 따라다니며 질문을 늘어놓았고, 최근에 익힌 기술을 선보이며 언니들이 자신을 좋게 봐주길 바랐다. 카드 마술이나 손 짚고 거꾸로 돌기 같은 기술이었다. 어느 날 저녁, 보니와 에이버리가 방에 들어가 몸으로 문을 막고 웃어대면서, 상대를 따돌리고 둘이서만 있는 상황을 즐기며 한층 진한 유대감을 느끼고 있었다. 그동안 니키는 바깥에서 제발 문을 열어달라며 애원했다. 니키가 답답해하며 점점 흥분하더니, 급기야 굳게 닫힌 문에 몸뚱이를 마구 부딪쳐대서 문이 덜덜 떨렸다. 초연하게 울리는 쿵, 쿵, 쿵 소리를 듣고 있으려니 둘에게서 자기들끼리 장난치며 느꼈던 즐거움이 싹 빠져나갔고, 결국 보니와 에이버리가 서둘러 문을 여는 바람에 있는 힘껏 몸을 던지던 동생이 앞으로 쓰러지며 그 장난은 경솔하고 성급한 결말을 맞이했다. "그만해, 너 미쳤어? 이러면 다치잖아." 보니는 그게 정상적인 어린이들이 흔히 하는 행동이라는 걸 알았다. 형제자매가 서로 편을 지어 상대와 맞서는 건 불가피하게 일어나는 일이니까. 하지만 니키가 세상을 떠난 지금은 그 기억을 견딜 수가 없었다. 지금이라도 그 시절로 돌아가서 문을 확 열어젖히고 싶은 마음뿐이었다. 처음부터 그 문을 닫지 않았더라면 더 좋지 않았을까?

보니는 아파트 안을 이리저리 돌아다니며 떠오르는 옛 기억을 맞이했다. 가장 좋았던 기억들, 그리고 가장 나빴던 기억들. 어느 여름 금요일 오후, 아버지가 활기차고 기쁜 모습으로 일찍 퇴근했다. 그날 아버지는 가슴에 햇살을 품고 있는 것 같았다. 어른이 되어서도 장난기 가득한 소년의 감성을 그대로 유지했다. 나중에는 알코올중독 때문에 그 모습이 퇴색되었지만, 그래도 오랫동안 소년다운 모습은 여전했다. 아버지는 모든 걸 게임으로 여길 수 있는 사람이었다. 그날은 엄마가 가장 좋아하는 찻잔으로 던지기 놀이를 했다. 엄마가 자랐던 전원 지방의 들꽃과 쐐기풀이 그려진 찻잔이었다. 아버지는 손짓으로 딸들을 거실 여기저기에 세워두고는 차례차례 컵을 던졌고, 딸들은 기쁨과 두려움에 찬 비명을 지르면서 금방이라도 부서질 것 같은 도자기 잔을 떨리는 손으로 받았다. 그 잔을 잡았던 순간의 환희와 던졌던 순간의 즐거운 두려움이 보니에게는 아직도 생생했다. 러키는 그때 아홉 살도 채 되지 않았던 터라 잔을 제대로 잡을 수가 없었지만, 다행히도 찻잔이 카펫 위에 톡 떨어져 깨지진 않았다. 그들은 모두 안도의 비명을 질렀고, 게임은 계속되었다. 엄마도 그 자리에 있었다. 엄마는 주방 문가에 서서 짐짓 화난 표정을 지으면서도 같이 게임에 동참했다. 그건 괜찮은 부류의 공포이자 위험에 가까운 짜릿함으로 이루어진 즐거움이었다. 찻잔이 깨지는 일 없이 게임은 끝났고, 보니는 그때 각설탕만큼이나 단순하고도 쉽게 녹아내리는 사실을 하나 깨달았다. 나는 부모님을 사랑하는구나.

 그로부터 몇 달 후, 아버지는 술에 취해 의식을 잃은 채로 부모님의 혼수품 도자기 전체를 때려 부수며 그 잔도 함께 깨뜨렸다. 그러고 나서는 깊은 슬픔에 잠긴 아이처럼 흐느껴 울면서 도자기 조각을 가슴에 껴안았다. 자신이 깼다는 것도 기억하지 못했다. 에이버리는 동생들을 자신과 보니의 방에 숨겼다. 그리고 동생들을 그러안고서 어릴 적 읊는 의미 없는 동시들과 동요들을 나직하게 읊조리며 문 밖에서 도자기가 깨지는 소리를 애써 막았다. "*월요일의 아이는 예쁜*

얼굴이에요. 화요일의 아이는 은총이 가득해요…."

모두가 함께 살던 마지막 해, 아버지가 집 안을 마구 활보하며 장이란 장은 죄다 열어젖혔던 적이 있었다. 집에 물건이 너무 많다며, 공간이 더 필요하다며 고함을 질렀다. 그나마 다행인 건, 아버지가 본인 옷만 망가뜨렸다는 점이다. 그의 내면에선 강한 분노가 날뛰어 댔다. 끊임없이, 방향성도 없이, 쉴 새 없이 말이다. 보니는 아버지가 술에 취한 상태에서도 그 분노를 그저 내면으로 돌리려고 안간힘을 쓰는 걸 보았다. 보니 역시 그 분노가 있었지만, 아버지와는 다르게 복싱에서 분출구를 찾았다. 아버지는 맨손으로 자신의 실크 셔츠를 찢었다. 엄마가 갤러리에 다니던 시절에 골라준 아름다운 옷들로, 탁한 분홍색과 수레국화색과 민트색 셔츠라서 아버지가 은행에 입고 갈 수 없는 것들이었다. 다음 날 아침, 아버지는 바닥에 온통 흩어진 실크 단추들을 줍는 게임을 하자고 제안했다. 그때 처음으로, 보니는 게임을 거부했다.

소파에 등을 대고 앉아 네 자매의 초상화를 가만히 바라보고 있노라니 눈꺼풀이 무겁게 내려앉았다. 예전에 쓰던 방으로 갈 수도 있었지만, 아직 마음의 준비가 되지 않았다. 눈을 감고 소파에서 그대로 잠들었다. 집에 왔으나 여긴 더는 자신이 알던 집이 아니었다.

다음 날 아침, 보니는 센트럴 파크에 쭉 늘어선 벤치 하나에 앉아 언제나 시키던 에그치즈롤을 먹다가 에이버리의 전화를 받았다.

"너한테 계속 연락하려고 했잖아! 어디 있었어?"

보니는 구겨진 은박지에 싸인 빵을 마저 먹고는 목을 가다듬었다.

"나 지금 뉴욕이야."

그러자 에이버리가 숨을 헉 들이쉬었다.

"뉴욕이라고? 대체 거기는 왜 갔는데?"

"생각해 봤는데… 이 집에 작별 인사를 하고 싶더라고."

"그랬어?"

"니키 물건도 정리하려고. 우리 중 한 명이 해야 한다면, 내가 제일 가까이 살잖아."

"와, 정말 나 마음의 부담이 확 덜어졌어. 고마워, 보니 보니. 언제 가야 하나 고민하고 있었잖아. 그렇지만, 너 정말 괜찮아? 그런 일을 겪었는데 혼자 있어도 되겠어?"

보니는 고개를 젖히고서 위를 올려다보았다. 나무 사이로 점점이 떨어지는 햇살이 보였다. 주변에서는 평소의 도시처럼 자동차 경적과 사이렌 소리가 울렸다. 보이지 않는 어딘가의 놀이터에서 아이들이 소리치며 웃어댔다.

"작별 인사를 안 하면 안 되겠더라고. 그리고… 다시 훈련을 시작할까 해. 이젠 때가 됐지."

이 말이 입에서 나오자마자 보니는 알게 되었다. 이건 진실이구나. 파벨이 날 보면 어떤 기분일까. 난 파벨을 보면 어떤 기분이려나. 알 수 없었다. 이제부터 알아봐야 한다는 것만 알 뿐.

"와, 정말 멋지다! 믿을 수가 없네. 어쩌다가 마음이 바뀐 거야?"

에이버리가 탄성을 질렀다. 하지만 보니는 술집에서 일어난 사고 이야기를 에이버리에게 할 수 없었다. 아주 잘 풀려봤자 언니를 걱정시킬 뿐일 테고, 최악의 경우 언니는 이 사건을 빌미 삼아 보니가 치료나 전문가의 도움을 받아야 한다고 생각할 테니.

"사실, 언니랑 대화했었잖아. 그래, 언니 말을 들으니까 내가 경비원으로 사는 게 별 도움이 안 된다는 걸 알겠더라고."

복싱 선수들이 똑똑하지 않다고 생각하는 사람이 있다면 그 사람은 바보다. 복싱 선수들은 그 누구보다도 거짓말을 능숙하게 파악한다. 페인트 모션이 뭔데? 잽인 줄 알았는데 훅인 경우는 또 얼마나 많은데? 기술의 조합이 바뀌는 경우는 또 어떻고? 복싱 선수들은 이걸 하는 척하며 다른 걸 해내는 훈련을 받는다.

"내가 말했던 게 그거잖아! 그래, 난 도움을 주는 사람이라고. 너희에게, 우리 가족 모두에게 뭐든 최선이 되길 바란단 말이야. 러키한테 당장 전화 걸어서 네가 지금 한 말을 그대로 들려주고 싶네."

에이버리가 의기양양하게 말했다.

"왜? 둘이 또 뭐 때문에 싸우는 건데?"

가족들이 대부분 그렇듯, 이들 자매의 관계도 끊임없이 변했지만 쉽게 나이로 갈렸다. 보니와 에이버리가 이쪽, 러키와 니키가 저쪽이었다. 하지만 그들 사이에는 더 미묘한 유대감 역시 존재했다. 예를 들어, 에이버리와 니키는 몇 시간이고 책 이야기를 할 수 있었다. 보니의 타고난 내향성은 러키의 소심한 성격이 마음놓고 풀어질 수 있는 공간이 되어주었다. 보니는 니키와도 특별한 유대감이 있었다. 니키는 마침내 보니의 내면을 처음으로 봐준 사람이며, 초기 훈련 기간마다 함께해 주었다. 남은 건 가장 연장자인 에이버리와 가장 어린 러키였는데, 이들은 서로 연결되고 싶어 애썼지만 잘되지 않았다.

"러키 때문에 정말 걱정이야, 보니."

"무슨 일인데?"

에이버리는 계단 위에 쓰러진 러키를 발견했던 상황을 생생하게 설명하기 시작했다.

"온몸에 글리터를 묻히고, 뺨과 목에는 립스틱투성이였어. 거의 홀딱 벗은 몸에다가 천사 날개랑 더러운 깃털로 된 보아 머플러를 칭칭 감고 있었다니까."

보니는 저도 모르게 웃음이 나왔다. 잘못인 건 맞지만, 러키가 파티를 이토록 일관성 있게 좋아하다니 대단하다 싶었다. 설명만 들으면 꽤 화려하게 놀았나 보네.

"걔는 스물여섯 살이야. 좀 거칠게 살 뿐이잖아. 그게 정말 나쁜 짓이라고 생각해?"

에이버리는 답답한 심정으로 짖다시피 소리를 질렀다.

"걔가 그 꼴을 하고 혼자 집까지 왔다니까. 무리에서 쫓겨난 상처 입은 동물이나 마찬가지였다고. 강간당하지 않은 게 기적이야."

보니는 그 말에 몸서리를 쳤다.

"러키가 열다섯 살 때부터 혼자 해외 도시들을 돌면서 살아왔다는 걸 생각해 봐. 언니가 생각하는 것보다 훨씬 수완 좋은 애라고."

사실 보니는 에이버리를 설득하는 것만큼이나 본인을 설득하고 있었다. 이제 남은 자매 둘 중 한 명에게라도 더 나쁜 일이 생긴다면, 스스로를 용서할 수 없을 것만 같았다.

"네가 걔 꼴을 못 봐서 그래. 정신을 차렸다가 다시 잃기를 몇 번이나 반복하면서 내 품에 축 늘어졌다니까. 정말 끔찍했어. 어떡해야 할지 모르겠더라고. 내가 정말 쓸모 없다는 생각이 들었어."

"언니가 쓸모 없을 리가 있나. 그래서 어떻게 됐어?"

보니가 부드럽게 물었다.

"뭐, 그래서 찬물 샤워를 시키면서 진짜로 등짝을 때려서 정신을 차리게 했지. 좀 더 때려줄 걸 그랬어. 속이라도 시원하게."

보니는 나직하게 웃었다. 누군가 폭력을 행사해 사람을 정신 차리게 해야 한다면, 에이버리만큼 적임자도 없을 거란 생각이 들었다.

"그런 다음에는 콜라를 한 캔 마시게 했어. 엑스터시 같은 걸 먹었다면 설탕이 진정 효과가 있다는 글을 읽은 적이 있거든. 어쨌든 지금 걔는 하루 종일 자고 있어."

"그게 최선이었을 거야."

에이버리의 목소리가 갑자기 확 낮아졌다.

"걔를 안고 있으려니까, 니키가 계속 생각나더라. 네가 그 상황에서 어떤 기분이었을지 난 정말 상상도 안 돼."

보니는 뭐라 대답하려 했지만 말이 탁 막혀버렸다. 그 순간, 니키가 죽은 순간은 말로 표현할 수 없는 것이었으니까.

"있지, 나 이제 체육관에 가야겠어. 그래도 말해줘서 고마워. 내가 러키한테 전화할까?"

"아니. 응, 그러면 좋을지도. 아, 모르겠어. 걔가 깨어나면 어떤지 일단 볼게. 걔는 네가 전화하면 들을 거야. 네 손길이 언제나 더 부드러웠잖아. 복싱하는 애면서 신기하게도."

보니는 전화를 끊었다. 그리고 애써 기억을 덮으려 했지만, 그럴 수가 없었다. 도시의 북적임이 휘몰아치는 가운데, 벤치에 앉은 보니는 니키를 생각했다. 그날 아침 전화를 했었지. 보니는 뉴저지의 훈련 캠프에서 나와 그날 밤 니키를 보러 가고 있었다. 그리고 아파트에 들어서자마자 뭔가 문제가 생겼음을 알아차렸다. 공기가 너무나도 고요했다. 그리고 문틈 사이로 니키가 보였다. 짙은 색 머리카락이 일부 덮인 그 애의 얼굴이. 뭔가 쏟아진 것 같은, 보라색 꽃병이 쓰러진 것 같은 모습이.

현관에서 니키에게 달려가기까지는 5초도 걸리지 않았다. 그리고 동생의 몸 위로 웅크려 앉은 순간, 니키의 손톱과 입술이 창백하니 파랗다는 게 보였다. 911에 전화를 했었던 것 같은데, 그 후의 기억은 떠오르지 않았다. 다음 순간 전화기에서 교환원의 목소리가 아파트 호수를 물었지만, 보니는 주소를 기억할 수 없었다. 얼른 밖으로 나가 현관에 달아둔 철제 명패를 확인해야 했다. "동생이 사고를 당했어요"라고 말했다. 죽었다고는 생각하지 않았다.

보니는 니키를 안고서 휘청이는 걸음으로 엘리베이터까지 갔다. 구급대원이 조금이라도 시간을 낭비하게 두고 싶지 않아서였다. 사람을 들고 걷는 건 대개 힘든 일이지만, 보니는 강한 사람이었다. 식구 중에서 가장 힘이 셌다. 엘리베이터가 삐걱이면서 14층까지 올라오는 동안 그녀는 동생을 품에 꽉 안고 있었다. 그렇게 로비로 내려오자 경비원이 책상에 앉아 있다 말고 벌떡 일어났다. 그의 얼굴 위로 '오'라는 입 모양이 무력하게 나타났다. 이윽고 구급대원들이 뛰어 들어와 보니의 품에서 니키를 떼어냈다. 그들의 말이 보니의 귓가에 들렸다. 반응이 없다는, 맥박이 느껴지지 않는다는 말이었다.

환자 이름이 뭐죠?

니키요. 니콜. 니콜 블루요.

니콜이 몇 살이죠?

스물여섯이요. 아니! 스물일곱이요. 막 스물일곱이 됐어요.

관계가 어떻게 되시죠?

동생이에요. 제가 언니예요.

니콜이 약을 복용하는 게 있나요?

없을 거예요. 전 몰라요.

발견 당시 반응이 있었습니까?

애는 바닥에 누워 있었어요. 입술이 파랬어요. 제, 제가 일으켰어요. 그러면 안 되었던 건가요? 안 좋은 건가요? 저 때문에 다쳤나요?

인간의 심장은 대단히 놀라운 장기다. 심장은 최대 20분까지 멈췄다가 도로 뛸 수 있으며, 만약 몸이 차가운 물에 잠겨 있었다면 20분이 넘어서도 되살아날 수 있다. 실제로 대부분의 장기는 사망 후에도 상당히 오랫동안 살아 있다. 예를 들어, 심장 아래의 순환 기관은 최소한 30분은 멈춰 있어도 된다. 분리된 팔다리는 여섯 시간 후에도 성공적으로 붙일 수 있다. 뼈와 인대, 피부는 최대 열두 시간까지 보존이 가능하다. 하지만 복싱 선수라면 누구나 다 알고 있듯이, 뇌는 다르다. 뇌는 그 어떤 장기보다도 빠르게 손상된다. 특별한 조치가 없다면, 사망 후 3분이 지날 경우 완전히 회복되기 어렵다. 그리고 보니가 니키를 발견했던 시점은, 죽은 지 4분 이상 지난 후였다.

보니는 남은 샌드위치를 버렸다. 그리고 마음이 바뀌기 전에 체육관으로 향했다. 이 길을 수도 없이 걸었기에 발이 저절로 움직였다. 주말마다 운동장에서 벼룩시장이 열리는 초등학교를 지나, 에이버리가 언제나 식구들의 생일 케이크를 주문했던 먼지투성이 이탈리아 제과점을 지나, 콜럼버스 서클에 가까워질 때까지 계속 걸었다. 붐비는 길이라 인파에 휩쓸려 걸음도 느려졌다. 이윽고 나타난 60년대풍 조용하고 허름한 위치에 골든 링 체육관이 있었다. 보니가 스파링을 마치고 고개를 들면 근처 고등학교 학생들이나 관광객들이 유리창에 몰려들어 이쪽을 지켜보곤 했었다. 이제는 그녀가 구경꾼의 자리에 서서 7월 더위를 한 몸에 받으며 안을 들여다보았다. 파벨은 예상대로 그곳에 있었다. 저 안쪽 벽에 기대서서 젊은 남자가 빠른 몸짓으로 혼자 연습하는 모습을 지켜보는 중이었다.

 니키가 죽은 다음 날, 보니는 식구들과 앉아서 니키를 발견한 순간을 계속 되풀이해 설명했다. 러키와 에이버리는 런던과 파리에서 밤 비행기를 타고 와서는, 핼쑥하고 지친 얼굴로 보니에게 그 순간을 세세히 설명해 달라고 애원했다. 지금껏 일어난 일을 매 순간 완벽하게 이해한다면, 어떻게든 상황을 바꿀 수 있다는 듯이. 보니는 자매들에게 모든 사항을 낱낱이 설명했지만, 딱 하나 말하지 않은 게 있었다. 니키가 약을 달라고 했던 전화였다. 니키를 보호하기 위해서였을까. 아니면 자신을 보호하기 위해서였을까. 주방 조리대 위 지퍼락에 든 알약을 발견한 건 경찰이었다. 니키가 가장 좋아하는 연분홍색 알약 열 개였다. 보니는 너무나 순진했다. 펜타닐이라는 약을 들어본 건 그때가 처음이었다. 그날 저녁, 다들 일찍 잠자리에 들자 보니는 다시 체육관으로 돌아갔다. 달리 무엇을 해야 할지 알 수가 없었다. 파벨은 어둑어둑한 데서 샌드백을 치는 보니를 발견했다. 바깥 가로등 불빛이 바닥에 주황색으로 길게 드리워진 시각이었다. 그가 보니의 어깨에 부드럽게 손을 얹었지만, 그녀는 멈추지 않았다. 이윽고 입을 연 파벨의 목소리에는 슬픔이 묵직하게 배어 있었다.
 "내가 경기 취소할게."
 보니는 계속 샌드백을 때렸다. 잽, 잽, 크로스. 잽, 훅, 크로스. 잽, 잽, 어퍼컷.
 "보니, 내 말 들었어?"
 보니는 다시 잽을 날리려다 훅을 쳤다.

"나 경기 할 거예요."

보니는 펀치를 멈추지 않으면서 숨을 몰아쉬며 말을 뱉었다.

"그만해. 지금은 가족 곁에 있어야지."

보니는 계속 샌드백을 때렸다.

"코치님이 말했잖아요. 복싱이 먼저라고. 가족은 나중이라고."

보니가 단호하게 말했다. 파벨이 괴로운 표정으로 그녀를 보았다.

"이렇게는 아니야."

"그게, 이런, 뜻으로 말한 게 아니었다고요?"

보니가 어찌나 세차게 스트레이트를 먹였던지 샌드백 체인이 삐걱댔다. 파벨은 그만두라며 그녀의 등에 손을 얹었지만, 보니는 몸을 돌려 그의 손길을 뿌리쳤다. 파벨이 다시 앞으로 걸어 나왔지만, 보니는 그를 밀쳤다. 이윽고 그녀의 목소리가 터져 나왔다.

"이걸 원했던 게 아니라고요?"

그녀는 글러브 낀 손으로 파벨의 가슴을 쳤다.

"날 이렇게 만들었으면서! 이렇게 만들었잖아!"

그가 보니의 손을 막으려 했지만, 보니는 글러브를 틀어 그의 가슴을 치기 시작했다. 하지만 세게 치지는 못했다. 펀치가 너무 들쭉날쭉해서 힘을 실을 수가 없었다. 파벨은 한 번도 움츠리는 일 없이 주먹을 맞아주다가, 한 번 확 움직여서 그녀를 팔로 그러안고는 품에 담았다. 보니는 숨을 헐떡이면서 그의 가슴에 기댔다.

"괜찮아."

그는 이렇게 속삭였다. 하지만 당연히 괜찮을 리 없었다. 다시는 괜찮아질 리가 없었다.

"괜찮아."

파벨은 손바닥을 그녀의 머리에 대고는 정수리부터 목까지 쓸어 내렸다. 마치 복을 주듯이, 축복을 내리듯이. 그러고는 얼굴 양편을 잡고서 자신의 이마를 그녀의 이마에 댔다. 둘의 얼굴이 아주 가까워졌다. 둘의 입술이 가장 가까워진 순간이었다. 보니는 여전히 그의 두 손에 잡혀 있었다.
"이젠 어떡해요?"
그녀가 울먹이며 물었다.
"싸우고 싶다면, 싸워야지."
그가 속삭였다.

니키와 함께 유리창 안쪽을 처음으로 바라본 지 16년이 지난 지금, 보니는 다시 골든 링 체육관 바깥에 섰다. 파벨이 유리창 너머로 그녀를 보았다. 좀처럼 놀라는 법이 없는 남자였지만, 보니를 보자 움찔하고 말았다. 지금 파벨의 눈에 자신은 어떤 모습일까? 옅은 금발에 더 옅은 푸른 눈, 군살 없이 탄탄한 몸을 지닌 보니. 하염없는 파벨의 시선 가운데 보니는 돌처럼 서 있었다. 그들이 처음 만난 후로 보니는 인생의 절반을 그와 함께 지냈지만, 여전히 어렸다. 자신과 파벨을 놀라게 할 힘이 아직 있었다. 만약 니키가 그곳에 있었더라면, 보니의 손을 잡고서 안으로 데리고 들어갔으리라. 보니는 지금 동생의 따스한 손을 잡았다고 상상하며 문을 열었다.

6장

에이버리

에이버리의 거실 인테리어는 흠 잡을 데가 없었다. 소파는 자이푸르에서 3대째 핸드메이드 블록 프린팅으로 천을 제작하는 상점에서 공수한 천으로 제작한 빈티지 제품이었고, 커피 테이블은 덴마크에서 수입한 대리석 기둥으로 만들었으며, 금박 엠보싱 벽지는 왕실 인테리어 디자이너인 소앤 브리튼 제품으로 한 롤에 840파운드짜리였다. 그런 완벽한 거실에 앉아 에이버리는 완벽과는 거리가 먼 막냇동생을 나무랄 준비를 하고 있었다.

"파티에 갔다 온 거잖아, 언니."

러키는 에이버리가 그날 아침 샤워하면서 연습한 말을 맹렬히 퍼붓기도 전에 방어 태세를 갖추고 말했다.

"기억이 나냐고? 내가 술을 너무 많이 마셨지. 다들 그랬어. 그래서 열쇠를 구멍에 꽂는 게 좀 힘들었을 뿐이야. 제발 이런 걸로 크게 문제 삼지 마."

"현관 바깥에 반나체로 정신을 잃고 쓰러져 있었는데 크게 문제 삼지 말라고? 너야말로 왜 이걸 큰 문제로 보지 않는 건데? 왜 자기 자신에게 이토록 관심이 없니?"

러키가 어찌나 눈을 심하게 흘겼던지, 에이버리는 저러다 눈 근육에 손상이 오는 건 아닌가 하는 걱정이 다 들었다. 지금 두 사람은 거실 양편에 서 있었고, 둘 사이에 놓인 커피 테이블 위로 에이버리가 실제로 읽을 마음은 없는《뉴요커》와 반질반질한 도록이 쌓여 완충 지대를 형성했다. 러키는 거리가 내려다보이는 커다란 창에 실루엣만 보이게 섰다. 바깥은 햇살이 처음부터 없었던 것처럼 어둡기만 했다. 말하자면 그저 조용하고 우중충한, 전형적인 영국 날씨였다.

"다들 취했다고! 언니가 요즘 시대를 못 따라가는 거야. 게다가 언니는 태어날 때부터 최악의 경우만 상상하는 인간으로 나왔잖아."

에이버리는 말도 안 된다는 듯 코웃음을 쳤다.

"최악의 경우를 상상한다고? 그런 건 대체 어디서 주워들은 소리야? 나는 현실주의자야. 현실을 사는 사람이라고. 너야말로 현실을 좀 따라가며 살아봐."

"부정적 사고를 한다고 고차원적 현실성이 있는 건 아니지. 그냥 남을 비판이나 하는 거잖아. 언니 기준으로 따지자면 영국에 사는 사람들이 죄다 알코올중독이겠네."

"몰랐니? 정말 다 그래. 넌 이 나라 남자를 본 적도 없니? 다들 외모가 50대로 보인다고."

이제는 러키가 코웃음을 칠 차례였다.

"언니는 남자한테 관심이 없잖아? 나는 아니야. 영국 남자들 안 그렇다고 내가 보장해."

에이버리는 짜증스레 고개를 흔들어댔다.

"너 내가 치티 사귀기 전에 남자친구 있었던 거 알잖아. 스티브 기억 안 나?"

러키는 메마른 웃음을 내뱉었다.

"우리 집에 데빌드 에그 담은 타파웨어 통 가져왔던 남자 말이야? 스티브는 남자로 치면 안 되지."

에이버리는 답답한 기색으로 눈길을 돌려버렸다. 스티브는 아무리 봐도 제대로 된 남자는 아니었다. 애초에 스티브 이야기를 왜 꺼냈을까. 에이버리는 다시금 반박했다.

"남을 비판이나 하는 건 너도 마찬가지 아니야? 어쨌든, 지금 그게 중요한 게 아니야. 이 개떡 같은 상황이 평범한 거라고 생각하고 싶어? 좋아. 하지만 난 가만히 앉아서 그걸 괜찮다고 말해주진 못하겠다. 넌 괜찮지 않다고."

"내가 괜찮은지 아닌지는 내가 판단해야 하는 거 아닌가. 난 괜찮아. 아주 좋다고. 진짜 존나 잘나가고 있다니까."

에이버리는 문가에 이미 와 있던 치티를 돌아보았다. 그녀는 가슴 위로 손을 모으고 있었다.

"나 이 인간이랑 대화 못 하겠어. 의미가 없네."

에이버리가 러키를 가리키며 말했다. 그러자 치티가 에이버리에게 대답했다.

"자기야, 일단 앉아. 같이 차 마시면서 서로 사랑하는 사람들처럼 얘길 해보자."

러키와 에이버리는 서로를 쳐다보며 그만 미소를 지을 뻔했다. 어쩜 저렇게 자기들 엄마와 똑같은 소리를 하는지. 가족끼리 벌이는 다툼이든, 감정의 혼란이든, 암이든, 기후 위기든…. 엄마는 일단 차를 한잔 마시면 해결이 되거나 못해도 좀 누그러질 수 있다고 생각하는 것 같았었지. 하지만 러키가 눈길을 돌려버리는 바람에 그 순간도 지나가고 말았다. 에이버리도 다시금 분노가 확 일었다.

"쟤는 자기를 죽이고 있다니까, 치티!"

에이버리가 다시 러키를 홱 돌아보며 말했다.

"넌 니키를 보고서 깨달은 게 없어? 인생이 얼마나 연약한 건지 아직도 파악이 안 돼?"

"네 언니 진심이 뭔지는 알잖아."

치티가 러키에게 말했지만, 러키는 에이버리에게 쏘아붙였다.

"아, 꺼져. 언니는 우리보다 훨씬 나은 인간인 척하지만, 아니거든? 언니도 남들보다 나을 게 없어. 언제나 자의식만 가득한 멍청이였으면서. 이제는 부자 멍청이라고 해야 하나."

"이거 진심 아닌 거 자기도 알지?"

치티가 에이버리에게 말했다. 러키가 계속 말을 이었다.

"그리고 말이야, 언니는 내 엄마가 아니거든? 이미 쓸모 없는 엄마 하나 있잖아. 엄마가 또 있을 필요는 없어."

"야, 그 쓸모 없는 엄마는 내 엄마이기도 하거든! 그리고 나도 네 엄마가 되고 싶진 않다고. 넌 스물여섯 살이잖아, 러키. 더는 귀엽지 않아. 쓰레기처럼 사는 게 뭐 자랑인 줄 아니."

"너는 쓰레기가 아니야."

치티가 러키에게 말하고서 아내를 보며 덧붙였다.

"에이버리, 말이 심해."

에이버리는 치티에게로 돌아섰다.

"왜 얘 편 들어?"

"난 누구 편도 안 들어. 그냥 둘이서 서로 공격해 봤자 상황이 좋아지지 않는다는 걸 알려주려고 할 뿐이야."

에이버리는 두 사람을 각각 오랫동안 바라보았다. 그러다 문득, 아주 놀랍고도 날카로운 깨달음이 왔다. 나, 엄마가 그립구나. 항상 나를 실망시켜 온 여자인데도 엄마가 보고 싶구나. 적어도 엄마랑 있으면 자신이 한때는 어린애였다는 걸 떠올려도 괜찮으니까. 동생들과 있으면 언제나 맏이였으니, 그들과 비교하면 자신은 절대로 어려질 수가 없었다. 하지만 사실 에이버리는 어른인 척하는 게 신물이 났다. 이런 모습으로 존재하는 데 지쳐버렸다.

"있잖아, 나 이러는 거 지겨워. 언제나 악역을 맡는 게 지긋지긋하다고."

"그거야 언닌 악당이 맞으니까. 이 집을 산 다음부터 언니는 압도적으로 상대를 밀어버리는 대기업 사이보그처럼 굴고 있잖아."

러키의 날카로운 말에 에이버리는 치티를 바라보았다.

"내가 얘를 쓰레기라고 부르는 건 안 되는데, 얘는 나를 대기업… 어쩌고 하는 건 괜찮아? 솔직히 얘는 쓰레기 맞잖아! 이건 너무한 거 아니야?"

"러키 말이 맞다고 한 사람 없어."

치티가 애써 아내를 달랬지만, 러키가 끼어들었다.

"내가 맞다고 하잖아! 내가 내 말에 동의한다고!"

에이버리는 경멸이 뚝뚝 묻어나는 목소리로 대답했다.

"네 말이 맞아. 내가 자수성가해서 정말 미안해. 우리 부모처럼 온 가족을 코딱지만 한 집에서 살게 하면서 혼자서 술 퍼마시고 필름 끊기며 살지 않아서 미안하다고. 우리가 아등바등 살아온 것보다 더 잘 살고 싶어해서 참 미안하다."

러키는 숨을 헐떡였다.

"그러면 난 뭐 잘 살고 싶지 않은 줄 알아? 내가 왜 이렇게 사는 건지 언니는 몰라? 매년 망할 놈의 가축처럼 체중을 재며 사는 걸 내가 좋아하는 것 같아? 내가 하는 일이 열에 아홉은 얼마나 굴욕적인지 알아? 분홍색 발레 치마 같은 걸 진짜로 입고 싶은 줄 아냐고. 하지만 난 고등학교를 졸업할 때쯤에 벌써 돈을 아주 많이 벌었다고! 사람들 대부분이 평생 버는 것보다 더 많이… 아, 몰라! 난 지랄 맞게 많이 벌었다고!"

"그래, 그건 확실하지. 그런데 그 돈 다 어디 있어, 러키? 저축했어? 주식 했어? 지금 그 돈 어딨어?"

에이버리의 말에 러키는 눈길을 떨구며 중얼거렸다.

"더 많이 벌 거야."

"더 많이 벌면 네 코에 마약이나 더 많이 들어가겠지."

에이버리가 단호하게 말했다.

"그만해! 둘이 서로 공격해대는 거 더는 못 듣겠어. 너희 둘 다 열심히 일했고, 둘 다 참 많은 일을 겪었어. 이런 걸로 경쟁하지 마."

치티가 끼어들었다. 하지만 그녀는 자매라는 게 어떤 건지 몰랐다. 부모에게 맞서, 넓게는 이 세상에 맞서 그들은 격하게 연대해 왔다. 하지만 서로를 향해선 모든 게 경쟁이었다. 관심이 충분하니까, 돈이 충분하니까, 사랑이 충분하니까 이만하면 됐다 싶은 상황이란 절대 없었다. 그들은 마지막 한 조각까지도 쟁취하려 싸웠다.

"이제 그만 할래. 난 나간다."

에이버리의 말에 러키가 맞받아쳤다.

"그래, 나가. 나도 남들처럼 똑같이 대하라고. 언니의 그 엄격한 기준에 안 맞는 사람들과 똑같이."

치티가 에이버리에게 말했다.

"저 말 듣지 마. 어디 가려고? 가지 마."

에이버리는 벌써 문으로 다가가고 있었다.

"모르겠어. 회사에나 가려고."

"일요일인데."

"일요일이 뭐? 어딜 가든 여기에는 안 있고 싶어."

"우리 이야기 아직 안 끝났잖아."

치티가 계속 애원했지만, 에이버리는 고개를 저었다.

"자기는 안 끝났을지 모르겠지만 난 끝났어. 치사해서 안 해."

"그래서 언니가 친구 하나 없는 거야!"

러키가 자리를 뜨는 에이버리의 뒤에 대고 소리쳤다.

에이버리는 문을 쾅 닫고 길가로 나갔다. 그리고 아무도 따라오지 않는다는 걸 확인한 다음, 어디론가 전화를 걸었다. 남자는 두 번째 신호음이 울릴 때 받았다.

"이제는 전화도 하는 거야?"

"뭐 해? 담배 피울래?"

에이버리의 말에 그는 나직하게 웃었다.

"피우고는 싶은데, 지금 집이라서."

"집이 어딘데? 내가 갈게."

"내가 사는 데 오겠다고?"

"그러면 내가 사는 데 오고 싶어?"

"당신 보고야 싶지."
잠시 침묵이 흘렀다. 에이버리는 숨을 내쉬는 것도 잊고 말았다.
"내가 주소 쳐줄게."
남자가 말했다.

만약 에이버리가 지난주 익명의 알코올중독자들 모임에 다시 나가지 않았더라면, 그래서 전에는 한 번도 가본 적 없는 사람 적은 모임에 나가보기로 마음먹지 않았더라면, 혹은 모임에 늦어서 슬쩍 들어가 뒷줄에 앉지라도 않았더라면, 에이버리의 결혼과 인생을 박살낼 바위 같은 그 남자를 만날 일은 없었을 것이다. 하지만 에이버리는 뒷줄에 앉아버렸고 거기엔 그가 있었기에, 나머지는 불가피한 일이 되어버렸다.

사실 안도하고 있었다. 이 모임은 예전에 다니던 그룹과 같은 시간에 열리니까 아는 사람을 만나지는 않을 테니 말이다. 누가 와서 지난 1년 동안은 왜 안 나왔는지, 그간 어떻게 살았는지, 영적 상태는 잘 유지되고 있는지, 성격 결함은 여전한지 묻는 일은 피하고 싶었다. 에이버리는 스스로 보기에 죄다 엉망으로 살고 있었으니까. 절도를 저지르고, 거짓말을 하고, 남을 판단하고, 두려워하고, 사물에건 사람에건 죄다 원한을 품고 살았으니까. 모임 전 나누는 가벼운 대화나 혹시 처음 오시냐는 열띤 질문을 피하고 싶은 마음으로, 에이버리는 모임이 시작하고도 15분간 들어가지 않고 길모퉁이에서 서서 기다렸다. 에이버리는 시간 엄수를 종교처럼 지키는 사람인지라 일부러 지각을 하려니 여간 힘든 게 아니었다.

에이버리가 슬그머니 모임 장소에 들어갔을 때는, 화장기 짙은 중년 여성 한 명이 이미 자신의 이야기를 시작하고 있었다. 에이버리는 빠르게 방을 둘러보고 낯익은 얼굴이 아무도 없다는 걸 파악했다. 그녀는 뒤쪽으로 가서 다이제스티브 비스킷과 미지근한 차를 올려놓은 테이블 옆에 자리잡았다. 중년 여자는 남성들과 겪은 폭력적인 관계를 끝도 없이 늘어놓았다. 시작은 (당연히) 그녀의 아버지였고 그 후로 그녀의 돈을 갈취해서 친구의 딸과 눈이 맞아 떠나버린 전남편 이야기가 이어졌다. 현재 금주 3년 차인 여자는 알코올뿐만 아니라 설탕과 담배, 커피와 쇼핑, 잡지와 섹스까지 온갖 '중독 유발 인자'를 끊었다고 했다. 특히, 섹스를 끊었다고 유독 강조했다.

"며칠 전에는 나가서 남자를 만나고 싶어 죽는 줄 알았어요. 하지만 스스로에게 질문을 했죠. 남자를 만나면 술을 덜 마시고 싶을까? 아니면 더 마시게 될까? 이게 나의 '신'께서 정말로 원하시는 걸까? 그래서 남자는 안 만나기로 하고 모임에 갔죠. 그랬더니 어떻게 된 줄 아세요? 스폰시*를 만나게 되었어요!"

방 여기저기서 너그러운 웃음이 들렸다. 에이버리는 저도 모르게 눈을 흘겼다. 그렇게 눈을 굴리다 무심코 옆에 앉은 남자에게 눈길이 닿았다. 그는 진지한 기색으로 집중하며 공책에 필기를 하고 있었다. 정말로 지금 들은 내용을 쓰는 건가? 그러다 에이버리는 떠올렸다. 젊었을 적에는 자신 역시 이랬었다고. 그녀는 모임이 정말 좋았고, 이야기가 좋았고, 사막에 솟아오르는 온천이 갑자기 솟구쳐 오르는 것처럼 존재를 깊이 인식하는 게 좋았다. 자신과는 전혀 다른 것 같

• sponsee, 익명의 알코올중독자들 모임에서 후원과 지도를 받는 사람. 이들에게는 스폰서가 연결되고, 스폰서는 스폰시가 회복 과정을 헤쳐나가는 데 도움을 준다.

은 타인이 신비롭다 싶을 만큼 정확히 자신의 감정과 생각을 묘사하는 걸 경청했다. 바로 그게 유대감이 주는 마법이었다. 유대감이 힘을 발할 때는 가장 꼭꼭 숨겨둔 부분, 가장 부끄러운 나의 부분이 실은 타인과 가장 깊이 연결되어 있다는 깨달음이 왔다. 익명의 알코올중독자들 모임에서는 그 누구도 외톨이가 아니었고, 혼자가 아니었다. 오랫동안 그녀는 자신 아래와 주변에 촘촘한 금빛 그물 같은 맨정신의 냉철한 사람들이 있어서, 자신이 넘어질 때마다 잡아줄 거란 믿음이 있었다. 하지만 지난 1년 동안 에이버리가 계속 추락하고 있는데도 그 누구 하나 잡아주지 않았다.

하지만 에이버리는 알고 있었다. 실은 자신이 문제라는 걸. 인간관계란 근육과도 같았다. 1년 전만 하더라도 이런 모임을 에이버리는 무척 사랑했을 것이다. 알코올중독이란 영어 단어 alcoholism에서 뒷부분인 'ism'이 무슨 뜻인지 들은 적이 있었다. 이것은 'I separate myself(나 자신을 분리한다)'라는 말의 앞 단어를 모아놓은 것이라고 했다. 그래, 에이버리가 바로 그랬다. 제가 알아서 분리되어 놓고는, 난 왜 이렇게 동떨어진 느낌이 드는지 의아해하는 꼴이라니. 에이버리는 옆 사람의 공책을 슬쩍 훑어보았다. 그는 시를 쓰고 있는 것 같았다. 그녀는 속으로 웃었다. 술 취하지 않은 시인이라. 이 세상엔 그런 사람이 필요하긴 하지. 순간, 그가 고개를 들었다. 만약 에이버리가 시를 쓰다가 이런 눈길을 받았다면 민망해했을 테지만, 그는 한패가 되었다는 듯한 미소만 지었다. 그들은 서로를 바라보았다. 남자는 젊은 흑인이었고, 상당히 눈에 띄는 외모였지만 딱히 잘생긴 건 아니었다. 곧게 뻗은 진지한 입매와 팽팽히 시위를 당긴 듯한 커다란 눈이 담긴 얼굴은 독특했다. 에이버리는 그 모습에 매료되었다.

모임이 끝난 후, 밖에 나가보니 그가 담배를 피우고 있었다. 모임 참석자들이 회합을 하러 어느 식당으로 가야 할지 정하는 동안, 그는 사람들과 조금 떨어진 곳에 혼자 서 있었다. 에이버리는 그의 옆으로 슬며시 다가갔다.

"담배 한 대 빌릴 수 있을까요?"

그녀는 이렇게 말하며 생각했다. 아, 흡연자라 다행이야. 소심한 사람이든, 사회성이 좀 떨어지는 사람이든, 자기 파괴적인 사람이든 상관없이 전 세계적으로 모르는 사람에게 다가갈 때 사용하는 보편적인 대화의 시작은 바로 담배였다. 남자는 담뱃갑에서 담배 한 개비를 꺼내 건네고서 낡은 은제 지포 라이터로 불을 붙여주었다.

"찰리라고 합니다."

그가 말했다. 둘 사이에서 불꽃이 휙 솟았다. 그녀는 담배를 빨면서 대답했다.

"에이버리예요. 그런데 혹시 시인이세요?"

그는 억누를 수 없는 미소를 지었다. 속으로 자신과 끊임없이 재미있는 대화를 하고 있는 것 같은 사람이었다.

"들켰네요. 그러는 당신은 미국인이겠고요."

"나도 들켰네요."

헬륨이 빠진 풍선처럼, 둘 사이에 잠시 침묵이 내려앉았다.

"진짜 시인이 아직도 있는 줄은 몰랐어요."

"난 내가 얼마나 진짜인지도 모르겠는데요. 하지만 존재하긴 하죠. 그러는 당신은 진짜 미국인입니까?"

"뉴욕 출신이에요."

"그렇다면 미국인이 아니로군요."

그 말에 에이버리는 웃었다.

"그걸로 먹고살 수 있어요? 시를 써서?"

순간, 이러면 안 된다는 자각이 확 들었다. 지금 무슨 면접이라도 보는 거야? 어쩌다가 이렇게 보수적인 사람이 되었을까? 코뮌에서 살 때는 에이버리 역시 시를 쓴 적이 있었는데. 하지만 찰리는 여전히 낙관적이고 열린 마음이 엿보이는 얼굴로 말했다.

"그러는 사람도 있죠. 하지만 나는 그저 그런 카피라이터로 일하며 돈을 벌어요."

"제가 보기엔 그저 그런 일이 아닌 것 같은데요."

회합 장소를 정한 무리들이 이쪽으로 다가왔다. 그중에는 아까 남자를 절대로 안 만나겠다고 다짐한 중년 여성도 있었다. 보아하니 두 사람에게도 같이 가자고 권하려는 듯했다. 찰리와 에이버리는 안 가고 싶다는 마음이 담긴 눈빛을 교환했다. 사람들과 떨어지려 하는 태도가 나쁘다는 건 알고 있었다. 회합이란 유대감을 유지하는 오랜 방식이고, 참석하지 않는다면 금주에 도움이 되지 않을 테니까. 하지만 찰리가 자신의 팔꿈치를 만지는 순간 에이버리의 머릿속에는 어서 이곳을 빠져나가야겠다는 생각만 가득했다.

"지하철로 가시죠?"

그는 다 안다는 눈빛으로 말을 걸었다. 제길. 속으로 생각하며 그녀는 대답했다.

"네, 가요."

그들은 보조를 맞춰 자리를 떴다. 둘 다 담배를 빨면서, 탈출했다는 짜릿한 감각을 느끼며 걸음을 재촉했다. 그날따라 여름밤이 아름다웠다. 언덕을 오르기 시작했을 때의 햇살은 질 좋은 프랑스 버터 같은 진노랑 빛을 띠었다. 런던은 좋을 때 오면 정말 아름다운 곳이지. 그때 찰리가 뒤를 돌아보며 미소를 지었다.

"당신은요?"

"나 뭐요?"

"당신은 무슨 일을 해요?"

"그거 무례한 질문이라는 거 아시죠?"

그 말에 남자는 다시 미소를 지었다. 놀랍게도 그의 크림빛 자그마한 치아는 아주 작은 진주 같았다.

"미안해요."

남자의 말에 에이버리는 그의 우스운 얼굴을 바라보았다. 잘생겼다고 할 수도 있겠지만, 어딘가 살짝 모자란 저 모습. 뭐든지 용서해 주고픈 마음이 들 것 같았다.

"난 변호사예요."

그녀의 말에 찰리는 고개를 끄덕였다.

"아! 전혀 그저 그런 직업이 아니로군요."

이제 에이버리는 미소를 지었다. 그 말은 사실이었으니까.

"그런데 여긴 왜 오셨어요? 샴페인이랑 코카인을 너무 많이 했어요? 이제는 그만할 때가 됐어요?"

과거 몇 년이나 떠돌이 마약중독자로 살았던 시절과 전혀 동떨어진 이야기라 에이버리는 웃을 수밖에 없었다.

"왜 내가 샴페인이나 코카인을 했다고 생각해요?"

"고급 숙녀처럼 보여서요."

"그러니까 왜요?"

"모르겠어요. 신발 때문일까요."

에이버리는 말 재갈 모양 버클이 달린 구찌 로퍼를 바라보았다. 지난주에 샤넬에서 퀼팅 지갑을 훔쳤을 때도 이걸 신고 있었다. 로퍼 신은 여자를 의심하는 사람은 아무도 없었으니까. 그녀는 얼굴이 붉어졌다.

"아, 오해하지는 마세요. 신발은 예쁘니까. 그냥 이런 모임에서 당신 같은 사람을 만나서 놀랐을 뿐입니다."

찰리가 덧붙이자 그녀가 물었다.

"술 끊은 지는 얼마나 됐어요?"

"이제 막 90일 됐죠."

그의 태도에서는 자랑스러움이 묻어 나왔다. 에이버리는 속으로 생각했다. 이 사람 신참이네. 지금은 아직 온 세상이 아름답게 보이는 시기겠지. 신체에서 금단증상은 지나갔지만, 완전히 현실로 들어오지 않은 황홀한 초기 회복기 말이다. 모든 게 가능할 것만 같은 그 짧은 시기가 에이버리는 얼마나 그리운지.

"조금만 있으면 여기엔 온갖 사람이 다 있다는 걸 알게 될 거예요. 뉴욕에서는 이 알코올중독이라는 병이 파크 애비뉴에서 공원 벤치에 앉은 사람들까지 전부 덮친다고 하거든요."

찰리가 미소를 지었다.

"그 표현 좋네요. 런던으로 치자면 뭐라고 해야 할까요?"

"모르겠어요. 말하자면 메이페어에서…."

"내 방까지로 할까요?"

그의 말에 에이버리의 뺨이 더욱 붉어졌다.

"그것도 괜찮겠네요."

"왜 우리는 전에 만난 적이 없을까요?"

"여기 잠깐 발을 끊었었거든요."

"왜요?"

"솔직히 말해도 돼요?"

"그럼요."

"사람들이 하느님 이야기를 해대는 걸 들을 수가 없어서요."

찰리가 눈썹을 치켜떴다.

"좀 더 말해봐요."

"난… 그냥 신께서 사람에게 감당할 수 없는 시련을 주지 않는다는 말을 차마 듣고 있을 수가 없었어요. 그게 사실이라면, 강간이든 아동 학대든 근친상간이든 가정 폭력이든 다 없어야 하잖아요. 사람들이 외상 후 스트레스 장애 같은 거나 복합적 트라우마를 겪지도 않을 테고, 심각하게 약물에 의존하는 일도 없겠죠. 그런 건 전부 감당할 수 없는 시련 때문에 생기는 거잖아요."

찰리는 그녀의 말을 주의 깊게 들었다. 상대를 존중해서인지, 거리감을 느껴서인지는 알 수 없었다.

"그러면 당신은 모든 일이 일어나는 데는 다 이유가 있다는 말을 믿지 않는군요?"

찰리의 질문에 그녀는 심호흡을 했다. 물론 신참에게 적합할 만한 뻔한 답을 해줄 수도 있겠지. 하지만 에이버리는 변호사였다. 그녀에겐 올바름을 추구해야 한다는, 그래서 맡은 사건을 해결해야 한다는 강박관념이 숨쉬는 법처럼 뿌리 깊게 박혀 있었다.

"나는 모든 게 그냥 일어난다고 생각해요. 이유란 없어요. 만사가 그냥 일어나는 거라서 우리는 그걸 받아들이고 사는 법을 배워야 해요. 물론 자살이라는 선택지는 예외겠지만요. 우리가 이 일이 왜 일어났는지 의미를 찾을 수 있다면야 참 좋겠지만, 의미를 찾을 수 없다 해도 여전히 그 상황을 받아들이고 살아야 해요. 결국 의미라는 건 나중에야 떠오르는 거니까요. 마취 같은 거라고요. 인생에서는 '일어났다'라는 말만이 유일하게 경험에 근거한 거예요. 나머지는 그냥 밤에 잠들 때 마음 편하라고 갖다 붙이는 변명이고요."

찰리가 그녀를 바라보았다. 책을 고르긴 했는데 이걸 정말 읽고 싶은지는 모르겠다는 마음으로 표지를 바라보는 듯한 눈빛이었다.

"반박할 수 없는 말 같군요."

그들은 조용한 주택가 골목을 같이 걸었다. 담쟁이넝쿨로 덮인 벽 너머의 정원에서 트램펄린을 타는 어린이 둘이 보였다. 얼굴 주변으로 나부끼는 금발이 시야에 들어왔다가 사라지면서 아이들의 즐거운 비명이 들려왔다.

"그리고 말이죠, 내 동생이 죽었어요."

에이버리의 말에 찰리는 그녀를 다시 바라보았다. 이제는 이쪽을 바라보는 기색이 변하면서 누그러졌다. 그의 얼굴에는 꾸밈 없이 온전한 따스함이 서렸다.

"마음이 아픕니다. 최근에 세상을 떠났나요?"

에이버리는 고개를 끄덕였다.

"작년에요."

"어떻게 된 건지 물어봐도 돼요?"

에이버리가 목을 나지막이 가다듬고 대답했다.

"네. 괜찮아요. 그 애는 약물중독으로 죽었어요."

찰리가 부드럽게 고개를 저었다.

"아, 이런. 그러면 동생분도 약물중독으로 고생했던 겁니까?"

에이버리는 고개를 저었다. 니키가 살아 있을 때는 그런 생각을 해본 적이 한 번도 없었고, 지금도 그런 생각을 한다는 게 배신처럼 느껴졌다. 그래서 단호하게 대답했다.

"아뇨. 걔는 만성 통증이 있었어요. 자궁내막증이라는 병이었죠. 남자들은 안 걸리는 질환이에요."

자꾸만 목소리에 비통함이 서리는 걸 참으며, 계속 말했다.

"병원을 많이 찾아다녔고, 수술도 받았어요. 하지만 다 소용이 없어 보이더라고요. 사실 소용은 개뿔도 없었죠."

에이버리는 니키와 함께 응급실에 앉아 있던 순간을 떠올렸다. 고통이 너무 심해서 잠들 수가 없던 때였다. 동생은 몸을 있는 대로 작게 만들면 고통을 최대한 피할 수 있다는 듯이 몸을 웅크렸다. 병원 간호사들은 그 애를 범죄자 취급했다. 마약성 진통제를 구하러 온 사람이라고 말이다. 하지만 니키가 원했던 건 위안이었고, 조금이라도 고통을 덜 가능성이었다. 어떻게 보자면 그 애는 중독자와 다를 바가 없기도 했다. 모든 중독자는 눈에 안 보이는 통증에서 벗어나려다 그렇게 된 것 아닌가? 따지고 보면 모든 인간이 다 그렇지 않던가?

에이버리는 목소리를 애써 가다듬었다. 이성적인 목소리를 내야 해. 연이어 일어난 비극적 사건을 단순히 전달하는 사람처럼 굴어야 해. 분노와 슬픔 때문에 반쯤 미친 여자 같아 보여서는 안 돼.

에이버리는 신중한 태도로 입을 열었다.

"그 애가 겪는 고통을 생각하면 이해할 수 있어요. 진통제를 복용했거든요. 그러라고 있는 약이니까. 통증 없애는 게 목적이잖아요. 하지만 결국 동생은 약에 의존하게 되었고, 거리에서 펜타닐이 들어간 약을 구하는 지경이 되었죠…."

에이버리는 숨을 훅 들이쉬었다. 이런 이야기는 언제쯤 힘들이지 않고 할 수 있게 될까. 이 이야기를 할 때마다 세상을 스케치북 종이처럼 확 찢어버리고 싶었다. 그래서 끔찍한 실수를 쫙쫙 찢어 없애고 다시 시작하고 싶었다. 언제쯤 이런 마음이 들지 않게 될까?

하지만 아주 작은 안도감도 엄연히 존재했다. 에이버리가 누구에게도 고백하지 않은 것이었으니까. 니키는 죽기 전까지 오랫동안 고통을 겪었다. 다만 그 고통이 보이지 않는다는 게 문제였다. 에이버리는 뭔가 의지할 만한 걸 주고 싶었다. 주변 사람들이 모두 알아볼 수 있는 어떤 물건을 말이다. 하지만 지금에 와서야 알게 되었다. 고통이란 대부분 은밀하다는 것을.

언어는 그 고통을 파악하려 했지만, 결코 딱 붙잡아 표현하지는 못했다. 니키가 정확한 말을 찾으려 할 때마다 고통이 형체를 바꿔대는 것만 같았다. 가끔 니키는 통증이 둔하고 그리 세지는 않은 강도라고 했다. 폭풍우가 몰아치기 전 하늘이 어두워지는 것처럼 이제 곧 오겠구나 싶은, 그리고 피할 수 없는 통증이라고. 때로는 뜨거운 전기 충격이 몸을 확 스치며 숨이 멎을 것 같은 통증이라고도 했다. 그럴 때면 몸을 구부리고는 숨을 헐떡였다. 또 어떨 때는 파도가 세차게 몰아치다가 물러나는 것 같다고, 그 통증에 맞서는 몸속 장기가 마치 파도를 맞는 해안 같다고 했다. 그런 다음 통증이 사라지면 또 언제 오려나 기다리게 된다고, 마치 분노에 씩씩대며 나간 폭력 남편이 결국엔 또 돌아오기를 기다리는 아내 같은 심정이라고, 때로는 그 기다림이야말로 가장 괴로운 부분이라고 말했다.

언어로 고통을 표현하는 데 실패했다면 숫자 역시 다를 게 없었다. 니키는 통증 강도를 1에서 10까지의 숫자 가운데 골라보라는 질문을 얼마나 많이 받았을까? 이건 수수께끼였다. 너무 낮은 숫자를 고르면 필요한 만큼의 처치를 받지 못할 수 있었다. 그렇다고 너무 높은 숫자를 고르면 엄살을 떤다고 무시당할 수도 있었다. 딱 맞는 마법의 숫자는 몇이었을까? 니키는 6, 7, 8, 9까지 시도했지만… 자신의 통증이 10이라고는 감히 생각하지 못했다. 에이버리는 병원 대기실과 의사의 진료실에 함께 앉아 있으면서 니키가 알맞은 단어와 숫자를 조합해 어떻게든 영속적인 통증 완화를 얻어내려 노력하는 모습을 바라보았다.

  니키는 결국 그 답을 찾아내지 못했고, 에이버리는 런던으로 떠나버리고 말았다. 니키가 의사들이 한 말을 전화로 알려주었을 때 전화기 너머로 흘러나온 슬픔이 얼마나 절절했는지 아직도 에이버리의 기억에 선했다. 금요일 늦은 밤의 런던, 에이버리는 치티와 함께 그녀의 심리치료사 친구들을 소호의 술집에서 만났다. 에이버리는 연인의 친구들에게 좋은 인상을 주고 싶어서 니키에게 걸려온 전화를 받지 않으려 했다. 하지만 결국은 받았다. 지금도 에이버리는 가만히 생각한다. 난, 그 전화를 받았다고. 주말을 앞둔 시각 마침 비가 딱 멈춰서 거리에는 물기가 흥건했다. *자궁적출술*. 그녀는 거리를 지나는 술주정뱅이들의 소리를 막으려고 귀를 가렸다. 다들 술에 취한 채, 비가 그친 사실에 한껏 흥겨워하고 있었다. 다시 말해줄래? 술집의 네온 불빛이 젖은 보도 위로 떨어져 번져갔다. 자궁적출술. 감히 들을 엄두가 나지 않는 단어였다. 자궁을 떼어낸다고. 영원히 아프지 않을 방법이라고.

  에이버리가 마지막으로 니키를 봤을 땐, 동생의 달라진 모습을 알아채긴 했지만 정확히 뭐가 달라졌는지는 말할 수가 없었다. 그 뒤로 기억나는 건 니키의 눈이었다. 그 애의 동공이 너무 좁았다. 아주 작은 점 두 개로는 에이버리의 시선을 잡아낼 수 없을 듯했다. 니키는 물 같은 얼굴을 지녔다. 언제나 움직이고, 물결치고, 춤추는 얼굴이었다. 엄마는 니키가 배우가 되었어야 한다고 말하곤 했다. 눈을 살짝 크게 뜨거나 눈썹을 홱 들어 올리는 것만으로도 흥미든, 짜증이든, 놀라움이든 온갖 감정을 표현할 수 있었으니까. 하지만 에이버리가 니키를 마지막으로 본 날, 그 애는 묘하게도 움직임이 없었다. 마치 무언가에 맞서 자신을 다잡고 있는 것처럼.

어느 날, 둘은 리젠트 파크를 산책하고 있었다. 니키는 봄 방학을 보내려고 런던에 와서 이제 내일이면 뉴욕으로 떠날 참이었다. 여행 내내 평소와 다름이 없었지만, 마지막 이틀은 내성적으로 변했다. 나중에서야 에이버리는 그때 니키의 약이 다 떨어져 가고 있었던 게 아니었을까란 생각이 들었다. 약을 더 오래 쓰려고 복용 간격을 늘렸던 거라고. 그날은 평년에 비해 따스한 봄날이라서, 에이버리가 호숫가 옆 카페에서 코네토 아이스크림 콘을 두 개 사 왔다. 니키가 걸으면서 콘 껍질을 벗기려고 했지만, 손이 말을 듣지 않는 것 같았다.

"니키, 괜찮아?"

에이버리는 덜덜 떨리는 동생의 손가락을 슬쩍 보며 말했다. 그리고 니키의 콘을 가져다 포장지를 매끄럽게 벗긴 다음 도로 건넸다.

"비행기 타도 괜찮겠어?"

"왜 다들 나한테 자꾸 괜찮냐고 물어보지?"

니키가 쏘아붙이자 에이버리는 깜짝 놀라 동생을 바라보았다. 다른 사람도 물어봤을 줄은 몰랐는데.

"생리할 때가 됐어."

잠시 뜸을 들이다가 니키가 누그러진 목소리로 말했다.

"아, 미안해."

에이버리는 벤치에 가서 앉자고 손짓한 다음 넌지시 물었다.

"그… 많이 아파?"

니키의 상태를 두고 어떻게 말을 꺼내야 할지 에이버리는 알 수가 없었다. 세상 불공평하게도 자신은 생리 때 딱히 불편한 적이 없었으니까.

"그럼. 당연히 아프지."

니키는 날카롭게 말해놓고서 애써 짜증을 가라앉히려는 듯 말을 이었다.

"그리고 이번 학기가 좀 바쁘거든. 비행기에서 채점할 게 많아. 그치만 별로 힘든 건 아니야. 난 괜찮아. 진짜로."

에이버리는 더 부담 주지 않으려고 조심하며 말을 붙였다.

"알았어. 애들은 좋겠다. 너처럼 신경 써주는 선생님도 있고. 너 그 수녀님들 기억나?"

니키는 씁쓸하게 웃었다. 네 자매 모두 수녀들이 운영하는 천주교 중고등학교를 다녔다. 학교 수녀들은 아이들에게 무엇이 필요한지 모르거나, 안다 해도 일부러 그릇된 방식으로 아이들을 대했다. 둘은 물푸레나무 그늘 아래 나무 벤치에 앉아 호숫가를 거만한 자태로 걸어 다니는 오리들을 바라보았다. 그러다 밝은색 멜빵바지와 미니 컨버스 하이톱 운동화를 신은 쌍둥이 아기들이 나타났다. 아장아장 걷는 아기들이 기쁨에 겨운 비명을 지르며 청둥오리에게 달려가자, 오리는 날개를 쫙 펴고 아기들에게 짜증스레 꽥꽥거렸다.

"저것 봐."

니키가 문득 미소를 지으며 말했다.
"귀엽네."
에이버리도 열심히 맞장구쳐 주었지만, 사실은 애들이 가엾은 오리를 좀 내버려두어야 하지 않나 생각했다.
"언니 알지, 우리 어렸을 때 나 오리한테 물렸었잖아."
"그랬나? 언제?"
"센트럴 파크의 터틀 폰드에서. 아마 네 살 때였을 거야. 하지만 엄마한테는 말 안 했어. 그래서 모를걸."
"왜?"
"혼날까 봐. 엄마는 우리가 뭔가 필요하다고 할 때마다 항상 너무 짜증을 냈잖아. 그래서 아마 그때부터 벌써 혼자 알아서 해결하는 게 나을 거라고 여겼던 것 같아."
에이버리는 고개를 끄덕였다. 그 당시의 장면을 정확하게 상상할 수도 있었다. 러키가 두 살밖에 안 되었을 때였지. 니키는 네 살, 보니는 일곱 살, 에이버리는 아홉 살이었던 그때. 애들과 함께 공원에 나간다는 게 엄마에겐 군대를 끌고 원정을 나가는 길처럼 여겨졌을 거였다. 그때 에이버리는 놀랐다. 니키는 네 살밖에 안 되었을 때부터 가족의 현실을 알고 있었구나. 뭐, 그야, 당연히 모두들 그랬겠지.
에이버리는 동생의 손을 잡으며 말했다.
"니키, 또 물리면 나한테 말해줬으면 좋겠다."
니키는 서글픈 미소를 지으며 말했다.
"내 아이는 나한테 언제든 말할 수 있게 키울 거야. 언제든."
에이버리가 동생을 바라보았다. 동생이 피곤해하는 가운데서도 그 아래에선 희망이 엿보였다. 구름 사이로 비치는 햇살 같은 희망이었다. 니키는 웃으며 덧붙였다.

"어쨌든, 망할 놈의 오리들."

그때 에이버리는 니키를 다그칠 수도, 질문을 더 할 수도 있었으리라. 하지만 그러지 않았다. 벤치에 앉아 동생의 손을 잡은 채, 새끼들을 데리고 유리처럼 청명한 물 위를 조르르 미끄러지는 오리들을 바라보았을 뿐이다. 말없이, 그저 함께 있어서 행복하다 여기면서.

물론 니키는 자궁적출을 거부했다. 그녀는 자유로워지기보다 엄마가 되는 편을 택했다. 아니, 정확히 말하자면 모성이야말로 그녀가 선택한 자유의 형태였달까. 고통 없는 삶이 아니라 고통을 중심으로 이루어진 삶, 사랑과 공포가 영원히 함께하는 삶, 활활 타는 불꽃 주위에 세운 종이로 만든 인형의 집 같은 삶. 그것이 바로 니키가 진통제를 복용한 이유였다. 한 종류의 고통을 미뤄 더 나은 고통으로 가는 길을 만든 것이었다. 그리고 지금 에이버리는 치티에게 아이를 갖자고 약속했다. 하지만 과연 자신이 원하는 걸까? 이게 니키가 살아갈 이유가 되어준, 그리고 기어코 니키를 죽게 만든 꿈이니까? 동생이 아이를 사랑했을 거란 이유로, 치티가 아이를 사랑할 거라는 이유만으로 자신도 아이를 그렇게 할 수 있을까? 이걸로 과연 충분할까?

"제길."

찰리가 옆에서 속삭이는 소리가 들렸다. 에이버리는 그가 있다는 것조차 거의 잊고 있었다.

"당신 동생을 생각하니 마음이 아프네요. 당신을 생각해도 그렇고요. 뭐라 더 말해야 할지 모르겠어요."

그는 초조한 눈빛을 보였다. 문득 에이버리는 그의 나이를 실감했다. 젊은 사람이네. 아마도 20대 초반, 기껏해야 중반일 남자. 이 나이의 사람이 사랑하는 사람을 떠나보낸 상실감이 뭔지는 아나?

그녀는 냉정한 자제력을 되찾은 목소리로 마구 내뱉었다.

"아무것도 말할 필요 없어요. 동생이 세상을 떠난 건 엄연한 사실이고, 이제는 그 상황을 받아들이고 살아가야죠. 이야기는 이걸로 끝이에요. 여기엔 이유도 없고 숨겨진 교훈도 없고 감사하는 자세 같은 것도 없어요. 동생은 죽었고, 나는 아직도 살아 있죠. 인생은 랜덤이고 불공평해요. 때로는 불공평하다는 말로도 표현이 안 될 정도로 제멋대로고요. 그뿐이죠."

노란 불빛이 이제 푸르스름한 먼지 빛깔로 식어갔다. 런던의 여름날 오후는 참 길기도 하구나. 에이버리는 아직도 놀랄 때가 있었다. 뉴욕의 여름날 오후는 팝송처럼 빠르게 끝나버리고 무더운 밤으로 금방 넘어가지만, 영국에서는 마지막 빛이 끝없이 늘어지는 음표처럼 계속 머물렀다.

"나도 형이 죽었거든요."

찰리의 말에 에이버리가 놀라서 눈길을 휙 던졌다.

"백혈병으로요. 난 그때 아주 어려서 무슨 일이 일어난 건지 제대로 알 수가 없었어요. 나중이 되어서야 알았죠. 엄마가 계속 울던 기억만 나요."

"정말 마음이 아프네요. 엄마가 정말 힘드셨겠어요. 당신도요."

"아직도 변하지 않는 게 있어요. 난 우리 남매가 항상 셋이라고 생각하죠. 일곱 살 이후로는 나랑 여동생뿐인데도요. 아무도 모르지만 나만 아는 팔다리가 있는 것 같아요. 눈에는 안 보이지만 엄연히 항상 있는, 나의 일부가요."

에이버리가 격하게 고개를 끄덕였다.

"바로 그거예요. 나도 똑같아요. 다만 난 셋이 아니라 넷이죠. 뭐, 동생이 죽었으니 셋이지만. 우린 다 여자예요. 내가 맏이고요."

"그렇군요. 봐요, 참 힘든 일이죠. 당신은 나이가 많으니까 자매 중에서 가장 강해야 한다고 생각할 테고요. 나도 여동생이랑 있으면 그런 생각이 들긴 하거든요. 당신이 그런 힘든 일을 겪고 있다니 참 마음이 아프네요. 난 정확히 알 수는 없지만, 그래도 알고는 있어요. 무슨 말인지 알죠?"

에이버리는 고개를 끄덕였다.

"그래요."

찰리가 그녀를 슬쩍 보더니 미소를 지었다.

"참 이상하죠? 우리 둘 다 그런 일을 겪었다니. 당신에게 뭔가 있다는 건 알고 있었어요."

에이버리는 아주 살짝 미소를 짓고 말았다. 누군가 자신을 특별하게 생각해 준 게 얼마 만이더라. 그녀는 담배를 바닥에 던지고는 웃기지도 않는 로퍼 뒤꿈치로 비벼 끄며 물었다.

"그래서 당신은 어떻게 생각해요? 만사에는 다 이유가 있다고 보나요? 우리를 지켜보는 자비로우신 하느님이 있다고 생각해요?"

찰리는 목 뒤를 쓸어 올리면서 그녀에게 미소인지 찡그림인지 모를 표정을 지었다.

"알코올중독에서 회복되는 과정에서, 사실은 우리가 편하게 이야기할 능력이 없어지게 되지 않아요?"

에이버리는 낮게 웃었다.

"꼭 대답하지 않아도 돼요."

"아뇨, 좋은 질문이었어요."

찰리는 나무 위를 날아가는 산비둘기 떼를 올려다보았다. 대체 어떻게 하는지는 몰라도, 새들 특유의 신비한 능력으로 산비둘기들은 한꺼번에 우수수 자리를 떴다.

"모르겠어요. 하지만 알았더라면 좋았을 테죠. 사실은 엄마의 하느님을 나도 믿었으면 좋겠다고 생각해요. 엄마는 여호와의 증인이거든요. 하지만 나한테는 그 신앙이 너무 과해요. 그래도 엄마는 자신을 믿어주는 무언가를 믿어요. 적어도 그 존재가 자신을 믿어준다는 점은 믿죠. 그래서 위로를 받아요. 그것까진 알겠어요. 엄마의 그런 점은 부러워요."

에이버리는 찰리를 따라 이제는 새가 날아간 텅 빈 나무를 바라보았다. 초저녁의 햇살을 받은 이파리들이 새파랗게 빛나고 있었다.

"나도 당신 엄마가 믿은 하느님을 믿었다면 좋았겠지요."

찰리는 생각에 잠겨 고개를 끄덕이더니 말했다.

"그랬다면, 분명히 코카인에 쓴 돈을 훨씬 절약할 수 있었을 텐데."

에이버리가 웃음을 터뜨렸다.

"맞아요. 가랑이에 헤로인 주사를 맞지도 않았겠죠."

찰리가 놀라서 그녀를 슬쩍 보았다.

"상상이 안 되는데요. 혹시 시크한 퇴폐미를 추구하던 여자였어요? 그렇게 보여요."

에이버리는 아주 살짝 얼굴이 빨개졌다. 이제껏 자신을 시크하다고 생각해 준 사람은 아무도 없었으니까.

"나는 한동안 자유주의 마르크스주의자들과 무정부주의자들이 있는 코뮌에서 살았어요. 그다음에는 텐더로인에 있는 주차장에서 살

앉고요. 아마도 시스템에 저항하는 24시간 시위를 하려고 그랬을 거예요. 하지만 우리는 대개 마약을 맞고 서로 머릿니나 옮기고 살았죠."

찰리가 웃었다. 웃음소리가 매끄러운 난간 같아서 그걸 타고 다른 층으로, 다른 삶으로 미끄러져 내려갈 수 있을 것만 같았다.

"효과가 있었어요? 자본주의의 굴레에서 자유로워졌어요?"

"대부분 그냥 가렵기만 했어요."

"얼마나 오래 갔어요?"

"가려움이요?"

"그런 삶이요."

"스물세 살이 될 때까지 그러고 살다가 약을 끊었죠."

"그러면 당신은 지금 몇 년째…."

찰리는 그녀의 나이를 알아내려고 했다. 그래서 에이버리는 그냥 말해줬다.

"다음 달이면 약 끊은 지 10년째 돼요."

23 더하기 10. 에이버리는 지금 서른세 살이었다. 이제는 술과 마약을 했던 기간보다 끊은 기간이 더 길어졌다. 하지만 그녀는 자신의 정신이 말짱하다는 생각이 전혀 들지 않았다. 그저 혼란스러울 뿐.

"와, 그것참… 눈부시도록 놀랍군요."

찰리의 입에서 나온 표현은 어쩐지 부드럽고 먹음직스러운 느낌이었다. 아직까지 맛보지 못한 외국 과일 같았다.

"앞으로 어떻게 될지는 모르죠. 하지만 확실히 대단하긴 해요."

그들은 지하철 역에서 번호를 교환했다. 인사로 나눈 포옹은 어색한 느낌이었으나 금방 끝나진 않았다. 집에 돌아온 에이버리는 곧장 서재로 가서 찰리의 이름을 검색했다. 놀랍게도 그의 작품에 대한 기사와 시 낭송 영상이 수십 개나 나왔다. 아마추어 작가라고 생각했건만, 그는 시인에겐 아주 보기 드문 자질, 바로 겸손함을 갖춘 존재였다. 근처에 치티가 없다는 걸 확인한 다음, 에이버리는 처음에 뜬 영상을 눌렀다. 시 낭송이 아니라 포르노를 보는 것처럼 범죄를 저지르는 기분이었다.

찰리는 에이버리가 한 번도 가본 적 없는 런던 동부의 어떤 술집에 꽉꽉 들어찬 사람들 앞에 서 있었다. 청중들의 얼굴은 일제히 찰리를 향했다. 다들 늘씬한 젊은이들로, 바닥에 다리를 꼬고 앉는 데 전혀 문제가 없는 이들이었다. 어떤 여성은 빈티지 군용 베레모를 썼다. 찰리는 빨간 후드티와 청바지 차림으로 다른 이들보다 조금 높은 곳에 편안히 서 있었고, 모두의 시선이 그를 향했다. 이윽고 그는 이렇다 할 소개도, 전혀 주눅 든 기색도 없이 말을 시작했다. 반쯤은 미소 띤 얼굴로 외워서 시를 읊는 그의 모습은 그래, 내가 여기 있다, 라는 존재감을 드러냈다. 그곳은 마치 구전 시가를 전승하는 고대의 사교 모임 같았고, 그는 진지하게 그 자리에 참여하고 있으면서도 한편 거기에 선 스스로를 살짝 비웃는 것 같았다. 아니, 자신뿐만 아니라 거기 온 모두를, 그 행사 전체를 비웃는 것인지도 몰랐다. 그는 입을 열 때마다 중력과 경솔함 사이를, 온 우주의 진리와 코믹함 사이를 막힘없이, 그리고 어느 한 곳에 너무 길고 강한 방점을 찍지 않으며 사뿐사뿐 오갔다.

시 낭송이 끝나갈 즈음, 에이버리는 찰리에게 드는 느낌이 무언지 정확히 알게 되었다. 그녀는 그를 원하는 게 아니라, 그가 되고 싶었다. 찰리의 가슴속 방에 침대를 만들어두고 거기서 살고 싶었다. 그가 하는 말이 자신의 입에서 나오게 하고 싶었다. 무대에 선 이 남자가 되고 싶었다. 그래서 베레모를 쓴 저 여자가 언어의 발명가처럼 찰리를 쳐다보듯 자신을 쳐다보게 하고 싶었다. 그가 보는 시선으로 세상을 바라보고 그걸 제물로 삼고 싶었다.

다음 날, 찰리는 그녀에게 저녁 6시 모임에 가겠다고 문자를 했고, 에이버리는 거기서 만나자고 곧바로 답장했다. 그리고 그날, 몇 달 만에 가장 일찍 퇴근했다. 평소 그녀는 저녁 8시 이후에도 회사에서 일할 때가 많았고, 저녁 식사 후에도 집으로 가져온 일을 했다. 치티도 이런 에이버리를 받아들인 지 꽤 오래되어서, 가끔은 늦은 시각까지 상담실을 열고 에이버리처럼 업무와 일상을 확실하게 구분 짓지 못하는 고객들의 예약을 받아주었다.

하지만 치티와도 충분히 시간을 보내고 있잖아. 에이버리는 자신에게 변명을 했다. 주말에는 레이크 디스트릭트에 산책 투어를 갔고, 가장 비싼 시내 중심가의 이탈리안 레스토랑에서 주기적으로 저녁 식사를 했다. 파스타를 얇은 포일에 싸서 굽는 식당으로, 주인이 언제나 둘에게 무료 티라미수 한 조각을 주었다. 하지만 최근에 치티와 있으려고 일찍 퇴근한 적은 없었다. 무엇보다도 그 점 때문에 에이버리는 괴로워하며 모임 장소인 교회로 걸어갔다. 안으로 들어가자 찰리가 맨 뒷줄에 차분하게 앉아 있었다. 한쪽 팔을 기다란 의자 등받이에 얹어서 에이버리가 앉을 자리를 확보해 둔 모습을 보자, 모든 생각이 뚝 멈추고 말았다.

"안녕, 미국인."

"안녕, 시인."

그는 이번 주 모임에서 읽기로 한 『12단계 12 전통』의 복사본을 그녀에게 주었다. 익명의 알코올중독자들 모임의 원칙이 수록된 소책자였다. 둘은 머리를 맞대고 그 책자를 함께 보면서 참가자들이 한 단락씩 읽는 소리를 따라갔다. 익명의 알코올중독자들 모임에 나오면 학교에 다시 입학한 기분이 들었다. 소리 내어 책을 읽고, 다른 회원들의 경험담을 공부하고, 멘토와 함께하는 단계별 작업은 숙제와 다를 게 전혀 없어 보였다. 그녀는 모임이 항상 정시에 시작해서 끝나는 게 참 좋았다. 모임은 익숙한 서문으로 시작했고, 모인 사람들이 함께 외우는 기도로 마무리되었다. 혼돈과 격동의 세월을 살았던 에이버리는 거기서 안전하고 체계적인 느낌을 받았다. 모임도 아마 이런 느낌을 줄 의도로 설계했겠지.

하지만 찰리 옆에 앉은 지금에야말로 에이버리는 다시 학창 시절 여학생이 된 기분이었다. 그의 살갗에서 풍기는 담배 향과 그저 남성적인 머스크 향을 맡자 에이버리의 뺨에 뜨거운 홍조가 훅 끼쳐왔다. 모임이 끝날 무렵 다들 둥그렇게 대열을 이룬 가운데, 그의 서늘하고 마른 손바닥에 자신의 손을 슬며시 감은 에이버리는 정말 오랜만에 다가온 감각을, 욕망의 전율을 느끼게 되었다.

그 주 후반부, 그녀는 다른 모임에서 또 찰리를 만났다. 그날은 러키가 저녁에 파리에 올 예정이라, 원래는 퇴근하자마자 집으로 가서 동생을 봐야 했다. 하지만 한 번쯤은 해야 할 일을 하지 않아도 되지 않나. 그게 어찌나 기분이 좋던지. 게다가 솔직히 말하자면, 집에 안 갈 핑계가 필요했다. 치티는 니키의 기일에 대화를 나눈 다음부터 곧바로 온라인 정자 기증 사이트를 알아보기 시작했고, 저녁에 뭘 먹을까 묻듯 태평하고 명랑한 기색으로 인생을 바꿔버릴 중대한 질문을 에이버리에게 퍼부었다. 정자 기증자 고를 때 원하는 인종이 있어?

키는 얼마나 컸으면 좋겠어? 어느 대학 졸업했는지 알면 좋아? 그런 질문을 받을 때마다 에이버리는 방에서 공기가 서서히 빠져나가는 듯한 기분이 들었다.

이번에 만난 곳은 벨사이즈 파크에 있는 어떤 교회의 지하실이었다. 이번 모임에서는 열한 번째 단계를 토론했다. 명상 중 눈을 뜨자, 이쪽을 차분하고 흔들림 없이 바라보는 찰리가 보였다. 처음에는 가볍게 넘기려고 바보 같은 표정을 지으며 그를 웃게 하려고 했다. 하지만 그는 여전히 고요한 태도로 에이버리를 응시했다. 결국, 그녀도 차분해졌고, 그렇게 둘은 가만히 앉아 영원히 이어질 것만 같은 침묵 속에서 서로의 눈을 바라보았다. 이윽고 타이머가 울렸다. 공간이 평소처럼 한숨과 발걸음 소리로 북적이게 되었을 때에야 그들의 시선이 떨어졌다. 사회자가 유인물을 읽는 동안, 에이버리는 문득 묘한 충동에 휩싸였다. 젖은 개처럼 몸을 흔들고 싶어. 느닷없이 웃음을 터뜨리고 싶어. 입을 한껏 벌려 비명을 지르고 싶어. 그래서 지난 몇 분간 느꼈던 강렬함을 해소하고 싶어. 온몸에 새로이 전류가 흘러 파르르 떨려왔다. 이게 바로 케미란 건가. 문득 놀랍다는 생각이 들었다. 강요할 수도, 꾸며낼 수도 없는 느낌. 설명할 수도, 부인할 수도 없는 이 느낌. 어째서 찰리여야 하는지 그 누가 알 수 있을까? 그저 자신이 이걸 느꼈다는 것만 알 뿐이었다.

모임 후, 찰리는 그녀를 햄프스테드까지 데려다주었다. 그러던 중, 에이버리가 그를 돌아보았다.

"당신이 나온 낭송회 영상을 봤어요."

찰리는 놀라서 눈썹을 치켜떴다.

"날 찾아봤어요?"

"직업병이랄까요. 나 변호사잖아요."

"어땠어요?"

그녀는 미소를 지었다.

"당신의 말을 그대로 되돌려주자면… 눈부시도록 놀랍더군요."

찰리는 활짝 웃었다. 기쁨을 있는 그대로 드러내는 웃음이었다.

"기대에 부응하던가요? 내 시들이?"

"처음엔 뭔가 정치적인 시가 아닐까 생각했었어요. 그런데 오히려 파티에 어울리는 시던데요."

그가 웃자, 에이버리가 말을 이었다.

"아니, 좋은 뜻이에요! 그러니까, 파티하다 말고 낭송한다 해도 분위기를 전혀 해치지 않을 것 같았다고요. 슬픈 부분도 있지만, 그래도 인생을 즐기고 기리는 느낌의 시였어요."

찰리는 수풀에서 이파리를 하나 뜯어 잘게 부수기 시작했다.

"흥미롭네요. 나 같은 사람은 뭔가 정치적인 입장을 표명할 거라는 기대를 받곤 하지만, 사실 난 철학적이거든요. 나의 윤리적 규범이 꼭 어떤 교리에서 비롯된 것이어야 한다는 생각은 안 해요. 본질적으로 옳고 그른 건 없어요. 다만 나한테 옳고 그른 게 있을 뿐이죠."

"그렇다면 근본적으로는 도덕적 허무주의와 심리적 이기주의가 결합한 건가요?"

"맞아요. 그렇게 말하는 게 정확하겠네요."

찰리가 감탄하는 기색으로 말했다.

"나는 대학에서 철학을 공부했어요. 보통 이 사실을 알면 99퍼센트의 사람은 나를 참고 견디지 못하죠."

"정반대라고 생각하는데요. 난 기꺼이 당신을 참고 견딜 겁니다."

찰리의 말에 에이버리는 얼굴이 빨개졌다. 게다가 얼굴이 빨개졌다는 걸 알아차리자 더 빨개지고 말았다. 목을 가다듬고 물었다.

"그래서 당신은 항상 본인의 이익대로 행동해요?"

"그런 편이죠."

"다른 사람의 이익을 희생해 가면서?"

"가끔은요."

"하지만 모든 사람이 다 그렇게 행동해서, 내 이익과 당신의 이익이 충돌한다면 어떻게 질서를 유지하죠? 합의된 가치 체계나 도덕적 규범이 없다면 어떻게 해요?"

찰리는 손에 남은 이파리 찌꺼기를 털어냈다.

"봐요, 난 종교적으로 아주 엄격한 가정에서 자라서, 내가 원하는 건 대개 도덕적으로 잘못된 거라고 배웠죠. 그래서 인생 대부분을 죄책감을 느끼며 살았어요. 원래 이럴 수밖에 없는 거라고 생각했었다고요. 그러다 다른 방향으로 세차게 저항하기 시작했고, 비로소 그게 아니라는 걸 깨달았죠. 내가 믿는 건, 완전한 도덕적 자주성이에요. 그 누구도 아닌 나 자신에게 주는 대답으로요."

에이버리가 미소를 지었다. 10년 전 내가 할 법한 소리를 하네.

"그래서 지금은 기분이 어때요?"

"자유롭죠. 자유를 느껴요."

찰리는 앞으로 달려가더니 저 앞에 놓인 철제 구조물의 봉을 잡았다. 그리고 연달아 턱걸이를 했다. 티셔츠 자락이 올라가면서 늘씬한 허리가 드러났다. 그는 물고기처럼 유연한 근육질 몸매를 지녔다. 아래에 선 에이버리는 찬탄을 숨길 수가 없었다. 그녀는 힘을 쓰느라 주름이 진 찰리의 얼굴을 올려다보았다.

"와, 당신 덩치도 크고 정말 강한데요."

장난스레 말을 던졌다. 찰리가 그녀 앞에 가볍게 착지했다. 얼굴이 에이버리의 얼굴에서 불과 몇 센티미터 떨어지지 않은 곳이었다.

"뭐라고 했어요?"

찰리의 얼굴이 펴지면서 함박웃음이 드러났다. 하지만 눈길은 여전히 그녀에게 머물러 있었다.

"덩치가 크다고요."

그가 에이버리를 끌어당겼다.

"그리고 또?"

"강하다고요."

이윽고 그는 그녀에게 입을 맞추었고, 비로소 에이버리는 알게 되었다. 이게 바로 '머리 끝까지 짜릿하다'는 느낌이구나. 그의 입술이 와닿는 감각이 마치 나직하게 퓨즈가 팍 터지는 것 같았다. 내면이 온통 기꺼운 어둠 속으로 휩쓸렸다. 머릿속이 아름답고도 행복하게 텅 비었다. 더는 아무 생각 하지 않아도 된다는 건 얼마나 편안한가. 더는 완벽한 척할 필요가 없다는 건 얼마나 좋은가. 그들은 한 시간 동안 입을 맞추었다. 그의 손이 어마어마한 힘으로 그녀의 몸을 쥐고 마음껏 매만지면서 그녀를 새로운 형태로, 완전히 새로운 사람으로 다시 빚어내는 것만 같았다. 그러다 러키를 만나러 가려고 마침내 그에게서 떨어진 순간, 그녀는 너무 늦었다는 걸 알았다.

에이버리는 찰리가 알려준 주소 앞에서 천천히 숨을 내쉬었다. 정말로 할 건가? 키스는 경미한 잘못이었다. 하지만 이건, 이건 배신이었다. 남자랑 한다는 게 더 나쁜가? 치티는 항상 여자와만 관계를 맺었고, 그게 본인에게 맞다는 걸 잘 알고 있었다. 에이버리는 10대 때 남자와 잔 적이 있었지만, 그 뒤로는 아니었다. 그러니 '남자'가 아니라 '남자애'와 잤다고 해야 더 정확하겠지. 그녀는 진심으로 사랑한 건 치티뿐이라고 항상 말했지만, 완전히 진실은 아니었다. 먼저 프레야가 있었으니까. 물론 치티와의 관계를 프레야와의 관계와 비교하자면, 모닥불과 산불의 차이만큼이나 컸다. 모닥불이 편안하다면, 산불은 대참사였다.

에이버리는 컬럼비아대학 졸업년도에 '희망: 인간의 여정에서 정치적 존재론으로'라는 수업을 듣다가 프레야를 만났다. 프레야도 철학 전공이었다. 스웨덴 출신인 그녀는 딱 스웨덴인처럼 생겼다. 새하얀 속눈썹과 눈썹 사이로 보이는 눈동자는 불투명한 바다 같았고, 피부는 햇살 아래 젖은 모랫빛이었다. 자신의 원칙에 맞게 살겠다는 오만한 결단력과 강렬한 지성을 지닌 프레야는 개인적 만족이야말로 가장 고귀한 행동이며 독립성 추구야말로 인생의 도덕적 목적이라고 여겼다. 당연히 그녀는 아인 랜드*의 책을 많이 읽었다. 그러고 보니, 프레야는 찰리와 비슷했구나. 이제 와서 든 깨달음에 에이버리는 깜짝 놀랐다. 에이버리에게 헤로인을 권한 것도 프레야였다. 그녀는 헤로인을 '말horse'이라고 아주 태연하게 부르며 주사기로 주입하지 않는 한 진짜 중독될 리는 없다고 했다. 극단적으로 자기 결정권을 추종하는 프레야의 성정을 볼 때, 그녀가 졸업 전에 캘리포니아 북부에 있는 무정부주의적이고 비계층적이며 만장일치 제도로 운영되는

• Ayn Rand. 러시아계 미국인 소설가이자 극작가, 영화 각본가로, 객관주의라는 철학적 시스템을 발전시켰다.

공동체에 합류한 것은 어찌 보면 자연스러웠다. 하지만 독립성을 그 어떤 것보다도 중시하는 프레야의 윤리관 때문에, 에이버리는 그녀가 만장일치 제도를 받아들이는 게 어려울 수 있을 거라고 생각했다. 그 집단은 샌프란시스코 외곽에 있는 사람 없는 농장에서 살았다. 농장은 창립 멤버의 조부모 소유였는데, 그는 상속 폐지를 신념으로 삼을 만큼 무정부주의적이지는 않아서 집안의 등골을 빼먹는 자식이었다. 그래서 프레야는 안정적으로 그에게서 마약을 공급받을 수 있었다. 프레야가 그토록 중요시하던 독립성은 마약 의존성 덕분에 효과적으로 억제되었다.

모두는 프레야와 에이버리를 소금과 후추라고 불렀다. 프레야의 백금발과 에이버리의 검은 단발이 나란히 붙어 있으면 그렇게 보여서이기도 했지만, 그들이 떼려야 뗄 수 없는 사이라서였다. 둘은 서로에게 속한 존재였다. 프레야는 에이버리가 가족 말고 진심을 다해 처음으로 사랑한 사람이자 처음으로 함께 잔 여자였으며 처음으로 오르가즘을 선사해 준 사람이었다. 둘은 프레야가 스웨덴 교회의 주거 협회를 통해 알게 된 노부부에게 빌린 방에 자그마한 가구를 꾸며 놓고 살았다. 부부의 딸 방이었는데, 딸이 결혼해서 나갔는지 죽었는지 딱히 물어보진 않았다. 어쨌든 그 방은 코바늘 작품과 도자기 인형, 성모마리아 성물로 뒤덮여 있었다.

프레야가 이불 안으로 들어가 에이버리의 성기에 처음으로 키스했을 때, 에이버리는 자신을 내려다보며 미소 짓는 마리아의 초상화를 올려다보았다. 시간이 녹아내려 느려졌고, 쾌락이 잔파도를 이루어 따스한 바위 연못처럼 그녀 안에서 휘감기며 고였다. 너무 좋은 느낌, 너무나 이거다 싶은 느낌이었다. 프레야의 입술은 바다의 파도처럼 부드럽고 끈질겨서, 수면 위에 비친 빛처럼 몸속에 감각이 퍼졌다. 남자애들과 예전에 가졌던 잠자리와는 전혀 달랐다. 그녀의 위에서 성모마리아가 미소 지었고, 에이버리는 성모의 자애로운 회색빛 눈망울을 응시하며 생전 처음으로 강력한 오르가즘을 느꼈다. 그 뒤부터 그녀는 성모에게 남몰래 호감을 품게 되었다.

　에이버리는 헤로인의 효과를 좋아했지만, 그녀가 정말로 중독된 건 프레야였다. 프레야가 캘리포니아로 떠나버린 후, 에이버리는 인생 최악의 금단현상을 겪어야 했다. 프레야의 모든 게, 다리에 난 실크 같은 금빛 체모며 달콤짭짤한 맛이 나는 몸이며 크고 거친 웃음이며 에이버리에게 어디 한번 감히 맞서보라는 듯 진술에 의문을 제기하는 식으로 "안 그래?"라고 덧붙이던 말투까지 전부 그리웠다. *햇볕을 너무 많이 받으면 비판적인 사고에 좋지 않잖아, 안 그래? 도서관에서 같이 섹스하고 나서 아이스크림을 먹으면 좋겠지, 안 그래?* 에이버리는 졸업 후 동생들이 모두 독립할 때까지 그리움으로 내내 괴로워하다가, 결국 프레야를 찾아 서부로 갔다. 그들은 목적도 없이 계속해서 되는대로 농장에서 함께 몇 달을 살았다. 그러던 어느 날, 코뮌의 멤버 중 한 명이 그들의 방 창문으로 들어와 에이버리가 마약으로 정신을 잃고 자는 틈을 타 프레야를 강간했다. 다음 날 프레야가 이 사실을 사람들에게 말하자, 남성 멤버들은 대부분 강간은 '선택'이라고 말했다. 그녀에게 그 경험에 동의한 것으로 볼 수 있는 선택권이 있다고. 다만, 그걸 행사하지 않고 있는 것뿐이라고.

　그래서 프레야와 에이버리는 샌프란시스코로 도망쳐 노숙을 했다. 프레야의 부모님이 돈을 보내면 모텔에서 자기도 했다. 필요한 것은 죄다 훔치며 살았다. 둘 다 말라갔고, 머릿니가 생기고 질염에 걸렸으며 피부가 건조해지고 간헐적으로 금단증상에 시달렸지만 그래도 여전히 소금과 후추로, 서로 상대방을 위해서 만들어진 존재로 있어주었다. 적어도 에이버리는 그렇다고 믿었다. 그러다 프레야가 마약을 과다 복용하고 말았다. 다행히 죽지는 않았지만, 프레야의 부모가 샌프란시스코 종합병원에 나타났다. 키가 크고 금발인 그들은 북구의 신처럼 나타나 에이버리에게 한마디도 하지 않고 프레야를 데리고 스웨덴으로 돌아갔다. 에이버리는 병원 공중전화로 니키에게 전화를 걸었고, 니키가 가진 마일리지를 다 써서 집으로 오는 비행기 표를 사주었다. 하지만 에이버리는 한 달 후에야 집으로 돌아가 니키에게 고맙다는 말을 전했다. 여동생에게 이런 상태를 보여주는 건 자존심이 허락하지 않았기에, 공항에서 내리자마자 곧바로 무료 마약 재활 센터를 갔다. 당시만 해도 센터에 아무 말 없이 나타나도 28일간 머물 수가 있었다. 그 후로 다시는 프레야의 소식을 들을 수 없었지만, 시간이 지나면서 에이버리는 그녀를 찾으려는 시도를 거두고 안도했다. 그 사랑은 일종의 광기였다. 익명의 알코올중독자들이 말하는 두 번째 단계나 다름없었다. 제정신을 차릴 때가 된 것이다.

하지만 찰리의 집 앞에 선 지금, 그 옛날의 광기가 다시 돌아왔다. 대체 자신 안에 무엇 때문에 광기를 사랑하게 되었나? 여기까지 왔는데 들어가지 않는 척하려는 건 의미가 없었다. 예전에 스스로를 고문했던 것은 그 광기의 일부였다. 하지만 지금은 즉흥적으로 스스로를 해칠 수조차 없었다. 그녀가 다시 발견하고 있는 쾌락주의란 깊은 슬픔에 빠져 있는 서른세 살의 상황에서는 작동하지 않았다. 찰리가 알려준 주소는 윌레스덴 그린 중심가에 있는 빨간 벽돌로 지은 소박한 연립주택이었다. 우울한 기분으로 생각했다. 아마도 룸메이트와 같이 살겠지. 욕실에는 여러 명이 각자 가져다 둔 샴푸통이 어지럽게 늘어서 있을 것이다. 에이버리는 좁고 짧은 길을 걸어 현관으로 다가갔다. 그리고 산뜻한 녹색으로 칠해진 문을 두드렸다. 손이 덜덜 떨려왔다. 문을 지그시 바라보다가 자신의 온몸이 덜덜 떨리고 있다는 사실을 알아챘다. 당장이라도 멈출 수 있어. 돌아서서 언제든 집에 갈 수 있어. 속으로 되뇌었지만, 사실은 그러지 않으리라는 것도 알고 있었다. 지금 이 순간, 살아 있다는 기분이 너무나 생생히 들었으니까.

찰리가 문을 열었다. 그는 셔츠 없이 검은색 트레이닝 바지만 입고 있었다. 문을 여는 그의 어깨와 팔 근육이 파도처럼 움직여댔다. 에이버리는 하마터면 웃을 뻔했다. 적어도 차림새는 제대로 준비가 되었구나. 그녀는 문지방을 넘어서서 그에게 키스했다. 손에 와닿는 그의 가슴이 팽팽하게 당겨져 있었다. 그녀가 익숙하게 느꼈던 부드러운 살이 아니었다. 에이버리는 그의 가슴에 키스하고는 혀로 배를 쓸어내리면서 그대로 현관 바닥에 무릎을 꿇었다. 그의 몸은 대리석을 핥는 것만 같았다. 놀랍도록 짜릿했다.

"여기서는 안 돼요."

찰리가 웃으면서 그녀를 일으켰다.

하기로 마음먹었다. 에이버리는 자신의 무모함에 흠뻑 취했다. 잡혀서 안도한 거나 다름없다고나 할까. 현재로서는 스스로 멈출 일은 없었다. 그런데 집이 조용했다. 에이버리는 찰리를 따라 좁다란 계단을 올라가며 자그마한 거실을 슬쩍 엿보았다. 낡은 꽃무늬 소파와 웃는 사람들의 사진이 가득한 벽난로 선반이 보였다. 안경과 넥타이 차림의 어린 소년 찰리, 졸업 가운을 입은 10대 소녀, 딱딱한 자세로 스리피스 정장을 입은 남자 옆에 선 하얗고 긴 웨딩드레스 차림의 아름다운 여자. 분명 찰리의 엄마 같았다. 그의 방에는 사방에 책이 있었다. 자그마한 수납장 위쪽에도, 벽을 빙 둘러서도 책 무더기가 보였다. 낮은 싱글 침대 위에는 회색 시트가 깔려 있었는데, 호텔처럼 주름 하나 없이 정확하게 각을 맞춰서 개켜놓았다.

"싱글 침대를 쓰네요."

에이버리의 말에 그가 미소를 지었다.

"여기는 우리 부모님 댁이라서요."

에이버리는 바닥에 가방을 털썩 놓고는 신발을 벗었다.

"그거야 당연히 그렇겠죠."

"저기요, 런던 집세는 싸지 않다고요."

"내가 당신 엄마 만나려고 여기 온 건 아니잖아요?"

"엄마는 교회 모임에 나갔고 아빠는 직장에 있죠. 그러니 지금은 나랑만 있어야겠어요."

"아버지 이야기는 안 했잖아요."

"할 말이 별로 없어서요. 솔직하고 좋은 분이에요."

"당신처럼 말이죠."

이건 그저 생각을 담은 평서문일 수도 있지만, 사실은 질문이었다.

찰리는 느릿하게 은밀한 미소를 지었다.

"우리 가족 이야기를 하려고 여기 온 건 아니잖아요."

그는 에이버리의 랩 원피스를 익숙한 손길로 풀어냈고, 잠시 후 그녀는 면으로 된 까만 끈팬티 차림이 되었다. 그는 눈을 크게 뜨고 그녀를 바라보았다. 한쪽 팔에 가느다란 뱀이 팔을 휘감고 갈라진 혓바닥으로 팔꿈치를 핥는 문신이 있었다. 양쪽 쇄골 아래에는 자그마한 찌르레기가 보였다.

"문신 멋있어요."

에이버리가 어깨를 으쓱였다.

"과거의 것이죠."

"문신이 몇 개예요?"

그녀는 짓궂은 눈초리를 보내며 말했다.

"찾아봐요."

찰리는 그녀를 싱글 침대 매트리스에 밀어 눕히고는 손가락을 부드럽게 놀려 그녀의 몸을 탐색해 갔다. 발바닥과 허벅지 안쪽, 가슴 아랫부분까지 모두 다. 갈비뼈 위에서는 파도 위를 넘나드는 자그마한 배를 찾아냈고, 팔 안쪽에서는 마티스의 스케치처럼 선 하나로 그린 얼굴을, 어깨뼈에서는 프레야가 마취도 하지 않고 바늘로 새겨준 아나키스트 상징을, 심장 위에서는 자그마한 글자 세 개, BNL을 찾아냈다. 그는 손끝으로 글자를 덧그렸다.

"내 동생들이에요."

찰리는 말없이 고개를 끄덕였다.

"하나 더 남았어요."

에이버리의 말에 그는 무릎을 꿇고 일어나 앉았다.

"못 찾겠어요."

그녀는 아랫입술을 당겨 입 안쪽 분홍빛 살에 새겨진 네잎 클로버를 보여주었다.

"정말 알면 알수록 놀라운 사람이네요, 당신은."

"부활절 달걀 같죠?"

그는 침대에 올라와 에이버리의 몸 위에 길게 누우며 말했다.

"이제껏 부활절에 이런 달걀을 받은 적은 없었어요."

에이버리는 속옷 안으로 미끄러져 들어오는 찰리의 손길을 느끼며 눈을 감았다. 치티와는 8년을 함께 살았고, 여전히 섹스를 했지만 흥분하려면 마음을 먹어야 했다. 처음에 상대에게 느꼈던 무시하거나 부정할 수 없는 육욕적 충동 같은 게 더는 없었다. 요즘은 둘 중 하나에게서 우리 안 한 지 너무 오래된 것 아닌가 싶은 내면의 경보가 울리면 섹스를 하기로 결정하곤 했다. 물론 섹스는 여전히 즐거웠지만, 욕망이라기보다는 관계 유지 차원처럼 느껴졌다. 하지만 지금은 달랐다. 그녀의 몸은 생각도, 지시도 없이 멋대로 움직였다.

"이야."

그는 에이버리의 다리 사이에서 손을 뺐다. 손가락은 그녀의 것으로 미끌하게 젖어 있었다.

"미안해요."

그녀는 속삭여 사과했지만, 왜 이러는지는 본인도 몰랐다. 어쩐지 이건 과한 것 같았다. 자신의 안에 너무 많은 게 있다는 증거 같았다.

"아니, 정말 좋아요. 진짜 마음에 들어요."

그는 중얼거리고는 무릎을 꿇고서 에이버리의 속옷을 내렸다. 이어서 입술이, 뜨거운 숨결과 혀가 그녀에게 닿았다. 하지만 그녀는 찰리를 일으켰다.

"이게 아니야."

그녀는 찰리의 다리 사이로 손을 뻗었다.

"이걸로 해."

그는 트레이닝복을 단번에 벗었고, 이제 보니 아래에 속옷을 입고 있지 않았다. 그는 한손으로 자기의 것을 쓰다듬으면서 다른 손으로는 그녀의 안에 손가락을 넣었다.

"정말요?"

그는 이렇게 물으면서 동시에 손을 움직였다. 하나는 본인의 것을 쥐고서, 하나는 그녀의 안에서. 에이버리는 눈을 감고서 고개를 끄덕였다. 그는 몸을 그녀 위로 길게 뻗고는 단번에 끝까지 길게 밀어 전체를 삽입했다. 그녀는 숨을 헐떡였다. 이 느낌이 대체 얼마만이지? 10년? 아니 더 됐나? 남자와 잘 때는 항상 술에 취해 있었는데. 이윽고 찰리가 천천히 움직이기 시작하자, 그녀는 본인에게도 생소한 소리를 내기 시작했다. 작은 동물이 신음하고 낑낑대는 소리 같았다. 찰리는 그녀의 가장 깊은 부분을 건드리고 있는 것만 같았다. 그녀가 가냘프게 훌쩍이자, 그는 두 손으로 에이버리의 머리를 감싼 채 그녀를 바라보았다. 위로 보이는 그의 얼굴은 더없이 무방비했다.

"나 때문에 아프지는 않죠?"

그녀는 고개를 저었다.

"아뇨."

"그만할까요?"

"아뇨."

그녀가 눈을 꾹 감고서 입술을 그의 입으로 덥석 밀었다. 그리고 그의 숨결을 빨아들였다. 찰리는 마치 사과 주스처럼 흐릿하니 달콤했다. 이윽고 그는 다시 그녀의 안으로 들어왔다. 중심을 관통하는 깊고도 리드미컬한 삽입이었다. 그녀는 땀을 흘렸고, 그 역시 마찬가지인지라 둘의 가슴이 서로 미끄러지며 마찰했다. 그는 에이버리의 젖은 관자놀이에서 머리카락을 치운 다음 입을 맞추었다. 그녀는 찰리의 뜨거운 목덜미에 얼굴을 파묻었다. 지금은 오로지 느낌만이 떠오를 뿐이었다. 에이버리가 가장 좋아하는 것은 생각하지 않는 것이었고, 그녀는 그 순간이 영원히 끝나지 않기를, 그래서 아무 생각도 하지 않기를 바라 마지않았다.

"곧 나와요."

마침내 찰리가 말했다.

"기다려."

에이버리는 그의 엉덩이를 한가득 움켜쥐고는 자신에게로 끌고 왔다. 그리고 날카롭고 빠른 박동으로 그를 깊이, 더 깊이 연달아 밀어 넣었다. 이어서 에이버리는 자신의 골반과 그의 것 사이를 손으로 파고들었고, 찰리가 자신의 안에서 움직이는 동안 본인의 그곳을 만졌다. 곧 강렬하게 두근거리는 파동과 함께 절정이 찾아왔고, 감각에 맞춰 몸이 이리저리 휘었다. 이윽고 쾌락의 파도가 잦아들자, 무의식적으로 몸에서 힘이 빠지면서 자신의 안에 몸을 푸는 찰리의 나직한 한숨이 들려왔다. 에이버리의 눈이 뒤집혔다. 예상 밖의 잊을 수 없는 놀라운 감각이, 고통과 결합된 쾌감이 있었다. 주사기의 피스톤을 쭉 밀어 넣는 것만 같았다.

그 후, 둘은 등을 벽으로 향하고 옆으로 누웠다. 좁은 침대 바깥으로 다리가 삐져나왔다. 찰리가 몸을 숙여 구겨진 트레이닝복을 집어 들고서 민망한 손짓으로 자신의 가랑이를 덮어서 에이버리는 놀랐다. 아래를 내려다보자 몸에서 그의 정액이 흘러나왔다. 다리 사이 연한 회색 이불 위로 떨어진 정액이 짙은 얼룩을 이루었다.

"제길, 미안해요."

"여기요."

찰리는 트레이닝복 자락을 잡고서 그녀에게 내밀었다. 마치 상처에서 피가 흐르는 것을 막으라는 것 같았다. 그녀는 천으로 몸을 대충 닦았다.

"혹시… 피임약 먹어요?"

그 질문에 에이버리는 그를 슬쩍 쳐다보았다.

"왜 남자들은 항상 안에 싼 다음에야 그걸 물어보는 거죠?"

찰리는 민망해하며 고개를 숙였다.

"걱정하지 말아요. 내가 알아서 할게요."

"미리 물어보지 못해서 미안해요. 혹시 내가 돈을 낼 일이 있는지 알려주면…."

"아니. 절대로 그럴 일 없어요."

에이버리는 이렇게 말하고는 팬티를 입은 후 원피스를 다시 몸에 감기 시작했다. 원피스를 묶을 때 리본을 넣는 작은 구멍이 잘 찾아지지 않아서 애를 먹었다. 그녀는 급히 말했다.

"사과해야 하는 사람은 나예요. 당신은 모임에 새로 온 사람인데 내가…."

찰리가 일어나서 트레이닝복을 입었다. 방금 그 옷으로 자신의 정액을 닦은 건 아랑곳하지 않는 것 같았다. 그는 에이버리에게 다가와 손에서 끈을 받아 들더니 허리에 난 틈에 솜씨 좋게 꿰고는 다른 끝을 묶어서 리본 매듭을 지었다.

"있죠, 나는 술 끊은 지 석 달밖에 안 됐지, 태어난 지 석 달밖에 안 된 아기가 아니거든요. 난 스물일곱 살이라고요."

에이버리가 그를 올려다보았다. 니키 나이네. 니키랑 동갑이구나.

"스물일곱은 어리죠."

그녀는 나직하게 말했다.

"안 어린 것 같은데요."

"아뇨, 어려요. 이 모임에는 처음 온 거잖아요. 조금 있으면 알게 돼요. 그 나이는 취약해요."

"그래요, 알아요. 하지만 난 이미 많이 변했다고요."

찰리는 책상 의자에 걸쳐둔 청바지에서 담뱃갑과 은색 지포 라이터를 꺼냈다. 그러고는 창문을 열고서 에이버리에게 옆으로 오라고 손짓했다.

"담배는 언제부터 피웠어요?"

그녀가 담배를 받아 들며 물었다.

"열두 살 때부터요. 사촌 형이랑 처음으로 대마초도 하고, 담배도 같은 날 피웠죠. 난 그 형처럼 되고 싶었거든요."

"지금 그 형은 어디 있어요?"

"워싱턴 시티에서 일해요. 모델인 아내랑 살고, 곧 쌍둥이가 태어나죠. 결국 알고 보니 나쁜 쪽은 나였나 봐요. 당신은요?"

"열네 살 때 처음 피운 것 같아요. 학교에서 집으로 가다가 센트럴 파크에서 일본인 사업가에게서 얻어 피웠어요. 너무 빨리 피우다가 곧바로 수풀에 토했죠. 그땐 다시는 안 피우겠다고 다짐했었는데."

"그래요. 그 느낌 뭔지 알죠. 다시는 하지 말자, 다시는…."

에이버리는 서글픈 미소를 지었다. 지금은 본인이 그런 말을 하고 있었으니까.

"내 스폰서가 나한테 한 농담이 있어요. 알코올중독자가 네 지갑을 훔치는 사람이라면, 마약중독자는 네 지갑을 훔치고 나서 그걸 같이 찾아주는 척하는 사람이라고. 그래서 난 내가 마약중독자라는 걸 깨달았어요. 나는 하느님에게 나 이제 완전히 약 끊었다고 맹세만 해대거든요. 거짓말을 얼마나 많이 했는지 이제는 거짓말을 해도 깨닫지 못하는 지경이에요."

정직함이라. 하지만 자신이 정직함에 대해 뭘 알겠는가? 에이버리는 머리를 창틀에 기댔다. 따스한 바람이 밀려 들어왔다.

"지금 이런 말을 하면 안 될 것 같기는 한데요, 나 결혼했어요."

에이버리의 말에 찰리가 대답했다.

"알아요."

그녀가 놀라서 찰리를 바라보고서 이어서 말했다.

"여자랑 했어요."

"그것도 알아요. 나도 당신 찾아봤거든요. 결혼 선물 목록이 있던데요. 아내분 이름이 아름다웠어요. 지금은 기억이 안 나지만요."

"치트리타예요. 곧 이혼할 수도 있어요."

에이버리가 나직하게 말하자, 찰리는 고개를 끄덕였다.

"그럴 수도 있겠죠."

"하지만 지금은 결혼한 상태고요. 어느 쪽이라도 상관없어요?"

"일부일처제나 정절, 이성애 같은 거… 난 별 관심 없어요."

"그렇군요. 당신은 도덕적이지 않은 이기주의자니까."

"바로 맞혔어요."

"음, 안타깝게도 나에게는 그런 개념이 중요해요."

찰리는 자세를 바꾸어 창문에 있는 그녀를 마주 보았다.

"솔직히 말할게요. 난 지금은 진지한 관계를 맺고 싶은 마음이 없어요. 당신은 똑똑하고 멋진 사람 같은데, 다만 지금 힘든 상황을 겪고 있을 뿐이죠. 그래서 지금 나를 이용해 잠깐이나마 기분이 나아진다면, 난 진짜 상관없어요. 난 남자와도 사귀어봤고, 여자랑도 사귀어 봤어요. 결혼했든 안 했든… 다른 사람이 이러저러해야 한다는 말을 듣고 죄책감을 느끼고 싶지는 않아요. 뭐가 나한테 좋을지는 내가 결정하는 거죠."

"당신은 자유로운 존재니까."

"그렇죠."

"음, 내가 당신을 이용하게 해줘서 고마워요."

에이버리의 말에 찰리는 빙긋 웃었다.

"언제든 말만 해요. 당신 멋있는 거 알죠? 진짜로요."

"당신도 진짜예요. 진짜가 뭐든."

그녀는 민망한 기색으로 미소를 지었다. 그는 방 안을 둘러보았다.

"이제 나는 독립해서 좀 큰 침대를 들여야겠네요."

에이버리는 웃으면서 창밖을 바라보았다. 저 아래 정원의 마른 잔디밭 저 끝으로 낡아빠진 축구 골대가 서 있고, 반대편으로는 거품 같은 수국 꽃송이가 아름답게 피어 있었다. 어딘지 모를 집에서 열어놓은 창문으로 TV 속 관객들의 웃음소리가 흘러나왔다.

"내가 중독자가 된 진짜 이유가 뭔지 알아요? 약을 아주 많이 해서, 술을 하도 많이 마셔서 그런 게 아니에요."

"그럼 이유가 뭔데요?"

그녀는 폐가 타들어 가는 고통을 느끼도록 숨을 깊이 들이쉬었다.

"난 쾌락을 주는 걸 찾아내면 결국 고통을 느낄 때까지 계속 하거든요. 매번 그랬어요."

에이버리의 말에 찰리는 특유의 어설픈 미소를 지었다.

"그래요. 하지만 언제 멈춰야 하는지 대체 누가 알겠어요?"

7장

러키

러키는 이틀 동안 숙취로 고생하고 있었다. 이건 그녀 인생에서 신기록이었다. 토요일에는 온종일 침대에 누워 지냈고, 일어나면 먼저 차와 토스트를 먹고 다음으로 파스타와 진통제인 파라세타몰을 먹은 다음 마지막으로 에이버리 아니면 치티가 침대 옆에 놓아둔 수프와 크래커를 먹었다. 일요일에는 에이버리와 불가피한 싸움을 벌였다. 지나치다 싶게 엄격한 언니네 집안 분위기는 갑자기 대포알처럼 집을 뚫고 들어온 자유분방한 러키를 견뎌낼 수 없었다. 에이버리와 러키는 살면서 수도 없이 싸웠지만, 이제껏 서로에게 원한을 품은 적은 없었다. 금방 화내고 또 금방 용서하는 게 그들의 방식이었다. 그래서 그날 저녁, 에이버리가 늦게까지 돌아오지 않자 러키는 놀라고 말았다. 치티와 함께 아래층에서 영화를 보고 있는 동안 집에 돌아온 에이버리는 한마디 말도 없이 곧장 방으로 들어갔다. 조용히 계단을 오르는 에이버리의 뒷모습을 바라보며, 러키는 처음으로 생각했다.

어쩌면 자신은 생각보다 큰언니를 잘 모르는 게 아닐까 하고.

월요일 아침에도 에이버리는 여전히 아무 말 없이 출근했고, 치티는 고객 상담을 하러 집에 차려둔 상담실로 들어갔다. 러키는 혼자 남게 되었다. 바위와 깨진 유리를 가득 채운 베갯잇을 건조기에 돌린 것 같은 느낌에선 이제 벗어났지만, 그래도 기분이 좋지는 않았다. 이건 한 장소에 오래 머물 수 없는, 일종의 모순적인 우울감이었다. 러키는 무기력하면서도 예민했고, 한기를 느끼면서도 땀을 흘렸으며, 주변 모든 것에 간헐적인 공포를 느끼면서도 무감각했다. 아침 침대에 누워서 노트북으로 애니메이션을 보며, 유로스타에 탔을 때 팬티 속에 숨겨둔 마지막 마리화나를 피웠다.

점심 먹을 때쯤, 러키는 48시간 만에 처음으로 휴대폰을 확인했다. 액정에 금이 갔지만 쓸 수는 있었다. 에이버리에게 사과 문자가 와 있지 않을까 기대했지만 없었고, 대신 보니의 부재중 통화와 음성 메시지가 와 있었다. 프랑스어로 보낸 사비나의 문자는 러키의 뇌로는 저절로 번역이 되지 않았고, 트롤 인형이 보낸 일련의 문자는 귀찮아서 읽지 않았다. 에이버리가 보니에게 먼저 연락했나 보네. 러키는 기분이 가라앉은 상태로 깨달았다. 적어도 보니는 자신에게 소리를 지르지는 않겠지만, 어색하게 건네는 걱정이 가끔은 더 괴로웠다. 이메일함에는 이틀 전에 소속사에서 온 메일이 있었다. 제목은 '이야기 좀 하자'였다. 러키는 메일을 열지 않고 삭제한 후 보니의 음성 메시지 페이지를 열었다. 재생 버튼을 누르고 휴대폰을 귀에 댔다.

'안녕, 러키. 그게, 음, 잘 있나 확인하려고 전화했어. 언니 말로는 네가 어젯밤 힘들었다고 해서. 언제든 이야기하고 싶으면 나한테 연락해⋯. 안 하고 싶으면 그래도 되고. 뭐든 좋아.'

잠시 침묵이 흘렀다. 러키는 둘째 언니가 불편한 기색을 보이고 있다는 걸 느꼈다. 기분이 아주 좋을 때도 보니는 말을 많이 하는 사람이 아니었다. 하지만 음성 메시지는 본질적으로 혼자 말할 수밖에 없는 방식이라서, 보니에게는 곰에게 발레복을 입히고 춤을 추게 하는 거나 마찬가지인 행위였다.

'어쨌든… 나 지금 뉴욕이거든. 언니가 말했겠지만. 네가 없는데 나만 여기 있으니까 이상해. 사실은 네가 여기 있었으면 좋겠어. 하지만 강요하는 건 아니야…. 아, 맞다. 그리고 나 골든 링 체육관에서 다시 훈련 시작했어. 엄마랑 아빠가 이 집을 팔기 전까지는 여기 있으려고. 그다음에는 어떻게 할지 알아봐야겠지. 아직 니키의 물건을 살펴보지는 않았는데, 네가 원하는 건 다 챙겨놓을게. 직접 와서 가져가지 않을래? 그러면 안 될까? 뭐, 그래, 아까도 말했지만 강요하는 건 아니고…. 나중에 전화 줘.'

러키는 흐트러진 침대에 앉아서 다시 재생 버튼을 눌렀다. 그러니까 보니가 다시 복싱을 한다 이거지. 그리고 여기 런던에서는 에이버리가 아기를 가질 거고. 나만 빼고 다들 다시 새로운 삶을 살고 있네. 하지만 보니가 오라고 했잖아. 그건 확실해. 둘째 언니는 자신에게 뭘 부탁하는 적이 거의 없는데도, 와달라고(강요하는 건 아니야!) 두 번이나 말했다. 그것도 한 메시지 안에서. 그리고 큰언니가 자신이 여기 있기를 바라는 것 같지도 않았다.

탈출할 수 있다고 생각하니 갑자기 안도감이 확 밀려왔다. 러키는 액정이 깨진 전화기로 항공사 앱을 확인했다. 그녀는 다년간 여행을 다녔던지라 마일리지가 잔뜩 쌓여 있었고, 마침 내일 오후에 출발하는 비행기 좌석도 있었다. 결제를 빠르게 진행한 러키는 이메일 본문에 웃는 이모티콘과 함께 키스 두 번을 뜻하는 'XX'만 써서 보니에게 비행기 정보를 전달했다. 여기서 일어난 모든 일은 직접 만나서 말해 주는 게 좋을 것 같았다. 둘째 언니는 자신을 더 이해해 주니까. 그렇다면 이제 런던에서 머물 시간은 스물네 시간이 조금 넘게 남았다. 이 도시는 러키에게 분명 별 영향을 주지 않았다. 그러니 어서 나가자. 얻어맞은 개처럼 용서해 주기를 기다리며 있을 마음은 없다는 걸 에이버리에게 보여주자고. 그러면 큰언니도 뭔가 깨닫는 게 있겠지. 러키가 잘하는 게 하나 있다면, 바로 떠나는 것이었다.

러키는 아래층 주방으로 내려갔지만 그다지 배가 고프지는 않았다. 기타를 가져왔더라면 좋았을 텐데, 아쉽게도 파리 집에 두고 왔다. 생전 처음으로, 그녀는 앞으로 어떻게 될지 어렴풋이 걱정이 들었다. 물론 보니와 함께 아파트 정리를 하러 뉴욕에는 갈 거다. 하지만 그다음에는 어떡하지? 이제는 모델 일을 하고 싶지 않았지만, 그래도 그건 뭔가 '할 일'이었는데. 사람들이 말하지 않는 인생의 진리가 하나 있다. 사실 인생이란 대개 시간을 채우며 보내는 것이라는 점이다. 러키의 삶은 오랫동안 특정 계절로 나뉘어 흘러갔다. 뉴욕, 런던, 밀라노, 파리를 1년에 두 번씩 돌고, 매년 1월과 7월에는 오트 쿠튀르 주간이 있고, 뉴욕에 가면 층고 높은 스튜디오에서 사진 촬영을 하고, 베를린에서는 공원에서, 홍콩에서는 마천루 꼭대기에서, 발리에서는 해변에서 촬영하는 식이었다. 몇 년간 러키는 너무 바쁘거나, 시차 적응에 힘겨워하지 않을 땐 너무 취해서 아무것도 느끼지 못하고 살았다. 그러다 이제 와 별로 뭘 느끼고 싶은 마음이 없어지자, 오히려 달리 정신을 쏟을 데가 하나도 없었다.

냉장고 문을 열었다가 속이 메스꺼워지는 바람에 다시 닫았다. 금요일 밤의 기억이 드문드문 떠오르는 게 정말 최악이었다. 장면의 편린이 성냥을 켰다 끄듯 번쩍여댔다. 택시의 헤드라이트 불빛 한 쌍을 받으며 춤을 췄…. 아니, 넘어졌던가? 깃털로 감싼 그녀의 가슴을 움켜쥐는 손이 있었다. 그녀는 털이 뽑히고 있는 새 같았다. 택시 기사를 밀쳐내고 고함 치는 소리를 무시하면서 그에게서 휘적휘적 떨어져, 마치 뒤로 미끄러지듯 계단을 올라갔고, 그렇게 에이버리네 현관 앞에서 주저앉았다.

러키는 주방의 문을 활짝 열고 정원으로 나갔다. 날은 화창하고 아름다웠다. 담뱃불을 붙이고는 연기를 내뿜었다. 니키의 아기. 금요일 밤 그 부분은 여전히 알 듯 말 듯했다. 누군가 자신을 니키의 아기라고 불렀다. 그 파티에 니키를 아는 사람이 있었다니. 생각 끝에 그 사람이 누군지 알아내고 싶었다. 휴대폰으로 트롤 인형에게 전화를 걸었다. 연결음이 두 번 울리자 그녀가 전화를 받았다.

"오 세에상. 나 너 죽은 줄 알았잖아. 있지, 내가 그런 문자 보내서 미안해. 응? 나 너무 취했었어."

"괜찮아. 걱정 마."

"나 다음 날 일어나서 너무 오그라들었잖아."

"진짜 괜찮아. 너 잘못한 거 없어. 나 다 잊었어."

이 말은 나름 진실이었다. 애초에 읽질 않았으니까. 트롤 인형은 안도의 한숨을 내쉬었다.

"진짜 다행이다. 근데, 너 언제 출국해? 다시 볼 수 있어?"

"나 이제 뉴욕 가. 그게… 언니랑 좀 안 좋아서."

"그 변호사 언니?"

"응."

"그럼 나랑 있으면 안 돼? 그럼 좋겠다!"

러키는 숨을 들이쉬고는 눈을 흘겼다. 그리고 최대한 예의 바른 어조로 말했다.

"너한테 부담 주고 싶지 않아."

"나 부담 전혀 없어! 오히려 네가 오면 말이지, 음, 천국에 가는 기분일 거야."

러키는 그 말을 무시하기로 했다.

"저기, 물어볼 게 있어. 우리가 그날 밤 갔던 데 주소 알아?"

"거긴 왜? 혹시 또 가려는 건 아니지? 거긴 말이야, 진짜 섹스 클럽이라고."

"나 물건을 잃어버렸는데, 거기 있나 보려고."

"혹시 네 티셔츠 말이야? 내가 갖고 있어! 나 사실 어젯밤에 그거 입고 잤잖아. 얼마나 슬펐게?"

트롤 인형은 수치스럽다는 듯 피식댔다. 아니, 어쩌면 그건 희망이 섞인 피식거림이었을지도 모른다. 그녀가 말을 이었다.

"플롭시가 너 그 깃털 보아 머플러 가져도 된대."

"셔츠는 괜찮아. 내가 찾는 건… 다른 거라서."

"혹시 약 찾아? 약이라면 네가 거기서 다 썼을 텐데, 자기야."

"거기 주소 좀 알려주면 안 돼?"

트롤 인형이 전화기에 대고 콧소리를 냈다.

"주소 주면 나 찾아와 줄 거야?"

러키는 말없이 기다렸다. 트롤 인형은 졌다는 듯 한숨을 쉬었다.

"지금 문자로 보내줄게."

"고마워. 기억해 둘게."

"정말이지, 너는 남자애들보다 더 나쁘다, 러키."

트롤 인형이 서글프게 말했다.

러키는 에이버리의 집 근처에 있는 어두운 술집에서 오후를 보냈다. 구불구불 이어진 거리 한구석에 숨어 있는 곳으로, 벽에 목재를 붙여 인테리어를 해놓았다. 햄프스테드는 어딜 봐도 예스럽고 매력 있는 곳이라서 빠져들지 않기가 힘들었다. 특히 밤 9시 넘도록 환한 햇살이 비쳐 들고, 담쟁이넝쿨이 뒤덮인 술집의 모습이 꼭 18세기 동화 속의 한 장면처럼 보이니 어떡하란 말인가. 게다가 나쁘지 않게 생긴 젊은 바텐더(그는 추상 회화를 전공하고 있다고 힘주어 말했다)가 공짜 맥주까지 줬단 말이다. 물론 그 대가로 미대생다운 눈초리를 러키에게 마음껏 던지며 즐겁게 감상한 것 같지만. 러키는 햇볕에 탄 영국 아저씨들과 함께 몇 시간 동안 술을 마시고 담배를 건 다트 게임을 했다. 그리고 그 시간 내내 넋을 잃고 이쪽을 향하는 바텐더의 애타는 시선을 받았다. 그러다 담배를 피우려고 밖으로 나가 휴대폰을 확인했다. 소속사에서 또 문자가 와 있었다. 맥주에 취해서 기분이 붕 뜬 데다, 새로 마신 술의 취기가 처음으로 느껴지면서 누가 해친다 해도 고통 따위 느껴지지 않을 것만 같은 기분이 들어서였을까, 그녀는 문자를 읽지도 않고 삭제했다. 그리하여 열다섯 살 이후 처음으로, 러키는 직업을 잃게 되었고, 그 상황을 축하하기 위해서 다시 술집으로 들어가 새로 술을 마셨다.

러키는 담배를 다섯 개 따내고 술집에서 나왔다. 그새 그녀는 같이 술을 마신 런던의 최상류층 은퇴자 남성들과 서로 이름을 부를 정도로 친해졌는데, 다들 일하는 건 시간 낭비라는 데 맞장구를 쳐주었다. 시간을 때워야 해서 클럽까지는 버스를 타기로 마음먹었다. 그러면 족히 두 시간은 걸렸으니까. 이층 버스의 위층에 타는 건 러키에게도 색다른 경험이었다. 특히 운 좋게도 귀한 맨 앞 두 좌석을 차지해서, 기다란 다리를 뻗어 옆에 아무도 못 앉도록 차단했다는 게 정말 좋았다. 이 자리에서는 거대한 플렉시글라스 창문으로 가로수 나뭇잎으로 된 천장 아래 펼쳐진 런던의 모습을 볼 수 있었다. 뉴욕에서는 5월부터 9월까지 쭉 더운 게 당연했는데, 런던의 따스한 여름은 스쳐 지나가는 특별한 나날처럼 느껴졌다. 이때가 오기만을 기다렸다는 듯 화사한 원피스를 차려입은 여성들이 상점을 들락날락했고, 거대하고 푸르른 공원에선 남자들이 맨발로 축구를 했으며, 반팔 차림의 할아버지들이 카페 밖에 앉아 후카 파이프를 손에 들고 느긋하게 쉬고 있었다. 러키는 이층 버스에 앉아 그 모습을 모두 지켜보았다. 살짝 세상과 동떨어져 있는 듯한 온화한 이 기분은 맥주 몇 잔을 마시고 나서야만 가능한 것이었다. 러키는 완벽하게 취했지만, 필름이 끊긴 상태는 아니었다. 다만, 시간과 공간을 완벽하게 인식하고 있지는 못했을 뿐. 이 상태를 최대한 잘 표현해 보자면, '고삐가 풀렸다' 정도려나. 말 그대로, 지금 러키는 세상의 손아귀에서 슬쩍 벗어난 풍선 같았다.

나뭇잎 사이로 햇살이 드문드문 쏟아지는 거리를 이리저리 달리는 버스 안에 앉아, 러키는 에이버리를 생각했다. 큰언니는 현실을 있는 대로 살아가려고 이 모든 걸 포기한 바보였다. 에이버리는 헤로인에 중독되어 끝까지 가버렸고, 그게 바로 실수였다. 잘 알려진 고전적인 방식으로 했었어야지. 술과 마리화나, 코카인, 진통제, 그리고 가끔 환각제를 했더라면 그런 일은 없었을 것이다. 스스로 지금 뭘 하는지 러키처럼 파악하고 있었어야 했을 것을. 내 문제는 내가 알아서 할 수 있다고, 러키는 만족스러운 취기가 도는 가운데 생각했다. 자신은 에이버리와 달리 멈출 필요가 전혀 없었다. 따스한 바람이 버스 문으로 들어와 위층까지 타고 올라왔다. 도시의 북적임, 전반적인 삶의 북적임은 저 아래 멀리 있는 것만 같았다. 둥지에 오롯이 자리 잡은 새처럼, 러키는 선글라스를 코에 걸치고 턱이 가슴에 닿도록 푹 수그린 채 세상에서 슬며시 빠져나갔다.

그녀는 꿈이라기보다는 기억을 꾸었다. 그날 촬영은 허드슨 강변 중심가의 스튜디오에서 진행되었다. 복도에는 핀볼 기계가 있어서, 촬영 사이 쉬는 시간마다 게임을 할 수 있다는 점이 마음에 들었다. 러키는 자신이 모델 일보다는 핀볼 게임을 더 잘한다고 생각했다. 그날은 대사까지 해야 해서 특히 안 좋은 날이었다. 감독의 조수가 카메라 뒤에서 종이를 들어줘서 대사를 읽었지만, 계속 실수를 했다. 소리 내어 읽는 걸 잘하지 못했던지라, 학교에서도 항상 그런 상황을 피해왔기 때문이었다. 읽을 수야 있었지만, 너무 긴장해서 중간중간 숨 쉬어야 한다는 걸 잊어버렸다.

"괜찮아. 다시 해보자. 천천히 해."

포토그래퍼가 말했다. 하지만 눈치가 보일수록 점점 숨 쉬기가 어려워졌다. 조명이 너무 뜨거웠다. 윗입술에 땀이 송글송글 맺혀갔다. 이러면 안 좋아 보일 텐데. 소매로 얼굴을 닦고 싶었지만 지금은 실크 의상을 입어서 그러면 안 될 것 같았다. 다들 동시에 눈을 깜빡여준다면 얼마나 좋을까. 아주 잠깐이라도 얼굴을 닦을 시간이 있으면 좋겠는데. 하지만 다들 그녀를 주목하고 있었다. 잠깐 쉬자고 요청할 생각은 하지도 못했다. 그래서 손등으로 조심스럽게 얼굴을 닦으려던 순간, 옷걸이 쪽에 서 있던 스타일리스트 둘의 웃음 소리가 들렸다. 그쪽을 슬쩍 보자, 두 사람이 서로를 바라보며 '진짜 놀랍다. 글도 못 읽는 모델이 다 있네'라는 표정을 지었다. 다른 여자들이 속으로 남몰래 자신을 경멸하는 걸 알아본 게 처음은 아니었다. 앞으로도 없지 않을 것이었다. 그때 러키는 177센티미터에 몸무게가 51킬로그램 나가는 열다섯 살 아이였다. 그리고 이 여자들이 우러러보는 미의 기준이라 할 만한 존재였기에, 의식적이든 무의식적이든 그들은 러키를 미워했다. '나도 마찬가지야'라고 러키는 말하고 싶었다. 그녀 역시 스스로를 미워하고 있었으니까.

포토그래퍼는 그녀를 가늠하는 눈빛으로 바라보았지만, 다행히도 상냥하게 미소를 지었다. 그는 기다란 모랫빛 머리칼을 지닌 남자로, 햇살과 돈이 넘쳐나는 환경에서 자란 사람 특유의 무심한 명랑함을 지녔다. 메이크업 아티스트가 나직하게 속삭여준 말에 따르면, 최근에 유명 슈퍼모델과 사귀기 시작했다고도 했다. 러키는 그가 아주 중요한 인물이라는 걸 알고 있었고, 모델이 된 첫해에 그의 선택을 받은 게 어마어마한 행운이란 사실을 소속사로부터 몇 번이고 들었다. 그는 카메라에서 물러서면서 다시금 러키를 격려하는 미소를 지으며 말했다.

"있잖아, 우리 스틸 사진 몇 장만 찍자. 다들 세트장에서 다들 잠깐 나가는 거 어때? 너랑 나랑 내 조수인 재러드만 두고 찍자고."

러키는 안도하면서 고개를 끄덕이고는 헤어와 메이크업 담당자와 스타일링 팀을 비롯한 온갖 스태프가 주섬주섬 음식 제공 구역으로 이동하는 모습을 보았다. 그들은 아마 거기서 분명히 러키 이야기를 할 터였다.

"잠깐 나 좀 볼래?"

메이크업 아티스트 하나가 얼른 앞으로 달려와서 러키의 얼굴을 닦고 고운 파우더를 뿌렸다.

"행운을 빌어."

그녀는 성의 없이 속삭이고는 사라졌다.

포토그래퍼는 카메라를 들고서 러키에게 명랑하게 윙크했다.

"좋아, 얘야. 여기 서보자."

그는 러키 주변을 돌면서 사진을 찍기 시작했고, 러키는 본능적으로 그를 따라 움직였다. 사실, 그녀는 타고난 모델이었다. 후에 그 사진을 볼 때마다 언제나 새록새록 놀라웠다. 촬영 당시의 느낌과는 전혀 다른 자신의 모습이 보였기 때문이다. 사진 속 그녀는 성숙하고 너무나도 자신감 넘치는 편안한 모습이었다. 마치 여자처럼 말이다.

"잘하고 있어, 루시."

"러키예요."

작가의 말을 고쳐주다가, 무의식적으로 덧붙였다.

"미안해요."

"그래, 러키였지. 너한테 딱인 이름이구나. 러키, 너 몇 살이지?"

"열다섯이요."

그녀는 대답하고서 재빨리 표정을 되돌려 속내를 알 수 없는 공허한 얼굴을 했다.

"이야, 네 분위기만 보면 나이가 더 많아 보이는데. 넌 나이 든 영혼을 지녔구나, 러키."

러키는 자신의 영혼도 열다섯 살이 분명하다고 생각했지만, 어쨌든 고개를 끄덕였다. 계속 촬영을 했고, 포토그래퍼의 얼굴이 카메라에 가려져 보이지 않았어도 러키는 배운 대로 섹시하지만 약간 겁에 질린 표정을 집중해서 지었다. 그러다 갑자기 포토그래퍼가 촬영을 멈추었다. 그녀는 두려워졌다. 혹시 이게 아니라며 집으로 가라고 하지는 않을까. 그런데 그가 머리를 쓸어 올리더니 씩 웃었다.

"좋아. 내가 해보고 싶은 게 있는데."

그는 러키를 계속 바라보면서 카메라를 조수에게 건넸다.

"펜탁스로 흑백사진을 찍어보자. 무릎 좀 꿇어볼까?"

그는 러키에게 가까이 오라고 손짓하며 말했다. 그녀는 망설였지만, 포토그래퍼는 조수에게 이렇게 지시했다.

"아 참, 미안해, 러키. 내 정신 좀 봐. 재러드, 러키한테 뭐 좀 가져다줄래? 쿠션 같은 거?"

조수는 메이크업 의자에 있던 작은 수건을 들고 와 접은 다음 러키의 발 앞에 놓았다. 다리 아프지 말라고 콘크리트 바닥에 완충재로 놓기에는 너무 빈약했지만, 어쨌든 그녀는 무릎을 꿇었다.

"아주 멋져, 러키."

그는 사진을 몇 장 찍었다. 러키의 이름을 너무 많이 불렀다. 아까 잘못 불렀던 걸 만회하려고 그러나 보네. 자신을 편안하게 해주려는 마음이 느껴져서, 그녀는 최선을 다해 편안한 척했다.

"자, 러키, 입을 벌려볼래?"

그의 목소리는 변함이 없었다. 재러드에게 다른 카메라를 달라고 지시했을 때와 마찬가지로 밝고도 직접적인 말투였다. 러키는 다시 망설였지만, 아주 살짝 입술을 벌렸다.

"완벽해. 조금만 더 벌려봐."

포토그래퍼는 러키에게 다가와 아주 부드럽게 엄지를 그녀의 입에 넣었다. 머리 위에서 카메라 셔터 소리가 들렸다. 엄지에서는 담배 맛이 났고, 채소 뿌리 같은 흙 맛과 불쾌한 금속의 맛도 섞여 있었다. 러키는 머리를 빼지 않고서 눈을 돌려 조수인 재러드를 바라보았지만, 재러드의 얼굴은 무표정한 것도 모자라 지루해 보이기까지 했다. 러키는 눈을 깜빡였다 다시 뜨고 눈높이로 다가온 포토그래퍼의 가랑이를 보았다. 이제껏 남자의 고추를 본 적은 없었지만, 그가 발기했는지 확인해야 한다는 건 알고 있었다. 안 했다는 걸 확인하자 안도감에 눈앞이 아찔해졌다. 그렇다면 이것도 일이구나.

"눈 위로 들어봐."

그가 중얼거렸다. 목소리를 확 낮추었다. 러키와 비밀을 공유하는 듯 허스키한 소리가 섞여 있었다. 그는 카메라 셔터를 누르며 엄지손가락을 아주 느릿하게 그녀의 입안으로 넣다 뺐다. 그녀는 턱에 힘을 주고 입을 크게 벌린 채, 혀를 치아 아래로 딱 붙여서 그의 손가락 피부에 최대한 닿지 않게 했다. 그 후로 몇 년 간, 러키는 그 엄지손가락을 물어뜯는 꿈을 꾸었다. 핏불처럼 턱을 꽉 닫고서 피부를 찢고 뼈까지 물어뜯는 꿈을, 그래서 그가 풀어달라고 비명을 지르는 꿈을. 하지만 그녀는 그저 눈을 들었다. 포토그래퍼가 러키를 내려다보며 미소를 지었다.

"넌 타고난 천재야, 러키. 그럼 이제 입술을 모으고 빨아볼까?"

러키는 화들짝 놀라 잠에서 깼다. 아주 잠깐 구역질이 확 일면서 여기가 어딘지 기억이 나지 않았다. 버스인가? 어디로 가는 버스지? 몸을 여기저기 더듬어보았다. 지갑, 휴대폰, 열쇠, 담배까지 모두 다 있었다. 창밖을 내다보니 아직 밝았다. 버스가 방금 지난 곳이 문자로 받은 주소 근처의 지하철 역이라는 걸 알아보자 안도감이 들었다. 러키는 숨을 내쉬고 다시 경계를 풀었다. 어쨌든 안전하구나. 맞은편 자리에 앉은 헐렁한 연보라색 블라우스를 입은 아주머니가 그녀에게 미소 지으며 말했다.

"잠깐 자고 있더라고요. 걱정하지 말아요. 내가 보고 있었어요. 내리기 전에 깨워주려고요."

"감사합니다."

러키는 갈라진 목소리로 대답하며 아주머니를 바라보았다. 부드러운 주름살이 진 눈매로 이쪽에 상냥하게 관심 어린 눈길을 주고 있었다. 러키는 민망하게도 어느새 눈물이 핑 돌았다. 자는 동안 선글라스가 무릎 위로 떨어져 있었다. 그녀는 얼른 얼굴에 선글라스를 쓰고서 몸을 일으켰다. 내려야 할 곳에 다 와가니까. 계속 움직여야 했다.

"조심히 가요, 아가씨."

아래층으로 내려가는 러키의 뒤에서 아주머니가 말했다.

금요일 밤에 왔던 클럽에 대한 기억이 있긴 있었으나 구체적이지는 않았다. 받은 주소로 가보니, 조용한 거리에 있는 좁고 소박한 연립주택이 나타났다. 널찍한 흑백 타일 계단을 따라 현관으로 올라갔다. 황동 초인종 아래 명패나 상호가 있나 확인해 봤지만 아무것도 찾아내지 못했다. 어쨌든 초인종을 누르니 벨이 날카로운 고음을 내며 울려 퍼졌다. 얼마간 기다렸는데도 응답이 없었다. 뒤로 물러서서 창문을 들여다보려고 했지만, 두터운 빨간 커튼만이 쳐져 있었다. 러키는 몇 분 동안 계단에 서서 누군가 오기만을 기다렸다.

하지만 아무도 오지 않는다는 걸 확인하고 나서, 건물 옆쪽으로 가 보았다. 거기 난 작은 골목으로 들어가 보니 비닐 포장된 음료수 배달 상자가 높다랗게 쌓여 있는 사이로 어떤 여자가 서 있었다. 낡은 어그 부츠와 찢어진 청 반바지, 큐빅을 하트 모양으로 붙인 연분홍색 티셔츠 차림이었다. 하트 가운데 보석이 듬성듬성 빠져 있었다. 하지만 얼굴은 귀여운 옷차림과는 전혀 달리 아주 공들여 화장을 했다. 피부는 상앗빛 파우더로 덮였고, 입술은 루비로 장식한 슬리퍼처럼 빨갛게 반짝였으며, 길게 뻗은 속눈썹 옆으로 눈꼬리마다 빨간 깃털이 달려 있었다. 그리고 머리에는 피부와 같은 상앗빛 누드 스타킹을 씌워놓았다. 그 모습이 마치 얼굴까지 그려놓고 아직 가발을 씌우지 않은 도자기 인형 같았다. 러키는 머뭇머뭇 그녀에게 다가갔다. 여자는 자기 쪽으로 오는 러키를 조심스레 쳐다보았다.

"도와드려요?"

"음… 그게요, 누굴 좀 찾고 있어서요."

여자는 화장으로 그린 눈썹을 치켜떴다.

"춤추려고 왔어요?"

러키는 고개를 저었다. 여자가 담배 연기를 뿜으며 중얼거렸다.

"아깝네."

"여기서 보안 요원으로 일하는 남자를 찾고 있어요. 아닐 수도 있지만, 내가 보기엔 경비였는데."

여자는 다시 담배를 쭉 빨았다. 담배 끝에 빨간 립스틱 자국이 남았다. 그녀는 말없이 러키를 바라보다가, 결국 대답해 줘도 좋다는 결론을 내린 듯했다.

"어떻게 생긴 사람인데요? 찾고 있는 사람."

눈을 감고 금요일 밤에 봤던 남자의 모습을 떠올려봤다. 태산 같은 모습, 사람들 위로 불빛을 가리던 거대한 그림자가 떠올랐다.
"커요."
"그러면 BFG를 찾나 보네요. 다행히도 일찍 오는 사람이에요. 내가 불러줘요?"
"그럴 수 있다면 불러줘요."
하지만 여자가 자리를 뜨려는 기색이 없어, 러키는 가만히 기다렸다. 그녀는 계속 담배를 피우며 러키를 위아래로 훑었다. 러키는 어색한 기분으로 바닥을 내려다보았다. 나 여기서 뭐 하는 거지. 뭘 찾을 거라고 생각했던 거지. 그냥 시간을 죽이려고 왔나 봐. 나를 죽이는 대신 시간을 죽이는구나. 하지만 그녀는 곧바로 이런 생각을 떨쳐냈다. 나 왜 이러지? 자살할 생각은 전혀 없는데. 그냥 숙취가 심한 것뿐인데.
"당신 모델이에요? 모델처럼 생겼어요."
여자가 결국 물었다. 러키는 잠시 그 말을 생각하고 대답했다.
"예전에는요."
"진짜 말랐다."
여자는 무미건조한 태도로 말했다. 러키는 고개를 끄덕였다. 달리 할 말이 없었으니까. 그녀는 정말 말랐으니까.
"혹시 거식증 있어요? 모델들은 다 거식증 걸린 거 맞죠? '마른 기분보다 맛있는 건 없다'는 말도 있잖아요. 케이트 모스가 한 말이던가? 그년 진짜."
여자는 코웃음을 쳤다. 러키는 언제나 하던 대로 대답했다.
"마른 건 그냥 유전이에요. 그리고 케이트 모스가 그 말을 한 건 맞는데, 다른 사람 말을 인용한 거예요."

"그래요?"

여자는 러키를 보면서 다시 피식대고는 발 사이에 침을 뱉었다.

"그리고 난 많이 먹지 않아요. 마약도 많이 하고요. 그래서 그런 거예요."

여자가 고개를 젖히고 기쁘게 웃었다. 러키는 소심하게 미소를 지었다.

"나도 어릴 적에는 모델이 되고 싶어서 죽는 줄 알았어요."

러키는 서글프게 웃었다.

"안 됐다고 아쉬워할 거 없어요."

"그래도 당신처럼 생겼으면 좋았을 텐데. 그랬다면 아쉬울 것 없었겠죠."

러키는 몸을 어색하게 틀었다. 한평생 칭찬을 좋아한 적이 없었으니까. 여자들은 러키를 보는 순간 질투했기 때문에, 그녀는 위협적인 존재로 보이지 않으려고 애를 써왔다. 보통은 말을 많이 하지 않거나, 자신을 웃음거리로 만드는 식으로 행동했다. 러키의 외모를 전혀 부러워하지 않는 유일한 사람들은 참으로 놀랍게도 자매들이었다. 그들은 러키에게 원한을 품기에는 러키를 너무 사랑했다.

"당신 가슴이 더 예뻐요."

러키의 말에 댄서는 다시 키득키득 웃었다.

"그건 그래. 이런 건 못 할 테니까."

댄서는 분홍색 티셔츠를 들어 올리고는 탄탄한 크림빛 가슴을 보여주었다. 유두를 황소의 눈동자처럼 새빨간 색으로 칠해놓은 아래로 둥글고 부드러워 보이는 복부가 드러났다. 그녀는 휘파람으로 〈위일 록 유We Will Rock You〉를 불면서 한 번에 한 쪽씩 가슴을 들어 올렸다. 왼쪽 가슴이 실룩, 이어서 오른쪽 가슴이 실룩, 그리고 'rock you' 부분에서는 두 가슴이 한꺼번에 위아래로 실룩였다. 러키는 입을 멍하니 벌렸다.

여자가 코러스 부분을 몇 번 반복해서 보여주자, 러키가 말했다.

"맞아요. 난 못 해요."

댄서는 자랑스러운 기색으로 우쭐대며 말했다.

"그럴 줄 알았어요. 좋아, 그럼 BFG를 불러다 줄게, 자기야."

그녀는 담배를 바닥에 버리고 어그 부츠로 밟아 끄고는 러키에게 손 키스를 날리고서 뒷문으로 들어갔다. 그리고 몇 분 후, 다시 문이 벌컥 열리더니, 몸집이 거대한 남자가 나왔다. 그는 문틀에 부딪치지 않으려고 커다란 민머리를 깊이 숙였다. 걸치고 있는 헐렁한 검은 가죽 조끼는 어찌나 큰지 그걸 만드려면 소 몇 마리로는 어림도 없어 보였다. 굵은 목 둘레에 찬 은색 사슬 목걸이에는 묵직한 해골 펜던트를 달았다. 그는 러키를 바라보며 미소를 지었다.

"뭐 잊고 간 거 있습니까, 아가씨?"

러키는 목을 가다듬었다.

"혹시 저 기억하세요? 금요일 밤에 왔었는데요."

그가 웃음을 터뜨렸다.

"혹시 '토프스 곤 와일드' 파티 말입니까? 미안하지만, 사람이 너무 많이 와서 기억이 다 안 나는데. 뭐 찾아요? 내가 있는지 나중에 확인해 볼게요."

러키는 스스로가 바보 같았다. 나, 대체 뭘 찾으려는 거였지? 하지만 여기까지 왔으니 뭐라도 해봐야 했다.

"저한테 했던 말 있잖아요, 기억 안 나세요?"

BFG는 눈을 가늘게 뜨고 러키를 바라보더니 경계하는 기색으로 한 걸음 뒤로 물러섰다.

"난 손님에게 절대로 접근하지 않습니다. 무슨 생각인지 모르겠지만, 난 아니에요."

러키는 그게 아니라며 손을 휘저었다.

"우리 언니 니키 이야기를 했잖아요. 저에 대해서요…."

온몸이 오그라들었지만 그래도 말해야 했다.

"제가 언제나 니키의 아기일 거라고 했는데요."

나직이 들려온 말에 BFG는 커다란 새처럼 고개를 갸웃거리면서 호기심 어린 눈초리로 그녀를 보았다.

"난 니키가 누군지 모르는데요. 니키도 파티에 왔습니까?"

러키는 고개를 저었다. 나, 지금 제대로 설명도 안 했구나.

"언니는 죽었어요."

짧게 내놓은 말에 BFG는 대번에 놀랐다.

"파티 끝나고 죽었단 말입니까?"

"아뇨, 작년에 약물 과다 복용으로 죽었어요. 저는… 당신이 언니를 알고 있나 궁금했어요."

그는 이 말에 안심하는 기색이었다. 그리고 다 안다는 듯 고개를 끄덕였다.

"아. 마음이 아프네요. 마약은 참 끔찍한 거죠. 손대지 말아야 할 이유가 충분해요."

러키는 동의한다는 듯 모호하게 고개를 끄덕였다. 하지만 니키의 죽음 때문에 마약에 손을 안 대기는커녕 정반대로 산 것 같았다. 물론 예전에도 파티에서 격하게 놀기는 했었지만, 지난 1년간은 죽음을 넘나드는 수준으로 약을 했다는 걸 솔직히 인정해야 했다. 그런 적은 니키도 처음이었다.

"난 항상 말하죠. 꼭 해야 한다면 술을 선택하라고."

"그럼 니키를 모르신다는 거죠?"

러키가 재차 묻자, BFG는 고개를 끄덕였다.

"미안해요, 아가씨. 베키라는 사람을 알긴 하는데."

러키는 발끝을 내려다보았다. 분명히 이 사람이 니키 이야기를 하는 걸 들었는데. 내가 미쳐가고 있구나. 물론 정신이 완전히 말짱한 상태는 아니긴 했다. 하지만 그때는 정말 생생했는데. 마치 나만을 위한 메시지처럼, 안개 속을 뚫고 비쳐 드는 강한 햇살처럼 말이다. 니키의 아기. 혹시 언니의 소식을 너무나 듣고 싶은 나머지 무의식적으로 환각이 일어난 걸까? 그날 밤 생각보다 훨씬 심하게 망가져 있었나 보다. 다시 고개를 들자, 저 위로 BFG가 골똘이 생각에 잠긴 모습이 보였다. 그는 평생 다른 사람들의 머리 위를 보며 살아온 사람이었다.

"사람들은 죽음 이야기를 하기 어려워하죠. 당신도 그렇습니까? 우리 아버지가 돌아가셨을 땐 말이죠, 아무도 뭐라고 해야 할지 모르더라고요."

"맞아요. 정말 거지 같죠."

지금 이건 시간 낭비였다. BFG는 니키를 모른다 했다. 여기 있는 사람 중에서 니키를 아는 사람은 아무도 없었다. 온 게 바보였다.

"아버지는 안 좋게 돌아가셨죠. 당신 언니도 같은 상황이었겠군요."

BFG가 무심코 말했다. 러키가 조심스레 물었다.

"당신 아버지도… 마약 때문에 돌아가셨어요?"

"아뇨. 자살했습니다. 하지만 그게 그거 아닙니까?"

러키는 골목을 멍하니 내려다보았다. 이 남자와 말싸움을 벌이고 싶지는 않았지만, 니키의 죽음은 자살과는 달랐다. 니키는 죽으려던 게 아니라 살려고 진통제를 복용했으니까. BFG가 담배에 불을 붙이자, 러키도 술집에서 딴 담배를 하나 꺼내 같이 피웠다. 이미 완전히 다른 날이 된 기분이었다. 그가 내미는 라이터 불꽃을 향해 러키가 몸을 기울이자, 눈이 마주친 순간 둘만 아는 무언가가 느껴지며 살짝 기분이 좋아졌다.

"그래도 파티는 재미있었죠?"

그의 물음에 러키는 대충 대답하려다가 이내 마음을 바꿨다.

"너무 취해서 거의 기억이 안 나요. 나 때문에 언니가 진짜 열받았다는 것만 기억나요. 큰언니가요. 니키 언니 말고."

남자는 혀를 찼다.

"그거 안됐네요. 조심해야 해요. 우리 가게 단골손님 하나는 코카인을 하다가 코가 함몰됐거든요. 이제는 한쪽 콧구멍밖에 안 남았어요. 거짓말이 아니라니까."

러키는 저도 모르게 웃고 말았다.

"조심할게요."

"왜 마약을 하는지 내가 생각한 이유를 말해볼까요?"

문득 BFG가 질문을 던졌다. 러키는 손으로 사탄의 뿔 모양을 만들어 보이고서는 눈을 홉뜨며 말했다.

"멋있으니까요?"

BFG는 가볍게 코웃음을 쳤다.

"사람들은 인생을 다시 사랑해 보려고 마약을 하는 것 같아요. 매일 밤 클럽에서 보는 게 그런 모습이거든. 섹스며 술이며 코카인이며 등등, 그건 진짜가 아니라 이 말입니다. 삶에 대한 사랑을 잃어버린 사람들이 과거의 느낌을 되찾으려고 마약을 하는 거죠. 알겠습니까?"

러키는 그를 올려다보았다. BFG는 지금도 자신만의 생각에 빠져 천천히 고개를 끄덕여댔다. 방금 들은 말은 러키에게도 해당되는 걸까? 그녀는 삶에 대한 사랑을 잃어버렸을까? 다른 사람들이 일하고, 결혼하고, 아이를 낳고, 집을 짓는 등등 삶을 의미 있게 만들려고 하는 일들이 러키가 보기엔 별 의미가 없었다. 더구나 삶을 사랑해 본 적이 언제였는지 기억이 나지 않았다. 그 사랑을 한 번도 느껴본 적이 없는데, 그래도 사랑을 잃어버리는 게 가능한가?

러키가 모델 일을 시작한 지 몇 년쯤 지났을 때, 러키와 니키가 미네와스카 호수를 둘러싼 절벽을 함께 등반한 적이 있었다. 능선을 따라 우거진 숲을 걸으며, 두 사람은 저 아래 평평하고 검은 수면 위로 매끄럽게 비친 하얀 구름과 녹색 나무들을 바라보았다. 그런데 호수 한가운데로 자그마한 물방울 하나가 움직이는 게 보였다. 둘은 홀린 듯 호수를 바라보았는데, 알고 보니 그건 홀로 수영하는 여자였다. 빨간 수영 모자가 수면 위에서 흔들리는 가운데, 그녀의 팔이 호수 위로 자그맣게 하얀 틈을 냈다. 두 사람은 경계심 많은 두 마리의 독수리처럼 판판한 바위에 나란히 앉아 저 아래 수영하는 여자를 지켜보았다. 마침내, 여자의 자그마한 몸이 허우적대며 호숫가로 올라와 빽빽한 숲속으로 사라졌다. 니키는 러키를 바라보았다.

"저게 너야. 저 헤엄치는 사람이 너야."

러키는 고개를 저으며 웃었다.

"난 여기 있는데?"

"하지만 저 아래에 네가 있어. 나한테는 네가 그렇게 보여."

니키는 알고 있었다. 러키를 둘러싼 사람이 제아무리 많다 해도, 그녀의 일부는 언제나 저 넓고 어두운 호수를 홀로 헤엄치고 있다는 사실을. 러키가 그 호수에 누군가와 같이 있다는 기분을 느낄 때는 언니들과 함께할 때뿐이었다.

하지만 니키는 달랐다. 니키는 강연이 끝나고 취약점을 전부 드러낸 연사가 이어진 질의응답 시간에 무대 위에서 어색한 침묵을 겪는 상황을 참을 수가 없어서, 언제나 처음으로 손을 들고 질문하는 사람이었다. 사람들은 술을 마셔야지만 춤을 추거나 결혼식에서 축사를 하거나 데이트를 할 용기를 얻곤 하지만, 니키는 그럴 필요가 없었다. 그녀는 언제나 한가운데로 뛰어드는 사람이었다. 니키는 삶을 사랑하는 마음을 잃지 않으려고 그 약들을 먹었다. 오로지 이 세상에 머물기를 바랐다. 그런 언니가 죽었는데 지금은 러키만 살아서 스스로를 파괴하고 있다니. 순간 러키는 깨달았다. 니키를 추모하는 가장 좋은 방법은 니키가 원했던 대로 살아가는 것임을, 더없이 깨어서 모든 걸 생생하게 느끼며 살아가는 것임을 말이다. 하지만 어떻게 그럴 수 있을지 러키는 알지 못했고, 솔직히 절대로 그렇게 살 수 없을 것 같아서 무서웠다. 그래서 그런 생각을 덮어버렸다.

목을 가다듬고서 BFG를 바라보며 마침내 말했다.

"당신 아버지 이야기를 들으니 마음이 아프네요."

그는 자기만의 기억에 빠졌다 다시 정신을 차리고는 손을 내저었다.

"아버지는 늙은 술주정뱅이였어요."

러키가 서글픈 미소를 지었다.

"우리 아버지도요."

"정말로?"

러키는 고개를 끄덕였다.

"사랑이란 참 낯설죠?"

그는 이렇게 말하고서는 주머니에서 접이식 칼을 꺼내어 음료수 비닐 포장을 찢었다. 그리고 사과주 한 병을 건넸다.

"집에 갈 때 마실 거 필요하죠? 내가 주는 겁니다."

러키가 다시 정신을 차렸을 때는 트롤 인형의 다리 사이에 얼굴을 묻고 있었다. 트롤 인형은 두 손으로 러키의 뒤통수를 꽉 잡은 채로, 어마어마하게 거대해진 클리토리스를 그녀의 얼굴에 마구 눌러댔다. 허벅지 근육이 러키의 뺨을 꽉 눌렀다. 입안에 보지의 비린 맛이 가득했다. 문득 파리에 두었던 연인 중 하나가 했던 말이 떠올랐다. 프랑스 카리브해 출신 모델이었는데, 그의 몸을 본떠 유명 브랜드 향수병이 제작되기도 했었다. 그는 사정한 다음 러키에게 "난 그 보지에서 죽을 거야"라는 말을 했었다. 그때 러키는 그게 외국어를 그대로 옮겨서 이상하게 들리는 표현이라고 생각하고 웃었지만, 지금은 이해할 수 있었다. 보지로 죽는다는 게 가능하구나. 지금 내가 그렇게 죽을 위험에 처해 있으니까. 그녀는 머리를 뒤로 홱 젖히고 이불을 들춰 숨을 몰아쉬었다.

"나 갈 것 같아."

트롤 인형이 칭얼댔다. 러키는 숨을 크게 들이쉬었다.

"난 죽어가고 있어."

트롤 인형은 러키의 손을 잡아 자신의 다리 사이로 이끈 다음 손가락으로 자기 클리토리스를 격하게 문질렀다. 그러다 여우가 짝짓기를 하듯 날카로운 비명을 지르며 절정에 올랐다. 러키는 손가락을 침대 시트에 닦고는 상기된 채 숨을 몰아쉬는 트롤 인형 옆에 누웠다. 트롤 인형이 한숨을 쉬며 말했다.

"이거… 끝내줬어."

그녀는 몸을 돌려 러키의 옆모습을 열띤 눈길로 샅샅이 살폈다.

"너 마리화나 있어?"

러키의 물음에 트롤 인형이 눈을 흘겼다.

"너 진짜 10대 남자애 같다. 이다음에는 게임해도 되냐고 묻는 거 아니야?"

그녀는 침대 옆 탁자 서랍을 열고서 전자 담배를 꺼냈다.

러키는 한 손으로 머리를 괴고는 다른 손으로 전자 담배를 입에 물었다. 트롤 인형은 러키의 팔을 베고는 숨을 깊이 들이쉬고 러키의 벌거벗은 배를 쓰다듬으며 생각에 잠겼다.

"네가 날 찾아올 줄 알았어. 우리는 뭔가 통하잖아."

트롤 인형이 나직하게 말했다.

러키는 머리 위로 솟는 전자 담배의 연기를 바라보았다. 트롤 인형은 그녀의 몸을 쓰다듬으며 손을 아래로 향하더니 결국 러키의 팬티 속으로 파고들었다. 러키는 부드러운 손길로 그 손을 잡아 뺐다.

"고맙지만 난 됐어."

트롤 인형이 그녀를 올려다보았다.

"내가 하고 싶어."

러키는 고개를 젓고서는 담배를 또 한 모금 빨았다. 둘 사이로 정적이 흘렀다. 러키의 귓가에 두 단어가 메아리쳤다. 니키의 아기. 그녀는 이제 그 생각을 그만해야 한다는 걸, 약물로 인한 환각이라는 걸 인정해야 한다는 걸 알고 있었다. 하지만 내면 어딘가에 그 메시지가 진짜라고 믿고 싶은 마음이 있었다.

"죽은 사람들이 우리랑 소통하고 싶어 할까? 그러니까, 죽어서 가는 곳이 어딘지는 몰라도 말이야."

러키가 불쑥 묻자, 트롤 인형이 고개를 갸웃대고는 웃었다.

"하하, 잠자리 대화치고는 진짜 이상하네. 그치?"

"어쨌든 넌 어떻게 생각해?"

러키가 고집스레 묻자, 트롤 인형은 등을 대고 누워 깔깔 웃었다.

"난 학교 다닐 적에 마법이랑 주술에 푹 빠져 지냈어. 다이애나 왕세자비 영혼이랑 대화를 시도한 적도 있지."

"그래서 성공했어?"

"당연히 실패했지! 공중 부양도 시도해 봤었어. 너도 알지…."

그녀는 여봐란 듯 극적인 손짓을 하며 말을 이었다.

"깃털처럼 가볍게, 판자처럼 딱딱하게, 얼음처럼 차갑게, 부엉이처럼 조용히* 놀이 말이야…. 전부 다 뻥이야. 어쨌든, 갑자기 그건 왜 물어? 너 혹시 남몰래 마법 같은 거 하는 건 아니지?"

러키는 살짝 인상을 썼다.

"그러면 넌 죽으면 끝이라고 생각하는 거야? 사후 세계 안 믿어?"

트롤 인형이 몸을 일으켜 팔꿈치로 머리를 지탱하고 러키를 바라

• Light as a Feather, Stiff as a Board. 서양에서 유행하는 공중 부양 놀이이다.

보았다.

"사후 세계가 있다면, 지금쯤 우리가 알지 않았을까? 사람들이 아직도 천국과 지옥을 믿을 수 있다고 생각하다니, 말도 안 돼. 너무… 촌스럽잖아?"

러키가 천국 비슷한 게 있다고 믿는다면, 그 모습은 이랬다. 일단 널따란 초록빛 들판에 염소로 소독한 새파란 물을 넣은 네모난 수영장이 있고, 자기 옆에 언니들이 누워 있고, 이글거리는 태양 아래로 불도마뱀처럼 열기가 넘실댄다. 그건 자매들의 첫 번째 진짜 가족 휴가의 모습이었다. 애원하고 떼쓰기를 수도 없이 한 끝에, 그들은 부모님을 설득해 8월에 한 주 동안 북부의 어느 집을 빌렸다. 집 자체는 어둡고 습했지만, 상관없었다. 다들 하루 종일 그 새파란 사각형 수영장 옆에서 지냈다. 그늘이 되어줄 나무도 파라솔도 없었고, 오래된 플라스틱 접의자는 위험하리만큼 부실했다. 그래서 부모님들은 베란다로 물러나 있다 그 근방으로 당일치기 여행을 떠나버려서, 네 자매는 자기들끼리 오롯이 수영장을 만끽했다.

매일 아침 그들은 콜라 캔과 감자칩, 아이스바로 아이스박스를 채워두고서는 하루 종일 그걸 먹으며 버티다가 해가 지평선 위로 분홍색과 금색을 뿌리며 마지막으로 작열할 때쯤에야 어쩔 수 없이 집으로 들어갔다. 자매들은 게걸스럽게 책을 읽으면서 열기로 휘어진 단행본을 서로 돌려 보고 누가 다음에 읽을지, 누가 종이에 물을 적셔서 못 읽게 만들었는지 따져대며 옥신각신 다투었다. 그러다 한참 후에 너무 더워서 견딜 수 없게 되면, 넷 중 하나가 책을 던지고는 물에 스르르 들어갔다. 그러면 나머지 셋도 바위 위에 있던 물개 떼처럼 그 뒤로 미끄러져 따라 들어가곤 했다.

모두에게 수영을 가르쳐준 건 에이버리였지만, 가장 수영을 잘한 건 니키였다. 그녀는 숨도 안 쉬고 수영장을 세 바퀴 돌 수 있었다. 가끔은 물속에 너무 오래 있어서 러키가 가장자리에서 언니를 걱정스럽게 지켜보기도 했지만, 그럴 때마다 니키는 항상 불쑥 나와 숨을 헐떡이며 머리카락에서 물방울을 다이아몬드처럼 흩뿌려댔다. 자매들은 물에 들어가서 물구나무를 서기도 하고 얕은 끄트머리에서 티파티를 열기도 하며 몸을 식히고는, 열기가 식으면 다시 뜨거운 석회암 수영장 가장자리로 나와 나른한 침묵에 빠졌다. 그렇게 하루 종일 보내며 햇볕에 갈색빛으로 타는 동안, 주변에선 벌이며 잠자리, 매미를 비롯해 뭔지 모를 수천 마리의 생명체가 윙윙댔다.

"천국같이 덥네."

니키는 손을 들고 허공을 느른히 저으며 말했다.

"지옥같이 덥다는 게 맞는 말 아니야?"

에이버리의 말에 니키는 손가락을 다시 허공에 저어댔다. 마치 한낮의 실밥을 뜯고 풀어헤쳐 그 안에 있는 진실을 드러내고 바꾸려는 듯한 동작을 해대며 말했다.

"아니야, 천국은 더워. 여기처럼."

러키는 트롤 인형과 함께 누워 천장을 바라보았다. 창밖을 지나가는 차의 헤드라이트가 방 천장에 빛살을 죽죽 그었다.

"천국같이 덥네."

"뭐라고?"

트롤 인형이 묻자, 러키는 눈을 깜빡이다가 일어나 앉았다. 무슨 말을 하려던 건 아니었다. 트롤 인형은 새된 웃음소리를 냈다.

"너 아직도 취했어? 그래서 나한테 존재론적 이야기를 해댔던 거야?"

러키는 텁텁한 목으로 마른침을 삼켰다.

"응, 맞아. 내 말은 무시해."

트롤 인형의 눈이 갑자기 번뜩 빛났다.

"내가 아래에서 해주는 거 어때?"

그녀가 물었지만 러키는 고개를 저었다.

"자자. 난 자고 싶어."

트롤 인형이 그녀의 가슴에 도로 머리를 기대면서 작게 한숨을 쉬었다. 러키는 그녀의 머리 무게를 감당하며 매트리스에 눌린 채로 위를 바라보았다. 전자 담배를 세차게 빨자 눈물이 핑 돌았다. 허공을 오랫동안, 가만히 응시하면서 트롤 인형이 나직하게 코 고는 소리를 듣고 있자니, 참 고맙게도 잠기운이 스르르 다가왔다.

러키는 어둠 속에서 번쩍이는 플래시에 잠에서 깼다. 눈길을 들자, 트롤 인형이 휴대폰을 들고 위에 서 있었다.

"뭐 하는 거야?"

러키가 갈라진 목소리로 물었다. 목소리가 쉬었고, 마리화나를 피워서 입은 심하게 메말랐다.

"헉, 플래시가 켜져 있는 줄 몰랐어. 미안."

트롤 인형이 깔깔 웃었다.

"너 내 사진 찍었어?"

"자는 모습이 너무 천사 같더라. 이건 예술이나 다름없어."

"지워."

"왜?"

"그냥 지워."

"지우면 뭐 해줄 건데?"

트롤 인형은 휴대폰을 머리 위로 들어 올리며 장난스레 말했다. 러키는 벌떡 일어나 트롤 인형의 허리에 팔을 감고 그녀를 매트리스에 넘어뜨렸다. 트롤 인형은 까르르 웃었지만 그도 잠시, 러키가 확 밀며 손목을 움켜쥐자 겁에 질려 비명을 질렀다. 언니들이 어릴 적에 실감했던 것처럼, 러키는 몸이 호리호리했어도 도발을 당하면 놀라우리만큼 강해졌다. 그녀는 트롤 인형을 무릎으로 찍어 눌러 움직이지 못하게 한 다음 손에서 휴대폰을 빼앗았다.

"내 휴대폰이잖아!"

트롤 인형이 소리를 질렀지만, 러키는 폰을 손에 쥐고 침대에서 벌떡 일어났다. 그리고 주인이 되찾을 새도 없이, 자신의 사진을 찾았다. 플래시 빛을 세차게 받아 얼굴이 창백하고 벌거벗은 가슴이 으스스하게 드러난 사진이었다. 러키는 삭제 아이콘을 누르고, 휴지통 폴더까지 가서 사진을 영구적으로 삭제했다. 트롤 인형은 상기된 뺨에 손을 올리고서 러키를 삐친 표정으로 바라보았다.

"네가 나 긁었어."

러키는 휴대폰을 이불 위로 던지고는 청바지를 찾아 입었다. 트롤 인형은 휴대폰을 잡아 가슴에 꼭 대고서 표정을 굳혔다.

"너 때문에 아프다고."

러키는 두리번대며 티셔츠를 찾아다 입었다.

"너 진짜 미친년인 거 알아?"

트롤 인형의 말에도 아랑곳하지 않고 러키는 부츠를 신었다.

"내 말 들었어? 대답하라고!"

그녀가 소리를 질렀다. 러키는 주머니를 더듬었다. 담배가 어디로 갔는지 없었다. 하지만 상관없었다.

"넌 진짜, 정상이 아니야. 사진 한 장 찍은 것뿐이잖아. 사진으로 벌어먹고 사는 애가 대체 왜 지랄인데!"

트롤 인형의 말에 러키는 우물우물 대답했다.

"이젠 아니야."

그녀는 소지품을 마저 챙겨 아파트에서 나와 문을 쾅 닫았다. 그리고 지하철 역으로 성큼성큼 걸어갔지만, 알고 보니 밤이 늦어 역은 문을 닫았다. 런던은 세상 모든 수도 중에서도 잠이 많은 도시라, 전철이 자정부터 운행을 중단한다는 걸 깜빡하고 있었다. 그녀는 킹스 로드에서 택시 한 대를 잡았지만, 금요일 밤에 탔던 택시 운전사와 있었던 일이 메스꺼운 파도처럼 머릿속에 떠올라 곧바로 손을 내저으며 뒤로 물러났다. 휴대폰 지도를 확인하고서 확대해 보니, 집까지 걸어가려면 한 시간 40분쯤 걸렸다. 그녀는 화면에 뜬 파란 원을 멍하니 바라보면서, 녹지와 회색 지역이 조각보처럼 이리저리 붙어 있는 공간을 표류하는 느낌으로 걷기 시작했다.

새벽 2시가 넘어서야 러키는 햄프스테드의 어둑한 집으로 들어왔다. 그런데 거실을 지나려니까, 노란 불을 켜놓은 식탁에 서류 더미와 커피잔 몇 개를 쌓아놓고 앉은 에이버리가 보였다. 러키가 들어오는 기척에 그녀는 고개를 들었다. 뿔테 안경을 쓴 모습에서 지성과 피로가 함께 드러났다.

"늦게까지 안 자고 뭐 해?"

"그러는 너는. 어디 갔다 왔어?"

러키는 어깨를 으쓱이며 대답했다.

"친구네."

"넌 어딜 가든 친구가 있나 보구나."

러키는 눈살을 찌푸렸다. 에이버리는 덧붙여 말했다.

"좋은 일이지."

"무슨 일 하고 있어?"

"소송 준비. 아주 지루해."

그녀는 패배의 몸짓으로 의자를 뒤로 쭉 끌었다. 러키는 언니 쪽으로 다가가 무릎을 꿇었다. 그리고 말없이 언니의 허리를 팔로 그러안고 머리를 무릎에 기댔다. 에이버리의 손이 러키의 정수리에 살며시 와닿았다. 그 두 손은 동생의 짧은 머리카락과 벨벳같이 고운 귓불과 목덜미를 쓰다듬었다.

"무슨 일이야, 러키 루?"

에이버리가 별명을 속삭여 부르자, 러키가 고개를 들고 큰언니를 바라보았다. 묻고 싶은 게 너무 많았다. *난 어쩌다 이렇게 됐을까? 언니는 어쩌다 이렇게 됐고? 우리 가족은 뭐가 문제일까?*

"우리 북부 시골로 휴가 갔던 거 기억나?"

러키는 이렇게만 물었고, 에이버리는 옛 추억에 미소를 지었다.

"나 그때 정말 심하게 탔었잖아."

"그랬어?"

"응. 그래서 아빠가 사방으로 알아봐서 신선한 알로에를 찾아왔었어."

러키가 얼굴을 찌푸렸다.

"그건 기억 안 나."

"으음. 아빠가 집에 커다란 알로에 이파리를 가져왔었어. 우리가 알로에를 얼려서 조각을 냈잖아. 난 그걸 어깨에 붙여서 녹였고."

"별로 아빠가 할 법한 행동이 아닌데."

에이버리가 러키의 머리를 부드럽게 쓰다듬었다.

"넌 나쁜 기억을 더 빨리 떠올리는 경향이 있어."

러키는 그 말을 듣고 얼굴을 찌푸렸다. 물론 에이버리와 보니는 동생들보다 먼저 태어났으니, 아버지가 멍하니 있거나 벌컥 화를 내며 폭발하는 모습만이 아닌 다른 모습을 기억하고 있다는 것도 알았다. 술에 덜 취한 아버지를, 좀 더 아버지다운 아버지를 알고 있었겠지. 그렇다 해도 러키가 태어났을 즈음의 아버지에겐 그런 모습이 거의 남아 있지 않았다는 사실은 변함없었다. 러키는 이 말을 할까 하다가 말았다. 에이버리가 아버지를 신뢰하려는 마음이 있다면, 그건 본인 손해였다. 그래서 대신 이렇게만 물었다.

"아직도 나한테 화났어?"

에이버리는 고개를 저었다.

"너한테 화가 난 게 아니야. 걱정해서 그랬어. 그런데 말이 잘못 나왔지. 내가 좀 더 잘 처신했어야 했는데."

"나 때문에 무서웠구나. 미안해."

에이버리가 그녀의 머리를 계속 쓰다듬으며 말했다.

"그래, 무서웠어⋯. 하지만 이해해. 아니, 이해 못 할지도 모르지. 그게 내 문제겠고. 하지만 나한텐 판단할 자격이 없긴 해."

러키는 언니를 올려다보며 얼굴을 찡그렸다.

"하지만 언니는, 어딜 봐도 완벽한 것 같은데."

에이버리는 웃음 비슷하지만 실은 목 졸린 소리에 가까운 소리를 냈다.
"넌 모를 거야. 난 완벽과는 거리가 한참 먼 사람이라고."
러키는 언니의 피곤한 얼굴을 바라보았다. 아주 잠깐, 지금 에이버리는 우리끼리의 싸움보다 뭔가 더 심각한 일을 겪는 게 아닐까 하는 생각이 들었다. 그러다 치티의 말이 떠올랐다. '네 언니는 중세 성곽 같다는 생각이 들어.' 하지만 그 심각한 일이란 게 대체 뭘까? 에이버리는 실수 따윈 하지 않았다. 했더라도 아주 오래전의 일이었다. 이 가족 중에서 실수를 저지르는 건 러키 몫이었다.
"언니, 괜찮아? 치티랑은 어때? 사는 건 좀 어때? 혹시 무슨 일 있으면 말해줄 거지?"
에이버리는 그녀에게로 눈길을 휙 돌렸다.
"당연하지! 왜 그래? 치티가 너한테 무슨 말 했어?"
이 말에 러키는 놀랐다. 에이버리와 치티는 언제나 완벽한 조화를 이루는 난공불락의 부부 같았는데. 하지만 러키는 놀란 티를 내지 않으며 조심스럽게 말했다.
"아니. 그냥 해본 말이야. 알잖아, 착한 동생으로서 그런 말 할 수 있는 거."
에이버리는 안도의 미소를 지었다.
"넌 내 걱정할 필요 전혀 없어. 동생은 그런 걱정 하는 거 아니야."
러키가 눈살을 찌푸렸다.
"언니가 걱정하라면 할 건데."
에이버리는 고개를 젓고는 뒤로 젖혀 뻣뻣하게 스트레칭했다.
"그냥 부디 몸조심해줘, 부탁이야. 그리고 같이 시간 많이 못 보내서 미안해. 지금 나 바쁜 시기라서."

"한가해질 때가 언제야? 그럼 그때 맞춰 올게."

에이버리는 지친 눈빛으로 동생을 보았다.

"한가해지면 내가 알려줄게."

러키는 강아지처럼 에이버리의 무릎에 턱을 대고는 위를 올려다보며 말했다.

"나 내일 뉴욕 가."

에이버리는 그 말에 놀라 눈을 깜빡였다.

"벌써?"

"그 집에 작별 인사를 하는 게 좋을 것 같아서. 그리고 보니 언니가 와서 도와달래."

에이버리는 미심쩍은 기색으로 대답했다.

"착하네. 하지만 부모님 설득하면 그 집 안 팔고 둘 수 있을 거야."

"그럴지도. 하지만 보니가 지금 거기 있으니까. 내가 가줘야 할 것 같아."

에이버리가 며칠 더 머물러달라고 자신을 설득하지 않을까 내심 기대하는 마음이 있었을까. 하지만 에이버리는 그저 고개를 끄덕였고, 러키는 실망스러운 마음을 드러내지 않았다.

"비행편은 언제야?"

"오후."

"그럼 내가 일찍 퇴근해서 공항까지 차로 데려다줄게. 어때?"

러키는 고개를 끄덕였다. 인사와 작별, 그것이야말로 그들 식구가 제일 잘하는 것이었다.

"나야 좋지."

러키의 말은 진심이었다. 에이버리는 미소를 지으며 동생의 머리를 쓰다듬었지만, 눈길은 이미 아까 읽다 만 서류로 돌아가 있었다.

다음 날, 러키는 다 싸놓은 여행 가방 옆에 앉았다. 트롤 인형이 애원과 공격을 뒤섞어 가며 줄기차게 보내는 문자를 죄다 씹어대는 중이었다. 문득 방문에서 가벼운 노크 소리가 들렸다.
"지금 가, 에이버리!"
러키는 고함을 지르며 문에 다가갔다. 그런데 문 앞에는 치티가 서 있었다.
"언니는?"
"방금 에이버리한테 전화 왔어. 일 때문에 못 움직인대. 너한테 문자 한 줄 알았는데."
휴대폰을 보니, 트롤 인형이 미친 듯이 보낸 문자 사이에 정말로 에이버리의 형식적인 사과 문자가 와 있었다.
"아."
러키는 외마디 말을 내뱉었다. 더 말했다가는 목소리에 속내가 다 드러날 것만 같았다.
"에이버리가 작별 인사를 못 해서 미안해하고 있어. 내가 태워다 줄게."
치티의 말에 러키는 목을 가다듬었다.
"그럴 필요 없어. 내가 알아서 갈게."
치티는 휴대폰으로 바쁘게 문자를 치고 있다가 고개를 들었다. 그리고 조심스럽게 방으로 들어왔다.
"6분만 기다려줘. 가기 전에 잠깐 시간 있어? 하고 싶은 이야기가 있어서."

러키는 치티가 옆에 앉을 수 있도록 로즈쿼츠색 시트를 깐 자그마한 침대 위에 새로 자리를 잡았다. 러키가 먼저 입을 열었다.

"있지, 너무 빨리 떠나서 미안해. 둘 다 정말 보고 싶었다는 거 알잖아. 그런데 나 지금 뉴욕에 가봐야 해서."

치티가 손을 들더니 달래듯 말했다.

"아니, 그건 괜찮아. 집에 잠깐 가 있는 건 좋은 생각이야. 내가 하려는 말은 다른 거였어."

그녀는 치마 주머니에서 자그마한 봉투를 꺼내 두 사람이 앉은 자리 사이에 놓았다.

"이건 내가 관여할 문제는 아니긴 해. 하지만 손님용 욕실 쓰레기통에서 이게 나와서. 그래서 말해주고 싶었어…. 음, 혹시 이야기할 사람이 필요하면 내가 언제든 들어줄게. 이 말을 하려고 했던 거야."

러키는 봉투를 꺼내 안을 보았다. 알약이 들어 있던 빈 플라스틱 약 껍데기였다. 뒤집어서 뒷면에 새겨진 글자를 읽어보니, 사후피임약인 '플랜B'였다. 치티의 얼굴은 걱정으로 주름이 가득했다.

"치티. 이건 내가 먹은 게 아니야."

러키가 느릿하게 말하자, 치티의 눈이 살짝 커졌다.

"하지만 네가 쓰던 욕실 쓰레기통에서 나왔는데."

러키는 고개를 저었다.

"이게 왜 거기 있었는지 모르겠는데. 나는 남자랑 섹스를…."

러키는 잠깐 말을 멈추고는 생각을 해봤다. 아, 택시 운전사가 있었지. 하지만 다행히도 그와는 하지 않았다.

"요새는 안 했어."

결국 이렇게 말을 맺자, 치티가 조용히 대답했다.

"알았어."

"혹시 치티를 찾아온 손님이 쓴 거 아니야?"

러키가 애써 묻자, 치티는 정신이 흐트러진 표정으로 대답했다.

"그럴 수도 있겠다."

"그래, 그걸 거야. 확실해."

러키는 힘차게 고개를 끄덕였다. 제발 이 설명에 자신도 치티도 넘어가 주기를 바라는 마음이었다.

러키는 어젯밤 에이버리의 얼굴을 떠올렸다. '난 완벽과는 거리가 한참 먼 사람이라고.' 조용한 긴장감이 둘 사이에 내려앉았다. 치티는 일어서서 기다란 실크 스커트 주름을 펴며 말했다.

"그래, 그럼 차가 오기 전에 한번 안아보자."

치티는 러키를 안았다. 러키는 덜컥 느껴지는 슬픔을 애써 드러내지 않으려 했다. 치티의 머릿결에 대고 속삭였다.

"정말 미안해."

"미안해할 거 하나도 없어."

"나 별로 좋은 손님은 아니었지."

치티는 러키에게서 조금 떨어진 다음 그녀의 얼굴을 두 손으로 붙잡고서 말했다.

"넌 스스로를 잘 돌보며 살아야 해, 우리 귀염둥이야. 부탁할게, 러키."

"난 괜찮아. 오히려 치티야말로 스스로를 잘 돌보며 살아."

치티는 다 안다는 듯한 검은 눈망울로 그녀를 똑바로 마주 보며 말했다.

"아니잖아. 너 안 괜찮아."

러키는 비행기의 자그마한 원형 창밖으로 까만 밤하늘을 바라보았다. 창에 자신의 얼굴이 흐릿하게 비쳤다. 플랜 B를 혹시 에이버리가 먹은 걸까? 하지만 그렇다면 대체 누구랑 잤기에 그 약을 쓴 거지? 러키는 자신의 삶에서 안정적으로 의지할 만한 유일한 존재가 있다면 바로 에이버리라고 생각했다. 물론 니키를 두고서도 똑같은 생각을 했다. 둘은 네 자매 중 둘이었지만, 또한 부정할 수 없는 한 쌍이었다. 나이 차이가 나는데도 쌍둥이만큼 가까운 관계였으니까.

러키가 얼떨결에 태어났을 때 니키는 두 살이었다. 엄마가 방바닥에 쪼그려 앉아 있던 15분 동안 러키는 산도를 밀고서 세상에 태어났다. 자신이 지켜왔던 가족의 막내 자리를 러키가 너무나 빨리 빼앗아 갔다고 원망할 수도 있었으련만, 니키는 정반대의 반응을 보였다. 오히려 러키가 자신의 아기라고 선언하더니, 그 뒤로 몇 달 동안 세상 초연한 아기 러키를 밀가루 포대처럼 잡고서 온 아파트를 질질 끌고 다녔다.

러키가 두 살, 니키가 네 살이 되자, 러키는 니키를 오리 새끼나 강아지처럼 졸졸 따라다녔다. 처음부터 러키가 다른 사람을 다 제치고 선택한 게 바로 니키였다. 그녀에게 이 세상은 니키 언니로 시작해서 니키 언니로 끝났다.

러키가 네 살, 니키가 여섯 살 때는 둘이 함께 목욕을 했다. 물개 새끼들처럼 서로의 몸 위로 슬그머니 미끄러지면서 웃던 시간. 니키가 가장 좋아하던 장난감은 분홍색 고양이였다. 고양이의 배 부분에 달린 벨크로를 열면 아기 고양이가 네 마리 태어나는 인형이라, 아기들은 어미의 몸으로 들어갔다가 다시 태어나기를 반복했다. 어느 날 오후엔 센트럴 파크에서 미스터 소프티즈 아이스크림을 핥아 먹었다. 둘의 팔에 아이스크림 녹은 물이 줄줄 흘러내렸다. 니키는 아이스크림을 새끼 고양이에게도 먹여야 한다고 우겨댔다. 와, 너무 귀엽게 먹는다. 니키는 한숨을 쉬며 감탄했다.

러키가 여섯 살, 니키가 여덟 살 때는 둘 다 똑같이 바가지 머리를 하고 다녔다. 엄마가 주방 싱크대에서 잘라준 대로였다. 둘은 숨바꼭질을 하고 춤 안무를 연습했으며, 둘만 알아듣는 언어로 대화했다.

러키가 여덟 살, 니키가 열 살이었던 해, 아버지는 혼수품 도자기를 부수었다. 그해 크리스마스에는 술에 취해서 크리스마스트리를 본인 몸 위로 쓰러뜨렸다. 아버지가 집에 있는 동안 자매들은 방 안에서 조용히 음악을 틀어놓았다. 러키는 베이비 스파이스*였고 니키는 포시**였다. 이 둘에게 이것 말고 다른 정체성은 필요 없었다.

러키가 열 살, 니키가 열두 살이 되자 두 살밖에 나지 않던 자매의 나이 차가 갑자기 확 커진 것 같았다. 니키는 사춘기를 일찍 맞이했고, 러키는 아직 아이였으니까. 러키는 니키가 배에 뜨거운 물병을 올려놓는 게 무서워졌다. 니키가 그걸로 배를 누르고 있으면 놀 기분이 아니라는 뜻이었으니까. 생전 처음으로, 니키는 러키가 따라갈 수 없는 곳으로 갔다. 여드름 연고인 클리어실이 필요한 무서운 곳.

러키가 열두 살, 니키가 열네 살이 되었을 때, 니키는 머리를 길게 기르고 블루밍스데일 백화점에서 패드가 든 브래지어를 샀고, 프렌

- 스파이스 걸스의 가장 어린 멤버 에마 번턴의 별명.
- ** 스파이스 걸스의 멤버 빅토리아 베컴의 별명.

치 네일 팁을 손톱에 붙이기 시작했다. 러키는 30센티미터가 넘게 키가 자랐고, 펑크록 밴드를 알게 되었으며 검은색을 가장 좋아한다고 선언했다. 이후로 니키와 러키는 다시 닮은 적이 없었다.

러키가 열네 살, 니키가 열여섯 살 때였다. 니키가 생리 때문에 학교를 조퇴하고 왔다. 엄마는 딸이 엄살을 부린다고 했고, 러키는 그 말에 남몰래 동의했다. 니키는 왜 이토록 힘들어하지? 나머지 우리들은 모두 그럭저럭 사는데. 그해 말까지, 네 자매는 마치 한 화분에서 넘치도록 자라난 네 송이의 파란 붓꽃같이 살았다. 다들 나만의 방, 나만의 취향, 나만의 공간을 갖길 원했다. 화분을 깨고 탈출하기를 갈망했다.

러키가 열여섯 살, 니키가 열여덟 살 때는 자매들이 바라던 대로 살게 되었다. 러키는 전업 모델이 되었고, 니키는 대학에 진학해 기숙사에 들어갔다. 러키는 하루에 담배를 한 갑씩 피웠다. 니키는 채드라는 남자와 사귀었다. 러키는 검정고시에 떨어졌고, 니키는 평점 4.0을 받았다. 러키는 반항적이고, 니키는 고분고분했다. 둘은 매일 통화했다.

러키가 열여덟 살, 니키가 스무 살이었을 때 러키는 일본으로 갔고 니키는 심리학 기말고사를 치르다 쓰러져 자궁내막증 진단을 받았다. 러키는 언니가 생리통을 느낄 때마다 엄살을 부린다고 속으로 생각했던 걸 후회했다. 러키가 도쿄에 있을 때 니키가 전화를 했지만, 말을 많이 하지는 않았다. 병원에서 투여한 약물 탓에 니키는 졸린 상태였고 쉽사리 짜증을 냈다. 러키는 다시 한번 알게 되었다. 언니는 내가 따라갈 수 없는 곳으로 가버렸구나. 하지만 언젠가는 돌아오리라고 굳게 믿었다.

러키가 스무 살, 니키가 스물두 살 때, 둘은 가장 심하게 싸웠다. 러키가 니키의 졸업 파티에서 취하는 바람에 실수로 참석자 세 명 중 한 명인 브리트니라는 친구의 머리에 불을 붙이는 사고를 쳤기 때문이었다. 러키는 니키의 여학생 클럽 회원들을 더없이 미워했다. 다들 머리를 스트레이트로 펴고, 토리 버치 샌들을 신고, 서로 비밀스러운 언어를 공유하는 것 같았다. 러키는 니키의 친구들이 고등학교도 졸업하지 않았다는 이유로 자신에게 편견을 가졌다고 믿었다. 욕심 많은 사진기자들이 다가오는 걸 막고, 다른 모델들의 질투 어린 공격을 받아내고, 체중과 식단은 잘 유지하고 있느냐고 끊임없이 질문을 해대는 소속사를 대하며 5년을 살아왔다고, 그게 바로 교육이라고 러키는 그들에게 말하고 싶었다. 화장실에 들어간 니키는 러키의 얼굴에 물을 뿌렸다. "언제부터 이토록 지루한 인간이 됐어?" 러키는 개수대 위에서 혀 꼬부라진 말을 했다. 니키는 동생의 어깨를 잡고서 머리를 마구 흔들어대며 소리쳤다. "정상이 되고 싶다는 게 어째서 이상한데!" 다음 날 밤, 부모님은 온 식구와 저녁 식사를 하며 니키의 졸업을 축하할 예정이었지만, 니키는 러키와 다시는 말도 섞지 않겠다고 말했다. 엄마가 대답했다. "알았어. 하지만 저녁 식사 예약을 7시에 했으니까, 말은 그 이후로 안 해줄 수 있겠니?" 결국 그 둘은 디저트를 사이좋게 나누어 먹었다.

러키가 스물두 살, 니키가 스물네 살이 되었을 때도, 그들은 계속 서로를 잃어가기만 했다. 니키는 뉴욕으로 돌아와 교사 자격증을 땄고, 러키는 유럽을 떠돌다 파리에 정착했다. 니키는 통증을 어떻게든 관리하려고 침도 맞고 호흡법도 익히고 얼음 목욕과 적외선 사우나까지 다 해봤지만 소용없었다. 러키는 매일 술을 마시고 밤마다 마리화나를 하면서 잠이 들었다. 서로 매일 하던 통화는 이제 주에 몇 번으로, 가끔은 달에 몇 번으로 줄어들었다. 하지만 어린 시절 했던 숨바꼭질처럼, 늦든 빠르든 둘 중 하나는 언제나 전화기 저편이나 공항 게이트에서 다른 하나가 오기를 기다리면서 얼른 이쪽을 발견해 주기를 바랐다.

  러키가 스물넷, 니키가 스물여섯 살 때, 러키가 뉴욕에 사는 니키를 보러 왔다. 그녀는 니키가 교편을 잡은 고등학교에 일찍 도착해 조용한 복도를 어슬렁거리며 걷다가 결국 맞는 교실을 찾아내 유리창에 얼굴을 딱 붙이고 안을 들여다보았다. 니키는 밝은색 여름 원피스 차림으로 교실 앞에 서서 수업 중이었다. 스무 명의 10대들이 니키의 말을 들으며 웃었다. 언니는 마법사 같네. 러키는 생각했다. 운동장에는 학생들이 '소원의 나무'라는 미술 작품을 설치해 놓았다. 지나가는 사람들이 얇은 종이 리본에 소원을 적어서 나무에 매달면, 가지들이 소원들로 가득 차게 되는 작품이었다. 러키는 니키가 리본에 뭐라고 적었는지 보려고 했지만, 니키는 웃으면서 종이 리본을 가슴에 꼭 품고 보여주지 않았다. "네가 봤다가 소원이 안 이루어지면 어떡해!" 나중에 니키가 종이를 더 가지고 오려고 안으로 들어가자, 러키는 언니가 매단 리본이 달린 가지를 찾아내 종이를 펼쳤다. 사실은 니키가 무슨 소원을 빌었을지 알고 있었다. 남편과 아기를 낳고 사는 것이겠지. 대학을 졸업한 후 매년 생일날 촛불에 빌었던 소원과 같은 것이겠지. 하지만 묘한 충동이 이는 바람에 러키는 종이를 펼쳤다. 니키의 여성스러운 필체로 세 단어가 적혀 있었다. '약 그만 먹기.' 나중에 러키가 그게 뭐냐고 묻자, 니키는 그건 자신의 소원 종이가 아니라고 했다.

러키의 스물다섯 번째 생일이 되자, 니키는 동생에게 액자에 든 파란 나비 한 쌍을 보냈다. 니키의 스물일곱 번째 생일은 그만 러키가 잊어버리고 말았다. 다음 날, 숙취에 시달리는 채로 러키는 전화를 걸었다. 그리고 니키를 파리로 초대한다고, 생일 선물로 비행기표를 사주겠다고 제안했다. 그때는 여름이었고, 니키는 휴가 중이어서, 러키는 다음 날 바로 항공 마일리지를 써서 비행기표를 예약할 수 있었다. 하지만 니키는 못 가겠다는 핑계를 댔다.

"러키 루, 나 몸이 별로 안 좋아. 다음에 갈게."

러키가 전화기에 대고 한숨을 쉬었다.

"제발 나한테 계속 화내지 말아줘. 내가 보상할 수 있게 해달라고."

니키가 잠깐 말을 멈췄다가 말했다.

"내 생일 선물로 정말 받고 싶은 게 뭔지 알아? 네가 행복해지는 일을 찾아. 그걸 해."

러키는 손을 내려다보았다. 어떻게 하는 건지 알았다면 지금쯤 다른 모습이 되어 있었을까? 그건 어떤 모습이었을까?

"이만 끊어야겠어. 사랑해."

러키의 말에 니키는 뭔가 말하려다가 멈칫했다. 그리고 언제나 하는 말을 했다.

"나도 사랑해. 사랑한단 말 없이도 사랑해."

두 사람은 전화를 끊었다. 러키는 파티인가 뭔가를 가려고 준비를 시작했다. 그게 언니와 마지막으로 나눈 대화였다.

뉴욕으로 향하는 비행기는 밤하늘을 꾸준히 날아갔다. 러키는 플라스틱 컵과 탄산음료를 무시하고 보드카를 원액 그대로 마셨다. 잠은 자지 않았다. 이 어렴풋한 혼란 속에서도 똑같은 생각이 계속 들었다. 나는 살아 있구나. 그야 당연한 말이겠지만, 러키는 지난 1년간 '살아 있다'라는 그 단순한 사실을 부인하면서 마약과 술에 취해 산 것도 죽은 것도 아닌 상태로 지냈다. 자신은 살아 있고, 니키는 아니라니. 옳지 않았지만, 현실이 이랬다. 자신이 아직도 살아 있는 게 맞다면, 이제는 살아갈 방법을 찾아야 했다.

비행기에서 비틀비틀 내려 승객과 수하물 카트 사이를 이리저리 휘청이며 걸어가고 있는데, 저기 JFK 공항 입국장에서 자신을 기다리는 보니가 보였다. 눈부신 형광등 불빛 아래 모인 인파를 기대하는 마음으로 쭉 훑다가, 보니가 자신을 보기 전에 먼저 보니를 발견한 것이다. 언니는 러키의 이름이 적힌 판을 꽉 잡고 있었다. 러키의 이름 U자 위에 점도 두 개 찍어 웃는 이모티콘처럼 만들어 두었다. 러키는 그 판을 우그러뜨리며 보니의 품에 달려들었다.

8장

보니

체육관에 돌아온 지 일주일도 안 되어 보니는 자신의 옛 삶이 영영 사라져 버렸다는 것을 분명히 알게 되었다. 예고도 없이 불쑥 나타난 보니를 파벨은 냉랭한 예의로 맞아주었다. 그녀가 파벨에게 사과를 기대했대도 받을 수 없었겠지만, 그가 보니에게 사과를 기대했다 해도 마찬가지였다. 장례식 후 왜 떠나버렸는지, 그 후로 1년 동안 무슨 일이 있었는지 원래는 설명하려고 했지만, 파벨 앞에 서자 그럴 마음이 싹 사라지고 말았으니까. 파벨의 태도는 분명했다. 보니가 골든 링 체육관에서 다시 훈련할 순 있지만, 자신이 코치가 되어주지는 않겠다고, 다른 사람을 찾아보라고. 그제야 보니는 깨달았다. 자신이 이 체육관에 존재했던 은밀한 계급과 편애에 신경 쓰지 않았던 이유는 언제나 자신이 그 체계의 최상층에 있었기 때문이었다는 것을. 보니는 이 체육관의 자타공인 스타 신인이자 파벨의 주요 선수였다. 그런데 이제 파벨의 관심 범위에서 벗어난 지금, 보니는 이 세상이 얼마나 냉정한지 알아가고 있었다.

 그녀는 몸을 풀면서 파벨의 시야에 들어오는 곳에 섰다. 그리고 그가 자신을 알아차리기를 기다렸다. 파벨은 불가리아 출신 젊은 남자 선수 다냐를 마주 본 채 조심스레 앉았다. 다냐는 최근 프로로 데뷔해 두 경기를 모두 이겼고, 마지막 경기에선 KO승을 거뒀다. 파벨이 젊은 선수의 손을 잡고 자신의 손 사이로 돌리는 걸 슬쩍 보자, 보니의 가슴속으로 질투와 그리움이 실처럼 꼬여들었다. 그건 복싱 선수와 코치 사이에서 흔히 보이는 수천 가지 다정한 손짓 중 하나였다. 오랫동안 파벨은 보니의 이마를 닦아주고 마우스피스를 빼주고, 손에 밴드를 감아주고, 글러브를 묶어주고, 헤드기어를 고정해 주고, 기다리는 동안 입에 물을 부어주고, 이마에 바세린을 발라주는 등등 수많은 일상적인 돌봄을 수행했다. 투박하고도 무의식적으로 이루어지는 친밀함은 연인다운 게 아니었다. 오히려 부모답다고 봐야 했고, 정확히 말하자면 아버지답지도 않았다. 보니는 그게 어머니의 손길에 가깝다고 생각했다. 지금 다냐에게 무어라 속삭이는 파벨을 지켜보며, 보니는 궁금했다. 자신을 밀어놓고 다냐가 배우고 있는 저 귀중한 가르침은 무엇일까.

 그 옛날, 파벨이 자신에게 스텝 잽을 가르치는 동안, 니키가 링 옆 나무 벤치에 웅크리고 앉아 있던 기억이 났다. 보니는 발 앞부분을 써서 움직이면서 상대에게 잽을 던지고 거리를 좁혀나가는 법을 배우고 있었다. 단순하지만 그만큼 필수적인 동작으로, 이걸 잘할 수 있게 되어야 다른 기술과 조합이 가능했다.

 "발을 바닥에 딱 붙여, 보니."

 파벨이 간곡한 태도로 말했다.

하지만 보니는 잽을 뻗으며 앞으로 나갈 때마다, 얼음 위에서 폴짝거리는 사슴처럼 작게 뛰어올랐다. 파벨은 고개를 젓고서는 니키 쪽을 돌아보았다.

"니키, 너도 같이 들어라."

니키는 진지하게 고개를 끄덕였다. 파벨은 좌절감으로 숨을 몰아쉬는 보니를 바라보았다.

"보니, 너의 힘은 어디에서 오는 거지?"

보니가 어리둥절한 표정을 지었다.

"내 주먹에서 오겠죠?"

그녀는 마우스피스를 낀 입으로 웅얼웅얼 말했다.

파벨은 이제 니키를 바라보며 물었다.

"니키, 보니의 힘은 어디서 오는 거지?"

"가부장제에 대한 반항심에서 와요!"

니키가 외치자 보니는 코로 숨을 후 내쉬었다.

"아니, 그 반대야. 보니의 힘은 어머니에게서 오는 거다."

보니와 니키는 모두 고개를 갸웃거렸다.

"어머니 대지에서 오는 거다."

그는 무릎을 꿇고서 보니의 발을 두드렸다. 보니는 열여섯 번째 생일 선물로 받은 우아한 빨간 복싱화를 신고 있었다.

"어머니 대지는 모든 힘의 원천이다. 그 힘은 대지에서 발로 올라와 무릎을, 그래, 잘 구부렸다(이쯤에서 보니는 순순히 무릎을 굽혔다), 무릎을 타고 올라 허리와 어깨를 지나 주먹으로 전달되는 거다. 그래서 발을 바닥에서 떼는 순간, 힘의 원천이 끊어지는 거야. 알겠니?"

"어머니 대지라고요."

보니는 웅얼웅얼댔다. 파벨은 고개를 끄덕였다.

"다시 해보자."

이번에 보니는 아까처럼 폴짝폴짝 뛰는 대신 빠르게 미끄러지듯 걸어서 앞으로 이동했다. 그리고 파벨을 바라보자, 그의 얼굴에 숨길 수 없는 미소가 피어올랐다. 그의 앞니 사이에는 커다란 틈이 나 있어서 미소로 입이 벌어지자 평소 사나워 보였던 얼굴이 의외로 소년 같아 보였다. 환하게 빛을 내며 보니를 바라보는 옅은 빛깔 눈동자에는 기쁨인지 존경인지 아니면 사랑인지 모를 것이 담겨 있었다. 하지만 그 눈은 이내 다시 냉랭하고 속을 알 수 없는 상태가 되었고, 파벨은 목을 가다듬었다.

"한결 낫구나. 다시 해봐."

보니의 발은 절대로 땅에서 떨어지지 않았지만, 지금 기뻐서 하늘을 날 것 같다는 걸 니키는 알아주었다.

요즘 보니는 묵직한 중력을 전보다 더 심하게 느꼈다. 스트레칭을 마치면 온몸이 아팠다. 파벨과 다냐가 아직도 둘만의 대화에 푹 빠진 모습을 슬쩍 보고서, 그녀는 장갑을 집어 들고 그들에게 다가갔다. 미적대기만 하는 데 신물이 났으니까. 하지만 그것도 잠시, 파벨 앞에 서자 밀려왔던 자신감이 싹 사라지고 말았다. 그는 다냐의 시선을 피하더니, 경멸하는 표정으로 보니를 훑어보았다.

"오늘 스파링을 다시 할 수 있을 줄 알았는데요."

파벨이 다냐의 손을 감싼 채로 고개를 짧게 저었다.

"준비 안 됐다."

보니가 한쪽 발을 들어 다른 쪽 발을 문질렀다.

"봐요, 전부 다 그만두진 않았어요. 장거리 달리기도 했어요. 몸은 괜찮아요."

파벨은 그녀를 위아래로 훑어보더니, 다시 말했다.

"준비 안 됐다고."

그의 옆에 선 다냐는 재밌다는 식으로 피식 웃었다. 보니는 눈을 가늘게 떴다.

"얘랑 스파링 할 수 있어요. 체구도 비슷하잖아요."

"안 돼."

파벨의 말에 이어 다냐는 두 손을 들더니 미소를 지었다.

"난 여자랑 안 싸워."

이 말에 파벨의 얼굴 위로 스쳐가는 짜증이 보니에게 보였다.

"참아, 보니. 부탁이다."

보니의 성격이 남들과 같았다면, 좌절감에 발을 굴렀을 터였다.

"펠릭스랑 미트 트레이닝 해."

파벨이 말하더니 고개를 돌렸다. 대화가 끝났다는 뜻이었다. 펠릭스는 체육관에 새로 온 코치로, 멕시코 출신의 미들급 선수였다. 성격이 거친 선수가 많은 복싱계에서 드물게도 차분하고 말수가 적은 성품을 지녔다. 파벨이 이름을 부르자, 펠릭스는 체육관 뒤쪽 사무실에서 나와 세 사람을 한 번에 슥 훑어보며 사태를 파악했다.

"가자, 보니. 글러브 끼고."

펠릭스가 부드럽게 말하고서 그녀를 데리고 체육관 저쪽으로 갔다. 그리고 그녀의 글러브를 잡고서 끈을 묶기 시작했다. 이런 투박한 친밀함은 보니가 익숙하게 알던 것이었다. 복싱 선수들은 평생을 남의 손길을 받으며 산다. 양쪽 손목에 글러브가 단단하게 묶이자,

펠릭스는 그녀를 슬쩍 올려다보았다. 기다란 속눈썹은 코끼리의 눈썹처럼 곧고 길었고, 그 아래 눈망울에는 부드러운 연민의 빛이 서렸다. 한때 펠릭스가 상대방에게 어마어마한 펀치를 날려서 벨이 울릴 때 상대의 치아 두 개가 링에 떨어진 적이 있었다는 사실이 보니에겐 놀랍기만 했다.

펠릭스와 함께 미트 트레이닝을 시작하자 보니의 머릿속이 곧 맑아졌다. 그들은 스리 펀치 콤보를 연습한 다음 사이드 스텝을 훈련했다. 그녀의 패턴과 본능을 빠르게 알아차린 펠릭스가 속삭임에 가까운 목소리로 중얼중얼 지시하는 게 느껴졌다. 보니는 그저 호흡하며 움직이기만 했다. 잽, 라이트, 훅, 호흡. 몸통에 잽, 머리에 잽, 훅, 호흡.

베니스 비치에서 자신이 때린 남자가 떠올랐다. 인도로 힘없이 쓰러진 남자, 공포 가득한 표정을 지었던 남자의 여자친구. 하지만 피치는 그 남자가 무사하다고 했었잖아. 그놈이 다시는 술집에 오지 않았다고 문자로 알려주었잖아. 보니는 스스로를 달랬다. 그녀는 어마어마한 노력을 들여 그 생각을 덮었다. 잽, 잽, 라이트, 호흡. 지금보다 더 절실한 규율이 필요했다. 신체는 물론이고 정신까지 지배하는 규율. 훈련할 때는 그 어떤 것도 정신을 흐트러뜨리게 두어서는 안 됐다. 앞길을 방해하는 걸 그냥 둘 순 없었다.

"잘했어, 보니. 오른손 쭉 뻗는 스트레이트가 좋네."

펠릭스가 중간중간 속삭여 말했다.

보니는 고개를 까딱여 고맙다는 인사를 하고 계속 훈련했지만, 방금 받은 칭찬에 익숙한 따스함이 피어올랐다. 칭찬받는다는 느낌을 이제껏 잊고 살았구나. 제아무리 힘들어도, 제아무리 고되더라도, 그 속에 달콤함이 존재하는 것. 그게 바로 훈련이었다. 세심한 관찰을 받는 것, 돌봄과 격려를 느끼는 것, 보니는 그 무엇보다도 그걸 사랑했다. 자신이 과연 좋은 선수인지 아닌지는 솔직히 신경 쓰지 않았다. 그녀는 오로지 파벨을 기쁘게 해줄 수 있는지만을 걱정했다. 그리고 지금 뭘 하고 있든, 여전히 그를 의식했다. 파벨이 자신을 의도적으로 무시한다 해도, 지금 이쪽을 보지 않으려고 얼마나 안간힘을 쓰고 있는지 보니는 알았다. 둘이 서로 아주 가까이 지냈을 때도 파벨은 별로 말이 많지 않았다. 하지만 보니는 파벨이 자신을 의식한다는 걸 느꼈다. 간신히 알아차릴 수 있을 정도였고, 다른 이들은 아무도 몰랐지만, 자신이 나무고 상대가 태양이라 그쪽을 향할 수밖에 없다는 듯이, 그들은 서로에게 기울어져 있었다.

경기를 치르러 이동할 때를 제외하고, 두 사람이 체육관이 아닌 곳에서 함께 시간을 보낸 적은 거의 없었다. 하지만 때때로, 아주 짧은 순간들이 존재했다. 둘이 함께 훈련을 한 지 10년째 되던 어느 날, 보니는 체육관으로 가다 말고 걸음을 멈췄다. 68번가 식당 창가에 혼자 앉은 파벨이 보여서였다. 종업원이 치즈케이크 한 조각을 들고 그에게 다가갔고, 그녀를 보자 파벨의 얼굴이 환해졌다. 보니는 가던 길을 도로 가려 했다. 방금 본 광경이 너무나도 천진난만하고 부드러워서 자신이 들어가면 망칠 것 같은 기분이 들었다. 하지만 정신을 차려보니 저도 모르게 길을 건너 식당 문을 열고 있었다. 꽃봉오리에게 다가가는 벌처럼 그녀는 파벨에게 끌렸다. 고개를 들었다가 보니가 다가오는 걸 본 파벨은 포크로 큼직한 케이크 조각을 든 채로 민망한 듯 씩 웃었다.

"들켰네."

그는 이렇게 말하고는 보니에게 맞은편에 앉으라고 손짓했다. 그 그녀는 자리에 스르르 앉았다. 파벨이 보니를 계속 쳐다보면서 케이크를 입에 듬뿍 넣었다. 선명히 기뻐하는 기색이었다. 그가 우물거리며 말했다.

"내 약점을 알아버렸구나."

"치즈케이크요?"

"응. 러시아에는 이런 게 없어. 너도 하나 먹을래?"

보니는 거절하려고 했다. 설탕을 극도로 제한하는 엄격한 훈련 식단을 고수하고 있었으니까. 하지만 정말 놀랍게도, 저도 모르게 고개를 끄덕이고 말았다.

"좋아요. 그럴게요."

파벨은 케이크를 한 조각 주문한 다음, 보니가 첫입을 먹는 모습을 열띤 눈초리로 쳐다보았다.

"어때? 맛있지?"

그가 열렬한 기색으로 물었다.

솔직히 말하자면 보니 입에는 평범한 치즈케이크였다. 하지만 파벨의 열정적인 모습에 아니라고 대답할 수가 없었다.

"맛있어요."

보니는 입안 가득 케이크를 물고 고개를 끄덕였다.

파벨이 환하게 웃었다.

"다음 경기에서 이기면 또 사줄게."

그들은 말없이 앉아 평화롭게 케이크를 먹었다. 둘의 접시가 비워지자, 보니는 이제 파벨이 서둘러 체육관으로 곧장 가리라 생각했지만, 그는 느긋하게 앉아 보니에게 기분 좋은 미소를 지을 뿐이었다.

"커피 마실래?"

이것 역시 그녀에게는 허락되지 않은 사치였다. 파벨이 카페인을 비롯한 모든 각성제에 의존하는 걸 반대했기 때문이었다.

"마실 거예요?"

그녀가 놀라서 물었다.

"오늘은 좀 쉬자."

그는 이렇게 말하더니 커피 두 잔을 주문했다. 모락모락 김이 나는 뜨겁고 검은 액체가 담긴 머그잔 두 개가 놓였다. 보니는 조심스럽게 커피를 한 모금 마시면서, 파벨이 만족스러운 기색으로 길게 들이켜는 모습을 지그시 지켜보았다. 그러곤 짧은 한숨을 내쉬더니 잔을 내려놓고는 보니를 다 안다는 듯한 눈빛으로 쳐다보았다.

"보니, 요즘 어때?"

내가 어떻냐고? 그… 개인사를 말하는 건가? 어떤 대답을 해야 하려나. 지난 몇 달 동안 파벨은 그녀의 기술 콤보 순서가 어떻게 되는지, 오른쪽 어깨가 아직 아픈지, 스파링 사이사이 혹시 너무 힘든지, 턱을 낮추고 방어 자세를 올리고 있는지 계속 물었지만, 개인적으로 어떻게 지내는지 물어본 적은 한 번도 없었다. 그녀는 괜찮다고 중얼거리면서 커피를 꿀꺽 마셨다. 혀가 타는 것 같았다.

"너희 자매는 어떻게 지내? 니키는 어때?"

그가 계속 물었다. 이건 대답하기 쉬웠다. 보니는 자랑스레 고개를 끄덕이며 말했다.

"니키는 잘 지내요. 교원 자격증 공부를 시작했어요. 영어 교사가 되고 싶어 해요."

"잘됐네. 그 니키, 항상 메모를 하더니."

파벨은 머리를 톡톡 치며 미소를 지었다.

"맞아요."

보니도 미소를 지었다. 언제나 그렇듯이 자신의 특별한 여동생 이야기를 하니까 기뻤다. 다시금 둘 사이로 침묵이 흘렀다. 보니는 두 손으로 머그잔을 감싸고는 목을 가다듬었다. 그리고 조심스레 물었다.

"그러면… 코치님은요? 아나히드는 잘 지내요?"

왜 이런 질문을 한 걸까. 보니 스스로도 알 수 없었다. 파벨은 아내 이야기를 거의 하지 않았고, 보니도 물은 적이 없었다. 몇 번인가 아나히드가 체육관에 온 걸 봤을 때, 보니는 그녀가 대단히 인상적이고 진지한 사람이라는 걸 알아보았다. 파벨의 파트너라면 이 정도는 되어야지 싶을 만큼 아주 의지가 강한 사람이었다. 하지만 알고 보면 파벨은 바보스럽고 얼빠진 아이 같은 면이 있었다. 그는 춤추기와 저글링 하기를 좋아했다. 그리고 혼자 식당에 와서 치즈케이크도 먹고 말이지. 보니는 속으로 이렇게 생각하며 웃었다.

"잘 지내겠지."

그의 말에 보니는 눈썹을 지그시 모았다. 지내겠지라니?

"우리는 헤어졌어. 좀 됐어."

보니는 방금 들은 말에 뭐라 대답해야 할지 알 수 없었다. 복싱이 아닌 주제를 놓고 말하기란, 특히 아내와 헤어졌다는 개인적인 문제를 이야기하기란 파벨과 함께 얼음판을 걷는 거나 마찬가지였다. 둘 다 딱히 균형을 잡을 수가 없다는 말이다.

"사실, 오늘 아침에 이혼 서류에 서명했어."

그는 본인의 처지를 비웃듯 웃었다. 방금 한 말이 얼마나 이상한지 깨닫고 놀란 것 같은 기색이었다. 보니는 그의 얼굴에서 이별의 슬픔이 보이나 찾아보았지만, 언제나 변함없는 파벨 그대로였다. 그가 항상 '복싱 선수의 코'라고 자기 비하적 농담을 해댔던, 여러 번 부러져서 주저앉아 버린 납작하고 네모난 코도 그대로였고, 그 위에 놀랍도록 온화하고 반짝이는 두 눈도 그대로였다.

"정말 마음이 아프네요, 파벨."

보니가 조용히 말했지만, 그는 어깨를 으쓱이기만 했다.

"우리가 선택한 이 삶이 힘들지. 모두에게 괜찮은 삶은 아니야."

보니는 진지하게 고개를 끄덕였지만, 그가 한 '우리'라는 말에 잔잔한 기쁨이 일었다.

"그래서… 치즈케이크를…."

그녀의 말에 파벨은 헤벌쭉 소년 같은 미소를 지으며 고개를 끄덕였다.

"가끔 우리에겐 치즈케이크가 있어야 하지."

파벨은 지갑을 꺼내려는 보니에게 손을 내젓고는 계산을 했다. 보니와 함께 일어선 파벨은 문을 열어주면서 그녀의 등에 아주 살짝 손을 대 인도해 주었다. 그 순간, 보니는 느꼈다. 가볍디가벼운 바람처럼 다가오는 살랑이는 희망을, 그와 함께라면 삶이 너무나 달콤하고도 단순할 수 있다는 사실을. 체육관에 오기 전에 함께 아침을 먹고, 자세를 고치기 위해서가 아니라 그저 애정에서 비롯된 손길을 받고, 코치와 선수가 아니라 사람과 사람으로서 둘이 애정과 웃음으로 가득한 대화를 나누면 얼마나 좋을까. 그들은 체육관까지 함께 걸었다. 희망의 바람이 보니를 체육관까지 밀어주는 기분이었다. 그렇게 골든 링 체육관에 들어선 순간, 파벨은 그녀보다 앞서 성큼성큼 걸어갔다. 늦었으니 어서 준비 운동을 하라고 어깨 너머로 퉁명스레 지시를 내렸다. 그때 보니는 깨달았다. 치즈케이크에 뭔가 다른 의미가 있었던 건 아니구나. 그래서 바람을 놓아주었다.

보니는 펠릭스가 들고 있는 패드에 온 신경을 쏟았다. 집중해야 했다. 퍽, 퍽, 퍽, 돌고. 하지만 시야 저 끝으로 이쪽을 흘깃 보는 파벨이 보였다. 그의 시선은 공기를 가르는 차가운 바람 같았다. 곧바로 그녀는 좀 더 세게, 좀 더 빠르게 움직였다. 탁, 탁, 탁. 보이지 않는 조류에 이끌리듯 파벨이 그녀가 있는 링으로 다가왔다. 보니는 그의 시선에 용기를 얻어서 펀치 콤보를 빠르게 이어갔다. 휙, 휙, 휙. 하지만 파벨은 속내를 전혀 드러내지 않은 채로 그녀를 지켜보았다. 그리고 다시 보니가 고개를 돌렸을 때는, 이미 돌아서 있었다.

느지막히 집에 돌아온 보니는 소파에 웅크린 러키의 기다란 몸뚱이를 보았다. 본능적으로 몸을 숙이고 동생이 아직 숨을 쉬고 있는지 확인했다. 러키의 가슴이 부드럽게 오르내리고 있었다. 보니는 한숨을 내쉬고서 소파 옆에 앉아 무기력하게 누운 동생의 몸을 바라보았다. 러키의 모습은 잠든 사슴이나 여우처럼, 인간과는 어울려 살지 않는 우아하고 신비한 숲속 동물 같았다. 러키의 창백한 피부 위로 땀이 엷게 뒤덮은 채였다. 잘 때도 긴장이 가득한 얼굴이었다. 낡은 하얀 티셔츠 아래로 도드라진 척추뼈가 마치 진주알 같았다. 보니는 눈살을 찌푸렸다. 항상 이렇게 말랐던 건가? 어떻게 이런 몸으로 자신을 보호할 수 있나? 런던에서 비행기를 타고 여기 내린 동생은 아기처럼 불안한 걸음걸이로 걸어와 보니를 무척 겁먹게 했다. 물론 러키가 파티광이라는 건 보니도 알고 있었다. 그래서 예전부터 항상 동생이 대단하다고 남몰래 감탄해 왔지만, 요즈음 러키의 음주에는 전혀 기쁨이 없어 보였다.

보니는 여전히 스포츠백을 어깨에 메고 있었다. 그래서 가방을 바닥에 떨구고 샤워를 하러 일어나다가 돌아서서 러키를 조금 더 지켜보았다. 막냇동생은 괜찮은 상태가 아니었다. 이제는 그게 보였다. 하지만 이 애가 가까이 있는 것만으로도 보니는 저도 모르게 긴장이 풀렸다. 그녀의 본능 한 부분은 자매 중 하나라도 옆에 있어야 진정한 평화를 느꼈다. 그리고 니키가 죽은 후로는 어쩌면 다시는 진정한 평화를 느낄 수 없는 게 아닐까 두려웠다. 가족이란 그런 거니까. 모든 평화와 혼란의 뿌리니까. 서글프게 생각했다. 하지만 여기 앉아서 잠든 러키를 지켜보자 희미하게나마 그 옛날의 평화가 느껴졌다. 이 애를 돌봐줘야지. 옆에 있는 한 보호해 줘야지. 샤워해야 한다는 것도 잊은 채, 보니는 주인 곁을 지키는 개처럼 소파 옆에 깔아놓은 러그 위에 누웠다가 어느새 잠이 들었다.

다음 날, 줄넘기를 하는 보니에게 파벨이 다가왔다. 그가 다가오는 걸 감지했지만, 그녀는 벽에 붙여놓은 시편 18편만을 고집스레 바라보았다. 그 성경 구절은 보니가 체육관에 온 이래로 줄곧 액자에 걸려 있었다. 유리 속 종이는 낡아서 누레졌고, 햇볕을 받은 글자는 바래서 희미해졌지만 상관없었다. 보니는 그 글을 다 외웠으니까. 줄넘기를 할 때마다 보니는 항상 시편을 바라보았고, 세월이 지나도록 시편은 계속해서 집중의 대상이 되어주었다. 이제는 한 단어 한 단어가 그녀의 일부가 되어 자신이 직접 쓴 시처럼 느껴지기까지 했다.

    하느님께서 나를 강하게 무장시키시고
    나의 길을 안전하게 지켜주신다.

하느님께서는 나의 발을 암사슴의 발처럼 튼튼하게 만드시고,
나를 높은 곳에 안전하게 세워주신다.
하느님께서는 전투할 수 있는 손으로 나를 훈련시키시니,
나의 팔이 놋쇠로 된 강한 활을 당긴다.
주께서는 본인의 구원의 방패를 나의 손에 들려주셨고,
오른손으로 나를 강하게 붙들어 주셨습니다.
주께서 나를 도와주셔서 나는 위대해졌습니다.
내가 발걸음을 디딜 길을 넓게 만드셔서
발을 잘못 디디는 일이 없게 하셨습니다.

    가족 어느 누구에게도 말하지 않은 보니의 비밀이 있었으니, 바로 그녀는 하느님을 믿었다. 아버지는 천주교 신자였지만 신앙을 버렸고, 엄마는 강경한 무신론자였다. 그래서 보니와 자매들은 세례를 받지 못했고, 가정에서 신앙이니 영성이니 사후 세계에 대한 이야기를 나눈 적도 전혀 없었다. 보니가 기르던 햄스터가 죽었을 때 엄마는 단호하게 말했었다. 반려동물을 기르는 목적은 바로 죽음을 알려주기 위해서였노라고. 하지만 부모님은 자식들을 천주교 중학교와 고등학교에 진학시켰고, 그래서 다들 마음에 뭔가 새겨지긴 했다. 그렇다고 보니가 천국이라든가 인간의 형상을 지닌 하느님을 꼭 믿은 건 아니었다. 하지만 그녀는 분명 무언가를 믿었다.
    중학교 시절 시작된 일이었다. 먼저 보니는 공황 발작을 겪기 시작했다. 숨이 막히고, 시야 끝에서부터 어두운 파도가 밀려들었다. 아버지가 보니에게 화를 내지 않는 때는 술을 막 마시기 시작했거나 보니가 운동하는 걸 보며 옆에 서서 더 열심히 달리라고, 더 깊이 내려가

라고, 더 세게 하라고 큰 소리로 지시할 때뿐이었다. 만약 엄마에게 공황 발작이 있다고 털어놓는다면, 아버지도 당연히 알게 되겠지. 그럴 수는 없었다. 결국, 그녀는 아무에게도 말하지 않고서 혼자 해결할 방법을 찾아냈다. 학교에 있는 유일한 개인용 화장실에 몰래 들어가는 것이었다. 그곳은 학교 건물 꼭대기에 있는 먼지투성이 미술용품실 옆에 있었다. 보니는 거기 들어가서 심장박동이 느려지고 호흡이 다시 안정될 때까지 하느님에게 말을 걸었다. 그 후로, 차분한 마음가짐이나 용기가 필요할 때마다 보니는 그때의 고요함을, 자신의 이야기를 들어주는 존재를 떠올렸다. 그러면 자연스럽게 내면의 평화가 느껴졌다.

시간이 흐르면서 보니의 하느님은 학교에서 가르치는, 인간에게 천벌을 내리는 천주교의 하느님보다 더 애매하고 광범위한 존재가 되었다. 그녀의 내면에 존재하는 고요한 느낌이었달까. 그래서 보니가 열심히 집중해서 들으려 하면, 그녀에게 말을 걸었다. 그리고 마침내 그 존재는 보니가 주의 깊게 듣기만 하면 대답을 해주었다. 무성인지, 여자인지, 무슨 신인지 모를 그 목소리는 모래를 스치는 바람 소리와 다를 게 없는 크기로 들려왔다. 아주 조용히, 무척 고요히 있을 때만 보니는 그 소리를 들을 수 있었다. '이것이 네게 맞는 방법이다' '이건 틀렸다'라고 말하는 목소리. 이 소리가 들려올 때마다 보니는 자신을 돌봐주는 존재의 손길을 이루 말할 수 없으리만치 강하게 느꼈다. 참으로 깊고도 심오한 존재론적 긍정의 마음으로, 신성한 원천으로부터 흘러나온 게 틀림없었다. 마음을 가라앉히고 부드럽게 어루만지는 느낌이자 혼란한 내면을 극적으로 재구성해 조화로 이끄는 힘이었다. 그 목소리를 들을 때면 아무것도 변하지 않아도 모든 게 달라질 수 있었다. 하지만 지난 1년이 넘도록 그 목소리를 듣지 못했다.

보니는 발레 동작처럼 부드럽게 발을 이리저리 움직이며 열십자형으로 줄넘기를 했다. 복싱의 여타 요소와 마찬가지로 줄넘기 역시 기술뿐만 아니라 스타일이 있어야 하는 법이다. 보니는 능숙하게 손을 옮겨가며 줄을 휘둘렀다. 보이지 않는 물 아래에서는 발을 마구 파닥거려도 수면 위로는 스르르 떠다니는 백조처럼 바닥을 살짝 스쳐가도록 했다. 파벨은 체육관 저편에서 조심스럽게 걸어와 그녀 앞에 섰다. 언제나 냉랭하니 무표정했던 그의 얼굴에는 이제 적대감마저 어려 있었다.

"다냐의 스파링 상대가 다쳤대. 너 할래?"

보니는 줄넘기 박자를 놓치는 일 없이 빠르게 고개를 끄덕였다. 파벨에게 신난 마음을 보여주어 그를 기분 좋게 하고 싶지 않았다.

"오늘 오후야. 6라운드 할 거야. 점심 가볍게 먹어."

파벨은 이렇게 말하고서 등을 돌렸다. 그제야 보니는 아주 짧게 황홀한 미소를 지었다.

보니는 점심 식사를 하려고 체육관에서 집에 잠깐 왔다. 요리해서 먹는 게 외식보다 싸다는 이유도 있었지만, 그보다는 러키가 잘 있는지 확인하기 위해서였다. 문 잠금장치가 달칵 열리자마자 보니는 동생의 이름을 불렀다. 그러자 화장실에서 짐승이 울듯 낮은 신음 소리가 들려왔다. 얼른 달려갔다. 러키가 도자기 변기 옆 바닥에 몸을 웅크리고 있었다. 보니는 본능적으로 무릎을 꿇고서 러키의 몸을 여기저기 더듬으며 혹시 다친 데가 있는지 살폈다.

"왜 그래? 어디가 아파?"

러키는 타일 바닥에서 뺨을 돌리더니 흐릿한 눈빛으로 언니를 올려다보았다.

"언니… 마리화나 있어?"

보니가 눈살을 찌푸렸다.

"없는 거 알잖아."

러키는 다시 바닥에 뺨을 대더니, 앞쪽 바닥에 대고서 말했다.

"나 안 돼, 언니. 뭔가 있어야 해."

그러니까 뭐가? 보니는 러키의 축 늘어진 몸을 빠르게 훑었다. 그러다 품에 안았던 니키가 떠올랐다. 창백한 푸른 입술이 스쳤다. 그러자 이해가 되었다.

"넌 그런 거 필요 없어."

러키는 몸을 웅크리고 신음했다.

"배가 아파."

"그게 정상이야. 곧 나을 거야."

보니는 중얼거렸지만, 뭐가 정상인지는 알 수 없었다. 살면서 술을 마셔본 적도, 약을 했던 적도 없었다. 그러니 지금 러키가 겪는 상황을 경험해 본 적이 있을 리 없었다.

"너 휴대폰은 어디 있어?"

"왜?"

"보고 싶은 게 있어서."

"언니 폰 써."

"내 건 플립폰이잖아. 안 돼."

"어휴, 언니 진짜 이상해."

러키가 못마땅한 소리를 냈다. 하지만 보니는 아주 살짝, 미소를 지었다. 그래도 제 성깔은 잃지 않았네. 그건 좋은 신호였다.

"비밀번호 뭐야?"

"니키 생일."

보니는 말없이 러키를 짧게 토닥여 알았다는 뜻을 전했다. 가장 은밀한 방식으로 사랑을 보여주는 것, 그게 바로 러키다운 행동이었다. 보니는 거실에서 휴대폰을 가져와 액정 화면에 뜬 시간을 보았다. 러키를 일단 재우고 나서 제시간에 체육관에 간 다음 스파링을 하고 곧바로 돌아오면 되겠지. 액정에 손을 대자 화면이 밝아지면서 '트롤 인형'이라는 사람이 보낸 메시지가 연속으로 떴다.

어디야

좋은 말로 할 때 전화 받아

알았어 미안해 내가 사진 찍어서 ㅋㅋ

쌍년아

벌써 뉴욕 갔어???

진짜 진짜 미안 제발 얘기 좀 해

화장실에 가보니, 러키는 아까보다 더 심하게 웅크리고 있었다.

"트롤 인형이 누구야?"

러키가 다시 못마땅한 소리를 냈다.

"누군지는 모르겠는데, 엄청 열렬한 문자들이 왔어."

러키는 고개를 들더니, 온 힘을 짜내 늑대 같은 창백한 미소를 지었다.

"언니는 알 거 없어."

보니는 메시지를 무시하고서 러키의 휴대폰으로 검색 엔진을 열었다. 하지만 엄지를 자판 위에 올려놓았어도 이제 뭘 물어봐야 하는지 알 수가 없었다. 러키의 하얀 얼굴과 눈 아래로 난 어두운 다크서클을 바라보며, '금주 방법'이라고 쳤다. 그러자 재활 시설 이용법이 자동으로 떠올랐다. 그러면 러키는 재활 시설에 가야 하나? 비용은 얼마나 되나? 에이버리가 옆에 있었으면 좋았을 텐데. 언니는 칼같이 단호하게 결정을 내렸을 텐데.

"에이버리에게 전화해야 할까?"

보니의 물음에 러키가 어마어마한 기세로 소리쳤다.

"안 돼!"

"하지만 이런 건 언니가 잘하잖아."

보니의 목소리에는 뭔가를 무서워하는 아이가 낼 법한 칭얼거림이 섞여 있었다. 목을 가다듬고 계속 말했다.

"언니가 도와줄 수 있어."

"큰언니는 내가 이미 망했다고 생각해."

보니가 눈썹을 지그시 모았다.

"에이버리는 널 보면서 예전의 본인을 떠올리는 거야."

그리고 니키도 떠올린다는 게 더욱 걱정이었다. 보니는 그 말은 하고 싶지 않았고, 사실은 생각하고 싶지도 않았다. 그녀는 휴대폰을 다시 바라보았다.

"수분을 충분히 섭취하고 과일과 채소를 먹으래."

러키가 몸을 일으키자 구토감이 일은 듯했다. 그녀는 뱃속 가장 깊은 곳에서부터 끌어올리듯, 길고 거친 구역질을 하며 토했다. 나오는 것 없는 토악질을 하면 할수록 온몸이 격하게 떨렸다. 보니는 얼굴을 움찔 구겼다. 소리를 듣고만 있어도 고통스러웠다. 러키는 변기에서 주춤주춤 떨어져 낮은 욕조에 등을 대고는 입가에 흘러내린 침을 닦았다. 손이 덜덜 떨리고 있었다.

"아무것도 안 나와."

러키가 얕은 숨을 헐떡이며 말했다. 보니는 마른침을 삼키면서 차분한 목소리를 내려 했다.

"곧 멈출 거야. 오늘 아침에 몇 번이나 토했어?"

러키는 욕조의 둥그런 가장자리에다 목 뒤를 기대고선 눈을 감았다. 그리고 얼굴을 거칠게 문지르며 말했다.

"백만 번. 그리고 사흘 동안 화장실에 못 갔어. 그것도 검색해 볼래?"

보니가 다시 검색을 했지만, 재활 시설 이용법만 더 뜰 뿐이었다.

"뭣 좀 먹을 수 있겠어?"

러키는 눈을 뜨지도 않고 고개를 저었다.

"또 뭐래?"

보니는 검색 목록을 쭉 훑었다.

"찬물로 샤워하래."

러키는 차가운 물방울이 피부에 벌써 와닿았다는 듯 움찔했다.

"그냥 여기서 쉴래. 그래도 돼?"

동생에게 강요하는 게 옳은가? 보니는 알 수 없었다. 러키가 하기 싫어하는 일을 시키는 게 정말 싫었지만, 혹시 이게 에이버리 말대로 러키를 '방조'하는 건 아닐까? 보니는 재활 시설 웹사이트 목록을 쭉 읽다가 마지막 항목을 보았다. '금단증상을 겪을 때는 반드시 이걸 기억하세요. 거기에 맞서야 합니다. 고통이 찾아오면, 고통에 무감각해져서 그저 고통이 사라지게 두면 안 됩니다. 고통에 힘껏 맞서고,

중독 증상을 버티세요.'

고통에 맞서는 것이야말로 보니가 잘 아는 분야였다. 러키가 이겨내도록 도와줄 사람은 바로 자신이었다. 자신은 신체적 한계를 끝까지 밀어붙이는 삶을 살아왔으니까. 보니는 심호흡을 한 다음 러키 앞에 무릎을 꿇고서 아기 때처럼 동생을 양팔로 감싸 안았다. 그러곤 키가 크고 앙상한 동생을 번쩍 들어 올렸다.

"뭐 하는 거야?!"

러키가 마구 소리쳤다. 보니는 러키의 몸이 쓰러지지 않도록 가슴에 꼭 댔다. 동생은 유리처럼 날카롭고 금방이라도 깨질 것만 같았다.

"샤워해야지. 그다음엔 뭘 좀 먹자."

러키는 고개를 젖혀서 언니를 보았다. 이제 그녀의 얼굴은 보니와 고작 몇 센티미터 떨어져 있었다. 숨결이 시큼했고, 아랫입술이 파르르 떨렸다. 마치 그 옛날 어린 꼬마로 돌아가 눈물을 터뜨리기 직전의 모습 같았다.

"못 하겠어."

러키가 속삭였지만 보니는 대답했다.

"할 수 있어. 내가 도와줄게."

보니는 막냇동생의 옷을 더없이 조심스러운 손길로 벗겼다. 언젠가 메트로폴리탄 미술관에서 그림을 설치하는 걸 본 적이 있었다. 작품을 다루는 사람들은 하얀 면장갑을 끼고서 완충제를 댄 케이스를 벗긴 다음 숭배하듯 부드러운 손길로 금빛 액자 표면을 어루만졌다. 그때 봤던 조심스러움을 담아 보니는 러키에게 손을 대려 했다. 메트로폴리탄 미술관 소장품 중에서도 가장 소중한 작품을 만지는 것처럼 러키의 티셔츠를 머리 위로 가만히 벗겨냈다. 티셔츠에서 풍겨오는 알싸한 땀 내음은 무시했다.

"미안. 나 냄새나지."

러키가 민망해하며 미소 지었다. 보니가 손을 내저었다.

"네가 체육관 남자들 냄새를 못 맡아봐서 그래."

다음으로는 무릎을 꿇고 러키의 청바지를 벗겼다. 마치 기도하는 사람처럼 경건하게. 러키는 발목에 얽힌 바지 천에서 나와 보니의 어깨에 손을 얹었다. 우유처럼 하얀 다리에는 멍이 들어 있었다. 이제 팬티 차림이 된 러키는 보니를 톡톡 쳤다.

"여기서부터는 내가 할게."

보니는 동생의 사생활을 지켜주는 차원에서 밖으로 나간 다음, 안에서 샤워기 물소리가 들릴 때까지 기다렸다. 그리고 러키가 먹을 만한 걸 찾아보려고 주방으로 갔다. 다행히 러키가 도착하기 전에 이온 음료와 계란, 과일과 단백질 바를 비롯해 시금치가 든 커다란 통을 많이 사다두었다. 근육 키우는 데 좋은 음식으로, 탈수에도 역시 도움이 되었다. 벽시계를 슬쩍 보니 러키를 안정시킨 다음 뭘 빨리 먹고 체육관에 돌아가면 될 것 같았다. 러키가 가장 좋아하는 파란색 게토레이를 들고 바나나 하나를 뭉치에서 떼어냈다.

화장실에 가보니, 러키는 수건만 두르고 서서 추위에 떨며 이를 딱딱 부딪치고 있었다. 보니는 아직도 동생이 새로 한 픽시컷 탈색 머리에 적응이 되지 않았다. 보니는 어두운 금발이라 물에 젖으면 머리카락 색이 짙어졌지만, 러키의 머리카락은 물에 젖어도 색이 변하는 일 없이 과산화수소로 탈색한 하얀 머리카락이 두피에 달라붙었다. 그녀는 들어오는 보니를 빤히 쳐다봤다.

"얼어 죽을 것 같아."

"자, 이것부터 마셔."

그녀는 러키에게 게토레이와 바나나를 준 다음 세면대 아래에서 헤어드라이어를 꺼내고는 러키를 큰 방으로 데려갔다. 이 아파트에는 방이 두 개 있었다. 큰 방은 원래 보니와 에이버리가 썼지만, 나중에는 니키의 방이 되었다. 작은 방은 동생 둘의 방이었다. 큰 방에는 퀸 사이즈 침대와 화장대가 있었고, 오래되어 얼룩진 크림색 카펫도 깔려 있었다. 다른 방에는 네 자매가 어릴 적 한 번씩은 썼던 이층 침대가 아직도 있었고, 먼지 쌓인 헬스 자전거와 보니가 처음 샀던 펀칭 백도 있었다. 보니는 헤어드라이어의 플러그를 꽂은 다음 침대에 앉았다. 그리고 러키에게 자신의 아래에 앉으라고 손짓했다. 헤어드라이어가 요란한 소리를 내며 러키의 머리를 말리기 시작하자, 보니는 손끝으로 젖은 머리칼을 풀어가며 동생의 두피를 문질렀다.

"게토레이 계속 마셔."

그녀가 윙윙대는 더운 바람 소리 위로 소리쳤다. 러키는 고분고분하게 뚜껑을 따고는 고개를 뒤로 젖혀 인공 색소로 파란빛을 낸 음료수를 한 모금 삼키고는 바나나를 작게 베어 물었다. 보니는 곰이 벌집을 헤치듯 머리카락을 헝클어뜨리며 말렸다. 물기가 마른 러키의 머리칼이 민들레 홀씨처럼 손바닥에 와닿았다. 이제는 추위를 타지 않는 걸 확인한 보니는 드라이어를 껐다. 그리고 조용해진 방 안에서 동생의 머리를 손으로 감싸고는 어색하게 정수리에 입을 맞추었다.

"다 됐어. 그럼 이제 잘까?"

그녀는 어수선하게 물건이 들어찬 가방에서 커다란 티셔츠와 트레이닝 바지를 꺼내 러키에게 입힌 다음 이불을 턱까지 덮어주었다. 베개와 이불 더미 사이로 동생의 창백하고 갸름한 얼굴이 작게 드러났다. 보니는 러키에게 이불을 꼼꼼히 덮어준 다음 동생의 눈이 스르르 감기는 모습을 지켜보았다.

"미안해. 나 계속 약해빠진 년처럼 굴었지."

러키가 눈을 감은 채로 말했다. 보니는 피식 웃었다. 그러자 러키가 한 마디 더 했다.

"이렇게 기분이 안 좋을 줄 몰랐어."

"그래, 아마 너…."

보니는 적당한 말이 뭐가 있을까 고민하다가 덧붙였다.

"정말 많이 했나 봐?"

하지만 말을 뱉자마자 바보 같은 말이란 생각이 들었다. 러키가 눈을 뜨더니 메마른 웃음을 지었다.

"그런 것 같아."

보니는 자세한 이야기를 묻지는 않았다. 러키가 입을 꾹 다물어버리면 안 되니까. 다만, 동생이 뭘 했는지 생각해 보기가 무서웠다. 상상보다는 현실이 좀 낫기를 바랄 뿐이었다.

보니는 이불 위를 가볍게 토닥이며 말했다.

"괜찮아. 넌 블루 집안 애잖아. 튼튼하게 태어났다고."

러키는 베개에 폭 싸인 채로 언니를 빤히 바라보며 말을 반복했다.

"튼튼하게라. 그러면 니키는 안 튼튼했어?"

러키의 눈꼬리에 굵은 눈물방울이 맺히더니 귓가로 또르르 흘러내렸다.

"니키도 튼튼하게 태어났지. 다만 운이 나빴을 뿐이야."

보니는 러키의 관자놀이를 따라 남은 눈물 자국을 이불 자락으로 닦아주었다. 그러곤 방에 블라인드를 쳐서 햇살을 막은 다음, 러키가 혹시 다시 구토할지 몰라 주방에서 통을 가져왔다. 침대 옆 바닥에 통을 놓자, 이불 사이에서 러키의 손이 슬그머니 나오더니 보니의 소매를 잡았다.

"갈 거야?"

그녀가 작은 목소리로 물었다. 보니는 두 번 생각하지 않고 고개를 저었다.

"여기 있을게."

보니는 침대 가장자리에 살짝 걸터앉아서 러키가 잠든 것처럼 보일 때까지 보초 서듯 지켜보았다. 마침내 잠든 게 확실해지자, 다시 인터넷 검색을 하면서 내용을 계속 읽었다. 웹페이지를 스크롤하며 계속 읽고 내용을 갈무리하는 동안, 심장이 목구멍에서 두근두근 뛰는 기분이었다. 기사들은 대부분 집에서 재활 치료를 하는 건 심각하게 위험한 행동이라고 강조했다. 하지만 보니는 러키를 재활 시설에 보내기란 불가능하다는 걸 알았다. 러키가 자발적으로 갈 리 없고, 어쨌든 보니는 좋은 시설을 찾을 방법을 몰랐으며, 찾는다 해도 돈을 낼 수가 없었다. 에이버리에게 전화해야 하겠지만, 그런다면 러키는 두 번 다시 자신을 믿어주지 않을 터였다.

게다가 러키가 이 어려움을 극복하도록 도와줄 사람은 바로 자신이라는 생각을 떨칠 수가 없었다. 자신만큼 적합한 사람이 또 있겠는가? 기회란 보는 즉시 잡아야 한다. 오랫동안 링에서 싸워온 경험이 있는 보니는 그걸 알고 있었다. 지금은 동생의 마음에 열린 자그마한 의지라는 창을 이용해야 했다. 온 힘을 다해 그 창으로 러키를 끌어내야 했다. 니키에겐 몇 분 늦게 도착했기에 그럴 수 없었다. 하지만 러키에겐 실패하지 않을 것이다.

보니는 주방에 가서 온라인으로 검색한 자연치유 영양식 조리법을 따라 국을 끓이기 시작했다. 영양사의 말에 따르면 이 식이요법으로 위경련부터 암까지 모두 치료할 수 있다고 했다. 소리 내지 않으며 당근을 자르던 보니는 주방 벽에 걸린 검은 고양이 시계가 꼬리를 살랑살랑 흔드는 걸 바라보며 생각했다. 다나는 지금쯤 워밍업 중이겠지. 하지만 보니는 그 생각을 덮고는 앞에 둔 오렌지 조각을 집중해서 얇게 썰었다. 할 거면 제대로 하고 싶었다.

그 후로 며칠 동안 보니는 러키 곁을 지켰다. 동생이 잘 먹고 목욕하고 쉬는지 확인했다. 둘은 함께 낮 시간에 방영되는 돼먹지 못한 TV 프로그램을 보았고, 센트럴 파크를 느릿느릿 산책했다. 러키는 햇살에 얼굴을 찌푸리면서 보니와 팔짱을 끼고 기댄 채 걸었다. 둘은 '이상한 나라의 앨리스' 동상 옆에 앉아, 여름옷을 입은 아이들이 버섯 동상 위를 밟고 앨리스의 무릎에 기어올라 앉는 모습을 지켜보았다. 동상의 청동 표면이 타고 올라가려는 아이들의 손길과 발길을 수도 없이 받아 매끈해져 있었다.

"우리도 저기 올라갔던 거 기억나?"

보니의 물음에 러키는 힘없이 미소를 지었다.

"우리가 대체 언제 저렇게 어렸었지?"

보니는 체육관 생각을 죄다 덮어버리고는 대신 온라인에서 기사를 찾아 금단증상을 완화하는 데 좋은 방법들을 끝없이 읽어 내려갔다. 러키의 갈증을 덜어주려고 주스와 스무디를 만들고, 메스꺼움을 없애려고 이마에 페퍼민트 오일을 문질러주고, 유튜브에 나온 대로 프라나야마 치유 호흡법을 가르쳐 주었다. 모든 게 계획대로 착착 진행되는 듯했다. 그러다 사흘째 되던 밤, 러키는 혼자 외출하겠다고 대뜸 요구했다. 어디에 갈 건지, 왜 나가는 건지 말하려 하지 않았고, 보니는 내보내 줄 생각이 없었다. 그녀는 현관 앞에 서서 동생의 앞을 막았다.

"진짜로 나 안 내보내 준다고?"

러키가 물었지만, 보니는 피치스의 경비원으로 일할 때처럼 팔짱을 끼고서 몸을 세우고는 무표정하게 얼굴을 굳혔다.

"아직은 못 내보내."

그녀는 차분하게 말했다. 그 목소리에는 들끓는 속마음이 전혀 드러나지 않았다.

"진짜로?"

러키가 다시 물었다. 목소리에 점점 짜증이 묻어났다. 하지만 보니는 미동도 하지 않았다.

"나랑 지금 장난해?"

러키가 버럭 소리를 지르며 다시 돌아서서 집으로 들어가려는 듯하다가, 갑자기 홱 돌아서더니 다시 현관으로 돌진했다. 그리고 보니에게 달려들어 옆으로 밀어내려고 애쓰며 소리쳤다.

"나 통제하지 마!"

"난 너를 통제하려는 게 아니야. 안전하게 보호하려는 거야."

보니는 쉽게 러키의 팔을 가슴에 눌러서 꼼짝 못 하게 만들었다.

"안전은 무슨? 알아서 안전하게 다닐 거야! 내가 지금까지 어떻게 살아왔다고 생각하는데?"

러키는 고래고래 소리를 지르더니, 보니의 팔에 잡힌 물고기처럼 펄떡펄떡 몸부림을 쳤다. 그러다 무릎이 풀리면서 둘은 함께 현관 바닥으로 넘어졌다. 보니가 이제껏 받은 복싱 훈련은 죄다 소용없어지고 말았다. 둘은 다시 아이로 돌아간 것처럼, 망해버린 게임을 두고 다투는 것처럼 싸웠다. 러키가 먼저 몸을 털고 일어나 문으로 달려갔지만, 보니가 발목을 잡아끌어 내리려 했다. 하지만 무릎을 잡는다는 걸 잘못해서 트레이닝복을 잡고 내리는 바람에, 창백한 엉덩이 사이로 놀랍도록 소녀스러운 분홍빛 끈팬티가 드러나고 말았다. 러키는 한 손으로 허리 밴드를 끌어 올리며 한 손으로는 필사적으로 문손잡이를 잡으려다가 쓰러져서 무릎을 찧었다. 엉덩이 위로 아직도 미처 올리지 못한 바지 밴드가 걸려 있었다. 러키는 고개를 푹 숙이고 어깨를 파들파들 떨었다. 그제야 보니는 괴로운 마음으로 깨달았다. 내가 동생을 울렸구나. 어릴 때처럼 내가 너무 거칠었구나.
"제길, 미안해, 러키. 정말 미안해."
보니는 카펫 위를 기어 러키에게 다가가 힘을 쭉 뺀 손을 동생의 어깨에 살짝 얹었다. 하지만 이쪽을 돌아본 러키의 얼굴은 웃음으로 온통 구겨져 있었다. 그녀는 또 웃음을 터뜨리며 바지를 홱 올리더니, 눈물을 닦으며 말했다.
"알았어, 됐다고. 언니가 이겼어. 영화나 보자."

주말이 끝나갈 무렵 러키는 구토할 것 같지도, 꾸벅꾸벅 졸지도, 자살을 시도할 것 같지도 않아 보였다. 처음으로 이런 모습을 보이자, 보니는 아침 일찍 달리기를 하자고 권유했다.
"네가 옆에 있으니까 좋다."
보니가 나란히 달리고 있던 러키를 슬쩍 밀며 말했다. 1.5킬로미터쯤 달리니 엔돌핀이 돌기 시작했다. 그녀는 씩 웃었다.

"말 그대로 러닝메이트네."

러키는 보니와 발을 맞춰 앞으로 달려가면서, 애써 최대한 어깨를 으쓱여 보이며 헐떡였다.

"아직도… 망할… 시차 적응… 중이야…. 그리고… 밤에… 마리화나… 졸피뎀… 없으면… 잠이… 안 와."

보니는 폴짝 뛰어 몸을 돌리고는 뒤로 달리기 시작했다. 이제는 러키와 마주 보며 뛰게 되었다. 링에서 발을 가볍게 유지하며 풋워크로 점수를 따는 방식대로, 마상쇼에서 우아하게 뛰는 말처럼 발끝으로 뛰며 대화를 했다.

"곧 적응할 거야. 시간이 좀 걸리겠지만."

"언니는… 땀도 안 흘리네. 진짜… 싫다."

러키가 헉헉대며 말했다.

보니는 이제 옆으로 몸을 돌리고는 발뒤꿈치를 옆으로 탁탁 밀듯 뛰면서 러키의 달리기 속도에 맞췄다. 러키가 목에서 거대한 가래 끓는 소리를 내더니 풀밭에 힘차게 침을 뱉었다.

"잠깐 쉬자."

보니의 말에 러키는 잔디밭 위로 무너지듯 주저앉아 큰대자로 기다란 팔다리를 뻗으며 신음했다.

"아, 감사합니다. 나 담배 끊어야겠어."

보니가 인터넷에서 읽은 글에 따르면, 흡연자가 금연 첫해부터 중독 물질을 한꺼번에 갑자기 끊는 건 권장하지 않는다고 했다. 오히려 과부하 반작용이 일어나 재발 가능성이 있기 때문이란다.

"담배는 안 끊어도 돼."

보니가 재빨리 말하자, 러키는 언니를 슬쩍 보았다.

"나 담배 피우는 거 싫어하지 않았어?"

보니는 어떤 사이트에서 본 태평한 조언이 떠올랐다. '죽을 확률이 높은 순서대로 중독 물질을 끊어라.' 그렇다면 지금은 술과 마약부터 끊어야 한다. 나머지는 나중에 해도 된다.

"스트레칭 시켜줄게. 다리 쭉 펴."

보니는 러키의 발목을 잡고 들어 올렸다. 러키는 즐거움인지 고통인지 분간이 안 되는 비명을 작게 지르며 다리를 폈다. 그리고 손에 머리를 괸 채로 기분 좋게 숨을 내쉬었다. 즐거움이라. 드디어 얘가 나아지고 있구나. 보니는 만족스럽게 그 모습을 보았다. 이제는 러키가 방금 경험한 걸 잊지 않도록 해주어야 했다.

"너 있잖아, 자조 모임인가 그런 데 가야 할까? 에이버리처럼?"

보니가 러키의 아킬레스건을 바라보며 스트레칭을 해주었다. 러키는 누운 채로 푸, 하고 입술을 떨었다.

"큰언니가 생각만큼 단단하지 않은 거 알지?"

"에이버리가? 무슨 뜻이야?"

러키는 무언가 말하려다가 생각을 고쳐먹고 입을 다물었다. 그러다 결국 이렇게 말했다.

"슬프지 않아? 에이버리가 아직까지 모임에 다녀야 한다는 게?"

보니는 동생을 바라보며 고개를 갸웃댔다.

"도움이 되니까. 그만둘 이유가 없잖아?"

러키는 팔로 몸을 지탱하며 앉았다.

"하지만 그것 역시 의존 아니야? 약 대신에 모임에 중독된 거잖아?"

"따지고 보면 모든 사람은 다 어딘가에 중독되어 있어. 그렇다면 좋은 쪽에 중독되는 건 괜찮지 않나."

러키는 고개를 갸웃한 채로 언니를 올려다보았다.

"언니는 아니잖아. 언니는, 따지고 보면 '깨끗하게 맑게 자신 있게'의 화신 같은데."

보니는 피식 웃으면서 다른 쪽 다리를 스트레칭했다.

"어, 맞아. 그걸로 링 네임을 할까 했었어."

"진지하게 묻는 거야. 살면서 뭔가에 중독된 적이 있기는 해?"

"그럼, 있지."

"뭐에?"

보니는 치아를 드러내며 웃었다.

"고통 중독이랄까."

러키는 머리 뒤에 손을 얹고서 구름 한 점 없는 새파란 하늘을 올려다보았다. 그리고 한숨을 쉬었다.

"있지, 나도 언니한테는 그게 좋은 거라고 생각해."

보니는 러키의 다리를 내려놓고서 옆 잔디밭에 쪼그려 앉았다. 며칠 동안 러키에게 물어보고 싶은 게 있었고, 지금이 마침내 그 질문을 꺼낼 때였다.

"나 물어보고 싶은 게 있는데…. 왜 지금 끊으려고 해? 마음을 먹게 된 계기가 있어?"

러키가 몸을 일으키고는 기다란 팔로 무릎을 감싸안았다.

"이걸 어떻게 말해야 할지 모르겠는데, 시도는 해봐야겠다는 생각이 들었어. 게다가, 언니가 있었으니까."

러키는 진지한 기색으로 보니를 바라보았다.

"언니가 없었다면 이번 주를 못 넘기고 포기했을걸. 진심이야."

보니는 마른침을 삼키고는 러키의 등을 우악스레 문질렀다.

"난 언제나 네 옆에서 널 도와줄 거야. 무슨 일이 있더라도. 알지?"

러키가 눈을 내리깔고서 고개를 끄덕였다. 그러다 보니의 어깨를 콕 찔렀다.

"언니, 체육관 가야 하지 않아?"

보니는 손사래를 쳤다.

"너랑 있어야지."

"나를 평생 지켜볼 순 없잖아."

"평생은 안 그래. 오늘이랑 내일이랑 그다음 날까지만이야…."

보니는 씩 웃었고, 러키는 고개를 저었다.

"내 인생 망했다고 언니 인생까지 망하게 두는 건 싫어."

보니는 동생을 슬쩍 바라보았다.

"너 안 망했어. 네가 하는 일은 정말 용감한 거야."

러키가 혐오스럽다는 소리를 냈다.

"용감하다고 하지 마. 난 정반대니까."

"네가 아직 스스로를 잘 모르는구나. 알게 될 거야."

보니의 말에 러키는 풀을 한 포기 뽑아서 손가락 사이로 빙글빙글 돌리다가 나직하게 말했다.

"소속사가 나를 버렸어. 내가 소속사를 버린 건가? 모르겠다."

"무슨 일 있었어?"

러키는 손을 내려다보았다.

"그냥… 더는 안 하고 싶어, 언니. 이건 아닌 것 같은 기분 알아? 내 경력, 내 인생이 전부 확 줄어들어서…."

그녀는 가느다란 팔 하나를 들고서 휘둘렀다. 보니는 알겠다는 기색으로 고개를 끄덕였다.

"몸이 그렇구나. 알겠어."

보니의 말에 러키는 풀잎을 작게 뭉쳐서 던져버렸다.

"언니가 복싱을 그만둔 이유도 그래서였어? 그런 기분이라서?"

보니는 고개를 저었다. 솔직히 말하자면, 복싱의 육체 활동이 정말 좋았다. 신체를 불가능할 수준까지 몰아붙이고 과제에 맞서 일어나는 느낌을 받으면 무적이 된 듯한 기분이 들었다. 몸 쓰지 않는 일을 평생 하고 산다는 건 상상도 못 할 일이었다. 하지만 스포츠의 정신적 측면이 문제였다.

"니키가 그렇게 됐고 타이틀을 뺏긴 후로, 한 치 앞도 안 보이더라고. 그리고 파벨이 없으니까…. 파벨 없이 어떻게 복싱을 해야 할지 모르겠어."

"왜 파벨을 떠난 거야? 우리는 아무도 이해를 못 했어. 그러니까, 파벨은 최고의 코치잖아."

보니는 숨을 깊이 들이마셨다. 누군가에게 솔직하게 털어놓아야 한다면, 그건 러키였다. 이번 주 내내 러키는 용기를 내 보니의 도움을 받았으니까.

"내가 파벨한테…."

하지만 그다음엔 뭐라 설명할 말을 찾을 수가 없었다. 반했다는 말은 웃겼다. 감정을 느낀다는 말은 너무 모호했다. 사랑을 한다고는 말할 수가 없었다. 그래서 보니는 심장 위에 손을 얹고서 러키를 애원하는 눈빛으로 바라보았고, 러키는 숨을 헉 몰아쉬었다.

"마음이 있구나?"

보니는 두 손에 얼굴을 묻었다. 온통 새빨개졌다. 두 뺨이 햇살에 달궈진 아스팔트 같았다.

"이야, 이건 예상 못 했는데."

러키의 말에 보니가 고개를 들고서 물었다.

"파벨이 그럴 리 없으니까? 날 그렇게 생각 안 할 테니까?"

러키의 표정이 한순간에 부드러워졌다.

"장난해? 파벨한테는 당연히 행운이지! 그냥… 그게, 아, 됐어. 내가 딱 봤다고. 파벨은 진짜 귀엽지. 겨울 내내 러시아 곰이랑 싸워서 이기고 체지방을 소모해서 살아남았어요, 하는 남자가 지닐 법한 귀여움이 있어."

보니는 웃으려고 했지만, 아직도 너무나 부끄러워서 얼굴이 불타고 있었다.

"그래서 말했어? 언니 마음을?"

러키의 물음에 보니는 고개를 저었다. 러키는 혀를 차면서 언니를 향해 총 쏘는 시늉을 했다.

"전형적인 회피성 도망이네. 잘했어."

보니는 얼굴을 찌푸렸다. 러키가 계속 물었다.

"하지만 지금은 도로 체육관에 왔잖아. 그럼 좋은 거 아니야?"

"이제는 파벨이 봐주지 않아. 펠릭스라는 사람이 봐줘. 좋은 사람이지만, 너도 알다시피…."

"그 사람은 안 되지. 그래."

둘은 말없이 앉아 보니가 처한 문제를 곰곰이 생각했다. 길가에서 커다란 샤넬 가방과 온갖 쇼핑백을 들고 가던 한 엄마가 10대 아들의 손을 잡으려 했다.

"뭐 하는 거야?"

아들은 성질을 내며 엄마의 손을 뿌리쳤다. 보니와 러키는 미소를 지었다. 민망하긴 해도, 동생과 함께 앉아 인생 이야기를 하니까 좋았다. 어쩐지 파벨과의 상황을 입 밖으로 말하고 나니 어떻게든 할 수 있을 것 같았다. 오랜만에 기쁨이라 할 만한 걸 조금 느끼기도 했다. 하지만 기쁨보다는 가볍고, 더 익숙한 기분이랄까. 말하자면 '기분 좋음'이랄까. 니키가 죽기 전까지, 자신의 나날을 지탱해 준 평범하고도 일상적인 햇살 같은 기분. 이 느낌이 얼마나 그리웠던가. 비로소 깨닫게 되었다. 그래, 이게 기분 좋음이야. 햇살처럼 단순한 거야.

"그러면, 파벨에게 말할 거야? 그러니까 언니의, 그런 마음?"

러키가 가슴에 원을 그리며 물었다. 하지만 보니는 파벨이 자신에게 마음이 있는지 없는지 애써 해석하다가 새로이 느끼게 된 기분 좋음을 망치고 싶지 않았다. 마음이 없을 수도 있잖아, 하고 가만히 생각하면서. 파벨은 분명히 자신에게 아무런 마음이 없을 거다. 체육관에서 봤던 태도가 엄연한 증거였다.

보니는 벌떡 일어서서 러키를 일으키려 손을 내밀었다.

"다시 네 이야기를 하자. 예쁜 여자로 살고 싶지 않다면, 뭘 할 거야?"

러키는 웃으면서 두 손을 잡았다.

"정말 다른 얘기 하려고?"

"진짜야. 너 뭐 하고 싶은 거 있어?"

보니는 가볍게 뛰면서 러키에게 따라오라고 손짓했다.

"난 그냥 모델이잖아. 다른 걸 어떻게 하는지는 전혀 몰라."

러키의 말에 보니는 달리기를 멈췄다. 그리고 동생의 어깨를 두 손으로 감싸고 부드럽게 흔들어댔다.

"넌 그냥 모델이 아니야."

그녀가 의미심장한 눈빛으로 덧붙였다.

"그리고, 알고 보니 심각한 마약중독자이기도 해."

러키가 힘없이 웃더니, 눈을 내리깔았다.

"내가 어떻게 그걸 잊겠어! 그렇지만 난 고등학교도 안 나왔는데."

보니는 손사래를 쳤다.

"고등학교? 하, 그게 뭐가 중요한데? 너는 그 유명한 러키 블루잖아. 뭐든지 할 수 있다고."

러키가 눈썹을 치켜떴다.

"언니, 지금 스포츠 영화의 마지막 장면 같은 걸로 놀리는 거야?"

보니는 웃으며 대답했다.

"진심이야. 넌 내가 아는 사람 중에서 가장 뛰어난 사람이야. 아무에게도 숙이지 않잖아. 온 세상을 여행하며 다니고. 일본어도 할 줄 알고."

"니혼고 스코시 데키마스."

러키가 나직하게 말했다.

"봐! 하면서!"

"이건 일본어 조금밖에 못 한다는 뜻이야."

"내가 아는 사람들보다는 잘해. 러키 너는 원하는 걸 뭐든 할 수 있어. 모든 사람이 다 원하는 걸 할 수 있진 않아. 그런데 넌 할 수 있어. 아무것도 널 막을 수 없어. 심지어 너도 널 막을 수 없다고."

러키는 억지로 미소를 지어 보였다.

"알았어."

그러더니 보니의 어깨에 손을 얹었다. 지금 둘은 서로에게 두 팔을 얹어 다리를 이룬 것 같았다.

"그럼 언니는?"

"나 뭐?"

"나도 선수 대기실에서 할 법한 이야기는 할 수 있다고."

보니는 손을 옆으로 떨구었다. 자신과 러키의 차이가 있다면, 러키가 정말로 특별하다는 점이었다. 에이버리도 마찬가지였다. 무섭도록 씽씽 돌아가는 언니의 효율적인 두뇌는 어디에든 쓸모가 있었다. 니키는 보니가 아는 사람 중에서 가장 사교성이 뛰어났다. 니키가 맡은 학생들은 선생님이 주는 관심이라는 불꽃에 몸을 녹이려는 듯 그녀의 주변으로 모여들었다. 하지만 보니는 그저 열심히 운동하는 법만 알 뿐이었다. 자매들이 야생마라면, 자신은 그저 당나귀였다.

보니는 집 쪽으로 방향을 바꿔 다시 달리기 시작했다. 어퍼 웨스트사이드의 고층 빌딩이 저 높이 솟아올라 있었다. 산 리모 아파트의 바로크 양식으로 지은 뾰족한 첨탑이 다른 산들보다 더욱 익숙하게 다가왔다. 러키도 달려와 보니를 따라잡았다.

"진짜로 언니는 어떻냐고. 내가 할 수 있다면 언니도 할 수 있어."

"그렇지."

보니의 대답에 러키는 나란히 달리면서 그녀의 팔을 꼬집었다.

"그렇다고 말해!"

"하지 마!"

러키가 다시 꼬집었다.

"말하라고!"

보니는 러키를 밀쳐냈지만, 얼굴은 웃고 있었다.

"알았어, 미친. 나도 뭐든 할 수 있어."

러키는 놀랍게도 속도를 높여서 보니보다 앞서 뛰더니, 돌아서서 미소를 지었다.

"그게 바로 파이터 정신이지."

행복이 물결처럼 보니를 띄웠다. 그 물결을 따라 집으로 가서 로비로 들어가 엘리베이터를 타고 집 앞까지 둥실둥실 떠왔다. 아침으로 무슨 스무디를 만들어 먹을까 즐겁게 대화하던 그때, 보니가 숨을 헉 들이쉬면서 걸음을 우뚝 멈췄다.

"왜 그래?"

뒤따라오던 러키가 물었다.

아파트 문 앞에 앉아 있는 사람은 바로 에이버리였다. 아직 에이버리가 이쪽을 보지 않았던 터라, 단 몇 초뿐이었지만 보니는 언니의 진짜 얼굴을 보고 말았다. 꾸밈없고, 가식 없는, 회피하지 않는 모습을. 무슨 일인지는 모르겠지만 에이버리는 상처받은 채였다. 보니의 가슴으로 언니의 고통이 느껴졌다. 에이버리는 고개를 푹 숙이고 팔다리에 힘을 빼고서 문가에 웅크려 주저앉아 있었다. 이윽고 그녀는 고개를 들어 동생들을 보았다. 그러자 둘의 눈앞에서 에이버리가 마음을 추스르는 모습이 펼쳐졌다. 커다란 현수막이 펼쳐지는 모습이 이럴까. 느슨한 천 더미가 확 당기는 줄의 힘을 따라 거대한 구조물의 모습을 갖추는 느낌이었다. 보니는 복도를 쏜살같이 달려 언니에게로 가면서 생각했다. 언니는 언제나 이렇게 팽팽하게 스스로를 당기고 있었구나. 하지만 보니가 채 닿기도 전에 에이버리가 몸을 일으켜 보니를 안아주었다. 단 한 번이라도 언니가 먼저 도와달라고 말한다면 얼마나 좋을까, 하고 그녀는 생각했다.

9장
에이버리

러키가 런던을 떠난 날 저녁이었다. 늦게 퇴근해 집에 온 에이버리는 소파에서 잠든 치티를 보았다. 금색 실로 수놓은 버건디색 담요가 다리 위에 어지럽게 얽혀 있었다. 옆에 앉아 치티의 허벅지에 살짝 손을 얹자, 잠에서 깬 치티가 졸린 기색이 그득한 눈으로 에이버리를 올려다보았다.
"치티, 밤이 깊었어."
"기다렸어."
"방으로 가자."
에이버리가 치티의 몸에 두른 담요를 풀어주려고 하는 순간 치티가 갑자기 몸을 일으키더니 주머니에서 무언가 꺼내 그들 사이에 놓았다. 에이버리는 뭐냐고 묻기도 전에 그게 뭔지 알아챘고, 속으로 제발 자신이 틀렸기를 하늘에 빌었으나 소용이 없었다.
"누구야?"

치티가 차갑고 나직한 목소리로 물었다.

에이버리는 고개를 떨구었다.

"그 남자 이야기를 하자는 게 아니야."

치티가 손을 들어 말을 막았다.

"이런 증거는 다른 데서 처리하고 없앨 수 있었을 텐데, 우리 집에 남겨뒀잖아. 의도적이든 아니든, 나한테 알리고 싶었던 거야. 그러니 이야기를 하자. 붙어먹은 남자가 누구야?"

에이버리가 도망치려는 듯 서류 가방 손잡이에 손을 뻗었다. 하지만 당연하게도 도망칠 곳이 없었다.

"그 남자는 아무것도 아니야. 그건 알아줘, 치티."

치티는 놀란 척 손뼉을 쳤다.

"아, 이게 대본이야? 전에 읽은 적이 있어. 그 남자는 아무것도 아니야. 아무런 의미가 없어. 제발 용서해 줘. 이거 맞지?"

치티는 잔인하게도 에이버리의 발음을 조악하게 흉내 낸 미국식 억양으로 말했다.

"그 남자는 아무것도 아니라니까. 정말로 아무런 의미가 없다고."

에이버리가 고집스레 말하자, 치티가 쏘아붙였다.

"아무것도 아닌 건 아니지. 사람이잖아. 네가 인터넷에서 보고 있던 찰리라는 시인이야?"

에이버리의 시선이 치티에게로 홱 돌아갔다. 치티는 담요를 풀어 던지고 일어섰다. 그리고 에이버리의 눈길을 피하면서 거실을 이리저리 오가기 시작했다.

"그래, 네 인터넷 검색 기록을 봤어. 내가 그런 짓을 한 건 이번이 처음이야. 당연하게도 그럴 필요가 없다고 생각했으니까. 그런데 이젠 아니더라."

"정말 미안해."

에이버리는 효과 없는 사과를 나직하게 건넸다.

"그래서, 찰리라는 남자 맞아?"

에이버리는 다시 고개를 떨구었다. 치티는 허리에 손을 짚었다. 차고 있는 은색 팔찌가 짤랑였다. 이어서 말이 떨어졌다.

"남자와 잤구나."

"그냥 거기 있어서 우연히 그렇게 됐을 뿐이야, 정말이야. 그 남자가 문제가 아니야. 문제는 나야."

치티는 소파 주위를 빙글빙글 돌았고, 에이버리는 자리에서 일어섰다. 둘은 서로를 마주 보았다.

"여자랑 있는 게 이제 싫은 거야? 그래? 넌 레즈비언을 잠깐 즐기다가 이제 다시 좆 달린 쪽으로 돌아간 거야?"

치티가 '좆'이라는 말을 너무나 강한 어조로 내뱉는 바람에 에이버리는 그만 웃을 뻔했다. 하지만 치티의 얼굴을 보자 웃을 일이 아니라는 걸 깨달았다.

"넌 내 아내야, 치티. 네가 어떻게 잠깐 즐기는 게 되겠어."

"그래, 난 빌어먹을 네 아내잖아! 너는 그걸 몰라서 이래?"

치티가 비명을 질렀다.

"알아! 그래서 내가 이제껏 이 문제로 스스로를 괴롭혔던 거야! 너무 괴로워. 이러는 내가 싫어."

치티는 믿을 수 없다는 듯 고개를 저었다.

"나더러 동정해 달라는 거야?"

"아니야! 난…."

"이러는 네가 싫다고? 그래서 어쩌라고! 네가 무슨 10대야?! 자살 충동이 있다고 그걸 실행에 옮기는 철없는 짓을 하면 안 되잖아."

"변명을 하자는 건 아니지만…."

치티가 또 그녀의 말을 가로막았다.

"네가 원했던 집을 내가 샀잖아. 네가 좋아하는 음식을 내가 먹잖아. 네 가족을 내 피붙이처럼 아끼잖아. 그런데 넌 나를 모욕하는구나."

"내가 언제 이 집을 사라고 했는데."

에이버리가 중얼거리자, 치티가 고개를 홱 돌려 이쪽을 보았다.

"뭐?"

"내가 원하는 집을 사길 바랐던 건 너였어. 내가 좋아하는 음식을 만들자고 고집을 부렸던 것도 너잖아. 네가 스스로 희생양을 자처해서 내가 괴물이 됐어. 내가 나빠야 네가 착해질 수 있으니까."

치티는 격하게 고개를 저었다.

"이게 무슨 말이야? 지금 내 사랑을 원하지 않았다고 말하려는 거야? 진심이야? 그래서 그 사랑에서 얻은 이익이 없었어? 그러면 왜 이제껏 계속 다 받아들이고 산 거야? 왜?"

"그야 나도 원했으니까! 하지만 너도 주고 싶어 했잖아! 내가 널 계속 원했으니까, 너도 이익을 얻었잖아."

에이버리는 다시금 침묵했다. 치티는 소파 등받이를 손으로 짚고 서 지친 듯 몸을 기울였다. 그녀는 에이버리를 보지 않고 쿠션에 대고 말했다.

"넌 언제나 너의 본질을 회피하고 싶어 했어. 내가 널 처음 만났을 때부터 그랬지. 하지만 이럴 줄은 정말 몰랐어. 어떻게 네가….."

치티의 목소리가 갈라졌다. 에이버리는 그 소리에 움찔했다. 그 안에 담긴 날것의 동물적인 고통이 느껴졌다.

"…나한테서 도망치려 하니."

"그런 게 아니야."

에이버리가 나직하게 말했다. 치티는 눈길을 홱 들어 그녀를 마주 보았다. 검은 눈망울을 활활 태우며 치티가 소리쳤다.

"그럼 뭔데? 말해봐! 왜 말을 안 해? 어째서 우리 인생을 파괴할 지경이 되어서야만 네가 불행하다는 말을 할 수 있는 건데? 네가 불행하다는 거, 나도 알아. 나도 불행해. 그러니까 어른답게 그냥 말하라고! 어서 지껄여보라고!"

"어디서부터 말해야 할지 모르겠어."

그녀는 겁쟁이였고, 본인도 알고 있었다. 치티가 자신의 감정뿐만 아니라 에이버리의 감정까지도 대신 말하게끔 유도하고 있었으니까. 말하자면 이건 잔인한 인형극이었다. 치티는 그녀를 바라보며 경멸스럽다는 듯 콧김을 뿜었다.

"음주가 재발의 끝이라고들 하는 거 알지? 항상 몇 달 전부터 시작돼. 멀어지고, 원한이 쌓이고, 핑계를 만들어대기 전부터 말이야."

에이버리는 혼란스러운 표정으로 눈살을 찌푸리고서 말했다.

"나 재발하지 않았어. 정말이야."

"그래, 그 말 믿어. 하지만 모르는 사람과 같이 잔 건 배신의 끝이지. 너는 지난 1년간 나에게서 조금씩 멀어져 갔어. 난 이 순간을 1년 동안 기다려 왔고."

"딱 한 번뿐이었어."

에이버리는 그게 중요하다는 듯 말했다.

치티는 관자놀이를 얼른 짚었다. 그리고 무언가를 급히 찾는 것처럼 주변을 둘러보았다. 온몸이 부들부들 떨려왔다. 그러더니 갑자기 사이드 테이블에 있던 꽃병을 덥석 집어서 바닥으로 던졌다. 그들이 인도로 신혼여행을 갔을 때 산 꽃병으로, 유리 재질로 된 원통형 몸체에 터키석색과 분홍색으로 물결치는 무늬가 새겨져 있었다. 꽃병이 나무 바닥 판과 벽 사이에서 어마어마한 힘을 받고 깨지는 모습이 마치 언젠가 깨지기만을 평생 기다려온 것 같았다. 유리 조각들이 양탄자 위로 떨어지며 빛을 받아 반짝거렸다.

"이래봤자 지금 내가 느끼는 감정의 10분의 1밖에 안 돼."

치티가 떨리는 목소리로 말했다.

에이버리는 생각했다. 감정이 그렇게 나뉘져 전달될 수 있다는 식으로 말하네. 그럴 수 있었다면 좋았을 텐데.

"가만히 있어. 움직이지 마. 빗자루 가져올게."

에이버리가 말했지만, 치티는 비명인지 애원인지 모를 소리로 대답했다.

"싫어. 살면서 이번 한 번만이라도 네가 만든 이 난장판 속에 머물러줘. 숨기지 마. 고치려 들지도 마. 네가 저질러놓은 짓을 직시하라고. 제발, 부탁이야. 이제껏 그런 적 없다 해도, 이번 한 번만이라도 그렇게 해줘, 에이버리."

부서진 유리 조각들이 내려앉은 빗방울처럼 반짝였다. 치티는 맨발로 그 위에 한 걸음을 내디뎠다. 치티의 발이 아닌 자신의 발바닥이 유리를 바스락 밟은 듯, 에이버리는 고통 어린 비명을 질렀다. 피를 봤다고 생각했지만, 그건 치티의 핏빛 패티큐어 색이었다.

"하지 마!"

에이버리가 소리쳤다. 깨진 유리 가운데 선 치티는 불타는 눈동자로 에이버리를 돌아보았다.

"이 집에서 슬퍼하는 사람이 너밖에 없다고 생각해?"

그녀가 다그쳐 물었다.

"치티, 제발 이러지 마!"

"그렇게 생각하냐고?"

치티는 끈질기게 대답을 요구했다.

"아니, 그렇게 생각 안 해."

에이버리의 말에 치티는 한 걸음을 더 내디뎠다. 유리 조각이 피부를 뚫는 느낌에 얼굴이 살짝 일그러졌다.

"이 집에서 힘들어 죽겠는 사람은 너만이 아니야, 에이버리."

그 말에 에이버리는 괴로운 신음을 흘렸다.

"너도 그 애를 그리워하는 거 알아. 하지만 걔는 내 동생이야."

터져버린 삶의 한가운데에서, 치티는 순수한 경멸의 눈빛을 드러냈다.

"니키뿐만이 아니야. 너를, 난 널 잃어버렸어. 지난 1년간 나는 네가 돌아와 주기를 기다렸어. 장례식 때, 널 안지 못하게 날 막아섰을 때부터 난 느끼고 있었어."

에이버리는 눈살을 찌푸렸다. 그런 기억이 없었으니까. 그러다 문득 떠올랐다. 아, 기도서. 그 기도서를 훔쳐서 허리에 넣었던 터라 치티가 알아차리지 못하도록 밀었던 거였다.

"넌 몇 달 전부터 나에게서 멀어지고 있었잖아. 결국 지금처럼 됐고! 이게 넌 놀랍니? 지난 1년 동안 우리 관계를 천천히 망가뜨려 온 건 바로 너인데."

"제발 유리에서 나와, 부탁이야, 치티."

"아, 이제야 내가 아픈 게 신경 쓰여? 지금에 와서야?"

"당연히 신경 쓰이지 그럼. 네가 아프면 나도 아파. 우린 결혼한 사이잖아!"

에이버리가 버럭 소리쳤다. 치티가 미동도 없이 그녀를 쳐다보았다. 묶어 올렸던 머리는 이제 풀어져서 어깨 위로 치렁치렁 흘러내렸다. 에이버리는 돌돌 말리고 배배 꼬인 그 머리카락을 가만히 바라보았다. 이제는 자신의 머리카락보다 더 익숙해진 치티의 머리카락. 손을 뻗어 만지고 싶었다. 어릴 적 엄마의 치맛자락에 몸을 숨기는 아이처럼 그 검은 머릿결에 숨고 싶었다. 하지만 이젠 숨을 곳이 없다는 걸 알았다.

치티가 떨리는 목소리로 물었다.

"그럼 내가 어떻게 해줄까? 네가 사랑받을 만한 존재가 아니라는 걸 증명해 줄까? 자신의 삶에 너무 침참한 나머지 동생을 구하지 못했으니까 행복할 자격이 없다고 해줄까? 왜냐하면 난 안 그럴 거니까. 난 널 정말 사랑해. 너의 슬픔도, 분노도, 침묵도, 몰래 피우는 담배도, 심지어 네 거짓말까지도 사랑해. 널 죄다 사랑한다고. 널 향한 내 사랑에는 조건이 없어."

그녀가 어찌나 날카롭게 숨을 들이쉬었던지 코가 하얗게 변했다. 치티는 마지막 말을 내뱉었다.

"하지만 지금 이 순간만큼은 그런 사랑이 아니었으면 얼마나 좋았을까, 하는 생각뿐이야."

한 발짝 가볍게 내딛으며 치티는 부서진 유리 더미에서 나왔다. 그들은 방금 어마어마한 거리를 뛰어 넘어와 자신의 앞에 선 상대방을 본 것처럼, 놀라움을 느끼며 말없이 서로를 바라보았다.
"핀셋 가져올게."
에이버리가 화장실에서 구급 상자를 가져왔다. 치티는 이미 소파에 앉아 있었다. 그녀는 그 옆에 앉아 치티에게 발을 자신의 무릎 위에 올리라고 손짓한 다음, 분홍빛과 초록빛의 얇은 유리 조각을 발에서 뽑아내기 시작했다. 유리가 뽑힐 때마다 움찔대는 치티의 발은 에이버리에게 언제나 놀라움과 좌절감을 주는 대상이었다. 그녀의 발은 굴곡이 아예 없는 평발이었다. 어찌나 평평한지 물기 어린 욕실 바닥을 걸을 때면 쩍쩍 달라붙는 소리가 났다. 에이버리는 그 소리를 들을 때마다 어쩔 수 없이 너무 웃기다는 생각을 했다. 모래 위를 함께 걸을 때면 둘의 발자국 차이가 하도 심해서 둘 다 놀랐다. 에이버리의 발은 아치가 높아서 발자국으로 다들 아는 곡선을 찍어냈지만, 치티의 발자국은 물이 철퍼덕 바닥에 떨어진 모양에 가까웠다. 치티는 발가락도 길고 유연해서, 본인이 봐도 사실상 손가락 같다며 즐겁게 말하곤 했다. 그래서 발이 자주 아픈 데다 이런 발에 맞는 신발을 신고 싶어 하지 않아서 두 사람은 걷는 대신 항상 택시를 탔다. 에이버리는 그럴 때마다 돈도 아깝고 걸을 기회도 낭비한다는 생각을 했다. 그래도 언제나 치티의 발이 그녀의 몸 중에서 가장 아름다운 부분이라고 여겼다. 은빛 물고기처럼 가느다랗고 늘씬했으니까. 지금도 그 발을 잡고 있었다. 에이버리는 물속에 손을 넣어 직접 잡은 물고기를 만지듯, 자신의 무력한 손에서 발이 살아서 펄떡이는 것 같다고 느꼈다. 핀셋을 돌려가며 마지막 유리 조각을 뽑아낸 다음 탈지면으로 흘러나오는 피를 막았다. 에이버리는 치티의 발을 솜으로 꾹 눌렀다.

"아파?"

치티는 우울한 미소를 지었다.

"괜찮을 거야. 바보 같은 짓이었어."

에이버리는 그녀와 시선을 마주했다.

"난 더 나쁜 짓을 했는걸."

치티가 눈을 가늘게 떴다.

"알지."

"이렇게 심하게 싸운 건 처음인가?"

치티가 믿을 수 없다는 기색으로 갑자기 웃음을 터뜨리며 물었다. 에이버리는 소심하게 미소를 지으며 고개를 끄덕였다.

"새해 때보다 더 심했지. 내가 해산물 모둠을 주문해서 둘이 같이 식중독에 걸렸던 날 있잖아."

에이버리의 말에 치티는 다시금 짧게 웃더니, 상처 입은 발로 절뚝이며 일어났다. 그러고는 눈을 비비고서 한숨을 쉬었다.

"이런 상황 정말 싫어, 자기야. 난 히스테리 부리는 거 안 맞아. 그냥 오늘은 여기까지 하고 잘래. 그러면 안 된다는 거 알지만… 응?"

에이버리는 치티의 솔직한 얼굴을 바라보았다. 그리고 그녀의 손을 잡고서 어찌어찌 비틀대며 같이 침실로 갔다. 둘은 이불을 덮지 않고 침대 위에 누워 서로에게 달라붙은 채로, 꼭 안고서 밤새도록 잤다. 그래서 에이버리는 감히 희망을 품어보았다. 어쩌면 최악의 상황은 지나가지 않았을까. 그런데 다음 날 아침, 치티가 자신의 물건을 손님방으로 옮기면서 집 안에 침묵이 내려앉았고, 계속 이어지는 침묵에 결국 일주일 후 에이버리는 뉴욕으로 도망치고 말았다.

"여기는 왜 왔어?"

러키의 목소리에는 놀라움보다 의심이 더 배어 나왔다. 에이버리는 아주 살짝 움찔했다. 이제 셋은 주방에 서 있었다. 보니와 러키는 운동복 차림으로 얼굴이 붉어진 채 땀을 흘려댔다. 그 모습에 에이버리는 얼굴을 찌푸렸다. 세상에, 러키가 운동을 다 하네?

"이야, 드디어 보게 되다니 좋다."

"언니는 얼마 전에도 나 봤으면서."

러키의 목소리에 적대감이 슬며시 서려 있었다.

"그러니까 다들 봐서 좋다는 거야."

공항에 데려다주지 않아서 러키가 아직도 화가 난 게 확실해. 물론 에이버리는 일이 너무 많아서였다고 합리화를 했고, 그건 어느 정도 사실이기도 했다. 하지만 진짜 이유는 찰리와 그런 일이 있은 뒤에 동생과 둘이서 차마 차를 탈 수가 없었기 때문이었다. 이제껏 러키의 행실을 두고 깔아 보듯 도도한 자세를 취했건만, 지금 자신은 뭐란 말인가. 치티는 에이버리에게 나가 있는 동안 연락하지 말아달라고 부탁했다. 앞으로 어떻게 하고 싶은지, 그 미래에 에이버리가 있는지 혼자 생각해 보겠다는 게 표면상 이유였다. 에이버리는 보니가 러키에게 '언니한테 착하게 굴어' 같은 의미를 담아 눈짓하는 걸 보았다. 그 눈빛에서 친밀감이 느껴지자 곧바로 마음이 불편해졌다. 보니는 언제나 내 편이었는데. 치티까지 없어진 지금, 나는 혼자구나.

"당연히 언니 봐서 좋지. 그런데 왜 온다는 말을 안 했어?"

보니가 물었다.

"너희 깜짝 놀라게 해주려고! 안 놀랐어?"

자기가 들어도 갈라지고 새된 목소리는 전혀 자연스럽지가 않았다. 에이버리는 목을 가다듬었다.

"아, 정말 좋다. 우리 패거리가 다시 모였구나! 그…."

보니는 말하다 말고 갑자기 슬픈 얼굴로 덧붙였다.

"내 말 뭔지 알지."

"그래서, 무슨 계획인데? 여기 얼마나 있을 거야?"

러키는 에이버리 쪽은 쳐다보지도 않고 싱크대에 가서 물을 잔에 따르며 물었다.

"니키 물건 정리할 동안은 있어야지."

에이버리의 말에 보니가 걱정스레 이맛살을 찌푸리며 물었다.

"하지만 언니는 못 온다고 하지 않았어?"

"게다가 우리는 언니 도움 필요 없어."

러키도 덧붙였다. 에이버리가 손바닥으로 식탁을 탁 쳤다.

"너희들! 내가 아주 오랜만에 집에 와서 동생들 좀 보겠다는데, 그게 그렇게 이상해?"

러키는 따라놓은 물을 단번에 비우더니 창백한 눈을 가늘게 뜨고서 에이버리를 보았다.

"왜 치티는 같이 안 왔어?"

"무슨 소리야?"

"왜 언니 아내는 안 왔냐니까?"

러키가 느릿하고 낮은 어조로 물었다. 에이버리는 얼굴에 붙은 머리카락을 후 불어 날렸다. 이 아파트는 숨이 막혔다. 왜 아무도 에어컨을 켜지 않았지?

"너무 급히 결정한 거라서. 치티는 봐야 할 환자가 있잖아. 갑자기 떠날 수는 없지."

"그건 그래. 우리가 보고 싶어 한다고 전해줄래?"

보니가 말했다. 하지만 러키는 묘하게 강렬한 표정을 지으며 에이버리를 노려볼 뿐이었다. 혹시 얘가 아나? 아니, 어떻게? 에이버리는 덜컥 겁이 났다. 어서 치티 이야기 말고 다른 화제를 찾아야 했다.

"그리고 아파트 파는 거 실제로 어떻게 되고 있는지 알아보려고."

"어쩌면 여기 팔아버려야 할지도 몰라. 새출발하듯이."

러키가 불쑥 내뱉은 말에 에이버리가 대꾸했다.

"그건 아니지."

"왜 과거에 연연해? 누가 신경 쓴다고."

"허무주의적인 태도는 젊은 때나 그러려니 하는 거야. 내 말 들어. 나중에 없어지면 후회한다."

"우리는 언니 도움 필요 없거든? 언니 없이도 우린 잘하고 있어."

그러자 에이버리가 허리에 손을 짚으며 말했다.

"아, 그래? 그럼 니키 물건 정리는 얼마나 했어?"

보니와 러키가 죄책감 어린 눈빛을 주고받았다. 에이버리는 냉랭하게 말했다.

"아직 시작도 안 했구나."

"우린…. 할 일이 좀 있었어."

보니가 우물거리자 에이버리가 물었다.

"무슨 일? 너 훈련 일정만 해도 힘들지 않아?"

"나 사실 잠깐 훈련 쉬고 있어."

보니의 대답에 에이버리는 눈살을 찌푸렸다.

"한 지 얼마나 됐다고?"

"우린 할 일이 좀 있었다니까."

러키가 대꾸했다.

"친구들과 밤새도록 술 퍼마시면서 노는 건 보통 일이라고 안 해."

에이버리는 이 말을 입에서 뱉자마자 곧바로 후회했다. 나 방금까지 도도한 자세를 취해왔다고 스스로 생각했잖아? 그런데 지금은 혼내는 사람이 되어버렸네. 이러면 누가 좋아하겠어.

"나 안 그랬거든?"

러키가 쏘아붙이자, 보니도 고개를 끄덕였다.

"맞아, 러키는 그런 적 없어."

에이버리는 동생들을 번갈아 바라보았다.

"왜 안 그랬는데? 뭐 했기에?"

보니는 러키에게 말해도 괜찮냐고 허락을 구하는 눈빛을 던졌다.

"얘들아, 대체 무슨 일인데."

에이버리는 새로이 등장한 이 분위기가 점점 더 불편해졌다. 러키는 뭐라 말하려다가 갑자기 마음을 바꾸고 입을 다물었다. 그리고 보니에게 말하지 말라는 눈길을 주더니, 마침내 입을 열었다.

"아무것도 아니야. 그냥 시차 적응이 아직 안 됐어. 샤워하고 올게. 그런 다음에 니키가 무슨 쓰레기를 남겼는지 보자."

"하, 죽은 애 물건에 대고 그게 무슨 말버릇이니?"

에이버리가 대꾸했지만, 러키는 벌써 방을 나가면서 뒤돌아 맞받아쳤다.

"니키도 평범한 사람이었어. 성녀가 아니었다고. 쓰레기를 쓰레기라고 부르지 그럼 뭐라고 해?"

정리를 시작하기 전, 에이버리는 셋이 함께 나가서 아침 먹을 걸

사 오자고 했다. 자꾸 일을 미적거리고 있다는 자각은 했으나, 배고픈 채로 니키의 소지품을 보고 싶지 않았고, 동생의 삶이 담긴 판도라의 상자를 열기 전에 러키와의 사이도 좀 개선하고 싶었다. 그렇게 세 자매는 뉴욕에서 줄곧 사용하는 안소라 종이컵과 달걀치즈롤 빵을 사 들고 돌아오던 중이었다. 갑자기 러키가 걸음을 멈추었다. 그리고 보니의 팔을 잡고 길 건너편을 가리키며 외쳤다.

"와, 이런. 저거 보여?"

그들은 89번가 맞은편을 바라보았다. 그곳 회색 인도 위에는 분홍색 스메그 냉장고가 친구라도 기다리듯 태평하게 서 있었다. 길거리의 회색과 대비되는 솜사탕빛 분홍색을 보자, 에이버리는 런던에 도착한 첫 주에 봤던 분홍색 비둘기가 떠올랐다. 트라팔가르 광장의 잿빛 비둘기 사이로 누군가 분홍색으로 염색한 비둘기를 풀어놓았던 모습을 말이다.

"이야. 멋지다."

보니가 감탄했다.

"저건 분명히 주인이 있을 거야."

에이버리가 말했지만, 러키는 이미 길 건너편으로 뛰어가면서 어서 따라오라고 급히 손짓했다.

"빨리 와! 누가 와서 가져가기 전에!"

그녀는 뒤돌아 외쳤다. 보니는 에이버리에게 사람 좋은 미소를 지으며 어깨를 으쓱이더니, 동생을 뒤따라갔다.

"얘들아, 이러는 거 시간 낭비라니까."

에이버리는 홀로 남은 길 이편에 서서 소리쳤다. 하지만 동생들이 말을 들어주지 않을 게 분명해지자, 결국 포기하고서 천천히 움직이는 택시를 슬쩍 피해 뒤따라 길을 건넜다. 세 자매는 경외심 어린 눈빛으로 에이버리의 키 만한 냉장고를 바라보았다. 러키가 문을 홱 열고 안을 들여다보았다.

"이거, 얼핏 보기엔 새것 같은데. 더럽지도 않고 곰팡이도 없어."

러키의 말에 에이버리가 대꾸했다.

"그래, 멋지긴 하네. 하지만 우리는 냉장고 필요 없어. 솔직히 말하자면 커다란 분홍색 냉장고 같은 건 우리 셋한테 아무 짝에도 쓸모가 없다고."

러키가 냉장고 안에서 고개를 빼고서 말했다.

"에이버리, 모르겠어? 이건 니키가 사물로 변한 거나 다름없어. 가져가야 해."

"진짜 니키 같긴 하다."

보니도 맞장구쳤다. 에이버리는 어떻게 너까지 그런 말을 하느냐는 눈빛으로 보니를 바라보았다. 러키는 계속 고집을 부렸다.

"게다가 이건 수천 달러나 하잖아. 뉴욕 거리에서 찾아낸 성배나 마찬가지야."

"하지만 우리가 여기 온 목적은 니키의 물건을 버리려는 거였잖아. 니키가 좋아하는 색이라는 이유로 우리 셋에게 전혀 필요하지 않은 주방 가전제품을 주워 가려고 온 게 아니라고. 게다가 이걸 어디다 둘 건데?"

"집에다 두지 어디에 둬."

러키가 당연하다는 듯 말했다.

"그래, 당연히 집에다 두겠지. 그런데 그 아파트 한 달 뒤에 팔 거라면서. 이게 진짜 좋은 생각 같아?"

러키는 시무룩해지더니, 이내 입을 열었다.

"알았어. 그러면 엄마랑 아빠가 사는 시골 집에 두면 되잖아. 아니면 내가 파리로 보낼게. 보니가 가져가든가. 아, 몰라! 어쨌든 우린 이걸 가져가야 해. 이건 니키라고! 나한테 딱 감이 왔어. 니키가 우리에게 이걸 준 거라니까."

이제 러키는 화난 기색으로 코를 벌름거리며 씩씩댔다. 어릴 적 언니들을 따라잡지 못했을 때의 표정 그대로였다. 보니가 뒤로 가서 냉장고를 몸 쪽으로 기울여 보면서 무게를 가늠했다.

"생각보다 가볍네. 하지만 옮기려면 셋이서 해야 해."

러키가 에이버리를 애원하는 눈빛으로 바라보았다. 하지만 에이버리는 고개를 저으며 딱 잘라 말했다.

"절대 안 돼."

"제에에발 부탁이야, 안 돼?"

러키는 에이버리에게 늑대 같은 미소를 지으며 애원했다.

"말도 안 되는 소리 하지 마."

에이버리가 굽히고 들어가지 않자, 러키의 더없이 신비한 미소가 싹 사라졌다. 마치 하늘에서 해가 사라지는 것만 같았다. 에이버리는 마른침을 삼키며 속으로 물었다. 왜 나는 언제나 안 된다고만 할까. 어른이라서? 살면서 한 번쯤은 러키를 혼내는 엄마 역할이 아니라 생각 없이 태평한 언니 역할을 해도 좋지 않을까?

그녀는 반짝이는 분홍색 냉장고 표면에 손을 댔다.

"내가 가운데 든다."

셋이서 냉장고를 아파트 건물까지 가져왔을 때쯤에는 옮기느라 힘들어서가 아니라 웃느라 숨이 찼다. 왜 이렇게 웃음이 헤프게 터지는지, 스메그 냉장고를 몇 번이고 길가에 내려놓고 말았으니까. 거대한 분홍색 냉장고를 들고 바보 삼총사처럼 인도를 게걸음으로 가는 게 뭐가 그리 웃긴지는 알 수 없었지만, 어쨌든 웃겼다.

"어이쿠, 아가씨들, 도와드려요?"

아파트 정문을 볼썽 사납게 옆걸음질 쳐서 들어오자, 경비원이 놀라서 물었다. 하지만 에이버리가 소리쳤다.

"괜찮아요. 여기까지 이걸 끌고 왔으니 이제는 자존심 때문에라도 우리끼리 들고 가야 할 것 같아요."

"우리가 지고 가야 할 분홍색 십자가거든요."

러키는 이렇게 말하며 팔꿈치로 엘리베이터 버튼을 눌렀다. 셋은 다시금 웃음을 터뜨렸다.

경비원은 당황스러운 기색으로 미소를 지었다.

"알겠습니다. 아! 올라가기 전에 전해줄 말이 있어요. 여러분 어머니가 여기 와서 공인중개사에게 전해줄 서류를 두고 가셨거든요. 가져가시겠어요? 아니면 보관했다가 중개사에게 전달할까요?"

셋은 웃음을 뚝 그쳤다. 냉장고를 내려놓고서, 보니가 먼저 물었다.

"엄마가 여기 왔었다고요?"

"네, 여러분이 나갔을 때 오셨어요."

"우리가 여기 다 왔다고 엄마한테 전하셨어요?"

러키가 물었다.

"그럼요. 여러분 셋이 방금 나갔다고도 말씀드렸죠."

"엄마가 뭐라고 하던가요? 다시 오겠대요?"

러키가 목소리를 높여 물었다. 세 사람의 태도가 돌변하자 경비원은 당황한 기색이 역력한 채 더듬더듬 말했다.

"그, 그럴 것 같지는 않던데요. 여기다 서류만 두고 집에는 안 들렀다 바로 가셨어요."

러키는 휴대폰을 확인했다.

"전화도 안 했는데."

"당연히 안 했겠지. 우리가 여기 있다는 걸 아니까."

에이버리가 중얼거렸다. 보니가 작은 목소리로 물었다.

"왜 기다렸다가 우리를 만나지 않았을까?"

에이버리는 동생들의 실망하는 얼굴을 바라보았다. 꽃잎이 죄다 뜯긴 꽃송이가 이럴까. 엄마가 이런 짓을 하다니 믿을 수가 없었다. 먼저는 아파트를 두고 냉랭하기 그지없는 이메일을 보내더니 이제는 이런 행동까지 보이고. 하지만 사실은 이럴 줄 알고 있었다.

"못된 년이니까."

에이버리의 말에 경비원은 경악한 표정을 지었다.

"험한 소리 해서 죄송해요. 근데 우리 엄마가 그래요."

이윽고 엘리베이터 문이 열리자, 셋은 다시 냉장고를 들었다. 하지만 이번에는 웃음기가 전혀 없었다. 그제야 에이버리는 깨달았다. 이 냉장고, 관이랑 크기가 똑같구나.

세 사람은 나란히 서서 니키의 옷장을 가만히 들여다보았다. 에이버리에게 이 옷장은 차마 넘을 수 없을 것만 같이, 적어도 30미터는 되는 것처럼 높다랗게만 보였다. 그냥 못 하겠다 누워버릴까 싶은 강한 충동이 들었다. 스메그 냉장고는 현관 옆에 놓고 왔다. 이제껏 냉장고를 둘러싸고 있던 마법 같은 열기는 싹 사라져 버리고, 누가 쓰다 버린 오래된 가전제품만 보였다.

"좋아, 이제 물건을 세 가지로 분류하자. 보관할 것, 기부할 것, 버릴 것으로."

에이버리는 억지로 냉정하고도 상쾌한 목소리를 냈다.

다행히도 니키는 언제나 정리정돈을 잘해왔던지라 옷장도 깔끔했다. 하지만 쇼핑도 무척 좋아했다. 교사 월급이 빠듯했기에 그녀는 포에버21, 스트로베리, 자라 같은 스트리트 브랜드를 선호했다. 캐주얼 매장에 가서 그날 밤 입고 외출할 옷이나, 차고 있으면 피부에 초록색 자국이 남는 금속 악세서리 등을 기분 전환용이라며 구입했다. 보풀이 일어난 티셔츠 더미, 소금기가 묻은 비키니 수영복들이 가득 든 토드백, 자매들이 알았다면 뭐 그런 델 가느냐며 놀렸을 처녀 파티에나 쓰고 갈 법한 깃털 달린 카우보이 모자 등, 그런 옷가지들은 대개 기부 아니면 버릴 것으로 분류되었다. 에이버리는 니키에게 쓸 돈을 아껴서 고급품을 하나 사라고 조언했지만, 니키는 남들이 할인가로 음료수 사 마시는 걸 좋아하듯 퇴근 후 쇼핑하는 걸 좋아했다. 그러면서 스트레스를 푼다는 명목이었다.

니키의 취향은 여러모로 어릴 때와 변한 게 별로 없었다. 여전히 깃털과 꽃무늬와 프릴을 무척 좋아했다. 에이버리는 니키의 소지품을 살펴보면서, 이 방에 살았던 모든 나이대의 동생을 알아볼 수 있었다. 이가 빠진 채로 거실에서 춤을 선보이는 꼬마, 데이트를 하려고 꾸미는 사춘기의 여학생, 친구들과 함께 웃는 여대생 클럽 멤버까지. 에이버리는 카우보이 모자에 달린 깃털을 부드럽게 매만졌다. 니키가 조금 촌스러운 취향이라 한들 뭐가 문제겠는가? 오프숄더 티셔츠와 맥시 스커트, 인조가죽 부츠와 엉킨 목걸이 줄 더미를 뒤적이면서 에이버리는 동생을 힘들게 했던 과거를 후회했다. 니키가 이런 걸 좋아했다니 귀엽잖아. 차라리 쇼핑이 제일 심한 중독이었더라면, 그편이 훨씬 다행이었을 텐데.

"이런 씨발! 언니가 이거 훔쳐 갔을 줄 알았어!"

방 저편에서 러키가 소리쳤다. 그녀는 한정판 스파이스 걸스 투어 티셔츠를 들고 있었다. 그걸 보자 보니와 에이버리는 저도 모르게 미소를 지었다. 에이버리와 러키는 일곱 살 차이가 났고, 자매들의 음악 취향은 극과 극이었으나, 동시에 넷 모두의 마음을 사로잡은 밴드가 하나 있었으니 바로 스파이스 걸스였다. 러키가 여덟 살, 니키가 열 살, 보니가 열세 살, 에이버리가 열다섯 살이었을 때, 그들은 엄마를 설득해서 스파이스 걸스 재결합 투어 티켓을 얻어냈다. 맨해튼 공연 티켓은 너무 비쌌지만, 그래도 롱 아일랜드 공연장 뒷좌석은 구할 수 있었다. 학교 애들은 콘서트장까지 가는 데 리무진을 빌렸고, 자매들도 리무진을 한 대 빌리자고 애원했지만 엄마는 콘서트 티켓에 더해 차까지 빌리는 건 말도 안 되는 지출이라고 여겼다. 그래서 그들은 대신 공연장까지 롱 아일랜드 철도를 이용해서 가기로 했다. 게다가 엄마는 티켓 다섯 명분을 사고 싶지 않았기 때문에, 에이버리를 보호자로 지정하고는 비상용 신용카드를 주면서 콘서트가 끝나면 곧바로 집으로 돌아오라고 엄하게 말했다. 세 시간 동안 이루어진 콘서트는 천국이었다. 수천 명의 소녀와 함께 노래를 전부 목청껏 따라 부르면서 시끌벅적하고 거침없는 기쁨의 물결에 고양되었다. 이렇듯 함께 있는 지금 이 순간은 여자애라는 게 다들 말하듯 약한 존재가 아니라 하나의 힘이라는, 세상에서 가장 뛰어나고 행운 가득한 힘이라는 기분에 사로잡혔다. 콘서트가 끝나고, 에스트로겐에서 비롯된 흥분 상태에 취해 에이버리는 엄마가 준 신용카드로 보니, 니키, 러키에게 투어 티셔츠를 사주었다. 자신은 이런 티셔츠를 입기에는 너무 나이가 들었다며 본인 것은 사지 않았지만, 실은 엄마가 신용카드 내역서를 볼까 봐 걱정이 들어서였다.

보니는 티셔츠를 들었다. 앞면에 다섯 멤버의 웃는 얼굴과 함께 '스파이스 업 유어 라이프 spice up your life'라는 친근한 구호가 새겨져 있었다.

"아니야. 이건 내 거야. 라벨 보이지? 라지 사이즈잖아. 나는 항상 모든 걸 라지로 샀어."

"그리고 러키 너는 엑스트라 스몰로 샀었지. 아직도 그렇고."

에이버리가 러키를 가리키며 말했다. 지금 러키는 평소처럼 자그마한 크롭 티셔츠와 로우라이즈 진 차림이었다. 거기에 더해 버리려고 분류해 놓은 더미에서 가장자리를 깃털로 장식한 카우보이 모자를 꺼내 머리에 쓰고 있었다.

"니키가 자기 티셔츠를 카터 보몬트에게 줬잖아. 그래서 내가 티셔츠를 줬어."

보니의 말에 러키는 마치 한 단어인 것처럼 그 이름을 외쳤다.

"카터-보몬트-쌍년! 그 재수없는 년을 잊고 있었네."

보니는 에이버리가 러키를 타박하면 어쩌나 싶어 언니를 재빨리 쳐다보았지만, 에이버리는 그저 웃었다. 카터는 재수없는 애가 맞긴 했다. 자매들이 모두 다녔던 중학교와 고등학교는 이스트 80번가에 있는 천주교 학교로, 교구 기금으로 운영되었다. 그래서 주변 학교보다 학비가 훨씬 저렴했으며, 자녀를 여럿 등록한 가정에는 학비 감면 혜택도 있어서 부모님은 자매들이 공립 초등학교 다음으로 그곳에

다니게 했다. 그 학교는 방과후 활동이란 게 거의 없었고, 특히 예술과 인문학 수업이 부실했지만 그래도 철저하고 실용적인 교육을 제공했기에 좋은 평판을 얻었다. 그래서 어퍼 이스트사이드에 사는 부유한 학생들도 그 학교에 많이 왔다. 특히 금융업계에 종사하는 부모들은 예술적 자질이 있는 자녀가 혹시 작가나 더욱 나쁘게는 배우같이 수익성이 낮은 직업군을 선택할까 봐 두려워했기 때문에 애들을 그 학교에 보냈다. 부자들이야말로 누구보다 저렴한 걸 좋아하기 때문이기도 했지만.

사실 에이버리와 동생들은 먹거리나 잠자리가 없을까 봐, 새 교과서나 깨끗한 교복을 갖지 못할까 봐 걱정한 적이 없었다. 심지어 반짝이는 문구류와 위아래 한 벌로 구성된 잠옷같이 소소한 사치품도 누리며 살았다. 하지만 그 학교에 다니고 나서부터는 가난하다는 느낌을 종종 받았다. 어렸을 때는 여섯 식구가 방 두 개짜리 아파트에 살면서 복닥복닥 지내는 게 전혀 이상하지 않았다. 초등학교 다닐 때는 할아버지와 할머니, 이모와 삼촌과 사촌까지 한 집에 사는 아이들도 알고 지냈으니까. 하지만 '카터-보몬트-쌍년'을 만나면서 모든 게 바뀌고 말았다. 카터는 매디슨과 파크 사이에 있는 타운하우스에서 살았는데, 그 집 초인종을 누르면 오페라의 유명한 아리아가 흘러나왔고 카터 가의 여섯 남매는 저마다 한 방이 아닌 한 층을 썼다.

자매들 중 이런 사회적 환경에 잘 적응한 건 오로지 니키뿐이었다. 그녀는 입학 첫 주만에 이미 카터와 금발의 메리(천주교 학교라면 적어도 메리가 셋은 있기 마련이다)까지 친구로 삼은 뒤 '삼총사'라고 자기네들을 명명했다. 제멋대로에다 마음씨가 못된 카터는 메리와 니키를 서로 이간질하고 둘이 자신에게 얼마나 충성하는지를 즐겨 시험하곤 했다. 스파이스 걸스 콘서트 직후, 니키는 카터가 여는 생일 맞이 파자마 파티에 초대를 받았다. 아이들은 함께 영화 〈타이타닉〉을 보고 딜런스 캔디 바에서 파는 모든 종류의 젤리와 사탕을 모아다가 토핑을 올려 아이스크림을 만들고 카터의 엄마가 읽는 패션 잡지에 실린 방법대로 크림 팩을 만들었다.

니키의 말에 따르면 그날 밤에 끔찍한 사건이 두 번 일어났다. 첫 번째 사건은 '진실게임'을 하다가 벌칙으로 크림 팩을 먹어보라는 요구를 받은 것이었다. 아보카도와 코코넛 오일과 보습제를 섞어 만든 크림 팩을 한 입 먹자마자 니키는 카터의 전용 화장실에서 그날 먹은 아이스크림까지 죄다 토했다. 이것만으로도 아주 끔찍한 일이었으나, 이어진 부작용은 더욱 심각했다. 그때 아보카도를 처음 먹어본 니키는 어른이 되어서도 잘 만든 과카몰리가 얼마나 맛있는지 전혀 알지 못했다. 아보카도의 크림 같은 질감이 조금이라도 느껴지면 곧바로 약국에서 파는 보습제의 역한 맛이 떠올랐다. 니키는 죽는 날까지 그 점을 참 많이 아쉬워했다.

하지만 크림 팩 사건보다 더욱 나쁜 건 바로 언제나 절약하며 살았던 엄마였다. 니키에 따르면, 이 세상 엄마들은 10대 딸들이 친구 생일파티에 초대받아 갈 때 선물로 들려줄 만한 물건이 가득한 서랍이 있기 마련이나, 그들의 엄마에겐 그런 게 없었다. 그래서 니키가 파자마 파티에 갈 때, 우체국 세일 코너에서 산 일회용 카메라를 선물로 들려 보냈다. 카터가 그 선물을 풀어보았을 때 지었던 얼굴 표정은 혐오라기보다는 어리둥절함에 가까웠고, 그 어이없다는 표정에 니키는 너무나 심한 굴욕감을 느끼고 말았다. 니키는 그 자리에서 벌떡 일어나 짐 가방을 열고서 새로 산 스파이스 걸스 티셔츠를 꺼냈다. 그리고 원래는 다음 날 아침에 자랑스럽게 입기로 마음먹었던 그 티셔츠를 카터에게 선물로 건네면서, 엄마가 선물 포장할 시간이 없었다는 설명을 덧붙였다. 카터는 만족스럽게 어깨를 으쓱이며 티셔츠를 받았다.

"그 후에 네 셔츠를 줬다고?"

에이버리의 물음에 보니는 두 손으로 셔츠를 부드럽게 들고서 고개를 끄덕였다.

"니키가 그걸 주고 정말 속상해했거든. 집에 돌아와서 울었던 거 기억나?"

니키는 그때 눈 아래 핏줄이 터지도록 울었지만, 에이버리는 사실 알고 있었다. 니키가 똑같은 상황이 다시 온다 해도 여전히 티셔츠를 줬을 거란 걸. 그 애들과 어울리기 위해서라면 어떤 대가도 치렀을 거란 걸. 결국 니키는 성공했다. 보니의 공감 능력이 자신에게도 있었다면 얼마나 좋았을까, 하고 에이버리는 생각했다. 그녀가 기억하는 감정은 좌절감이었으니까. 어째서 니키는 자신이 그토록 사랑하는 것을 남에게, 그것도 카터 같은 부류에게 턱 줘버리는 걸까? 그걸 사고 나서 에이버리가 엄마에게 얼마나 심한 꾸중을 들었는데. 어째서 니키는 인기를 얻기 위해서라면 자신을 그토록 거침없이 내버렸던 걸까? 에이버리가 보기에는 참 다행히도, 니키는 20대에 들어서면서 동료 교사들같이 좀 더 가치 있는 사람들과 깊은 우정을 쌓기 시작했다. 하지만 어릴 적 친구들과도 계속 연락을 주고받았다. "네 동생은 친구 사귀는 데 일가견이 있어." 엄마는 이렇게 말하곤 했고 그건 사실이었으나, 니키는 남들이 원하는 대로 변해주는 데도 일가견이 있었다. '카터-보몬트-쌍년'은 심지어 니키의 장례식에 와서는 백만장자 아버지와 금융업계 종사자 약혼자 사이에서 훌쩍댔다. 손에는 묵직한 다이아몬드 약혼반지를 낀 채로 말이다. "자신을 낮춰서까지 어울리려 하지 마." 에이버리는 동생에게 애원했지만, 니키는 그럴 때마다 방어적인 태도를 보였다. "왜 우리 가족들은 죄다 평범하게 사는 걸 나쁘다고 보는 거야? 사랑받는 게 나빠?" 이런 말로 반박하면서.

하지만 그들 가족은 결코 평범하지가 않았다. 중독이 온 가족의 몸에 전류처럼 흘렀다. 니키도 예외는 아니었다. 어째서 그 애는 몰래 약을 더 사기 시작했을까? 자신이 만들어낸 평범함에, 남들과 다르지 않게 고통 없이 살아간다는 환상에 중독되어 있어서였다. 실은 에이버리 역시 그 환상에 빠져 있었다. 니키의 동공이 수축하고, 짜증이 늘어가며, 비밀이 점점 커지는 상황을 외면했으니까. 니키의 물건 더미를 바라보며, 그 더미들이 모두 삶에 색채와 반짝임과 기쁨을 채우려던 동생의 노력이었음을 느꼈다. 에이버리는 가슴이 저미듯 아팠다. 어쩌면 세상은 이토록 불공평하단 말인가. 니키를 어떻게 비난하겠는가. 그 애는 그저 평범해지고 싶었을 뿐인데. 이건 신호를 제때 알아채지 못한 에이버리 잘못이지, 신호를 만들어낸 니키 잘못이 아니었다.

"뭐, 이제 이건 내 거야."

러키는 보니의 손에서 티셔츠를 확 빼앗아 갔다. 보니는 동생의 행동을 웃어넘겼지만, 에이버리는 곧바로 화가 치밀었다. 자책감 아래로 또 성가시게 튀어나오는 생각이 있었다. 그래, 난 니키가 어떻게 사는지 몰랐어. 하지만 왜 다른 식구들도 몰랐던 건데? 동생들이란 것들은 어디 있었어? 엄마는? 아빠는? 왜 아무도 몰랐어?

"그걸 왜 네가 가져? 이건 보니 거잖아. 게다가 따지고 보면 내가 사준 건데."

에이버리가 쏘아붙이자 보니가 대답했다.

"괜찮아, 언니. 내가 가진다고 입을 것도 아닌데 뭐."

"그리고 내가 막내잖아."

러키가 칭얼거렸다. 방종과 민망함이 독특하게 뒤섞여 분명하게 드러나는 동생의 모습에 에이버리는 미칠 것 같았다. 그래서 막내의 손에서 티셔츠를 빼앗으려 했지만, 러키가 너무 빨랐다. 그녀는 입었던 티셔츠를 훌렁 벗어 맨가슴을 드러내고는, 모델 일을 하면서 어릴 적부터 몸에 밴 자연스러운 동작으로 새 티셔츠를 입었다. 러키는 언제나 본인 몸이 자기 것이 아니라는 식으로 행동했다. 에이버리는 순간 이런 생각이 들었다. 저 몸은 너무 어릴 때부터 공공재가 되었구나.

"딱 맞아."

러키는 티 앞자락을 매만지며 자랑스레 외쳤다.

"넌 진짜 아무것도 존중하질 않네."

에이버리의 말에 러키는 언니의 말을 따라 했다.

"존중? 이건 스파이스 걸스 티셔츠잖아! 내가 뭘 존중해야 하는데?"

하지만 러키의 '존중'이라는 말에는 에이버리와 달리 거만한 기색이 깃들었다. 러키는 침대로 뛰어올라 언니의 손에서 벗어났다. 그리고 아까 던져두었던 깃털 장식 카우보이 모자를 머리에 써서 착장을 완성했다. 에이버리는 비난을 퍼붓기 시작했다.

"그것만이 문제가 아니야. 전부 다 문제야! 너 1주기 때 전화도 안 했잖아. 사실 나한테 전화한 적이 한 번도 없었지. 게다가 지금도 물건 정리 하나도 안 도왔고. 막내라고 해서 아무것도 안 해도 된다는 법이 어딨어."

왜 이 싸움을 시작한 걸까? 왜 스스로 자제하지 못했을까? 이유야 셀 수 없이 많았다. 비행기 여행으로 지쳤으니까. 솔직히 지금 옷장 정리를 하고 싶지 않았으니까. 그저 보니와 러키에게 일을 시작하면 어찌어찌 된다는 걸 보여주고 싶었을 뿐이었으니까. 에이버리 특유의 무자비하다 싶을 정도로 효율적인 행동이 다시금 역효과를 내고 있었으니까. 솔직히 아무도 부탁하지 않은 일을 본인이 원망스럽게 하고 있을 뿐이었으니까. 보니와 러키는 어느새 친해졌고, 자신은 응당 그걸 기뻐해야 했건만 오히려 화가 났으니까. 지금 자신의 결혼 생활이 파국을 맞는 중인데, 맏이로서 모범을 보여야 하기에 아무에게도 말할 수가 없었으니까. 그들의 엄마가 다시금 딸들을 거부한 이 상황을 에이버리는 그저 받아들여야 했으니까. 니키가 없어서 자매의 균형이 깨졌으니까. 짝수여야 하는 우리가 홀수가 되어버렸으니까. 하지만 가장 큰 이유는 따로 있었다. 동생이 죽었으니까. 아름답고 활기차고 바보 같고 카리스마 있는 동생이 사라졌는데, 이 세상 그 무엇으로도 그 애를 대신할 수 없었으니까.

"7월 4일이 무슨 날인지 내가 잊고 있었다고 생각해? 진심이야? 내가 그 정도로 바보라고 생각하냐고!"

러키가 묻자, 에이버리가 쏘아붙였다.

"너 니키의 마지막 생일도 잊어버렸잖아."

러키는 한 대 맞은 것처럼 움찔하더니, 나직하게 말했다.

"진짜 너무한다."

"언니, 그만해."

보니가 말렸지만, 에이버리는 이제 보니를 돌아보며 말했다.
"너도 마찬가지야! 그냥 LA로 도망가서 현실을 회피했으면서. 너희 둘, 내가 어떻게 사는지 확인할 생각이라도 하긴 했어? 퍽이나 그랬겠다! 너희는 다 본인 걱정만 하고 살잖아."
"그래, 언니 말이 맞아."
보니가 입을 연 순간, 러키가 끼어들었다.
"아하, 비련의 여주인공 납셨네. 멋진 집에서 멋진 직업을 갖고 멋진 아내와 사느라 아주 힘들어 죽겠지? 응, 맞아, 우리가 언니 걱정을 더 안 해줘서 아주아주 미안해."
에이버리는 코웃음을 쳤다.
"올해 인생을 막 살고 싶었던 게 너뿐인 줄 알아? 문제를 죄다 회피하고 싶었던 게 너밖에 없었는 줄 아냐고! 슬퍼하는 사람이 너밖에 없다고 생각해?"
순간, 그녀는 깨달았다. 이거, 치티가 한 말이랑 똑같구나.
"러키는 안 그래. 사실 얘는…."
보니가 끼어들었지만 러키가 말을 막았다.
"닥쳐! 큰언니한테 말하고 싶지 않아!"
그러자 보니는 무의식적으로 물러서며 말했다.
"야, 난 도와주려고 그런 거야."
"나한테 뭘 말하기 싫다는 거야?"
에이버리가 묻자, 러키가 쏘아붙였다.
"알 바 아니거든?!"
"너희 둘 대체 뭐 하는데? 보니, 너 왜 훈련 안 해? 러키, 너는 왜 일 안 해?"

러키는 침대에서 뛰어내리며 소리쳤다.

"나 좀 쉬는 중이야. 쉬어도 된다고!"

"그렇게 따지면 평생 쉬는 중이잖아!"

에이버리는 버럭 소리치며 앞으로 달려가서 러키가 머리에 쓴 망할 놈의 깃털 카우보이 모자를 확 쳤다.

"건드리지 마!"

러키가 에이버리를 밀치며 소리쳤다.

"너야말로 나 건드리지 마!"

에이버리는 동생을 밀었다. 그 둘이 서로 밀고 밀치며 싸워대기 시작하자 보니가 그 사이로 들어가 수준급의 효율성을 발휘해 둘을 잽싸게 떼어냈다. 둘이 떨어졌다는 걸 확인하고서는 버럭 소리쳤다.

"그만해! 이런 짓을 할 나이는 지났어."

"큰언니나 지났지."

러키가 투덜댔지만, 보니는 엄하게 말했다.

"그만하라고 했어. 언니는 여기에 온 것만으로도 충분히 힘들잖아. 알면서 그래. 우리 모두 다 그렇다고."

"난 안 힘들거든? 너희가 힘들겠지."

에이버리가 발끈했지만, 보니는 언니를 바라보며 부드러운 눈길을 던졌다.

"진정해, 에이버리. 언니답지 않네."

에이버리는 길게 한숨을 내쉬었다. 그래, 보니의 말이 맞았다. 여기 돌아오니 어쩌나 힘든지. 이렇게 힘들 거라고는 예상 못 했는데. 그녀가 한풀 꺾인 목소리로 대답했다.

"네 말이 맞아. 미안해, 보니 보니."

러키가 한 발짝 물러서서 두 언니를 바라보았다.

"이럴 줄 알았어. 언니는 항상 큰언니 편인 거 알고 있었다고."

그녀는 팔뚝으로 거칠게 코를 닦으면서 보니를 가리켰다.

"그런 게 아니야."

보니가 얼른 대답했지만 러키는 고개를 저으며 투덜댔다.

"언니는 진짜 겁쟁이야. 항상 큰언니가 말하는 대로만 하잖아."

"러키, 언니한테 그게 무슨 말버릇이야. 사과해."

에이버리는 이렇게 말한 순간 잘못했다는 걸 알았다. 별생각 없이 엄마처럼 굴다니, 이건 러키가 발작하는 충동 버튼이나 다름없는데.

"큰언니는 뭐든지 다 안다고 생각하지? 안 그래? 하지만 큰언니는 보니에 대해서 몰라."

러키가 마구 으스댔다.

"무슨 소리야?"

에이버리가 묻는 말에 보니는 러키에게 으름장을 놓았다.

"하지 마."

"왜 보니가 훈련 안 가는지 알고 싶어? 파벨을 좋아해서 그래. 그런데 너무 무서워서 말을 못 하겠대!"

"뭐?"

에이버리는 놀라서 보니를 바라보았다. 보니는 이제 러키를 격분한 눈초리로 쏘아보았다.

"내가 훈련을 안 나간 건 널 도와주느라 그런 거잖아, 이 배은망덕한 년아!"

에이버리는 방금 들은 말을 잠시 생각해 보았다.

"보니랑 파벨이라고? 보니랑 파벨이라니!"

그녀는 둘의 이름을 연신 중얼거리며 혼자 미소를 지었다.

에이버리는 보니가 마지막 경기를 마치고 파벨과 훈련하지 않은 이유를 도통 알 수가 없었다. 물론 그때의 패배는 끔찍했으나, 파벨은 보니를 보호하기 위해서 기권을 했던 거였다. 그건 누가 봐도 알 수 있었다. 에이버리는 언제나 파벨이 동생에게 약간은 사랑을 품고 있을 거라고 속으로 생각해 왔다. 물론 코치와 선수 사이에 특별한 유대감이 있다는 건 알았으나, 보니의 경기 때마다 그 애를 바라보는 파벨의 열띤 눈빛이나 그 애가 맞을 때마다 본인도 타격을 받았다는 듯 움찔하는 모습을 보면 의심하지 않을 수가 없었다. 그는 러시아인답게 매우 초연했지만, 보니가 옆에 있으면 마치 핼러윈 호박 등처럼 환하게 빛났다. 그런데 보니 역시 마음속에 촛불을 하나 품고 있었구나. 그럴 만하지. 이 애와 파벨은 참 닮았으니까. 둘이 절대로 사귈 수 없는 데는 그런 이유도 좀 있었다. 둘 다 강하지만 수줍어했고, 부드럽지만 치명적이었다. 마치 야생의 바다에서 서로를 뱅뱅 맴돌지만 결코 나란히 수영할 수는 없는 두 마리의 거대한 고래처럼.

"우리 이름을 그렇게 부르지 말아줄래?!"

보니가 버럭 소리를 지르더니 다시 러키를 노려보았다.

"이게 대체 무슨 짓이야? 내가 너한테 어떻게 했는데 이래?"

에이버리가 때마침 얼른 끼어들었다.

"아, 됐고! 지난주에 너희 둘이서 뭘 했는지 아무나 말해볼래?"

"하지 마."

러키는 보니를 죽일 듯이 노려보며 말했다. 하지만 보니는 어깨를 으쓱이기만 했다. 둘이 동맹을 맺었다 하더라도, 러키가 이미 배신해 버렸으니까.

"내가 술이랑 약 끊게 도와주고 있었어. 여기 온 후로는 하나도 안 했어."

보니가 조용히 말하자 러키가 홱 돌아서서 욕을 했다.

"씨발!"

보니는 동생을 멍하니 쳐다보다 소리쳤다.

"씨발이라고? 너야말로 씨발이야!"

"잠깐만!"

에이버리가 둘에게 손을 들어 보이며 외쳤다. 퍼레이드용 소형 비행선처럼, 난데없고도 뜬금없는 희망이 방 안으로 비집고 들어오는 것만 같았다. 한 가지는 확실했다. 이건 좋은 소식이었다.

"러키 너, 술이랑 약 끊었다고?"

에이버리는 흥분한 속내를 심하게 드러내지 않으려고 목소리를 애써 누르며 물었다.

러키는 눈을 흘기더니 언니들로부터 물러서서 침대에 털썩 몸을 던졌다. 그리고 방패를 들듯 가슴팍에 베개를 꼭 끌어안았다.

"아니야! 아니, 맞긴 한데, 그런 게 아니야. 그냥 잠깐 안 하는 거야. 그리고 언니가 하는 빌어먹을 자조 모임 같은 데는 안 가. 그러니까 묻지 마."

"잠깐 안 한다니, 무슨 소리야? 난… 네가 영영 끊으려는 건 줄 알았는데?"

보니가 재빨리 묻자, 러키가 맞받아쳤다.

"처음부터 하루씩 해보자는 거 아니었어?"

"하지만 네 말로는… 너, 너는 그만뒀다면서. 그런데 지금은 그냥 쉬고 싶은 거라고?"

보니가 말을 더듬었다. 러키가 에이버리를 가리키며 말했다.

"난 큰언니랑은 달라. 큰언니는 결국 못 했지만 난 할 수 있어."

에이버리는 경멸을 담아 콧김을 뿜었다. 이게 무슨 소리야? 못 했다고? 자신은 지난 10년간 술과 약을 끊고 어엿한 성인의 삶을 잘 살아왔는데. 물론 지금은 그 삶을 아주 바닥에 처박는 걸 잘하고 있긴 하지만. 러키는 그 점을 몰랐다. 러키가 이 큰언니처럼만 한다면야 정말 운이 좋은 거라고!

"그러면 니키는? 니키는 어떤데?"

보니가 묻자, 러키는 회피했다.

"그건 완전히 다른 이야기지."

보니는 에이버리에게 간절한 눈빛을 던졌다.

"러키는 이제 끊을 준비가 됐다고 했었어."

러키가 버럭 소리를 질렀다.

"그랬지! 지금도 그래! 아, 몰라. 그냥 언니들이 날 이렇게 압박할 필요는 없다는 거야."

"이건 압박이 아니야. 걱정인 거지. 우리는 널 아끼고 걱정한다고."

에이버리가 말했다.

"그런 걱정 따위 필요 없어! 나한테 다른 사람 투영하지 마. 난 언니가 아니야. 아빠도 아니고, 니키도 아니야. 난 그냥 나라고."

에이버리는 돌아서서 분노를 식혔다. 벌써 변명을 시작하고 있구나. 막내답게 책임을 회피하려는 게 딱 러키다웠다. 언젠가 에이버리는 쥐의 신체 구조에 대해 들은 적이 있었다. 쥐는 쇄골이 없기 때문에 몸집보다 훨씬 작은 구멍도 통과할 수 있다는 이야기였다. 알코올이나 마약중독자도 마찬가지다. 그들은 쇄골이 없다. 아니, 정확히 말하자면 척추가, 바로 줏대가 없다. 그녀는 다시 러키를 바라보았다. 하지만 마음을 가라앉히려는 노력에도 목소리가 차갑게 나와버렸다.

"너 지금 줏대 없이 구는 거 알아? 적어도 네가 누군지, 뭘 하는 앤지 생각하고 책임감을 가져."

"내가 하루도 빼놓지 않고 순간순간 니키를 그리워한다는 거 몰라? 하지만 니키가 없잖아. 그래서 난 셋째 언니 없어도 최선을 다해서 살고 있다고. 내가 살아가는 게 언니한테는 왜 항상 못 미덥게만 보이는데?"

러키가 비명을 지르듯 말했다. 에이버리는 너무 짜증이 치밀어서 허공에 마구 손을 휘저으며 말했다.

"제발 그만해! 자기 연민 따위는 집어치우라고! 니키가 떠나서 속상한 게 너뿐만은 아니야. 우리는 너보다 더 니키랑 오래 살았잖아!"

이런 주장은 어리석기 그지없었으나 에이버리는 너무 격분한 나머지 이성적인 주장을 펼칠 수가 없었다. 게다가 그 점을 깨닫자 더욱 화가 났다. 러키는 믿을 수 없다는 기색으로 웃음을 터뜨렸다.

"이게 대체 무슨 말이야? 언니가 더 나이가 많다고 해서 니키를 더 잘 안다는 법이 어딨어? 언니들보다 내가 더 니키에 대해 많이 알아."

"우리 모두 니키를 각자 다르게 알아왔어."

보니가 천장을 바라보며 말했다. 자기 말을 아무도 듣지 않으리라는 걸 알고 포기한 모습이었다. 러키가 앞으로 계속 술과 약을 끊을 마음이 없다고 말한 뒤로, 전의를 상실한 것 같았다.

"제발, 러키! 너만 힘들고 다른 사람은 아니라는 식의 태도 아주 지긋지긋해. 네가 니키를 제일 잘 알았던 게 아니라고. 반대로 니키가 우리보다 네 헛소리를 더 참아줄 마음이 있었던 거야."

러키는 활시위를 에이버리에게로 겨누었다.

"내가 확실하게 아는 게 하나 있어. 니키는 언니가 남 판단이나 잘도 해대는 년이라고 생각했어."

이 말은 화살이 명중하듯 제대로 먹혔다. 에이버리는 방금 들은 모욕이 자신을 날카롭게 찌른 것처럼 저도 모르게 숨을 헉 내쉬었다. 지금 남은 유일한 방법은 그 화살을 뽑아 되돌려 쏴주는 것뿐이었다. 그녀는 러키를 똑바로 바라보았다.

"인생 망가진 약쟁이보다는 남 판단이나 하는 년이 훨씬 낫지. 니키의 전철을 밟을 운명인 약쟁이보다야."

보니가 천장을 보던 눈길을 거두고 소리쳤다.

"그런 말 하지 마. 생각도 하지 말라고, 에이버리!"

하지만 러키는 눈을 가늘게 뜨고 뱀처럼 날카로운 눈길로 에이버리를 지그시 바라보더니, 나직하게 말했다.

"그래, 나는 약쟁이야. 하지만 큰언니는 거짓말쟁이지. 다 보여, 에이버리. 위선자 주제에."

에이버리는 온몸이 싸늘해지는 느낌이었다. 도둑질한 걸 알았나? 바람피웠다는 걸 알았나? 혹시 둘 다 알았나? 하지만 이제껏 아주 조심해 왔는데. 어떻게 러키가 알았지? 그리고 말이야, 운명의 기이한 장난으로 러키가 알게 되었다 해도, 쟤가 뭔데 날 판단해?

"감히 누구한테 그런 소릴 해."

에이버리가 낮은 목소리로 말했다. 하지만 러키는 특유의 미소 아래로 날카로운 송곳니를 드러내며 대꾸했다.

"언니는 치타랑 헤어지게 될 거야. 알지?"

에이버리는 고개를 저었다. 실은 지난 일주일 동안 계속해서 스스로에게 하던 말이었다.
 "너 지금 무슨 소리를 하는지 알기나 해?"
 보니가 끼어들었다.
 "이게 무슨 소리야? 에이버리, 치티랑 무슨 일 있어?"
 보니의 질문을 비난할 의도는 전혀 없었지만, 에이버리는 불꽃에서 몸을 돌리듯 휙 움직였다. 자신과 보니는 두 살 차이지만, 언제나 쌍둥이 같은 기분이 들었으니까. 무의식적인 수준에서 서로 연결되어 있어서 온도 변화를 느끼듯 상대방의 기분을 본능적으로 느낄 수 있었다. 보니의 존재에 에이버리는 이제껏 깊은 위안을 얻곤 했지만, 지금만큼은 전혀 아니었다.
 "쟤가 무슨 소리를 하는 건지 나도 모르겠다. 싸가지 없는 말이나 해대고."
 지금 보니는 에이버리의 체온 변화를 느낄 수 있을까? 조금 전엔 온몸이 싸늘해졌고, 이제는 불륜을 저질렀다는 수치심이 얼음 화상을 입듯 온몸에 번져가고 있는데.
 "치티가 정말 아까워."
 러키의 말에 에이버리는 눈길을 떨구었다. 마음속으로야 소리치고 싶었다. '내가 그걸 모를 것 같아?' 하지만 러키가 이토록 쉽사리 이기도록 내버려둘 마음은 없었다.
 "넌 너무 어리고 멍청하니까, 네가 얼마나 운이 좋은지 모르겠지. 지금 우리가 이렇게 사는 게 다 그럴 만한 자격이 있어서인 것 같아?"
 에이버리의 느릿한 말에 러키가 물었다.
 "무슨 뜻이야?"
 '말하지 말자. 제발 말하지 말자.' 에이버리는 속으로 생각했다. 하지만 결국 하고 말았다.

"살아갈 자격으로 따지자면야, 니키가 아니라 네가 죽었어야지."

곧바로 후회가 사방에 쫙 깔렸다. 러키는 엄청난 충격을 받은 기색으로 말도 못 하고 에이버리를 바라보았다. 그 침묵이란 아장아장 걷다가 넘어진 아기가 울까 말까 망설이는 정적의 찰나와도 같았다. 하지만 러키는 울지 않았다. 곧바로 눈물이 핑 돌긴 했지만 애써 삼키고는 손바닥으로 세차게 눈을 문지를 뿐이었다.

"아, 그래. 언니 뜻대로 되지 않아서 참 유감이다."

러키는 이렇게 말하고는 문을 열고 나갔다.

보니가 러키를 따라갔지만, 에이버리는 막내가 다시 돌아오지 않으리라는 걸 알고 있었다. 이어서 현관문이 쾅 닫히고 보니가 돌아왔다. 보니는 공포와 경멸, 동정심이 한데 섞인 눈초리로 에이버리를 바라보았다.

"어떻게 그런 말을 할 수가 있어?"

에이버리는 옷 더미에 앉아서 두 손에 얼굴을 묻었다.

"아무 말도 하지 마, 보니, 부탁이야."

"지금 러키가 얼마나 약한 상태인지 알아? 저러다 술 마시면 어떡해?"

에이버리는 지친 기색으로 한숨을 쉬었다.

"쟤는 내 말이라면 술을 마시라고 해도 안 마실 애야. 그리고 네가 아무리 말해봤자 술을 안 마실 리 없어. 쟤를 통제하려는 건 의미가 없다고. 그걸 빨리 받아들일수록 너한테 좋아."

"하지만 난 정말로 러키가 취하지 않도록 해왔어. 난… 걔가 이번 주 동안 술 안 마시게 하려고 얼마나 노력했는데."

"일주일이야 안 마시게 할 수 있겠지. 하지만 앞으로 계속 안 마시는 건 네 소관이 아니야, 보니."

"그러면 그냥 포기할 거야?"

에이버리는 고개를 저었다. 너무 피곤했다. 그녀는 한숨을 쉬고 나서 뜬금없는 말을 내뱉었다.

"난 너무 오랫동안 우리 가족을 떠맡았어. 난 버클리대학에 가고 싶었는데!"

보니는 믿을 수 없다는 기색으로 메마르게 웃었다.

"컬럼비아대학에 갔으면서 무슨 소리야?! 거기도 아주 훌륭한 대학이잖아. 게다가 언니는 정말로 이 집을 떠났잖아. 런던으로 이사가기 전에는 1년간 캘리포니아에 갔고. 소식도 끊겼으면서. 언니는 항상 원하는 대로 살았다고."

이 말에 에이버리가 몸을 일으켜 앉고서는 맞받아쳤다.

"그럼 넌 지난 1년 동안 이 아파트 관리비를 내가 내고 싶어서 냈다고 생각해? 너희 둘이 집도 잃고 니키도 잃는 걸 원하지 않아서였어. 너랑 러키가 돌아올 곳이 있기를 바라서였다고. 내가 하는 일은 모두 너희를 보호하기 위해서였어. 모두에게 수영을 가르쳐준 것도 나였지. 그럼 나는 누가 가르쳐 줬게? 아무도 없었어! 혼자 알아서 배워야 했다고. 아니면 물에 빠져 죽었을 테니까. 수영을 혼자 배웠다는 건, 비유적으로 한 말이 아니야. 문자 그대로도 사실이야."

보니가 눈을 홉뜨며 대꾸했다.

"그래, 알았어, 언니. 하지만 나를 깔보듯 말할 필요 없어. 난 언니 고객이 아니야."

"게다가 내가 포기했다고 비난을 해? 네가? 넌 복싱에 인생을 바쳤다가 한 번 지고 그만뒀잖아. 딱 한 번 졌을 뿐인데!"

에이버리가 계속 다그치자 보니는 눈을 내리깔았다.

"언니는 지금 본인이 한 말이 뭔지 모르네."

"네가 파벨을 마음에 두게 되어서 앞길에 방해를 받은 건 알지. 넌 타고난 천재인데. 그 남자를 사랑해? 이야! 대단하다! 그럼 용기를 내! 고백하라고! 넌 패기도 없냐?!!"

"내가 패기가 왜 없어!"

보니가 버럭 소리쳤다. 그래, 상대를 패는 스포츠니까 패기는 당연히 있겠지. 하지만 이런 시시껄렁한 말장난에 웃어버리기에는 지금 상황이 너무나 심각했다.

"넌 서른한 살이잖아. 지금이 전성기라고."

"나한테 이래라저래라 하지 마, 언니."

하지만 에이버리는 입을 다물지 않을 작정이었다. 더는 아무것도 신경 쓰지 않으려 했다. 만약 보니가 러키처럼 자신을 미워하겠다면 그러라지. 중요한 건 지금 할 일을 해야 한다는 것이었다. 보니를 러키와의 관계에서, 제구실을 못하는 가족이라는 늪에서, 이 패배의 순간에서 완전히 빼내야 했다.

"러키를 돕겠답시고 전성기를 버리려고? 좋아. 하지만 결국 네 품에 또 시체를 안게 된다 해도 그러려니 해."

보니의 얼굴이 고통으로 일그러졌다. 뭐라 말하려다가 다시 입을 닫는 동생의 얼굴이 보였다. 여기에 무슨 대답을 할 수 있을까? 지금 에이버리는 동생 둘에게 이보다 더 잔인할 수 없을 말을 해버렸다. 하지만 동시에 해방감도 느꼈다. 자유로울 수 있었다. 이런 생각이 전기 충격처럼 닥쳐왔다. 그들의 사랑이라는 책임에서 벗어날 수 있다는 생각이. 둘은 이렇게, 각자의 침묵 속에 단호하게 서 있었다. 저 아래에서는 도시의 단조롭고 장황한 소음이 들려왔다. 쓰레기 수거 트럭이 신음을 냈고, 새들의 노래가 들려와야 할 곳에서는 차들이 서로 경적을 울려대며 신호를 나누었다. 아래층에서는 개가 길게 울부짖었다. 보니는 언니를 보던 시선을 떨구고는 문으로 걸어갔다.

"가끔은 언니가 잊는 것 같은데, 니키를 발견한 건 나였어. 바로 여기서."

그녀는 방의 어느 지점을 가리켰다. 나직한 그 목소리에는 에이버리가 좀처럼 듣지 못했던 굳건함이 서려 있었다.

"언니 말은 맞아. 니키의 죽음이 러키에게만 아픔인 건 아니지. 하지만 언니에게만 아픈 것도 아니야."

10장
러키

아파트를 뛰쳐나온 러키는 계속 생각에 잠겨 걸어가다가 공원 모퉁이에 다다랐다. 가쁜 숨을 내쉬었다. 주머니 속에는 휴대폰 말고 아무것도, 담배조차 없었다. 그녀는 이를 악물고선 손톱이 손바닥을 파고들도록 주먹을 꽉 쥐었다. 에이버리 때문에 울진 않을 거야. 그녀는 공원 입구 주변을 어슬렁거리면서 담배를 빌릴 만한 사람을 찾아보았다. 그러다 결국 딱 봐도 '나는 미국의 정신이오'라는 분위기를 풍겨대면서 담배를 피우며 지나가는 사업가 하나를 발견했다. 그는 러키가 부탁하자마자 담배 한 개비를 건네고 은빛 라이터 불꽃으로 고개를 숙이는 러키의 얼굴을 보며 미소를 지었다.

"어디서 많이 본 얼굴인데요."

그의 말에 러키는 담배를 깊게 빨며 대꾸했다.

"그럴 리가요."

"혹시 이름이 어떻게…."

"아뇨."

러키는 휙 돌아서서 빠른 걸음으로 대로를 따라가며 그에게서 멀어졌다. 안전할 만큼 멀리 달아난 뒤 러키는 번듯한 고층 건물의 지붕 아래에 조용히 서서 폐가 갈라질 것 같을 때까지 담배를 깊게 빨았다. 에이버리가 미워. 그녀는 숨을 내쉬었다. 에이버리가 너무 미워. 이번에는 아주 빨리 담배를 빠는 바람에 결국 연기와 침을 마구 뱉어내고 말았다. 에이버리가 너무 미워서 숨 막혀 죽을 것 같아. 분노에 차서 몇 분 더 마구 담배 연기를 뿜어대자, 건물 수위가 나와서 그녀 옆에 서더니 말없이 건물 앞에서 쫓아냈다. 어쨌든 담배는 다 피운 참이었다. 러키는 담배꽁초를 배수구에 던지고는 곧바로 한 대 더 피우고 싶어진 마음으로 남쪽으로 향했다.

81번가 모퉁이에 멈춰 선 러키는 지하철 입구 계단 위를 서성였다. 시내로 돌아가고 싶다는 마음이 막연하게 들었다. 그곳은 좀 더 자신다운 곳이니까. 언니들과의 기억이 덜한 곳이니까. 지하철 입구로 들어갔다. 러키는 역무원들이 없다는 걸 확인한 다음 익숙한 동작으로 개찰구를 휙 뛰어넘어 간발의 차이로 C호선에 탑승했다. 헤드폰을 가져왔다면 음악을 들을 수 있었을 텐데. 아쉬운 마음으로 승객들이 걸친 옷에서 하나씩 골라 입은 자신의 모습을 상상했다. 무릎에 화분을 얹은 아시아계 할머니가 신은 우븐 샌들이랑 옆에 앉은 남자의 디키스 바지랑 매치하면 좋겠는데. 그러다 러키와 눈이 마주친 할머니가 미소를 지었다. 러키도 수줍게 마주 웃어주었다. 지난주 내내 보니 옆에서 지내다 보니, 일이나 약속 없이 뉴욕에 혼자 있는 기분이 이상했다. 뉴욕에서 이렇게 길게 머문 것은 오랜만이었다. 돌아올 때마다 항상 니키와 놀았었는데.

러키는 8번가의 1달러 피자 가게 옆 출구로 나왔다. 별다른 이유 없이 서쪽을 향해 크리스토퍼 스트리트를 쭉 따라 내려갔다. 그러다 고급 펫숍 앞에 서서 유리창을 바라보았다. 안에는 자그마한 구름처럼 뛰어다니는 코카푸 강아지가 있었다. 러키를 본 강아지는 뒷다리로 서서 유리창을 열심히 더듬어댔다. 털이 복슬복슬한 발이 깃털처럼 유리창을 스쳤다. 러키는 미소를 지으며 유리에 손을 얹었다. 이 강아지를 데려갈까? 적어도 언니 둘보다는 나에게 믿음을 주겠지. 혹시 우주의 변덕스러운 장난으로, 알고 보니 니키의 영혼이 환생한 게 이 강아지일지도 몰라. 니키의 성격과 정신을 그대로 지닌 강아지 말이야. 러키는 무릎을 꿇고서 검게 빛나는 강아지의 눈동자를 지그시 바라보고 싶었다. 하지만 강아지는 이미 자기 꼬리를 쫓으면서 우리 안에 찢어놓은 종이 바닥에서 몸을 마구 뒤집어대고 있었다. 털 색은 따스한 진저브레드 빛깔이었다. 러키는 계속 강아지와 눈을 맞추려 했다. 언니, 언니 맞아? 그러고 있으려니 커플 티로 대학교 티셔츠를 사이좋게 입은 연인이 그녀 옆에 서더니 유리창 너머로 강아지를 어르기 시작했다.

러키는 돌아서서 계속 걸었다. 그래, 그 코카푸가 니키일 리 없지. 물론 지나가는 사람의 마음을 사로잡는 테디 베어 같은 매력이 있었긴 하지만, 니키를 진짜로 아는 사람이라면 그 강아지는 니키가 절대 아니라는 걸 알 수 있었다. 만약 니키가 개로 태어난다면, 고귀하고 충성스러운 품종으로, 이집트 왕족의 사랑을 받았던 신화 속 동물인 살루키 같은 걸로 태어나겠지. 웨스트 빌리지의 백인 커플이 귀여워할 법한 애교 많은 털 뭉치로는 태어나지 않을 거야. 하지만 러키는 그리운 마음으로 생각했다. 니키를 다시 옆에 둘 수만 있다면, 그래서 언니의 부드러운 몸을 무릎으로 감싸고, 언니 앞으로 쌩 달려가서 원치 않는 방문객(이나 자매들)을 쫓아버리고, 밤낮으로 말없이, 하지만 다 안다는 눈빛으로 언니를 지켜볼 수만 있다면 얼마나 좋을까. 천주교 신자처럼 천국을 믿거나, 무슬림처럼 사후 세계를 믿거나 불교도처럼 환생을 믿었다면 얼마나 좋았을까. 러키는 뭐든 믿고 싶었다.

니키의 장례식은 어퍼 이스트사이드에 있는 성 이냐시오 로욜라 성당에서 열렸다. 부모님이 자매들의 의견도 듣지 않고 정한 곳이었다. 러키에게 물었다면 헌터 톰슨*처럼 니키의 재를 불꽃놀이 재료로 만들어서 밤하늘로 쏘자고 했겠지만, 부모님은 장례미사를 드려야 한다고 고집을 부렸다. 솔직히 말하자면 니키 역시 파크 애비뉴에 있는 성당에서 거창하고 장엄한 미사를 여는 걸 좋아했을 것 같았다. 러키와 보니, 에이버리는 성당 뒤편 성구 보관실에 숨었고, 바깥에서 손님들이 계속 들어오는 와중에도 사제복 옷걸이 옆에 나란히 앉아 우울한 기분으로 침묵했다. 가능한 한 보니는 최대한 오래 숨어 있는 편이 나왔다. 지난 주말 경기에서 지고 나서 그때 든 상흔이 차차 나아가는 도중인지라, 흉한 꼴을 하고 있었기 때문이다. 뺨과 눈 아래로 노란색과 초록색과 갈색의 멍이 온통 번져 있었다. 엄마가 성구 보관실에 고개를 디밀고는 그들을 날카롭게 쏘아보았다.

"애들아, 여기 있었구나! 여기서 뭐 하는 거야? 예의 없게."

"이건 니키의 장례식이잖아, 엄마. 우리가 눈요깃감이 되기를 바라는 사람은 아무도 없어."

• Hunter S. Thompson. 미국의 작가로, 자신의 유해를 대포로 쏘아 불꽃놀이를 하라는 유언을 남겼고, 그대로 시행되었다.

에이버리가 대답하자, 러키가 물었다.

"이 사람들은 다 누구야?"

"니키를 아는 사람들이지 누구겠니."

엄마가 선 뒤로 검은 옷차림을 한 조문객들이 통로를 비집고 들어와 자리에 앉는 중이었다. 아버지는 술을 마시고 싶어 보이는 얼굴로 멍하니 서서 사제와 대화를 나눴다. 니키의 여학생 클럽 회원으로 보이는 여자 둘은 이때다 싶은 마음이었는지 하이힐 신은 발을 뒤뚱거리며 가슴이 깊게 파인 미니 드레스로 화려하게 치장한 채 나타났다. 그중 한 명은 깃털 달린 머리 장식까지 우아하게 달았다.

"내가 항상 말했잖아. 니키는 친구가 많아도 너무 많다고."

에이버리의 말에 러키가 맞장구쳤다

"진짜 그래. 저기 봐, 저건 또 누구야?"

러키는 오일 바른 머리를 빗어 넘긴, 비싸 보이는 리넨 정장을 입은 노인을 가리켰다.

"저 사람은 니키 친구인 카터 보몬트네 아버지 같은데. 맞아, 저기 봐. 카터네."

엄마의 말에 러키는 고개를 저었다.

"카터 보몬트 쌍년! 여긴 뭐 하러 왔대?"

"보몬트 가족분들은 언제나 니키를 좋아했으니까."

엄마가 서글픈 목소리로 말하더니, 다시금 자식들에게 날카롭게 쏘아붙였다.

"그리고 너희들, 태도가 그게 뭐니. 와준 분이 얼마나 고맙니. 저분은 아주 중요한 사람이야."

에이버리가 혐오스럽다는 듯 코웃음을 쳤다.

"왜? 부자라서?"

엄마는 산만하게 손을 내저었다.

"저분은 많은 사람을 도왔어. 베이비 하모니카인가 뭔가를 발명했다고."

자매들은 당황한 눈빛으로 서로를 바라보았다.

"베이비 하모니카? 아기들한테 하모니카가 왜 필요한데?"

러키가 묻자, 엄마가 고지식하게 대답했다.

"어른만큼이나 애들한테도 필요한 거잖니."

"아기들이 입을 놀릴 수나 있긴 해?"

에이버리의 말에 엄마가 되물었다.

"뭐?"

"게다가 애들은 폐도 엄청 작잖아."

러키가 덧붙이자, 엄마가 대꾸했다.

"그건 폐랑 상관없어. 당연히 가슴에 하는 거지."

러키는 언니들을 힐끔거렸다. 언니들 역시 자기처럼 당황한 얼굴이었다. 심지어 경기 후에 거의 말이 없던 보니조차 살짝 웃었다.

"가슴에? 음악이 가슴에 항상 좋은 법이라서?"

그녀가 나직하게 말하자 러키와 에이버리는 키득키득 웃었다. 그런데 이제는 엄마가 눈살을 찌푸렸다.

"웬 음악? 베이비 하트 모니터가 음악이랑 무슨 상관인데?"•

미사는 길었다. 예상대로 예수님이 우리 죄를 용서받기 위해 돌아

• 엄마는 원래부터 하트 모니터(heart moniter, 심음 측정기) 이야기를 하고 있었으나 자매들이 그걸 하모니카harmonica로 잘못 들은 상황이다.

가셨다는 이야기가 주로 나왔다.

"살아서든 죽어서든 우리는 그리스도에게 속한 것입니다."

신부는 관에 관포를 덮고 십자가를 놓으며 말했다. 러키는 속으로 생각했다. 니키는 예수님이 아니라 괜찮은 협동조합 이사회나 컨트리 클럽에 속해 있기를 더 좋아하지 않았을까. 하지만 쓴웃음을 지으며 인정했다. 그래, 그리스도도 괜찮긴 하지. 러키는 설교와 성체성사, 구약과 신약 성서 낭독이 이어지는 동안 무감하게 앉아 있었다. 자신은 아무것도 느끼지 못한다고 확신하면서. 하지만 신부가 마지막 축도를 하자, 눈물이 흐르기 시작했다.

신부는 은색 향로를 관 위에 흔들어 니키의 시신이 누운 관 위로 연기를 퍼뜨렸다. 러키는 그 연기가 신부의 손을 휘감고 올라가 성당의 천장 위로 사라지는 모습을 바라보았다.

"우리 자매가 이곳에서 평안히 잠들게 하시오며, 주께서 영광으로 깨워 주시옵소서."

러키는 고개를 숙였다.

"우리 자매는 주님과 얼굴을 마주하며 주님의 빛 속에서 빛을 볼 것입니다."

러키는 속에서 무언가가 찢어지는 기분이었다. 정말로 가슴이 물리적으로 뜯기는 것처럼 아팠다.

"우리 모두가 그리스도 안에서 만나, 주님과 우리 자매와 더불어 영원히 함께할 그날까지."

러키는 고통스레 숨을 내쉬었다. 슬픔으로 온몸이 무너져 내렸다. 옆에서는 보니가 부들부들 떨고 있었다. 순간, 에이버리가 손을 뻗어 둘의 손을 모두 잡고 자기 쪽으로 잡아당겼다.

"베이비 하모니카."

큰언니가 속삭이는 말에 셋은 때와 장소에 맞지 않는 웃음을 터뜨리고 말았다. 러키는 애써 웃음을 참으려다 숨이 막혀왔다. 손으로 입을 가리는 세 사람을 엄마가 죽일 듯이 쏘아보았지만 그들은 신경 쓰지 않았다. 니키가 있었대도 같이 웃었을 테니까.

러키는 정처 없이 방황했다. 왼쪽으로 돌고, 또 왼쪽으로 꺾었다가 결국 정신을 차려보니 처음 나왔던 지하철 출구였다. 웨스트 4번 출구 근처에는 농구장이 하나 있었다. 셔츠도 입지 않은 땀투성이 선수들이 코트를 이리저리 누볐다. 아스팔트 위로 운동화 밑창이 쓸려 끽끽 소리를 냈다. 팀 스포츠 같은 걸 배워볼까? 그러면 인생의 목적이 생길까? 중학교 때 러키의 유독 큰 키를 본 배구 코치가 스트라이커에 딱이라며 그녀를 설득해 배구팀에 들어간 적이 있었지만, 아주 짧은 기간 동안 굴욕만을 겪은 후 그만두었다.

첫 연습 날, 팀원들은 러키를 가운데 세워두고서 원형 대열을 이루고는 "뭐라고? 안 들려!"라고 계속 소리쳐 댔고, 그러면 러키는 "화끈하게 하고 싶어!"라고 대답하라는 지시를 받았다. 그녀는 시뻘겋게 달아오른 얼굴로 환호성을 지르는 동료 선수들을 바라보았다. 러키는 말없이 마음을 굳게 먹고서, 겉보기로는 고통과 공포를 겪는 것 같아 보이지만 실은 기쁨으로 가득 찬 얼굴로 비명을 지르는 팀원들의 굳은 몸뚱어리 사이를 비집고 나왔다. 그 지옥 같은 원형 대열에서 벗어났다. 차례로 체육관과 탈의실을 지나 학교 밖까지 나와서 맨해튼의 길거리 위로 탁 떨어진 순간, 자유로운 공간에서 느꼈던 안도감이 아직도 기억에 남아 있었다. 이제 그녀는 코트 위를 마구 달리는 선수들의 모습을 바라보았다. 자신은 전혀 알 수 없을 집중력과 일체감의 황홀경으로 일그러져 있는 저 얼굴들. 아니. 스포츠는 안 할 거야. 러키는 지금도 그렇고 앞으로도 절대 '화끈하게 하고 싶어' 하지는 않을 것이다.

계속 걸어야 했다. 그러지 않으면 몰려드는 기억에 압도당할 것만 같았다. 어디론가 가려고 방향을 트는 순간, 그녀의 이름을 부르는 숨 가쁜 남자의 목소리가 들렸다. 파리에서 만난 남부 출신 모델 라일리였다. 오늘 그는 복슬복슬한 금발을 신축성 있는 스포츠 헤드밴드로 넘겨서 천진난만하고 잘생긴 얼굴을 완전히 드러내고 있었다. 라일리는 땀을 줄줄 흘리면서 기쁜 낯으로 러키를 바라보았다.

"나, 넌 줄 알았어!"

그는 부드럽고 느릿한 말투로 모음을 꿀에 듬뿍 적신 듯 길게 끌어 발음했다. 그 입에서 나온 '나'라는 말에는 소유욕이라기보다는 '아아'에 가까운 만족스러운 한숨이 담겨 있었다.

러키는 뒤를 슬쩍 돌아보았다. 못 들은 척하기에는 이미 너무 늦었다. 라일리는 신난 강아지처럼 이쪽으로 달려오는 중이었다. 그는 둘 사이에 놓인 철망을 덥석 잡으며 씩 웃었다.

"와 씨, 널 다시 봐서 정말 좋네! 여기서 뭐 해?"

"뭐, 그냥 돌아다니는 중이야."

러키의 대답에 그는 미소를 지었다.

"셔츠 멋진데. 나도 스파이스 걸스 진짜 좋아해. 넌 머리부터 발끝까지 포시 같다."

"사실, 난 베이비야."

러키가 대답했다. 포시는 니키였지, 라고 생각했지만 그 말을 입

밖에 내지는 않았다.

"얘들아! 여기 좀 봐! 내 친구 러키야."

친구라. 함께 맥주를 마시며 두어 시간 보냈을 뿐인 사이에 붙이기엔 어폐가 있는 단어였지만 러키는 우아하게 미소를 지었다. 자세히 보니 같이 경기하던 남자 중 다수가 동료 모델이었다. 그들은 러키에게 손을 흔들어 인사하고는 다시 서로 밀고 밀치면서 소년같이 활기찬 에너지를 뿜으며 웃어댔다. 러키는 멋쩍게 그들에게 손을 흔들었다. 이 역시 중학교 시절이 떠오르는 상황이었다. 남자애들이 대규모 스포츠 경기에 참여하고, 밴드를 하고, 수업 시간에 장난을 치면, 여자애들은 그걸 구경하는 식 말이다. 그래서 모델 일을 시작할 때 너무나도 짜릿하면서도 동시에 두려웠었다. 난생처음으로 누군가의 시선을 받는 대상이 되었으니까.

"파리에서 만난 이후로 메시지를 보내려고 했는데, 계정이 없더라고. 사비나도 네 소식을 모른다고 하고. 넌 정말 찾아내기 어려운 아가씨야."

라일리의 말에 러키가 대답했다.

"알잖아. 나 국제적으로 신비한 여자라는 거."

라일리는 웃으면서 머리를 털었다.

"나도 그렇게 생각해."

아, 또 나왔다. '아아'에 가까운 '나'라는 소리.

"넌 어떻게 지냈어?"

라일리가 물었다. 그녀는 속으로 생각했다. 10년간 해온 마약과 술을 끊으며 지내고 있지.

"별일 안 해. 그냥 가족이랑 시간을 보내."

라일리는 러키도 자신의 안부를 물어주길 기다리는 것 같았지만, 그런 질문은 없으리라는 사실을 곧바로 깨닫고 화제를 돌리며 얼굴 가득 열띤 기색으로 물었다.

"그럼 지금은 뭐 할 거 있어?"

"어, 난…. 없어."

"그럼 여기서 몇 분만 기다릴래? 우리 이제 끝낼 거거든. 어디 가서 한잔하자. 너도 꼭 와야 해."

술 한잔이라. 지금 마음 같아서는 그걸 위해 사람을 죽일 수도 있었다. 혹은 그 한잔이 러키를 죽일 수도 있었다. 하늘을 슬쩍 올려다보았다. 이건 혹시 시험인가? 아니, 애초에 하늘의 뜻 같은 걸 자신이 믿었던가?

러키가 주저하는 기색을 감지한 라일리가 말했다.

"여기 그대로 서 있어. 움직이지 말고."

그는 러키에게서 눈을 떼지 않은 채 재빨리 뒷걸음질 쳐 다른 선수들에게로 다가갔다. 환하게 웃으면서 소리쳤다.

"아, 진짜! 러키 블루라니!"

그리하여 15분 후, 러키는 맥두걸 스트리트 옆에 있는 벨기에 맥줏집 그늘진 안뜰에 들어가 땀에 젖은 농구 반바지를 입은 모델 여섯과 다닥다닥 붙어서 원형 테이블에 앉게 되었다.

"자, 러키. 네 술은 내가 살게. 너 맥주 좋아하잖아. 내가 알지. 뭐 마실래? 여기 델리리움 트레멘스˙라는 에일이 있는데 아주 괜찮아."

• Delirium Tremens. 원래는 의학 용어로 아주 심한 알코올 금단증상인 '진전섬망'을 의미하지만 여기서는 같은 이름의 맥주 브랜드를 말한다.

러키는 목이 컥 막혔지만 애써 표정 관리를 했다.
"난 그냥 소다수 마실래."
라일리가 눈썹을 치켜떴다.
 러키는 다른 모델들이 주는 담배를 연신 피워대며 탄산수를 들이켰고, 그렇게 첫 잔이 도는 상황을 견뎌냈다. 그리고 호기심이 대단한 라일리가 계속 퍼붓는 질문에 죄다 단답형으로 대답했다. 그는 러키에 대해 뭐든 알고 싶어 하는 것 같았다. 차가운 맥주가 목구멍을 타고 내려가는 맛이 계속 상상되었다. 고문이었다. 마침내 라일리가 화장실에 가려고 자리에서 일어나자, 러키는 지금이 탈출할 기회라는 걸 알았다. 자리에서 벌떡 일어섰다.
"있잖아, 나… 잠깐 어디 좀 갔다 올게."
 그녀는 중얼거리고는 출구 쪽으로 나갔지만, 도중에 마음을 바꾸고 다시 안으로 들어왔다. 어둡고 따스한 술집 내부는 바깥에서 점점이 비쳐 드는 햇빛에 전혀 영향을 받지 않았다. 향기가 곧바로 훅 끼쳐 들었다. 마셨을 때는 한 번도 느낄 수 없었던 맥주의 향기가 너무나 달콤하고도 익숙했다. 빵 껍질과 솔잎과 캐러멜의 향기는 대지와 효모와 씨 있는 과일 내음이었다. 어쩌나 안심이 되던지. 바텐더가 그녀 쪽으로 슬며시 다가와 주문하기를 기다렸다. 해도 돼. 아무도 모를 거야. 러키는 주문하려고 입을 열었다.
"화장실이 어느 쪽이에요?"
 바텐더는 뒤편을 가리켰고, 러키는 그가 알려준 곳으로 억지로 발걸음을 옮겼다. 화장실은 개인용으로 두 개 있었고, 문마다 뿌연 유리창이 달려 있었다. 러키는 점점 쌓여가는 욕망에 몸을 떨며 바깥에서 기다렸다. 한쪽 화장실에서 키가 크고 매력적인 여자 하나가 나와서 러키를 위아래로 쭉 훑어보다 자리를 떴다. 러키는 이런 상황에 익숙했다. 남자들보다 여자들이 러키를 더욱 노골적으로 쳐다볼 때가 많았으니까. 성적인 호기심에서는 아니었다. 물론 그런 적도 없지는 않았지만. 그보다는 경쟁자 조사 차원이라고나 할까. 예전에는 이런 게 성가셨지만 모델을 그만둔 뒤로는 생각이 달라졌다. 볼 테면 보라지. 이제는 내 몸으로 돈을 벌지는 않을 테니까. 러키는 빈 화장실에 들어가지 않고 기다렸다. 이윽고 다른 칸에서 나온 라일리가 눈앞에 선 러키를 보며 얼굴을 환하게 빛냈다.

"어, 너구나."

그는 러키가 지나가도록 문을 잡아주었지만, 러키는 라일리의 저지 앞섶을 잡고 그를 화장실 안으로 밀어 넣었다. 그가 깜짝 놀라 입을 벌리자, 러키는 자신의 입술을 그의 입술에 맞댔다. 이어진 키스는 뜨겁고도 피부를 멍들일 만큼 격하고 탐욕스러웠다. 그녀의 혀가 뱀처럼 라일리의 입속으로 들어갔고, 둘의 치아가 서로 부딪쳤다. 러키는 그의 농구 저지를 움켜잡고 비틀었다. 그의 몸을 감싸 자신의 몸에 세차게 붙였다. 갈비뼈가 그의 가슴에 으스러지듯 닿았다. 그들은 세면대에 부딪쳐 비틀거렸고, 라일리는 그녀를 일으켜 자신의 몸에 단단히 붙였다. 러키가 그의 허리에 다리를 감았다. 그녀의 얼굴은 이제 그의 얼굴 위에 있었다. 할 수만 있었다면 턱을 완전히 벌려서 뱀이 매끄럽고 둥근 알을 삼키듯 그를 통째로 삼켰으련만. 그녀는 손가락으로 라일리의 머리카락을 헤집어 바보 같아 보이는 헤드밴드를 벗겨 바닥에 던졌다. 그는 자신의 얼굴 위로 흘러내린 금발을 손바닥으로 쓸어 넘기는 러키를 놀라운 눈빛으로 바라보았다. 그녀는 숨가쁘게, 엉망진창으로 라일리의 입술에 입을 맞추었고, 결국 그의 다리가 스르르 풀리는 바람에 그의 품에서 벗어나 비틀거렸다. 라일리는 그녀에게서 물러나 창틀을 손으로 짚고서 숨을 골랐다.
"와, 생각도 못 했는데…. 이야."
"말하지 마."
그녀는 다시 라일리를 향해 달려들었다. 이번에는 두 손을 그의 농구 반바지 허리밴드 안으로 밀어 넣었다. 그리고 눈을 감고서 그를 느껴보았다.
"아, 저기, 잠깐만."
라일리가 나직하게 말하며 그녀의 손을 빼내려 했다. 러키가 눈을 떴다.
"왜 그래?"
장난스럽게 물을 수도 있었으련만, 실은 초조함이 그득했다.
"그냥…."
라일리가 말을 삼키고는 그녀의 손을 빼냈다.
"친구들이 저기 있으니까."
"그럼 빨리 하자."
러키가 다시 손을 넣으려 했다.
"나 샤워도 안 했고…."
그가 한 발짝 물러서다가 변기에 걸려서 넘어질 뻔했다. 러키는 계속 밀어붙였다.
"상관없어."
"그리고…. 아, 진짜, 러키."
라일리는 그녀의 어깨를 잡고서 자신의 앞에 가만히 세웠다.
"네가 좋아. 나 너 멋지다고 생각하거든? 언젠가 같이 데이트하고 싶기도 해."

러키는 멍하니 그를 바라보았다.

"내가 좋다고?"

그는 러키를 놓고서 머리를 쓸어 올렸다.

"음… 어."

러키는 눈을 깜빡였다.

"하지만 나에 대해 아무것도 모르잖아."

그가 손을 들어 올렸다.

"어, 그래서 알아보려고 했어, 러키. 하지만 넌 좀 이해하기 어려운 책 같더라고. 네가 나랑 데이트를 하면 알아갈 수 있을 것 같은데."

러키는 눈을 가늘게 뜨고 그를 보았다.

"데이트? 어떤 데이트?"

"모르겠어. 아직 계획을 안 세웠는데. 뭐든 할 수 있겠지. 어떤 거 하고 싶어?"

"약 하는 거 좋아해. 필름 끊길 때까지 마시는 것도 좋아해."

라일리는 웃었다. 그 웃음에 서린 것은 두려움이었을까, 아니면 매혹이었을까. 알 수 없었다.

"하지만… 다른 거 해도 좋고."

그러자 라일리는 현관문이 열리는 소리를 들은 강아지가 펄쩍 몸을 일으키듯 환한 기색을 보였다.

"그럼 좋다는 거지? 뭘 할까. 볼링 치러 갈래?"

"스포츠는 싫어. 조직화된 재미는 다 싫어. 다른 거 말해봐."

"좋아. 재미는 싫다라. 알았어."

"조직화된 재미가 싫다니까. 나는 괴물이 아니거든? 재미있는 거 싫어하지 않아. 그저 나한테 강요되는 재미가 싫다는 거야."

러키가 정확히 설명하자, 라일리는 진지하게 마른침을 삼켰다.

"완전 동의해. 나도 그래."

러키는 웃으려다 말았다. 이건 거짓말 같았으니까. 라일리의 성격상 그가 하고 싶은 건 죄다 어린이 생일파티에서 할 법한 활동들일 테니까. 하지만 그의 노력을 가상하게 봐주기로 했다.

"그래! 우리 춤추러 갈래? 나 춤 진짜 잘 춰."

라일리가 소리쳤다. 이제 러키는 웃음을 참지 않았다.

"본인 입으로 춤을 잘 춘다니, 그런 말은 하면 안 되는 거 아닌가."

"하지만 정말인데. 진짜로. 나 많이 연습했거든. 고향에서는 '켄터키 프라이드 핫티즈' 댄스팀에 있었어."

참아야 했건만, 러키는 저도 모르게 콧김을 뿜으며 피식 웃었다.

"켄터키 뭐?"

"켄터키 프라이드 핫티즈. 그러니까 우리 팀은 처녀 파티 같은 데서 춤을 췄지. 가끔은 생일파티에도 가고."

러키는 가슴에 손을 얹어 마음을 가라앉히고 물었다.

"잠깐만, 너 그럼 스트리퍼였어?"

라일리가 빙긋 웃었다.

"성인 엔터테이너라는 말이 더 좋은데. 하지만 뭐, 맞아."

"알았어. 더 들어봐야겠어."

라일리는 씩 웃었다. 러키의 관심을 완전히 끌었다는 걸 알고 기뻐하는 게 분명했다.

"대학 가기 전까지는 체조를 했어. 그런데 부상을 입고 장학금을 받지 못하게 되어서, 대신 댄스 팀에 들어갔지. 솔직히 말하면 돈 진짜 많이 벌었어. 언젠가 또 처녀 파티에 갔는데, 거기 참석자 중에 모델 스카우터가 있더라고. 그래서 여기까지 오게 된 거야."

러키는 한 발짝 뒤로 물러서서 라일리를 골똘히 바라보았다. 사람마다 갖가지로 상대방을 놀라게 할 수 있는 능력이 있구나. 그 점은 절대로 과소평가해서는 안 돼.

"그 유명한 켄터키 프라이드 춤 한번 춰봐."

라일리는 주저하지 않고서 셔츠를 벗어 던지고는 머리부터 가슴과 배까지 이어지는 웨이브를 보여주었다. 복근이 리듬에 맞춰 수축하다가, 엉덩이가 부드럽게 회전하는 것으로 그는 동작을 마무리 지었다. 러키는 저도 모르게 처녀 파티 참석자처럼 신나게 소리를 질렀다. 라일리는 활짝 웃었다.

"나 폴댄스 하는 것도 봐야 하는데."

러키가 다시 소리를 질렀다.

"너 이걸 폴댄스로도 한다고? 설마!"

"아, 왜 이래. 나 체조 했다고. 물구나무 서서도 뭐든 출 수 있어. 문제는 다리의 신경 말단이 죽었다는 거지."

그는 무릎 뒤쪽을 툭툭 두드렸다.

"여기 있잖아? 아무것도 안 느껴져."

러키는 걸어가서 그의 가슴 높이까지 얼굴을 내렸다. 그리고 그의 오른쪽 무릎의 부드러운 피부를 꼬집으면서, 몸통에 뺨을 눌렀다. 라일리의 무릎뼈 뒤쪽 팽팽한 피부를 당기며 물었다.

"이거 느껴져?"

그는 웃음을 애써 참고 장난스레 대답했다.

"아뇨, 안 느껴집니다."

러키는 이제 사지를 바닥에 댔다. 화장실 바닥은 그다지 깨끗하지 않았지만 상관없었다. 그녀는 오래된 쇠 파이프가 부드럽게 울려대는 세면대 아래로 반쯤 몸을 넣었다. 그리고 고개를 돌려서 라일리의 다리 뒤쪽을 바라보며 무릎 뒤쪽 살갗을 부드럽게 물었다.
"이건 어때?"
그녀는 입에 계속 라일리의 다리를 문 채로 물었다.
"그건 느껴지네."
늑대 같은 러키의 커다란 턱에 자발적으로 들어간 먹잇감처럼, 라일리는 미동도 않고 그대로 서 있었다.

러키는 라일리와 함께 아드레날린에 한껏 취한 채 화장실에서 나왔다. 이편이 더 낫구나. 둘이서 테이블로 다시 돌아가자, 언니들과 싸운 건 어느덧 아득하게 느껴졌다. 그녀는 자리에 앉아 담배를 빌렸다. 그때 모델 하나가 살얼음 낀 맥주잔을 그녀 쪽으로 밀었다.
"야, 이거 피티 주려고 주문했는데 걔가 일이 생겨서 먼저 갔어. 마실래?"
어째서 나는 술을 끊자는 마음을 진지하게 먹었을까. 갑자기 이유를 떠올릴 수가 없었다. 누구한테 증명해 보이려고 했지? 보니? 에이버리? 하지만 언니들은 나를 신경 쓰지도 않는데. 에이버리가 진짜로 말했잖아. 니키 대신 내가 죽어야 했다고. 그리고 보니는 언제나 내가 아닌 에이버리 편이었지. 난 어째서 날 원하지도 않는 사람들의 사랑을 얻으려고 나답지 않게 굴려는 걸까? 이런 씨발. 이렇게 생각하며 잔을 들었다. 맥주의 맛은 기억 그대로 좋았다.
그리하여 시작한 맥주 한 잔은 차이나타운의 가라오케 바로 넘어가자 위스키로 이어졌고, 멕시코 레스토랑의 주방을 통해 들어간 소호의 클럽에서는 병맥주가 되었으며, 이어 어떤 모델의 아파트 옥상에서는 따뜻한 데킬라가 되었고, 새벽 4시에는 술이 모자라서 편의점에 가게 되었는데, 그러다 모델 한 명이 들으면 손발이 오그라들긴 해도 꽤 재미있는 밴드의 싱글 앨범이라며 최신 음악 하나를 추천해서 좋다고 음악을 틀어놓고 춤을 추며 이제는 코카인을 흡입했고, 러키가 "스파이스 걸스 씨발!"이라고 외치면서 싸구려 편의점 와인을 그 자리에서 반 병이나 꿀꺽꿀꺽 들이켜면서 입고 있던 스파이스 걸스 티셔츠를 벗어 던지자 라일리가 그걸 주워 얼른 입히려고 했다가 결국 러키에게 넌 나를 통제하려 드는 꼰대새끼라는 말을 들었고, 이어서 너 같은 거 전혀 신경 쓰지 않는다며 러키가 라일리 앞에서 집주인과 키스를 해버려서 라일리가 자기는 가겠다고 위협하자 러키가 얼굴로 울먹이는 표정을 꾸며대면서 손으로는 가운뎃손가락을 들어 보인 데다가 집주인에게 코카인을 더 달라고 요구해서 라일리는 정말로 그 자리를 떴고, 그걸 본 러키가 와인을 왕창 퍼마시다가 집주인의 크림빛 고급 베르베르 러그에 왈칵 구토해 버리는 바람에 집주인은 결국 러키를 내쫓아 버렸는데, 때는 새벽 대여섯 시쯤이라 그린 스트리트와 그랜드 스트리트 모퉁이에 우두커니 서 있자니 사방이 적막한 가운데 쓰레기 트럭이나 지나다니고 있었고, 휴대폰 배터리도 방전되어 러키는 인도의 하수구 덮개에 주저앉아 자기로 마음을 먹었는데, 고개를 들어보니 저 멀리서 라일리가 피로와 슬픔이 가득한 모습으로 이쪽으로 걸어오는 게 보였고, 라일리가 그 집주인이 별로 좋은 애가 아닌 것 같아 러키가 집에 무사히 갈 수 있을까 걱정이 되어서 돌아왔다고 말하자, 러키는 그에게 자기는 집도 없고 자신을 사랑하거나 걱정해 주는 사람이 아무도 없으니까 그냥 길거리에서 죽게 놔두라고 대꾸했고, 그래서 라일리는 러키를 자기 집으로 데려가 침대에 눕히고 물을 한 잔 준 다음 휴대폰을 가져다가 침대 협탁에 놓고 충전을 시켜주었고, 그녀가 라일리의 베개에 얼굴을 파묻고 울면서 입으로는 "나 안 울어, 안 운다고"라는 말을 반복하는 바람에 라일리가 괜찮다고, 그냥 좀 자야 할 것 같다고, 내일 아침이면 모두 다 괜찮아질 거라고 말해주게 되었다.

하지만 아침이 되었다고 괜찮아지지는 않았다. 러키는 라일리의 침대에서 일어나자마자 죽고 싶다는 생각이 들었다. 어두운 커튼 사이를 뚫고 들어온 햇살이 마치 뾰족한 바늘 같았다. 아주 가녀린 빛살마저도 그녀의 눈을 찔러대는 것처럼 느껴졌다. 침대 옆 탁자에는 책 더미가 쌓여 있었는데, 그중에는 『사피엔스』, 『지금 이 순간을 살아라』가 있었다. 그 옆으로 완전히 충전된 휴대폰이 보였다. 깨진 액정을 확인하니 정오가 다 된 시각이었다. 그녀는 나직하게 신음을 흘리며 베개에 다시 머리를 대고 누워 손바닥으로 눈두덩을 눌렀다. 나무슨 짓을 한 거야? 지난 일주일 동안 보니랑 그 고생을 해놓고서 어떻게 또 술을 마실 수가 있지? 내가 다 망쳤네. 게다가 최악인 건, 에이버리의 말이 맞았다는 것이었다. 난 망했어. 이런 생각에 수치심이 격한 파도처럼 밀려들어 울음이 터질 것 같아서, 이 기분이 사라질 때까지 저도 모르게 손으로 입을 막아야 했다.

언젠가 이런 말을 들은 적 있었다. 죄책감은 자신이 한 행동에 대한 느낌이라고. 이런저런 행동이나 행위에 죄책감을 느낀다는 건 내심 자신이 좋은 사람이라는 확신이 있다는 거라고. 하지만 수치심이란 더 깊은 것, 즉, 나의 본질을 두고 느끼는 거라고. 러키는 그저 나쁜 행동을 한 게 아니었다. 자신은 나쁜 인간이었다. 이제야 그게 보였다. 술을 마셔서 드러나는 게 자신의 본모습이라면, 자신은 어딜 봐도 악몽 같은 존재 아닌가. 함정에 걸린 사악한 짐승처럼, 도와주려는 손길을 모조리 내치는 존재 말이다. 지난 몇 년간 술에 취해 수없이 많은 밤을 보내면서 만났던 사람들은 누가 되었든 아무도 자신과 엮이려 들지 않겠지. 이제는 언니들까지도 그렇겠지. 에이버리는 전부터 자신을 미워해 왔고, 어젯밤에는 보니 역시 자신을 미워하게 되었다. 이제 남은 사람은 아무도 없다.

라일리의 방에서 영원히 숨어 있고픈 마음이 아무리 간절하대도, 현실은 그럴 수가 없었다. 러키는 충전 잭을 뽑았다. 보니에게서 온 부재중 통화가 세 건 있었고, 그 와중에도 에이버리는 한 통도 걸지 않았다. 방에서 나와 거실로 들어서자 환한 빛에 눈이 찌푸려졌다. 라일리는 윌리엄스버그에 있는 복층 아파트에 살았다. 천장까지 이어지는 통창이 있는 아파트에는 얼룩을 가리기 좋게 수수한 색상으로 칠한 기능적이고도 영혼 따윈 없는 가구들이 풀옵션으로 들어차 있었다. 거실과 이어진 주방의 냉장고에는 자석 화이트보드가 붙어 있었는데, 누가 거기다가 '현실을 살자!'라고 써두었다. 확실히 모델이 사는 아파트이긴 하네. 러키는 속으로 생각했다.

라일리는 웃통을 벗은 차림으로 식탁에 앉아서 구부정한 자세로 노트북을 보고 있었다. 러키가 거실로 들어오자 그가 미소 없이 고개를 들었다. 이제야 처음으로, 러키는 그가 얼마나 아름다운 남자인지 깨닫고 놀랐다. 금발 아래로 온통 금빛인 피부에 싸인 몸뚱이, 그리고 뺨에서 어깨뼈까지 흩어져 있는 시나몬 빛깔 주근깨. 갑자기 본인답지 않게 머쓱해진 러키는 지금 자신의 꼴이 그야말로 엉망진창일 거라는 생각이 퍼뜩 들었다.

"어, 커피 마실래?"

그의 목소리에는 따스함도 냉랭함도 없었다. 러키는 고개를 저었다. 지금 마음 같아서는 최대한 여기서 빨리 벗어나 어딘가 숨어 들어가서 콱 죽어버리고 싶었다.

"나 가야겠어."

목소리가 갈라져 긁히는 소리가 났다. 그녀는 마른침을 삼켰다.

"어젯밤엔 진짜 미안."

라일리는 고개를 저었다.

"괜찮아…."

잠시 말을 멈추었다가 말을 이었다.

"사실, 안 괜찮았어, 러키."

또다시, 수치심이 밀려들었다. 실제로 느껴지는 부끄러움의 강도가 어찌나 무시무시하던지 러키는 손톱으로 손바닥을 후벼 파면서 근육이 수축하듯 이 감정이 지나가기만을 기다렸다.

"나도 알아…."

그녀가 입을 연 순간, 라일리가 끼어들었다.

"하지만 난 너도 괜찮지 않을 거란 생각이 들어."

그는 걱정으로 누그러진 표정을 지으며 물었다.

"그래서… 넌 괜찮아?"

러키는 이런 말을 들을 줄은 몰랐다. 깽판을 친 상대에게 이런 친절한 말을 해주다니. 다정함을 받을 자격이 없는 자신에게 진짜로 다정함이 주어지다니, 마치 모닝커피를 주듯 스스럼없이. 너무나 놀라운 일이라 거짓말을 꾸며내야겠다는 생각조차 들지 않았다.

"아니. 안 괜찮아. 난…."

불쑥 말이 나와버렸다. 그러다 문득 이런 생각이 들었다. 그냥 말해버리는 게 나을지도 몰라. 어차피 잃을 것도 없고.

"난 알코올중독이야, 라일리. 마약중독이기도 하고. 나 정말로 다 끊고 싶은데, 어떻게 해야 할지 진짜 모르겠어."

라일리는 마른침을 길게 삼켰다. 러키는 곧바로 방금 뱉은 말을 후회했다. 이렇게 꾸밈없이 말하다니, 별로 좋게 들리지 않았겠지.

"내가 이런 경우를 많이 본 적은 없어서 모르겠는데."

마침내 나온 라일리의 말에 러키는 옅은 미소를 지었다. 그녀는 문을 가리키며 말했다.

"패션계에 몇 년 더 있어봐. 그럼 난 가야겠다. 고마워. 그리고, 음, 이런 폐를 끼쳐서 미안. 부디 잊어줘."

그녀는 일단 현관까지 가긴 갔다. 대체 무슨 연유인지 그 문에는 잠금장치가 세 개나 달려 있었다. 일단 하나를 풀고, 또 하나를 더 풀었지만 문이 열리지 않았다. 방금 돌린 장치가 뭔지 기억해 보려고 하다가 실패했을 때, 허리께에서 라일리의 팔이 불쑥 나왔다.

"내가 해줄게."

그는 군더더기 없는 익숙한 손놀림으로 잠금장치를 풀고 문을 열었다. 러키는 민망한 미소를 지었다.

"다들 남의 집 현관쯤이야 쉽게 열 수 있다고 덤벼드는 법이지."

그녀의 말에 라일리가 웃으며 대꾸했다.

"남의 집 샤워기 쓸 때도 마찬가지야. 틀어보면 온수가 죽어도 안 나오잖아."

"맞아. 그래, 그럼 잘 있어."

그녀는 어색하게 손을 흔들어 작별을 고했다. 그리고 현관을 스르르 나서려던 순간, 라일리가 그녀를 끌어당기더니 가슴에 꼭 안았다. 그에게선 비누 냄새와 뭔가 희미하게 달콤한 향기가 났다. 인동초 향기일까. 러키는 남들보다 작았던 적이 거의 없지만, 지금은 정수리 위로 라일리의 턱이 포근하게 내려앉았다.

"넌 할 수 있어, 러키. 그냥 해보는 거야."

그녀는 고개를 들어 라일리를 보았다.

"그거 남부 쪽 격언 같은 거야?"

라일리는 미소를 지으며 고개를 저었다.

"마야 안젤루가 한 말이야. 우리 엄마가 고등학교 영어 선생님이라서. 그리고 안젤루 작가님? 그분은 아주 믿을 만해."

러키는 마시 애비뉴 역으로 가다가 마음을 고쳐먹고 윌리엄스버그 브리지 입구 쪽으로 계속 걸었다. 움직이는 열차 안에 갇혀 있기에는 온몸이 너무 떨리고 숙취가 심했다. 어쨌든 집으로 돌아가서 언니들을 다시 보는 게 뭐 그리 급하겠는가. 구름 한 점 없이 소독약처럼 새파란 하늘 위로 태양이 높이 뜬 가운데, 거리 전체가 지독하게 더운 날이었다. 커피숍 바깥의 뜨거운 아스팔트 위로 통통한 불독 한 마리가 배를 깔고 누워 있다가, 러키가 지나가자 눈을 게슴츠레 뜨고서 게으르게 주둥이를 이쪽으로 향했다. 다리 입구에 도착하자 가벼운 강바람이 느껴져서 안심이 되었다. 낯익은 빨간 난간과 그래피티로 지저분해진 길이 마치 시간처럼 쭉 펼쳐져 있었다. 자전거 한 대가 씽 지나가자 다리엔 다시금 인적이 끊겼다.

머리 위로 어지러이 휘감기고 교차해 있는 금속 기둥을 지나며 러키는 강 위를 건너기 시작했다. 헤드폰이 없어서 음악으로 세상을 잊을 수가 없었기에, 그냥 떠오르는 생각에 잠기기로 했다. 방 안에 갇힌 벌이 창문에 계속해서 몸을 부딪치듯, 러키의 머릿속에서 동일한 기억이 계속 빙빙 돌았다. 손바닥 위로 보이는 니키의 소원 쪽지. '약 그만 먹기.' 왜 러키는 언니가 그걸 쓴 게 아니라고 했을 때 다그쳐 묻지 않았을까? 왜 그걸 다른 사람에게라도 말하지 않았을까? 마지막 전화 통화가 떠올랐다. "네가 행복해지는 일을 찾아. 그걸 해." 마지막 기억은 항상 니키의 장례식으로 끝났다. 러키는 그 장면을 반복해서, 거듭 재생했다. 마치 계속 돌려 보면 뭔가 바꿀 수 있을 것처럼, 닫힌 창문을 열어젖힐 수 있을 것처럼.

그들은 두꺼운 스펀지 양탄자가 깔렸고 에어컨이 너무 춥도록 돌아가는 답답한 옆방에서 장례 후 모임을 가졌다. 차와 커피, 빵이 마른 한입거리 샌드위치 등이 차려졌지만, 니키가 봤다면 한결같이 좋아하지 않았을 것들이었다. 언니였다면 속을 가르면 무지갯빛 스프링클이 한가득 쏟아져 나오는 케이크나 매그놀리아 베이커리의 파스텔 빛깔 컵케이크, 분위기를 띄우는 용도로 설치하는 초콜릿 분수 같은 도발적이고 바보 같은 디저트를 차려놓고 싶어 했을 텐데. 조문객들은 이리저리 돌아다니면서 우울한 분위기로 이야기를 나누었고, 러키와 언니들은 〈이스트윅의 마녀들〉*처럼 구석에 자기들끼리 모여 있었다. 이윽고 소란스러운 방 안에서 유리잔 두드리는 소리가

• The Witches of Eastwick. 존 업다이크의 소설을 바탕으로 한 미국의 판타지 공포 코미디 영화.

나더니, 아버지가 후들거리는 다리로 일어나 섰다. 술이 나오지 않아서 아버지는 탄산수를 들고 있었지만, 아침나절을 버티기 위해 미리 술을 마셨다는 걸 자매들은 모두 알고 있었다. 금발에 파란 눈동자를 지닌 아버지는 언제나 프랭크 시나트라 스타일의 미남이었지만, 그날만큼은 나이가 들었다는 게 러키의 눈에 다 보였다. 붉은 뺨에는 핏줄이 비쳤고, 한때 투명했던 눈동자는 흐리멍덩했다. 아버지는 목을 가다듬고는 덜덜 떨리는 손을 내려다보더니 옆에 있는 탁자에 잔을 놓았다. 그러곤 방 안을 둘러보며 입을 열었다.

"우리 천사 같고 사랑스러운 딸 니키에 대해 몇 마디 하고 싶었습니다. 지금 제가 하는 말을 애 엄마는 좋아하지 않겠죠. 하지만 그 애가 태어났을 때, 난 홀리라는 이름을 붙이고 싶었어요. 니키가 태어나기 몇 달 전에 『티파니에서 아침을』을 책으로 읽었거든요."

아버지는 좌중이 웃기를 기대하고 말을 멈추었지만, 아무도 웃지 않았다.

"여러분은 대부분 오드리 햅번이 출연한 영화로만 아실 겁니다. 그건 진짜로 여성 관객을 겨냥한 영화죠. 진지한 작품은 아닙니다."

"아빠 그만두게 하면 안 돼?"

러키가 에이버리에게 속삭이자, 대답 역시 속삭임으로 돌아왔다.

"어디 화재경보기라도 찾아다가 누르지 않는 한 안 될걸."

아버지는 연설을 계속 이어갔다.

"하지만 그 영화의 원작은 트루먼 커포티의 책입니다. 아니, 책 한 권 길이도 아니죠. 단편소설보다는 길지만 장편소설보다는 짧은 걸 뭐라고 하죠?"

"중편소설이요! 아빠!"

에이버리가 짜증이 역력한 목소리로 소리쳤다. 그제야 몇 사람이 웃었다. 아버지는 떨리는 손을 들더니 에이버리를 가리켰다.

"보세요. 우리 장녀입니다. 한 번 본 건 전부 기억하죠. 머리가 아주 비상해요. 쟤를 화나게 하면 안 됩니다. 절대로 잊지를 않거든요. 잊지도 않고, 용서도 안 하죠…."

아버지가 에이버리를 노려보았고, 러키는 가슴이 덜컥 내려앉았다. 설마 이 사람들 앞에서 에이버리를 욕하려는 거야? 니키의 장례식에서? 하지만 참으로 고맙게도 아버지는 에이버리에게서 눈길을 돌리고 손님들을 바라보았다.

"자, 어디까지 했었죠? 아, 그래요. 중편, 소설. 고맙다, 에이버리."

그는 미심쩍은 어조로 단어를 발음했다. 마치 그게 에이버리가 지어낸 말일 수도 있다는 듯이.

"커포티의 소설은 영화보다 어두운 분위기입니다. 훨씬 음산하죠. 여주인공이 소설 속에서 자기의 직업을 이야기하진 않습니다만, 따지고 보면 매춘부거든요. 고급 접대부라고 할 수 있죠."

러키는 몸을 앞으로 숙였다. 여기서 온몸을 뒤집어버리면 어찌어찌 사라질 수 있지 않을까.

"하지만 아주 매력적인 여자죠. 카리스마가 있달까요. 홀리 골라이틀리. 좋은 이름이잖아요. 그래서 아내에게 말했습니다. 애 이름을 홀리라고 하자!"

아버지는 엄마의 잉글랜드식 억양을 높은 어조로 흉내 냈다.

"여보, 매춘부 이름을 따자는 거야? 그럴 수는 없어!"

이쯤에서 아버지는 다시금 사람들이 웃기를 기대했으나, 역시 아무도 웃지 않았다.

"우리는 계속 이름을 골랐습니다. 다행히도 니키가 2주나 있다가 태어나서 시간이 좀 있었거든요. 애가 태어나기 일주일 전에, F. 스콧 피츠제럴드의 『밤은 부드러워라』를 읽었습니다. 이게 작가의 책 중에서 가장 위대한 작품이라고 생각하죠. 그 소설에는 니콜 디버라는 인물이 나옵니다. 정신 병동에 있는 니콜의 이야기로 소설이 시작하지요. 매우 아름답지만 아시다시피 미친 여자, 진짜 정신병자입니다."

"아빠는 저런 개떡 같은 걸 다 기억하고 있네. 우리 생일은 하나도 기억 못 하면서."

에이버리가 투덜댔다. 그들의 아버지는 본인이 한 농담에 본인이 웃으면서 이야기를 이어갔다.

"자, 여러분이 무슨 생각을 하실지 다 압니다. 처음에는 매춘부, 그다음은 미친년이라? 저 사람 또 딸을 낳으면 안 되겠는데! 이렇게 생각하시겠죠?"

러키 옆에 있던 보니가 작게 못마땅한 소리를 냈다. 아버지가 연설을 시작한 뒤로 그녀가 처음으로 낸 소리였다.

"하지만 소설의 말미에서 니콜은 아주 달라집니다. 피츠제럴드의 아내 젤다와는 다르죠. 젤다는 정신병원에 갇혔다가 화재로 죽지 않습니까. 하지만 니콜은 낫습니다. 그리고 소설의 결말에서 보시다시피 행복하고, 또 자유로워지죠."

그는 방 안을 둘러보며 모두들 이야기를 잘 듣고 있는지 확인했다.

"내가 우리 모든 딸에게 바랐던 것도 그겁니다. 인생에서 무슨 일이 일어나더라도 살아남는 것이죠. 사실 딸들에게 무슨 일이 일어나긴 할 테니까요. 그건 확실히 알겠거든. 하지만 살아남아서, 행복하고 자유로울 수 있는 방법을 찾아내길 바랐습니다."

좌중은 더욱 조용해졌다. 거기 있는 모든 사람이 한층 더 주목하고 있는 게 여실히 느껴지는 침묵이었다.

"물론 생각해 보면 내가 실수를 했습니다. 만약 애 이름을 홀리라고 지었더라면, 좀 달라지지 않았을까요. 그랬다면 이 애는…."

아버지는 여기서 말을 잇지 못했다. 러키는 아주 잠깐 생각했다. 목이 막혔나. 하지만 아버지는 눈물을 삼키고 있었다. 엄마가 일어서서 얼른 아버지 옆으로 달려갔지만, 아버지는 손사래를 치더니 버럭 고함을 질렀다.

"앉아!"

쓴소리를 들은 엄마는 도로 자리에 앉았다.

"훌훌 가거라.* 지금 내가 딸애에게 바라는 겁니다. 니키의 삶은 힘들었죠. 너무 힘들었습니다. 이제 나는 그 애가 어디에 있든, 부디 가벼운 발걸음으로 훌훌 가기를 기도합니다."

아버지는 휙 돌아서더니 희멀겋고 푸른 눈망울로 이제는 러키와 보니, 에이버리를 바라보았다.

"그리고 니키가 죽은 뒤에도 계속 살아갈, 나의 남은 딸들아, 너희도 그렇게 살기를 바란다."

아버지는 떨리는 손으로 다시 잔을 들었다.

"자, 이제 우리의 사랑하는 딸, 소중한 아이인 니콜 블루를 위해 다 같이 잔을 들어주시겠습니까."

아버지가 머리 위로 잔을 들었다. 얼굴 위로 눈물이 마구 흘러내리

---

* Go lightly, 이 영어 단어를 붙이면 『티파니에서 아침을』의 주인공 홀리의 성인 골라이틀리Golightly가 되기도 한다.

고 있었다.

"니키, 어디를 가든, 훌훌 가거라. 훌훌 가거라."

"니키, 훌훌 가거라."

조문객들은 입을 모아 따라 했다. 마치 노래를 부르는 것 같다고 러키는 생각했지만, 사실 그것은 기도라고 봐야 했다.

니키, 훌훌 가거라.

러키는 다리 반대편에 거의 다 와 있었다. 훌훌 가거라, 훌훌 가거라. 그녀는 발걸음마다 그 말을 되뇌었다. 갈 곳 없는 눈앞에 도시가 펼쳐졌다. 이대로 도심지에 돌아갈 수는 없었지만, 그렇다고 갈 데가 있는 것도 아니었다. 델런시 스트리트에 서서, 자신의 주위로 바쁘게 돌아가는 도시를 바라보니, 이 무심하니 정신없고 제멋대로 돌아가는 도시는 누군가를 위해 잠깐 멈춰주는 법이 없었다. 러키는 저도 모르게 휴대폰을 꺼내고는 이 근처에서 열리는 익명의 알코올중독자들 모임이 있는지 검색했다. 인도 위를 무심코 달려오는 자전거 배달원을 피해가며 그녀는 목록을 쭉 훑어보다가, 매시간 이 도시에서 열리는 모임이 어마어마하게 많다는 걸 알고서 속으로 무척 놀랐다. 마침 이스트 빌리지 12번가에서 곧 시작하는 모임이 하나 있었다. 20분 걸리는 거리였지만 러키의 긴 다리로는 그보다 빨리 도착할 수 있었다. 그래서 그녀는 북쪽으로 향했다.

걸어가는 동안 심장이 계속 두근거렸다. 스스로를 설득했다. 한 번만 가보자. 에이버리를 위해서가 아니라, 보니를 위해서가 아니라, 부모님이나 심지어 니키를 위해서가 아니라 그저 나를 위해서. 러키는 자신이 정말 어떤 사람인지 알아야 했다. 이윽고 이스트 빌리지에 도착했지만 정확한 주소지를 몇 번이고 지나쳤다가 돌아오기를 반복한 끝에, 벗겨진 페인트 위로 스티커가 덕지덕지 붙은 낡은 철제 문을 찾아냈다. 문이 도로보다 낮은 데 달려 있어서 벽돌 계단을 몇 개 내려가야 했다. 아래로 가서 문을 밀어보았지만 꿈쩍도 하지 않았다. 이번에는 당겨보았다. 역시 마찬가지였다. 철제 손잡이를 흔들어도, 어깨로 문을 밀어봐도 문은 여전히 잠겨 있었다. 다시 계단을 올라갔다가, 혹시나 문이 벌컥 열릴지 몰라 휙 돌아섰다. 문은 여전히 들어갈 수 없는 상태였다. 세상에 이럴 수가. 내가 진짜 마음 단단히 먹고 여기까지 왔는데.

"뭐, 너도 씨발이다."

러키가 중얼거렸다. 그 순간, 네온색 러닝복을 입고서 활기차게 달리던 여자 하나가 러키를 위아래로 훑어보더니 이곳으로 천천히 달려와 러키에게 소리쳤다.

"거기 모임 장소에 물이 찼어요! 세인트 마크스 플레이스 모퉁이에 있는 데로 가보세요."

그녀는 자신이 찬 애플 워치를 확인하고서 덧붙였다.

"모임은 정각에 있을 거예요."

"고마워요."

러키는 다시 경쾌하게 달려가는 여자의 뒤에다 대고 소리쳤다. 그리고 모퉁이를 돌아 사라지는 여자를 바라보며 당황스러운 마음으로 생각했다. 평범해 보이는 뉴욕 시민들 중에서 남몰래 금주 중인 사람이 대체 얼마나 많은 걸까? 휴대폰에 뜨는 목록을 살펴보자 여자의 말대로 몇 블록 떨어진 곳에서 20분 후 시작하는 모임이 있었다. 그녀는 세인트 마크스 플레이스 쪽으로 걸어가다가, 일찍 도착해서 어쩔 수 없이 참석자들과 대화를 하게 되는 상황을 견딜 수가 없었기에 근처 그늘진 계단에 앉아서는 담배 한 대 피우고 싶다는 생각을 했다. 길 건너편에서 어떤 부부가 주말 여행용 컨버터블 차에 짐을 싣고 트렁크를 닫으며 살짝 키스를 했다. 러키 옆으로 햇살이 점점이 쏟아지는 계단에는 한 백발의 남자가 앉아 골든리트리버 털을 빗겨주었다. 바람에 날린 개털이 민들레 홀씨처럼 퍼졌다. 노인은 러키와 눈길을 마주치고는 미소를 지었다. 이런저런 일이 있었다지만, 그래도 뉴욕에 돌아오니 좋구나. 돌아올 계획이 없었던 고향인데도, 어쩐지 이곳은 언제나 자신을 환영해 주는 것 같았다.

러키는 니키의 장례식 날 이 도시를 떠났었다. 장례식이 끝나자마자 부모님은 다시 북부로 돌아가 버렸다. 다시는 그 아파트에 발을 들일 수가 없어서였다. 말은 안 했지만 자매들도 똑같은 마음이었다. 에이버리는 동생들과 치티가 머물 만한 호텔을 근처에서 찾아 돈을 지불했다. 다들 이 상황이 오래가지는 못하리라는 걸 알고 있었다. 장례식 당일 밤, 치티가 위층 객실에서 자는 동안 셋은 호텔에 있는 그저 그런 레스토랑에서 모였다. 보통 자매들이 함께 모이면 서로 자기 말을 해대느라 전쟁터 같았건만, 그날 밤 셋은 우울한 침묵에 싸여 앉아 있을 따름이었다. 메뉴에는 온갖 종류의 후무스가 있었고, 우연히도 그 레스토랑의 인테리어 색과 앉은 자리 위로 서성이는 종업원의 피부색도 후무스색이었다.

"저는 민트 티만 주세요."

에이버리가 메뉴판을 덮으며 말했다.

"저도 민트 티요. 그리고… 후무스 스타터도요."

보니가 이어서 한 주문에 종업원이 물었다.

"어떤 후무스를 드릴까요? 종류가 많아요."

보니는 당황한 눈빛으로 종업원을 바라보았다. 오른쪽 눈이 아직도 심한 보라색으로 멍든 채 부어서 제대로 뜨지도 못한 참이었다. 니키의 시체를 발견하고 경기에서 진 후로, 보니는 제대로 된 문장을 말한 적이 거의 없었다.

"그, 글쎄요."

보니가 말을 더듬자, 에이버리가 끼어들었다.

"첫 번째 후무스로 주시고요, 사이드는 빵으로요."

보니는 언니에게 고맙다는 눈빛을 보냈다.

"저는 보드카 소다 주세요."

러키가 주문하자 에이버리가 눈썹을 치켜떴다.

"그러지 마."

러키의 말에 에이버리가 대꾸했다.

"나 아무 말도 안 했어."

"눈썹으로 말했잖아."

에이버리는 손사래를 쳤다.

"아, 내 눈썹에는 자아가 있거든. 알아서 움직이는 거 몰라?"

에이버리의 가벼운 농담에 긴장감 어린 분위기가 잠시 풀렸다. 하지만 시간이 느릿느릿 지날수록 식사 자리 분위기는 점점 더 견디기 어려워졌다. 셋으로는 뭐가 되지 않았다. 그들은 언제나 넷이어야 했고, 게다가 니키가 없어서 더욱 심각해졌다. 제일 먼저 삐끗한 건 보니였다. 그녀는 훈련을 잠시 그만두고 LA로 가겠다고 털어놓았다. 러키는 바로 다음 날 파리로 돌아가야 한다고 주장했다. (아직은 없는) 일을 거절할 수가 없다는 이유였다. 물론 에이버리 역시 치타와 함께 런던에 두고 온 삶이 있었다.

훌훌 가거라. 아버지는 그들에게 애원했었다. 하지만 그들은 훌훌 가는 게 뭔지 본 적이 없었기 때문에, 그냥 가기만 했다. 그러나 지금, 계단에서 일어나 세인트 마크스 플레이스에서 열리는 모임 장소로 가면서 러키는 생각했다. 뭐, 어쩌면 이번엔 달라질 수 있지 않을까.

주소지에 도착하자 빛바랜 빨간 차양 아래 극장 이름이 적혀 있었다. 러키는 눈을 가늘게 뜨고 그곳을 바라보았다. 무너져 가는 돌계단 위로 문이 열려 있었다. 이걸 과연 오를 수 있을까 확신하지 못하고 산을 올려다보듯 바라보며 계단 아래에서 머뭇거렸다. 그때, 반짝이는 보랏빛 스카프에 데이비드 호크니 스타일의 둥근 안경으로 단장한 민머리 남자가 이쪽으로 걸어왔다. 그는 러키를 위아래로 훑어보았다.

"들어가실래요?"

러키는 심하게 당황하며 그를 슬쩍 보았다.

"모르겠어요."

남자는 미소를 지었다. 햇살에 비친 안경이 반짝였다.

"처음이에요?"

러키가 조심스레 고개를 끄덕였다.

"모임에 처음 나온 사람이 어떻게 되는지 알아요?"

"저야 모르죠. 날개 달고 승천이라도 하나요?"

러키가 우울하게 말하자, 그가 대답했다.

"존엄성을 되찾게 돼요."

'그리고 다시는 재밌게 놀지 못하겠지.' 그녀는 이런 식의 진부한 말이 싫었다. 익명의 알코올중독자들 모임 사람들이 쓰는 이상한 언어도 싫었다. 특히 에이버리가 제일 나빴다. 회합이니, 프로그램이니. 그게 다 뭔데? 마치 엘리트 대학 교육과정 같잖아. 대체 어디가 인생 망한 바보들을 위한 무료 자조 모임 같은데?

"난 신을 믿지 않아요. 믿을 생각도 없고요."

러키가 불쑥 말하자, 그가 살짝 윙크하며 대답했다.

"오, 믿지 않아도 상관없어요. 하지만 당신이 여기 왔다는 사실만으로도 뭔가 믿고 있다는 건 분명히 알 수 있지요."

그 말을 듣고, 러키는 그를 따라 계단을 올라갔다.

안으로 들어가자 작고 허름한 방이 나왔다. 더러운 회색 양탄자가 깔린 바닥 한가운데에 낡은 나무 의자들이 둥그렇게 배치되어 있었다. 왼편에 있는 작은 주방에는 싱크대 옆으로 커피 주전자와 종이컵이 놓여 있었다. 러키는 아쉬운 눈길로 문을 돌아보았다. 마치 문 위에 '재미 끝'이라고 쓴 간판이 달려 있는 것만 같았다.

방 저 끝에서 어떤 남자가 파란색 책 무더기를 들고 이쪽으로 다가왔다. 30대 초반인 남자는 숱 많은 까만 머리를 옆으로 넘기고 철테 안경을 쓰고 있었다. 약간 모범생 해리 포터 스타일이로군. 나쁘지 않게 생겼네. 러키는 곧바로 안도감이 들었다. 오, 이런 모임에도 매력적인 사람이 오긴 오잖아?! 그러다 이런 거나 생각하는 자신이 바보 같았다.

"오셨네요. 반가워요."

남자는 러키와 함께 들어온 안경 쓴 남자에게 인사했다.

"쿠퍼, 이분은… 아, 아가씨 이름이 뭐죠?"

러키가 자기소개를 했다.

"오늘 처음 왔대요."

안경 쓴 남자의 말에 쿠퍼는 책을 의자에 내려놓고 청바지에 손을 문지르며 말했다.
"이야, 잘 오셨어요. 멋지네요. 잘 오셨어요. 아, 한 말을 또 했네요."
쿠퍼는 갑자기 오른쪽으로 머리를 휙 돌리더니 혀와 잇새로 빠르게 혀를 찼다. 그리고 다시 러키를 돌아보며 심하게 눈을 깜빡였다.
"고마워요."
러키는 이렇게 대꾸하고는 다시 문 쪽을 바라보았다.
"'어떻게 작용하는가' 읽어보실래요?"
그는 빳빳한 종이 한 장을 러키에게 건넸다. 그녀가 종이를 들고서 뒤집어 보자, 양면에 글자들이 빽빽했다.
"전 됐어요."
그녀가 종이를 돌려주었다. 남자는 또다시 고개를 휙 돌리더니 혀를 크게 찼다. 눈을 깜빡이는 와중에 말했다.
"저는 투렛 증후군이 있어요. 안 읽어도 괜찮아요. 여기 온 게 대단한 거니까요."
러키는 자리에 앉아서 눈을 내리깔았다. 쿠퍼와 데이비드 호크니 안경 남자는 각 의자마다 책을 놓고 커피와 함께 마실 쿠키를 뜯느라 바빴다. 쿠퍼가 쿠키 하나를 러키에게 주었고, 러키는 책을 읽는 척하며 봉지를 뜯었다. 배 아래쪽으로 마개가 뽑히고 내장이 빙글빙글 빨려 나가는 것처럼 속이 확 가라앉는 느낌이 들었다. 오랫동안 느낀 적 없지만 익숙한 그 기분. 바로 학교로 돌아간 느낌이었다.
에이버리처럼 천재도 아니고, 니키처럼 타고난 모범생도 아닌 러키는 학교 성적이 좋지 못했다. 물론 보니도 자신이 좋아하는 복싱을 하기 위해 어쩔 수 없이 학교를 다녔는데, 그 모습이 꼭 좋아하는 디저트를 먹기 위해 별로 원치 않는 코스 요리의 본식을 억지로 먹는 식이었지만, 그래도 러키보다는 나았다. 러키는 수업 시간에 절대로 손을 드는 법이 없었고, 어떤 식으로든 이목을 끌려 했던 적이 없었다. 가장 힘들었던 순간은 반 아이들이 돌아가며 책을 읽는 시간이었다. 보통은 화장실에 가서 그 순간을 모면했지만, 한번은 선생님이 억지로 잡아둔 적이 있었다. 심장이 쿵쿵 뛰는 가운데, 러키는 자기보다 앞선 아이들을 세어가며 어디를 읽어야 할지 계산했다. 드디어 본인이 읽을 차례가 되자, 목소리가 작게 떨려 나왔다. 책만 집중해서 보고 있어도, 반 애들이 자신에게 주목하는 기색이 느껴졌다. 러키는 최대한 빨리 글자를 읽었지만, 그럴수록 숨만 찰 뿐이었다. 가슴속에서 심장이 마구 뛰면서 다시는 숨을 못 쉴 거라는 생각에 공포가 솟아올랐다. 갑자기 뭍으로 던져진 바다 괴물처럼, 숨을 마구 헐떡이면서 자리에 앉았다. 반 애들 두엇이 키득거리며 속삭였다. "러키는 글을 못 읽어!" 더 많은 아이가 고개를 돌려 그녀를 빤히 쳐다보았다.

외모가 남달랐기에, 러키가 이토록 수줍어하리라고는 아무도 예상하지 못했다. 딱히 똑똑할 거라는 예상도 하지 않았는데 이런 모습이 모두의 예상을 확인시켜 주었다. 결국 선생님은 짜증 어린 표정을 지으며 다음 학생에게 러키가 그만둔 부분부터 읽으라고 지시했다. 수업은 계속되었다. 러키는 불타듯 달아오른 얼굴을 책에 파묻고는 다른 애들의 목소리를 들었다. 지금 유일하게 드는 위안이라고는 니키가 이 학교 어딘가에 있을 거란 사실뿐이었다. 셋째 언니 생각만 해도 타는 듯한 입에 얼음을 문 듯 시원해졌다. 러키는 쉬는 시간에 니키를 찾아갔고, 복도에서 학생들이 빠르게 곁을 지나는 동안 수업 시간에 있었던 일을 이야기했다.

"당연히 넌 글을 읽을 줄 알지. 다만 명령에 따라 읽기 싫은 거잖아."

니키가 버럭 화를 내며 말하자, 러키가 속삭였다.

"다들 날 바보라고 생각해."

그녀는 사물함 쪽으로 고개를 돌리며 눈물을 참았다. 니키는 동생을 당겨서 꼭 안아주었다.

"하지 마."

러키는 혹시 다른 사람들이 볼까 무서웠지만, 그럴수록 니키는 그녀를 더 세게 안으면서 귓가에 힘 있게 속삭였다.

"넌 바보가 아니야. 넌 반항아라고. 그리고 반항아는 언제나 동료들의 오해를 받아."

러키는 몸을 빼고는 젖은 얼굴을 손바닥으로 거칠게 문지르면서 작은 목소리로 말했다.

"반항아 같지는 않아."

오히려 익사하는 느낌이었다. 하지만 물이 아니라 공기에 빠져 죽는 느낌이었다. 니키는 잠시 생각에 잠겼다가 입을 열었다.

"다 닥치라고 해. 사실 걔들이 뭐라 생각하든 무슨 상관이야? 다들 근시안적인 촌로들 같아. 걔들이 너 또 괴롭히면 근시안적 촌로라고 말해버려."

니키는 지금 SAT 시험을 준비 중이라서 걸핏하면 어려운 단어를 섞어 썼다. 근시안적 촌로. 러키는 그 말을 학교 끝날 때까지 계속 되뇌었고, 어찌어찌 마지막 수업 종이 울릴 때까지 버텨냈다. 그다음 해, 니키는 대학에 갔고 러키는 전업 모델이 되었다. 입을 열 필요가 거의 없는 일을 하면서 GED 공부를 혼자 할 수 있어서 참 다행이었다. 모델 경력 초기에 딱 한 번, 그 추잡한 포토그래퍼 때문에 대사를 읽어야 했던 적 말고는 평생 공개 연설이나 낭독 같은 자리는 피해왔다. 그런데 지금, 이 지저분하고 작은 방에 앉아서 또 창피를 당할 준비를 하고 있다니. 정말 사양하겠어.

그녀는 일어나서 나가려고 했지만, 들어오는 사람이 너무 많아서 비집고 나갈 수가 없었다. 겨울나무처럼 앙상한 할머니 한 사람이 정장 차림을 한 젊은 남자의 부축을 받아 들어왔다. 그 뒤로 한 손으로는 스케이트보드를 잡고 한 손으로는 탄산수 병을 든 머리가 긴 젊은이가 따라왔다.

"자리 주인 있어요?"

스케이트보더는 방금 러키가 일어난 자리를 가리켰다. 그러자 러키 뒤에 있던 호크니 스타일 안경 아저씨가 소리쳤다.

"러키 자리예요. 오늘 처음 왔어요."

러키는 돌아서서 그를 노려보았지만, 젊은이는 얼굴을 환하게 빛내며 주먹을 내밀어 인사했다.

"멋지다. 반가워요."

그는 러키의 오른편으로 몇 자리 떨어진 의자에 앉았다. 러키도 도로 앉아 무릎만 빤히 바라보았다. 왜 다들 내가 여기 있는 걸 좋아하지? 내가 벌받으려고 온 자리인 거 안 보이나? 사람들이 서로 정답게 인사하며 나누는 대화로 방이 웅성거렸다. 그녀는 새 멤버들이 안에 들어와 원형으로 배치된 의자에 앉는 모습을 슬쩍 바라보았다. 다들 굉장히 기분이 좋아 보이네. 진짜 이상해.

"좋아요. 그럼 시작할까요?"

쿠퍼의 말에 방 안이 조용해졌다. 그때, 키가 큰 커플이 팔짱을 낀 채로 강아지들처럼 서로 앞서거니 뒤서거니 뛰어 들어오더니, 러키 바로 맞은편에 남은 의자 두 개에 후다닥 앉았다. 여자는 스티커를 덕지덕지 붙인 낡은 기타 케이스를 들고 들어와 의자 옆에 두었다. 머리카락이 플레이밍 핫 치토스 색깔이었다. 두꺼운 검은 뿔테에 주황색 알을 넣은 안경을 쓰고, 복숭아색 빈티지 실크 슬립 드레스에다 발에는 진짜 무용수들이 신는 연분홍빛 새틴 발레리나 슈즈를 신었다. 그녀의 옷차림은 일몰 같았다. 반대로 같이 온 남자는 바다였다. 그는 대양의 심해 같은 색상의 스웨이드 나팔 바지와 연보랏빛 메시 셔츠를 입었는데, 옷 아래로 몸에 새겨진 문신이 슬쩍 보였다. 그의 머리카락은 러키처럼 탈색해서 파도의 물보라 같았다.

러키는 그들에게서 눈을 뗄 수가 없었다. 진짜 멋있었으니까. 문득 고개를 든 여자가 러키와 눈을 마주치자 활짝 웃었다. '안녕'이라고 그녀는 입 모양으로 인사했다. 러키는 허둥지둥 시선을 돌려 쿠퍼를 바라보았다. 그는 무릎에 바인더를 펼쳐놓고 글을 읽고 있었다.

"'익명의 알코올중독자들' 스터디 모임에 오신 걸 환영합니다. 제 이름은 쿠퍼고, 알코올중독자입니다."

"안녕하세요, 쿠퍼."

방 안의 사람들이 명랑하게 입을 모아 인사했다.

그는 계속 책을 읽었다. 러키는 심장이 쿵쿵 뛰어 목구멍까지 올라온 듯한 느낌을 받았다. 스터디 모임? 이건 뭐지? 쿠퍼의 요청에 따라 이제 스케이트보더 젊은이가 코팅 용지에 적힌 내용을 읽었다. 아까 러키가 거부했던 종이였다. 러키는 지금 들리는 내용에 집중할 수가 없었다. 이런 모임은 그냥 사람들이 모여 앉아 인생이 망해버려

술 못 마신다고 한탄이나 하는 자리인 줄 알았건만. 지금 보니 너무나도 조직적인 모임이었구나. 학교와 똑같지만 더 나쁜 건, 이들이 다들 여기 오기로 마음먹고 왔다는 점이었다. 에이버리가 옆에 있었다면 얼마나 좋았을까. 그럼 이게 다 무슨 짓거리인지 설명해 주었을 텐데.

젊은이가 다 읽기를 마치자 쿠퍼가 다시 말했다.

"읽어줘서 고맙습니다. 이 모임에서는 『익명의 알코올중독자들』 책을 일정 부분 읽고 있습니다. 각자 한 단락씩 읽는 겁니다. 그럼 다 같이 펴실 페이지는….."

쿠퍼는 메모를 확인하고는 말을 이었다.

"81쪽입니다. 누가 먼저 읽으시겠습니까?"

"제가 읽을게요."

주황색 머리 여자가 밝은 목소리로 말했다. 여자는 자신의 이름을 버터라고 소개하고는 명랑한 영국식 목소리로 책을 읽기 시작했다. 억양이 치티나 트롤 인형과는 아주 달랐다. '팅크think를 핑크fink'라고 발음했다. 상류층 발음은 확실히 아니었다. 목소리는 듣기 좋았지만, 러키에게 그걸 잘 듣고 있을 여력이 없었다. 지금 저 열정 가득한 주황 머리 영국 여자, 이름이 버터라는 저 여자와 자기 사이에 몇 명이 있는지 세어보고 어디를 읽어야 할지 책을 찾아봐야 했기 때문이었다. 버터는 러키와 정면으로 마주 앉아 있었으므로, 어느 쪽으로 순서가 돌게 되든 러키는 망해버린 거나 다름없었다.

한 사람씩 읽기 시작할 때마다 러키의 마음속에서는 그냥 일어나서 나가자는 외침이 들렸다. 이 사람들이 뭐 그리 중요하다고. 다시 볼 사람들도 아닌데. 학창 시절 원형으로 서서 소리치던 배구 팀원들에게서 벗어났듯이, 지금도 벗어날 수 있어.

"다음이요."

결국 옆에 앉은 남자가 정해진 구절을 다 읽고서 말했다.

러키는 떠나고 싶었다. 그런데 뭔지 모를 마음이 들었다. 민망함인지 예의인지 아니면 그 둘이 섞인 감정인지 모를 그 마음 때문에 그녀는 의자에 계속 앉아 있었다. 그리고 두 손으로 꽉 움켜쥔 책을 내려다보았다. 글자들은 종이 위를 벗어나 열 맞춰 행진하려는 자그마한 개미 떼처럼 보였다. 그냥 해보는 거야. 러키는 속으로 말하며 심호흡을 했다.

"알코올중독자는 휘몰아치는 토네이도처럼 타인의 삶을 헤집는다."

낮고 떨리는 목소리로 책을 읽기 시작했다. 한 문장을 읽고서 다시금 숨을 쉬고, 그렇게 계속 읽어갔다. 다행스럽게도 러키가 읽어야 할 단락은 비교적 짧았다. 왜 그런지는 이해할 수 없었지만 사이클론이 지나가는 동안 지하 대피소에 숨어 있던 농부가 밖으로 나와 집이 부서진 걸 보고 나서도 아무렇지 않은 척 행동하는 내용으로 단락이 끝났다. 방 안으로 맞장구치는 낮은 목소리들이 들려오다가, 알겠다는 듯 키득거리는 웃음이 들려오며 곧 조용해졌다. 러키는 고개를 들었다. 혹시 날 비웃은 건가? 하지만 사람들의 얼굴에는 격려의 기색만이 가득했다. 그녀는 길게 한숨을 내쉬었다.

"다음이요."

그녀의 말에 따라 다음 사람이 책을 읽기 시작했다. 러키는 책에 시선을 고정했다. 감히 고개를 들고 다른 이들을 쳐다볼 수가 없었다. 하지만 누군가가 러키를 자세히 봤다면, 러키의 눈에 새로운 빛이, 어둠에 잠겨 있던 그녀의 마음속 한구석에 불꽃처럼 자신감이 타오르기 시작했다는 걸 알아봤으리라. 이게 뭐라고. 몇 줄 안 되는 문단 하나 읽은 게 뭐 어떻다고? 그녀는 속으로 말했지만, 내면에선 또 다른 목소리가 한 문장을 되뇌이고 있었다. *기적이야.* 오로지 러키만 느낄 수 있는 것이었지만, 엄연한 기적이었다.

11장

보니

"멕시코 스타일로 감아줄게."

펠릭스는 나지막히 콧노래를 부르며 보니의 손에 핸드랩을 감아주었다. 손가락 사이로 감긴 리본이 이어 손바닥 위에서 엑스자로 교차했다. 보니는 펠릭스 너머로 눈길을 돌렸다. 체육관에 다냐와 보니가 드디어 스파링을 할 거란 소문이 돌아서, 훈련을 마친 선수들이 이미 로프 주위에 모여 서성거렸다. 다들 경기가 어떻게 되는지 보고 싶은 모양이었다.

에이버리, 러키와 끔찍한 말다툼을 벌인 뒤, 보니는 곧바로 체육관에 왔다. 자매들에게, 심지어 스스로에게도 화가 났다는 사실을 인정하기 어려웠지만 사실이 그랬다. 하나같이 멍청이들이었다. 그래서 그렇게 말해버렸다. 보니는 자매들을 사랑했으나, 그들이 항상 좋은 사람은 아니었다. 물론 이렇게 인정했다고 해서 마음이 편해지진 않았다. 보니는 니키가 그리웠다. 니키는 보니처럼 중간에 낀 딸이었고 성격도 그중 가장 비슷했다. 둘 다 온화하고 평정심이 있었으며, 성격이 불 같은 큰언니나 막내와는 달리 중간에 낀 자녀 특유의 유화적인 태도를 타고났다. 러키와 에이버리 본인들은 모르나, 그 둘은 너무 비슷했다. 최악의 순간이 닥치면 둘 다 이기적이고 고집불통에다 자기 파괴적이 되었다. 최고의 상황에서는 둘 다 두려움 없는 확신을 지니고서 자신은 물론이고 주변 이들에게까지 최고의 성과를 보여줄 것을 요구했으며, 타고난 운명의 힘으로 삶을 아주 활기차게 이끌어갔다. 에이버리에게는 심하게 화를 내기 쉬웠다. 타인의 분노를 받아들일 만큼 강한 존재였으니까. 하지만 러키는 달랐다. 러키는 지금 안전하지 않았다. 아직 절제나 행복 같은 걸 지니지 못했다. 적어도 지금보다는 더 행복한 상태여야 했다. 그래서 보니는 러키에 대한 분노보다는 걱정이 언제나 더 컸다. 하지만 그녀가 센트럴 파크 웨스트를 가로질러 체육관으로 달려가면서 가장 간절히 바랐던 것은 제발 단 하루만이라도 그 사랑에서 벗어나 자유로워지는 것이었다. 보니가 자매들에게 느끼는 사랑은 너무 끈적하고, 너무 진을 뺐다. 그녀는 복싱 링의 단순함을, 자신이 이해할 수 있는 규칙으로 이루어지는 싸움을 간절히 원했다.

 에이버리는 그런 말을 하지 말았어야 했지만, 그래도 한 가지 바른 말을 하긴 했다. 보니에겐 남은 시간이 얼마 없었다. 운동선수라는 건 여타의 직업과 다르다. 시간을 무한정 들여가며 성장할 순 없다. 기술과 경험, 체력이 모두 정점에 달하는 시기는 짧았다. 몇 년 있으면 보니의 속도와 체력은 어쩔 수 없이 쇠퇴하리라. 이미 황금 같은 시기를 1년이나 LA에서 허비했다. 또 1년을 버릴 수는 없었.

 자매들과 싸우고 나서 활활 타오르는 분노를 동력 삼아 체육관으로 돌진해 들어간 다음 곧바로 파벨에게 다가갔다. 그는 보니를 보고 살짝 놀란 눈초리였다. 그녀는 파벨 앞에 멈춰 서서는 숨을 골랐다. 그는 말없이 팔짱을 꼈다.

"나한테 스파링 할 기회를 줬잖아요. 그런데 내가 그걸 날려먹었죠. 변명은 안 할게요. 나답지 않으니까요. 하지만 항상 말씀하셨잖아요. 마지막 라운드는 바꿀 수 없다고. 다음 라운드만이 중요한 거라고. 그래서 말할게요. 다음 라운드는 내 라운드예요. 난 정상에 오를 만한 챔피언이었고, 또다시 챔피언이 될 거예요. 기회를 다시 준다면, 이번에는 절대로 날리지 않을게요. 흔들리지도 않을게요. 여긴 내가 있어야 할 곳이에요. 이젠 알아요. 그래서 왔어요."

그녀는 흐트러진 숨을 내뱉었다. 아마 지금 한 말이 지난 몇 년간 한 말 중 가장 길었을 거다. 그래서 전부 말해버리느라 숨이 좀 찼다. 파벨은 천천히 눈을 깜빡였다. 다른 사람이었다면 아마 체육관에서 나가라고 했겠지. 이미 그는 보니에게 기회를 한 번 더 줬으니까. 복싱에서는 세 번째 기회란 없다. 하지만 보니는 다른 사람이 아니었다. 그는 팔짱을 풀고서 그녀를 오랫동안 응시했다. 하지만 보니는 파벨이 말하기도 전에 무슨 말을 할지 이미 알고 있었다. 그의 눈빛에서 다 보였으니까.

"가서 몸 풀어."

그는 이렇게 말하고는 보니에게서 물러나 링으로 향했다.

다른 선수들은 모두 목에 수건을 두르고 로프에 나른하게 기대어 있었다. 훈련으로 땀에 흠뻑 젖어 지친 상태였지만, 머리 위로 기대감이 윙윙거리는 것만 같았다.

"본때를 보여주라고, 골든 걸!"

누군가 소리치자 왁자한 웃음이 터졌다.

골든 걸. 그게 보니의 별명이었다. 그녀가 언제나 홀로 훈련을 했다고 해서 인기가 없는 건 아니었다. 재치 있는 대화를 빠르게 주고받기에는 보니가 너무 수줍어하고 또 진지한 성격이라서 선수들이 아주 좋아하기엔 무리가 있었지만, 그녀는 존중을 받았다. IBA 세계 여자 복싱 선수권 챔피언인 데다 격렬한 훈련을 해 쌓은 명성이 뒷받침되었으니까. 체육관에는 보니 말고도 여자 선수들이 철 따라 드나들긴 했는데, 처음부터 끝까지 골든 링 체육관에서 훈련받은 여자 선수는 보니가 처음이었다. 그녀가 거둔 성공은 체육관 모두가 공유하는 자부심이었다. 물론, 그러고서 휙 떠나버리긴 했지만.

"쟤들은 걱정하지 마. 우리는 연습한 대로만 하면 돼."

펠릭스가 그녀에게 속삭였다. 다냐는 반대편 코너에서 파벨과 나직한 목소리로 친밀하게 대화를 나누었다. 파벨이 보니가 다냐를 다치게 할까 봐 걱정하지는 않는다는 것쯤은 보니도 알고 있었다. 걱정했다면 애초에 자신에게 부탁하지도 않았을 테니. 다냐의 세 번째 프로 경기는 다음 주로 미뤄졌다. 경기 전 주에 코치들이 스파링 파트너를 고를 때는 선수에게 격한 훈련이 되지만 때리지는 않는 사람을 고른다는 걸 알고 있었다. 보니는 경험이 더 많은 선수이긴 하나, 훈련량이 부족했다. 피치스 앞에서 남자를 때렸던 사건 말고는 1년이 넘도록 사람을 때려본 적이 없었다.

그녀는 피치스에서 일어난 사건을 생각하지 않으려 했다. 사실, 링으로 돌아오기 전까지 일부러 생각하지 않으려고 했던 일의 목록은 계속 늘어나기만 했다. 지난해 남아프리카공화국 선수와 치른 경기에서의 굴욕적인 패배, 점점 냉랭해지는 파벨의 태도, 짜증을 유발하는 언니와 동생까지. 게다가 그 모든 사건 아래에는 니키가 있었다. 보니는 뉴욕 집으로 돌아온 이후로 다시 꿈을 꾸기 시작했다. 엘리베이터로 향하는 길고도 의미 없는 고난의 길을 가는 꿈을. 여전히 팔에 느껴지는 동생의 시체와, 얼굴을 이상하리만큼 낯설게 만들어버린 창백하고 푸른 입술이 아직도 종종 느껴졌다. 이미 죽어버린 생명을 구하려던 그 절망적인 몸부림을 떠올리고 싶지 않았기에, 보니는 그 생각을 하느님에게 맡기며 기도했다. '니키를 보살펴 주세요. 그러면 저는 이걸 맡을게요.' 곧바로 마음이 차분해졌다.

"손가락을 더 벌려. 이제 손 쥐어. 너무 빡빡해? 아니면 괜찮아?"

인간의 손은 무언가를 파괴하라고 설계된 게 아니다. 손에 존재하는 스물일곱 개의 뼈는 대부분 버지니아 슬림 담배보다 굵지 않다. 그래서 핸드랩을 반드시 잘 감아야 하는데, 코치의 역할은 바로 여기서부터 시작한다. 링에 들어가기 전에 모든 선수는 우주급으로 어마어마하게 변하기 시작한다. 일개 인간에서 파이터가 되는 혁명적인 변화는 코치가 핸드랩을 감아주는 순간부터 시작된다. 보니는 고개를 끄덕여 괜찮다고 펠릭스에게 알려주었다. 이미 헤드기어를 머리에 단단히 묶은 상태였다. 사실 기어를 쓰지 않고 싸우는 편이 좋았지만, 파벨은 만사에 조심스러운 성격이라 써야 한다고 우겼다.

"그럼 우리 글러브 낄까?"

펠릭스가 물었다. 보니는 살짝 미소를 지었다. 사람들은 모르겠지만, 좋은 트레이너와 선수는 언제나 '우리'가 된다.

"그래요, 우리 끼어요."

1라운드가 시작되었다. 두 선수는 서로를 탐색했다. 다냐는 아직 진짜 시험을 치르지 않은 남자가 보일 법한 자신감을 지녔다. 그의 몸은 간결하고 효율적인 구조였다. 뼈에 딱 달라붙은 잔근육이 드러났다. 보니는 잽으로 그를 툭툭 치면서 반사 신경을 시험해 보았다. 그러다 틈을 너무 길게 드러내 버려서, 다냐가 그녀의 이마에 가볍게 잽을 날렸다. 별로 강하지는 않았지만, 깜짝 놀랄 정도는 되었다. 보니는 다가오는 펀치를 보았고 머릿속으로는 막아냈지만 손이 따라주지 않았다. 코로 숨을 후 내쉬었다.

링 러스트,* 모든 격투 선수가 너무나 두려워하는 말이다. 링에 오래 서지 않아서 속도와 정확성을 잃어버리게 된 상태. 보니의 머릿속은 여전히 날카로웠다. 사실 지금, 그녀는 지난 몇 달보다도 더 예민하게 다냐의 움직임을 주시하고 있었다. 피부 아래로 맥박이 목덜미에서 나비처럼 파닥이는 게 보였다. 그의 머리가 팽팽 돌아가는 소리가 실제로 들리는 듯했다. 하지만 몸이 평소보다 느렸고, 주변의 공기는 점점 저항이 세졌다. 이런 생각이 든 순간, 다냐는 맹렬한 더블 잽을 연타한 끝에 그녀를 맞혔다. 그가 입을 쫙 벌려 만족스러운 미소를 지은 순간, 물고 있는 마우스피스에 그려진 상어의 날카로운 이빨이 보였다. 상어처럼 다냐는 유연하고 일관성 있는 움직임을 보이며 1라운드를 헤엄쳐 갔고, 중간중간 잔인한 공격을 휙휙 던졌다. 보니는 몸에 쏟아지는 펀치와 연이은 공격을 버틴 후에야 사정거리 밖으로 돌아섰다. 그러다 종이 울리기 직전, 둘 다 동시에 오른손을 뻗었다. 하지만 다냐가 머리를 홱 젖혀 그녀의 주먹을 피한 반면, 보니는 눈 아래로 그의 주먹을 정확히 맞고 말았다.

* ring rust. 장기간 실전 경험 부족으로 인한 부진.

안구 뒤로 전기가 짜릿하게 도는 느낌을 받으며 그녀는 코너로 돌아갔다. 펠릭스가 걱정스레 보니의 얼굴을 훑어보았다. 해질 무렵이면 이 눈은 꺼멓게 멍들겠지.

"좀 어때?"

펠릭스는 부드럽게 물으며 그녀의 입속에 물을 쏟아 넣었다. 보니는 물을 짧게 삼켰다. 뱃속에서 액체가 흔들리면 안 되기에 딱 한 모금만 마실 수 있었으니까. 단단하고도 갈증 난 상태, 파이터는 그런 상태여야 했다.

"다냐는 빨라요."

보니가 숨을 헐떡였다. 펠릭스는 플란넬 수건으로 그녀의 목 뒤를 닦으며 말했다.

"지금은 몸풀기잖아."

보니는 그를 애원하는 눈빛으로 바라보았다.

"나 어떡해요?"

"연습한 대로 해. 스리 펀치 콤보를 하고 빠지는 거야."

"가까이 갈 수가 없어요."

보니는 스스로의 능력을 두고 이런 의심을 한 적이 없었다. 하지만 다냐와 달리, 그녀는 이제 패배가 무엇인지 알게 되었다. 그리고 저쪽을 슬쩍 바라볼 때마다, 자신을 마치 링에 어쩌다 들어온 모르는 사람처럼 쳐다보는 파벨이 보였다. 펠릭스는 그녀의 어깨에 손을 얹고서 헤드기어 옆에 입을 가까이 대고 말했다.

"저 녀석 별거 아니야, 보니."

다냐를 가리켜서 하는 말일까, 아니면 파벨을 두고 하는 말일까.

제2라운드. 보니는 억지로 링에 돌아갔다. 복싱은 단 네 가지의 펀치를 조합해 이루어진다. 바로 잽, 라이트, 훅, 어퍼컷이다. 이것은 지구의 네 층인 지각, 맨틀, 내핵, 외핵처럼 각 부분만 존재했을 때보다 함께 어우러질 때 훨씬 더 아름답고 복잡한 결과를 이루어낸다. 하지만 보니는 오늘 그 아름다움을 찾을 수가 없었다. 자신의 콤보는 쓸데없고 이렇다 할 영감이 없었다. 잽에는 얼얼함이 없었고, 주먹을 뻗을 때 골반이 제대로 돌아가지 않았다. 이건 스파링일 뿐이야. 스파링의 목표는 기술 연마지 이기는 게 아니야. 보니는 이렇게 생각했으나, 누가 봐도 이 둘 사이에는 사사로운 감정 역시 없지 않았다. 과거 최고였던 선수와 떠오르는 신예. 다냐는 새로이 얻은 그의 자리를 탐욕스럽게 지켜내려 했다. 보니가 떠난 후, 다냐는 파벨의 차가우면서도 섬세한 관심을 독차지해 왔다. 반면 보니는 자신도 여전히 그 관심 안에 있다는 걸 증명하고 싶었다. 파벨이 자신의 실력을 어떻게 생각하는지는 신경 쓰지 말자고 스스로를 다독였다. 보니가 실력을 증명해야 하는 사람은 자신뿐이었으니.

하지만 다냐는 피를 보려 들었다. 그는 보니의 코며 관자놀이, 목과 턱 등 헤드기어가 가려주지 않는 취약한 부분을 죄다 노렸다. 그래서 2라운드가 끝날 즈음에는 벌떼와 싸우는 기분이었다.

펠릭스가 보니의 손목을 잡고서 팔을 흔들어 풀며 중얼거렸다.

"긴장 풀어야 해. 호흡을 해. 제대로 호흡하라고. 다냐는 몸에 공격을 많이 안 하니까, 손을 계속 들고 있어."

"나… 링 러스트 왔나 봐요."

그녀가 숨을 심하게 몰아쉬면서 간신히 말했다. 펠릭스는 짙은 눈썹을 찌푸렸다.

"링 러스트? 난 링 러스트 같은 거 안 믿어. 그런 말은 패배자들이

나 하는 거야, 보니. 너는 챔피언이잖아."

"챔피언도… 지난 일이죠."

"아니야, 보니. 넌 지금 챔피언이라고. 넌 내가 본 적 없는 수준으로 움직이고 있어."

보니는 어마어마한 힘을 들여 한쪽 눈썹을 치켜떴다.

"최근에도요?"

"지난주에 그랬다니까."

그는 마우스피스를 다시 넣어주고서 그녀의 머리를 거칠게 흔들었다.

"네가 누군지 명심해, 보니 블루."

제3라운드. 복싱 선수들이라면 누구나 말하듯, 복싱의 90퍼센트는 정신력이다. 그리고 나머지 10퍼센트는 땀이다. 다냐와 보니는 시작 후 1분 30초가량 이렇다 할 것 없는 공격을 주고받으며 상대가 할 만한 최악의 공격을 재주껏 피했다. 그러다 보니는 중요한 점을 깨달았다. 다냐가 잠시 지쳤다는 걸. 에너지를 충전하는 중이긴 했지만, 2라운드에서 보니에게 공격을 퍼붓다가 일찍 지쳐버렸다. 마침내 보니의 내면 깊은 곳에서 뭔가가 꿈틀댔다. 그녀는 다냐와 눈을 마주쳤다. '네가 뭐라도 된다고 생각해? 아니, 넌 아무것도 아니야.' 보니는 잽으로 페인트 동작을 하다가 가운데를 관통하는 어퍼컷에 이어 그의 얼굴에 아주 근사한 라이트 스트레이트를 날렸다. 그리고 잽으로 시작해 복부를 강하게 치는 훅을 이어갔다. "때려라, 때려! 베이비!" 링 옆에서 누군가 소리쳤다. 보니가 종소리를 듣고서 실망한 것도 이번이 처음이었다. 코너로 돌아오자 펠릭스가 씩 웃고 있었다.

"좋았어?"

보니는 웃음을 참지 않고서 고개를 끄덕였다.

"그럼 가서 더 해봐!"

제4라운드. 보니는 공이 울리자마자 공격을 개시하며 다냐에게 달려들었다. 다시금 타이밍 좋게 들어간 몸쪽 훅으로 그를 잠시 흔들었다. 다냐는 뒤로 물러서면서 기본인 오른손잡이 자세가 아닌 왼손잡이 자세로 전환해 보니를 교란하려 했다. 처음에는 그게 먹혔다. 그녀는 뺨에 잽을 스쳐 맞았다. 하지만 그 라운드 내내 다냐가 그 기술을 너무 자주 선보이는 바람에 보니는 결국 타이밍을 잡아냈고, 그의 팔이 방어할 수 없을 정도로 확 펴진 순간을 노려 공격했다. 머릿속에는 시편 18편이 떠올랐다. 벽에 붙은 빛바랜 종이를 노려보면서 그 얼마나 수많은 시간을 훈련했던가. *암사슴의 발.* 그녀는 앞으로 뛰어올랐다. *전투할 수 있는 손.* 보니의 크로스가 그의 갈비뼈 아래를 강하게 내리쳤다. *오른손으로 나를 강하게 붙들어.* 마치 공기 밸브가 폭발하듯 다냐의 폐에서 숨이 확 빠져나오는 소리가 들렸다. 그는 심하게 놀란 표정을 지으며 뒤로 비틀거렸다. 그거야, 쌍놈아. 보니의 오른손은 같은 체격의 남성 선수만큼이나, 아니, 어쩌면 그보다 더 위력이 있었다. 다냐가 발을 다시 바닥에 대기도 전에 그녀는 앞으로 뛰어들었다. *발을 잘못 디디는 일이 없게.*

그는 팔꿈치를 몸에 붙이고 간신히 손을 들어 올렸고, 보니는 안쪽으로 그를 맹공격했다. 땡. 보니는 발뒤꿈치에서 폭죽이 터지는 듯 팡팡 뛰며 코너로 돌아갔다. 펠릭스가 말했다.

"오른편을 노릴 때는 골반과 동시에 마음으로도 회전을 해야 돼. 먼저 마음으로 스윙을 느껴야 해."

보니는 끄덕였다. 사랑과 고통, 이 둘이야말로 자신이 링에서나 인생에서나 알고 있는 유일한 깨달음이었다. 하지만 사랑은 니키가 죽으면서 사라져 버렸고, 그 후로 자매들이 서로를 배반하면서, 그리고 파벨이 자신을 남 보듯 바라보면서 다시금 죽었다. 남은 것은 고통뿐이었다. 그것만큼은 보니의 마음에서 우러나와 전할 수 있었다.

제5라운드. 보니는 내내 발끝에 힘을 주어 섰다. 조금씩은 힘을 소모하듯 뛰어다녔지만, 다리는 강하고 믿음직했다. 공격 범위를 안팎으로 오가며 춤을 추듯 스텝을 밟았고, 재봉틀 바늘처럼 곧고도 정확한 잽을 날려 다냐를 찔러댔다. 그녀는 다시 돌아왔다. 앞으로 몸을 기울이고 손을 내려 다가가 이쪽으로 달려들도록 유인했다. 그런 다음 바람을 타고 방향을 바꾸는 연처럼 뒤로 획 회전해 레프트 훅으로 그를 세차게 쳤다. 제대로 일격을 가한 다음에는 뒤로 물러나 옆으로 이동하며 다시 자세를 잡았다. 이것은 일찍이 파벨에게서 배운 전술로, 상대방 코치를 분노하게 하는 동시에 공격 후 잠깐 숨을 고를 짬을 만든다는 이중의 목적이 있었다. 하지만 다냐처럼 빠른 상대를 만날 때는 쉽지 않았다. 다음번에도 보니는 같은 전술을 시도했으나, 이번에는 다냐에게 골이 뒤흔들릴 정도로 센 어퍼컷을 맞았다. 어찌나 빠르던지 눈만 잘못 깜빡여도 놓쳐버릴 동작이었다. 보니는 악몽을 떨쳐버리려는 듯 고개를 흔들었지만, 손을 내리지는 않았다.

공이 울리고 다시 코너로 돌아온 보니는 저편을 슬쩍 바라보았다. 파벨은 다냐의 얼굴에 가까이 대고 무어라 진지한 어조로 이야기를 하고 있었다. 이제 당신 수제자가 어떤 것 같아? 보니는 소리치고 싶었지만, 그러면 허세만 될 뿐이리라. 그녀는 언제나 속으로 두려워해 왔었다. 파벨은 남자가 챔피언이 되기를 더 바랄지도 몰라. 돈도 더 많이 받고, 기회도 더 많이 생길 테니까. 파벨은 그녀를 그 누구보다도 자랑스럽게 생각했지만, 지금 다냐와 함께 있는 파벨을 보니, 자신이 그저 아들을 바랐던 왕 아래에서 태어난 맏딸 같은 기분이 들었다.

제6라운드. 보니는 지쳤다. 목도 말랐다. 눈앞에 까만 점이 보이기 시작했다. 용기를 내. 스스로에게 말했다. 남자에게 꿀리지 않도록 굴어, 보니. 다냐는 다시금 활기를 되찾는 중이었다. 첫 1분 동안 그는 잔인하리만큼 빠른 속도로 달려들어 보니가 균형을 잡지 못하도록 몰아붙였다. 그녀는 코너에서 간신히 제때 빠져나왔을 따름이었다.

"발을 바닥에 딱 붙여!"

이제껏 6라운드까지 오면서 파벨이 목소리를 낸 건 이번이 처음이었다. 보니는 본능적으로 누가 말하는 건지 돌아보았다. 파벨은 지난 15년 동안 보니에게 발을 바닥에 붙이라고 말해왔다. 그녀가 고개를 돌리는 순간, 다냐가 관자놀이에 잽을 날렸다. 선수들이 못 본 펀치야말로 진정으로 선수를 뒤흔들어 놓는 법인데, 보니가 지금 보지 못했던 이 펀치가 그랬다. 그녀의 눈길이 파벨만을 바라보고 있었기 때문이었다. 마치 링 위에 둥실 떠 있는 것처럼, 공중에서 퍼덕이며 당겨대는 수많은 흐름을 통해 서로를 바라보듯, 그들은 오랫동안 서로를 바라보았다. 그렇게 한 순간 더, 또 한 번 더 그들은 끌림에 저항했다. 그의 눈길은 그녀에게서 떠나지 않았다. 마침내 보니는 쓰러졌다. 찰나의 기도를 올리듯 무릎을 땅에 댔다. 하지만 곧이어 벌떡 일어섰다. 그리고 남은 라운드 내내 다시는 흔들리지 않았다. 깨끗한 잽을 몇 번 제대로 먹이기도 했지만 내면의 빛은 이미 꺼진 채로.

"아주 잘했어, 보니."

펠릭스는 수건으로 그녀의 목과 어깨를 거칠게 문지르며 말했다.

그리고 손목을 잡고서 글러브의 끈을 풀기 시작했다.

"다냐 때문에 쓰러졌어요. 이제껏 그런 적이 한 번도 없었는데."

"그 한 방이 운이 좋아서 그래. 계속 주시하고 있어야 한다고."

그녀는 잡혔던 손이 풀리자 머리를 흔들었다. 핸드랩이 땀에 흠뻑 젖어 있었다. 파벨이 어디 있나 찾아봤지만, 보이지 않았다.

"그건 운이 좋았던 게 아니에요."

펠릭스가 보니 앞에 무릎을 꿇고서 팔을 흔들어 주었다. 그리고 눈을 지그시 맞추며 씩 웃었다.

"얼음 좀 가져다 얹자. 오늘 밤에는 파티에 가야지, 아가씨."

"춤을 못 추면 복싱도 못 해." 파벨은 모든 복서에게 이 말을 끝없이 반복했다. 리듬을 타야 한다고, 타이밍을 알아야 한다고, 스텝을 알아야 한다고. 골반을 움직일 줄 알아야 한다고. 이게 저절로 되는 복싱 선수도 많은 반면, 자신에게는 힘든 것임을 보니는 오랜 기간에 걸쳐 알게 되었다. 뻣뻣한 편이었고 엉덩이는 얼음처럼 딱딱했다. 게다가 복싱 훈련을 막 시작했던 10대 시절에는 자신의 몸이 그저 민망하게만 느껴졌다.

보니는 유독 섀도복싱을 싫어했다. 링에서 상상 속의 상대와 싸우면서 허우적거리는 모습이 바보 같아서, 남이 볼까 무서웠기 때문이었다. 파벨은 그런 보니를 도와줄 방법을 찾아냈다. 하루의 연습을 마치고 모두 돌아간 다음, 그는 체육관의 불을 껐다. 창문으로 바깥의 가로등이 노란빛을 비추어 파벨과 보니의 실루엣을 그려냈다. 그는 리듬감 있는 음악, 그러니까 살사나 아프로비트, 디스코 같은 음악을 틀고 스피커 음량을 최대로 올렸다. 음악에 맞춰 둘은 움직이기 시작했다.

 이게 보니가 섀도복싱을 배운 방법이었다. 파벨과 함께 링에 서서 오로지 파벨만이 자신을 바라보는 가운데, 그의 동작을 따라하는 것. 천천히, 기름 속을 움직이듯이 둘은 유영하듯 복싱의 콤보를 해나갔다. 처음에 보니는 몸이 경직된 채로 중학생이 처음으로 춤을 추듯 수줍게 움직였지만, 점차 음악이 그녀를 녹여갔다. 그러면 파벨은 그녀를 놓아주고 혼자서 몽롱한 리듬을 따라 움직일 수 있도록 옆으로 비켜나서 또 자신만의 리듬을 따라갔다. 어스름 속에서 그들은 커다란 나비처럼 링 둘레를 날갯짓하듯 날아다녔다. 보니는 생전 처음으로 온몸의 마디까지 하나가 되어 움직이는 것을 느꼈다. 무릎을 굽힐 때면 자연스레 어퍼컷이 나왔고, 손목을 아래로 돌리면 라이트 스트레이트를 더 멀리 뻗을 수 있었으며, 어깨 말고 골반에 힘을 주어 훅을 날리면 목표를 정확히 칠 수 있었다. 둘은 원을 그리며 맴돌았고, 둘의 팔은 물에 풀어낸 잉크 가닥처럼 이리저리 꼬여댔다. 그렇게 보니는 복싱 선수처럼 춤추는 법을 배웠다.

 이 훈련의 핵심 원리를 기념하는 의미에서, 파벨은 매년 여름 하루 날을 잡아서 체육관 관원이 모두 모여 함께 춤을 추는 전통을 세웠다. 장소는 언제나 똑같은 클럽이었다. 파벨의 친구가 은퇴 후 차린 곳이었는데, 미들급 챔피언 라모타처럼 시 외곽에 자기 클럽을 만들어 운영했다. 물론 라모타는 클럽에서 미성년자 소녀를 성인 남자에게 소개해 교도소에 갔지만, 이 클럽은 그런 곳이 아니었다. 매년 골든 링 체육관에 다니는 남성 관원들은 대부분 친구나 가족, 아내나 여자친구와 함께 할렘에 있는 이 작은 클럽으로 몰려들어 음악을 틀어놓고 댄스 플로어에서 기량을 뽐냈다. 다들 좋아하는 전통이었고,

특히 매년 파벨이 러시아 전통 민요에 맞춰 열정적으로 추는 단독 공연이 인기가 있었다. 그러나 올해, 보니는 그곳에 가기가 너무나 두려웠다.

언니든 동생이든 한 명은 집에 있어주길, 그래서 어서 화해할 수 있길 바랐건만, 돌아와 보니 러키와 에이버리 모두 외출하고 없었다. 보니는 러키에게 전화를 걸어보았다. 혹시 얘가 술집에 가지는 않았는지 남몰래 확인하려는 마음이 컸다. 러키는 받지 않았다. 에이버리에게 전화할까 하다가 아직도 화가 많이 났을 것 같아 그만두었다. 그래서 보니는 자기 방으로 가서 작은 여행 가방을 열어젖히고는 얼마 없는 내용물을 가만히 바라보았다. 청바지는 딱 한 벌이고 나머지는 다 운동복이었다. 일단 청바지를 입었다. 아까 다냐에게 맞은 복부의 부드러운 부분 위로 지퍼를 올릴 때는 고통을 참아야 했다. 내일이면 고통이 더 심해질 것이다. 아직까지 다다르지 않은 근육통이 본격적으로 시작되면 독감에 걸린 것처럼 아플 것이다. 하지만 그건 내일 생각할 문제였다. 오늘은 당장 뭘 입어야 하나가 문제니까. 다른 건 또 없나? 그녀는 티셔츠를 들고서 겨드랑이 부분 냄새를 맡아보다가 도로 가방에 던졌다. 가진 옷이 많지 않은 게 문제였다. 방구석에 놓인, 기부용으로 정리해 둔 니키의 옷가지 가방이 보였다. 보니는 그중 하나를 열어 뒤지다가 실크 재질의 단순한 모양을 한 검은색 셔츠를 꺼냈다. 셔츠를 입고 더듬더듬 단추를 잠근 다음 거울을 보았다. 나는 동생이랑 닮았구나.

니키는 나머지 세 사람과는 달랐다. 화장과 향초와 거품 목욕과 외모 관리를 좋아했다. 자매들은 때로 회의적인 반응을 보였지만, 니키는 어찌됐든 언니, 동생과 이 마법 같은 순간을 함께하는 걸 그 무엇보다 즐거워했다. 보니가 처음으로 페디큐어를 받았던 것도 니키가 데려가서였다. 물론 그 이후로 다시 간 적은 없었다. 그래도 그녀는 니키와 함께한다는 즐거움을 누리려고 낯선 사람이 발을 만져대는 불편한 시간을 기꺼이 견뎠다. 니키가 네일 관리사들과 다정하게 대화하는 모습을 보는 게 좋았다. 관리사들은 니키의 이름을 알았고, 니키는 자신감 있게 색상을 고르면서 보니에게도 조언을 했다.

"나는 유행 안 타는 발레 핑크 같은 걸 할 거지만, 언니는 꼭 뭔가 재미있는 걸 해야 해. 예를 들면, 일렉트릭 슬라이드 컨셉 같은 건 어때?"

그래서 보니는 발가락을 환한 코발트색으로 칠한 채 살롱에서 나왔다. 매니큐어 리무버 같은 건 없었기 때문에, 커다란 발가락에는 파란색이 몇 달이나 남아 있었다. 그래서 양말을 벗을 때마다 동생이 떠올랐었다.

다음으로는 어떻게든 눈 화장을 해야 했다. 눈두덩이가 진한 보라색으로 변하고 있었으니까. 그녀는 버릴 물건 더미를 뒤져서 니키의 메이크업 가방을 찾아냈다. 그 안에는 한 사람이 쓸 만한 양을 훨씬 넘어서는 립스틱과 아이섀도 팔레트가 가득했다. 그중에서 컨실러를 찾아 눈 아래에 부드럽게 바르기 시작했다. 가슴 아프게도 자신과 니키는 피부 톤이 같았다. 그러다 컨실러 끝을 멍든 부위에 너무 가까이 누르는 바람에 숨을 헉 들이쉬었다. 그래, 아프구나. 다 아팠다. 하지만 신체의 아픔보다 보이지 않는 아픔이 더 컸다. 그 아픔은 언니와 동생이 집에 있을 때 더욱 심해졌다. 둘의 존재 탓에 니키의 부재가 얼마나 큰지 가늠이 되었으니까. 이제는 두 아픔이 섞여 들기 시작했다. 니키의 죽음에서 비롯된 통증과 몸에 이는 통증이 뒤섞이자 보니는 어느새 거울 앞에 앉아 그리움으로 몸을 웅크렸다.

처음으로 눈에 든 멍을 가려준 사람도 니키였는데.

"왜 그렇게 자랑스러워하는 건지 모르겠어."

니키는 보니 앞에 무릎을 꿇고서 갓 올라온 멍에 화장을 칠해 안 보이도록 가려주며 말했다. 보니는 토너먼트 경기를 치르고 돌아와서 방금 거둔 승리의 전리품과도 같은 멍을 자랑스럽게 여겼지만, 혹시나 엄마가 이걸 보고 경기에 나가지 못하게 할까 무서워서 대놓고 드러낼 마음은 없었다. 니키는 혀를 찼다.

"심판이 말한 거 기억 안 나? 무슨 일이 있어도 자신을 보호하라고 했잖아."

"이건 사교 댄스 모임이 아니야. 난 맞으러 경기에 나간 거야."

보니의 말에 니키는 눈살을 찌푸렸다.

"난 마음에 안 들어, 언니."

그녀는 얼굴을 찌푸리면서 컨실러 뚜껑을 도로 받아 조심스럽게 화장품 보관 상자 안에 넣었다. 안에 든 건 대개 싸구려 잡화점 제품이었지만, 그래도 니키는 모아둔 화장품에 자부심을 느끼면서 군대 관물대를 정리하듯 가지런히 정돈했다.

"파벨이 무슨 일 안 생기도록 해줄 거야."

보니의 말에 니키가 대꾸했다.

"그건 아무도 모르는 일이야. 복싱은 세상에서 가장 위험한 스포츠라는 이야기를 어디선가 읽었다고."

보니는 니키의 말이 너무 심하다고 생각했다. 애초에 자신을 파벨에게 데려가 훈련을 시작하도록 해준 게 니키 아니던가. 이깟 작은 멍 하나 들었다고 이제 와서 포기할 수는 없었다. 특히 파벨이 기량이 점점 늘어가고 있다고 했는데. 파벨이 보기에는 그저 잘하는 수준이 아니라고 했다. 하지만 보니는 동생과 싸우고 싶지 않았다. 그래서 주방에서 몰래 가져온 귤 세 개를 공중에 던져 우아하게 저글링을 하기 시작했다. 물론 어릴 때 배우기는 했지만, 어느 날 파벨이 저글링이 뇌 발달을 촉진시키며 신경 연결을 강화시켜 반응이 빨라지도록 돕는다는 연구 자료를 읽고서 그녀에게 규칙적으로 저글링을 하라고 지시했기 때문이었다. 보니는 이 기술을 아주 소중하게 여겼다. 이걸 파벨 앞에서 하면 그가 언제나 웃었으니까.

"베이스 점핑이 가장 위험해. 낙하산을 타고 높은 곳에서 뛰어내려야 하잖아."

보니의 말에 니키가 물었다.

"그게 스포츠이긴 해?"

보니는 귤을 계속 바라보면서 더 높이 던졌다. 귤들은 보니의 주변에서 커다란 원형을 이루며 날아다녔다.

"대학 미식축구도 위험해."

"그건 헬멧 쓰고 하잖아."

니키가 귤을 하나 낚아채려 했지만, 보니가 잽싸게 돌아서면서 어깨 너머로 말했다.

"럭비도 위험해! 투우도."

"다들 남자 스포츠잖아. 그리고 투우는 동물 학대야."

"NASCAR˚도 위험해."

• 전미 스톡 자동차 경주 협회의 약어. 스톡 자동차는 시판 차를 개조한 자동차를 의미한다.

"그건 인종차별주의자랑 남부 촌놈들 경기잖아."

"말이 심하네."

보니는 계속 저글링을 하면서 다리 한쪽을 들어서 그 아래로 귤을 던지며 덧붙였다.

"알았어. 그럼 치어리딩."

"치어리딩이 복싱보다 위험하다고 생각해? 진심이야?"

"공중으로 날아오르는 치어리더 본 적 없어? 그 여자애들 날아다닌다고."

니키는 고양이처럼 웅크렸다가 순간 펄쩍 뛰어올라 앞에 떠 있던 귤을 잡았다. 나머지도 우수수 떨어졌다. 그녀가 잡은 귤의 껍질을 벗겼다.

"언니 진짜 죽으면 내 손에 죽을 줄 알아. 이것만 알아둬."

니키는 깐 귤을 반을 갈라 보니에게 주었다. 보니는 그걸 받으며 대꾸했다.

"너도 마찬가지야."

니키가 웃으면서 귤 조각을 입에 넣었다.

"나? 나는 편안한 사무직을 얻어서 105살까지 살 거야. 내 걱정은 안 해도 돼."

보니는 동생의 화장품을 도로 넣고서 거울을 또 들여다보았다. 나 무슨 생각이었지? 파티엔 못 가. 파벨은 이미 나 말고 다른 사람을 들였잖아. 언니랑 동생은 나랑 말도 안 하잖아. 이렇게 화장해 놓았는데도 난 그저 광대 같아 보이잖아. 그래서 30분간 했던 화장을 지우려고 메이크업 리무버를 찾아 니키의 화장품 더미를 뒤져대던 와중에, 문을 쾅 두드리는 소리가 들렸다.

"보니! 보니 블루! 문 열어! 경찰이다!"

거친 남자의 목소리였다. 보니는 온몸이 얼어붙고 말았다. 그래, 술집에서 니키 닮은 여자랑 같이 있던 남자 때문이구나. 그자가 결국 고소를 해서, 경찰이 찾아온 거야. 당연한 일이었다. 자신은 부모님 집에 있고, 이곳이 처음으로 확인할 주소지였으니까. 공포의 파도가 온몸을 휩쓸었다. 이어서 슬픔의 소용돌이가 몰아쳤다. 아직 에이버리랑 러키랑 화해도 못 했는데.

문에서 다시금 강하게 쿵 치는 소리가 들렸다. 보니는 꼼짝도 할 수가 없었다. 귀에서 맥박이 두근두근 고동치는 동안 문 너머에서 또 소리가 들렸다. 이건… 숨죽인 웃음소리인가? 그녀는 조심스레 현관의 외시경으로 다가가 바깥을 내다보았다. 그러자 손으로 얼굴을 가린 채 웃고 있는 사람이 보였다. 피치였다.

"아, 씨!"

그녀가 짜증스레 문을 확 열자 피치가 기뻐서 환호성을 질렀다.

"아, 정말. 피치. 진짜 깜짝 놀랐다고요."

피치는 그녀의 손을 잡으며 애써 웃음을 참았다.

"봐, 이거 봐, 보라고, 미안해, 진짜."

그는 눈을 문지르고서 다시 웃기 시작했다. 이제는 손바닥을 짝 치면서 말했다.

"네 얼굴 왜 이래, 자기야? 장난이야. 진짜 이거 장난이라고."

보니는 짐짓 화난 척했지만, 이내 헬륨을 들이마신 것처럼 안도감이 느껴졌다. 결국 그녀도 따라 웃고 말았다.

"여기는 어쩐 일이에요?"

웃다가 진정한 다음, 그녀가 물었다.

"여기서 새로 가게 열 데를 찾아보려고. 피치스 이스트코스트점을 내는 거지! 나 자기 주소 있잖아. 그래서 잠깐 들른 거야."

보니가 눈썹을 치켜떴다.

"그런데 왜 전화는 안 했어요?"

피치는 손을 문지르며 고개를 저었다.

"그럴 수가 없었어. 그게, 내 휴대폰이 부서졌어. 하지만 괜찮아. 곧 새 휴대폰이 올 거야."

보니는 알 만하다는 표정을 지었다.

"휴대폰이 어떻게 된 건데요, 피치?"

그는 둘이서만 알고 있자는 듯 몸을 숙여 말했다.

"내가 전에 말했던 여자친구 기억나? 내 휴대폰에다 위치 추적 하고 싶다고 했던 애? 그게, 걔가 날 따라왔어! 그래서 내가 좀… 난처해졌달까. 상황을 진정시키려고 여기 온 거야. 알겠지?"

보니는 고개를 저었다.

"그래서 여기까지 왔다니 믿을 수가 없네요."

피치는 진지한 얼굴로 그녀를 바라봤다.

"자기야. 그래서 온 거 맞아."

하지만 그것도 잠시, 그의 얼굴에 다시 장난기가 가득해졌다.

"그래도 후회는 없어! 진짜로."

보니는 문틀에 몸을 기대고서 웃었다.

"다시 봐서 반갑네요, 피치."

피치도 활짝 웃었다.

"나도 널 다시 봐서 좋아. 사실… 여기 너 보러 온 것도 있어. 우리가 헤어졌을 때는 너 상황이 안 좋았잖아. 그래서 내가 직접 소식을 전해주러 왔지. 그놈은 사라졌어, 자기야. 이제 코빼기도 안 보여. 놈이 다시 우리 술집에 어슬렁거릴까 봐 걱정할 일은 없어."

보니는 절벽 끝자락에 아슬아슬하게 선 기분이었다. 그 위에서 잠시 균형을 잡았다가, 흔들렸다 또 잡기를 반복했다가, 이내 안도감에 푹 빠져든 이 기분. 보니가 휘청거리는 걸 본 피치가 그녀를 잡고서 꼭 안아주었다.

"그 말 하려고 여기까지 먼 길을 올 필요는 없었던 거 알죠?"

피치의 머리카락에 대고서 말했다.

"아니, 말했잖아. 내 여친이…."

피치가 입을 열었지만, 보니는 더 세차게 그를 안기만 했다.

"그래도 와줘서 좋네요."

피치는 그녀의 어깨를 잡고서 흔들며 활짝 웃었다.

"친구가 보고 싶었다고."

그러곤 한 걸음 물러서더니 보니를 위아래로 훑어보았다.

"아니, 근데, 이건 무슨 차림이야?"

그는 기다란 손가락으로 보니의 옷차림을 가리키며 원을 그렸다. 보니는 얼굴이 빨개진 채로 실크 셔츠를 바라보았다.

"바보 같죠?"

피치는 그녀에게 살짝 윙크했다.

"아니, 언제부터 바보 같단 말이 녹다운될 정도로 멋지단 뜻이 됐지? 후후, 복싱 용어 좀 써봤어. 오늘 밤에 이렇게 멋있게 차려입고 어딜 가는데?"

보니는 불편하게 상의를 잡아당기며 대꾸했다.

"아무 데도 안 가요. 음, 가려고 했는데요, 안 가려고요."

피치가 눈살을 찌푸렸다.

"왜 그래, 이 피치 삼촌에게 무슨 일인지 다 말해봐."

보니는 입을 다물까 생각했다가, 그냥 말하기로 했다.

"우리 복싱 체육관에서 여는 연례 파티가 있는데요…."

"파티? 진작 말을 하지!"

피치는 보니를 지나쳐 아파트에 들어오면서 아프로 스타일 머리를 잡았다. 그리고 보니가 뭐라 말하기도 전에, 복도를 걸어가며 뒤에다 대고 소리쳤다.

"화장실 어딘지 알려줘! 머리만 빗으면 나 준비 끝이야!"

6호선 상행선을 타고 145번가에 가는 동안, 피치는 그녀에게 술집에서 그간 있었던 일들을 쉴 새 없이 이야기했다. 그중에는 그와 퍼즈가 내놓은 새로운 사업 계획도 있었다. 둘이서 함께 세탁소 겸 술도 슬쩍슬쩍 파는 가게를 만들어서 '퍼즈 앤 폴드'라고 이름을 붙이겠다는 것이었다. 보니는 피치가 혼자 떠드는 말을 별말 없이 들어주었다. 피치와 함께 있는 건 즐거웠지만, 같이 노는 시간이 빨리 지나갔으면 싶기도 했다. 시작 전에 기대하는 순간이 가장 힘든 법이니까. 이런 점은 복싱 경기와 비슷하구나. 그녀는 생각했다.

클럽으로 걸어가다 보니, 도시의 시멘트 바닥에 왜 이런 게 뿌려져 있나 싶은 글리터로 보도 위가 반짝였다. 반짝이와 더러움이 묘하게 조합된 모습이 딱 뉴욕다웠다. 문 앞에서 보니는 경비원들에게 예의 바르게 고개를 끄덕이면서 이름을 말했다. 이제 경비원들을 보면 말은 안 해도 일종의 동지 의식이 느껴졌다. 안으로 들어가자 파티는 이미 한껏 소란스럽게 달아올라 있었다. 댄스 플로어에는 복싱 선수들과 함께 온 친구들이 바글바글 정신을 놓고 춤을 추고 있었다. 보니는 본능적으로 그들 가운데서 파벨이 어디 있나 찾아봤지만 보이지 않았다. 춤추는 이들 사이로 코코아 버터와 엑스 바디 디오더런트 내음이 향기롭게 너울너울 퍼졌다. 배꼽까지 풀어헤친 셔츠 단추 사이로 꽃잎 같은 근육을 한껏 드러낸 남자들은 피어오르는 꽃봉오리 같았고, 여자들이 그 사이를 벌이 날아다니듯 누볐다.

피치는 주변을 둘러보며 인정한다는 듯 손뼉을 짝 쳤다.

"좋았어! 선수분들은 파티를 제대로 즐길 줄 아네!"

보니는 미소를 지었다. 훈련을 하려면 끊임없이 규율을 지키고 고통을 참아내는 것뿐만 아니라 지루한 과정을 멍해질 정도로 반복해낼 줄 알아야 했다. 같은 동작을 몇 년이고 끊임없이 되풀이해야 링에서 본능적으로 움직일 수 있었다. 그러니 선수들이 스트레스를 해소할 때는 훈련할 때와 마찬가지의 열정을 쏟아내는 게 어찌 보면 당연했다. 게다가 파벨 덕분에 이 체육관 선수들은 다들 춤을 잘 췄다.

"뭐 마실래? 보드카 소다? 맥주? 샴페인?"

피치의 물음에 보니는 고개를 저었다.

"여기 라임 탄산수도 있을까요?"

그러자 피치가 얼굴을 환하게 밝혔다.

"그래. 너는 몸을 끔찍하게 아끼지. 깜빡했네. 그렇다면 마실 게 딱 나왔어. 수어사이드 마시자. 라임 탄산수 따위 집어치워!"

보니는 어리둥절해졌다.

"수어사이드가 뭔데요?"

피치는 믿을 수 없다는 시늉을 했다.

"수어사이드 몰라? 탄산음료를 전부 다 섞은 거야. 코카콜라, 스프라이트, 닥터페퍼… 제길, 또 뭐가 있더라? 아, 레드불! 레드불까지 넣어서 터보 모드로 마시자고! 거기 들어간 설탕만 따져봐도 아마 천장에 붕 뜰 정도로 슈거 하이가 올걸?"

그는 손가락으로 음료수를 세어가며 보니에게 눈짓을 하더니 덧붙였다.

"약 한 번 코로 빼는 것보다 그 편이 언제나 낫지."

보니는 피치를 따라 음료를 파는 바로 갔다. 뿌연 탄산음료 혼합물이 담긴 맥주잔을 입에 대자, 피치가 누가 누가 빨리 마시나 내기를 하자고 했다. 보니는 꿀꺽꿀꺽 잔을 비웠다. 끈적한 액체 방울이 턱에 맺히자 그 옛날 어릴 적의 행복했던 느낌이 속에서 끓어올랐다. 무더운 여름밤, 친구와 함께 파티에 온 이 기분. 오랫동안 잊고 있던 손님이, 바로 '재미'라는 손님이 찾아왔구나. 피치가 코로 음료를 뿜는 바람에 보니가 내기에서 이겼다. 그들은 또 한 잔을 주문했다. 얼음처럼 차가운 음료를 조금씩 마시자 혈당과 함께 기분도 붕 뜨기 시작했다. 피치는 다시금 잔을 비우고는 거하게 트림하곤 소리쳤다.

"같이 춤추자!"

댄스 플로어에는 펠릭스와 그의 아내가 한가운데에 서서 아주 멋지게 살사를 추고 있었다. 그들은 보니를 보자 환호하면서 이리 오라며 끌어당겼다. 곧바로 보니는 선수들에게 둘러싸였다. 낭창한 페더급, 날렵한 웰터급, 위압적인 헤비급들을 두른 음악이 고리 모양 끈처럼 그들의 허리를 감고서 모두를 하나로 끌어모았다. 보니는 다냐를 보았다. 그는 벽면 쿠션을 댄 벤치에 앉아 임신 중인 아내에게 물잔을 건네고 있었다. 눈이 마주치자 둘은 서로를 알아보곤 눈인사를 했다. 링 안에서는 전쟁을 치렀지만, 밖으로 나오면 가족이 가장 중요하다는 걸 둘 다 알고 있었다.

땀방울이 오목한 허리에 고이고 머리가 이마까지 젖어오도록 보니는 춤을 추었다. 노래 몇 곡이 지날 때마다 그녀는 한데 어우러진 몸뚱이들 사이로 파벨을 찾아봤지만, 아무리 찾아봐도 없었다. 그러다 여름과 욕망을 노래하는 나른한 곡이 시작되자 피치가 그녀를 당겨 허리를 붙여왔다. 둘은 부드러운 음악의 곡조에 맞춰 몸을 움직였고, 피치의 손이 그녀의 허리를 더듬어 내려갔다. 보니는 향긋하고 따스한 물결처럼 자신의 온몸을 감싸는 음악을 그저 느꼈다. 눈을 감고서 피치의 어깨에 뺨을 얹으며 그의 손이 자신의 엉덩이를 주물러도 그저 두었다. 그는 보니의 몸을 물결치며 구르는 리듬에 맞춰 흔들었고, 그녀는 움직임의, 손길의 쾌락에 그저 몸을 맡겼다.

다시 눈을 떴을 때, 댄스 플로어 끝에 서서 사람들을 살피는 파벨이 보였다. 고고하게 선 그는 마치 맹금처럼 눈만 움직이고 있었다. 그러다 몸을 돌려 보니를 똑바로 바라보는 바람에 그녀는 퍼뜩 놀랐다. 그는 생각에 잠긴 듯한 시선으로 그녀를 바라보다가 고개를 기울였다. 보니는 피치를 밀어내고서 파벨에게 가고 싶은 본능이 치밀었지만, 그러지 않았다. 그저 계속 춤을 추면서 피치가 자신의 몸을 돌리도록 놔두었을 뿐. 조심스럽게 다시금 돌아보니, 파벨이 댄스 플로어를 떠나 뒷문으로 나가는 모습이 보였다. 보니는 곡이 끝나자 피치에게서 몸을 떼면서 바람을 좀 쐬러 나가겠다고 손짓했다. 피치는 아주 잠깐 실망한 눈초리를 보냈으나, 곧바로 DJ 부스석 근처에서 미소 짓는 링 걸을 발견하고는 낙관적인 표정으로 다가갔다.

두 번 생각할 틈도 없이 보니는 댄스 플로어에서 나와 뒷문으로 향했다. 철제 계단을 오르자 음악이 점점 줄어들어 이제는 아련한 베이스 소리만 들릴 뿐이었다. 클럽 뒷문을 열었다. 골목에 파벨이 서 있었다. 그가 피우는 시가의 연기가 머리 위로 기둥을 이루며 올라갔다. 위에 달린 클럽의 네온사인 불빛이 물웅덩이에 비쳐 마치 발끝 주위로 빛이 녹아내린 듯했다. 웅덩이 위로 빛을 가린 그의 머리 부분만이 매끄럽게 보였다. 파벨은 보니를 보고 놀랐을지 모르겠지만, 겉으로는 아무런 기색을 드러내지 않았다.

"너구나."

파벨이 부드럽게 말했다. 보니는 보도로 올라가 옆에 섰다.

"나예요."

파벨은 보니에게서 시선을 돌렸다. 네온사인 불빛이 그의 머리에 비쳐 후광을 이루었다.

"재미있어?"

그가 묻자, 보니의 대답이 마음보다 날카롭게 나와버렸다.

"재밌네요. 코치님은요?"

"나 알잖아. 다른 사람들이 다 재밌다면 나도 재밌지."

그는 어깨를 으쓱이며 대답했다. 보니는 고개를 끄덕였고, 그렇게 둘은 다시 말이 없어졌다. 보니는 파벨을 잘 알고 있었다. 파벨은 반짝이는 인도를 내려다보았다. 네온 불빛이 그의 신발 옆으로 새파란 빛깔과 주황빛의 웅덩이를 이루었다.

"시가 피우는 줄은 몰랐네요."

그녀의 말에 파벨은 피식 웃으며 자기 비하적인 표정을 지었다.

"안 피워."

그는 시가를 한 모금 더 빨고서는 발을 향해 연기를 내뿜었다.

"춤추는 거 봤어. 같이 온 그 남자… 때문에 LA에 간 거였어?"

파벨은 보니를 보지도 않고 말했다. 보니는 웃음이 나왔다.

"피치요?"

"뭐가 웃겨? 그 남자 잘생겼던데."

파벨의 물음에 보니는 또 웃었다.

"잘생기긴 했죠. 근데 피치와는 그런 사이 아니에요. 내가 전에 경비로 일하던 술집 주인이었어요. 그리고 피치는 오늘 밤에 링 걸이랑 같이 갈걸요."

보니는 고개를 들어 그를 보았다. 파벨의 얼굴 음영에는 안도감도 걱정도 보이지 않았다. 얼마나 시간이 흘렀을까, 그가 마침내 입을 열었다.

"재미있게 노는 거 보니 좋네. 오랜만이었어."

"그래요. 음, 내가 그 일 이후로 뉴욕에 없었으니까…."

파벨이 목을 가다듬었다. 그의 가슴에서 긴장의 기미가 엿보였다. 지금 보니 앞에 혼자 서 있는 이 상황이 불편해 보였다.

"체육관은 다닐 만해? 펠릭스랑 같이 있어서 좋아?"

그의 물음에 보니는 갑자기 다른 걸 물었다.

"수건을 던져서 기권시켰잖아요. 어떻게 나한테 그럴 수가 있어요? 나한테?"

이제야 처음으로 그는 보니와 눈을 마주쳤다.

"널 그 링에 올리지 말았어야 했어. 난 그때의 부끄러움을 평생 안고 살 거다."

보니는 고개를 저었다.

"내가 싸우고 싶었다고요."

"하지만 널 보호하는 게 내 일이야. 그런데 실패했지."

보니는 무슨 말인지 이해가 되지 않아 그의 얼굴을 살폈다.

"그래서 체육관에서 날 피하는 거예요? 죄책감을 느껴서?"

"너랑 있으면 생각을 제대로 할 수가 없어. 넌 펠릭스랑 있어야 더 안전해."

그의 나직한 말에 보니는 눈을 내리깔았다.

"알잖아요. 난 그런 식으로 수건을 던지는 상황이 오느니 차라리 링에서 죽는 편을 택했을 거예요."

그녀가 낮은 목소리로 말했다. 그러다 결국 참지 못하고 고개를 들어 파벨을 보았다.

"코치님이라도 그랬을 거잖아! 진짜 파이터라면 다들 그랬을 거라고!"

파벨은 잽을 던지듯 날카로운 시선으로 그녀를 쩔렀다. 목소리가 사나웠다.

"그날 밤 네가 죽고 싶었다는 거 잘 알아. 하지만 네가 복서라서 죽고 싶었던 게 아니잖아. 동생 때문이었잖아. 아니, 난 그렇게 둘 수 없었어. 네가 싸우게 둔 건 후회하지만, 싸움을 멈춘 건 후회하지 않아. 네가 용서하지 않는대도 상관없다. 다른 사람 때문에 네가 죽을 이유는 없어."

"니키였잖아요. 니키였다고요."

"그리고 너는 너지."

"니키가 나를 코치님에게 데려왔어요. 내가 여기 있는 건 니키 덕분이라고요."

파벨은 고통스럽게 눈길을 외면했지만, 결국 입을 열었다.

"니키는… 아주 소중한 존재지."

"아뇨, 그 이상이었어요. 니키는…."

하지만 니키가 무엇이었는지 표현할 말이 없었다.

"이 세상에서 가장 소중했는데."

결국 그녀는 이렇게 말했다. 파벨은 돌아서서 서글픈 미소를 지었다. 그리고 관자놀이를 톡톡 치며 말했다.

"여기로 메모를 했지."

보니는 문득 링 옆의 나무 벤치에 앉아 있던 니키를 그려보았다. 그 애는 인생의 대부분을 지녀왔던 지적인 호기심을 보이며 보니의 훈련 과정을 지켜보았다. 열두 살이었을 적부터도 니키는 놀라우리만큼 눈썰미가 좋았다. 보니가 타고난 선수라는 걸 본인보다 니키가 먼저 알아냈으니까.

"난 코치님이 필요했어요. 지난 1년 동안 정말 필요했다고요."

파벨이 가슴에 손을 얹었다. 그 모습이 마치 심장을 보호하려는 것만 같았다. 보니는 파벨이 이렇게 직접적으로 자신과 이야기하는 게 어색하리라는 점을 알고 있었다. 보니가 아니라 그 누구라도 이런 대화는 익숙하지 않을 터였다. 그들이 서로 알고 지낸 동안, 파벨은 언제나 승리와 패배 앞에서 초연하기만 했다. 그는 감정을 말이 아니라 행동으로 드러내는 사람이었다. 바로 보니처럼.

"하지만 날 떠났잖아, 보니. 너는 내 전부였는데."

그가 고통스러운 미소를 지었다. 보니는 그를 바라보았다. 방금 들은 말을 애써 이해해 보다가, 결국 나직하게 대답했다.

"내 마음을 알고 있었군요."

전에는 한 번도 입 밖에 내지 않았지만, 실은 파벨이 자신의 마음을 눈치챘다는 걸, 보니도 알고 있었다. 체육관에서는 그녀를 농담 삼아 파벨의 작은마누라라고 불렀다. 그만큼 둘은 모든 걸 함께했다. 다들 보니가 파벨을 어떻게 생각하는지 알고 있었다.

"그러면 안 돼… 올바르지 못해. 너는 너무 어려. 네 앞날은 창창하다고."

"이제는 아니죠."

"패배 한 번, 공백 1년 정도는 네 앞날에 아무것도 아니야. 넌 나 같은 늙은이의 멍에를 써서는 안 돼."

'멍에를 쓰다'라. 오랫동안 보니는 파벨의 이런 소소한 말버릇이 우습다고 생각했다. 그는 원어민이라면 사용하지 않을 묘한 표현들을 쓰곤 했다. 아무도 쓰지 않는 단어들을 모아다가 아름답게 만드는 그는 마치 해변에 버려진 유리 조각들이 물결에 다듬어져 생긴 바다 유리를 모으는 어린아이 같았다. 하지만 보니는 이번만큼은 웃지 않았다. 자신은 지금 서른한 살이고, 파벨은 마흔네 살이었다. 열세 살의 나이 차이가 열다섯 살이었을 때는 참 커 보이기만 했지만, 이제는 전혀 문제가 되지 않았다. 파벨도 분명히 그 점을 알 텐데? 그는 아무리 봐도 자신을 사랑하지 않는 거다. 다만 이쪽을 마음 아프게 하지 않으려고 핑계를 대는 것뿐. 보니는 패배감을 느끼며 고개를 끄덕였다.

"그럼 난 친구한테 갈게요."

그렇게 돌아서서 클럽 문을 열려고 하는 순간, 더운 바람이 확 몰아쳐 그녀 주위를 펄럭이며 겹겹이 후려치듯 감싸더니 뒤로 다시 돌려세웠다. 니키의 장례식 날 밤, 도시를 휩쓸고 보니 자매들을 온 세계로 흩어버렸던 바람이 딱 이랬는데, 지금은 이 바람이 보니를 집으로 이끌었다. 그녀는 휘몰아치는 공기가 자신을 밀치고 괴롭히도록 그냥 몸을 맡겼다. 그래서 결국 파벨을 도로 마주 보게 되었다. 가장 약해진 파이터는 점수로 뒤지고 있을 때, 마지막 라운드에 올라 KO를 위해서라면 뭐든 할 마음을 먹은 선수다. 더는 잃을 게 없으니까. 보니는 뜨거운 밤공기를 들이쉬고는 그를 바라보았다.

"어떡하면 되는데요? 내가 당신의 멍에를 쓰고 싶다면요?"

파벨이 부드럽게 고개를 저으며 중얼거렸다.

"보니…."

하지만 그녀가 손을 들어 말을 막았다.

"무슨 말을 할까 생각하지 말아요. 만약에… 만약에 무섭지 않았더라면 뭐라고 했을 건데요?"

그녀는 파벨을 애원하는 눈빛으로 지그시 응시했다. 그의 얼굴은 그림자와 빛이 어우러져 마치 바다와 같이 생기가 넘쳤다. 바닥에 시가를 던진 그의 시선이 어두워졌다. 눈동자가 파도처럼 요동치며 조마조마하게 흔들렸다. 보니는 15년을 그의 기분에 따라 살았다. 파도가 석회암 절벽을 침식시키면서 그 손길로 괴롭히고 또 어루만져 다시없이 아름다운 형상을 만들어내듯, 파벨의 기분은 그녀의 인생을 깎아서 만들었다. 이것이 코치의 역할이었다. 그녀의 몸에는 파벨이 관심을 준 흔적이 남아 있었다. 그걸 아름다움이라고 불러도 좋고 변형이라 해도 좋았다. 모두 다 그가 만든 것이었다. 파벨은 차분하고 냉랭한 시선으로 보니를 바라보며 나직하게 말했다.

"눈을 감아."

주저 없이 그녀는 눈을 감았다. 이제는 그를 볼 수 없는 대신 느낄 수 있었다. 아주 잠깐, 그들은 다시금 단단한 바닥 위에 도로 섰다. 어둠 속에서 서로를 찾아가는 짐승 두 마리처럼, 서로를 향해 더듬더듬 나아갔다. 보니는 가까이 다가오는 그를, 그러다 앞에 멈춰 선 그를 느꼈다. 그의 망설임이 묵직하게 다가왔지만, 그녀는 계속 눈을 감고 기다렸다. 숨을 내쉬는 법도 잊어버렸다. 이윽고 그의 숨결이 얼굴에 닿았다. 파벨은 그녀의 눈꺼풀에, 멍든 쪽 눈꺼풀에 입술을 댔다. 그의 입술은 메마르고 차가웠다. 그는 눈 위 얇은 살갗에 입을 맞추고, 다른 쪽 눈에도 똑같이 했다. 너무도 부드러운 그 느낌에 보니는 파르르 떨었다.

"괜찮아?"

그가 속삭여 물었다.

"네."

그녀는 대답했다. 아니, 대답했다고 생각했다. 그래도 그는 들었을 것이다. 네, 라는 대답을.

눈을 감은 채로, 이마며 관자놀이며 뺨과 목덜미를 더듬는 그의 입술을 느꼈다.

"보니."

그의 목소리가 숨결처럼 나지막히 들려왔다.

파벨이 그녀의 이름을 다시 부르려 했지만, 보니가 그의 입을 막았다. 파벨은 그녀의 땀을 삼키고, 코에 숨을 불어넣고, 피를 닦아내고, 턱을 손가락으로 꾹 누르고, 피부에 오일을 발라주던 사람이었다. 하지만 이런 적은 없었다. 보니는 파벨이 피운 시가 연기 맛을, 그리고 그 너머에 있는 차갑고 너른 바다 같은 맛을, 바로 오로지 그의 맛을 느끼게 되었다. 그가 그녀에게 키스한 순간의 느낌이란 거대한 파도가 머리를 덮치는 순간에도 애써 움직이지 않으려는 노력과도 같았다. 파벨이 그녀를 감싸안은 순간, 평생 바다에 발을 단단히 붙이고 살라고 배워온 보니는 그만 균형을 잃고서 그의 팔에 몸을 맡겼다.

12장
에이버리

동생들과 싸우고 난 다음 날 아침, 에이버리는 인생 최악의 감정적 숙취를 느끼면서 깨어났다. 전날 밤에는 아무도 보고 싶지 않은 마음으로 무미건조한 미드타운의 호텔을 하나 잡아 들어왔고, 시차 때문에 새벽 5시에 깨어나서는 쉴 새 없이 지끈대는 두통과 선연한 수치심을 느꼈다. 그러고는 아침 내내 머리를 비우고 TV 채널을 이리저리 돌리며 몇 시간 동안 현실 도피 했다. 그러다 작가 데이비드 포스터 월리스의 일화가 떠올랐다. 그는 자신이 겪는 가장 큰 중독이 마약이 아닌 TV라고 생각해서, 북 투어 중에는 호텔에 묵기 전 방에서 TV를 치워달라고 요청했다고 한다. 에이버리 역시 금주 초기 단계였을 때는 호텔에 미니바를 다 없애달라고 요청했던 적이 있었다. 집에 있을 때는 TV를 본 적이 거의 없었던지라, 이게 얼마나 아편 같은 효과를 내는지 그만 잊고 있었다. 하지만 결국 그녀가 TV를 억지로 껐을 때는 아직 오전 나절이어서, 오늘도 할 일 없는 하루가 남아 있었다. 그렇다고 집으로 갈 수는 없었다. 런던으로든, 뉴욕의 아파트로든. 창밖으로 렉싱턴 애비뉴와 그랜드 센트럴 역의 익숙한 풍경을 바라보다, 에이버리는 문득 오늘 무엇을 해야 할지 깨달았다. 그래, 엄마를 보러 가자.

그녀는 휴대폰을 열고서 문자를 작성했다. '엄마, 뉴욕에 왔는데 하루 여유가 있어. 엄마네 집 가도 될까?' 그녀는 문자를 보내기 전에 다시 읽고서 느릿느릿 하나씩 단어를 지웠다. 왜 허락을 구해야 해? 엄마가 되어서 딸들이 뉴욕에 있다는 걸 뻔히 아는데도 못 만날 정도로 겁쟁이라면, 정중하게 허락을 구해야 할 필요도 없는 사람이라는 건데. 그래서 대신에 '시골 집에 갈게. 기차 타면 도착 시간 알려줄게'라고 쳤다. 전송 버튼을 누르고 화면을 지켜보자, 거의 곧바로 엄마가 메시지를 입력 중이라는 표시로 점 세 개가 화면에 나타났다 사라지기를 반복했다. 마침내 그녀의 메시지 창에는 엄지손가락 아이콘만이 나타났다. 에이버리는 점심 전에 가지는 않는 게 낫다는 걸 알고 있었다. 그 시간은 아버지가 활발하게 깨어 있을 때니까. 아버지는 보통 오후가 되면 잠들었다. 누가 방해하는 일 없이 엄마와 시간을 보내려면 오후 중반까지는 기다리는 게 좋았다. 에이버리는 다시금 TV를 켜고서 머릿속을 편안히 비웠다.

그랜드 센트럴 역에 도착한 에이버리는 대합실을 가로질러 허드슨 뉴스 잡화점으로 들어갔다. 《보그》를 집었다. 러키가 거기 실렸는지 확인하려는 마음이었다. 페이지를 넘기면서 한쪽 눈으로 계산대 뒤에서 손님의 물건을 계산하는 점원을 계속 주시했다. 이윽고 심장박동이 빨라지고 짜릿한 아드레날린이 휘몰아쳐 여타의 감정을 싹 덮어갔다. 아주 잠깐, 에이버리는 자신의 몸을 속속들이 느끼게 되는 진정한 순간은 오로지 담배를 피우거나 절도를 저지를 때뿐이라는 생각이 들었다. 규칙을 어긴다는 흥분으로 숨 쉴 때마다 살아 있는 기분이 들었고, 심장박동이 거칠어질 때마다 피가 돈다는 느낌이 생생해졌다. 익숙하게 연습한 태연함을 내보이며, 그녀는 계산대에서 멀찍이 떨어진 선반으로 가서 《보그》 안에 아몬드 초콜릿바와 스피어민트 껌 한 통도 숨겼다. 그대로 다시는 계산대를 보지 않고서 무심하게 출구로 향했다.

그때, 한 소녀가 자신을 빤히 쳐다보고 있다는 걸 알아차리고 말았다. 그 애 엄마가 소녀의 남동생을 보살피느라 정신이 없어서, 소녀는 잠시 아무도 챙겨주지 않은 채로 서 있었다. 그 애는 이상할 정도로 미동도 없이 에이버리를 쳐다보았다. 에이버리는 아이들의 나이를 잘 가늠하지 못했다. 애가 여섯 살인지 열 살인지도 구분을 못 할 정도였으니까. 하지만 저 애는 열 살쯤은 돼 보였다. 지금은 한여름인데도 소녀는 '메리 크리스냥스!'라는 글자와 함께 고양이 그림이 인쇄된 분홍색 티셔츠를 입고 있었다. 에이버리는 쟤한테 들켰다는 걸 깨달았지만, 때는 너무 늦었다. 문에 거의 다 왔는데 어떡하나. 쟤가 무슨 말을 하려나? 저기 저 나쁜 아줌마가 돈도 안 내고 잡지를 가져갔다고 엄마한테 소리치려나? 귓가에서 맥박이 미친 듯이 뛰는 가운데 에이버리는 출구로 나가며 속으로 말했다. 뒤를 돌아보지 말자. 하지만 오르페우스처럼 저항할 수가 없었다. 소녀가 꼼짝도 하지 않고서 에이버리를 계속 쳐다보고 있었으니까.

승강장에 도착한 에이버리는 첫 번째 칸에 앉았다. 심장이 아직도 쿵쿵 뛰는 가운데, 무릎에 놓인 잡지를 내려다보았다. 기차가 출발하려면 아직 10분 더 있어야 했다. 어젯밤부터 아무것도 먹지 않은 데다, 시차까지 겹쳐서 배가 고팠다. 그래서 아몬드 초콜릿바를 뜯으려던 순간, 손을 멈추고 말았다. 애가 보는 앞에서 도둑질을 하다니, 대체 왜 이래? 나 그런 사람이야? 그런 사람이 되려고 태어났어? 위선자. 러키가 나를 그렇게 불렀지. 동생의 말이 옳았다. 그만해. 그만하라고. 그녀는 스스로에게 말했다. 그리고 벌떡 일어나 열차에서 뛰어내려서 급히 잡화점으로 달려갔다. 소녀와 엄마는 이미 사라지고 없었다. 계산대 앞에 선 손님이 없었기에, 에이버리는 마음이 바뀌기 전에 그쪽으로 걸어가서 잡지와 껌, 초콜릿바를 내려놓았다.

"제가 이걸 훔쳤어요. 그래서 돈을 내려고 왔어요."

계산대 뒤에 선 젊은 여자가 새까맣게 염색한 머리 아래로 어서 집에 가서 침대에 눕고 싶다는 흐리멍덩한 표정을 짓고 있다가, 에이버리가 불쑥 내뱉은 말에 놀라서 눈썹을 확 치켜떴다. 에이버리는 역시 훔친 샤넬 지갑에서 20달러 지폐를 꺼내서 계산대에 놓았다.

"사실은요…."

그녀는 가죽 지갑에서 신용카드와 영수증을 꺼내 가방에 넣고서 빈 지갑도 계산대에 올려놓으며 덧붙였다.

"이것도 가지셨으면 좋겠어요."

"이러시면 안…."

여자가 입을 열었지만, 에이버리는 손을 확 내저어 거절했다. 그녀의 뒤로 벌써 어떤 커플이 다가와 계산을 기다리고 있던 참이라, 고개를 돌렸다가 두 사람이 깜짝 놀란 표정으로 이 상황을 지켜봤다는 걸 알게 되었다. 에이버리는 뺨이 확 달아올랐다.

"제가 문제가 좀 있어요. 미안해요."

대체 누구에게 사과한 걸까. 계산대에 선 여자에게? 뒤에 서 있던 커플에게? 아까 봤던 소녀에게? 아니면 저 높은 곳에 있는 신에게? 알 수 없었지만, 어쨌든 입 밖으로 내어 말하는 게 좋다는 것만은 알았다. 잡지와 아몬드 초콜릿바와 껌을 가방에 슥 담고서 지갑과 20달러를 계산대에 두고 나왔다. 여자가 다시 뭐라고 항의했지만, 에이버리는 뒤에 있던 커플을 피해 얼른 달아났다.

기차에 다시 탄 에이버리는 창가 자리에 앉아서 아몬드 초콜릿바를 손가락에 묻은 초콜릿까지 핥아가며 게걸스레 먹었다. 이윽고 기차가 역에서 출발했다. 엄마에게 무슨 말을 해야 할까 생각하려 했지만, 머릿속이 계속해서 집으로, 런던으로, 치티에게로 돌아가려고만 했다. 뉴욕으로 오기 전, 침묵이 이어졌던 일주일 동안 에이버리는 찰리에게 전화를 걸어서 다시는 만날 일 없을 거라고 전했고, 그는 게임판의 평정심을 발휘해 담담히 받아들였다. 금주를 시작한 지 얼마 안 된, 게다가 곧 문학적 명성을 얻게 될 젊은 시인과 했던 잠자리는 이런 좋은 점이 있군, 하고 그녀는 생각했다. 참 당연하게도, 그는 곧 잘나가게 될 자신의 인생에 너무 몰두한 나머지 에이버리에게 닥친 중년의 위기와 중산층의 위기에 대해서는 별생각이 없었다. 그녀는 처음에 치티에게 다시 사과하려 했지만, 어설픈 시도는 곧바로 거부당했다. 치티가 좋아하는 금어초를 잔뜩 사서 푸크시아색, 노란색, 복숭아색 등등 노을빛 색조의 잔가지 조화와 함께 온 집안에 장식했다. 그녀의 신발 안에 쪽지를 남기기도 했다. 오른쪽 구두 안 쪽지에는 '부탁이야, 용서해 줘', 왼쪽 구두에는 '난 진짜 바보야'라고 썼다. 치티가 가장 좋아하는 음식인 코'노'뱅(와인으로 조린 닭고기스튜인 '코코뱅'에서 와인을 뺀 버전이었다)을 저녁으로 준비하기도 했지만,

치티가 그녀가 요리를 다 하기도 전에 주방으로 들어왔다.

"내 주방에서 나가줄래. 사과도 하지 마. 쪽지도 남기지 마. 이래봤자 소용없어, 에이버리."

치티는 스스로를 보호하려는 듯 손을 들고서 말했다. 얼굴에는 괴로운 표정이 서려 있었다. 그 후로, 에이버리는 집에서 머무는 시간을 최대한 줄이고 끝없는 업무의 구덩이로 몸을 던졌다. 집에 있을 때는 그림자처럼 몰래몰래 숨어 다니면서 최대한 기척을 죽여 치티가 짜증낼 일이 없도록 했다. 이런 지옥 같은 밤이 7일째가 되던 날, 에이버리는 침대에 누워서 잠도 못 자고 천장에 느릿하게 어른대는 그림자를 바라보고 있었다. 치티가 침실에 노크를 했다.

"노크할 필요 없어."

에이버리가 일어나 앉자, 치티가 문을 열었다.

"여긴 자기 방이잖아. 내가 손님방으로 가야 한다고 계속 말했는데."

에이버리의 말에도 치티는 선뜻 방에 들어오려 하지 않았다. 그녀는 문가에 서서 입을 열었다.

"생각해 봤는데 너는 뉴욕에 가는 게 좋겠어. 가서 동생들이랑 같이 지내."

"난 자기랑 여기 있고 싶어. 우린… 해결해야 할 일이 있잖아."

에이버리가 애원했지만, 치티는 고개를 저었다.

"네가 카펫에 똥 싸놓고 주인이 언제 용서해 줄까 눈치 보는 개처럼 굴게 두고 싶지 않아."

에이버리는 움찔했다. 지금껏 자신의 기분이 딱 그랬으니까.

"하지만 나 앞으로 더 잘하고 싶어."

그녀의 말에도 치티는 고개를 저었다.

"넌 네가 뭘 원하는지도 모르잖아."

에이버리가 무어라 대답하기도 전에 치티는 밖으로 나갔다. 이어서 문이 조용히 닫히는 소리가 들렸다.

그래서 에이버리는 떠났던 거다. 적어도 니키의 물건이 가득한 슬픔의 구덩이 같은 아파트를 동생들과 함께 정리하고, 그곳이 팔리지 않도록 지켜낼 마음이었지만, 결국 그마저도 엉망이 되고 말았다. 참으로 오랜만에 아무도 자신을 원하지 않는 상황이 닥쳤다. 그러니 자유로워야 했건만, 오히려 길을 잃은 느낌이었다.

오랜만에 뉴욕 아파트로 돌아왔으니 언니가 힘든 거라고 했던 보니의 말이 옳았다. 이곳은 작은데도 너무나 가득 찬 곳이었으니까. 런던 집을 사자마자 에이버리가 가장 먼저 했던 일은 방문에 잠금장치가 있는지 확인하는 것이었다. 이토록 세월이 지났건만, 그 버릇을 고치지 못하다니. 집을 사기로 결정한 후, 치티가 물은 적이 있었다. 이 집에서 가장 마음에 드는 점이 무엇이냐고. 그때 에이버리는 아무 생각 없이 현관문 말고도 정원으로 난 뒷문이 있는 게 좋다고 대답했었다. 언제나처럼 치티는 그 말의 핵심을 정확하게 파악했다.

"여기는 너희 아버지랑 사는 곳이 아니잖아. 그러니 도망칠 필요 없어."

그녀는 부드럽게 에이버리를 안심시켜 주었다. 하지만 에이버리의 아버지는 여전히 그녀 안에 살고 있었고, 절대로 떠날 수 없는 단 하나의 집이 되었다. 한번은 익명의 알코올중독자들 모임에서 어떤 남자의 이야기를 들은 적이 있었다. 그의 아버지는 술에 취하면 아들의 목덜미를 뒤에서 콱 잡았다고 했다. 그래서 성인이 된 지금도 식당에서 자리를 잡고 앉아 있어서도 자신의 뒤편으로 종업원이 움직일 때마다 깜짝 놀란다고, 그 긴장감을 가라앉힐 유일한 방법이 바로 술에 취하는 것이었다고 했다. 아무도 안 보이는 뒤쪽에 앉았던 에이버리는 그 이야기에 저도 모르게 눈물이 터졌고 깜짝 놀랐었다. 그 남자의 고백을 듣기 전까지는, 그녀 역시 자신이 왜 항상 벽을 등지는 자리를 골라 앉는지 깨닫지 못하고 있었으니까.

에이버리는 눈을 감았다. 떠올리고 싶지 않은 기억이 저 밖에서 밀려오는 강물처럼 꾸준히, 쉴 새 없이 안으로 흘러들었다. 쾅. 아버지가 현관문을 쳤다. 쾅. 다음으로 주방 찬장을 쳤다. 쾅. 혼수품 도자기가 깨졌다. 오븐이 또 고장난 크리스마스였다. 분노에 휩싸인 아버지는 거실에 있던 크리스마스트리를 쓰러뜨렸다. 사방에 흩어진 솔잎들. 이듬해 봄이 되기까지 그 뾰족한 잎들이 양탄자에서 계속 나왔다. 부모님은 주방에서 서로를 향해 새된 소리를 질렀다. 한쪽이 다른 쪽을 싱크대에 쿵 미는 소리가 들렸다. 엄마는 에이버리와 동생들이 모여 있던 방으로 달려와 얇은 지갑을 큰딸의 손에 쥐여주며 소리 없이 말했다. "애들 데리고 나가." 에이버리는 고분고분하게 동생들을 모두 데리고 급히 아파트를 나섰다. 콜럼버스 애비뉴를 따라 새끼 오리 떼처럼 일렬로 걷는 아이들의 모직 코트 사이로 바람이 매섭게 파고들었다. 동생들은 에이버리가 이제 어디로 갈지 전혀 계획이 없다는 사실을 몰랐다. 그저 언니가 다 생각이 있으려니 굳게 믿었다. 네 아이는 닫힌 상점과 텅 빈 레스토랑 옆을 몇 블록이고 걸었다. 어퍼 웨스트사이드 지역 사람들은 다들 가족과 함께 크리스마스를 축하하는 것 같았다. 그러다 결국, 아이들은 딤섬을 파는 식당을 찾아냈다. 넷은 둥그런 딤섬을 먹으면서 회전하는 테이블로 게임을 하며 놀았다. 그리고 집으로 돌아왔다. 오븐이 다시 고쳐져 있고 트리도 세워져 있었다. 엄마는 닭고기와 감자를 구워놓았다. 그날 저녁 온 가족은 지금껏 있었던 일을 전혀 언급하지 않은 채 식사했다. 에이버리와 동생들은 배가 불렀어도 엄마가 차린 음식을 모두 먹었다.

 난 해야 할 일을 했어. 지금의 에이버리가 스스로에게 말했다. 그녀는 막냇동생이 집을 나갈 때까지 그 집에 머물렀다. 참 다행히도 러키가 아주 어린 나이에 모델 일을 시작한 덕분에 출가 시점이 당겨졌다. 그렇게 에이버리는 그 아파트를 떠나 그해는 물론이고 그 후로도 오랫동안 돌아오지 않았다. 그녀는 깨달았다. 자신은 아버지에 대해서, 어린 시절에 대해서 생각했던 적이 거의 없다는 것을. 자신은 다른 삶을 이루었다. 저 멀리 외따로 떨어진, 홀로 고립되어 아무도 닿지 않는 섬 같은 삶을 말이다. 그리고 최근까지 무슨 수를 써서라도 그 삶을 지켜내려 했다. 살다 보니, 어느새 그토록 원하던 꿈의 집을, 방문에 잠금장치 따위 설치하지 않아도 되는 그런 집을 정말로 짓게 되었다. 예상한 적 없었는데, 자유란 이런 모습이었다. 잊는다는 것은 용서와 참으로 비슷하지만, 용서는 아니었다.

 엄마가 에이버리를 데리러 차를 타고 나오지 않았기에, 그녀는 역에서 택시를 잡았다. 부모님은 아버지의 건강 문제로 5년 전에 이곳 북부 시골로 이주했다. 에이버리는 몇 년간 여기에 왔었다. 니키보다는 자주 오지 않았지만 보니나 러키보다는 훨씬 많이 왔다. 그 둘은 굳이 이곳에 오지 않았으니까. 하지만 이곳은 딱히 연결 고리가 없는 곳이라, 에이버리에겐 집으로 느껴지지 않았다. 이윽고 택시가 자그마한 목조 오두막 앞에 섰다. 둘레에 베란다가 쭉 이어진 집은 기억보다 허름했다. 탈모가 온 두피처럼 지붕널이 군데군데 뭉텅이로 빠져 있었고, 현관 계단에선 목재 난간 한쪽이 썩어서 떨어져 나갔다. 주렁주렁 달린 녹슨 풍경들이 서로 다른 높낮이로 불협화음을 어지럽게 울려댔다. 그중 커다란 풍경은 괘종시계 추만큼이나 컸고, 작은 풍경은 손목시계보다 짧았다. 에이버리는 현관 주변의 바닥을 조심스럽게 쪼아대는 금빛 닭 몇 마리를 바라보았다. 이윽고 문이 활짝 열리더니, 엄마가 나타났다.

에이버리는 퍼뜩 놀랐다. 장례식 이후로 자매들은 엄마를 만난 적이 전혀 없었는데, 그동안 엄마는 몰라보게 변해 있었다. 원래 이런 모습이었나? 이렇게 마녀 같았다고? 철제 수세미처럼 두껍고 곱슬거리는 머리카락은 한데 묶어 위로 올렸고, 몸이 비치는 검은 천을 몇 겹씩 겹쳐 입은 데다, 상의는 친환경 브랜드 '에일린 피셔'에서 아주 비싸게 파는 옷인지 아니면 낡은 양탄자 한가운데에 구멍을 뚫어 뒤집어쓴 것인지 알 수 없는 판초 스타일이었다. 주름진 얼굴에는 화장기가 없었고, 커다란 은색 남성용 시계 말고는 장신구도 걸치지 않았다. 전체적인 옷차림에서는 엄한 분위기가 풍겼는데, 도시였다면 아주 스타일리시해 보였겠지만 이곳 시골집에서 보니 무슨 자연인 같았다. 가까이 다가가 보니 엄마의 손톱 주변과 아래에 까맣게 때가 끼어 있었다.

"나 항상 닭 키우고 싶었거든! 이제야 키우게 됐지."

엄마는 인사도 없이 불쑥 외쳤다.

에이버리는 사실 기차에서 무슨 말을 퍼부을지 연습했었다. '이 씨발! 엄마는 대체 뭐가 문제야?!' 하지만 엄마 앞에 서자마자 그 말이 우습게만 느껴졌다. 여기에 뭘 기대하고 온 거야? 뭘 어쩌자고? 같이 기차를 타고 뉴욕으로 돌아가서 동생들과 함께 마음을 풀고, 지난 30년간 느껴보지 못했던 모성애를 듬뿍 받아서, 이제는 마법처럼 모든 게 괜찮아질 거란 예상을 했던 거야? 아니. 다들 자기 나름의 역할이 있고, 모두들 지금에 와서 그 역할을 바꿀 마음은 없을 터였다. 엄마는 사실상 엄마라 할 수 없었고, 에이버리가 그 자리를 대신해 왔지 않은가. 아빠 역시 사실상 아빠라 할 수 없었고, 엄마가 아빠 자리를 대신해 왔고 말이다. 이제 와서 그 역할을 바꾸자는 건 모두에게 불필요한 고통만을 주게 될 테지.

에이버리는 엄마가 가리키는 대로 흙바닥을 바라보았다. 이가 나간 실로폰 주위로 새들이 모여 주변을 쪼아댔다. 에이버리는 그 실로폰이 예전에 그들이 갖고 놀던 장난감임을 알아보았다. 세월이 흐르고 비바람에 씻겨 악기의 무지갯빛은 이제 빛이 바랬다. 여기서 저걸 보다니, 어쩐지 참을 수 없으리만큼 슬펐지만 어쨌든 그녀는 격하게 고개를 끄덕였다.

"저것들 알도 낳아?"

그녀가 묻자, 엄마가 마구 웃었다.

"무슨 소리야?! 초콜릿이나 싼다고 하면 믿을 거야? 당연히 알을 낳지! 안 그럼 내가 뭐 하러 닭을 키우겠니?"

"농담한 거지. 엄마 멋있다."

세상에서 단 한 사람, 엄마만이 에이버리를 바보라고, 아직 스물도 안 된 소녀라고 느끼게 했다. 에이버리에게 지능이란 자신의 정체성이 모두 달려 있는 갈고리와도 같았기에, 멍청해진다는 기분은 정말 끔찍했다. 엄마는 자루 같은 드레스 앞섶에 손을 닦고서는 머리카락을 얼굴에서 후 불어 넘겼다.

"나 '정원 겨울나기'라는 걸 하느라 바빴어. 참 그럴듯한 표현이지? 근데 따지고 보면 남은 식물을 싹 갈아엎는 거야. 헤롯 왕이 아기 예수를 죽이겠다고 그 근처 아기들을 죽이는 걸 보육이라고 표현하는 거나 마찬가지라니까. 퇴비통에 잘라버린 식물이 가득하다고. 난 온종일 기운차게 식물을 죄다 자르고 있어. 여름에 무성하게 자라나는 것들은 길들일 수가 없잖니?"

에이버리는 여기에 무어라 대답할 말을 찾지 못했다. 정원은 정말 야생 그 자체였다. 집 뒤편으로 허리 높이까지 자란 수풀에는 분홍색 구름 같은 밀크우드를 비롯해 이름 모를 야생화들이 어지럽게 피어 있었다. 엄마는 기대하는 눈빛으로 에이버리를 바라보았다. 혹시나 참 멋있다는 찬사 같은 게 나오지는 않을까 하는 눈빛이었으나, 이내 포기했다. 에이버리는 입을 꾹 다물고 주변을 둘러보았다.

"뭐, 이렇단다."

엄마는 살짝 실망한 기색을 내비치며 말했다.

"왜 닭한테 실로폰을 줬어?"

에이버리가 말을 붙여봤지만, 엄마는 벌써 걸음을 옮기며 경쾌하게 말했다.

"기차 타고 오는 길은 어땠니? 왼편에 앉으면 강이 보이는데, 보면서 왔어?"

실제로 에이버리는 강을 감상하며 왔다. 굵직하고 검은 띠처럼 세차게 흐르는 물줄기를 기분 좋게 보았다. 하지만 남이 이래라저래라 하는 게 너무나 싫었다. 특히 엄마 말대로 하는 게 제일 싫었다.

"일하면서 왔어. 오는 내내."

"강도 못 볼 정도로 바빴단 말이니?"

"지금 소송 중이라서."

실은 지난주 내내 업무를 뒷전으로 미뤄놨던지라, 에이버리는 아무것도 하지 않았다. 하지만 나는 바쁘고 중요한 사람이라는 걸 엄마에게 분명히 알려주고 싶은 충동이 일었다.

"그럼 너무 늦기 전에 돌아가면서 보렴. 좀 더 일찍 오지 그랬니."

그 말에 에이버리는 곧바로 발끈했다.

"뉴욕에서 마무리해야 할 일이 있었다고, 엄마."

"넌 언제나 바쁘고 항상 뭘 급하게 하더라. 그게 네 문제야."

이게 엄마가 도와주는 방식이었다. 해달라 한 적 없는 비판을 어둠 속에서 화살을 쏘듯 갑자기 던져대는 것. 결국 화살에 맞았단 사실을 깨달은 순간에는 또 다음 화살이 날아 들어오는 식이었다.

"어디 보자. 나 보러 온다고 차려입고 올 필요는 없었는데."

엄마의 말에 에이버리는 자신의 리넨 바지와 가벼운 면 셔츠를 바라보며 중얼거렸다.

"차려입은 거 아니야."

엄마는 집 안으로 들어가면서 따라오라고 손짓했다. 집 안은 어둡고 물건들로 어지러웠다. 소중한 것도 있었으나, 아닌 것도 많았다. 집의 중심은 가장 넓은 공간인 주방으로, 커다란 농장 스타일 식탁 주위로 서로 다른 여덟 개의 의자가 놓여 있었다. 벽에는 표현주의 추상화가의 대형 작품이 걸려 있었고, 누렇게 변한 오래된 신문과 습기로 휘어진 책들이 보이는 곳마다 널린 채였다. 거실로 눈을 돌리자, 아프리카 양의 두개골이 보였다. 엄마는 그게 헤밍웨이의 소유물이었다고 주장했는데, 그 나선형 뿔에 비닐 쇼핑백이 걸려 있었다. 문 옆 낡은 진열장 위로 핫핑크색이 언뜻 보였다. 자세히 보니 엄마와 네 자매의 사진이었다. 사진 속 그들은 어느 식당 부스석에 끼어 앉아 초콜릿을 얹은 작은 슈크림볼과 녹아내린 셔벗을 먹으며 웃고 있었다. 가운데 앉은 엄마가 오른쪽 팔로는 니키와 러키를, 왼쪽 팔로는 보니와 에이버리를 감싼 모습이었다.

에이버리는 곧바로 그 사진을 알아보았다. 니키의 대학 졸업을 축하하는 저녁 식사 자리에서 찍은 거구나. 온 가족이 드물게 행복했던 시간으로 다들 기억하는 순간이었다. 그해 여름 아버지가 황달로 병원에 입원하고 퇴원한 후 술을 끊었다. 에이버리도 그때는 술을 마시지 않을 때였다. 그래서 그녀와 아버지 둘 다 셜리 템플*을 주문했는데, 꼬불꼬불한 빨대와 마라스키노 체리로 장식한 인공감미료 음료수를 보며 모두 웃었다. 그날 저녁 식사 초반에는 니키와 러키가 말도 섞지 않았던 기억이 희미하게 났다. 니키의 졸업 파티에서 여학생 클럽 회원과 다툼이 좀 있어서였던 것 같은데, 결국엔 별 소란도 설명도 없이 디저트를 먹을 때쯤 둘은 서로를 용서했다. 사진 속에서 동생 둘은 같은 화분에 심어놓은 두 줄기 수선화처럼, 니키의 둥근 금 귀걸이가 러키의 뺨에 닿을 정도로 서로 바짝 붙어 있었다. 그 사진을 찍은 사람은 아버지였다. "나의 셜리들을 한 번에 찍어보자"라고 말하며 사진을 찍었을 때는 아버지의 손이 전혀 떨리지 않았었지. 그들이 단 한 번이라도 평범한 가족처럼 보였다는 게 얼마나 뿌듯했던가. 액자에는 '오늘도 행복한 하루'나 '진정하고 한잔해'라는 문구의 포스터에 쓸 법한 폰트로 '엄마와 딸 영원해'라는 문구가 새겨져

• Shirley Temple. 미국의 배우로 1930년대에 가장 유명한 아역 배우였으며, 그녀의 이름을 딴 무알콜 칵테일이 있다.

있었다. 에이버리는 니키가 가게에서 이 액자를 골랐을 순간을 상상해 보았다. 비꼬는 마음 전혀 없이, 좋은 것들이 정말로 영원할 수 있다는, 심지어 우리 가족에게도 그럴 거라는 천진난만한 믿음을 품고서 이걸 골랐을 동생을.

"자, 어서 앉아."

엄마가 식탁을 가리키며 손짓하더니, 싱크대 앞에서 분주히 손을 씻었다. 혹시 아까 도착했을 때 엄마의 손톱에 낀 때를 본 걸 알아차려서 저러나. 에이버리는 궁금한 마음으로 커다란 나무 식탁 앞에 털썩 앉았다. 자그마한 종이들이 가득 덮인 식탁 한가운데에는 파랗게 칠한 항아리에 붓꽃이 가득 꽂혀 있었다.

"네가 온다기에 오늘 아침에 꺾어 왔지. 참 예쁘지 않니? 반 고흐도 붓꽃을 제일 좋아했잖아. 이 꽃을 보면 언제나 네 생각이 나."

엄마는 이렇게 말하며 비눗기가 남은 손끝으로 남색 꽃잎을 살짝 건드렸다. 에이버리는 고개를 끄덕였지만, 엄마가 이토록 소소한 일로 자신을 기쁘게 하려고 애쓴다는 게 오히려 상처가 되었다. 지난 시간 그 얼마나 오랫동안 나는 실망시켜 왔는가. 좋으려면 아예 좋고 나쁘려면 아예 나쁜 엄마가 되기를 바랐다. 중간에서 왔다 갔다 하는 모습은 참을 수가 없었다.

"애들은 잘 지내니?"

엄마가 물었다. 모르는 사람이 들었다면 에이버리의 아이들에 대해 묻는 것이라 여겼겠지만, 지금 엄마는 자기 딸들에 대해 묻고 있었다. 어제 에이버리가 뉴욕에 벌써 왔었다는 사실을 알고 있었다 해도, 전혀 내색하지 않았겠지만. 에이버리는 속으로 생각했다. 좋아. 부인하고 싶다 이거지? 그럼 부인해 보자고.

"잘 지내지. 다시 봐서 좋더라고."

에이버리는 활짝 웃으며 대답했다. 우리끼리 지금 말도 안 섞고 있다는 얘기는 굳이 할 필요가 없었다. 동생들에 대한 신의 때문에라도, 에이버리는 엄마에게 그들의 단합력을 보여주고 싶었다.

"뉴욕에는 다들 무슨 일로 왔대니?"

왜 엄마는 직접 물어보지 않는 거지?

"러키는 잠깐 쉬고 있어. 보니는 파벨이랑 다시 훈련하러 왔고."

에이버리가 모호하게 대답하자, 엄마는 코웃음을 쳤다.

"걔는 그 야만적인 스포츠에 왜 그리 집착한다니. 정말 이해할 수가 없네. 다 너희 아버지 탓이지 뭐."

"보니가 얼마나 잘하는데, 엄마. 한 번이라도 엄마가 경기를 봤어야 했어."

"세상 어떤 엄마가 그런 꼴을 보고 싶어 하겠니? 아마추어 경기는 그나마 나았어. 적어도 그땐 헤드기어를 쓰잖아. 그런데 프로 경기? 그건 마조히즘이야."

엄마는 고개를 절레절레 젓다가 주전자를 집어 들며 물었다.

"차 마실래?"

"마조히즘이 아니야. 그건 엄연한 스포츠야. 그리고 차는 됐어."

에이버리는 그 옛날 동생들을 지키던 방어적인 태도를 잽싸게 갖추며 대꾸했다.

"아니, 그건 피의 유희야. 법으로 막아야 해. 정말 차 안 마셔? 좀 센 영국 차가 있는데. 이제는 너도 익숙해졌을 거 아니니."

"그래, 알았어. 그럼 줘."

에이버리는 항복이라는 듯 손을 내저었다. 따지고 보면 자신은 차를 마시면 뭐든 해결된다고 생각하는 나라에서 막 탈출한 참이 아니던가. 그런 사고방식이 아주 짜증났던 건, 아마도 엄마의 태도 때문이었을 거라는 깨달음이 방금 막 들었다.

"보니에게 말해서 다른 걸 좀 해보라고 해. 왜 코치는 안 돼? 걔라면 아주 좋은 코치가 될 텐데."

"걔가 아직 싸우고 싶어 하니까 그렇지, 엄마. 내가 어떻게 말려. 우리 중에서 말릴 사람은 아무도 없어."

"파벨이 걔를 더 잘 지켰어야지. 그게 그 사람 일이잖아."

그 순간, 에이버리는 보고 말았다. 투덜대는 엄마의 말 아래 숨겨진 원시적이고 동물적이다 싶은 공포를. 엄마는 보니를 잃을까 봐, 자기 자식들을 잃을까 봐 무서워했다. 니키를 떠나보내기 전에도 이런 적이 있었던가? 엄마가 이토록 걱정하는 모습을 보인 적이 있었는지 전혀 떠오르지 않았다. 그 공포는 너무나 솔직해서 놀라우리만큼 선명하게 느껴졌다가 금세 사라졌다.

"보니는 괜찮을 거야. 파벨이 잘 돌보는 법을 알아."

에이버리가 조용히 말했지만, 엄마는 계속 투덜댔다.

"내가 전화해 봤자 불퉁한 말밖에 못 듣는다고. 너희들 다 그래! 아들이 있었어야 했는데. 딸들이라 좀 더 말이 많을 줄 알았는데 전혀 아니네."

에이버리는 방금 들은 말은 무시하기로 했다. 엄마는 딸들 때문에 실망한 점을 길고 긴 목록으로 품고 살았고, 언제나 그 목록 맨 위는 넷 중 아들로 태어난 애가 하나도 없다는 사실이 차지했다. 그래서 대신 이렇게 물었다.

"아빠는 어딨어? 아직 자?"

아버지는 보통 거실이나 가족이 주로 모이는 공간에서 잠들곤 했다. 의식이 없는 상태에서도 그는 자신이 존재하는 공간을 죄다 장악하는 법을 알고 있었다.

"그렇지 않아도 너랑 그 얘길 하려고 했어. 네 아버진 여기 없다."

엄마는 주전자 앞에서 분주하게 일하다 말고 돌아서서 에이버리를 바라보았다.

"지금 재활원에 있어."

"뭐? 언제 갔어? 얼마나 됐어?"

"몇 주 전에 갔어. 의사들이 이번에는 여섯 달 동안 있어야 한대."

"여섯 달? 왜 그렇게 오래?"

"미국인들이 지나치게 욕심이 많아서 이번에도 난리법석 엄살을 떠는 거지. 작년에 통풍도 좀 있었고…."

"통풍?"

엄마는 짜증 어린 한숨을 쉬었다.

"얘, 아버지는 점점 좋아지고 있어. 늙으면 그런 거 생겨. 그리고 간에도 문제가 있다고는 하는데, 글쎄다. 나는 솔직히 말해서 그렇다는 증거를 본 적이 없어서."

"증거? 의사가 말한 게 증거지 뭐야."

에이버리가 말하자, 엄마는 지쳤다는 표정을 지었다.

"어쨌든, 오랫동안 지켜봐야 한다고 하더라고."

"세상에, 엄마, 왜 말을 안 했어?"

"너희 중에서 아무도 물어보지도 않았으니까!"

"보험으로 그게 충당이 돼?"

"얼추 반은 돼. 하지만 나머지도 큰돈이야. 그래서 우리가 그 아파트를 팔려는 거야. 네가 모기지 대출을 상환해 줘서 고맙지만, 거기 지금은 아무도 안 살잖니. 우리는 돈이 필요하고."

엄마는 행주를 집어 무심코 손을 닦으며 말을 이었다.

"그렇지만 어떡하니, 우리가 담보로 잡고 돈을 너무 많이 빌려놓아서 그거 팔아도 얼마 안 나올 거야."

에이버리는 믿을 수 없다는 눈빛으로 엄마를 바라보았다.

"거기에 아무도 안 산다는 게 무슨 소리야? 방금 말했잖아. 보니랑 러키가 거기 있다고."

엄마는 손에 든 행주를 팽팽히 당겼다.

"있어봤자 얼마나 오래 있는다고? 러키는 한곳에 진득하게 붙어 있질 않잖아. 보니도 올해 안에 또 어딘가 훈련 캠프에 가겠지. 게다가 걔들은 어른이야! 도시에서 살고 싶다면 자기들이 알아서 살 곳을 찾아야지."

"애들한테 그게 무슨 짓이야, 엄마!"

"무슨 짓? 내 집을 내가 파는 게 뭐가 잘못이야? 난 네 뜻대로 살 수는 없어, 딸아. 나랑 네 아버지에게 좋은 쪽으로 살아야지."

에이버리는 빛바랜 모로코식 식탁보에서 삐져나온 실을 잡아당기며 중얼거렸다.

"처음에는 니키한테 그러더니, 이젠 우리한테 이러네."

"우리는 니키에게 임대료도 일부만 받고 원하는 만큼 살라고 아파트를 내줬어. 교사 월급으로 통증 치료를 받느라 힘겨워하는 걸 알았으니까. 게다가…."

"하지만 니키가 진짜로 어떻게 사는지는 몰랐잖아. 아빠한테도 그러고 있는 것처럼."

엄마는 눈을 홉뜨며 말했다.
"그래. 너는 참 힘들겠구나."
"뭐가?"
에이버리가 지친 기색으로 물었다.
"세상에서 완벽하지 못한 엄마를 둔 게 너뿐이라서 얼마나 힘들겠니."
에이버리는 짜증스레 코웃음을 쳤다.
"니키가 어떻게 됐는지 보고도 전혀 깨달은 게 없어? 이 가족은 진짜…."
애써 생각해 보았다. 이 가족의 핵심을 이루는 서로에 대한 비난과 중독 증상, 그리고 부정하는 태도가 뒤섞인 이 혼란스러운 상태를 뭐라고 하면 좋을까. 결국 찾아낸 말은 하나였다.
"씨발 망했어!"
"니키가 그렇게 된 거랑 이게 무슨 상관이니."
엄마의 말에 에이버리는 손가락을 들어 하나씩 세며 말했다.
"아빠는 재활원에 있잖아. 난 술을 못 마셔. 보니는 현명하게도 술은 시작도 안 했지. 러키는… 진짜, 러키는 살아 있는 게 기적이야. 게다가 니키는 약물 과다 복용자였지. 우리 가족에겐 문제가 있어, 엄마. 진짜 심각한 문제가 있다고."
엄마는 팔짱을 끼고서 멈춰 섰다. 부정할까, 망상을 할까, 아니면 방어 자세를 취할까. 엄마의 뇌가 삐걱이며 돌아가는 소리가 에이버리에게 생생히 들려오는 것만 같았다.
"너는 알코올중독자라는 딱지를 그렇게 간절하게 붙이고 싶니?"
엄마는 차분하게 말했다.

"난 그렇게….".
에이버리가 발끈했지만, 엄마는 계속 말을 이었다.
"네가 그렇게 불리고 싶다면야 내가 어떻게 말리겠니. 넌 아주 총명하고 감수성이 풍부한 어린애였지만, 마약에 손을 댔어. 그러면 널 당연히 마약중독자라고 봐야 해?"
"그게 마약중독자라는 거야."
하지만 엄마는 이성적인 어조를 유지하면서 느릿느릿 말했다.
"그렇다고 할 수는 없지. 너는 그렇게 말하고 싶겠지만. 너희 아버지는 늙은 데다 통풍을 앓고 있어. 보니는 그야말로 건강의 화신이지. 러키는 젊고 좀 무모하긴 해도 괜찮게 살아. 그리고 니키는 자궁내막증을 앓았어. 의사들이 통증 치료법을 몰라서 약물에 의존할 수밖에 없었고. 이 의료 시스템에서는 여성 의학에 대한 연구 자금 지원이 우선순위가 아니라서 빚어진 결과지. 이걸 너한테 굳이 말할 필요는 없다고 생각하는데, 에이버리."
아, 옛날 방식이로군. 곧바로 부인하는 방식을 택했구나. 전형적이네. 물론 에이버리도 반박할 말을 준비해 두었다.
"자궁내막증에 걸린 여자가 모두 니키처럼 살지는 않아. 안 그런 여자도 많다고."
엄마도 맞받아쳤다.
"그래서 그게 니키 잘못이라는 거니? 어떻게 동생을 두고 그런 말을 할 수가 있니? 잘못을 찾자면 남성 중심의 의학계를 탓해야지. 내가 이제껏 계속 말한 건 전혀 안 들었니?"
"엄마한테 가부장제에 대한 강의 따위 듣고 싶지 않아! 우리 집 여자 중에서 그 망할 가부장이랑 결혼한 건 한 명밖에 없어! 난 남자랑 결혼하지도 않았다고!"

에이버리는 슬슬 평정심을 잃어갔고, 이런 느낌이 무엇보다도 싫었다. 엄마는 입술을 말아 올리며 분노로 치아를 드러낸 건지 미소를 짓는 건지 모를 표정을 지었다.

에이버리는 마지막 남은 이성의 가닥이 끊어지기 전에 말했다.

"난 니키 탓을 하려는 게 아니야. 걔는 정말로 고통받고 있었어. 그런데 우리 중에서 도와줄 방법을 아는 사람이 하나도 없었지. 이 문제를 제대로 이야기하지 않으면 우리는 하나씩 죽게 될 거야."

엄마가 눈을 가늘게 떴다.

"전에는 지금처럼 히스테리를 부리지 않았잖아. 치티가 너더러 이렇게 말하라고 했니?"

엄마는 언제나 심리치료사들을 의심해 왔다. 그쪽 종사자들을 심령술사나 신비주의 치료사들과 같은 부류로 보면서 절망에 빠진 바보들에게 돈을 뜯으려는 목적으로 생겨난 직업이라 여겼다. 하지만 에이버리는 엄마가 사실은 무서워하는 게 아닐까 생각했다. 에이버리와 동생들에게 나타난 문제를 심리치료사가 다 엄마 탓이라고 매도할까 봐 말이다. 난 내가 이렇게 된 게 엄마 탓이라고 생각하지 않아. 왜 엄마 탓이어야 하는데? 자신이 심리치료사와 결혼한 걸 두고 엄마가 배신감을 느낀 건 아닐까란 생각도 들었다. 단순히 환자와 상담사 사이에 있으면 안 되는 일이라는 상식을 배신해서만이 아니라, 엄마에 대한 배신이라고 생각해서 말이다.

에이버리는 온몸으로 마구 소리치고 싶었다. 하지만 상상을 초월할 만큼의 관대함을 발휘해, 자신의 아내를 향한 엄마의 공격을 무시하고 좀 더 부드럽게 접근하기로 마음먹었다.

"그럼 아빠가 술을 좀 많이 마시는 편이라는 건 인정해?"

엄마는 여기에 혹시 함정이 있는 건 아닐까 싶은 눈초리로 긴장한 채 방 안을 둘러보다가, 결국은 어깨에서 살짝 힘을 뺐다.

"그래. 그건 인정해."

"고마워. 난 아빠랑 엄마를 비판하려는 게 아니야. 그냥 걱정돼서 그래. 아빠가 오래 치료를 받아야 한다니까 걱정이 든다고."

"알아주니 고맙구나."

엄마의 목소리에는 경계심이 서렸지만, 그래도 턱에서 힘이 조금 빠졌다. 에이버리가 조심스럽게 말을 이었다.

"혹시 알아넌 가족 모임에 가본 적 있어?"

이건 잘못된 접근이었다. 엄마의 목소리가 대번에 반 옥타브나 올라갔다.

"거기 가서 자기 문제가 모두 남 탓이라며 질질 짜는 사람들 이야기나 듣고 앉아 있으라고? 가서 남편이랑 이혼하라는 소리나 들으란 거니? 아니, 고맙지만 사양하겠어!"

에이버리는 탁자 위에 손을 포개고서 이마를 얹었다. 패배감이 느껴졌다. 어쩌다 또 이렇게 됐지? 무슨 논리를 택한대도 여전히 답이 없는 상황으로 되돌아오기만 했다. 이게 소송 사건이었다면, 오래전에 포기했을 텐데. 지금도, 앞으로도 영원히, 난 엄마를 바꿀 수가 없을 거야. 에이버리가 지친 목소리로 대답했다.

"그런 게 아니야."

"그 모임이 뭔지 설명하려 들지 마. 이미 가본 적 있어."

에이버리는 고개를 번쩍 들었다. 처음 듣는 이야기였다.

"엄마가 갔다고? 언제?"

"에이버리, 그 사람들은 나를 평가하더라. 그 여자들이 날 아주 비판했다고. 나한테 자꾸 돌아오라고 하잖아. 아주 거룩한 척은 다 하는 년들이."

에이버리는 하마터면 웃을 뻔했다.

"그게 거기 슬로건이라서 그래. 새로 온 사람들한테는 다 그렇게 말할걸."

"난 무슨 문제아 취급 받는 거 싫다. 다 큰 애들을 넷이나 둔 성인이라고. 뭘 계속 하니 마니 이런 말 안 듣고 싶어."

"이젠 셋이잖아."

"뭐?"

"자녀는 이제 셋이라고."

엄마는 손에 든 행주를 비틀었다. 속으로는 감정이 요동치는지 모르겠으나, 목소리는 전혀 그런 기색 없이 냉랭했다.

"너희 직업군에서는 그런 꼼꼼한 자세가 유용할지 몰라도, 일반적인 대화를 나눌 때 들으니 무척 짜증스럽구나, 에이버리."

에이버리는 눈살을 찌푸렸다.

"그런데 왜 못 했어?"

"뭘 못 해?"

"왜 돌아가지 못했느냐고."

"내가 말했잖아…."

"아니, 엄마를 위해서 말고, 우리를 위해서라도 돌아갔어야지. 아빠랑 엄마가 안 가르쳐 주면, 괜찮게 사는 법을 누가 가르쳐 주는데? 우리가 누굴 보고 배우는데?"

엄마는 놀라서 그녀를 바라보았다.

"너를 좀 봐. 넌 지금 괜찮게 살잖아. 괜찮은 것 이상이지! 좋은 직업이 있잖아. 듣자하니 으리으리한 집에 산다던데. 예쁜 아내도 두고, 보니는 세계 챔피언이야. 말해 뭐 해? 러키는 온 세상 광고판에 다 사진이 붙은 애야. 그리고 니키는 애들한테 얼마나 사랑받았는데…."

엄마는 잠시 멈췄다가 말을 이었다.

"우리가 그토록 나쁜 부모였다면, 너희가 이렇게 잘됐을 리가 있어?"

에이버리는 고개를 저었다.

"엄마가 그런 말을 해서는 안 돼."

"뭐? 내가 뭘 어쨌다고?"

"우리가 이룬 성취를 가져다 본인이 능력 있는 부모였다는 증거로 디밀지 말라고. 그건 우리가 이룬 거야. 엄마 아빠가 한 게 아니야."

"아니, 얘! 지금 너희가 이룬 거라고 말하는 거잖아!"

"그리고 내 어린 시절이 어땠는지 말하게 하지 마. 어떻게 살았는지는 내가 잘 알아."

"또 그 소리네. 넌 맞고 자랐니? 굶고 자랐니? 정원 창고에서 살았니?"

"우리 집엔 정원이 없었어."

"말꼬리 잡지 마. 무슨 뜻인지 알잖아. 너희보다 못한 환경에서 큰 애들이 얼마나 많은지 아니? 너희는 나보다 더 좋은 환경에서 자랐어! 그런데 이제 와서 우리가 너희를 실망시켰다고 말하는 거니? 미안하지만 말이다, 너는 부모 탓을 할 나이는 지났어. '어린애 우대 카드'는 효력이 다했다고."

하지만 에이버리는 수그러들지 않았다. 그 모든 원망과 비난이, 오랫동안 어떻게든 극복하려 했던 모든 것이 한꺼번에 밀려왔다. 집을 청소하자, 신을 믿자, 타인을 돕자. 다 프로그램에서 배운 것들이었다. 하지만 지금 주변을 둘러보니 온통 더러움에 싸여 있지 않는가.

"내가 재활 치료를 받을 때 왜 날 혼자 뒀어? 그때 어디 있었어? 왜 엄마는 항상 아빠만 챙겨? 왜 우린 안 챙겨?"

"재활 치료 받는다는 말도 안 했잖아! 네가 우리에게 알리고 싶어 하지 않았잖아. 에이버리, 우리는 그 1년이 넘도록 네가 어디 있는지도 몰랐어!"

"나를 찾으려고 했었어야지!"

"했어! 경찰에 찾아갔어! 하지만 넌 스물한 살이고 네 자의로 떠났잖아. 우리에겐 아무런 법적 권리가 없었어. 다른 사람은 몰라도 너는 그 점을 알아야 해."

이건 모르던 사실이었다. 그리고 알게 된 지금의 고통은 에이버리가 오랫동안 느껴왔던 독선적인 분노보다 훨씬 심했다. 엄마가 자신을 찾지 않았다는 생각에 미칠 듯이 화가 났었지만, 찾으려고 노력했다 실패했다는 사실을 알게 되자 너무나 가슴이 아팠다. 이건 에이버리가 견딜 수 없는 수준이었다. 손바닥으로 눈을 누르고서 아이처럼 울고 싶었다. 작게 쪼그라들어서 엄마에게 번쩍 들려 가슴에 안기고 싶었다. 그렇게 다시 아기가 되어서, 맨 처음으로 돌아가고 싶었다. 엄마의 하나뿐인 딸이었던 시절로, 그래서 실망하거나 떠나보내야 하는 동생들이 없던 시절로 돌아가고 싶었다. 마약을 알게 되기 전으로, 집을 떠나기 전으로, 치티를 만나기 전으로, 인생을 망쳐버리기 전으로 돌아가고 싶었다. 하지만 그럴 수가 없었다. 그 누구로도 돌아갈 수가 없었다. 그래서 에이버리는 턱에 힘을 주고서 눈앞을 똑바로 노려보며 물었다.

"왜 안 올라왔어?"

"뭐?"

"어제. 우리가 모두 아파트에 있다는 걸 알면서도 왜 기다리지 않았어? 어제 엄마가 왔던 거 애들도 다 알아. 보니랑 러키 기분이 어땠을 것 같아?"

그리고 내 기분은 어땠을 것 같냐고. 에이버리는 속으로 생각했지만 굳이 말하진 않았다. 엄마는 고개를 떨구고는 나직하게 말했다.

"올라가고 싶었어."

"그런데 왜 안 왔어?"

"내가 나약해 보일 거라 생각해. 하지만 그 아파트에는, 니키 물건이 전부 있잖아…. 차마 들어갈 수가 없었어, 에이버리."

엄마는 식탁 맞은편에 와서 앉아 손바닥을 둘 사이에 올리고는 속삭였다.

"걔는 내 딸이었어."

니키는 엄마가 가장 사랑하던 딸이었으니. 그러면 안 되는 거였지만 사실이 그랬다. 니키는 자매들 중 유일하게 엄마 마음을 파고든 딸이었다. 억지로 한 게 아니라, 부드럽고 끈기 있게 관심을 주어서 마음을 뚫었다. 에이버리는 태양과 바람이 나그네의 외투를 벗기려고 경쟁하는 이솝 우화를 떠올렸다. 바람이 불고 또 불었어도 나그네는 그럴수록 외투를 더욱 단단히 여몄다. 이어서 태양이 부드러운 빛을 내며 나그네를 따스하게 비추자 결국 자발적으로 외투를 벗지 않았던가. 보니와 러키는 시도조차 하지 않았으나, 에이버리는 바람처럼 엄마에게 다가갔다. 무력으로 엄마가 변하기를 바랐고 또 원했다.

오로지 니키만이 태양이었다.

"그래, 엄마 딸이었지."

에이버리의 말에 엄마는 손깍지를 꼈다.

"니키 일은 감당할 수가 없었어. 우리 모두 그랬어. 하지만 부디 이해해 줘. 네가 말하는 걸 들어보면, 모두 다 내 잘못이잖아. 난 그걸 받아들일 수가 없어."

에이버리가 끼어들려 했지만, 엄마는 손을 들어 말문을 막고서 덧붙였다.

"그렇겐 못 해. 못 한다고…. 그게 사실이라면 난 앞으로 어떻게 살라는 거니."

에이버리는 식탁 너머로 엄마를 바라보았다. 검은 옷을 두른 모습이 어찌나 왜소해 보이던지. 이제껏 에이버리는 이런 엄마를 본 적이 없었다.

"엄마는 엄마가 되고 싶었어?"

에이버리는 이런 질문을 할 계획이 없었다. 그건 비난조가 아닌 슬픔이 깃든 질문이었다. 엄마는 마치 대답이 천장에 있다는 듯 눈을 들어 위를 보았다. 그러더니 마침내 입을 열었다.

"솔직하게 말해? 나는 누군가의 아내로 살고 싶었어. 하지만 엄마로 살고 싶었는지는 모르겠구나."

엄마는 서글프게 웃으며 덧붙였다.

"하지만 아내로 살려고 하니까 엄마로도 살아야 하더라."

에이버리는 엄마를 바라보다가 불현듯 공포를 느끼며 깨달았다. 지금 엄마는 자신의 감정을 자세히 설명하고 있구나.

"그런데 왜 아이를 넷이나 낳았어?"

엄마는 어깨를 으쓱였다.

"천주교인이잖니."

"이유가 그뿐이야? 우리 가족의 존재를 설명해 주는 게 그거 하나야? 게다가 엄마는 종교가 없잖아."

"그래, 나는 천주교인이 아니긴 하지. 우리 집안은 국교회를 믿었지만 그건 너도 알다시피 별 의미가 없어. 하지만 너희 아버지는 종교가 있었지."

"우린 성당에 간 적도 거의 없었는데!"

"나는 특정 교파가 아닌 문화적 관점에서 말하는 거야."

"그래서 그냥 아빠가 시키는 대로 임신한 거야? 미쳤구나."

"그때는 시대가 달랐어. 난 스물셋에 결혼했다고. 지금의 너보다 열 살이나 어렸을 때야. 그게 어떤 건지 넌 상상도 못 할 거다."

"그렇지만 중세 시대인 것도 아니었잖아, 엄마. 아이를 낳기 싫다고 말할 수 있었을 거 아냐."

엄마가 한숨을 쉬었다.

"난 그게 이토록 힘들 줄은 몰랐어. 엄마가 된다는 건 정말 충격적인 일이란다, 에이버리. 달에 착륙한 수준이야. 모든 게 다 변해."

엄마는 얇은 눈썹 아래로 딸을 바라보며 덧붙였다.

"널 키울 때가 제일 힘들었어."

"그래. 미안해."

에이버리가 말했다. 여기다 대고 무슨 말을 한단 말인가? 자신은 낳아달라 요구한 적도 없는데.

"다른 애들을 키울 때는 좀 나아지긴 했지만, 실은 나도 알고 있었어. 내가 마땅히 해야 하는 식으로 너희와 유대감을 형성하지는 못했다는 거 말이야. 출산한 다음엔 늘 그냥… 무감해지더라."
　엄마는 고개를 젓다가 말을 이었다.
　"지금에야 그때의 내가 겪은 현상을 가리키는 말이 있지만, 그땐 의사들이 살아보라고만 말하더라고. 그런 건 아주 수치스러운 일로 여겨졌단다. 세상 어떤 엄마가…."
　엄마는 차마 말을 잇지 못했다.
　"어쨌든, 이제 와서 그걸 들춰봤자 무슨 소용이겠니."
　에이버리는 엄마의 얼굴을 찬찬히 살펴보며 물었다.
　"아빠랑 이야기는 해봤어?"
　엄마는 곧바로 손을 내저었다.
　"아, 남자들은 그런 거 이해 못 해. 어쨌거나 네 아버지는 너희들과 경쟁 관계였잖니. 다들 내가 줄 수 있는 것보다 많은 걸 원했고. 지금은 전혀 아니지만!"
　엄마는 메마른 웃음을 내뱉었다. 에이버리는 최대한 평탄한 어조로 물었다.
　"혹시 이혼할 생각 해본 적 있어?"
　"가끔 있었지."
　에이버리는 심하게 놀란 마음을 애써 숨겼다. 엄마가 탁 터놓고 대답하리라고는 예상하지 못했다. 엄마는 몸을 뒤로 젖히면서 피곤하다는 듯 한숨을 내쉬었다. 지금 한 말이 자신의 속내를 완전히 새로이 드러낸 것이라기보다는, 백번이나 반복했던 말을 또 해보라고 강요받은 것이라는 식이었다.
　"난 괜찮은 계획을 세웠던 적이 없어. 내가 뭘 할 수나 있었겠니? 너희를 모두 데리고 영국으로 돌아가면 좋았을까? 그러면 어디서 살아? 우리 부모님은 벌써 돌아가셨는걸. 아니면 양육권을 네 아빠에게 주고 가버릴까? 난 이미 그런 상황을 겪어봤어…. 네 아빠의 음주 문제가 심하다고 생각하니? 우리 아빠는 더 심했어."

엄마가 멍하니 허공을 바라보다 나직하게 덧붙였다.

"아버지란 사악한 존재야."

"엄마가 이혼까지 생각했을 줄은 몰랐어."

엄마는 손바닥을 식탁에 쾅 내리쳤다.

"그리고 난 네 아버지를 사랑했어! 이해했다고! 그이는 술을 통제하려고 최선을 다했고, 난 그런 방식이 너희들을 더 잘 보호할 방법이라고 생각했어. 난 너희들과 우리를 계속 떼어놓았어. 너도 알겠지만, 너희가 서로를 의지할 거라는 걸 알고 있었다고. 그리고 동생들에겐 네가 있었잖아. 적어도 너희가 나름 어엿한 여성으로 자라날 수 있을 거라고 믿었고. 실제로 다 잘 컸어. 네 스스로를 보라고."

에이버리의 목소리가 속삭임처럼 흘러나왔다.

"하지만 난 준비도 못 한 채로 동생들을 떠맡았어. 나도 돌볼 수 없는 상황이었는데."

엄마는 쓸데없는 소리라는 듯한 손짓을 했다.

"하지만 해냈잖아."

"니키는 아니었잖아. 난 니키를… 지키지 못했어."

엄마가 식탁 위로 손을 뻗더니 에이버리의 손을 세차게 잡았다. 그 힘이 어찌나 세던지 들쥐를 발톱으로 꽉 잡은 매의 기세 같았다. 엄마의 강렬한 눈빛을 보자 에이버리는 무서워졌다.

"그렇게 생각하니? 그게 네 잘못이라고 생각해?"

"엄마가 그렇게 말했잖아. 동생들이 의지할 사람은 나였다고."

"학교에서 집으로 데려오라는 거였지, 평생 걔들 뒤치다꺼리하라고 한 건 아니야!"

에이버리는 고개를 저었다.

"하지만 난 걔들을 떠났어. 두 번이나. 처음에는 캘리포니아로, 나중에는 런던으로 떠나버렸지. 난 치티와 살면서 좋은 직업을 누리며 아주 행복했어. 하지만 그건 이기적인 처사였다는 걸 이젠 알아. 니키가 어떻게 살고 있는지 알아봤어야 했어. 여기로 돌아와야 했다고."

"네가 뉴욕으로 왔다면 니키를 구할 수 있었을 거라 생각해?"

"모르겠어. 그렇지 않았을까?"

어린애의 순수함이 드러나는 말투로 답했다. 그러자 엄마는 대단히 보기 드문 반응을 보였다. 식탁을 빙 돌아오더니 에이버리를 품에 안았던 것이다. 딸의 머리를 가슴에 품고, 아기를 어르듯 부드러운 소리로 달래면서 짙은 머리카락을 쓰다듬었다.

"잘 들어. 내 말 명심해."

엄마는 에이버리의 귓가에 입을 가져다 대고 격하게 속삭였다.

"넌 그렇게 대단한 존재가 아니야."

엄마는 에이버리가 시골까지 왔으면 당연히 갓 낳은 달걀을 모아봐야 한다고 고집을 부렸다. 그래서 그녀는 닭장 옆 흙바닥에 무릎을 꿇고서 어둡고 고요한 암흑 속으로 더듬더듬 손을 뻗었다. 마침내 손끝에 익숙한 형체가 잡혔다.

"아직 따뜻해!"

에이버리가 소리치자, 엄마는 짚을 채운 구두 상자를 내밀었다.

"여기다 담아. 예전에는 하루에 한 번 아침에만 달걀을 꺼냈는데, 그러다 달걀이 깨지면서 닭들이 노른자를 먹기 시작했거든. 그 바람에 애들이 맛들렸나 봐. 보아하니 그럴 수도 있다네. 이제는 하루에도 몇 번씩 확인해야 해. 안 그러면 애들이 간식으로 달걀을 쪼아서 깨 먹으니까."

"자기가 낳은 알을 먹어? 역겹다."

엄마는 세차게 코웃음을 쳤다.

"너희들은 참 도시에서 자란 티를 내네. 잔혹한 자연 속에서 키웠어야 했는데. 그러면 더 강하게 컸으련만."

"뉴욕에서 자랐다고 약하게 큰 것 같아? 자연사박물관 바깥에서 현장 학습을 했는데, 노숙자가 우리 반 애들이 다 보는 앞에서 침낭에 들어가 자위를 했다고. 그게 저 닭들보다 더 끔찍했거든?"

엄마는 웃음을 지었다. 자신의 말에 엄마가 웃다니, 에이버리는 예상치 못한 즐거움을 느꼈다. 에이버리는 달걀을 하나 더 찾아서 건넸다. 그런데 손을 빼기 전에 엄마가 손을 덥석 잡았다.

"지금 무슨 일 있어? 왜 이리 슬퍼 보여?"

에이버리는 놀라서 엄마를 바라보다가, 손을 홱 잡아 뺐다.

"무슨 소리야? 슬퍼 보인다고? 그럼 아마 니키 생각을 하고 있어서 그런가 보지."

엄마가 까치발을 들더니 눈살을 찌푸린 채 에이버리를 가만히 살펴보았다.

"그런 게 아닌데."

그토록 오랫동안 날 제대로 봐준 적 없었으면서, 어떻게 지금은 또 정확히 날 파악하는 거지? 엄마, 너무 늦었어. 에이버리는 속으로 생각했다. 그러나 엄마가 알아주기를 바라는 욕망이, 마침내 엄마의 눈길을 받고 싶다는 욕망이 에이버리를 끌어당겨 결국 둘은 서로를 마주 보았다.

"나 치티를 두고 바람피웠어."

그녀의 말에 엄마는 고개를 끄덕였다. 주변에 있던 닭들이 증인처럼 꼬꼬댁거렸다.

"남자랑 잤어."

이 말에도 엄마는 다시 고개를 끄덕였다.

"그런데 치티가 알아버렸어. 지금 치티는 나랑 각방을 써. 그래서 여기 온 거야."

에이버리가 말을 마치자 엄마는 마지막으로 고개를 끄덕였다. 무슨 반응을 하려나 기다렸지만, 엄마는 고대의 사도처럼 무릎을 꿇고 앉은 채로 차분하게 눈을 깜빡이기만 했다. 에이버리는 짜증 어린 소리를 작게 내뱉었다.

"뭐라고 말 좀 해. 나 지금 인생이 급속도로 망해가고 있잖아."

엄마가 건초 한 가닥을 집어 손가락 사이로 돌리며 대답했다.

"너도 내 나이쯤 되면 알 거야. 아무리 잘못된 길을 가도, 결국에는 맞는 곳으로 가긴 하더라."

"대체 그게 무슨 소리야?"

에이버리가 대꾸하자 엄마가 그녀를 똑바로 바라보았다.

"아니, 넌 알면서 그러니."

에이버리는 한숨을 쉬었다.

"치티는 아이를 갖고 싶어 해."

"너는?"

"난 아니야."

이 말을 입 밖으로 내자마자 어쩐지 배신한 것만 같아서, 에이버리는 얼른 덧붙였다.

"알잖아. 모르겠어."

"넌 어릴 적에도 아이는 갖고 싶어 했던 적이 없었지."

"엄마가 그걸 어떻게 알아?"

"네가 말해줬다니까! 넌 언제나 그 말을 입에 달고 살았어. 난 그 소리가 날 비난하는 말이라고 생각했지. 넌 태어나고 싶지 않았는데 어쩔 수 없이 세상에 나왔다는 걸 나한테 돌려서 말하는 거라고 생각했다고."

"그랬을 거야. 하지만 지금은 안 그래."

"음, 지금은 어때?"

에이버리는 메마르게 웃었다.

"차라리 태어나지 않았길 바라냐고? 그거야 항상 그렇지."

"아니, 아이를 갖고 싶냐는 거야."

엄마는 엷게 웃으며 덧붙였다.

"애 낳고 싶어 하지 않는 건 너나 나나 마찬가지구나."

에이버리는 이제 어떻게 해야 할지 누군가 알려주기를 원했다. 그래서 엄마가 답을 주면 좋겠다고 바랐지만, 당연히 엄마는 그럴 수가 없었다. 본인이 어떻게 살아야 할지도 몰랐던 사람이 딸들이 어떻게 살아야 하는지 어찌 알겠는가. 에이버리는 이제야 깨달았다. 우리 가족은 지침이란 게 없어도 너무 없구나. 적어도 찰리의 엄마는 신을 믿었고, 찰리 본인은 신을 믿지 않더라도 엄마의 신앙을 믿었다. 그렇다면 에이버리의 엄마는 무엇을 믿었는가? 바로 아버지를 믿었다.

그러면 아버지는 무엇을 믿었는가? 알코올을 믿었다. 엄마는 에이버리에게 실망을 느끼면서도 살아남는 여자들의 능력을 믿으라고, 그것 외에는 아무것도 믿지 말라고 가르쳤다. 하지만 이 모든 상황에도 불구하고 에이버리는 엄마의 조언을 받고 싶었다.

"나 어떡해? 엄마라면 어떻게 했을 것 같아?"

엄마는 손가락 사이로 건초를 배배 꼬면서 생각에 잠겼다.

"그 남자를 사랑하니?"

"찰리? 아니야! 세상에, 전혀 아니라고. 그 남자는… 그런 게 아니야. 난 남자랑 사귀고 싶지 않아. 난 레즈비언이야, 엄마."

"그러면 치티를 위해 살아. 너한테는 치티밖에 없다는 걸 보여줘."

에이버리는 엄마 뒤로 으스대며 걷는 닭 한 마리를 보았다. 고개를 흠칫거리며 돌려대는 게 꼭 고장 난 로봇 같았다.

"어떻게 보여주는데?"

그녀가 묻자, 엄마는 미소를 지으면서 손을 벌렸다.

"원하는 걸 주면 돼."

"그런데 못 주겠다면?"

엄마는 지푸라기를 떨어뜨리고 손바닥을 털었다.

"그럼 너는 잘못을 용서받으려고 하지 말고, 그냥 네 인생을 살아가도 되는 거겠지."

에이버리는 엄마와 함께 앉은 자리 위로 그늘이 되어준 물푸레나무를 올려다보았다. 이파리 사이로 햇살이 가닥가닥 비쳐 들었다. 따스한 바람이 휙 불어와 이파리가 파르르 떨며 소리를 냈다.

"엄마, 여기서 사는 거 괜찮아? 혼자서?"

엄마는 손에 든 달걀을 빤히 쳐다보며 말했다.

"내 걱정은 할 필요가 없단다, 얘."

내 걱정은 할 필요가 없다고, 에이버리는 이제껏 이 말을 동생들에게 얼마나 많이 해왔던가. 그녀는 엄마 옆에 앉아서 땅바닥에 다리를 쭉 뻗었다. 어릴 적에는 아버지가 없는 곳으로 멀리멀리 엄마와 동생들을 데려다 다 같이 살고 싶었다. 여자들만 사는 세상, 그게 자신의 꿈이었는데.

"아파트에 와서 보니, 러키랑 잠깐 살아보지 않을래? 아빠가 돌아올 때까지. 나도 있을게. 재미있을 거야."

그녀는 이렇게 물으며 미소를 지었다. 하지만 엄마는 에이버리의 머리에 손을 얹더니 세차게 흔들었다.

"딸, 우리는 그 집 팔 거야. 새출발할 때가 됐어."

에이버리의 얼굴이 일그러졌다.

"아니야, 엄마. 니키가 죽은 지 얼마 안 됐는데 집까지 팔면 너무 상실감이 크잖아. 부탁이야…."

엄마가 입을 열려 했지만, 에이버리가 손을 들어 막았다.

"내가 아빠 요양원 비용 낼게. 대출도 갚을게. 그러니까 부탁이야."

엄마는 가느다란 눈썹 아래로 놀란 눈빛을 보였다.

"너 얼마 버는데?"

"재수 없게 많이 벌어."

그 말은 과장이었지만, 어떻게든 해낼 마음이었다. 엄마를 설득해야 했다. 하지만 엄마는 일어나서 검은 옷자락을 털고는 에이버리에게 일어나라며 손을 내밀었다.

"아니야. 더는 모두를 구하려고 하지 마. 네 동생들도 얼른 커야지. 우리 모두 그래야 해."

에이버리는 엄마의 손을 잡고 어렵사리 몸을 일으켰다.
"그럼 나는 어떡하라고?"
그녀는 기어 들어가는 목소리로 물었다. 엄마는 에이버리의 뺨에 손을 대고는 손등으로 부드럽게 쓸었다. 에이버리는 자신이 엄마와 닮은 점을 본 적이 전혀 없었지만, 동생들이 닮은 점은 보았다. 러키는 엄마의 날카로운 송곳니를 닮았다. 보니는 엄마의 갸름한 코를 닮았다. 니키는 엄마의 튤립 모양 얼굴형을 닮았다. 엄마는 모든 딸에게 다 자신의 모습을 조금씩 심어놓았다. 그렇다면 나는 엄마의 어떤 모습을 닮았을까. 문득 아래를 내려다보니 색색깔의 실로폰 막대를 쪼아대는 닭 떼가 보였다. 닭들은 함께 실로폰을 치는 것처럼 각자 때맞춰 막대를 건드렸다. 놀랍고도 즐거운 소리였다.
"에이버리, 저게 바로 닭에게 실로폰을 준 이유란다."

에이버리는 물론이고 엄마에게도 놀랄 일이 일어났다. 에이버리가 북부 시골에 더 있다 가기로 한 것이다. 그녀는 엄마의 낡은 잠옷을 입고서 커다란 철제 침대에 누워 함께 이틀 밤을 잤다. 낮에는 엄마와 함께 정원을 가꾸고 닭들을 돌보고 노랗게 변색되어 가는 아버지의 펭귄 클래식 문고판 전집을 골라 읽었다. 이제 모녀는 에이버리가 처음 도착했을 때처럼 직설적으로 말하지 않았다. 할 말은 다 했기에 지금은 정다운 침묵 속에서 시간을 보냈다. 보니가 태어난 이후로 에이버리가 엄마와 이렇게 단둘이서 오랫동안 시간을 보낸 건 처음이었고, 그녀는 이 시간이 얼마나 편안한지 느끼고서 놀랐다. 사실 자신은 엄마랑 같이 시간을 보내고 싶어 하는 여자들을 보면 항상 놀라웠다. 엄마랑 같이 주말여행을 갈 계획을 세우거나, 엄마랑 둘이서 데이트하는 여자들 말이다. 물론 그 즐거움이 진심 같아 보이긴 했지만, 에이버리는 내심 속으로 양쪽 모두 진짜 즐겁지는 않을 거라고 의심도 했다. 그런데 지금 에이버리는 살짝 놀라며 생각했다. 나도 어쩌면 그런 여자들처럼 될 수 있겠구나. 적어도 그러고 싶은 마음이 뭔지는 알 것 같아. 엄마와 함께 시간을 보내니 따스한 손으로 진흙을 주무르는 것처럼 온몸이 부드러워졌다. 그러다 둘째 날이 끝나갈 무렵, 에이버리는 어느새 보니와 러키에게 돌아가고 싶어졌다. 동생들을 다시 어루만져 평화를 이루고 싶었다. 동생들이 자신을 다시 받아주기만 한다면 바랄 것이 없을 것 같았다.

사흘째 아침, 에이버리는 해가 뜨기도 전에 일어나 가장 빠른 특급 열차를 타고 뉴욕으로 돌아왔다. 그래서 삐죽빼죽한 스카이라인 위로 태양이 떠오르기 시작할 때쯤 아파트에 도착했다. 아직 동생들이 자고 있을 거라 생각했다. 그래서 짐만 슬쩍 갖다놓고 모퉁이 식당에서 아침 식사 거리를 사서 화해의 선물로 주면 되겠다 싶었다. 하지만 복도에 살금살금 들어선 순간, 화장실에서 나직하게 흘러나오는 소리가 들렸다. 닫힌 화장실 문 밑으로 노란 불빛이 가늘게 보였다. 에이버리가 문을 열고 들어가자 변기 뚜껑을 덮어놓고 러키가 앉아 있었다. 무릎에 체리빛 깁슨 기타를 올려놓은 채였다. 에이버리가 들어서자 러키는 슬쩍 위를 보더니 연주를 멈추었다.

"언니 왔네."

러키의 표정이 부채처럼 아주 잠깐 펴졌다가 도로 닫혔다. 그녀가 냉담하게 덧붙였다.

"근데 노크도 안 하고 들어와?"

"그거 네 기타야?"

에이버리가 묻자, 러키는 약간 민망한 기색으로 기타를 다리 사이에 내려놓고서 무뚝뚝하게 대꾸했다.

"아니, 훔쳤어. 특권층의 문제아들은 다들 이런 식으로 살잖아?"

에이버리는 돌아서서 보니를 깨우지 않으려고 조심스럽게 문을 닫았다. 러키는 지금 그 말이 얼마나 정곡을 찔렀는지 모를 터였다. 하지만 난 더는 물건을 훔치지 않아. 에이버리는 속으로 생각했다. 다 지난 일이다. 여기 올 때까지만 해도 분명한 의도가 있었건만, 동생 앞에 서자마자 또 마음이 혼탁해졌다. 러키는 아무리 봐도 화해할 준비가 안 되어 있었고, 그걸 보자 에이버리의 결심도 흔들렸다. 왜 막냇동생은 멀리 있을 때는 참 애틋한데, 가까이 있을 때는 사랑하기가 힘든 걸까? 에이버리는 다시 러키를 돌아보며 말했다.

"그렇게 사는지 아닌지는 나야 모르지. 남 판단이나 잘도 해대는 쌍년답게 좀 알아볼게."

"난 남 판단이나 잘도 해대는 년이라고 했어. 내가 언제 쌍년이란 말을 썼어?"

"아하, 그래. 그럼 기분 나쁠 건 없지. 그 점은 알게 되어 다행이네."

그러자 러키의 입꼬리에 아주 살짝 미소가 스치는 게 보였다.

"화장실 쓸 거야? 그럼 나갈게."

러키가 일어나며 물었다. 에이버리는 앉으라고 손짓했다.

"아니야. 넌 하던 거 계속해. 내가 나갈게."

러키는 에이버리를 막지 않았다. 에이버리는 문을 향해 돌아서서 손잡이를 잡다가 그대로 멈췄다. 나 지금 뭐 하는 거야? 난 언니잖아. 내가 어른답게 행동하지 않는다면, 대체 누가 어른 노릇을 해?

"근데, 방금 그거 좋더라. 네가 연주한 곡 말이야. 마음에 들어."

러키는 아무런 대답이 없었다. 에이버리는 문을 열고서 밖으로 살그머니 나갔다. 그 순간, 러키의 목소리가 들렸다. 낮지만 진심 어린 목소리였다.

"정말 그렇게 생각해?"

에이버리는 몸을 돌려 다시 화장실로 들어가 도로 문을 닫았다. 그리고 고개를 끄덕였다.

"응. 네가 뭘 연주하는 거 진짜 오랜만에 듣네."

러키는 기타를 옆에 내려놓고서 에이버리를 지그시 쳐다보았다. 뭔가 말할까 말까 고민하는 눈치였다.

"이 기타, 새로 생긴 스폰서가 빌려줬어."

러키가 드디어 입을 열었다. 에이버리는 자신이 어떤 반응을 보일지 경계하며 바라보는 러키의 눈빛을 느꼈다. 정말 예쁜 얼굴이었다. 살짝 떨리지만 지적인 눈빛이 아주 부드럽게 유인해야 손바닥 위에 놓인 먹이를 먹으러 다가와 주는 우아한 사슴 같았다.

"네 스폰서가 빌려줬다고?"

에이버리는 느릿하게 말을 되풀이하며 시간을 끌었다. 이게 자신이 생각하는 의미가 맞다면, 아주 조심스럽게 접근해야 하는 상황이었으니까. 이 순간을 망치고 싶지 않았.

"도심에 있는 모임에서 만났어."

러키는 아무렇지 않은 척 말했지만, 이 말을 하기까지 얼마나 노력했는지 에이버리에겐 다 보였다.

"내가 기타를 연주했었다고 하니까, 스폰서가 그러더라고. 지금 내 기분이 어떤지 가사로 써보면 회복하는 데 좋을 거라고."

에이버리는 천천히 마른침을 삼켰다. 눈물이 핑 돌았다.

"그래서 효과가 좀 있었어?"

러키가 어깨를 으쓱였다. 에이버리는 한 발짝 다가서면서 목소리를 애써 차분하게 내보았다.

"러키, 나 진짜….'

"있지, 난 이걸로 호들갑 떨고 싶지 않아. 언니는 내 인생이 망했다고 생각하지. 나도 알아. 어쩌면 이젠 너무 늦었을 수도 있겠지. 하지만 그래도 난 노력 중이야. 알겠어? 노력하고 있다고."

잉글랜드 축구 팬들이 하는 말 중에 '희망 때문에 죽는다'라는 말이 있다. 승리를 함부로 꿈꾸다가 패배하면 더욱 쓰라린 법이라는 뜻이다. 기대를 낮추는 것이야말로 영국인들이 살아가는 방식이었다. 실용주의로 포장한 보호 본능, 그게 바로 엄마가 언제나 택한 방식이었다. 하지만 에이버리는 미국인이었다. 그래서 그녀는 희망을 믿었다. 아침에 콘플레이크를 먹을 때면 지역 뉴스를 틀어놓고 생판 모르는 사람을 구하려고 지하철 선로에 뛰어든 사람들의 이야기를 들으면서 희망을 함께 먹었다. 그리고 금주하기야말로 더없는 희망 그 자체였다.

하지만 에이버리는 현실주의자이기도 했다. 그녀는 알고 있는 사실이 많았다. 중독이란 치료법이 존재하지 않는 만성질환이며, 매일 하루씩 미뤄가는 것뿐이고, 여타 등등. 사람들은 대부분 금주를 계속 실천하지 못했다. 익명의 알코올중독자들 모임에 가서 목격한 사실이었다. 90일째 금주를 기념하는 사람들은 수십 명 나온다. 1년에서 5년 동안 금주했다며 기념하는 사람은 한 자릿수로 줄어든다. 5년에서 10년 동안 금주를 기념하는 사람은 그보다 소수다. 그리고 10년을 넘기는 사람은 운이 좋으면 한두 명 나올까 말까 할 정도로 드물다. 나머지 이들은 모두 어디에 있을까? 직장과 가정의 일로 바빠져서 모임에 참석하지 않게 된 이들도 있지만, 대부분 다시 술을 마셨다. 수많은 사람이 술을 너무 많이 마시거나 만성질환을 앓았다. 죽은 사람도 여럿 되었다. 에이버리는 어떻게 오래 버틴 소수의 행운아가 될 수 있었을까. 알 수 없었다. 다음 주가 벌써 자신의 금주 10주년 기념일이라니, 믿을 수가 없었다. 10년이라. 처음에 금주를 시작했을 때는 10년이 100년만큼이나 달성하기 아득한 목표 같았다. 그동안 보고 배운 건, 사람들이 대개는 버티지 못한다는 사실이었다. 그리고 알코올중독자들은 대부분 모임 장소에 가는 것조차 못 했다.

하지만 누군가는 분명히 갔다. 대체 어떤 기적 덕분인지는 몰라도, 러키도 그중 하나가 되었다. 만약 중독이 가족의 유전이라면, 회복도 유전일 수 있지 않을까. 아, 다시금 에이버리 안에서 무언가 둥실 떠올랐으니, 그것은 위대하고 유치하고 알록달록한 미국적인 것, 바로 낙관주의였다. 어쩌면 러키에겐 통할지도 몰라. 어쩌면 이 애가 괜찮아질지도 몰라. 에이버리는 어쩔 수 없이 이렇게 생각하고 말았다. '어쩌면'이라는 말은 다년생 잡초처럼 화사하고 튼튼하게 피어올랐다. 참으로 아름답지만 심은 적 없는 잡초들은 언제나 틈을 찾아냈다. 그녀는 희망을 품고 또 품고 다시 품었다.

"러키, 일어나."

러키는 경계심 어린 눈으로 큰언니를 바라보았다.

"왜?"

에이버리는 심각한 표정을 지으려고 했지만, 어쩔 수 없이 미소가 지어졌다. 갑자기 왈칵 쏟아진 눈물이 볼을 타고 흘러내렸다. 참지 못하고 나와버린 눈물은 뜨거웠다.

"내가 너 죽도록 꺼안아주려고."

러키는 잠시 경계 태세를 갖추었다가, 이내 환한 미소를 지으며 일어섰다.

"하지만 난 아무것도 안 했는데."

에이버리가 막냇동생을 두 팔로 그러안고는 가만히 몸을 붙였다. 그리고 러키의 부드럽고 둥근 귓가에 속삭였다.

"내 경험으로 보자면, 아무것도 안 하는 게 제일 어려운 거야."

에이버리와 러키는 계속 화장실에 앉아서 회복 과정에 대해 온갖 이야기를 나누었다. 아직 단계를 시작 안 했다고? 스폰서가 정말로 버터라는 영국 펑크 가수라고? 그래, 구호는 유치하지만 의외로 쓸모가 있다니까. 그러다 보니가 남성용 트렁크 팬티와 골든 링 체육관 티셔츠 차림으로 화장실에 들어왔다가 둘을 보고 깜짝 놀랐다.

"둘 다 여기 있었네."

보니가 졸린 목소리로 말하자 에이버리는 러키의 손을 놓고서 보니에게 미소를 지었다.

"우리 때문에 깼어?"

"새벽 5시 넘었잖아. 나 보통 이때 일어나. 여기서 뭐 해?"

러키는 기분 좋게 어깨를 슬쩍 으쓱였다. 둘 사이가 편안해진 걸 본 에이버리는 자신의 도움 없이도 둘이서 화해했다는 걸 알았다.

"화해 중이야."

에이버리의 말에 보니가 대답했다.

"오, 진짜 다행이다. 나도 껴도 돼?"

보니는 언니와 동생에게 달려들어 둘을 덥석 안았고, 그렇게 셋은 서로를 안고 흔들고 웃어대고 더 꽉 껴안고 더 많이 웃었다. 이윽고 셋이 떨어지자, 보니는 세면대로 가서 양치를 시작했다.

"이건 왜 여기 있어?"

보니가 거울 속에서 변기 옆에 세워놓은 기타를 보고서 물었다. 에이버리가 러키를 가리켰다.

"얘가 곡을 썼어."

"정말 대단하다, 러키! 들려줄 수 있어?"

보니는 입에 칫솔을 물고서 소리쳤다. 러키는 기타를 가슴에 얼른 껴안고 외쳤다.

"안 돼!"

"아, 왜에에에에, 들려줘어어어."

에이버리가 졸라댔다.

"둘이 보는 앞에서는 못 해!"

"그럼 눈을 감고 있을게."

보니가 말했다.

"안 믿어. 뜰 거잖아."

에이버리가 샤워 커튼을 확 열어젖히곤 욕조를 가리켰다.

"자, 여기 들어가. 커튼을 쳐줄게. 그럼 안 보이겠지."

약간의 설득을 거친 끝에, 에이버리와 보니는 어찌어찌 러키를 욕조에 밀어 넣고서 커튼을 쳐서 가렸다. 러키의 목소리가 커튼 뒤에서 조심스럽게 흘러나왔다.

"웃지 않을 거지? 약속하지?"

에이버리는 보니에게 마음이 녹을 듯 애틋하다는 눈빛을 보냈고,

보니 역시 곧바로 같은 눈빛으로 언니를 바라보았다. 둘은 입을 모아 외쳤다.

"약속해!"

보니는 세면대에서 입을 헹구고 칫솔을 닦은 다음, 언니와 함께 화장실 바닥에 앉았다. 러키는 구슬픈 가락으로 이루어진 두 음을 반복해서 쳤다. 그러다 아주 나직한 목소리로 노래를 시작했다.

부드럽고도 낮은, 그리고 살짝 쉰 러키의 목소리는 에이버리가 예상했던 것과는 달랐다. 그 소리는 으르렁대는 것도, 가르랑대는 것도 아닌, 즐거움의 심장부에 숨겨진 고통을 표현하려고 만든 소리였다. 러키는 니키에 대한 노래를 부르고 있었다. 누군가를 완전히 알지도 못하면서 사랑하는 마음을 표현하는 노래를 러키는 속삭여 불렀다. *만약 네가 나랑 쌍둥이였다면, 너의 고통을 나도 나눠 느낄 수 있었을까?* 에이버리는 눈을 감았다. 자신도 그 고통을 나누고 싶었다. 어쩌면 그렇게 해서 그 애를 지켜줄 수 있지 않았을까. 하지만 그들은 쌍둥이가 아니라 자매였다. 같은 곳에서 왔지만, 같은 시간에 오지는 않은 자매라는 사이. 자매들에게 느끼는 친밀함과는 별개로, 자신이 모르는 것 역시 아주 많다는 걸 알고 있었다. 에이버리는 눈을 떴. *아니, 우리는 절대로 그 고통을 나눠 가질 수 없을 거야. 하지만 다른 걸 갖도록 선택할 수는 있을 거야.* 이 노래는 마침내 러키가 자신에게 건네주는 열쇠 같았다. 그리고 에이버리도 동생들에게 열쇠를 줄 수 있었다. 자신을 드러내 보여줄 수 있게 되었다. 러키가 노래를 마치자, 에이버리와 보니는 샤워 커튼을 확 젖히고 환호성과 함성을 지르며 동생에게 펄쩍 달려들었고, 셋은 욕조 안에 끼여 선 꼴이 되었다. 러키는 못마땅한 소리로 울부짖었지만, 그럴수록 언니들은 동생을 꼭 껴안았고, 결국 러키도 순순히 안겼다.

세상에는 낭만적인 사랑에 대한 노래가, 이런 포옹이 얼마나 깊은 의미인가에 대한 노래가 참 많다. 하지만 이 순간 역시 환희로, 노래로 표현되어야 마땅하다고 에이버리는 생각했다. 자신은 연인의 몸을 알기보다 자매들의 몸을 먼저 알았다. 동생들의 기다란 발과 밝은 눈망울, 매끄러운 팔다리와 구부러진 귀를 보며 자신의 모습을 볼 수 있었다. 인생이 거대해지고 어려워지기 전, 자매들과 함께 지냈던 순간은 그저 좋았다. 어두운 아침, 부모님이 아직 잠든 시각, 어린 동생들이 하나씩 자신의 침대로 다가왔던 그때. 머리칼을 잔뜩 헝클어뜨린 모습으로, 아침 특유의 달콤하고 새콤한 분내를 풍기며 다가왔던 아이들. 그러면 자신은 동생들이 올 때마다 이불을 들어 올려주었고, 이층 침대 아래층으로 몰려온 아이들은 서로 몸을 딱 붙인 채로 다시 잠들었다. 강아지들이 어미의 따스한 배 주위로 몸을 말고 자듯이 동생들이 새근새근 잠들면, 자신도 동생들에게 둘러싸인 채로 안전하게 잠들었다. 어디서 끝나고 또 어디서 다시 시작되는지 알지도 못하고 알 필요도 없는 채로. 보니와 러키 사이에 꽉 끼어 있는 지금, 이 애들에게 느껴지는 마음을 굳이 사랑이라고 말할 필요조차 없었다. 이 애들이 사랑이었다. 아름답고도 견딜 수 없는 자신의 소유였다.

일주일 후, 에이버리는 집으로 돌아오라는 연락을 받았다.
"이제 말할 준비가 됐어."
치티는 전화로 이렇게만 말했고, 에이버리는 다음 날 비행기표를 예약했다. 오후 비행기라 보니는 체육관에서 일찍 돌아왔고, 러키는 시내에서 머물면서 마지막으로 같이 점심을 먹기 위해 기다렸다. 셋은 모퉁이의 식료품점에서 베이글을 사서 공원으로 향했다. 그리고 놀이터 근처 느릅나무 그늘 아래 있는 벤치에 나란히 앉아 빵을 먹었다. 나뭇가지들이 우거진 사이로 보이는 화창한 여름날의 하늘은 수영장처럼 새파랬다. 저 견과류 파는 노점에서 풍겨 오는 캐러멜 땅콩 향기가 깎아놓은 잔디와 쓰레기, 말똥과 택시의 매연 내음과 한데 뒤섞였다. 오로지 센트럴 파크에서만 맡을 수 있는 향기였다. 에이버리는 눈을 감았다.

자매끼리 니키의 유품을 함께 정리하고 서로의 인생 이야기를 몇 시간이고 떠들어댄 최근 며칠은 참 행복했다. 에이버리는 아버지가 재활 시설에 도로 입소한 소식과 엄마와 함께 북부 시골에서 보낸 시간에 대해 이야기했다. 러키는 아직 부모님을 둘 다 만날 마음의 준비가 되지 않았고, 에이버리는 막내의 마음을 이해했다. 하지만 보니는 그 달에 엄마와 함께 아버지를 보러 가겠다고 했다. 러키와 에이버리는 체육관에 가서 보니가 파벨과 함께 훈련하는 모습을 바라보며 그 빠르기와 힘에 감탄했다. 그리고 둘은 함께 익명의 알코올중독자들 모임에도 참석했다. 보니가 훈련을 자주 나가는 바람에, 큰언니와 막냇동생 둘이서 있을 때가 의외로 많았는데, 정말 기적 같게도 둘은 에이버리가 생각하는 보통의 형제자매 수준으로만 싸웠다. 셋은 매일 저녁을 같이 먹었고, 에이버리는 오랜만에 동생들 사이에서 언니로 살아가는 즐거움을 누렸다. 그들은 이제 넷이 아니었고 다시는 넷이 될 수도 없었지만 셋으로 균형을 이뤄가기 시작했다.

"몇 주만 있으면 영영 집이 없어진다니 이상해."

러키는 공원 저 너머에 있을 아파트 쪽을 바라보며 말했다. 그리고 에이버리의 어깨에 팔을 올리고 머리를 기대며 덧붙였다.

"슬프다. 그렇지만 안도감도 느껴져. 그렇지?"

보니와 에이버리 모두 고개를 끄덕였다. 그러다 에이버리는 문득 이런 생각이 들었다. 집을 없애는 과정에 들어서니 오히려 뉴욕이 드디어 집처럼 느껴지는구나.

"진짜 문제는 이거야…. 누가 저 이층 침대 가져갈 거야?"

보니의 말에 에이버리는 웃었다.

"이제는 정식으로 작별할 때 같아. 30년이 걸렸네. 어쨌든…. 파벨이 이층 침대를 쓸 것 같진 않은데?"

에이버리가 어깨로 보니를 슬쩍 밀며 덧붙였다. 그리고 동생에게로 고개를 돌렸다. 보니는 쾌활한 기색으로 에이버리를 바라보고 있었다. 금발 위로 꿀빛 햇살까지 비쳐 든 그녀의 얼굴은 마치 황금으로 주조한 것만 같았다. 에이버리는 보니가 얼굴을 붉히거나 화제를 돌릴 거라 생각했지만, 보니는 그저 평온하게 말했다.

"난 지금 그이 침대가 좋아."

그녀는 활짝 웃었다. 더는 말할 게 없었다. 보니는 특유의 평정심을 드러내며 이 아파트가 팔리면 파벨 집으로 이사 갈 거라고 말해주었다. 큰언니와 막내가 무자비하게 보니를 추궁했지만, 그녀는 흥미진진한 세부 사항은 거의 알려주지 않았다. 이 역시 예상하긴 했다. 그래도 알고 보니 파벨 역시 오랫동안 자신을 사랑해 왔노라는 이야기는 해주었다. 그 고백에서 에이버리는 동생이 이제껏 본 적 없던 편안한 모습임을 알아보았다.

에이버리는 베이글을 한 입 먹고서 하늘을 바라보았다. 그들이 앉은 곳은 놀이터 근처라 아이들의 날카로운 울음소리가 빛나는 화살처럼 벤치로 날아왔다. 에이버리는 남은 베이글을 포일에 넣었다.

"너희는 아이 좋아해?"

불쑥 던진 에이버리의 질문에 보니는 입술에 묻은 크림치즈 덩어리를 닦고서 언니를 이상하다는 눈초리로 쳐다보았다.

"나랑 파벨 말이야? 너무 이른 것 같은데?"

"아니, 그냥 일반적으로. 너희 둘 다에게 묻는 거야. 자라면서 아이 갖고 싶었던 적 있어? 지금 혹시 그래?"

보니는 곰곰이 생각해 보았다.

"난 아이가 참 좋아. 하지만 내 직업이 이러니까…. 상상이 안 되네. 은퇴한 다음이면 모를까."

그녀는 미소를 지었다. 에이버리는 러키를 바라보았다.

"너는 어때?"

러키는 에브리씽 베이글을 크게 한입 물며 얼굴을 찌푸렸다.

"어우, 난 지금 내 한 몸 살아남기도 힘들어."

"하지만 언니는 아이 좋아하지? 치티가 난자 동결을 했잖아?"

보니가 묻자, 에이버리는 놀이터를 슬쩍 바라보았다.

"니키야말로 정말 아이를 낳고 싶어 했지. 엄마가 되려고 태어난 애였는데."

보니는 고개를 끄덕였다.

"니키라면 최고의 엄마가 되었을 거야."

러키도 중얼중얼 맞장구쳤다.

"으응, 우리 엄마보다 훨씬 좋은 엄마였을걸."

"우리 엄마가 기준이라면 너무 낮은데."

에이버리는 이렇게 대꾸했다가 죄책감을 느끼고는 덧붙였다.

"그래도 엄마는 나름 최선을 다했어."

"픽이나."

러키가 코웃음을 치다가 갑자기 웃었다.

"아, 세상에. 우리가 모두 니키가 그 채식주의자 트럼펫 연주자랑 아이를 가질 거라고 생각했던 거 기억나?"

"그 남자 좋은 사람 아니었어?"

보니가 묻자, 에이버리가 대답했다.

"제대로 채식주의자이긴 했지."

"어떻게 제대로인데?"

보니의 물음에 에이버리가 다시 대답했다.

"팔에다가 멸종 위기 동물을 쭉 문신으로 새겼거든."

"빼빼 마른 북극곰 문신!"

러키가 외치자 셋은 함께 웃었다.

"니키가 대학교 땐 남학생 클럽 애들 사귀었잖아. 그런데 나중에는 그런 애랑 사귀다니 정말 이상했어."

러키의 말에 에이버리가 소리쳤다.

"이름 기억났어! 채드!"

그러자 모두가 다시 웃었다.

"니키는 뭔가 창의적인 면을 발휘해 보려던 게 아니었을까."

보니의 말에 에이버리가 대답했다.

"그 채식주의자 남자는 장례식에 왔었지."

"그 남자가 온 기억은 안 나는데."

러키의 말에 에이버리가 대꾸했다.

"그 남자 목소리를 못 들었다고? 뒤에서 아주 크게 울어댔는데. 제정신이 아니었어."

"하지만 둘은 예전에 헤어졌잖아. 니키는 그 남자랑 헤어지고 대신 불알 페티시가 있는 섹시한 헤지펀드 매니저랑 사귀었지. 니키가 그 남자를 뭐라고 불렀더라?"

러키의 말에 보니가 대답했다.

"내 불알 물고 빨아줘남."

보니와 러키가 함께 웃었다.

"난 그 장례식이 싫었어."

에이버리가 멍하니 앞을 바라보며 말했다. 러키가 웃음을 멈추고 큰언니를 바라보았다.

"음, 맞아, 언니. 우리 모두 싫어했어. 당연하잖아."

"다른 사람들이 모두 큰 소리로 슬퍼했었지. 본인들이 뭘 안다고? 니키를 떠나보낸 게 어떤 의미인지 제깟 것들이 알기는 해?"

에이버리의 목소리는 냉랭했다. 보니는 중얼중얼 대답했다.

"사람들도 슬퍼서 그런 거지. 슬픈 일이잖아."

"하지만 본인들 슬픔이 아니잖아. 슬픔은 우리 거야."

에이버리가 대답했다. 그때, 갑자기 러키가 말했다.

"가끔 니키에게 아기가 있었으면 좋았겠단 생각이 들어. 누구 애라도. 채식주의자 채드 애건, 내 불알 물고 빨아줘남 애건 무슨 상관이겠어? 아이만 낳았다면 언니가 수술을 일찍 받을 수 있었을 텐데."

에이버리는 움찔했다. 생각만 해도 너무 고통스러웠다.

"니키는 너무 어렸잖아. 그 남자들을 사랑하지도 않았고."

에이버리의 말에 러키는 계속 말을 이었다.

"하지만 아기가 있었다면, 그랬다면 니키는 여전히…. 아니라 해도 우리에겐 누군가 남은 사람이 있었을 거 아냐? 니키의 일부인 누군가가 있었으면 우리가 돌봐주었을 텐데."

"우리가 바로 니키의 일부잖아."

에이버리의 말에 러키가 조용히 대답했다.

"알아. 하지만 아기가 있으면 우리에겐 새로운 기회가 생기잖아. 아기랑 있으면 우린…."

러키는 잠시 말을 멈추고 지금 하려던 말을 생각해 보다가, 서글프게 마무리했다.

"더 잘할 수 있을 텐데."

보니는 남은 베이글을 조심스럽게 알루미늄 포일로 싼 다음 걱정으로 심각해진 얼굴로 자매들을 보았다.

"이제껏 말하지 않았던 게 있어."

에이버리와 러키가 놀라서 보니를 바라보았다.

"뭔데?"

러키가 묻자, 보니는 느릿느릿 마른침을 삼켰다.

"니키가 죽기 전날 밤에 나한테 연락했었어…. 체육관에 혹시 진통제가 있으면 갖다줄 수 있느냐고. 난 없다고 했어."

보니는 머리를 손에 묻고 말을 이었다.

"난 몰랐어. 니키가 진통제를 사려는 줄은 몰랐어."

에이버리는 본능적으로 동생에게 손을 뻗었다.

"아, 보니. 그건 아무도 몰랐을 거야. 왜 우리한테 말 안 했어?"

"난 니키를 지켜주고 싶었어. 아니면 나를 지키고 싶었나. 모르겠어. 내가 약을 줬어야 했을까?"

보니는 애원하는 눈빛으로 두 사람을 바라보았다.

"절대 아니야. 넌 올바른 행동을 했어."

에이버리가 단호하게 말했다. 보니가 단 한 순간이라도 그런 생각을 하는 걸 참을 수가 없었다.

"니키가 그럴 줄은 몰랐어… 그런 짓을."

보니의 말을 끝으로 모두는 침묵 속에 잠겼다. 니키에게 일어난 일은 말로 표현하는 것만으로도 여전히 힘겨웠다. 약물 과다 복용이라는 말은 언제나 다른 사람 문제인 것 같았고, 자신감 있고 능력 있는 우리들 자매와는 아무 상관이 없어 보였으니까. 그때, 러키가 나직하게 말했다.

"언니만 안 거 아니었어. 니키가 진통제를 끊으려고 안간힘을 쓴다는 거, 나도 알고 있었어."

"알았다고?"

보니가 놀라서 묻자, 러키가 설명했다.

"니키네 학교에 소원의 나무가 있었어. 종이에 소원을 적어서 나무에 매다는 거. 난 니키 몰래 뭘 적었는지 봤어. '약 그만 먹기'라고 적혀 있더라. 그걸 봤는데, 니키한테 나중에 물어보니까 부인하더라고. 그래서 더는 묻지 않았어. 더 나쁜 결과만 생길까 봐… 아니면 내가 너무 나만 생각하느라 물어보지 못한 건지도 모르지."

러키는 고개를 떨구었다. 에이버리는 막내 등에 손을 얹고 말했다.

"나도 알고 있었어. 마음속 깊은 곳에서는. 눈을 보면 알 수 있었거든."

니키의 동공이 자그마한 검은 점처럼 변해갈 때가 빈번해졌었다. 에이버리는 알아차릴 수 있었다. 프레야도 약물을 하면 동공이 바늘 끝처럼 확 쪼그라들었기 때문이었다. 에이버리의 눈도 꼭 그렇게 보였을 것이다. 하지만 에이버리는 애써 마음을 다잡았다. 나는 그렇지 않을 거라고. 그녀는 보니와 러키 쪽으로 몸을 돌리고 말했다.
"너희 둘 다 내 말 들어봐. 우리한텐 니키가 왜 그랬는지 이해하고 싶은 마음이 있지. 우리가 좀 더 뭔가를 했으면 좋았을 거라며 자책하는 것도 이해하려는 방법 중 하나겠고. 하지만 우리는 아무도 니키에게 일어난 일을 바꿀 수가 없었어."
에이버리는 엄마가 했던 말을 꺼내어 말했다.
"*우리는 그렇게 대단한 존재가 아니야.*"
그들은 저 파란 하늘로 나선형을 이루며 날아오르는 비둘기 떼를 하염없이 지켜보았다.
"하지만 우린 어떻게 이걸 견디며 살아?"
러키가 나직하게 물었다. 지난 1년간 세 사람이 저마다의 방식으로 스스로 던져왔던 질문이었다. 이 슬픔을 어떻게 지고 살아가나. 니키가 없는 인생을 어떻게 사랑하며 살아가나. 에이버리는 한숨을 쉬었다.
"아빠가 우리한테 말했던 게 답이 아닐까. 장례식에서 했던 말."
러키가 고개를 들고서 중얼거렸다.
"『티파니에서 아침을』 말이지. '훌훌 가거라.' 하지만 어떻게 훌훌 가?"
"넌 벌써 훌훌 가고 있잖아. 술 끊고, 스스로를 돌보고. 그게 훌훌 가는 거지."
에이버리의 말에 보니도 고개를 끄덕였다.
"언니 말이 맞아."
"그럼 언니들은? 어떻게 훌훌 가고 있어?"
에이버리는 보니를 바라보았고, 보니가 입을 열었다.

"음, 나 놀리지 말고 들어…. 그, 난 가끔 하느님이랑 대화를 해."
"하느님?"
에이버리가 되물었다. 그녀에게 하느님은 위안을 주는 존재가 전혀 아니었기에, 보니의 말은 맥도날드 캐릭터와 대화를 한다는 것이나 마찬가지로 들렸다. 보니는 재빨리 부연 설명을 했다.
"예수님한테 말한다는 게 아니야. 다른 종류의 하느님이야. 내가 만든 건데, 남자인지 여자인지도 모르고, 어떻게 지칭해야 하는지도 모르지만, 어쨌든 나랑 이야기할 수 있는 존재야. 그리고 하느님은 우리가 니키를 다시 만날 때까지 그 애를 돌봐주신다고 생각해."
"정말 하느님이 니키를 돌봐주신다고 생각해?"
러키는 희망 가득한 목소리로 물었다. 보니는 고개를 끄덕였다.
"어."
"좋다."
러키는 나직하게 대답했다.
"보니, 나도 그렇게 믿고 싶지만… 솔직히 내가 그럴 수 있을지 모르겠어."
에이버리의 말에 보니가 물었다.
"내가 믿음이 있다는 것까지는 믿어줄 수 있어? 그러면 도움이 되지 않을까?"
에이버리는 보니의 말을 곰곰이 생각했다. 보니에게 도움이 되는 게 있다고 생각하니, 자신도 위안이 되는 듯했다. 그 정도는 에이버리도 진실이라 믿을 수 있었다.
"그럴지도. 그럴 수 있을 것 같아."
그들은 다시금 침묵을 지키며 아이들이 노는 소리를 들었다. 어린 시절의 열정과 공포를 모두 담아내는 어린이들의 소리. 에이버리는 다시 치티와의 삶을 떠올리게 되었다. 보니가 진실을 말했으니, 자신도 말해야겠지. 그녀는 동생들을 바라보며 말했다.

"얘들아, 나 망했어. 진짜 망했다고."

"내가 뭐랬어. 양귀비 씨 먹지 말라고 했잖아."

러키는 베이글을 가리키며 말했다. 보니는 러키에게 조용히 하라는 신호를 보냈다.

"왜 그래?"

보니가 에이버리에게 몸을 숙이며 물었다. 에이버리는 심호흡을 하더니, 한숨을 내쉬며 입을 열었다.

"나 다른 사람이랑 잤어. 그리고 거짓말을 했어. 그리고 치티에게 아기를 갖자고 약속했는데… 그럴 수가 없어. 나 못 하겠어. 나도 아기를 갖고 싶었으면 좋겠어. 그런데 싫어. 그건… 나랑 안 맞아."

"아, 제길."

보니가 중얼거렸다. 에이버리는 동생들을 슬쩍 바라보았다. 보니는 당황한 기색이 역력한 채로 길게 한숨을 내쉬었다. 그런데 러키는 아무렇지 않아 보였다.

"그렇게 됐구나."

러키의 말에 에이버리는 너무 놀라서 막내를 쳐다보았다.

"너 알고 있었어?"

"다른 사람이랑 잔 건 알았지. 아기 안 갖겠다는 건 몰랐고. 음, 나도 나름 낌새를 알아챘거든."

"어떻게?"

보니가 물었다.

"치티가 나한테 사후피임약을 보여줬어. 그게 내 거라고 생각하면서."

에이버리는 드디어 러키와 싸웠을 때 이해가 되지 않았던 부분을 깨닫게 되었다.

"그래서 나한테 위선자라고 했구나. 난 그게 물건 훔친 걸 두고 한 말인 줄 알았어."

"훔치다니?"

러키가 묻자, 에이버리가 대답했다.

"나 도벽이 좀 있었어. 하지만 지금은 끊었어."

"에이버리! 대체 그게 무슨 소리야?"

보니가 충격받은 표정으로 소리치자, 에이버리가 절망적으로 어깨를 으쓱여 보였다.

"나 충동 조절 장애가 있어."

"나도 그래."

러키가 메마르게 웃었다. 보니는 고개를 저어대다가 러키를 바라보았다.

"다들 정말…. 그런데 러키, 왜 나한테는 사후피임약 이야기는 안 했어?"

"아니면 나한테라도 했어야 하지 않아?"

에이버리도 물었다. 러키는 에이버리를 바라보았다.

"우린 잘 지내고 있었잖아. 분위기를 망치고 싶지 않았어. 그리고…."

그녀는 이제 보니를 보며 덧붙였다.

"그건 내가 말할 게 아니었으니까."

보니는 러키의 말이 맞다고 인정하며 시무룩한 얼굴을 짓다가, 에이버리를 다시 바라보았다.

"치티도 알아?"

에이버리가 고개를 끄덕였다.

"다른 사람이랑 잔 건 알고, 아기 싫단 이야기는 몰라. 내가 바람피운 걸 알고서 치티는 혼자 생각할 시간이 필요하다고 했어. 그래서 내가 여기 온 거야."

셋은 망연자실해 침묵에 빠졌다. 그러다 러키가 낮게 휘파람을 불고서 입을 열었다.

"내가 들은 이야기가 좀 있어. 그런데 이제는 사실로 밝혀졌네."

에이버리는 겁에 질린 눈빛으로 러키를 바라보았다.

"무슨 이야기? 내 이야기야?"

러키는 고개를 끄덕였다.

"응. 언니가 알고 보니 완벽한 사람이 아니라는 이야기."

에이버리는 안도감에 피식 웃었다.

"내가 언제 스스로 완벽하다고 한 적 있어?"

이제는 보니와 러키가 눈을 홉떴다. 에이버리는 고개를 끄덕였다.

"알았어. 한두 번은 완벽하다는 인상을 주고 싶어서 애를 썼던 것도 같아. 하지만 그건 내가…. 모르겠어. 너희가 살아갈 때 부모님 다음으로 나라도 믿음직한 존재가 되어주고 싶어서였어. 어릴 때 너희를 내버려두고 떠나버려서 너무 후회했어. 그래서 어른이 된 다음에 좀 과하게 보상을 하려고 했는지도 몰라."

"아무튼, 지금 보니까 더는 과하게 보상하진 않을 것 같네."

러키의 말에 에이버리가 고통스러운 눈빛으로 동생을 바라보았다. 그러자 러키가 사과했다.

"미안. 닥치고 있을게."

에이버리는 앉은 채 허리를 굽히고 손을 가슴에 모았다. 더는 역전할 수 없는 힘겨운 경기를 지켜보는 코치처럼, 앞을 멍하니 바라보며 턱을 실룩거렸다.

"다 내 잘못이야."

에이버리의 말에 보니가 물었다.

"치티랑 갈라서게 될 것 같아?"

"모르겠어. 치티에겐 어딜 봐도 그럴 권리가 있지. 어딜 봐도."

그녀는 나직하게 반복했다.

"나 치티 참 좋은데…."

보니가 말했다. 에이버리는 가슴이 내려앉는 것만 같았다. 동생들의 마음까지 부숴버리고 있구나. 오랫동안 동생들의 모범이 되는 언니가 되려고 노력했는데. 내 결혼 생활은, 내가 사는 인생은 다를 거란 걸, 더 좋을 거란 걸, 부모님이 보여주었던 것보다 더 멋진 모습이라는 걸 증명하려 했는데. 그녀는 동생들에게 희망을 주고 싶었지만, 또다시 실망을 안겨주고 말았다. 그때, 보니가 언니의 등에 손을 얹었다. 부드럽고 무거운 손은 마치 다정한 곰의 앞발 같았다.

"하지만 언니는 언니답게 살아야 해."

보니의 말에 에이버리는 동생에게 몸을 폭 기대며 속삭였다.

"고맙다."

그녀는 머리를 손에 파묻고는 떨리는 한숨을 내쉬었다. 그리고 손가락 사이로 말했다.

"나한테 화내도 괜찮아. 너희가 실망해도 다 이해할 수 있어."

러키는 벤치에서 일어나 에이버리 앞에 무릎을 꿇고 앉았다. 그리고 에이버리의 손을 빼 잡았다. 앙상한 막내의 손가락은 의외로 힘이 셌다.

"봐, 우린 자매야. 언니가 무슨 짓을 해도 우리는 언니 편이라고. 언니가 사람을 죽이잖아? 그러면 내가 시체를 몰래 갖고 와서 욕조에다가 염산을 채우고 쥐도 새도 모르게 처리해 줄 거야."

에이버리는 미소가 나오려는 걸 참았다.

"그거 묘하게 구체적이다?"

"아니, 그런 짓은 하고 싶지 않아. 그리고 지금 이런 말 하는 것도 싫어. 하지만 어쨌든 할 거라고."

보니가 둘 사이로 가까이 움직여 앉아 대꾸했다.

"나도야. 욕조에 염산 부어줄게."

에이버리가 런던에 도착했을 때는 해가 뜨고 있었다. 히스로 공항에서 그녀를 태운 택시가 서서히 잠에서 깨어나는 거리를 달렸다. 식당 옆에 주차한 빵 배달 트럭과 이른 아침부터 철제 격자문을 열고 쇼윈도를 드러내는 상점 주인들이 보였다. 하늘 위로 번진 듯한 복숭앗빛 태양은 구름을 보라색과 파란색으로 물들였다. 햄프스테드의 아름답고 허름한 벽돌 집에 도착한 에이버리는 지난 8년간 치티와 함께 만든 보금자리를 바라보았다. 그리고 조용히 문을 열고 들어가 곧바로 위층에 올라갔다. 치티는 침대에서 자고 있었다. 짙은 머리카락이 자기 전 동그랗게 묶어 올렸던 그대로 크림빛 베갯잇 위에 놓여 있었다. 치티가 입은 게 자신의 파란 면 잠옷이라는 걸 보자 에이버리는 가슴이 아팠다. 한쪽이 출타 중일 때면 서로를 그리워하는 마음으로 둘은 언제나 그렇게 잠옷을 바꿔 입었었다. 이윽고 에이버리가 들어오는 소리에 치티가 뒤척이며 중얼거렸다.

"왔어?"

에이버리는 벌써 차오르는 눈물을 느끼며 고개를 끄덕였다. 치티야말로 그녀가 참 오랫동안 돌아가고 싶었던 집이 되어주었다.

"일어나긴 아직 일러."

그녀는 여행 가방에 손을 뻗고서 손잡이를 불안하게 뽑았다가 넣었지만, 이내 그만두고 침대에 앉아 나직하게 말했다.

"자기한테 할 말이 있어."

1분이라도 더 기다렸다가는 말할 기회가 없어질 수도 있다는 걸 알았다. 그러면 피치 못할 결과를 계속 미루는 것밖에 되지 않으리라. 치티는 몸을 일으키고는 이불 아래로 무릎을 모아 감싸안았다. 잠든 동안 부드럽고 따스하게 풀렸던 눈망울이 냉정하게 변했다.

"기다리고 있었어."

치티의 말에 에이버리는 조용히 대답했다.

"치티. 내가 말하지 않은 게 더 있어. 뉴욕으로 가기 전에 말하지 못해서 미안해. 하지만 난 그게 진실인지 확인해야 했어."

치티가 마음의 준비를 하는 모습이 보였다. 에이버리는 심호흡을 하곤 말했다.

"난 아기를 갖고 싶지 않아."

치티를 보이지 않게 지탱했던 마지막 실이 끊어진 것만 같았다. 그녀는 침대 헤드보드에 털썩 몸을 기대고는 두 손에 얼굴을 묻었다. 에이버리는 곧바로 말을 취소하고 싶었다. 내가 틀렸다고 말하고, 치티가 얼굴을 묻은 손을 당겨 잡고, 이마를 쓰다듬어 주며, 관자놀이에 입을 맞추고, 침대로 들어가고 싶었다. 그래서 자신이 사랑하는 이 여자와 함께, 자신을 너무나 오랫동안 사랑해 준 이 여자와 함께 온종일 머무르고 싶었다. 이윽고 입을 연 치티의 작은 목소리에는 패배감이 서려 있었지만 원망의 기색은 없었다.

"그러면 왜 아이를 갖자고 했어?"

속삭여 묻는 말에 에이버리는 대답했다.

"아이를 갖고 싶기를 바랐어. 그 정도도 괜찮기를 바랐어."

치티는 고개를 저으며 손을 가슴 앞으로 모았다.

"엄마 말을 들었어야 했는데."

에이버리의 가슴이 빠르게 뛰기 시작했다. 가니시카는 자신에게 다정했던 적이 한 번도 없기는 했다. 하지만 그 냉랭함은 에이버리 본인이 문제라기보다는 미국인인 게 싫어서라고 생각했었는데. 가니시카가 옳았다고 생각하는 건 너무했다. 에이버리는 치티와 살아온 8년 중 7년은 좋은 아내였다. 그 점 역시 여전히 중요하지 않나.

"그분은 날 좋아한 적이 없지."

에이버리의 말에 치티는 고개를 저었다.

"아, 그런 게 아니야. 아니, 좋아하지 않은 건 사실이지만 그래서만은 아니야. 엄마는 네가 엄마가 될 자질이 없다고 했어."

에이버리는 얼굴을 구겼다. 제길, 가니시카. 그분이 자신을 잘 아는 것처럼 이야기하는 걸 들으니 너무 싫었다. 게다가 그분 말이 맞다니 더더욱 싫었다. 하지만 가니시카도 이해하지 못했던 점이 하나 있었다. 에이버리는 이미 엄마였던 적이 있었다는 사실이다. 그녀는 동생들을 키워내지 않았나. 그것만 봐도 자질이 충분했다.

"가니시카가 그걸 어떻게 알아?"

에이버리는 목소리에 방어 태세가 드러나지 않게 하려고 애를 썼다. 치티는 한숨을 쉬면서 손을 풀었다.

"엄마도 자질이 없었으니까. 게다가 내가 보기에 엄마는 인정하고 싶지 않아 하지만, 스스로가 너랑 닮았다고 생각하는 것 같아."

에이버리는 치티가 지닌 슬픔의 색을 보았다. 그건 더없이 짙은 남색, 검은색이나 다름없이 진한 색이었다. 인디고 염료만큼이나 오래된 슬픔이었고, 그 염료처럼 인도가 기원이었다. 치티의 엄마는 다정한 엄마가 아니었다. 치티는 오랫동안 이야기해 왔다. 자신은 엄마와는 다르게 아이를 키우고 싶다고, 자신이 받지 못했던 모든 관심과 감탄과 애정을 아기에게 쏟아붓고 싶다고 거듭 말했었다. 그런데 지금, 치티는 자신이 그토록 벗어나려 했던 바로 그 대상을 골라 품고 살았던 것이다. 엄마가 되고 싶어 하지 않았던 엄마를 대신한답시고, 그 자리에 엄마가 되고 싶어 하지 않는 아내를 둔 것이다. 그 깨달음이란 마치 죽은 아기를 두 팔에 안은 것처럼 무겁게 다가왔다.

에이버리는 아내 옆에 앉았다. 둘 사이에 더는 분노가 존재하지 않았다. 다만, 그 아래에 언제나 숨어 있던 슬픔만이 남았다. 이처럼 무겁고 가슴 아픈 침묵을 견디느니 차라리 소리쳐 외치는 편이 나을 텐데. 에이버리는 치티의 손을 잡았다.

"넌 엄마가 될 거야. 그렇게 될 거야."

이런 말을 한 건 어느 정도 자신의 죄책감을 덜고 싶은 마음에서였으나, 동시에 치티가 엄마가 되어야 한다고 믿고 있기 때문이었다. 치티는 그녀의 손을 꽉 잡았다.

"너랑 같이 하고 싶었어."

"알아."

치티는 희망을 품고서 고개를 들었다.

"정말 못 하겠어?"

에이버리는 고개를 끄덕였다.

"응. 확실해."

치티도 천천히 고개를 끄덕였다.

"우리가 처음 사귀기 시작했을 때부터 난 항상 생각했었어…. 내담자와 상담자라니… 이런 시작점에서 관계를 쌓기란 정말 어렵다고. 그때 느꼈던 수치심이 나에겐 여전해."

에이버리가 놀라서 고개를 들었다.

"부끄러워할 것 하나도 없어. 상담자랑 내담자가 데이트하는 일은 없지 않아. 그럴 수도 있는 거지."

치티가 서글프게 고개를 저었다.

"네가 아무리 말해도 나의 수치심을 없앨 수는 없어. 나 역시 너의 수치심을 없앨 수 없듯이."

둘은 가만히 앉아서 함께 만든 집이 온갖 신음을 내뱉는 소리를 들었다. 침대 아래에서 삐걱대는 나무 바닥. 휘날리며 한숨짓는 커튼. 나직하게 탕탕 울려대는 아래층의 파이프. 바깥에서는 누군가가 큰 소리로 전화 통화를 하며 지나갔다. 그러다 에이버리는 위층 창문을 이중창으로 바꿔야겠다는 생각은 전혀 하지 않았다는 사실을 떠올렸다.

"미안해. 찰리 일 말이야. 그리고 다 미안해. 넌 그런 마음고생 겪을 만큼 잘못한 게 없는데."

에이버리의 말에 치티가 대답했다.

"맞아. 그렇지."

그녀는 살짝 몸을 돌려 에이버리를 마주 보았다.

"그리고 나도 니키 두고 한 말 미안해. 네가 구해주지 못했다는 말. 아무도 니키를 구할 수는 없었어. 너도 알지?"

에이버리는 고개를 끄덕였다. 이제는 말할 때가 왔다. 치티에게 자신이 이제껏 느껴온 감정을 전달할 방법을 찾아야 했다. 그래서 뭔가 바꿀 수 있어서가 아니라, 치티가 그래달라고 부탁했기 때문이다.

"니키가 그리워. 그립고 또 그리워. 그리고 이 감정이 끝나기를 기다리고 있어. 다른 감정은 다 사라졌거든. 제아무리 강렬해도, 제아무리 힘들어도 다 끝났는데, 이 그리움은 끝나질 않네. 그리움에는 끝이 없어. 과거는 과거로 두고, 현재를 또 살아가야 하는데 난 그걸 받아들일 수가 없는 것 같아. 니키를 영원히 그리워해야 한다는 사실을 받아들일 수가 없어. 앞으로 해방될 날은 오지 않을 거야. 다시 만날 일도 없을 거고. 나도 신이 있었으면 좋겠어. 사후 세계든 뭐든 믿고 싶어. 하지만 머릿속으로 니키에게 말을 걸어보려고 해도, 아무런 대답이 없어. 그 애 소리가 안 들려. 느껴지지도 않아. 내겐 그리움밖에 없어. 그리고 내 마음 한구석에서는 이 그리움이 끝나지 않기를 바라. 지금 니키와 나를 연결하는 건 이 그리움밖에 없으니까."

에이버리는 손으로 얼굴을 문질렀다. 이 말을 하기까지 참 오래도록 기다렸고, 이제 여기까지 왔으니 더는 참을 이유가 없었다.

"하지만 치티, 나는 그만큼 강하지 않아. 난 내가 강한 줄 알았는데 아니었어. 그리움을 끊어내려고 계속 노력해 왔는데…. 그래, 담배도 피우고, 물건도 훔쳤어. 바람도 피우고 너한테 거짓말도 했고… 우리의 삶까지 망쳤어. 그러지 말았어야 한다는 걸 알면서도 말이야. 나도 내가 왜 그랬는지 모르겠어. 니키가 죽기 전까지는 내가 어엿한 사람이라고 생각했는데, 알고 보니까 아니더라고. 자기는 지난 1년 동안 나를 잃어버렸다고 했었지? 그런데 나도 마찬가지야. 난 니키도 잃어버리고 나 자신도 잃어버렸어. 이제 난 내가 누군지조차 모르겠어."

치티는 에이버리의 손을 잡고서 가만히 눈을 맞췄다. 에이버리는 마주 본 눈에서 용서를 구했지만, 보이는 것이라고는 체념뿐이었다.

"어쩌면 넌 새로운 사람이 되고 싶어서 그런 거야."

한 시간 후, 비시가 치티를 데리러 낡은 미니 쿠퍼를 끌고 왔다. 환한 햇살이 아침 하늘로 떠오르는 가운데, 에이버리는 계단 위에 서서 비시와 치티가 가방을 차에 싣는 모습을 지켜보았다. 비시는 당황스러움과 상처가 가득한 눈길로 에이버리를 바라보았다. 그녀는 목이 메어왔지만 애써 참으며 비시에게 소리치고 싶은 충동을 참았다. 나, 이젠 비시도 잃어버리게 되었구나.

두 사람이 떠난 후, 에이버리는 텅 빈 넓은 집을 이리저리 돌아다녔다. 침대 위로 치티가 잔 자국이 아직 남아 있었다. 이윽고 그녀는 주방으로 가서 주전자 플러그를 꽂고 차를 끓였다. 혼자서 서글픈 미소를 지었다. 이거 꼭 엄마가 하던 행동이랑 똑같잖아. 하지만 물이 채 끓기도 전에 에이버리는 떠나기로 마음먹었다. 이 침묵을 견딜 수가 없었다. 그녀는 수영복과 트레이닝 바지를 입은 다음 현관을 벌컥 열고서 히스로 향했다. 런던으로 이사 온 후부터 항상 햄프스테드 레이디스 폰드 연못에서 수영을 하고 싶었다. 오늘, 드디어 수영을 해야겠어.

공원에 들어서자 에메랄드빛 잉꼬들이 저 위쪽 나무에서 우수수 날아올랐다. 새들은 한껏 신난 목소리로 서로를 부르며 허공에 자신들의 울음소리를 가득 채웠다. 에이버리가 처음 런던에 왔을 때는 이 화사한 새들이 잿빛 먹먹한 런던의 심장부를 자유롭게 날아다니는 모습에 대단히 놀랐었다. 여기에 대한 도시 전설을 이야기해 준 게 바로 치티였다. 일설에 따르면, 이 이국적인 존재들이 생긴 건 바로 지미 헨드릭스 때문이라 했다. 그는 카나비 스트리트에 새장을 가져가서는, 여봐라 소리치며 호들갑 떠는 일 없이 번식 가능한 잉꼬 한 쌍을 풀어주었다고 한다. 목에 무늬가 있는 그 잉꼬들의 이름은 애덤과 이브였다. 이제는 크로이던에서 크라우치 엔드까지 어디서나 잉꼬들을 볼 수 있지만, 새들은 히스가 무성한 야생 지대에서 사는 걸 가장 좋아했다. 에이버리는 북쪽으로 날아가는 새들을 지켜보았다. 연한 푸른 하늘에 그 새들이 자그마한 녹색 점으로 줄어들었다가, 결국 싹 사라질 때까지.

지금은 오전 7시 막 넘은 시각이라, 유유히 헤엄치는 오리 떼와 느릿느릿 수영하는 할머니 한 명 말고는 연못에 아무도 없었다. 할머니는 굳게 결심이라도 한 거북이처럼 목을 쭉 내밀고 헤엄쳤다. 에이버리는 옷을 탈의실에 두고 나무 부두로 걸어 나갔다. 찬 공기가 피부를 스치고 지나갔다. 연못 주위를 둘러선 나무들은 연못 위에 천장처럼 이파리를 드리웠다. 나무들이 바람결에 속삭이고 이파리를 휘날리며 소리를 냈다. 에이버리는 금속 손잡이를 잡고 물속으로 들어갔다. 목까지 찬 기운에 감싸이자 무의식적으로 숨이 날카롭게 빠져나갔다. 그녀는 물에 둥둥 떠서 머리카락을 부채꼴로 드리운 채 숨을 골랐다. 그리고 수면 아래로, 세상의 아래로 슬그머니 들어갔다.

물 아래는 조용했다. 연못 물은 비단처럼 부드럽고 기름처럼 두툼하게 그녀의 피부를 스치고 지나갔다. 액체가 내는 꿀꺽 소리, 쉭 소리가 귓가를 울렸다. 자그마한 거품이 반짝이면서 살갗에 오소소 맺혔다가 상념처럼 다시 떠밀려 사라졌다. 머리 위로는 원뿔형 빛살이 물속을 뚫고 들어왔다. 깊이 잠수하자 빛이 뒤로 한 걸음 물러섰다. 더욱 서늘하고 깊은 물로 들어가자 흔들리는 갈대가 발끝을 스쳤다. 저 아래는 햇빛이 닿지 않는 어두운 진흙 바닥이었다. 에이버리는 수평으로 누워서 가장 차가운 바닥까지 몸을 가라앉혔다. 온몸이 연못 바닥에 부드럽게 내려앉자, 진흙이 그녀의 다리와 척추에 찰싹 달라붙었다. 그녀는 그렇게 눈을 감고 숨을 내쉬었다.

　에이버리는 동생 셋에게 모두 수영을 가르쳤다. 얕은 물가에 서서 수면에 엎드린 동생들의 배를 받쳐 흔들리는 몸을 들어주었다. 동생들이 숨을 헐떡여도, 염소와 눈물 때문에 눈이 빨개져도, 에이버리는 동생들을 계속 가르쳤다. 그 애들이 자기 몸을 안전하게 보호할 수 있다는 걸 알고 싶었다. 셋 중에서도 니키는 단연 수영을 잘했다. 에이버리는 이제 니키를 볼 수 있었다. 흐릿하게 보이는 창백한 사지를 움직이며, 머리카락을 뱀처럼 구불대며 반짝이는 수면 아래를 빠르게 헤엄치는 동생의 모습을. 그 애는 누구보다도 숨을 오래 참았다. 오랫동안 물속에서 나오지 않으면 에이버리는 두려움에 가슴이 조마조마해졌다. 하지만 그 오랜 침묵 끝에 숨을 들이쉬는 소리가 들려오면서, 매끄러운 머리를 확 들어 올리는 환희에 찬 모습이 이어졌다. 지금 에이버리는 저 멀리 반짝이는 수면 위에서 미소를 지으며 손짓하는 동생을 보았다. 자신이 이만큼 숨을 참았다는 데 놀라워하면서, 에이버리도 같이 놀랐는지 보고 싶어서 고개를 돌리는 동생이 거기 있었다.

니키는 마지막 순간에 무슨 생각을 했을까? 이제 끝이란 걸 알았을까? 더는 싸우지 않아도 되어서 안도감이 들었을까? 아무것도 느끼지 않는다는 게 어땠을까? 물은 에이버리를 눌러대면서 집요하게 불러댔다. 저 위에 있는 보니와 러키는 안전했다. 지금 난 그 애들을 떠나도 될까? 난 자유로워질 수 있을까? 에이버리는 눈을 떴다. 저 멀리 위로 희미한 빛이 어른거렸다. 폐가 아팠다. 이 사랑은, 너무나도 과했다. 그 순간, 그녀는 느꼈다. 다리가 아래를 박차고 오르면서 그녀의 몸을 세웠다. 발바닥이 진흙을 파고들며 밀어냈다. 천 갈래의 어두운 물결이 그녀를 잡아댔지만, 에이버리는 멈추지 않았다. 묵직한 커튼을 열어젖히고 환한 날을 맞이하듯, 손바닥으로 물을 밀쳤다. 가까이 다가갈수록 날이 점점 따스해졌다. 그렇게 계속 헤엄쳤다. 거의 다 왔다. 박수갈채 같은 빛이 머리 위로 확 쏟아졌다. 그녀는 수면을 뚫고 나가 숨을 헐떡였다.

에필로그

10년 후, 자매들은 북쪽과 남쪽에서 왔다. 에이버리가 현재 강의 중인 컬럼비아대학교 캠퍼스에서 몇 블록 떨어진 모닝사이드 하이츠의 어느 집. 그녀는 침대에서 살그머니 일어나 옆에 잠든 이에게 입을 맞추었다. 키스를 받은 여자는 뒤척이다가 중얼거렸다.
"시작됐어?"
그녀가 잠기운이 그득한 목소리로 물었다. 에이버리가 속삭여 대답했다.
"지금 보러 가려고. 계속 자."
여자는 베개에서 뺨을 들고는 말했다.
"내가 사랑한다고 전해줘."
에이버리는 여자의 땋은 머리를 매만지고는 관자놀이에 살짝 키스했다. 그리고 침대 옆 의자에 놓아둔 옷을 들고서 조심조심 방을 나가 문을 닫은 다음, 거실과 주방의 불을 켰다. 잠옷을 구겨서 내버려두고 재빨리 옷을 입고서 싱크대 수도꼭지를 켜고 얼굴에 물을 끼얹었다. 싱크대 옆에는 커다란 분홍빛 스메그 냉장고가 있었다. 집을 나서기 전, 그녀는 식탁에 놓인 금빛 결혼반지를 손가락에 꼈다.

트라이베카 남쪽으로 120블록 떨어진 호텔 로비. 러키는 체크아웃을 시도하는 중이었다. 이곳 로비는 언뜻 보기엔 중급 호텔 같아 보였지만, 호텔과는 달리 규율이 있는 곳이었기에 프런트 데스크의 직원이 러키를 선뜻 내보내 주려 하지 않았다.

"지금은 야간 통행금지 시간입니다."

그는 반복해서 말했지만, 러키는 번뜩이는 미소를 짓기만 했다.

"알아요. 하지만 지금은 예외적인 상황이란 말예요."

아직 20대 초반인 직원은 불안해하며 주위를 둘러보았다. 긴 머리를 대충 성기게 묶어 올린 남자는 D.A.R.E. 로고가 새겨진 티셔츠를 입고 있었다. 나 보라고 일부러 이걸 입은 것 같진 않은데. 러키는 속으로 생각했다.

"제가 단독으로 처리할 권한은 없는 것 같습니다. 전, 그러니까 일한 지 얼마 안 돼서요."

러키는 데스크로 몸을 숙이고는 눈을 깜빡이며 그를 올려다보았다. 얼마 전 짙은 빨강으로 염색한 긴 머리가 어깨 위로 흘러내렸다.

"하지만 봐요, 지금은 나한테 일생일대의 순간이란 말이에요. 그런데 당신 때문에 내가 그걸 놓치면 되겠어요, 안 되겠어요?"

그녀는 데스크 위에서 손가락을 빙글빙글 돌리며 말했다. 남자는 얼굴을 붉히고는 눈을 내리깔았다.

"전 모릅니다…."

"해주시면 안 되나요? 그러면 진짜 진짜 감사드릴게요."

러키는 애교 섞인 목소리로 말했다. 직원은 러키를 슬쩍 올려다보았다. 20대 때보다야 주름이 좀 늘긴 했지만, 얼굴은 저항할 수 없을 정도로 여전히 아름다웠다. 그는 얼굴이 더 빨개졌다.

"전 못 본 겁니다. 아시겠죠?"

러키는 기뻐서 허리를 양손으로 짝 치고는 획 돌아섰다. 그리고 호텔을 나서며 뒤돌아 외쳤다.

"당신이 대박 좋아요!"

그는 기쁨이 역력한 목소리로 그녀에게 무어라 소리쳤지만, 러키는 벌써 회전문으로 들어가 바깥으로 나가는 중이었다.

도심으로 향하는 택시 안에서 에이버리는 이메일을 읽지도 않고 쭉 내리다가 세계 시간 앱을 확인했다. 지금 델리는 오전 9시 30분이었다. 딱 좋군. 그녀는 치티에게 전화를 걸었고, 벨이 두 번 울리자마자 치티가 전화를 받았다.

"시작됐어?"

치티가 묻자, 에이버리가 대답했다.

"지금 병원 가는 중이야."

"세상에! 기분이 어때?"

"긴장돼!"

"그럴 만하지. 하지만 잘될 거야. 보니는 소처럼 튼튼하잖아."

"은퇴한 후에는 병원 신세 질 일 없을 줄 알았는데."

"네 동생다워. 언제나 놀라움을 주잖아. 파벨은?"

"아까 전화 왔는데, 대화 중간부터 러시아어로 말하더라고. 하지만 요점은 지금 오라는 거였어."

치티는 전화기에 대고 콧노래를 불렀다.

"네가 거기 있어서 다행이야."

"아자드는 어때?"

그 애가 벌써 여덟 살이라니, 믿을 수가 없었다. 에이버리와 치티가 이혼한 지도 벌써 10년이었다. 에이버리가 뉴욕으로 돌아온 이듬해, 치티는 정자 기증을 받아 아자드를 임신했다. 힌디어로 아자드는 '자유롭고 독립적인'이란 뜻이다.

"아자드랑 가니시카는 아주 떼려야 뗄 수 없는 사이가 됐어. 엄마는 지금 손자에게 본인이 쓰던 볼렉스 카메라 사용법을 알려주고 있어. 다음 주에 집에 가야 하는데 가기 싫대. 파티마는 어때?"

"투어 하느라 피곤해하지. 하지만 책은 잘되고 있어."

"나 런던에서 하는 파티마 북 콘서트 티켓 샀어."

"안 그래도 되는데."

"내가 가고 싶어서 그래."

에이버리는 미소를 지었다.

"나 병원 거의 다 왔어. 일단 알려주고 싶어서 전화했어."

"고마워. 보니한테 항상 생각하고 있다고 전해줘."

에이버리는 전화를 끊고서 창밖으로 스쳐 지나가는 어두운 뉴욕 거리를 바라보았다. 지금은 자정이 넘은 시각이었지만 술집들은 여전히 문을 열었고, 사람들은 문가 주위로 이리저리 서성이며 모퉁이에서 담배를 피웠다. 에이버리는 일주일에 두 번 오전 8시에 고급 기업법 세미나 수업이 있었기 때문에 이 시간까지 깨어 있는 적이 거의 없었지만, 그래도 도시의 밤거리가 여전히 활기찬 걸 보니 마음에 위안이 되었다. 여덟 시간을 꼬박 자지 않아도 되는 젊은이들은 언제나 있기 마련이지. 흐뭇하게 생각했다.

러키는 지하철 입구 근처 상점에 들어가서 말보로 한 갑을 골랐다. 몇 달 전에 다시 금연을 시작하긴 했지만, 오늘은 특별한 날이니 스스로에게 작은 선물을 주어도 좋지 않을까. 가게에서 담배를 아직 팔고 있어서 다행이었다. 요즘은 다들 전자 담배를 피우는 데다, 세금도 엄청 붙어서 담배를 구하기가 쉽지 않으니까. 계산대 뒤에 선 남자가 담배를 건네자 그녀는 속으로 미소를 지었다. 매니저를 대동하거나 같이 회복 중인 중독자들과 같이 다니는 일 없이 혼자서 외출한 건 몇 주 만에 처음이었다. 그녀는 계산을 하려다가 마지막에 밀크 초콜릿바를 하나 집었다. 보니에겐 단 게 필요할지도 모르잖아. 그 와중에 대학생으로 보이는 애들 무리가 문으로 우르르 들어와 살얼음이 낀 맥주 냉장고 쪽으로 향했다. 그야 오늘이 금요일 밤이니까 당연하겠지. 막상 자신은 오늘이 금요일인지도 잊고 있었지만 차라리 잊고 사는 편이 좋았다.

그녀는 상점 밖에 서서 담뱃갑을 뜯고는 담배 한 개비를 꺼내 뒤집으며 행운을 빌었다. 20년을 넘게 이어온 습관이었다. 그리고 또 하나를 꺼내어 불붙여 빨자 등골이 오싹할 정도로 짜릿한 즐거움이 느껴졌다. 대학생들은 맥주를 들고서 또 우르르 몰려나오며 신나게 소리쳤다. 그런데 그중 한 명이 러키를 알아보았다.

"잠깐만, 혹시 러키 블루?"

그는 옆 친구를 찰싹 때리며 말했다.

"와, 진짜, 나 러키 죽은 줄 알았는데!"

러키는 사도처럼 두 손을 들어 올렸다.

"그런데 부활했어요."

"와, 사진 한 장 찍어도 돼요?"

러키는 고개를 끄덕이고는 젊은 남자 둘이 양편에 서서 셀카를 찍을 수 있도록 해주었다. 담배는 버릴까 생각했다가, 그냥 입에 물고 있기로 했다. 아, 닥치라 그래. 난 누구 롤 모델 따위는 될 생각 없어.

"와, 내 여자친구가 당신한테 완전 빠졌거든요. 이 사진 보면 미치려고 할 거예요. 글래스톤베리 무대에서 떨어진 거 봤어요. 진짜 사람 도는 줄 알았다니까."

남자 중 하나가 러키의 어깨에 굵은 팔을 올리며 말했다.

사진을 찍자마자 러키는 둘 사이를 비집고 빠져나오며 말했다.

"솔직히 최고의 공연은 아니었어요. 하지만 그 정도 무대는 당연히 해드려야죠. 자, 그럼 여러분, 나는 가볼게요."

그녀는 한 손으로 경례를 붙이고서 다른 손으로 담배를 날렸다. 그리고 지하철 계단을 내려갔다.

러키가 성큼성큼 병원으로 들어오자 에이버리가 로비에서 그녀를 기다리고 있었다. 쟤는 세월이 이만큼 흘렀는데도 여전히 모델처럼 워킹하는 버릇을 못 버렸네. 에이버리는 속으로 생각하며 일어나 동생을 안아주었다.

"이번 주는 어땠어? 칩은 받았어?"

러키는 날카로운 송곳니를 드러내며 웃었다.

"월요일 모임에 가면 금주 60일째로 받지."

에이버리는 러키의 등을 토닥이며 조금 더 포옹을 했다. 그리고 동생의 머리카락 내음을 맡았다.

"장하다. 그런데 또 담배 피웠네."

"우리는 죽을 확률이 높은 순서대로 중독 물질을 끊거든!"

러키는 명랑하게 구호를 외치면서 홱 돌아섰다. 언니는 다행히도 웃었다.

"니희 두어 담당자랑 일정 미뤄보는 거 얘기해 봤어? 90일 금주 기간을 지켜야 하잖아?"

에이버리가 묻자, 러키는 신음을 흘렸다.

"그 얘기를 꼭 지금 해야겠어?"

에이버리가 눈을 가늘게 떴다.

"알았어. 하지만 네 담당 간호사가 그러는데…."

"에이버리! 제발 이러지 마! 오늘은 보니에게 집중하고 하루만 잔소리 좀 하지 마. 응?"

러키가 말을 끊자, 에이버리는 곧바로 발끈했다.

"술 끊은 지 두 달밖에 안 됐잖아! 그때 넌 거의 죽을 뻔했어. 하지만 내가 아직도 걱정하는 게 불편하다면 그건 미안해."

러키는 손을 들고서 고개를 저었지만 대답은 하지 않은 채로, 에이버리에게 그만해 달라고 눈빛으로 애원했다. 에이버리는 한참 동안 동생을 지그시 바라보다가, 결국 고개를 끄덕였다. 그녀는 몸을 돌려 뒤편 의자에서 커다란 핫핑크색 장미 꽃다발을 들고서는 엘리베이터를 가리켰다. 두 사람은 일어서서 로비 저편으로 향했다.

"예쁘다. 이건 언제 샀어?"

러키가 손끝으로 돌돌 말린 꽃잎을 만져보며 물었다. 화해의 손짓이었다.

"너 기다리는 동안 샀어. 여기는 선물 가게가 밤새 영업하거든. 보니가 좋아하는 색은 아니지만, 어쨌든 마음이 중요한 거 아니겠니."

"이건 니키 색이네."

러키의 말에 에이버리가 서글프게 미소 지었다.

"맞아."

러키는 에이버리와 팔짱을 끼더니, 막냇동생 특유의 애교를 부리며 부탁했다.

"이거 우리 둘이 산 걸로 하면 안 돼?"

에이버리는 저도 모르게 웃으면서 동생에게 몸을 기댔다. 그리고 엘리베이터 버튼을 눌렀다.

"말 안 해도 당연히 그럴 거야."

언니와 동생이 병실 문가에 나타났을 때, 보니는 쉬고 있었다. 그녀의 침대 옆에서 파벨이 경비견처럼 경계심을 갖추고 불안한 눈빛으로 보니를 지켜보았고, 계속해서 사과 주스를 건넸다. 대체 무슨 이유인지는 몰라도 사과 주스에 마법 같은 회복력이 들어 있다고 굳게 믿는 것 같았다. 보니가 대단히 힘겹게 10라운드를 거친 끝에 전원 일치 판정승으로 여자 선수 최초 챔피언십 통합 무결점 세계 챔피언이 되었을 때도 지금처럼 긴장하지는 않았었다. 그 경기는 여전히 역사상 가장 힘든 10라운드라는 찬사를 받고 있는데도 말이다. 몇 년 후, 보니가 은퇴해 여성 선수들에게 가장 인기 있는 트레이너가 된 후로는 파벨이 보니의 몸 상태를 걱정할 필요가 없게 되었다. 하지만 임신 과정은 고되고 길었다. 의사가 보니는 마흔 살이라 노산과 고위험 임신군에 모두 해당한다고 알려주었다. 쉬운 일이 아니었다. 하지만 그녀는 약물이나 여타의 개입 없이, 평생의 격투기 경험에서 배운 대로 통증을 견디며 출산에 성공했다. 그리하여 지금은 만족스러우면서도 기진맥진한 상태였다.

보니는 사실 남몰래 걱정해 왔다. 혹시나 내 품에 딸을 안았을 때 응당 느껴야 하는 감정을 못 느끼게 되면 어쩌지. 하지만 그런 걱정은 할 필요가 없었다. 아기는 완벽했으니까. 보니의 아버지를 닮은 아기의 파란 눈은 무척 찬란했다. 간호사가 아기를 보니의 가슴에 눕혀주자, 아기는 곧바로 커다란 호기심과 고요함이 서린 눈동자로 보니를 올려다보았다. 그 시선을 마주한 보니는 속절없이 사랑에 빠져버렸다. 붉고 주름진 아기의 얼굴은 벨벳처럼 부드러웠다. 그리고 두툼한 속눈썹과 네모난 코는 파벨을 닮았다. 하지만 손가락은 블루 가문 사람들답게 기다랗고 표현력이 좋았다. 아기가 울 때면 두 손을 앞으로 뻗는 모습이란 꼭 자그마한 항성이 폭발하는 모습 같았다. 아기가 잠들면서 이맛살을 찌푸리는 모습은 마치 꿈속 깊은 곳에서 진지한 대화를 나누는 것처럼 심각해 보였다. 보니는 아기에게서 눈을 뗄 수가 없었다.

두 사람이 들어오자, 보니는 고개를 들고 환하게 웃었다. 파벨이 의자에서 일어나 한 명씩 입을 맞춰 인사하고는 사과 주스를 권했지만, 둘 다 정중하게 거절했다. 파벨은 그래도 고집을 부리며 문으로 향했다.

"혹시 모르니 더 가져올게. 그동안 여자들끼리 시간 좀 보내."

에이버리는 고맙다는 뜻으로 그의 팔을 꼭 쥐었다. 물론, 지금은 그들 자매가 누릴 수 있는 가장 소중한 순간이었으니까. 한밤중의 높다란 고층 병실에서, 저 아래로 조용히 펼쳐진 도시를 가로지른 대로를 헤드라이트로 빛내며 자동차들이 별빛처럼 오갔다. 그리고 그들 앞에는 둥지 속 새끼처럼 안전하게 누워 있는 그들만의 기적이 있었다. 러키는 침대 한쪽으로 얼른 다가갔고, 에이버리는 보니의 팔에 안긴 아기를 경이로운 눈빛으로 경건하게 바라보았다.

"태어났구나."

러키가 벌써 사랑이 그득한 목소리로 말했다. 보니는 끄덕였다.

"태어났어."

"우리 모두 이 병원에서 태어났다니 대단하지 않니. 게다가 이제는 참 오랜 세월이 흘러서 얘도 우리랑 똑같은 데서 태어났어."

에이버리의 말에 보니가 대답했다.

"러키는 아니잖아. 얘는 사실 집에 있던 엄마 뱃속에서 떨어져 나왔는걸."

러키는 악마의 뿔 모양 손짓을 해 보이며 씩 웃었다.

"태어났을 때부터 속도광이었어."

"그걸 어떻게 잊겠니, 러키."

에이버리는 미소를 지으면서 대꾸하고는 아기를 보며 감탄했다.

"엄마한테는 전화했어?"

에이버리의 물음에 보니는 고개를 끄덕였다.

"파벨이 했어. 내일 아침에 올 거야."

아버지는 4년 전에 간부전으로 세상을 떠났다. 어머니는 정원과 닭을 돌보겠다며 홀로 북부 시골에 살기를 고집했지만, 세 딸이 모두 뉴욕으로 돌아오자 예전보다는 도시에 들를 때가 많아졌다. 에이버리는 어머니를 머물게 할 목적으로 손님방을 집에 두었고, 엄마가 좀 더 그 방에 많이 있다 갔으면 좋겠다고 생각했다.

"아기 이름은 정했어?"

러키가 묻자 보니가 자매들을 바라보았다.

"골라둔 건 있는데… 맞는 이름이 아닌 것 같아. 애는 이름을 갖고 태어났다고 생각해서."

"어떤 이름?"

러키가 묻자, 보니는 마른침을 삼키고는 아기의 정수리에 손을 얹고 말했다.

"니콜. 니콜 페트로비치 블루."

러키는 무어라 말하려 했지만 목소리가 나오지 않았다. 언제나 그렇듯, 에이버리가 둘을 대신해서 할 말을 찾았다. 그녀는 몸을 숙여 먼저 보니의 이마에, 다음으로 아기의 이마에 입을 맞추고서 말했다.

"이 넓고 커다란 세상에 온 걸 환영해, 니콜."

아기는 꼬물거리며 세 사람을 올려다보았다. 빛살처럼 자신을 지그시 바라보는 셋의 시선을 느끼며. 그들은 눈이 많았고, 그 눈이 모두 자신을 바라보고 있었다. 그들의 입은 크고 환했다. 이제 아기는 눈을 감았다. 캄캄했다. 아기는 또 눈을 떴다. 빛이 다시 돌아왔다. 입을 벌리고 소리를 냈다. 이제는 엄마가 젖을 주었다. 아기의 입이 가득 찼다. 아, 마음에 들어. 따스하고 달콤한 것이 밀려 들어왔다. 이거 좋다. 따스하고 달콤한 것이 아주 많았고 아기는 배고팠다. 그러다 갑자기, 배가 불렀다. 이젠 안 해. 아기가 다시 소리를 내자 사람들은 모두 웃었다. 다들 옆에서 즐거워했다. 곧, 아기의 눈꺼풀이 무거워졌다. 빛이 사라졌다. 아기는 빛을 돌려받고 싶었지만, 눈꺼풀이 너무 무거웠다. 이제는 주변 사람들이 보이지는 않고, 느껴지기만 했다. 아기는 그들의 한가운데에 안전하게 있었다. 점점 어디론가 흘러가기 시작하면서, 무언가 부드러운 것이 뺨을 쓸었다. 좋았다. 여전히 사람들의 소리가 들려왔고, 아기는 그 소리가 좋았다. 웃음소리. 참 좋은 소리. 더 듣고 싶었지만 아기는 점점 어디론가 흘러갔다. 곧 다시 와야지. 오래 있다 오진 말아야지. 어둠이 한층 짙어졌다. 사람들이 아기를 둘러쌌다. 여기 좋아. 여기 있자.

감사의 말

내 인생에서 가장 사랑하는 두 사람, 나의 언니 데이지와 나의 남편 헨리에게 이 책을 바친다. 이 이야기와 내 모든 것은 이 둘 덕분에 더 나은 모습을 갖추게 되었다.

글쓰기는 본질적으로 고독한 경험이다. 그래서 난 자료 조사와 편집, 출판 과정은 물론이고 그저 살아가는 매 과정에서 고독하지 않도록 해주신 모든 분께 감사한다.

나의 담당자인 몰리 글릭과 에밀리 웨스트콧에게 감사한다. 두 사람은 끈기와 너그러움을 갖추고 나를 지원해 주었다.

나의 편집자인 새러 바이스와 케이티 보든에게 감사한다. 등장인물 자매들을 진심으로 믿어주고 나에게 재작업을 할 수 있는 3요소, 즉 무조건적인 지지와 현명한 조언과 해결책을 찾을 수 있는 여지를 준 분들이었다.

열정과 통찰력을 보여준 나의 보조 편집자인 시드니 콜린스와 롤라 다운스에게 감사한다.

CMC 체육관의 복싱 트레이너 마르셀로 크루델과 펠릭스 마르티네즈, 알베르토 솔토에게 감사한다. 덕분에 나는 보니를 더 깊이 이해하고 그녀의 입장에서 살아볼 수 있었으며, 무엇보다도 (이 말 많은 작가가 따르기엔 어려웠던) 가장 중요한 규칙인 '말은 줄이고, 행동을 더 많이!'를 서서히 익힐 수 있었다.

이 소설의 초고를 읽으며 격려해 주고 피드백을 해준 로스앤젤레스의 동료 작가들 애너벨 그레이엄, 테스 건티, 알렉산드리아 홀, 잭 하인스, 이저벨 캐플런, 빅토리아 코니크, 클레어 누탈, 재클린 스톨로스에게 감사한다.

그리고 내가 글 쓰는 동안 계속 나아갈 수 있도록 끝없이 산책해 주고 저녁 식사를 함께하고 전화해 주고 웃어주고 전반적인 사랑을 준 나의 친구 앨비 알렉산더, 프랭키 카라티니, 애덤 엘리, 런지 피시킨, 숀 프랭크, 소피아 기버, 에밀리 헤이븐스, 알바 호드솔, 칼라 예지, 제스 욥스트, 샤미카 마르티네즈, 코리 밀릿조크, 어맨다 몬텔, 올리비아 올리, 조너선 파크스-래미지, 조이 포트킨, 맥스 와인먼에게 감사한다.

언제나 나의 첫 독자이자 가장 훌륭한 독자인 어머니에게 감사한다. 아버지와 나의 자매 홀리, 형제 조지에게 감사한다.

나의 심리치료사 캐런에게 감사한다.

나의 등대로 있어준 뉴욕, 로스앤젤레스, 런던, 파리의 금주 모임들에 감사한다.

이 책을 읽어주신 독자들, 추천해 주신 독자들, 포스팅을 올려주신 독자들과 나의 데뷔작인 『클레오파트라와 프랑켄슈타인』을 지지해 주신 모든 독자에게 끝없는 감사를 드린다.

이 글을 쓰는 지금, 나는 헨리와 나의 첫 아이를 임신 중이다. 그러므로 마지막 감사의 대상은 바로 내 안의 신비로운 존재인 우리 아기로 하겠다. 사랑하는 아이야, 이 책을 쓸 때 상상했던 결말은 이게 아니지만, 네가 나타난 덕분에 이 이야기와 나의 인생이 가차 없이 희망을 향해 휘어버리고 말았단다. 날 선택해 주어 고마워.

옮긴이 심연희

연세대학교와 같은 학교 대학원에서 영문학을 공부하고 독일 뮌헨대학교LMU에서 언어학과 미국학을 공부했다. 현재는 영어와 독일어 전문 번역가로 활동 중이며, 옮긴 책으로 소설 『아웃랜더』, 『레슨 인 케미스트리』, 『스파크』, 『미드나잇 선』, 그래픽노블 『인어 소녀』, 『티 드래곤 클럽』, 배우 톰 펠턴 에세이 『마법 지팡이 너머의 세계』와 아동 시리즈물 『이사도라 문』, 『마녀 요정 미라벨』 등이 있다.

블루 시스터스

초판 1쇄 발행 2025년 10월 23일
초판 2쇄 발행 2025년 11월 18일

지은이 코코 멜러스
옮긴이 심연희

편집 조은혜
디자인 studio weme
마케팅 신동익
제작 ㈜공간코퍼레이션

펴낸이 윤성훈 펴낸곳 클레이하우스㈜
출판등록 2021년 2월 2일 제2021-000015호
주소 경기도 파주시 회동길 363-21, 2층
전화 070-4285-4925 팩스 070-7966-4925 이메일 clayhouse@clayhouse.kr

ISBN 979-11-93235-67-6 (03840)

• 책값은 뒤표지에 있습니다.
• 파본은 구입하신 서점에서 교환해드립니다.
• 이 책은 저작권법에 의하여 보호를 받는 저작물이므로 무단 전재와 복제를 금하며,
  이 책 내용의 전부 또는 일부를 이용하시려면 반드시 저작권자와 출판사의 서면 동의를 받아야 합니다.

클레이하우스㈜는 더 나은 책을 펴낼 수 있도록 의견을 남겨주시거나 오타를 신고해주세요.
QR코드에 접속해 독자 설문에 참여해주신 분께 추첨을 통해 선물을 드리겠습니다.